ジョナサン・ストラウド

金原瑞人／松山美保◉訳

ノトーリアス

THE NOTORIOUS SCARLETT AND BROWNE

スカーレット＆ブラウン 2

静山社

スカーレット&ブラウン2

ノトーリアス

サムとロイとロビンへ

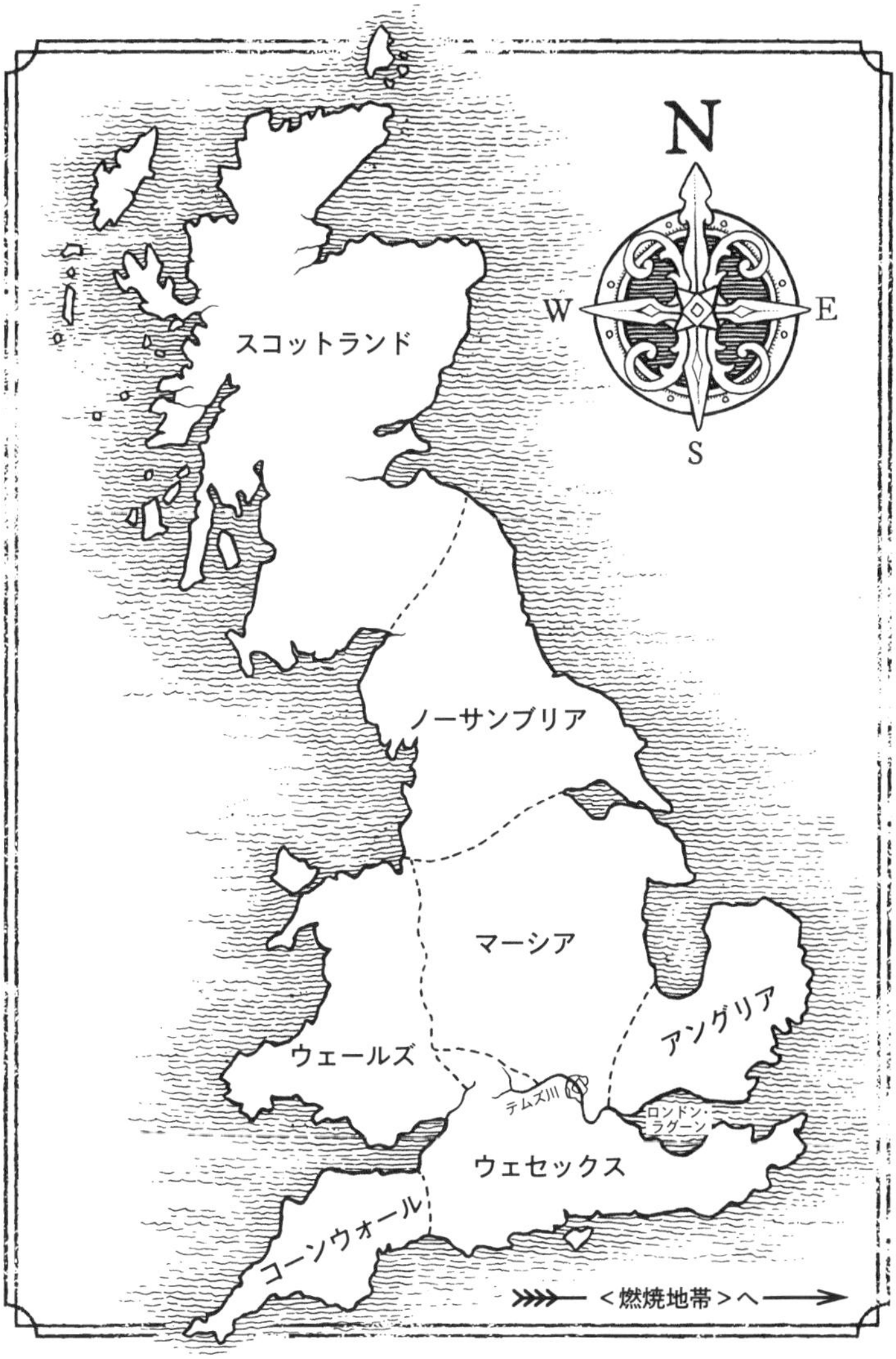
N
W
E
S
スコットランド
ノーサンブリア
マーシア
ウェールズ
アングリア
テムズ川
ロンドン・ラグーン
ウェセックス
コーンウォール
＜燃焼地帯＞へ

七つの国

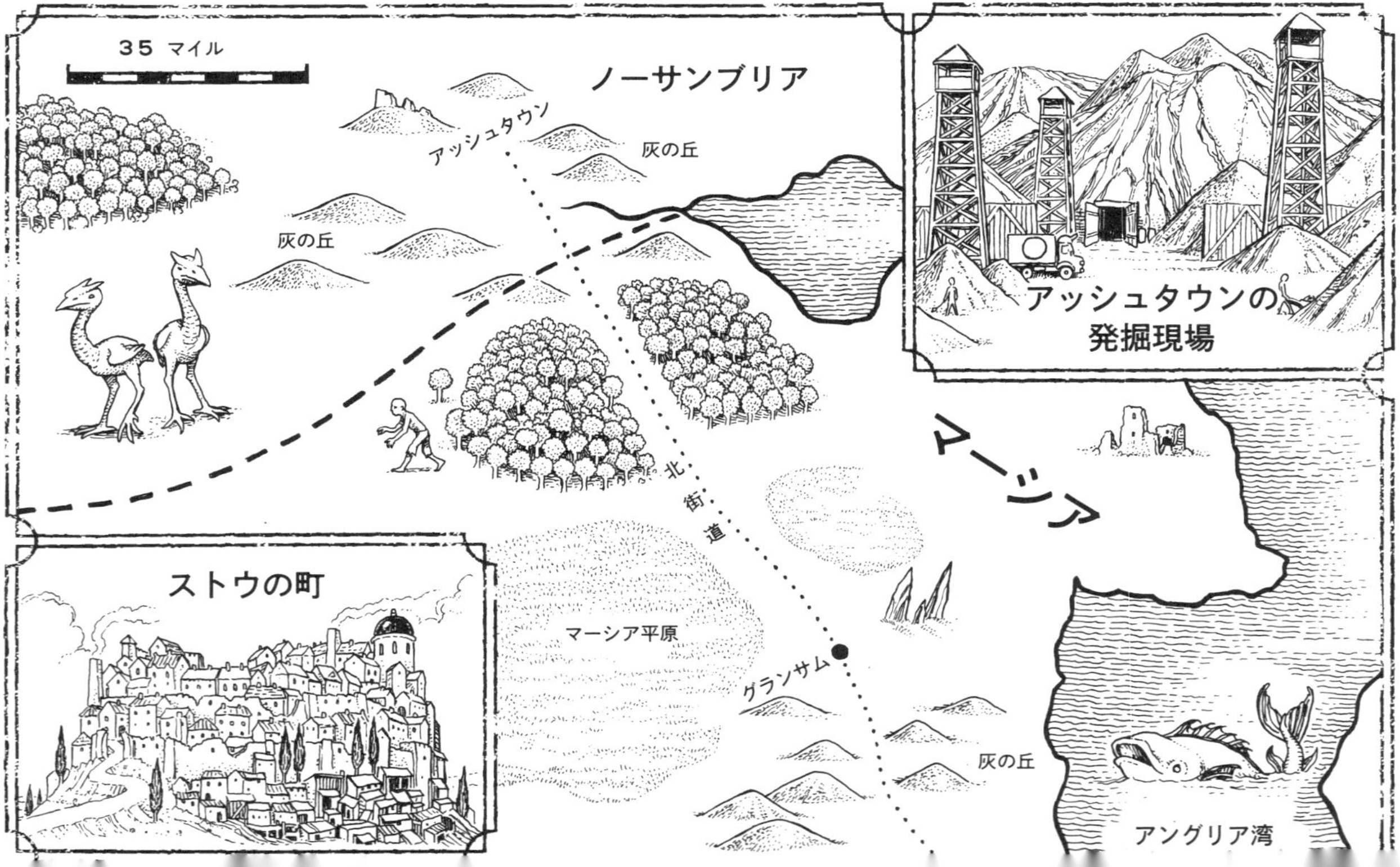
35 マイル
ノーサンブリア
アッシュタウン
灰の丘
灰の丘
北街道
アッシュタウンの
発掘現場
マーシア
ストウの町
マーシア平原
グランサム
灰の丘
アングリア湾

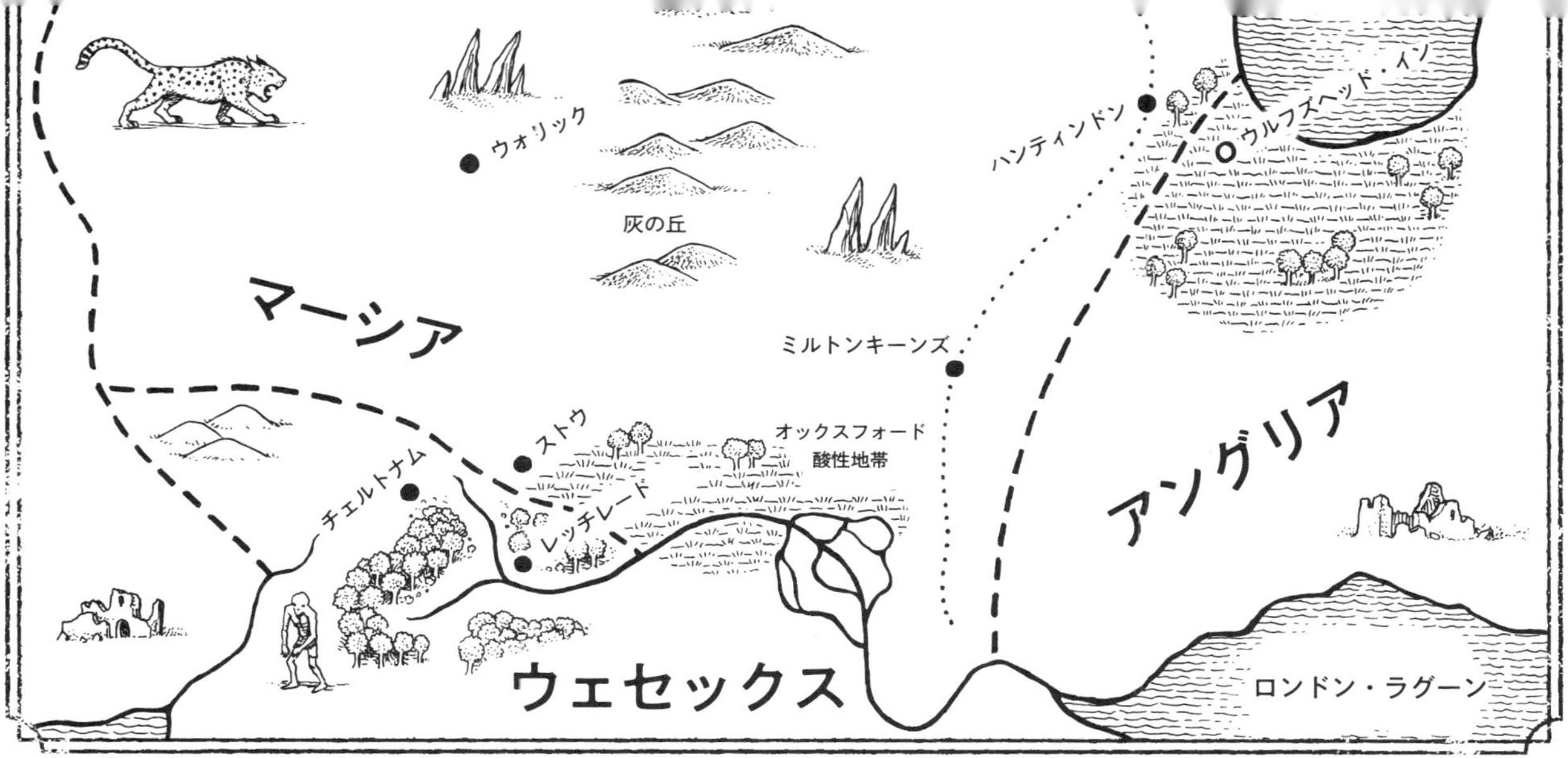
ウォリック
灰の丘
マーシア
ハンティンドン
ウルフズヘッド・イン
ミルトンキーンズ
ストウ
チェルトナム
オックスフォード
酸性地帯
レッチレード
アングリア
ウェセックス
ロンドン・ラグーン

北街道

第一部　ウォリックの仕事

1章

夕方、灰地帯《はいちたい》の向こうに日が落ちはじめ、平原のいくつかの町の上空に晩鐘《ばんしょう》が響《ひび》きわたるころ、人殺《ひとごろ》しが三人、十字路に集まった。あいさつもかわさず、すぐに最年少が壊《こわ》れたやぐらにのぼって見張《みは》りにつき、最年長が水路の先の廃墟《はいきょ》にある隠《かく》れ場所に陣取《じんど》る。残る一人が追いはぎのリーダーで、ゆっくり歩いて、道路わきのヤマヨモギと黒いジギタリスの茂《しげ》みに横たわるコンクリートの厚板《あついた》まで行くと、パイプに火をつけてから、くつろいだ格好《かっこう》で座《すわ》り、旅人がやってくるのを待った。

この十字路は待ち伏《ぶ》せにはもってこいだ。追いはぎたちはそれでここを選んだ。古い監視《かんし》所の崩《くず》れた壁《かべ》が隠《かく》れ蓑《みの》になるうえに、やぐらが残っていて、どの方角もはっきり見渡《みわた》せる。町からの距離《きょり》もほどよく、徒歩での往来《おうらい》が確実《かくじつ》に見込《みこ》める範囲《はんい》ではあるが、つかまえた旅人と話をするあいだに民兵が来るほど近くはない。おまけに、そばに峡谷《きょうこく》があって死体を捨《す》てられる。

追いはぎのリーダーは仕事を楽しんでいた。待つのもその一部だ。釣《つ》り人が岸辺で川面を見つめながら、色つやのいい太った鱒《ます》が近づくのを待っているようなものだ。革《かわ》のコートの前を開け、ブーツをはいた片足《かたあし》を前に伸《の》ばしてパイプをくゆらす。半分閉《と》じた目で、かぐわしい煙《けむり》が空に向かってらせん状《じょう》にのぼっていくのを見つめる。そう、がまんが大事だ……獲物《えもの》はそのうちやってくる。

思ったとおり、まもなくやぐらにいるルーカスが低く口笛を吹《ふ》いた。リーダーの男はやぐらの上にちらっと目をやり、ルーカスの伸《の》ばした腕《うで》の方向を確《たし》かめた。東から来るってことはコービー街道だ。おそらく商人が日暮《ひぐ》れ前にウォリックにたどり着こうと道を急いでるんだろう。男はひげの生えたあごをなで、ベルトにさした銃《じゅう》をちらっと見た。コービーからなら、香《こう》辛料《しん》に毛皮にテクタイトのアクセサリー……がっかりすることはまずない。

移動手段《いどうしゅだん》はなんだ？　徒歩か？　車か？　エンジンの音は聞こえない。

リーダーの男はおもむろに立ちあがると、パイプを口からはずし、またあとで吸《す》おうと、コンクリート板の上に置いた。ヤマヨモギの茂《しげ》みをぬけ、道ばたに待機する。

夕方のぼんやりした甘《あま》ったるい雰囲気《ふんいき》が灰地帯《はいちたい》を包んでいる。棺《ひつぎ》に打ちこむ釘《くぎ》のような長くとがった影《かげ》が、廃墟《はいきょ》の裏《うら》の松から伸《の》びている。東側のやぐらの影《かげ》は赤茶色の地面に切りこみを入れたかのようだ。

やがて、二台の自転車が見えた。十字路に向かってくる。

追いはぎのリーダーはちょっと驚《おどろ》いて顔をしかめた。自転車は安全な土地ではめずらしくはないが、コービーは長く険《けわ》しい街道だし、〈豪雨《ごうう》〉の時代に道がだいぶ悪くなった。見ていると、前を走る自転車は地面のくぼみを避《さ》けながら、縫《ぬ》うようになめらかに進んでくる。後ろの自転車はぎりぎりのところでハンドルを切り、ぐらついて危《あや》うく転倒《てんとう》しかけたものの、自力で体勢《たいせい》を立て直し、スピードをあげた。

どちらに乗っている者も重そうなリュックや荷物を背負《せお》っている。にもかかわらず、遠くにいる男の目にも、二人がひどくやせているのが見て取れた。もし、どちらも若者《わかもの》なら、高い期待が持てる。ウォリックには奴隷市場《どれいいちば》があるし、そこの監視《かんし》人とはつきあいがある。

男は自転車のガタガタいう音が聞こえてきたところで、ようやく消えつつある光のなかに歩み出た。道の真ん中で足を大きく広げ、えらそうなポーズをとる。コートの前をぱっと開き、親指をベルトにつっこんで、銃《じゅう》の柄《え》をさりげなくつかんだ。

つやのある豊《ゆた》かな髪《かみ》を後ろになでつけ、片手《かたて》をあげる。

前を走る自転車が急に止まった。ハンドルが横を向き、赤い灰《はい》の雲がうっすら舞《ま》いあがる。もう一台が前の自転車にぶつかりそうになり、乗っている男がわめいてハンドルを切ると、自転車を傾《かたむ》けて停止《ていし》した。背中《せなか》のリュックが大きくゆれて肩《かた》からずれる。

期待どおり、どちらも若《わか》い。目をぱちくりさせてとまどっている黒い髪《かみ》の少年に、広いつばの帽子《ぼうし》をかぶった少女。

赤いちりがゆっくりと二人のまわりに沈殿《ちんでん》していく。

ここからが毎回、追いはぎのリーダーの一番の見せ場だ。男はこのときの芝居《しばい》じみた感じが気に入っていた。自分が道をふさぐと、相手の顔にショックの色が浮《う》かび、しだいに恐怖《きょうふ》が呼《よ》び起こされていくのがわかる。

「ちょっと待て！」男は呼《よ》びかけた。「話がある」

「追いはぎだ」少年がいった。

「へえ」少女が首をちょっとかしげる。「予想外」

少女の顔は陰《かげ》になっていたが、傾《かたむ》いた帽子《ぼうし》の下から赤い巻《ま》き毛が垂《た》れているのが見えた。くたびれた茶のコートを着て、灰《はい》まみれの黒のジーンズをはいている。背中《せなか》にはライフル銃《じゅう》とリュックをのせ、小さい荷物や筒《つつ》を革《かわ》ひもでリュックにくくりつけている。コートのすぐ内側の、重みでずり下がったガンベルトには、ピストルが入っている。

「荒《あら》っぽいことはしたくない」追いはぎのリーダーはいった。「それだけだ。いっておくが、おれには武器《ぶき》を持った仲間がいて、こっちを見張《みは》っている。運が悪かったと思って、武器《ぶき》を捨《す》てて自転車からおりてもらおう」

男は待った。相手の二人は動かない。

「帽子《ぼうし》」少年がいった。

少女が面倒《めんどう》くさそうに片手《かたて》をゆっくりあげた――が、男のいうとおりにピストルを捨《す》てようとしたわけではなく、帽子《ぼうし》を脱《ぬ》いで自転車のハンドルにのせた。それからサドルに座《すわ》り直し、背筋《せすじ》を伸《の》ばすと、片足《かたあし》をペダルに、片足《かたあし》を地面に置く。長い赤毛が汗《あせ》まみれで黒くなり、もつれた巻《ま》き毛が不機嫌《ふきげん》そうな青白い顔の両側に垂《た》れている。十九歳《さい》くらいだろうと男は思った。十九歳《さい》で健康。これは生かしておく価値《かち》はある。

少女は相変わらず自転車に乗ったまま、銃《じゅう》を手放すこともしなかった。少年のほうも動かない。古い灰色《はいいろ》のアーミージャケットが貧弱《ひんじゃく》な体に長すぎて不格好《ぶかっこう》だ。少年は細面《ほそおもて》で目が黒く、女の子といってもいい目鼻立ちだ。無表情《むひょうじょう》で一心に男を見つめてくる。ひょっとして能《のう》なしか？　ま、とにかくこいつは武器《ぶき》を持っていない。追いはぎの男は即座《そくざ》に少年を取るに足らないと判断《はんだん》した。

男は少女に注意をもどした。「聞こえたか？」

「ええ」少女の声は驚《おどろ》くほど落ちついている。「あたしの銃《じゅう》がほしいんでしょ」

「なら話は早い」

「じゃ、交渉《こうしょう》ね」

「まあ、そうしたい気持ちはわかるが」男は人当たりのいい笑みを浮《う》かべ、大げさな身ぶりで廃墟《はいきょ》のほうを示《しめ》した。「あいにく、その選択肢《せんたくし》はないな、お嬢《じょう》さん。おれに従《したが》うのが賢明《けんめい》だ。近くに仲間が五人隠《かく》れている。どいつも射撃《しゃげき》の名手だし、それぞれがライフルの銃口《じゅうこう》をおまえさんの心臓《しんぞう》に向けている」

少女は鼻にしわを寄《よ》せ、ちょっと嫌《いや》そうな顔をした。連れのほうを見る。「アルバート？」

「仲間は二人」少年は答えた。「やぐらに一人、廃墟《はいきょ》の窓《まど》に一人」

「ライフル？」

「ピストル」

追いはぎの男はにらみつけた。「わけのわからないことをペチャクチャしゃべるな。仲間は五人だといっただろう――」

だが、少女は廃墟《はいきょ》のほうに目を向けたままだ。

「左、やや上」少年は続けた。「そこ。的をとらえたよ。もう一人はてっぺん」妙《みょう》なのは、少年は少女を見ているわけでも廃墟《はいきょ》を見ているわけでもなく、相変わらずその大きな黒い瞳《ひとみ》でリーダーの男を見つめていることだ。

「わかった、いける」少女がいった。「どっちを先にやればいい？」

「やぐらにいるのが腕《うで》がいい。動きがすばやい。廃墟《はいきょ》にいるのは役立たずだ」

廃墟《はいきょ》からこもった声が聞こえた。「おい！」

「この人は?」

「以前は腕《うで》が立ったけど、神経《しんけい》をやられてる。酒の飲み過《す》ぎだ」

リーダーの男はかつてパブを経営《けいえい》していたが、あるとき、かっとなってケンカの最中に相手の男を殺《ころ》してしまった。今も酒を飲みたくてたまらない。それに、会話が自分の思わくからどんどん離《はな》れていくので、腹《はら》のなかで怒《いか》りがふくらんできた。少年の無表情《むひょうじょう》でおとなしい顔を見ているだけで、なぜだかひどく腹立《はらだ》たしい。しかも、少年の話すことがすべて当たっているのが不思議でしょうがない。男は何か大事なことを見落としている気がして、よけい頭に血がのぼった。もし、この娘《むすめ》が十代の少女ではなく、競売のもうけを考える必要がなければ、今すぐこの場で銃《じゅう》をぬいて二人とも撃《う》ち殺《ころ》しているところだ。

「いいか」男は口を開いた。「ひと言いっておくが、今、いくつもの銃《じゅう》がおまえたちをねらってることはおたがい承知《しょうち》してるな? つまり、おまえたちが武器《ぶき》に手を伸《の》ばせば、命はない。走って逃《に》げようとしても同じことだ」

「こぐんだ」少年はいった。

「あ?」

「ぼくらはこぐんだ、走るんじゃなくて。ほら、自転車に乗ってる」

「当然でしょ」少女がいった。

「バカバカしい！　どっちだって一緒《いっしょ》だ！」追いはぎの男は地団駄《じだんだ》を踏《ふ》んだ。「自転車をこごうが、走ろうが、腕《うで》をゆらして歯のある鳥のように空を飛ぼうが、同じことだ」

弱い風が吹《ふ》いて、少女の額《ひたい》に垂《た》れるカールした前髪《まえがみ》がゆれた。少女が顔から髪《かみ》を払《はら》いのける。緑の瞳《ひとみ》だ。ガラスのように冷たくあざやかな色。男は見ていられず、とっさに目をそらした。

「わかったから」少女はゆっくりいった。「落ちついて。怒《おこ》ることないでしょ。で、あたしたちがそっちのいうとおりにしたらどうなるの？」

男は黒の細いジーンズの側面にうっすら積もる灰《はい》をいらだたしげに払《はら》い落とした。すっかり落ちつきを失い、いらいらしていた。ルーカスに見られてしまっただろう。ローナンにもだ。あとで二人にからかわれる。「いいか」男はどなった。「おれたちは路上の紳士だ。自分たちのルールで生きてる。それだけいえばじゅうぶんだろう。おまえたちの荷物をあらためさせてもらい、場合によっちゃ、ちょっとしたものを――おれたちが気に入れば二、三いただくかもしれないが……」そこで肩《かた》をすくめた。「それだけだ」

「そのあとは？」

「ここを通してやる」

「アルバート？」

「ぼくたちを殺《ころ》すつもりだ」

男はいいかけた。「そんなつもりは――」

「少なくともぼくのことは殺《ころ》そうと考えてる。銃《じゅう》で撃《う》つか、のどをかき切って峡谷《きょうこく》に投げ捨《す》て、オオカミのえさにするつもりだ。きみは生かしておくつもりらしいよ、スカーレット。奴隷《どれい》商人に売り渡《わた》すのかも。運がよければね」

「なにそれ」少女はいうと、あざやかな緑の目を追いはぎのリーダーにじっと向けた。

気づくと男は落ちつきなくあちこちに目をやっていた。姿勢《しせい》をわずかに変える。「おまえたちの運命がどうなるにせよ」だみ声でいった。「決めるのはおれたちだ。さっさと銃《じゅう》を捨《す》てて自転車からおりろ。これが最後の忠告《ちゅうこく》だ」

「やっと終わりね」少女はいった。「うれしい。じゃあ、今度はあたしからの提案《ていあん》。もう時間も遅《おそ》いし、空がだんだん赤くなってきてる。あたしたちは今日、何キロも自転車を走らせて、やっかいな地域《ちいき》をぬけてきたの。丘陵地《きゅうりょうち》では橋が崩落《ほうらく》していて、急流を歩いて渡《わた》るはめになったし、灰《はい》を含《ふく》んだ突風《とっぷう》や、流れる砂《すな》を切りぬけ、まだら模様《もよう》の獰猛《どうもう》な猫《ねこ》の群れに何キロも追いかけられて急斜面《きゅうしゃめん》を越《こ》えてきたのよ。おまけにアルバートは途中《とちゅう》でタイヤがパンクして沼地《ぬまち》に落っこちるし。ほんと、二人ともへとへと。ずっとサドルにまたがってるからお尻《しり》も痛《いた》いし、とにかく門が閉《し》まる前に町にたどり着きたいの。明日はウォリックで仕事があるし。ここであんたたち路上の紳士《しんし》ともめ事を起こす必要はないわ。弾《たま》を無駄《むだ》にしたくないしね。だから、そこをどいてあたしたちを通してちょうだい」

男はまたしても、夢《ゆめ》を見ているような感覚にとらわれた。物事が進むべき方向に進んでいない。やぐらの上ではルーカスが身をかがめ、銃《じゅう》を構《かま》えて冷めた灰色《はいいろ》の目ですべてを見ているだろう。少女とパンパンにふくらんだリュックに目をやりながら、話がすむのを待っている。そろそろじりじりしてくるころだ。最近あいつは命令に歯向かってばかりいるし、リーダーが尻《しり》ごみすると喜《よろこ》ぶ。このいまいましい少年はルーカスのほうが射撃《しゃげき》の腕《うで》がよく、すばやいと思っているらしいが、あいつは若《わか》くて傲慢《ごうまん》なだけだ――。

「スカーレット、この人、ぜんぜん聞いてない」自転車に乗った少年がいった。

少女はうなずいた。「わかった。合図して」

リーダーの男は背筋《せすじ》を伸《の》ばすと、拳銃《けんじゅう》をつかむ指に力をこめた。

「最後のチャンスだ」男はいった。

「ええ」少女が答える。「そのとおり」

沈黙《ちんもく》。

いつもはこうだ。リーダーが銃《じゅう》をぬき、次いでルーカスとローナンも発砲《はっぽう》する。まずリーダーが動いて、それから一斉射撃《いっせいしゃげき》。ここを通る旅人に逃《のが》れる道はない。特にルーカスのすばやさにはかなわない。だが、リーダーの男にはいつもの自信が欠けていた。何もかもがおかしい。

どうしても事を始める気にならない。そのとき急に、コンクリート板の上にパイプを置いたままなのを思い出した。

「いつ吸《す》いに戻《もど》ってもだいじょうぶだよ、ジョン」黒い髪《かみ》の少年が声をかけた。「タバコの火はまだ消えてない」

男は目を見開いた。世界が自分に迫《せま》ってくる感じがする。世の道理が根底からひっくり返ろうとしている。衝撃《しょうげき》が刃物《はもの》のように男の全身を貫《つらぬ》き、その衝撃《しょうげき》はしだいに固まって恐怖《きょうふ》と憎悪《ぞうお》に変わった。

少年から笑みが消えた。そのまなざしに悲しみがにじむ。

男は少年を見て、少女を見た。

少女は何もいわない。

三人は無言のまま、ほこりまみれの何もない道にたたずんだ。

「今だ」少年がいった。

三発の銃声《じゅうせい》。

そして、また沈黙《ちんもく》。

追いはぎのリーダーが最後の最後に心からくやしかったのは――何より屈辱《くつじょく》だったのは――撃《う》とうと決めた瞬間《しゅんかん》、自分より先に少年に気づかれたことだ。男はこれまでずっと、恐怖《きょうふ》や激《はげ》しい怒《いか》りにとらわれたときも、レバーで操作《そうさ》する機械のように動いてきた。もうじゅうぶんというところまでレバーが引かれたときに、まず体が動き、それが意識《いしき》される。だから今も恐怖《きょうふ》と混乱《こんらん》のなかで銃《じゅう》をぬき、それから頭のなかに意志《いし》があらわれた——のに、少年はすでにそれを予測《よそく》していた。それだけじゃない。男がまだ銃《じゅう》を持ちあげようとしているあいだに、すでに二発の弾《たま》が発射《はっしゃ》されていた。どっちも男の弾《たま》じゃない。そのあと三発目も発射《はっしゃ》されたが、それだって男が放ったものではなかった。何がどうなっているのかさっぱりわからないし、なぜ引き金にかけた指が動かなかったのかもわからない……ピストルが自分の力のぬけた手からこぼれ落ちるのが見えた、というより感じた。ひざにとつぜん衝撃《しょうげき》が走り、気づくと地面にひざをついていた。

どういうわけか、男は目を動かすことができなかった。視界《しかい》のすみで黒い物体がすばやく下に向かって通過《つうか》するのが見えた——やぐらから重い何かが落ちていく。そして、下の石にぶつかる音がして、そのあと廃墟《はいきょ》の窓《まど》から短い叫《さけ》び声が聞こえた。

男の目は同じところを見つめたままだ。自転車と、そこに立ったままの少年と少女。車輪の縁《ふち》の灰《はい》、ふたりの靴《くつ》の土ぼこり。少女が銃《じゅう》をベルトに押《お》しこんでいる。それ以上、ふたりに意《い》識《しき》を集中することはできなかった。ようやく男は自分が路上でうつ伏《ぶ》せに倒《たお》れているのに気づいた。不思議だ。なぜ倒《たお》れる途中《とちゅう》で気づかなかったんだろう。体が傾《かたむ》く感覚がまったくなかった。

ピストルから火薬のにおいがする。男はまたパイプのことを思い出した。

そして、何も感じなくなった。

2章

深夜のウォリックの町。こんな時間でも、日中の熱が幽霊《ゆうれい》のように丸石を敷《し》いた地面から発せられている。広場の向こうにあるカフェはそろそろ閉店《へいてん》時間だが、最後の客がまだテーブルにいて、人気《ひとけ》のなくなった市場の露店《ろてん》の横を掃《は》く奴隷《どれい》の少女たちをながめていた。やさしい香りがあたりを包んでいる。民兵の詰《つ》め所では、赤々と燃《も》える火鉢《ひばち》の火が指名手配の掲示《けいじ》ポスターを照らし、逃亡犯《とうぼうはん》の顔が生きているかのように表情《ひょうじょう》を変える。

〈信仰院《しんこういん》〉の庭に面した塀《へい》の向こうから、鐘《かね》の音とくり返し祈《いの》る声が聞こえる。夕べの礼拝《れいはい》に参加した人たちが門から出てきて、広場からそれぞれの方向に散っていく。スカーレット・マッケインは目立たないテーブル席に座《すわ》り、コーヒーをひと口飲むと、ずれていたサングラスを直し、礼拝者《れいはいしゃ》たちが去っていくのをながめた。残り十分。すべてが順調に進んでいる。十分後、施設《しせつ》に鍵《かぎ》がかけられると、大仕事にかかれる。

四日間、スカーレットとアルバートは〈信仰院《しんこういん》〉をひそかに調べた。この手の施設《しせつ》としてはマーシアで一番古く、財産《ざいさん》を金庫室に厳重《げんじゅう》にしまっていることで有名だ。その場所を見つけた者はまだいない。七つの国で最も悪名高い無法者の二人は、変装《へんそう》のおかげで、人混《ひとご》みに紛《まぎ》れこんでいても誰《だれ》も気づかない。今、スカーレットはひざ丈《たけ》の緑の綿《めん》のワンピースに白のパンプスという、ここマーシアで流行りの装《よそお》いで、すっきりしたショートヘアの金髪《きんぱつ》のかつらをかぶっていた。足を組み、手元には大ぶりのコーヒーカップを、足元には武器《ぶき》を入れた布《ぬの》バッグを置いている。こぎれいであかぬけた雰《ふん》囲《い》気《き》は、いかにも裕福《ゆうふく》な若《わか》いウォリックの女性《じょせい》という感じだ。顔写真が数メートル先の民兵の詰《つ》め所の壁《かべ》に張《は》られた、赤いぼさぼさ頭の強盗《ごうとう》とは似《に》ても似《に》つかない。スカーレットはワンピースが大きらいだったし、かつらもむずがゆくてイライラしたが、どちらもこの四日間、正体を隠《かく》し続けてくれた。

そばを通りすぎる町の人たちの会話が、切れ切れにスカーレットの耳に届《とど》く。このところ、補給物資《ほきゅうぶっし》の運搬《うんぱん》が遅《おく》れている……北街道の輸送《ゆそう》部隊が〈堕種《だしゅ》〉に襲《おそ》われ、大型《おおがた》トラックは横転し、護衛《ごえい》は食い殺《ころ》され、品物がなくなっている……いいニュースもある。明日〈信仰院《しんこういん》〉で、奴隷《どれい》二人と異端《いたん》信者一人が逸脱《いつだつ》の罪《つみ》でむちで打たれる……首席指導役《しどうやく》の話があって、そこで紅《こう》茶《ちゃ》とケーキがもらえる……。

むちで打たれるという言葉に、スカーレットはサングラスの奥《おく》でまゆをひそめたが、表情《ひょうじょう》は変わらない。スカーレットが待っていると、ようやく〈信仰院《しんこういん》〉の構内《こうない》に通じる門が音を立てて閉《し》まった。かんぬきが掛《か》けられ、夜のあいだ固く閉《と》ざされる。礼拝者《れいはいしゃ》が立ち去るなか、最後尾《さいこうび》にいたやせた人物が一人、別の方角に歩き出した。店先をのぞくようにぶらぶらしながら、スカーレットのそばを弧《こ》を描《えが》くように通りすぎ、〈信仰院《しんこういん》〉の敷地《しきち》を囲《かこ》む塀《へい》のわきの細い路地へと消えた。

スカーレットはコーヒーを飲み干《ほ》し、一ポンド札をグラスの下にはさむと、足元の布《ぬの》バッグをひろいあげ、広場を後にした。さっきの人物と同じようにしんとした路地に入っていく。手に持った布《ぬの》バッグが重い。歩きながら頭のなかで中身を一つひとつあげていく。ガンベルト、ロープとひもを入れたリュック、バール、綿《めん》の消音材、鍵《かぎ》をこじあける道具、懐中電灯《かいちゅうでんとう》……よし、全部そろってる。ほかのものは逃走《とうそう》用の自転車にのせ、町の外の涸れ谷《ワジ》に止めてきた。忘《わす》れ物はない。あとは仕事をプロらしく冷静に効率《こうりつ》よくこなすだけ。

「やあ、スカーレット！」

物陰《ものかげ》からやせた人物がよろよろ出てきた。スカーレットは思わず飛びのいた。アルバート・ブラウンも変装《へんそう》していた。ウォリックで流行りの服装《ふくそう》――しわが特徴《とくちょう》のリネンのスーツに白シャツ、青いデッキシューズ――で、かつらはなかったが、髪《かみ》はこのところきれいにとかしてある。もっともらしい書類の束と油のにじんだ紙袋《かみぶくろ》を抱《かか》えていた。

スカーレットはアルバートをにらみつけた。「そうやっていきなり目の前にあらわれないで！

あと、あたしの名前を叫《さけ》ぶのもやめて！」背後《はいご》にのびる路地にちらっと目をやったが、どこも静まり返っている。「だいじょうぶ？　夕べの集会、収穫《しゅうかく》があったみたいね」

「それどころか」アルバートはいつもの無邪気《むじゃき》な笑みを浮《う》かべた。「すごく面白かった」

「でしょうね。宗教《しゅうきょう》のパンフレットももらったみたいだし。その袋《ふくろ》の中身は？」

「でっかい菓子《かし》パンが二つ。礼拝《れいはい》のあと参加者に配ってたんだ。帰ろうとしたら、感じのいい指導役《しどうやく》の女の人が手のなかに押《お》しこむように渡《わた》してきたんだよ。ひと口どう？　おいしいよ」

「いいえ、結構《けっこう》。必要な情報《じょうほう》の最後の一つは手に入れた？」

「うん。その秘密《ひみつ》を知ってる人物を見つけるまでに、何人も調べなきゃならなかったけど」

「すばらしい。で、どこに――」

「それでわかったのは」アルバートはいった。「指導役《しどうやく》の半分は神聖《しんせい》な奥《おく》の間への立ち入りが認《みと》められていない。隠《かく》れたドアの存在《そんざい》を知ってるのは上位者だけ。ぼくが見つけたのは小柄《こがら》なにきび面のやつだったけど、そいつにたどり着くまでに、礼拝式《れいはいしき》の合間の休憩《きゅうけい》時間にほかの指《し》導役《どうやく》全員としゃべるはめになった。大勢《おおぜい》の頭のなかを読んだよ。そのたびに紅茶《こうちゃ》、紅《こう》茶《ちゃ》、紅茶《こうちゃ》でさ。正直、今、膀胱《ぼうこう》にちょっと負担《ふたん》がかかってる。それに、儀式《ぎしき》でたく香のせいで頭がくらくらする。シーク教の説教《グルバニ》に、イスラム教の礼拝《サラート》、キリスト教のミサ、ヒンドゥー教の祭礼《プジャ》。一晩《ばん》に四つまわるのはかなりきつい……」アルバートはちょっとためらった。「いらついてる顔だね」

スカーレットの口調はやさしかった。「いつ話が終わるのかって思ってるだけ」

「今、終わった。いや、待って――精霊信仰者《せいれいしんこう》のすごいダンスもあったな。町の女の人たちが何度も足を高く振《ふ》りあげるんだよ」

この六か月で、スカーレットは忍耐力《にんたいりょく》と根気強さを身につけた。サングラスをはずして目をこすり、アルバートを引っぱたきたい衝動《しょうどう》をおさえる。「アルバート、金庫室への秘密《ひみつ》の入口はどこ？」

「本館。入口はカーテンの後ろだ」

「わなは？」

「ある」

「ほかに危険《きけん》は？」

「すでにわかっているものだけだよ。毒《どく》ガスに落とし穴《あな》……」アルバートは肩《かた》をすくめた。

「イメージもとらえた。なんの問題もないはずだ。そうそう、金庫室のなかの光景もちらっと見えた。金《きん》、宝石《ほうせき》、札束の山……その手のきみの好きなものがあった」アルバートは紙袋《かみぶくろ》をあけ、菓子《かし》パンにかじりついた。「このまま仕事を進める？」

いつものぞくぞく感がスカーレットの体を駆《か》けぬける。死と隣《とな》り合わせの危険《きけん》な行為《こうい》にのぞむ暗い喜《よろこ》び。「決まってんでしょ。ほかにわかったことは?」

「ああ。今夜、玄関《げんかん》ホールには警備員《けいびいん》が二人いる。あと、監視担当《かんしたんとう》の指導役《しどうやく》が一人、庭を歩いてる。そういえば、その人と直接《ちょくせつ》話をしたとき、宗教的基盤《しゅうきょうてききばん》の築《きず》き方についていろいろ話してくれたんだ。手始めに信仰《しんこう》する対象《たいしょう》を二つ選んで——ユダヤ教と神道とかね——まずは一年のあいだ自分にどう影響《えいきょう》をおよぼすか確《たし》かめてみるべきだって。そのあとで、別の宗教《しゅうきょう》にも手を広げてみたら——」

スカーレットが片手《かたて》をあげた。「わかった、いい話ね。けど、今、あたしが知りたいのはその指導役《しどうやく》自身のことよ。どんな人?」

アルバートはパンを噛《か》みながら考えている。「大男で毛深い。名前はバート」

「注意すべきことはある?」

「祭服の下に銃《じゅう》を持ってる。それと儀式《ぎしき》用の剣《けん》。訓練を受けていて、冷静なふるまい方を心得《こころえ》てる。過去《かこ》に暴力的行為《ぼうりょくてきこうい》あり。頭のなかを読んで得《え》た数分の情報《じょうほう》から判断《はんだん》すると、最近はもっぱら日本酒とポーカーと、ケニルワース地区出身の女の子たちに興味《きょうみ》があるらしい」アルバートは考えながら続けた。「指導役《しどうやく》のくせに、特に敬虔《けいけん》ってわけじゃない」

スカーレットは鼻で笑った。「あたり前でしょ。そんな人、指導役《しどうやく》には一人もいないわ。とにかく上々の出来よ、アルバート。もう待つ必要なし。行くわよ」

ふたりは路地をそのまま進んだ。スカーレットが先に立ち、アルバートは菓子《かし》パンをほおばりながら歩いた。月光がななめに差し、遠くの道ばたを銀色に染《そ》めていたが、わきの塀《へい》は黒い闇《やみ》だ。スカーレットの五感は期待に満ちていた。これだ。これこそがあたしの生きがい。今、あたしは生きてる。今、くすんだ世界が急にこの目に美しくくっきりと映《うつ》る。影《かげ》はいっそう色濃《こ》く重なり、月の光は輝《かがや》きを増《ま》している。服が皮膚《ひふ》に触《ふ》れてチクチクする。どの音も、どのにおいも、空気の味までもが深い意味を持っている。ささいな部分の一つひとつに危険《きけん》やチャンスが隠《かく》れていそうだ。

スカーレットは前もって路地の塀《へい》を調べてあった。レンガのあいだにいい足場になるモルタルのはがれかかった場所を見つけ、その下の溝《みぞ》に石を置いて目印にしておいた。そこまで行くと、ふたたび立ちどまってあたりを警戒《けいかい》し、耳をすました。町の音がかすかに聞こえる。少なくともアルバートがパンをもぐもぐする音よりは小さい。月の光と影《かげ》。スカーレットは布《ぬの》バッグからガンベルトを取り出し、腰《こし》に巻《ま》いた。四日ぶりにまともな格好《かっこう》になった気がする。

スカーレットは塀《へい》に手を当て――ためらった。

「アルバート、大きな音を立てて食べるのやめて。大草原の湿地《しっち》ウシじゃあるまいし。くちゃくちゃ、むしゃむしゃって音を聞きつけて民兵が来ちゃうでしょ」

「ごめん。緊張《きんちょう》してるんだと思う」

「んなわけないでしょ。あたしたち、銀行強盗《ごうとう》を六回やってんのよ。今回だって変わらない。菓子《かし》パンを置いて」

「いや、ちょっとちがうよ、スカーレット。ここのうわさは知ってるよね」

「ええ。あたしは何ひとつ信じてないけどね。金《きん》についてのくわしい話は別だけど」

「きみがそういうなら」最後に大急ぎで噛《か》んでのみこみ、パンプレットを捨《す》てる音がした。アルバートは自分の上着で手をぬぐった。「さあ、準備《じゅんび》できた」

「いいわ。布《ぬの》バッグのなかにリュックが入ってる。それを背負《せお》って待ってて。口笛で合図したら来て」


高さ三、四メートルありそうな塀《へい》をスカーレットは十一秒で上までよじ登ると、レンガにまたがり、体を低くしたまま、〈信仰院《しんこういん》〉の敷地《しきち》のなかを見渡《みわた》した。並木《なみき》に囲《かこ》まれた庭は大きな黒い四角形を作っていて、そのまわりを現代的《げんだい》なウォリックの町の明かりが身を寄《よ》せ合うように取り巻《ま》いている。町の北側は果てしなく平原が広がり、崩壊《ほうかい》した旧《きゅう》市街の巨大《きょだい》な建物のアーチや鉄骨《てっこつ》が、星空を背《せ》に骨《ほね》のように輝《かがや》いていた。

木々の向こうの離《はな》れの宿舎《しゅくしゃ》に明かりが一つか二つついている。指導役《しどうやく》の大半はもう部屋で休んでいるだろう。だが、〈信仰院《しんこういん》〉の本館は月光に照らされた灰色《はいいろ》のかたまりで、ずんぐりと無秩序《むちつじょ》に広がるその影《かげ》が、光塔《ミナレット》やほかの尖塔《せんとう》の下でじっとしている。これまでこの建物に入りこめた盗賊《とうぞく》は一人もいない。スカーレットのかつての雇《やと》い主のハンド同業組合という強力な犯《はん》罪組織《ざいそしき》でさえ、侵入《しんにゅう》しようとして失敗したといわれている。ここの評判《ひょうばん》――所蔵《しょぞう》している金《きん》と、複雑《ふくざつ》に張《は》られた秘密《ひみつ》の防御物《ぼうぎょぶつ》に対する評判《ひょうばん》――は七国じゅうに広がっていた。難攻不落《なんこうふらく》といわれているのだ。

スカーレットはニヤリとした。アルバート・ブラウンの並《なみ》はずれた能力《のうりょく》があれば話は別だ。

スカーレットは小さく口笛を吹《ふ》いた。やがて、激《はげ》しいあえぎ声とうめき声が下から聞こえてきた。アルバートがひどく息を切らしてあらわれ、塀《へい》の上になんとか体を引きあげる。おぼれかけて救命《きゅうめい》ボートにはいあがろうとする片腕《かたうで》の男だって、これほど騒《さわ》いだりはしないだろう。

スカーレットはアルバートをにらみつけた。「どうしたのよ?」

「紅茶《こうちゃ》を飲みすぎちゃって。胃《い》のなかでピチャピチャはねる音が聞こえる」

「強盗《ごうとう》を働くときは何も食べちゃだめだし、飲んでもだめ。これは鉄則《てっそく》よ」

アルバートはスカーレットの横にぎこちなく座《すわ》った。「飛びおりなきゃだめ? 膀胱《ぼうこう》が破裂《はれつ》するかも」

「ほんとに?　それは見ものだわ……」スカーレットは塀《へい》の上で体の向きを変えると、すばやくかがみこんだ。むき出しの脚《あし》が冷たいレンガに当たって思わず顔をしかめる。うまい変装《へんそう》だろうとなんだろうと、綿《めん》のワンピースはこの手の仕事には向かない。頼《たよ》りになるいつものコートとジーンズがほしい。どっちも自転車と一緒《いっしょ》に町の外に隠《かく》してきた。

スカーレットは一瞬《いっしゅん》、塀《へい》にぶら下がってから、そっと暗闇《くらやみ》のなかにおりた。秋が近づいている。下はやわらかい乾《かわ》いた地面で、花の香りがあたりに満ちていた。感覚をとぎすまし、黙《だま》って立ったまま、激《はげ》しい心臓《しんぞう》の音に耳をすます。この瞬間《しゅんかん》の何にも代えがたい全身がうずくような喜《よろこ》び。敵《てき》の領内《りょうない》に入ったときはいつも、この感情《かんじょう》にひたる。もう後戻《あともど》りはできない。

頭上で騒《さわ》がしい音がして、スカーレットは塀《へい》から離《はな》れた。短い悲鳴とあわただしい音が一瞬《いっしゅん》聞こえ、今までスカーレットが立っていた場所に鈍《にぶ》い衝撃《しょうげき》があった。スカーレットはため息をつくと、腰《こし》のガンベルトに注意を向けた。よし、留《と》め具もポーチも正しい位置にある。弾薬《だんやく》、解錠《かいじょう》道具、ナイフ……背後《はいご》でアルバートがよろよろ立ちあがり、服やリュックから土ぼこりを払《はら》う音がする。

アルバートが横に来た。「このあわれなスーツはもう元に戻《もど》らないな」

「別に構《かま》わないでしょ。あたしたちだってもうウォリックには戻《もど》らないんだから」

「確《たし》かに。戻《もど》るのは賢明《けんめい》じゃないよね。ちょっと悲しいけど」

スカーレットはそっと動き出し、木々のあいだを進んだ。明るい月が地上を銀色にコーティングしている。「悲しい? なんで?」

「ぼくらが盗《ぬす》みに入る場所はみんなそうだけど、ここにも古い歴史《れきし》がある。気味の悪い廃墟《はいきょ》や変わった土地の慣習《かんしゅう》や……すごく親切にしてくれる人もなかにはいるし」

スカーレットはバカにしたように鼻を鳴らした。まったく、アルバートには驚《おどろ》かされる。無法者の生活を始めて半年もたつのに、相変わらず前向きな思考を根強く持ち続けている。「アルバート、あんたもあのポスターを見たでしょ。あたしたちは社会の敵《てき》ナンバーワンなのよ。もし、つかまって正体がばれれば、中央広場でつるしあげられて、拷問《ごうもん》されて、無残に殺《ころ》される。みんながあたしたちを殺《ころ》したがってるんだから」

「わかってる……けど、それを別にすれば」

「別にしちゃだめ。ここにいるのはみんな町民よ。冷酷《れいこく》で執念《しゅうねん》深くて憎《にく》むべき連中だって何度もいってるでしょ。指導役《しどうやく》はその最たるもの。あそこの柱を見て。あれが何よりの証拠《しょうこ》」スカーレットは歩調をゆるめた。木々の端《はし》に来ていた。砂利道《じゃりみち》と銀色に輝《かがや》く広い芝生《しばふ》が〈信仰《しんこう》院《いん》〉の建物のほうにのびている。少し先で砂利道《じゃりみち》が二つに分かれ、円形のプールを取り囲《かこ》んでいた。プールの水は黒インクのようで、白いタイルの縁《ふち》が、認可宗教《にんかしゅうきょう》ならなんでも受け入れる〈信仰院《しんこういん》〉の、すべてを包みこむ輪を象徴《しょうちょう》している。だが、ここにも一段《いちだん》高くなった場所があり、細長い柱が立っていた。むち打ち刑《けい》の柱だ。スカーレットの目がきらりと光った。明日、指導役《しどうやく》たちは三人の新しい犠牲者《ぎせいしゃ》にまたこれを使うのだろう。

もっとも、運がよければ、自分たちはそのころ、ほかのことを考えているかもしれない。

ふたりはしばらくその場を動かず、立ったまま庭を見つめた。こういうときはあわてないほうがいい。建物自体には何も動いている気配はない。幅《はば》の広い正面は飾《かざ》りけのない白い漆喰《しっくい》の壁《かべ》で、何年ものあいだにできたくぼみや汚《よご》れがある。曲線状《きょくせんじょう》のレンガの階段《かいだん》が入口の玄関《げんかん》ホールまで続いていた。両開きの扉《とびら》の上にある小窓《こまど》から明かりがもれている。

ほどなく、ふたりは木々から離《はな》れないように歩いて、建物のほうに移動《いどう》した。

「さっききみが話してたぼくらの指名手配のポスターのことだけど」アルバートがいう。「そばを通りすぎるときに見たの？　ちゃんと見た？　懸賞金《けんしょうきん》が二万五千ポンドまでつりあげられたらしいよ」

「ええ。ちゃんと見たわ」

「以前はぼくだけで二万ポンドかけられてたよね。ってことは、今、きみは五千ポンドの価値《かち》があるんだ、スカーレット。さすがだね」

アルバートはスカーレットにほほえんでいる。スカーレットは満面の笑みで返した。「何いってんの。うまくいけば、あたしたちの価値《かち》は今夜以降《いこう》、ぐっとはねあがるわ……さあ、この芝生《しばふ》をつっきるわよ。このまままっすぐ扉《とびら》まで行って押《お》し入り、なかにいる警備員《けいびいん》を片《かた》づける。準備《じゅんび》はいい？」

「うん」少し間があった。「あの、じつはちょっと」アルバートはせき払《ばら》いした。「例の紅茶《こうちゃ》のせいで……」

スカーレットはあきれた顔をした。今、すましておかないとアルバートは集中できないだろう。「まったくもう！　わかった。さっさとすましてきて。すぐそこの木のところで」

アルバートはぎこちない足取りで立ち去った。スカーレットは立ったまま、庭の向こうに目をやった。むち打ち刑《けい》の柱が月光に照らされている。必死に見ないようにしても、視線《しせん》がその柱に戻《もど》ってしまう。雲が月にかかり、柱が見えなくなった。少しのあいだ視界《しかい》がぼやけ、記憶《きおく》がよみがえる……金色の朝日のなかに立つ三本の柱……。

スカーレットは激《はげ》しくまばたきして、その映像《えいぞう》を消した。芝生《しばふ》を歩く足音がする。低木の茂《しげ》みからアルバートが戻《もど》ってきたんだろう。ところが、アルバートではなかった。〈信仰院《しんこういん》〉の指導役《しどうやく》の黒い祭服を着た男が、建物の角からあらわれた。監視《かんし》の男だ。太く短い胴体《どうたい》に赤ら顔で、オールバックにした長い黒髪《くろかみ》が白い高襟《ハイカラー》にかかっている。男とスカーレットは同時に相手に気づいた。スカーレットが先に反応《はんのう》し、突進《とっしん》しながらベルトに手を伸《の》ばす。男もすばやく動いた。祭服から引き出した右手に、銃《じゅう》を握《にぎ》っている。その瞬間《しゅんかん》、ナイフがスカーレットの手を離《はな》れた。男の手首にナイフの柄《え》が当たり、銃《じゅう》が地面に落ちる。

どちらもまだ相手に向かって突《つ》き進んでいる。今度は男の左手が見えた。長いナイフを握《にぎ》っている。刃先《はさき》が鳥のくちばしみたいに反っている。男は勢《いきお》いよく目の前に迫《せま》ってくると、ナイフを力まかせにスカーレットの腕《うで》に振《ふ》りおろした。スカーレットは横に回転して身をかわし、刃先《はさき》が地面に当たって鋭《するど》い音を立てる。男はすかさずナイフを腰《こし》の位置で横に払《はら》った。スカーレットが地面につっぷすように手をつくと、頭の上をナイフがかすめ、水藻《みずも》のあいだを泳ぐ魚のように、はね上がった髪《かみ》を通りぬけた。スカーレットは足を水平に回転させ、思いきり男のすねを蹴《け》った。男がよろめきながら離《はな》れる。すかさずスカーレットは立ちあがった。男は必死にナイフを振《ふ》りながらも、しだいに体が丸まっていく。スカーレットがもう一度蹴《け》りつけると、パンプスが男のズボンの真ん中の一番やわらかい部分に当たった。空気がぬける風船のような音がして、男が体を折り曲げる。男のあごが落ちてきたところをスカーレットが強烈《きょうれつ》なアッパーカットで出迎《でむか》えた。別の音がした。今度は卵《たまご》が割《わ》れたような音だ。男はふたたび骨《ほね》ぬきの状態《じょうたい》になったらしい。後ろへ飛んで、大きな音を立てて地面にあおむけに倒《たお》れた。

スカーレットは目にかかったブロンドの前髪《まえがみ》を吹《ふ》き払《はら》い、まっすぐに立った。指の関節をちょっとさすする。殴《なぐ》ったところがずきずきした。

アルバートがボタンをはめながら、背後《はいご》の木からあらわれた。「ふう、助かった……これでだいぶ楽になった」そこで急に立ちどまった。「おっと、この人だれ?」

スカーレットはアルバートをにらみつけた。「あたしが知るわけないでしょ。バートだっけ? それともビル? 会ったのはあんたでしょ。ほら、さっさとこの人の足を持って。どこか見えない場所にしばりつけておかないと」

　アルバートがためらいも質問《しつもん》もせずに淡々《たんたん》と指示《しじ》に従《したが》うのを見て、スカーレットはうれしくなった。ようやくまともに仕事が始まった。地面に伸《の》びている男を見て、とたんにアルバートがてきぱき動き出す。アルバートのかなり癖《くせ》のある、命の危険《きけん》を招《まね》きかねない風変わりな言動を直すのに半年かかったが、ほぼ直った。緊急時《きんきゅう》におけるアルバートは、スカーレットに負けないくらい的確《てきかく》に動ける。

　ふたりは気絶《きぜつ》した監視《かんし》の男を別の場所まで運んで、さるぐつわを噛《か》ませると、ひもで木にしっかりしばりつけた。それから〈信仰院《しんこういん》〉の建物に戻《もど》った。ドアの向こうの部屋からまだ明かりがもれている。

　あたりはしんとしていた。〈信仰院《しんこういん》〉とそのなかにあるものが待っている。

　アルバートがドアまで行き、木のドア板をちらっと見た。振《ふ》り返ってスカーレットに目をやり、無言で指を二本あげる。それから親指を立てた。

　予想どおり、なかに二人いる。何も気づいていない。

　スカーレットはうなずくと、銃《じゅう》をぬいてドアに向かった。

3章

あれこれ考え合わせると、自分の泥棒《どろぼう》人生は結構《けっこう》うまくいっているとアルバート・ブラウンは感じていた。たしかに欠点はあるけれど、それはどんな職業《しょくぎょう》だって同じだし、恩恵《おんけい》のほうが欠点を補《おぎな》っても余《あま》りある。自信をもってそう思えるのは、おだやかなひとときーー追いかけられたり、追跡《ついせき》されたり、銃《じゅう》でねらわれたりしていないときーーに、良い点と悪い点を比較《ひかく》してみたからだ。

悪い点の上位四つ

一、つねに非業《ひごう》の死をとげる可能性《かのうせい》がある

二、口汚《くちぎたな》い言葉をひんぱんに浴びる

三、荒野《こうや》で、体の大事な部分を刺《さ》してくる草木のトゲや、硫黄棒《いおうぼう》の向こうを物はしげにうろつくオオカミや、獰猛《どうもう》なクマに囲《かこ》まれて野宿する夜が何日も続く

四、ときおり、強い罪悪感《ざいあくかん》にさいなまれる

その晩《ばん》、アルバートは四つ目にちょっと悩《なや》まされていた。例えば指導役《しどうやく》のバート。あの人とは少し前まで楽しくおしゃべりしていたのに、一時間後には脱力《だつりょく》した体を木の切り株《かぶ》にしばりつけ、本人の靴下《くつした》の片方《かたほう》をさるぐつわにして、口に噛《か》ませた。あの人をそうしなくちゃいけないのは確《たし》かだけど、気がめいるのも事実だ。そして今もまた、黒いスーツ姿《すがた》の警備員《けいびいん》二人がひもでしばられ、さるぐつわを噛《か》まされて〈信仰院《しんこういん》〉の玄関《げんかん》ホールの床《ゆか》に横たわるのを同じ気分でながめた。スカーレットがちょうど二人をドアから見えない受付デスクの後ろに引きずっていく。警備員《けいびいん》の二人が激《はげ》しく目をむき、口をふさがれたまま悪態《あくたい》をついて、心のなかの露骨《ろこつ》な敵意《てきい》を見せても、アルバートは気の毒《どく》に思わずにはいられなかった。申し訳《わけ》なさそうにちらっと二人にほほえみ、格闘《かくとう》したときに散らばったパンフレットを片《かた》づける。こんなふうに押《お》し入って、警備員《けいびいん》の頭を強打し、前日にウォリックの生地店で買った長さ十数メートルの高級下着用ゴムひもでしばったりしなくても、自分たちがこの人たちと楽しく会話ができる社会で暮《く》らせるなら、そのほうがずっといい。もしかしたらいつか、世の中がいいほうに変わるかもしれない。アルバートはそうなることを願った。

いっぽう、無法者の放浪《ほうろう》生活のいい点の上位四つは

一、スカーレットと一緒《いっしょ》にいられる

二、自由でいられる

三、体調がいい（これはひっきりなしに自転車で逃走《とうそう》しているからというのが大きい）

四、七つの国をめぐって不思議なものを目にしたり、地元の人と出会ったり、その国の美しさや謎《なぞ》を掘《ほ》り起こしたりできるので、心の奥底《おくそこ》に隠《かく》れている旺盛《おうせい》な知識欲《ちしきよく》が満たされる

今回の旅では、この四つ目が特に満たされていた。ふたりはアングリアの湿原《しつげん》と広々とした空をあとにし、北街道のくずれたアスファルト舗装《ほそう》の細長い道を横切り、灰地帯《はいちたい》の丘や峡谷《きょうこく》を自転車で越《こ》え、カルスト地形の絶景《ぜっけい》をちょっぴり楽しんだあと、魅力的《みりょくてき》なウォリックの町で何日か過《す》ごしていた。

そして、今、町の名高い〈信仰院《しんこういん》〉を探検《たんけん》しようとしている。

スカーレットがふたたび歩き出し、部屋を横切っていく。金髪《きんぱつ》のかつらがきらめき、ワンピースにはおよそ不釣《つ》り合いな銃《じゅう》や強盗《ごうとう》用の道具がゆれている。アルバートはスカーレットに追いつこうとあわてて走り出した。目に入るのは、ペニー硬貨《こうか》が入ったプラスチックの慈善募《じぜんぼ》金箱《きんばこ》、パンフレット棚《だな》、紅茶《こうちゃ》わかし器、何列も並《なら》んだ質素《しっそ》な木製《もくせい》の椅子《いす》……アルバートは悲しい笑みを浮《う》かべた。ついさっきまで、ぼくは信者候補《こうほ》になりすましてここに立っていた……のに、今はここから金品を盗《ぬす》もうとしている！　これもまた新しい経験《けいけん》だ。これまで、一つとして同じような仕事をしたことはない。

玄関《げんかん》ホールのつきあたりにあるドアまでやってくると、スカーレットはちょっと立ちどまり、

耳をすました。アルバートはリュックの位置を直し、体を丸めた男たちのほうを振《ふ》り返った。

「あの二人、だいじょうぶかな？」

「どっちにも枕《まくら》はあげてないけど、呼吸《こきゅう》はそこそこできると思う……」スカーレットは用心深く靴《くつ》でドアを押《お》した。「そんな目で見ないで。ここまで誰《だれ》も撃《う》たないできてるのよ、アルバート……喜《よろこ》んでいいんじゃない？」

「確《たし》かにこれまでとちがうね」アルバートは部屋の先まで見渡《みわた》した。すべてがしんとしている。

「このところ、努めてひかえめにしてるつもりよ。昨夜の追いはぎは別として、誰《だれ》も撃《う》ってないわ、ええと……」スカーレットはちょっとまゆを寄《よ》せて記憶《きおく》をたどっている。

「ほぼ一週間だよ。マーシア国境《こっきょう》にいた監視《かんし》を撃《う》ったよね？」

「ああ、あれは数には入らない。ただ腕《うで》に怪我《けが》させただけだもの。あいつが自転車で通り過《す》ぎるあたしたちを止めようなんてしなきゃよかったのよ」スカーレットはドアをすりぬけた。

「今度はどっち？」

「第二ホール。この広間の反対側。だけど、あのマーシアの監視《かんし》には……ひと言『失せろ』でじゅうぶんだったよ、きっと」

「ああ、心配ないわ。それもいったと思う」

中央ホールはすべすべの石と細かい穴《あな》のあるレンガでできた冷たくほの暗い場所で、やわらかい電気の明かりが灯り、灰色《はいいろ》と金色の緞帳《どんちょう》がまわりを囲《かこ》んでいる。強い香のにおいがする。複数《ふくすう》のくすんだ色のドアが開け放たれ、両側の拝殿《はいでん》に通じている。ホールのつきあたりにカーテンのかかったアーチがあった。ふたりはすぐにそのアーチに向かってまっすぐに進んだ。

　スカーレットの効率《こうりつ》よく目的を果たすやり方は、この半年アルバートがそばにいて学んだことの一つだ。ほかにもスカーレットから教わったことは数えきれないほどあって、なかには犯罪《はんざい》とは無縁《むえん》のものもある。例えば、野宿をするのに安全な場所の選び方、調理用の火のおこし方、泥《どろ》ネズミやイタチ用のわなの仕かけ方、夜のあいだ吸血《きゅうけつ》モグラが寝袋《ねぶくろ》の下の地面に顔を出さないよう遠ざけておく方法などは、今ではアルバートも心得《こころえ》ている。ほかにも、V字形の棒切《ぼうき》れの使い道なら上位六つは頭に入っているし、手っとり早くウサギの皮をはいで骨《ほね》を取り除《のぞ》く方法とか、テクタイトの産地で方位磁石《じしゃく》が役に立たず、耳鳴りもおさまらないときの進むべき方向の見つけ方とか、ヘチマの茎《くき》から水を取り出す方法とか、黒い湿地帯《しっちたい》の安全な歩き方とか、防火靴《ぼうかぐつ》がなくても〈燃焼《ねんしょう》地帯〉を横断《おうだん》する方法なんかも知っている。放浪者《ほうろうしゃ》と物々交換《こうかん》をしたこともあるし、泥棒《どろぼう》やハンセン病者と一緒《いっしょ》に食事をしたことも、狂信者《きょうしん》の妙《みょう》な祈禱《きとう》に参加したこともある。北街道を勇ましく進む輸送車《ゆそうしゃ》の一団《いちだん》に加わったり、アングリア沿岸《えんがん》を進むバーク船で旅をしたりしたこともある。遠くに見える〈鉄の山〉から伝わる磁気《じき》パルスが骨《ほね》をゆさぶるのを感じたこともある。要するに、アルバートはなかなかおもしろい人生を送っていて、〈ストーンムア〉という監獄《かんごく》での閉鎖《へいさ》された不自由な子ども時代はすでに、はるか昔のことのように感じていた。

もちろん、スカーレットはアルバートにその種の訓練もほどこした。探検中《たんけんちゅう》に役立つ忍《しの》び歩きや音を立てないこつ。針金《はりがね》やピンでの錠《じょう》開け、慎重《しんちょう》な窓《まど》の開閉《かいへい》、ドアの扱《あつか》い。金庫や書類棚《だな》や机《つくえ》の引き出しを開けるのに役立つナイフや金梃子《かなてこ》のちょっとした動かし方……など、どれもアルバートはたいして得意《とくい》とはいえなかったが、最近は、根っからの不器用のせいでふたりの身を危険《きけん》にさらすことはめったになくなった。それだけでじゅうぶんだ。

ふたりは中央ホールのつきあたりのアーチにたどり着いた。その先が第二ホールで、紫《むらさき》の緞帳《どんちょう》に囲《かこ》まれた暗くしんとした場所だった。スカーレットは足を止め、耳をすましている。

「さてと」小さい声でいった。「秘密《ひみつ》の部屋の入口はこの奥《おく》ね。カーテンの向こうかな?」

「にきび面の考えてたことが正しければ」

「きっと知ってるわよ。にきび面でもね。部屋のなかにほかの指導役《しどうやく》は?」

「いる可能性《かのうせい》はある」

「わなは?」

「まちがいなくある。具体的な防御対策《ぼうぎょたいさく》がここから始まってる」

第二ホールに入ると、香のにおいが強くなった。低い腰《こし》かけが半円形の空間を囲《かこ》むように、何列も曲線状《きょくせんじょう》に並《なら》んでいる。礼拝式《れいはいしき》が行われる場所らしい。すっきりした陳列台《ちんれつ》には、アルバートがさっきまで参加していた儀式《ぎしき》の一覧表《いちらんひょう》がそのまま残っている。ふたりで〈信仰院《しんこういん》〉に押《お》し入るのは初めてではないので、アルバートは各地にあるこの宗教施設《しゅうきょうしせつ》のつくりがわかるようになっていた。ありふれたものを効果的《こうかてき》に使っている。そして、何よりもまず秩序《ちつじょ》を重んじる。どの神をあがめようと、どの儀式《ぎしき》をお気に入りに選ぼうと変わらない。規律《きりつ》がすべて。それはどの部屋を見てもわかる。うまく配置された緞帳《どんちょう》やろうそく、輝《かがや》く金製品《きんせいひん》、くつろげる雰《ふん》囲気《いき》、座《すわ》り心地のいい椅子《いす》、入口に置かれた紅茶《こうちゃ》わかし器。ここは公共のおしゃべりの場であり、温かみのある上等な調度品がしつらえられている。すべてが人間の日常《にちじょう》感覚で作られ、外の世界が入りこまないようにしている。壊《こわ》れた旧《きゅう》ウォリックの廃墟《はいきょ》や、その先の（もっとすさんだ）獣《けもの》のうろつく丘陵地《きゅうりょうち》などの荒涼《こうりょう》とした現実《げんじつ》のほうを向いた窓《まど》はどこにもない。しかし、神秘的《しんぴてき》なものはうまく目に入るようになっている。黒々とした暗闇《くらやみ》への入口、絵の具で描かれた星が見える高窓《たかまど》、神や聖人《せいじん》の像《ぞう》がぼんやりした薄闇《うすやみ》に立つ壁《かべ》の狭《せま》いくぼみ。ここは謎《なぞ》と影《かげ》に満ちた場所になるよう作られていて――

「アルバート」

「何、スカーレット？」

「今、あんたに質問《しつもん》したんだけど」

「え、なんの質問《しつもん》？」

「集中してよ！　今、仕事中なのよ！　秘密《ひみつ》のドアはどこにあるのって聞いたの」

「左側のカーテンだよ。レバーに気をつけて」アルバートはリュックを肩《かた》になじむよう背負《せお》い直した。リュックを運ぶのはアルバートの役目だ。スカーレットは工具と銃《じゅう》を持っている。

スカーレットが左のカーテンを引くと、壁《かべ》と一体化したドアがあらわれた。プラスチックの取っ手のついた短いレバーが三つ、つき出ている。スカーレットはたずねるような目でアルバートを見た。

「右端《みぎはし》」アルバートはいった。「ほかの二つは悲惨《ひさん》な死につながる」

「なるほど……わかった。レバーは上に動かすの？　それとも下？」

「上にあげると、ドアが内側に開くはず」

「ドアの向こうに誰《だれ》かいる？」

アルバートは気持ちを集中し、心を開いて暗闇《くらやみ》と静寂《せいじゃく》に向けた。「いない」

「よし」スカーレットはためらうことなくレバーをあげた。ドアは本当に内側に開いた。アルバートが思っていたよりはるかに速く動く。ウォリック信仰院《しんこういん》の神聖《しんせい》な奥《おく》の間につながる廊下《ろうか》が、暗闇《くらやみ》へのびている。遠くに明かりのついたランプがある。

ふたりは立ったままランプを見た。七国じゅうでささやかれているうわさが本当なら、そして、アルバートが指導役《しどうやく》たちの頭のなかを探《さぐ》ったときに読み取った驚《おどろ》きのイメージが幻想《げんそう》でないなら、この先に莫大《ばくだい》な富が待っている。

すぐにもこの廊下《ろうか》を進みたくなる。

ふたりともその場を動かなかった。

「だいじょうぶそうだ」アルバートはいった。

スカーレットは顔をしかめて廊下《ろうか》の先の明かりがちらつくランプに目をやり、溶《と》けた金《きん》のような小さな光輪を見つめた。「だよね？　そこが気に入らない。この廊下《ろうか》について誰《だれ》かの頭のなかから読み取れたことはない？」

アルバートは考えた。指導役《しどうやく》たちから盗《ぬす》んだイメージが、夢《ゆめ》の断片《だんぺん》のように目の前にぼんやりゆらめく。「特にないな。回転する床石《ゆかいし》がいくつかあるのは確《たし》かだけど、正確《せいかく》な位置はつかめなかった。建物の防御物《ぼうぎょぶつ》について誘《さそ》いの質問《しつもん》をあれこれ投げてみたけど、大半の人はぼくにパンフレットを渡《わた》すのに忙《いそが》しくてそれどころじゃなかったんだ。ただ、金庫室への行き方はちゃんとわかってる。この先のつきあたりを右に曲がってまっすぐだ」

「はいはい、そこまで行ってからね……」スカーレットはベルトから懐中電灯《かいちゅうでんとう》を取り出し、前方に光を向けた。床石《ゆかいし》は灰色《はいいろ》の長方形で、一つひとつが大きく、底辺が廊下《ろうか》の幅《はば》いっぱいある。そして、五枚《まい》目ごとにわずかに色が変わっていた。ほかの床石《ゆかいし》より心なしか色が薄《うす》い。スカーレットの鼻にしわが寄《よ》った。「あの色の薄《うす》いところ、あまり踏《ふ》まれてるように見えないわね」

アルバートはうなずいた。「実際《じっさい》、踏《ふ》まれてないからほこりがたまってるんだ」

「なるほど……じゃあ、そのままにしておこう」

ふたりはゆっくり廊下《ろうか》を歩いた。歩幅《ほはば》を調整し、五枚《まい》目ごとの床石《ゆかいし》をまたぎながら進んでいく。いつもながら、スカーレットは沈着《ちんちゃく》冷静だ。懐中電灯《かいちゅうでんとう》を手際《てぎわ》よく左右に動かしながら、壁《かべ》や天井におかしなものがないか探《さが》している。だが、漆喰《しっくい》が塗《ぬ》られているだけで飾《かざ》りも何もない。

スカーレットが立ちどまるたびにアルバートは肩越《かたご》しに後ろを振《ふ》り返り、開いたままのドアを見た。カーテンの向こうに第二ホールの一部がまだほんのわずかに見えている。濃《こ》い灰色《はいいろ》の空間はがらんとして静まり返っていた。それがどうしても気になる。

「あのドア、閉《し》めてきた方がよかったんじゃない？」

「いいえ。すぐに逃《に》げられる出口が必要になるかもしれない……」スカーレットはアルバートの腕《うで》をつかんだ。「気をつけて！　足元をちゃんと見て！」

アルバートは身震《みぶる》いしながら、危《あや》うく踏《ふ》みかけた何の変哲《へんてつ》もない薄《うす》い灰色《はいいろ》の床石《ゆかいし》を見つめた。ウォリック信仰院《しんこういん》についての不愉快《ふゆかい》なうわさが不意に頭に浮《う》かぶ。

「スカーレット、この下に何がいると思う？」

「回転する石の下に？」スカーレットは振《ふ》り返ってアルバートを見ると、ニヤリとした。早くも先に進もうとしている。「でっかい人食いガエルじゃないと思うわ。あんたはそれが心配?」

「じゃ、あのうわさは信じてないんだね? よかった。でも、なんで?」

「調達と管理の問題よ。そんな巨大《きょだい》ガエルの群れを、この床石《ゆかいし》の下に元気に閉《と》じこめておけると思う? えさは何? 共食いしちゃわない?」スカーレットは細い肩《かた》をすくめた。「ありえない、そんなバカバカしいこと。請《う》け合うわ。まあ、でも、わからずじまいよ。でしょ? だって、あたしたちはその床石《ゆかいし》を踏《ふ》むことはないんだから……さてと、ここはどうする?」

ふたりは廊下《ろうか》のつきあたりに差しかかっていた。左と右に閉《と》じたアーチのドアがある。前方の高い棚《たな》の上で、ランプの明かりが誘《さそ》うようにゆれている。棚《たな》の下には木の聖書台《せいしょだい》があり、本が一冊《さつ》置いてある。アルバートは急に立ちどまった。ここはある指導役《しどうやく》に防御物《ぼうぎょぶつ》のことをたずねたとき、その人の頭に浮《う》かんだのとまったく同じ光景だ。

「そこに置いてあるのは聖書《せいしょ》だ。〈堕種《だしゅ》〉の皮膚《ひふ》で装丁《そうてい》されていて、背表紙《せびょうし》に宝石《ほうせき》が張《は》りつけてある。持っていきたくなるけど、わなだよ」アルバートの視線《しせん》がすっと天井に向いた。「ほら、あそこ! ドアの上。細いパイプが見える? 聖書《せいしょ》を手に取ると、あそこからガスが噴《ふ》き出すんだ」

スカーレットはアルバートににっこり笑いかけた。「上出来よ。あたしなら見過《みす》ごしてた。ねえ、あたしを押《お》しあげてくれる? そのあと、目をそらしてて。このバカげたワンピースでよじ登るのはみっともないから」

スカーレットはベルトにつけてある道具袋《ぶくろ》を開け、こういうときのために持ってきた脱脂綿《だっしめん》の詰《つ》め物を取り出すと、アルバートの手を踏《ふ》み台にして聖書台《せいしょだい》に飛び乗り、さらに棚《たな》に飛び移《うつ》った。そこから身を乗り出してパイプに脱脂綿《だっしめん》を詰《つ》め、また軽々と飛びおりる。

スカーレットを待つあいだ、アルバートはいわれたとおり背《せ》を向け、がらんとした長い廊下《ろうか》を見ていた。相変わらず何もあらわれない。「その聖書《せいしょ》はどの宗派《しゅうは》のもの?」

「もらっていこう。ジョーがこの宝石《ほうせき》を高値《たかね》で売ってくれるわ」スカーレットは聖書台《せいしょだい》から聖《せい》書《しょ》をつかみ取った。カチッというかすかな音がしたが、何も起こらない。スカーレットが本を手渡《てわた》すと、アルバートはそれをリュックに入れた。「次は、右ね」スカーレットがいう。「このドアの向こうに誰《だれ》かいる?」

アルバートは気持ちを集中して近くに人の思考を読み取れないか探《さぐ》った。「いない」

「よし」

スカーレットはドアを開けた。その先は大きな四角い部屋だ。電灯がついていたが、明滅《めいめつ》している。別のドアがいくつかあり、テーブルや座《すわ》り心地のよさそうな椅子《いす》がある。陳列棚《ちんれつだな》が何列も壁《かべ》ぞいに並《なら》んでいて、お決まりの〈信仰院《しんこういん》〉の記念品――国境《こっきょう》戦争時代にまでさかのぼる人工の遺物《いぶつ》があった。開拓者《かいたくしゃ》たちが〈堕種《だしゅ》〉を撃《う》つときに使った銃《じゅう》や、廃墟《はいきょ》を開拓《かいたく》して、新しい田畑を耕《たがや》すためにウォリックの人々に見せた譲与証書《じょうよしょうしょ》……写真もある。大きな口ひげの初代指導役《しどうやく》や、中央広場での逸脱者《いつだつしゃ》の処刑《しょけい》を撮《と》った写真や、初めての移動信仰院《いどうしんこういん》の写真もある。そこから指導役《しどうやく》たちが希望の教えを広め、点在《てんざい》する町との精神的《せいしんてき》つながりを作っていった。当時の〈信仰院《しんこういん》〉は、カーテンがついた箱のような小屋に過《す》ぎず、それを木の荷馬車にのせ、簡素《かんそ》なはしごをのぼって出入りしていた。アルバートはその移動信仰院《いどうしんこういん》が道中の危険《きけん》を避《さ》けながら、荒野《こうや》をのろのろ進んでいくところを想像《そうぞう》してみた。よく無事に移動《いどう》できたものだ。もしかすると当時はまだ〈堕種《だしゅ》〉の数が少なかったのかもしれない。

いつものように、アルバートは陳列棚《ちんれつだな》のそばでぐずぐずしていた。いつもそこで、少しだけ古い写真をじっくりながめたくなるのだが、それはできない。スカーレットが部屋の中央で待っている。

「急いでもらえる?」スカーレットはいらだたしげに小声でいった。「景色に見とれたもうろくじいさんみたいよ。あたしは金庫室に行きたいの」

「だけど、すごいと思わない?」アルバートはあわててスカーレットのほうに走った。靴《くつ》が床《ゆか》をおおうじゅうたんにやさしく埋《う》もれる。「たくさんの歴史《れきし》がある。この信仰院《しんこういん》は歴史《れきし》が詰《つ》まってる」

「あたしの興味《きょうみ》は金《きん》、が詰《つ》まってる場所なんだけど」スカーレットはいった。実際《じっさい》、スカーレットの思考にそれが表れていた。アルバートは礼儀《れいぎ》正しく、できるだけ無視《むし》しようとしたが、スカーレットの頭のまわりで渦《うず》を巻《ま》いているイメージがどうしても目に入ってしまう――大桶《おおおけ》いっぱいの硬貨《こうか》に、金と銀の延《の》べ棒《ぼう》……目当てのものがすぐそばにあるせいで、スカーレットの欲望《よくぼう》はどんどんふくらみ、的確《てきかく》な行動に必要ないつもの冷静さが失われつつある。

「そんなに高く積みあがってないと思うよ」アルバートはいった。

スカーレットがアルバートをにらみつける。「あたしの心を読むの、やめてくれる？」

アルバートは両手を広げた。「ぼくのせいじゃないよ。ぼくらは今、仕事中で、きみは帽子《ぼうし》をかぶってないし、自分の思いを直接《ちょくせつ》ぼくにぶつけてるようなものだ。色のついた閃光《せんこう》灯で思いを照らしてるみたいに、派手《はで》でひどく目を引く。とにかく、きみの想像《そうぞう》は指導役《しどうやく》たちの金庫室のイメージとちがうってことだけはいっとく」

「わかったから、もうぐずぐずいわないで。金庫室はどこ？」

「正面のドア」

「了解《りょうかい》。その薄《うす》い色の床石《ゆかいし》に気をつけて。絶対《ぜったい》に踏《ふ》んじゃだめよ」

ふたりは用心深く遠回りして目的のドアに近づいた。スカーレットが取っ手をつかみ、金髪《きんぱつ》を顔から払《はら》いのける。「鍵《かぎ》がかかってないわ。ドアの向こうに誰《だれ》かいる？」

アルバートは神経《しんけい》を集中させた。「いない」

「行くわよ」

スカーレットはドアを開けた。目の前に、黒いスーツを着た長身のスキンヘッドの男が立っていた。ほっそりした刃渡《はわた》りの長いナイフを持っている。男は音もなく突進《とっしん》してきた。刃先《はさき》がスカーレットの心臓《しんぞう》をねらっている。

4章

　アルバートは口をあけてショックの叫《さけ》び声をあげかけたが、そのときスカーレットに激《はげ》しく体当たりされて後ろによろめいた。スカーレットはナイフが突《つ》き出される瞬間《しゅんかん》、必死に身をかわした。アルバートはバランスをくずしてさらに一歩後ずさりし、背後《はいご》の薄《うす》い灰色《はいいろ》の床石《ゆかいし》を思いきり踏《ふ》みつけた。カチッという音とともにその床石《ゆかいし》が沈《しず》み、急に動いて石の中心を軸《じく》にシーソーのように傾《かたむ》いた。大きく開いた空間にアルバートが落ちていく。

　スカーレットはひょいと頭を下げて男の二度目の攻撃《こうげき》をかわしながら、とっさに片手《かたて》を後ろに伸《の》ばし、万歳《ばんざい》しているアルバートの手首をつかんだ。両足をふんばり、アルバートの重みに耐《た》える。アルバートはまっすぐに穴《あな》のなかへは落ちずに、穴《あな》の縁《ふち》にひっかかって倒《たお》れた。みぞおちのあたりを床石《ゆかいし》の縁《ふち》にぶつけ、指で石をひっかいてつかめる場所を手探《てさぐ》りしながら、浮《う》いた両足をバタバタさせている。

　穴《あな》の下から冷たいすき間風が吹《ふ》いてくる。何かが暗い水のなかで、吸《す》うような音を鈍《にぶ》く響《ひび》かせ、水を飛び散らしながらせわしなく動いている。

男がナイフを突《つ》き出す。スカーレットは勢《いきお》いよく身を引き、その拍子《ひょうし》に床《ゆか》に手をついた。アルバートは穴《あな》のなかへずり落ちそうになり、必死に縁《ふち》にしがみついた。足のすぐ下で、石にぶつかる湿《しめ》った衝突音《しょうとつおん》がし、そのあと水のはねる音がして、大きな物体が水底のほうに戻《もど》っていく。何かがアルバートの靴先《くつさき》をかすめた。静かに動きまわる音が聞こえ、それからまた水のはねる音がする。

スカーレットはアルバートの手を力いっぱい引っぱり、その腕《うで》を明かりのなかに引き戻《もど》した。そして、手を離《はな》すと、そのままなめらかな動きで前に踏《ふ》み出て、指導役《しどうやく》らしき姿《すがた》の男と向き合った。アルバートは両ひじで体を持ちあげ、胴体《どうたい》をゆらしながら必死に床《ゆか》の上にはいあがり、穴《あな》から出た。ぎこちない動きでひざ立ちし、穴《あな》を見おろす。闇《やみ》のなかに青白くふくらんだ目が何組か、ちらっと見えた。どの目も深い底からアルバートをじっと見あげている。とつぜん床《ゆか》石《いし》が回転して穴《あな》がふさがった。

アルバートは少しふらつきながら立ちあがった。そのあいだに、激《はげ》しく息をのむ音と叫《さけ》び声、重く鈍《にぶ》い音と金属《きんぞく》が石にぶつかる鋭《するど》い音がした。アルバートが目をやると、薄刃《うすば》のナイフが床《ゆか》の上でくるくる回っている。そのそばで指導役《しどうやく》の男が手足をおかしな方向に曲げたまま体を丸めて横たわっていた。スカーレットは金庫室の入口に立って自分の頭を両手でつかんでいる。

アルバートは胃《い》が飛び出そうになった。「スカーレット！　だいじょうぶ？」

「ええ」スカーレットは息も切れていない。ただ、ちょっといらついているらしい。かつらがゆがんで、てっぺんの髪《かみ》がごっそり切り落とされている。「見てよ、これ」スカーレットは声を荒《あら》げた。「もう台無しよ。ジョーがなんていうか。これを手に入れるのだって大変だったのに。また別のを調達しなきゃいけないって知ったらかんかんに怒《おこ》りそう」スカーレットは見も無残な金髪《きんぱつ》をはぎ取って放り投げた。長い赤毛が顔のまわりにはらはら垂《た》れ落ちる。

アルバートは深く息を吸《す》った。「けど、きみは無事なんだね？」

「当然よ。どうかした？　あんた、震《ふる》えてるけど」

「何でもない。ほんと、何でもないよ。だいじょうぶ」

「落とし穴《あな》のなかに何かいた？」

アルバートはスカーレットを見た。「水のなかに、ふくらんだ目をしたはねるものがいた」

「あらら」スカーレットはちょっと黙《だま》ってから両手を元気よくこすり合わせた。「ね……だから、色の薄《うす》くなってる床石《ゆかいし》は踏《ふ》まないでっていったでしょ？　ちゃんと前をよく見て進まなきゃ。あ、そういえば――この男は？」そういって、そばに横たわる男の体をつついた。「なぜ感知できなかったの？」

「ほんとにごめん、スカーレット。だけど、ドアの内側に鉄板が張《は》られてる。ほら。鉄はぼくの力をはばむってきみも知ってるよね」アルバートはスカーレットの目に浮《う》かぶ疑問《ぎもん》の光がパッと消えるのを見て取った。これがスカーレットの数多い美点の一つだ。物事に必要以上にこだわらない。アルバートの説明で一件《けん》落着。すぐに納得《なっとく》してさっさと次に進もうとする。

アルバートは指導役《しどうやく》の男の伸《の》びた足をまたいだ。スカーレットほどの若《わか》さで、これだけ多くの不正な技《わざ》を身につけていることが、前からアルバートの心を引きつけてきた。誰《だれ》かに教わったのはまちがいないだろうが、スカーレットはそのことを一切口にしない。過去《かこ》についてはたいていそうだが、内側に隠《かく》れていて見えなかった。アルバートはそこを読み取ることはしないよう努めた。スカーレットは友だちなのだ。

「この人、死んでないよね？」

「ええ」スカーレットは男のそばにひざをつくと、男のベルトに掛《か》けてあるポーチから鍵《かぎ》の束をぬき出した。「ただ、目を覚ましたときに、悪夢《あくむ》のような頭痛《ずつう》に襲《おそ》われるとは思うけど。ま、当然の報《むく》いね。あたしたちが部屋に入るのを止めようとしたんだから」

アルバートはスカーレットの向こうの開いたドアのほうを見た。男が見張《みは》っていたのぞき穴《あな》が目に入った。部屋のなかはやわらかい明かりが灯り、金属《きんぞく》の棚《たな》とテーブルが奥《おく》まで続いている。テーブルにはたくさんの箱が整然と積み重ねられ、あちこちで金《きん》が光っていた。この部屋には見おぼえがある——少し前に指導役《しどうやく》たちの頭のなかを読み取ったとき、これと似《に》た光景が見えた。借り物の記憶《きおく》がとつぜん現実《げんじつ》になったときはいつも、不法侵入《ふほうしんにゅう》しているような気分になる。自分ではなくほかの誰《だれ》かの人生を少しだけ生きているように感じるのだ。それはある意味、悪くない気分だった。

ただ、アルバートはまた置いていかれそうになった。スカーレットはすたすたと金庫室に入っていく。強盗《ごうとう》の仕事のあいだは、つねに同じペースで動いている。スカーレットは動きに無駄《むだ》がなく、落ちついていて、完璧《かんぺき》といっていいほど抑制《よくせい》がきいている——何が飛びかかってきてもすぐに対応《たいおう》できるように備《そな》え、めったに後ろは振《ふ》り返らない。後ろはスカーレットが一番嫌《きら》う方向であるとアルバートはとっくに気づいていた。恐《おそ》ろしいものがつねにあとをついてきているかのようだ。スカーレットにはその正体がわかっていて、それから逃《のが》れることはできないけれど、それでも絶対《ぜったい》に追いつかれまいとしている、そんな感じだ。

スカーレットは手に入れた鍵《かぎ》を振《ふ》りながら、現金保管箱《げんきんほかんばこ》を次々に解錠《かいじょう》して手早くふたを開け、棚《たな》のあいだを飛びまわった。「この建物には、あたしたちが知らないだけで、まちがいなく指《し》導役《どうやく》がいるわ。ここは十分で切りあげる。袋《ふくろ》を持ってまわろう」

アルバートはリュックから目の粗《あら》い麻袋《あさぶくろ》を出し、一つをスカーレットに放《ほう》った。それから、自分の袋《ふくろ》の口を開けて持ち、一番近い通路から取りかかった。確《たし》かにここにはスカーレットを大興奮《だいこうふん》させるものがそろっている。札束に硬貨《こうか》、宝石《ほうせき》、金と銀の延《の》べ棒《ぼう》、七国じゅうの職人《しょくにん》の町から運ばれた彫像《ちょうぞう》やほかのぜいたく品の数々。〈信仰院《しんこういん》〉は一般《いっぱん》市民には想像《そうぞう》もつかないほど富をためこんでいる。敵対《てきたい》者や、遺伝《いでん》的な条件《じょうけん》を満たさない者に対する彼《かれ》らのむごい仕打ちを考えれば、奪《うば》えるだけ奪《うば》っていくことにアルバートは罪悪感《ざいあくかん》をおぼえなかった。

札束の山に手をつけようとしたとき、アルバートはもっと面白いものがあるのに気づいた。ほかには何も置いていない棚《たな》に、一つだけ透明《とうめい》なプラスチックの箱がある。アルバートの前腕《ぜんわん》ほどの長さの小さい箱だ。底に厚《あつ》みのあるピンクのサテンが敷《し》いてあり、いびつな形の黒くさびついた金属《きんぞく》がのっている。そこからもろそうなプラスチックのワイヤーがとび出ていた。細長い管で、ちょっとフックに似《に》ている。アルバートは大昔の人工の遺物《いぶつ》が荒《あ》れ地《ち》の水没《すいぼつ》都市や埋没《まいぼつ》都市から回収《かいしゅう》されることがあるのを知っていて、一度見てみたいと思っていた。初めてかぐ強いにおいがする。鼻にツンとくるすえたカビ臭《くさ》いにおい――一度失われて再《さい》発見されたもののにおい。過去《かこ》のにおいだ……アルバートは箱に顔を近づけ、眉間《みけん》にしわを寄《よ》せた。

「アルバート、空想にふけってる場合じゃないでしょ」アルバートはあわてて顔をあげた。スカーレットが通路の向こうからこっちをにらんでいる。スカーレットの袋《ふくろ》はもう半分埋《う》まっていた。

「ごめん」

「あんたの口、この袋《ふくろ》ぐらい開いてるわよ。で、今までに何を手に入れた?」

「えっと……まだ何も」

「何も？　まったくもう！　何度いったらわかるの？　あんたがマヌケ面で好きなだけぼうっとしていいのは仕事が終わってから。今はまだ終わってないでしょ」

「うん」

「だったら集中して。優先順位《ゆうせんじゅんい》はわかってるよね。まず紙幣《しへい》、次が硬貨《こうか》、それから、鋳《い》つぶすことのできる金《きん》。そのあと宝石《ほうせき》。袋《ふくろ》にまだ空きがあれば、ジョーが売り物にできる装飾品《そうしょくひん》ももらっていく。わかってる？」

「うん、わかってるよ、スカーレット」

スカーレットは早くも移動《いどう》を始めた。「よかった。あんたはうまくやってる。ただ、あたしたちはこの仕事をすませて、外へ出なくちゃならない。だから忘《わす》れずにあたりの音に耳をすましていて――何をするときも」

「わかった」アルバートは開いているドアのほうを振《ふ》り返った。展示室《てんじ》は相変わらずしんとしていて、陳列《ちんれつ》ケースやソファーが電灯の下でぼんやり光っている。指導役《しどうやく》の男も同じ姿勢《しせい》で横たわったままだ。アルバートは目をこらし、耳をすましたが、ドアに張《は》られた鉄板に邪魔《じゃま》され、気配を感知できない。唯一《ゆいいつ》見分けられるのはスカーレットの思考だ。強い欲望《よくぼう》に支配《しはい》された頭のなかは金《きん》のことでいっぱいだった。

アルバートは並《なら》んだ箱のあいだを通りながら、指示《しじ》されたとおりに硬貨《こうか》や紙幣《しへい》を布袋《ぬのぶくろ》に放りこんでいった。スカーレットのいうとおりだ。確《たし》かに自分でもうまくやれているように感じる。スカーレットからいろいろな技術《ぎじゅつ》を教わっているだけでなく、自分の力をあやつるのも日に日にうまくなってきている。たとえば、思考の読み取りについていえば、〈ストーンムア〉を出たばかりのころよりははるかに正確《せいかく》だ――相手に気づかれずに、頭のなかを探《さぐ》ることができる。人混《ひとご》みのなかだって同じようにやれる。もちろん、頭のなかは相変わらず騒《さわ》がしい――周囲《しゅうい》の人々の思考が渦《うず》を巻《ま》いているのが目に入るからだ――が、その騒《さわ》ぎを静め、鈍化《どんか》させるこつを身につけた今はもう、かつてのようなパニックに襲《おそ》われることはない。決定的なのは、自分はもう、〈恐怖《きょうふ》〉の餌食《えじき》にはならないということだ。超能力《ちょうのうりょく》が暴走《ぼうそう》して、周囲《しゅうい》に大惨事《だいさんじ》をもたらすことはない。そして、これまでよりはるかに自信をもって、人々の頭のなかを読み取れる。どれだけストレスのかかる場面でも、銀行や〈信仰院《しんこういん》〉のなかでも……そのこつは……集中だ！　意識《いしき》を集中！

「ちょっと、アルバート、またぼうっとしてたでしょ」

「ごめん、スカーレット。悪かった」

「あんた、その袋《ふくろ》をいっぱいにする気あんの？」

「もちろん、あるよ……」アルバートは急いで小さなアクセサリーを二、三つかみ取った。そこで思いついて、不思議な金属《きんぞく》の遺物《いぶつ》が収《おさ》められたプラスチックの箱も手に取ると、スカーレットに合流した。スカーレットは満足そうに布袋《ぬのぶくろ》を背中《せなか》に結びつけている。

「これからは毎回〈信仰院《しんこういん》〉をねらおう」スカーレットはいった。「ほかはやらない。銀行はもうやめる。今日の金《きん》の収穫《しゅうかく》は二流のベッドフォード高原銀行の三倍もある……」そこで急に黙《だま》ると、顔をしかめた。「何、それ？」

アルバートはプラスチックの箱を大切そうに持ちあげた。「ぼくもわからない」

スカーレットはまばたきしてそれを見た。「あたしにはわかるわ。大変動以前の遺物《いぶつ》に見える。捨《す》てて」

「どうして？　特別なものだと思わない？」

「まさか、どうせがらくたよ。箱のなかを空にして、代わりに――ほら、ここにお金が詰《つ》まってる」

「貴重《きちょう》なものなのかもって思ったんだ……きれいなクッションの上に置いてあるから。ジョーに見せて、なんていうか聞いてもいいよね？」

「ジョーの答えは聞かなくてもわかる。そんながらくたが船を造《つく》る助けになるわけないでしょ？　ほんと、あきれてものもいえない！　マーシアの富の半分があたしたちの手の届《とど》くところにあるのよ。最大の問題は何を持っていくか。なのに、あんたはなんの価値《かち》もないものに目をつけてる。とっとと捨《す》てて」

「ああ、わかったよ」ここは反論《はんろん》しないほうがいいとアルバートは知っていた。それでも、スカーレットが見ていないすきにプラスチックの箱を袋《ふくろ》に入れた。

布袋《ぬのぶくろ》をいっぱいにすると、ふたりはドアのそばで合流した。スカーレットの目が鮮《あざ》やかな緑に輝《かがや》いている。相変わらず強盗《ごうとう》の喜《よろこ》びに浸《ひた》っているのだ。それとは対照的にアルバートは急に悲しい気分に襲《おそ》われていた。こういうことはたびたびあった。アルバートは振《ふ》り返って金庫室のなかを見つめた。開けられずに残された箱、明かされていない秘密《ひみつ》……。

気づくと、スカーレットがこっちをじっと見ている。「持っていけるだけのものは手に入れたわ」

「わかってる。けど、あとは全部残していくっていうのはちがう気がする」アルバートは深いため息をついた。「世のなかの貧《まず》しい状況《じょうきょう》を考えてみて……追放者に奴隷《どれい》……夕方、大通りを掃《は》いてた子どもたちを見た？　本当にみすぼらしい服を着てた」

「ええ」スカーレットはこれみよがしに腕時計《うでどけい》に目をやった。「で、何がいいたいの？」

「うまくいえないけど、ああいう子たちを何とかして助けるべきだと思うんだ」

「実際《じっさい》に助けてるわ」

「スカーレット、もっと手を差しのべるべきだよ」

「ねえ、そういう理屈《りくつ》っぽい話は仕事を無事終えてから、明日たき火のそばで聞くわ」スカーレットは展示《てんじ》室のほうに向き直った。「ね、そうすれば、あんたはその話をしたり、マヌケ面で好きなだけぼうっとしたりを交互《こうご》にくり返せる。楽しい時間を過《す》ごせるわ。でも今は、ここを出る最善《さいぜん》の方法を選ばないと、そのうち――」スカーレットの声が急に小さくなった。「アルバート、指導役《しどうやく》の男はどこ？」

アルバートは部屋を見まわした。変わっているようには見えない。陳列棚《ちんれつだな》、座《すわ》り心地のよさそうな椅子《いす》、ひっそりと閉《し》まっているドア、じゅうたん、薄《うす》い色の回転する石……スカーレットが捨《す》てたかつらが巨大《きょだい》なイモムシみたいに壁《かべ》と床《ゆか》の境《さかい》に張《は》りついている。

だが、指導役《しどうやく》の姿《すがた》はなかった。

アルバートはくちびるを嚙《か》んだ。「かわいそうに！　きっと転がって穴《あな》に落ちたんだ」

スカーレットはしかめ面をしている。「ええ。それか、目を覚まして逃《に》げた可能性《かのうせい》も高い」

いい終わらないうちにベルが鳴り響《ひび》いた。スカーレットは低い声で毒《どく》づいた。「ほら、思ったとおり、警報器《けいほうき》よ……あんたのせいだからね、アルバート。あんたの責任《せきにん》よ」

「ぼくのせい？　指導役《しどうやく》を殴《なぐ》ったのはきみだろ！　明らかに殴《なぐ》り方が足りなかったんだよ」

「そのとおり！　殺《ころ》さないことにバカバカしいほどこだわるせいよ！　あいつを穴《あな》に放りこんでカエルのえさにしていれば、こんなことにはならなかったのに。わかった、わかった――今のはなし。いいから気持ちを集中して。あんたは指導役《しどうやく》たちの心を読んだ。だったら、神聖《しんせい》な奥《おく》の間の間取りを知ってるよね。今、何か感じ取れる？　どのあたり？」

いわれる前にアルバートは始めていた。すでに目を閉《と》じ、心臓《しんぞう》の鼓動《こどう》を無視《むし》して神経《しんけい》を研ぎすます。「よし……思考が聞こえる。男たちが近づいてくる」

「その調子よ。どっちから？」

「ええと……どっちからも来てる」

実際《じっさい》、思考が周囲《しゅうい》のいたるところでうごめいていた。どれもまだ離《はな》れてはいるが、あらゆる方向からじわじわ近づいてきている。アルバートが心を開くと、思考の強さが倍増《ばいぞう》し、どんどんあふれ出て、たがいの思考をつきぬけてくる。音だけでなくイメージも見分けられる――どれも暴力《ぼうりょく》と報復《ほうふく》のイメージが入り混《ま》じった不愉快《ふゆかい》なくらいわかりやすいものだ。

アルバートはそうしたイメージを振《ふ》り払《はら》った。「一番いいのは右側のドアだ。上階につながっていて、あがると庭を見渡《みわた》せる窓《まど》がある。ただ、そこにも指導役《しどうやく》が数人いて――」

「ずっとはいないでしょ」スカーレットはベルトから銃《じゅう》をぬき、弾倉《だんそう》を確認《かくにん》すると、冷めた目でアルバートをちらっと見た。「これは相当手ごわいかも。ねえ、ちょっといってみるだけだから勘違《かんちが》いしないでほしいんだけど、これってちょうどいい機会じゃない？　あんたが、ほら……」

「できない、い」その言葉がアルバートの口からこぼれ落ちた。初めて冷たい恐怖《きょうふ》に胃《い》をしめつけられるのを感じた。「できないってわかってるよね。やっちゃいけないんだ。危険《きけん》すぎる。ありえないよ」

スカーレットは銃《じゅう》の弾倉《だんそう》をカチッと閉《と》じた。「だったら、あんたはあたしの思考に意識《いしき》を集中して。あたしが考えたら、すぐに同じ行動をとって。話してる暇《ひま》はないから」

そのとおりだった。どこか近くで、歯車がきしんだ音を立てて回っている。秘密《ひみつ》の装置《そうち》の音だ。建物じゅうのドアのかんぬきが次々に掛《か》かり、逃《に》げ道がふさがれていく。近くの部屋から大きな靴音《くつおと》や短い指示《しじ》がとぶ声が聞こえてくる……スカーレットとアルバートの耳にはそれ以上は届《とど》かなかった。ふたりはもうそこにはいなかった。

〈信仰院《しんこういん》〉の奥《おく》の間の上階に向かう途中《とちゅう》で、六人の指導役《しどうやく》に出くわした。その背後《はいご》にまだ人はいたが、とにかくアルバートがおぼえているのは六という数だけで、細かいことはよく思い出せなかった。一つには、周囲《しゅうい》のいたるところで万華鏡《まんげきょう》のような狂乱状態《きょうらんじょうたい》がくり広げられていたからだ。逃《に》げる方向が目まぐるしく変わり、人影《ひとかげ》が突進《とっしん》してきたかと思うと、銃弾《じゅうだん》が石に当たって鋭《するど》い音を立て、ナイフや剣《けん》がきらめく。悲鳴やわめき声が響《ひび》き、殴《なぐ》り合い、取っ組み合い、ののしり合いが起こり、怒《いか》りに青ざめた顔とつかみかかろうとする手が次々に迫《せま》ってくる。

確《たし》かに、理由の一つはそれだった。アルバートは経験上《けいけんじょう》、そうした接近戦《せっきんせん》ではいつも記憶《きおく》がごっちゃになってしまうのがわかっていた。おまけに（今日みたいに）ところどころチョークのような香がたちこめる薄暗《うすぐら》い廊下《ろうか》や階段《かいだん》がえんえん続くなかを追いかけられると、よけいに混乱《こんらん》する。

だが、アルバートをその混乱《こんらん》から実際《じっさい》に守ったのはスカーレットだった。逃走《とうそう》のあいだじゅう、アルバートはスカーレットのすぐ後ろにくっついて、スカーレットの思考と目に映《うつ》るものに全神経《しんけい》を集中していた。そして、そうした状況下《じょうきょうか》ではいつものように、スカーレットの思考は冴《さ》えわたり、整然としていて、すっきりと軽やかに鳴り響《ひび》いているかのようだった。階段《かいだん》をのぼって……止まって……頭を下げて……一歩下がって……待って……倒《たお》れてる人を飛び越《こ》えて……。どの意思もほんの一瞬《いっしゅん》の合図の後、すぐに行動に移《うつ》され、どの動きも流れるようになめらかに次につながっていく。意思と行動を理解《りかい》し、それをくり返し、できるだけ同じ動きをすることで、アルバートはずっとスカーレットのそばで躍動《やくどう》していられた。アーチをぬけて……椅子《いす》の後ろ……左へかわして……右に飛んで……しゃがんでから駆《か》けだす……どういうわけか、このやり方で混乱《こんらん》はろ過《か》され、周囲《しゅうい》で起こることは水のように目の前を流れ去っていき、落ちついていられた。

ふたりは上階の部屋の一つに飛びこんだ。銃弾《じゅうだん》がふたりの頭のあいだを通過《つうか》し、背中《せなか》にくくりつけていた布袋《ぬのぶくろ》をかすめた。スカーレットは身をひるがえすと、勢《いきお》いよくドアを閉め、かんぬきを掛《か》けた。そこは小さな石室だった。一つしかない窓《まど》から差しこむ月光が壁《かべ》を照《し》らしている。

ドアで衝撃音《しょうげきおん》が響《ひび》いた。アルバートとスカーレットは窓《まど》に行くと、下を見た。かなり距離《きょり》がある。眼下《がんか》には真っ暗な〈信仰院《しんこういん》〉の庭が広がっている。

「まだ、マシなほうね」スカーレットはいった。「いい、まずは左側の平屋根に飛び移《うつ》る。それから縁《ふち》にぶら下がって一つ下の階におりる。そこから、あの細い木の枝《えだ》に飛びこむ。見える？　木に移《うつ》ったら、幹《みき》を伝いおりて立ち去る」

アルバートもこれより危険《きけん》な脱出《だっしゅつ》を経験《けいけん》してはいるが、そうそうあることではない。「ちょっと注意が必要だね」

「あたしを信じないならね」スカーレットはいつものようにニヤッとした。「あたしを信じる？」

アルバートは隣《となり》に立つスカーレットを見た。髪《かみ》は滝《たき》のように挑戦的《ちょうせんてき》に垂《た》れ、白い顔は輝《かがや》いている。こめかみに一か所、手に一か所、切り傷《きず》がある。ワンピースはよれよれで、剣先《けんさき》が触《ふ》れてできた破《やぶ》れ目でよけいにひどい。それでもスカーレットは小ぎれいな白いパンプスで軽くバランスをとりながら、すぐにまた果敢《かかん》な行動に出られるよう身構《みがま》えて立っている。

スカーレットを信じる？　アルバートはズボンを少し引き上げた。

「今もこれからも」

「じゃ、行くよ」

5章

ふたりはまだ逃《に》げきれていなかった。追っ手がふたたび迫《せま》ってきた。スカーレットのいる丘《おか》の頂《いただき》から、うすい雲がウォリックの白く細長い道に沿《そ》って動いている。雲は前のほうが細く、後ろに向かって不規則《ふきそく》に広がっている。そこから巻《ま》きあがる土ぼこりがゆっくり丘《おか》の合間を立ちのぼっていく。スカーレットは両方のひじを固定して双眼鏡《そうがんきょう》を構《かま》えた。思ったとおり、派遣《はけん》部隊だ。民兵の乗ったトラック、側面が黒いヴァンには捜索犬《そうさくけん》を乗せ、最後尾《さいこうび》をオートバイが三台やってくる。まだかなり離《はな》れているので、エンジンのうなりも、犬の遠吠《とおぼ》えも、ふたりの無法者を追いかける男たちの殺気《さっき》立ったののしり声も聞こえない。けれど、スカーレットにはそれがはっきり想像《そうぞう》できたし、自分たちが捕《つか》まったらどうなるかも手に取るようにわかった。握《にぎ》った双眼鏡《そうがんきょう》が汗《あせ》ですべる。下に置くと、追跡隊《ついせきたい》はまた、地平線のうすい雲に戻《もど》った。

「ワクワクするね」アルバートはいった。「あの人たち、引っかかると思う?」

アルバートは傾斜地《けいしゃち》の乾《かわ》いた地面にスカーレットと並《なら》んで横たわった。ふたりとも腹《はら》ばいで両腕《りょううで》を曲げ、足は投げ出している。服は灰《はい》と泥《どろ》と血と火薬にまみれ、あたりの石と見分けがつかない。ふたりはまるで地表に露出《ろしゅつ》した細長い岩のようだった。

「町の人間ね」スカーレットはいった。「ということはマヌケぞろい。もちろん、引っかかるでしょ」

「そうだといいな。ぼく、もう自転車こげない。足がもげちゃいそう。今までこんなにお尻《しり》が痛《いた》くなったことない気がする」

「うれしいことに、また嫌《きら》いな派遣《はけん》部隊だわ。だけど、あせることないわ。やつらはこっちには来ない」

「百パーセント確《たし》か？」

スカーレットはためらった。じつは一パーセントの確信《かくしん》もなかったが、アルバートにそれを悟《さと》られるつもりはなかった。「ええ、絶対《ぜったい》」

「ああ、よかった」アルバートは砂《すな》クジラが呼吸《こきゅう》しようとするときみたいに頭を上げると、体を起こして地面の上であぐらをかき、上機嫌《じょうきげん》でリュックに手を伸《の》ばした。「じゃあ、待ってるあいだにリンゴを食べよう。きみは？　とっておきのアッピンガムのプラムがあるよ」

「ちょっと、何してんの！」スカーレットはアルバートの腕《うで》をつかんで力ずくで隣《となり》に伏《ふ》せさせた。「まだ起きあがっちゃだめよ、バカ！　やつらも双眼鏡《そうがんきょう》を持ってるんだから」

アルバートはおとなしくスカーレットと並《なら》んで伏《ふ》せた。スカーレットは両ひじをついたまま、編《あ》んだ髪《かみ》を噛《か》んでいる。頭にはつばの広い帽子《ぼうし》が無事戻《もど》っていたが、着ている緑のワンピースは自転車での逃走《とうそう》中に土ぼこりまみれになっている。投げ出したふくらはぎに日ざしを感じる。渓谷《けいこく》から吹《ふ》いてくる暖《あたた》かいそよ風がワンピースのすそをゆらす。こんなに疲《つか》れてくたくたで、おまけに恐怖《きょうふ》で心臓《しんぞう》がどきどきしていなければ、さぞ気持ちがよかっただろう。ま、文句《もんく》をいっても始まらない。今はすべてが自分たちの仕かけた策《さく》にかかっている。一日かけて奮闘《ふんとう》してきた仕事の最後の運だめしだ。

ウォリックを出るのはかなり大変だった。〈信仰院《しんこういん》〉の庭から脱出《だっしゅつ》するだけでも悪戦苦闘《あくせんくとう》したのに、町じゅうを追いまわされたときはそれ以上だった。通りには民兵が大勢《おおぜい》集まっていて、スカーレットとアルバートは夜明け近くまでかかってようやく自転車にたどり着いた。そこから勢《いきお》いよく自転車を走らせ、安全地帯のはずれの峡谷《きょうこく》にかかる橋を爆破《ばくは》して追跡《ついせき》を遅《おく》らせると、万全を期すために、行くべき方角とは別のほうに進んでから、来た道を引き返して南に向かい、この丘にたどり着いた。それでもまだ十分ではなかったのだ。追っ手は灰地帯《はいちたい》の向こうのかなり離《はな》れた場所からふたりの姿《すがた》を見つけ、それからずっとしつこく追ってくる。それでしかたなく、スカーレットは時間をかせぐために、必死の戦術《せんじゅつ》をとることにした。

ふたりは細い山道に通じる分岐路には入らずに、幹線《かんせん》道路をさらに一キロほど自転車で進んでから、背中《せなか》に自転車をくくりつけ、石の多いのぼり坂を歩いて尾根《おね》までのぼった。さらに、捜索犬《そうさくけん》をまくために、渓流《けいりゅう》に入ってまず二百メートルほどさかのぼってから、ヤマヨモギの茂《しげ》みのなかをジグザグに進んで山道に出た……運がよければ、これでなんとか逃《に》げきれるだろう。スカーレットは緊張《きんちょう》で首に痛《いた》みをおぼえた。胃《い》が強くしめつけられる感じがする。これでもだめなら、ふたりとも一時間以内に死ぬ。

双眼鏡《そうがんきょう》で見ても、幹線《かんせん》道路から小道に入る分岐路の場所はわからない。それでも、もうもうと立つ土ぼこりを見れば、民兵たちの動きがわかるし、この戦術《せんじゅつ》が効《こう》を奏《そう》したのかどうかがわかる。

「ぼくらをずっと追ってきてる」アルバートがいった。「いつもよりだいぶしつこい気がする」

「確《たし》かにそうね」スカーレットは逃《に》げ続けたせいでくちびるが乾《かわ》いていた。そばにある袋《ふくろ》に水が入っているが、今は動かない方がいい。「なんたって、やつらの神聖《しんせい》な〈信仰院《しんこういん》〉を汚《けが》したわけだし、逃《に》げる途中《とちゅう》で市場の半分を大破《たいは》した上に、町の橋も破壊《はかい》したからね」

アルバートはうなずいた。「それに、自転車で逃《に》げるときに、きみが年配の町民を二人はねた」

「三人よ。小柄《こがら》だったから、あんたは気づかなかったけど」

「やつらが怒《おこ》るのも当然だよ。しっ！　来た！」

　スカーレットは身をこわばらせ、息をのんだ。すでに土ぼこりの雲が分岐路に近づいている。双眼鏡《そうがんきょう》をのぞくと、まずトラックが停止《ていし》し、それに横づけするようにバイクが横すべりして止まるのが見えた。人影《ひとかげ》が乗り物からおりて、道ばたをうろうろし始めた。予想どおり、男たちは地面を調べながら考えている。

「あたしたちはそこを通過《つうか》した」スカーレットはつぶやいた。「だから、あんたたちもそうする」

　男たちは迷《まよ》っているらしく、会話がとぎれがちだ。スカーレットは帽子《ぼうし》の下で汗《あせ》がリボンのようにしたたるのを感じた。ようやく民兵たちがそれぞれの乗り物に戻《もど》り、派遣《はけん》部隊が動き出した。道をまっすぐ進んでいく。土ぼこりの雲は丘《おか》の斜面《しゃめん》の向こうに消えた。

　スカーレットは一気に息を吐《は》き出した。双眼鏡《そうがんきょう》を下に置く。「やった」

「もうだいじょうぶだ」アルバートは早くものんきに昼食の入った袋《ふくろ》を開けようとしている。

「心配することなかったね」

　ふたりは丘《おか》の頂《いただき》の、それまで寝《ね》そべっていた場所に座《すわ》った。ここは無人地帯《ワイルズ》だ。高い崖《がけ》の下は、急こう配の土の斜面《しゃめん》がばらばらに砕《くだ》けて広い下降線《かこうせん》を描《えが》き、転石が川のように斜面《しゃめん》をおおっている。そのふもとに、日に照らされた大きな渓谷《けいこく》が口を開けていた。カヤツリグサがあちこちに生えている。谷間には川があり、午後の日ざしにきらめきながら、傾《かたむ》いた大きな黒岩のあいだを縫《ぬ》うように流れている。その先はまた盛《も》りあがりながら、黄色っぽいピンクの丘へと続いていた。

アルバートは備蓄品《びちくひん》のなかからリンゴを一つ取り出した。今日はずっと食べる暇《ひま》がなかった。スカーレットはまずビンの水を飲み干《ほ》し、荷物をそばに引き寄《よ》せた――戦利品、ライフル銃《じゅう》、プラスチックの筒《つつ》に入った礼拝《れいはい》マット――ここに自分の持ち物が全部ある。罰金箱《ばっきんばこ》を取り出し、首から下げる。変装《へんそう》しているあいだは外しておいたほうがいいと判断《はんだん》したのだ。汚れたひもが首に食いこむ慣《な》れ親しんだ感触《かんしょく》を味わう。いつもながら、その重みは痛《いた》みとともに安心感もあたえてくれる。自転車に取りつけた荷物入れから硬貨《こうか》を数枚《まい》出して罰金箱《ばっきんばこ》に入れると、さらに重くなった。

「もう少し足してもいいんじゃない?」アルバートが指摘《してき》した。「四日もきたない言葉でののしってたんだから、かなりたまってるよ」

「まあね」

「ほんと、きみがあんなに毒《どく》づくのを初めて聞いたよ。ぼくなんか、まだ涙《なみだ》で目がかすんでる。そんな小箱じゃなくて酒樽《さかだる》に変えたほうがいい」

「毒《どく》づいて当然でしょ。あんた、あたしを責《せ》めるつもり? 何度も死にかけたのよ。あたしにもリンゴをちょうだい」

「たしかチーズも残ってる。さっき、きみに引っぱられたときに、上に乗っかっちゃったから
ちょっとつぶれて中身がはみ出てるけど――」

「リンゴだけで結構《けっこう》」

暖《あたた》かい風が渓谷《けいこく》から吹《ふ》いてくる。スカーレットは帽子《ぼうし》を後ろに傾《かたむ》け、そよ風に額《ひたい》をさらした。

ここに座《すわ》っていると、腕《うで》や足にぬくもりと光と風を感じて気持ちいい。しかも、略奪品《りゃくだつひん》を入れた布袋《ぬのぶくろ》がそばにある。それは格別《かくべつ》な解放《かいほう》感だった。今度もまた、スカーレットとブラウンは〈信仰院《しんこういん》〉と、いじわるな〈生き残った町〉をバカにしてやったのだ。

だが、決して簡単《かんたん》ではなかった……スカーレットにふと、ある考えが浮《う》かんだ。

「ねえ、アルバート、今日の感想は？　強盗《ごうとう》の仕事とか、そういうのを全部ひっくるめて」

アルバートの大きな黒い瞳《ひとみ》がスカーレットを見た。髪《かみ》も顔も土ぼこりにまみれて赤く、緊張《きんちょう》の続く逃走《とうそう》のせいでスーツは裂《さ》けてぼろぼろだ。「強盗《ごうとう》の？　よかったと思う」

「それから？」

「ぼくは指導役《しどうやく》たちの読み取りがうまくいった。きみはいつもながら手際《てぎわ》よく相手の急所に蹴《け》りを入れた」

「脱出《だっしゅつ》についてはどう？　思い出してみて。何か反省点はない？」

アルバートはまゆをひそめた。「うーん、まあ……完璧《かんぺき》を期待するのはかなり難《むずか》しいよ。毎回、ちょっとした改善点《かいぜんてん》があるのは確《たし》かだけど、全体として見れば、すごく順調にいったと思う」

「じゃあ、何もいうことはないわけ？」

「うん」

「自転車で必死の逃走《とうそう》を始めたときのあの件《けん》も？　あんた、ウォリックの奴隷《どれい》小屋のそばで自転車を止めて、のんきに檻《おり》まで行って囚人《しゅうじん》たちを解放《かいほう》したでしょ？」

アルバートは笑顔でうなずいた。「そうそう。あの人たちが気の毒《どく》だったんだ。そばに奴隷《どれい》商人がいなかったしね。錠《じょう》をこわして、出られるようにしてあげただけだよ」

「ええ、知ってる。塀《へい》から狙撃手《そげきしゅ》が発砲《はっぽう》して、町の半分が背後《はいご》から怒声《どせい》を浴びせてきてるときに、なぜあんなことをしたの？」

「理由は簡単《かんたん》さ。あの人たちは友だちもいないし、貧《まず》しくて絶望《ぜつぼう》してた。なかにはウェールズ人もいたと思う。ちょっとだけ助けを必要としてたんだよ、スカーレット。だから、あの人たちに人生を切りひらくチャンスを与えたんだ」

「いいえ、ちがう。あたしたちがいなくなって十分後には全員取り押《お》さえられたはずよ……」

スカーレットはいらだたしげに頭の横をかきむしった。帽子《ぼうし》が気にさわってしょうがないけれど、脱《ぬ》ぐのはまずい。今はへとへとだ。疲《つか》れているときは、思考のコントロールが利《き》かなくなりやすい。いろんなことが頭のなかにふつふつとわきあがって、隣《となり》で平気な顔で座《すわ》っているアルバートにかんたんに気づかれてしまうかもしれない。帽子《ぼうし》は防御《ぼうぎょ》のためだ。アルバートに心を読まれる危険《きけん》から守ってもらえる。スカーレットは空になったビンを振《ふ》り、急斜面《きゅうしゃめん》のはるか下を流れる川を見おろした。

「暑いんじゃないの？」アルバートがたずねた。「気持ちいい風が吹《ふ》いてるよ」

「今は帽子《ぼうし》を脱《ぬ》ぐつもりはないわ」

「きみの心を読んだりしないよ」

「わざとはしないでしょうけど、無意識《むいしき》にやるかもしれないし、眠《ねむ》ってたってやりそうだもの」スカーレットはリンゴを食べ終わると、芯《しん》を無造作《むぞうさ》に渓谷《けいこく》のほうに投げ捨《す》てた。「あたしがいいたいのは、あんたは衝動《しょうどう》にかられてあたしたちの命を危険《きけん》にさらしたってこと。つい気が大きくなったんだろうけど、あの奴隷《どれい》たちに貴重《きちょう》な時間を浪費《ろうひ》したのよ。大事なのはとにかく逃《に》げることだったんだから」

「そうなの？　ほんとに？　それはどうかな……」アルバートがしかめ面でスカーレットを見る。スカーレットはアルバートのいらだちに気づき、思いを言葉にしようとしているのを見て、待った。「なぜ、ぼくらはこんなことをしてるの、スカーレット？」

「なぜ〈生き残った町〉から金品を奪《うば》うかってこと？　そりゃあ、やつらを怒《おこ》らせて、鼻をへし折ってやるためよ。〈信仰院《しんこういん》〉がひそかに奪《うば》い去った富の一部を奪《うば》い返すため。それで、奪《うば》い返したお金の一部を、本来手にすべき人たちに改めて分配できるようにするため。特にあたしたちにね。それがあたしたちの人生よ、アルバート。あたしたちは無法者――それが天から与《あた》えられた高潔《こうけつ》な役目よ。それとも〈ストーンムア〉に戻《もど》って、ずっと〈信仰院《しんこういん》〉にこびへつらって暮《く》らす？」

最後の問いにアルバートは返す言葉もなかった。スカーレットはお見通しだ。アルバートは身震《みぶる》いした。「〈ストーンムア〉のことは二度と考えたくない。だけど、やっぱり社会の犠牲《ぎせい》になってる人たちを無視《むし》するわけにいかない」

「無視《むし》なんてしてないわ。あんたのおかげで最近じゃ、手に入れた現金《げんきん》の半分は配ってる。ジョーでしょ、ウルフズヘッドの人たちでしょ、道で出会った浮浪者《ふろうしゃ》でしょ……」スカーレットは肩《かた》をすくめた。「べつに不満をいってるわけじゃないわ。配れるのはうれしいもの。ほんというと、明日ハンティンドンに立ち寄《よ》って、もう少し配るつもり」

沈黙《ちんもく》があった。「一人で？」アルバートがたずねた。

「ウルフズヘッドで追いつくわ。ハンティンドンは大して回り道じゃないし。そこの解放奴隷《かいほうどれい》たちにお金をちょっと渡《わた》してくる」

「ほんとにそれだけ?」

「あんたに関係あるのはね」

しばらくどちらも口を開かなかった。スカーレットは自分の声にわずかないらだちがにじんでいたのを自覚し、後悔《こうかい》した。疲《つか》れ切ったことを除《のぞ》けば、今日は大成功だった。ウォリック信《しん》仰院《こういん》の襲撃《しゅうげき》はずっと前から達成すべき課題だった。それをふたりで協力して、華麗《かれい》に大胆《だいたん》にやってのけた。そう、あの広場に張《は》ってあったポスターのいうとおりだ。『スカーレットとブラウン。社会の敵《てき》ナンバーワン』強盗《ごうとう》を試みるたびに、ふたりの手際《てぎわ》もよくなっていて、町はもう打つ手がない。なんていい気分だろう。そう、いい気分、のはずなのに……不思議だ。強《ごう》盗《とう》が成功した満足感にひたっていても、どういうわけか虚《むな》しさと動揺《どうよう》は消えてくれない……。

そうか、それこそ、アルバートがいおうとしていることだ。スカーレットはアルバートを見た。アルバートは谷の向こうに目をこらし、両手をぼろぼろのズボンのひざに置いている。顔にはなんの表情《ひょうじょう》もあらわれてはいなかった。「ごめん」スカーレットはいった。

「いいよ」

「ウォリックでは本当によくやったわ、アルバート。あんたもあたしも。次はどこに行きたい?　ノーサンブリアとか?　アングリアにまた行く?」

アルバートは肩《かた》をすくめた。「ああ。それか、ウェセックス」

「ウェセックスはない」スカーレットは少しだけ冷めた含《ふく》み笑いをした。「ハンド同業組合がまだあたしを捜《さが》してるから。あいつら、あたしの首がほしいのよ」

「いまでも？　まだあきらめてないと思う？」

スカーレットは頭のなかでソームズとティーチをちらりと思い浮《う》かべた。同業組合の恐《おそ》ろしいボス二人が、ストウの不気味な隠《かく》れ家であたしのことをしつこく考えている――元気が出る光景とはいいがたい。「やつらが失った金をあきらめることは絶対《ぜったい》にないわ」スカーレットはいった。「ウルフズヘッドでジョーと相談して計画を立てよう。とりあえず、水がもう少しいるわね。あたしが下へおりて汲《く》んでこようか？」

「ぼくが行く。脚《あし》を伸《の》ばせるからちょうどいい。それに、あの谷間の黒い岩に興味《きょうみ》がある」アルバートがぶっきらぼうに立ちあがった。破《やぶ》れた服を着たやせた姿《すがた》が光に包まれる。アルバートはスカーレットを見ずにビンを集めると、ガレ場をすべりおりていった。


スカーレットは一人になると、アルバートが斜面《しゃめん》の下までおりて、カヤツリグサの茂《しげ》みや、黒い石の破片《はへん》のあいだを慎重《しんちょう》に歩いて川のほうへ行くのが見えたところで、つばの広い帽子《ぼうし》を脱《ぬ》いで、横の地面に落とした。帽子《ぼうし》でおさえられていた髪《かみ》は汗《あせ》で黒みがかり、くしゃくしゃの短い波形《なみがた》に固まっている。額《ひたい》の生え際《ぎわ》を取り巻《ま》いている薄《うす》い鉄のバンドが日差しにきらめく。

また帽子《ぼうし》からはずれていた。帽子《ぼうし》に固定し直さなくては。

スカーレットは不快《ふかい》さにくちびるをゆがめながら、後ろに手を伸《の》ばして留《と》め具を外した。花が開くように頭から鉄のバンドがはずれる。ひざにバンドを置き、額《ひたい》にできたかゆいみみずばれを両手ではげしくこすった。ふだんはそれほど気にならないのだが、これだけ暑いと、罰金《ばっきん》箱《ばこ》よりいらいらさせられる。スカーレットは顔をしかめた。かつてアルバートを監禁《かんきん》していたキャロウウェイ博士《はかせ》は、こんなものをよくずっと頭にはめていられたものだ。

アルバートのやせた姿《すがた》がまだ下のほうに見える。ためらいがちに川岸のそばをうろうろしながらビンに水を入れられる場所を探《さが》している。その後ろを、アルバートの影《かげ》がしみのように――アルバートの体から溶《と》け出た黒い液体《えきたい》のように――ついていく。ここから見ると、アルバートはちっぽけな存在《そんざい》だ。荒野《こうや》を動きまわるかけらにすぎない。近くで見ても、取るに足らない人間に思える。

けれど、実際《じっさい》はとんでもない力を秘《ひ》めている。毎日アルバートには驚《おどろ》かされる。

スカーレットは山猫《やまねこ》みたいに伸《の》びをして、ひじをついてあお向けになると、渓谷《けいこく》から吹《ふ》きあがる熱風に身をさらし、水藻《みずも》のようにからまった髪《かみ》を乾《かわ》かした。歯を持つ鳥が一羽、暖《あたた》かい上《じょう》昇《しょう》気流に乗って谷の上空を飛んでいる。スカーレットが見つめていると、獲物《えもの》を追いかけ始めた。丘陵地《きゅうりょうち》はひっそりしているように見えても、明らかに生き物がいて、石の下でかすかに動いている……。

そろそろ遅《おそ》くなってきた。急いで先に進まないと。

自分はアルバートに卑怯《ひきょう》なことをしている。スカーレットにはそれがよくわかっていた。奴《ど》隷《れい》のことではなく、アルバートに心を読まれないよう、この帽子《ぼうし》をかぶっていることだ。

アルバートに悪意はないし、スカーレットの心の奥深《おくふか》くにあること——存在《そんざい》の核心《かくしん》に結びついた秘密《ひみつ》——をこれまで探《さぐ》ろうとしたこともない。しかし、アルバートはやろうと思えばできるのだ。しかもスカーレットに気づかれないように。スカーレットはそれがわかっていて我慢《がまん》できるときもあれば、我慢《がまん》できないときもある。帽子《ぼうし》をかぶらなくてはならないときもある。

アルバートはすでに渓谷《けいこく》を離《はな》れ、谷間の平らな場所を用心しながら進んでいる。空のビンにひもをしばりつけて肩《かた》に掛《か》けている。石ころや傾《かたむ》いた黒い石柱が地面に散らばり、歩きづらそうだ。アルバートの少し後ろに倒《たお》れている岩が、かげろうのせいで波のようにゆれて見える。谷間は深いので、風が通らず暑いだろう。

スカーレットは歩いていくアルバートをぼんやり目で追いながら、考えた。六か月。六回の強盗《ごうとう》。そのたびにアルバートは落ちつきを増《ま》し、仕事の腕《うで》も驚《おどろ》くほど上がった。緊迫《きんぱく》した状況《じょうきょう》でも人混《ひとご》みでも危《あぶ》なげなく動けるようになったし、ほとんど全員の頭のなかを探《さぐ》れて——

スカーレットはハッと顔をあげた。

待って。あのゆれてる岩って、なんか……

スカーレットの視線《しせん》がアルバートの背後《はいご》で波のようにゆれて見える地面にすばやく戻《もど》る。

あれは大気のゆれじゃない。ずいぶん細長いし、くねくね動いている。地面のほつれのようなものがほどけて、ゆっくりと移動《いどう》を始め、溶岩《ようがん》みたいにじわじわとアルバートに迫《せま》っていく。

つぎの瞬間《しゅんかん》、スカーレットの手にピストルが握《にぎ》られていた。

巨大《きょだい》なニシキヘビは体長がアルバートの三倍あり、胴回《どうまわ》りはたぶん五、六十センチありそうだ。完璧《かんぺき》に擬態《ぎたい》していて、うろこは茶色と灰色《はいいろ》と黄色っぽいピンクのモザイク模様《もよう》だ。岩陰《いわかげ》から姿《すがた》をあらわしたときだけ、背中《せなか》に青白い鋭角《えいかく》のジグザグ模様《もよう》が見える。

ピストルでは無理だ――弾《たま》が届《とど》かない。だが、アルバートに警告《けいこく》はできる。

スカーレットは銃《じゅう》を高くあげ、空に向かって発砲《はっぽう》した。銃声《じゅうせい》が渓谷《けいこく》にはね返って岩のあちこちにぶつかり――雪崩《なだれ》のような轟音《ごうおん》が響《ひび》いた。

アルバートが顔をあげた。小さなやせた姿《すがた》が後ろを振《ふ》り向く。その瞬間《しゅんかん》、ニシキヘビが速度を上げた。身を震《ふる》わせ、くねらせながら、一気に攻撃態勢《こうげきたいせい》をとって襲《おそ》いかかろうとしている。

体を力強くうねらせ、巨大《きょだい》な三角形の頭をもたげて、アルバートの身長の二倍の高さまで体を持ち上げた。背中《せなか》の青白いジグザグ模様《もよう》に日が当たって稲妻《いなずま》のように光る。

だめ！　ライフル！　スカーレットはリュックに飛びつき、布《ぬの》が裂《さ》けるのも構《かま》わず銃《じゅう》を取り出した。

そのとき、こめかみが脈打《みゃくう》つのを感じた。遠雷《えんらい》のような亀裂音《きれつおん》がした。

スカーレットは銃《じゅう》をつかんで構《かま》え、岩の上にひざをつくと、岩と岩のあいだに照準《しょうじゅん》を合わせて——

手を止めた。

銃《じゅう》を下におろす。

大蛇《だいじゃ》はもういなかった。川岸の地面に赤いしみや、肉片《にくへん》や、茶色い皮膚《ひふ》のゆがんだ斑点《はんてん》が筋《すじ》になって散らばっている。アルバートの目の前に広がる巨大《きょだい》なV字形の谷も景色が一変していた。すさまじい爆発《ばくはつ》の跡《あと》を見るようだ。石柱の何本かは消え、残っているものも折れている。近くの大きな石は割《わ》れて粉々《こなごな》だ。川の上空に赤い粉塵《ふんじん》がもうもうと立ちこめ、ゆっくり流れ去っていく。

スカーレットの目はアルバートに釘《くぎ》づけだった。アルバートは細い片腕《かたうで》をあげてスカーレットに軽く感謝《かんしゃ》の気持ちを伝えると、よゆうたっぷりに親指を立てて見せた。それからぶらぶらと川原まで行ってしゃがみ、一本ずつビンに水を入れてはそばの石の上に並《なら》べていく。アルバートは慎重《しんちょう》に、そこそこ手際《てぎわ》よく作業をしたが、一度だけバランスをくずして川に落ちそうになった。

スカーレットは丘《おか》の上にゆったり腰《こし》をおろした。脈《みゃく》がしだいに落ちつき、額《ひたい》に浮《う》き出た新たな汗《あせ》を風が乾《かわ》かしてくれる。ひざから血が出ていた。岩についた場所だ。明るい緑のワンピース姿《すがた》のまま、あぐらをかいた。ひざに置いたライフル銃《じゅう》が冷たい。風で顔に髪《かみ》が吹《ふ》きつける。

「アルバートのバカ野郎《やろう》」スカーレットはいった。「仕事のときにそれをやれって！」

スカーレットは罰金箱《ばっきんばこ》にまた硬貨《こうか》を入れた。鳥が二羽あらわれ、暖《あたた》かい上昇気流《じょうしょうきりゅう》に乗ろうとしている。スカーレットは二羽が崖《がけ》の上空に舞《ま》いあがるのをながめた。軽々と飛びながら、体を傾《かたむ》けて旋回《せんかい》したり、翼《つばさ》を少し調整して降下《こうか》したりしたあと、すぐに太陽に向かって消え去った。

目の前の景色は平和そのものだ。風が吹《ふ》き、空は色濃《こ》くなってきた。アルバートは渓谷《けいこく》の岩や石のあいだを苦労してのぼってくる。ずいぶん時間がかかっている。そのあいだ、スカーレット・マッケインは同じ場所に一人静かに座《すわ》ったまま、丘《おか》の向こうを見つめた。

第二部　ウルフズヘッド・イン

＊＊＊

その丘《おか》をのぼると、頂《いただき》からコーンウォールまで続く丘陵地《きゅうりょうち》の緑のくぼみが見渡《みわた》せたし、小道のわきに、男の子が座《すわ》ってひと休みできる岩もあった。少女はその子と一緒《いっしょ》に座《すわ》ると、ゴム底のズック靴《ぐつ》をはいた足を岩にのせ、やせたひざを体に引き寄《よ》せた。ひざに両腕《りょううで》をのせて、その上にあごをのせる。少女は歯を持つ鳥が陽光に包まれた谷に舞《ま》いおりながら、背《せ》の高い木々が作るおだやかな緑の屋根や光の塔《とう》のまわりを舞《ま》うのをながめた。谷間は木におおわれ、丘《おか》の上にはハリエニシダやビルベリーの茂《しげ》みが広がっている。

男の子も姉と同じ姿勢《しせい》になっていた。ときおり、片方《かたほう》のひざが腕《うで》の下からぬけ落ちて倒《たお》れると、そのたびに男の子は慎重《しんちょう》にひざを元の位置に引き寄《よ》せた。

「もう一個《こ》ちょうだい」

「だめよ。たっぷり食べたでしょ」

「まだお腹《なか》ぺこぺこ」

少女もお腹《なか》がすいていたが、ビルベリーを詰《つ》めたつぼをいくつか肩《かた》かけバッグに入れ、ぶつかって割《わ》れないよう自分のメリヤス地の服で包んであった。それをここで開けるつもりはない。

「家に帰ったらね」

「帰ったら、ママがジャムにしちゃうよ」

「そしたら、きっとほかの食べ物をくれるわ」

二人は生い茂《しげ》る草に見え隠《かく》れする白亜《はくあ》の小道に沿《そ》って、丘《おか》の頂《いただき》を進んでいった。小さな男の子が前を、少女が後ろを歩いていく。ふだんならこのあたりに住んでいる人に会うこともあったが、その日は二人で景色と風を独占《どくせん》していた。丘《おか》の頂《いただき》は寝《ね》ている犬の背中《せなか》のようなカーブを描《えが》いている。二人はゆるやかな背骨《せぼね》のでこぼこの上をのぼったり下ったりしながら、足にハリエニシダが引っかかるなかを進んだ。

少女は一定のリズムで歩いていた。おさげ髪《がみ》が首の後ろではねている。歩きながら、ふもとにおりてからやらなくてはならない仕事のことを考えた。ヤギとニワトリの世話、母さんを手伝ってお茶の準備《じゅんび》、フローレンスと一緒《いっしょ》にメイソンさんの家に雄羊《おひつじ》を頼《たの》みにいく、小屋から薪《たきぎ》を持ってきて、トーマスをベッドに寝《ね》かしつけ、夕暮《ゆうぐ》れに時間があれば庭仕事……少女は自分なりの真面目で実用的なやり方で、すべてを頭のなかで箇条《かじょう》書《が》きにし、それを順番どおりに並《なら》べて、もれのないようくり返し確《たし》かめた。リストを作るのはいいことだ。安心できる。それだけでもう仕事を半分終えたような気分になる。

二人はくぼ地におりてきた。そこでいつものように男の子が用を足し、それからふたたび急な坂をのぼる。その丘《おか》を越《こ》えればふもとはわが家だ。特に傾斜《けいしゃ》のきつい場所では、少女が弟のお尻《しり》を支《ささ》え、のぼるのを手伝ってやったが、最近は男の子も少し大きくなり、足をすべらせたり転んだりしなくなった。

最後の丘《おか》の頂《いただき》に着いたとき、黒い煙《けむり》の帯が谷間のひだから立ちのぼっているのが見えた。少女は肩《かた》かけバッグの革《かわ》ひもをつかんで立ったまま、その光景を見つめた。やせた顔で、口をまっすぐに引き結んでいる。

男の子が少女のほうを振《ふ》り返った。「あれ何、カーリー?」

「わからない。干《ほ》し草の山か何かに火をつけたのかも。ほんと、バカなやつらには一瞬《いっしゅん》だってすきを見せられない」

「きたない言葉はだめだよ、カーリー。ママが悲しむ」

「そうね、でも、ここに母さんはいないでしょ? それにもし、母さんが干《ほ》し草の山に火をつけたのなら、すぐにきたない言葉をたっぷり聞かされることになるわ……」あえて声に怒《いか》りをこめたが、続かない。煙《けむり》は黒々として油っぽく、風を受けても形がくずれない。その煙《けむり》が谷間から上向きに角度を変え、斜面《しゃめん》の上にいる少女のほうへ向かってきた。

少女は弟の手を取り、小道のほうに引っぱった。男の子は疲《つか》れていて走るのをいやがったが、姉は有無をいわせなかった。そのうち、弟の抵抗《ていこう》にいらだった少女が引っぱたくと、男の子は泣きながら小走りでよろよろついてきた。少女は走ったり止まったりをくり返した。すばやく移動《いどう》しながら、何度も立ちどまっては煙《けむり》に目をやり、正確《せいかく》な位置を見極めようとした。

メイソン家でもファウラー家でもない。どちらも、もっと遠くだ。それにたき火でもない。たき火より大きいし、煙《けむり》も濃《こ》い。少女は黒い灰《はい》のかけらが空を背《せ》に踊《おど》っているのをながめた。

「なぜママが干《ほ》し草の山に火をつけたの？」

「え？」少女は編《あ》んだ髪《かみ》を噛《か》んでいる。

「干《ほ》し草」

「干《ほ》し草の山かどうかわからない。ほんと、あれがなんなのかまったくわからないわ。急いで、トーマス。ほら、早く」

二人は頂《いただき》から斜面《しゃめん》を下り、こわれた踏《ふ》み段《だん》を越《こ》えて木立のなかに入った。緑の木陰《こかげ》が二人を囲《かこ》む。明るい白亜《はくあ》の小道は夏のシダの茂《しげ》みに隠《かく》れた骨《ほね》のように白く、急斜面《きゅうしゃめん》を下へのびている。

少女は先に立ってさっさと歩いていったが、男の子は急いでついていきながらも、背《せ》の高いシダが屋根のようにおおう乾《かわ》いた暗い場所で一生懸命《いっしょうけんめい》何かを探《さが》している。

風が向きを変え、谷のほうから林をぬけて吹《ふ》いてきた。かすかに煙《けむり》のにおいが混《ま》じっている。それと、ほかの……すえたにおいも。少女はシダの茂《しげ》みのなかで立ちどまり、鼻にしわを寄《よ》せた。静かにじっと立ったまま、用心深く木々の向こうの丘《おか》の斜面《しゃめん》を見おろす。

そのとき、大きなシダのあいだから出てきた弟が少女の背中《せなか》にぶつかった。そのはずみで足が浮《う》き、男の子はすべって尻《しり》もちをつくと、横すべりして少女の横に転がった。

「カーリー、見て、黄色い石を見つけた」

「ええ……」

「ほら、まん丸」

「ああ……ほんと、すてき……」

「カーリー、見てないでしょ」

少女は見ていた。いわれたとおりに目をこらしながら、耳をすましている。小道は丘《おか》の曲線部を越《こ》えると急に下り坂になり、緑の木陰《こかげ》のなかへと続いている。シダが頭を垂《た》れている。まるで修道士《しゅうどうし》たちが集まって、静かに深く嘆《なげ》き悲しんでいるかのようだ。

静かだ……。

鳥もいない。動物もいない。何もない。

静寂《せいじゃく》が丘《おか》の上にいる少女のほうへ押《お》し寄《よ》せてくる。

少女は振《ふ》り向き、弟を引っ張《ば》りあげて抱《だ》きかかえると、小道をはずれ、シダの茂《しげ》みの一番深いところに突進《とっしん》した。シダの葉が波のように少女の胸《むね》に当たってはねる。少女は深い茂《しげ》みのなかに弟と一緒《いっしょ》に急いで身を隠《かく》した。緑におおわれた暗く乾《かわ》いた場所だ。

「トーマス」少女は静かにいった。「ゲームをしよう。ゲームは得意《とくい》でしょ?」

男の子は少女の隣《となり》で身をかがめていた。丘《おか》の上にいたときとほとんど同じ姿勢《しせい》で、ぽっちゃりしたひざにあごを乗せ、しかめ面をしている。

「ぼくの石」

「え?」

「お姉ちゃんに抱《だ》っこされたとき、黄色い石、なくした」

「すぐに見つけられるわよ。ねえ、トーマス、死んだライオンのふりをしよう。二人でやるの。ただし、じっとしたままでいること。できる?」

「うん。でも——」

「じゃ、始め!」

「でも——」

「トーマスが勝ったら、ごほうびをあげる。とびきりのやつよ。だけど、きっとあたしより先に動いちゃうわね。どう? 準備《じゅんび》はいい? 行くわよ。三、二、一、始め」

ごほうびという思いつきが集中させる効果《こうか》をあげた。小さな男の子は前のめりになり、大げさに足を蹴《け》ったり体をくねらせたりしてから、地面に体を押《お》しつけ、静かになった。少女は弟の上に身をかがめてテントのように弓なりになった。こうしていれば、いつでも体を押《お》しつけて強引に弟におおいかぶさり、どんな音も消してしまえる。

二人がその場に伏《ふ》せていると、すぐに「腐敗《ふはい》」がこっそり林をぬけて二人のところまでのぼってきた。目に見えない汚れがシダの葉のあいだにからみつき、二人の皮膚《ひふ》に触《ふ》れて侵《おか》そうとする。それはさっき見た煙《けむり》より侵《おか》されやすく、知らぬ間にむしばまれていくものだった。男の子は静かにしている。少女は薄《うす》明かりのなかで目を大きく見開いていた。まばたきもせず、身じろぎもしない。

やがて、かすかな葉ずれの音が聞こえてきた。何者かが集団《しゅうだん》で小道をすばやくのぼってくる。集団《しゅうだん》が近づくにつれて、シダのこすれる音やしなる音、硬《かた》い白亜《はくあ》の地面を打つ足音が聞こえた。裸足《はだし》だ。地面を爪《つめ》でつかんでいる。言葉はなく、会話もない。一度だけ、鋭《するど》い口笛が耳をかすめた。強い恐怖《きょうふ》に襲《おそ》われ、少女は思いきり歯をむいて、すでに死んでいるかのように体をこわばらせていた。

腐敗《ふはい》はどんどん濃《こ》くなり、汗《あせ》に入りこんで少女の首の後ろを流れ、男の子のわきの地面にしずくとなって落ちた。集団《しゅうだん》は小道をたどってくるが、その両側のシダのなかを駆《か》けてくる者もいる。どれくらい近づいているのか少女にはわからなかった。

音が大きくなり、間近《まぢか》で聞こえる。人影《ひとかげ》が移動《いどう》し、その上のシダの葉が震《ふる》える。悪臭《あくしゅう》が二人を襲《おそ》ったが、すぐに離《はな》れていった。集団《しゅうだん》はそのまま先へ進んでいく。少女は動かなかった。小さい男の子もピクリともしない。二人は林のなかでじっとしていた。

それからずいぶんたって、少女はようやく緊張《きんちょう》をといたが、同じ格好《かっこう》のまま、同じ場所にとどまっていた。静かに泣き出し、小声でののしった。

男の子はぬくもりのなかでうとうとしていたが、そろそろ退屈《たいくつ》してきた。「きたない言葉はだめだよ、カーリー。ぼくの勝ちでしょ」

「ええ、あんたの勝ちよ。あんたの勝ち」

「ごほうびは？　どうして起きないの？」

「ああ、トーマス、あたしは起きたくない」

「もう起きなきゃ」

「だめ」

「お家に帰ろうよ」

少女はようやく立ちあがると、こわばった体を動かしてシダの茂《しげ》みの端《はし》から顔をのぞかせた。しんとした林のなかをじっくり見まわす。その目は大きく、色が薄《うす》く、くぼ地から出たくてうずうずしている野ウサギの子どものようだ。少女はおさげ髪《がみ》の片方《かたほう》をつかんでいた。その日の朝、ヤギの世話を終えた後、朝食を食べながら母親に編《あ》んでもらった。その髪《かみ》を母親の手のようにぎゅっと握《にぎ》りしめる。

腐敗《ふはい》の跡《あと》がまだ林のまわりに漂《ただよ》っている。少女は目に見えない腐敗《ふはい》が、木々を伝うつる草のように、緊張《きんちょう》で青ざめた無防備《むぼうび》の自分たちにからみつくところを想像《そうぞう》したが、鳥のためらいがちなさえずりが聞こえると、あたりの雰囲気《ふんいき》がすっきりと明るくなった。

二人が小道に戻《もど》ると、シダが引き裂《さ》かれ、ばらばらになっていた。しばらくあたりを捜《さが》しまわり、道ばたの草むらに黄色い石が落ちているのを見つけると、男の子は大喜《おおよろこ》びした。

少女は弟の手を取り、林のなかを下っていった。

最初の放牧場の端《はし》まで来たとき、二人は干《ほ》し草の山が無事なことに気づいた。干《ほ》し草用の黒い熊手が立てかけてある。少女がその日、出かける前に置いたものだ。少女は熊手をつかんで体の前で握《にぎ》ると、自分たちの家を囲《かこ》む木々の後ろからまっすぐに立ちのぼる黒煙《こくえん》のほうに向かって歩き続けた。

二つ目の放牧場にはヤギがいた。少女は男の子を抱《だ》きあげ、その目をおおった。

「見ちゃだめ」

男の子はすっかり静かになっていた。「何があったの？　ママはどこ？　フローレンスは？　お家に何かあったの？」

「見ちゃだめ」少女は弟の頭を自分の方に押《お》しつけ、思いきり抱《だ》きしめた。

「痛《いた》い！　カーリー、どうして見せてくれないの？　離《はな》して」

「絶対《ぜったい》に離《はな》さない。トーマス、わかった？　絶対《ぜったい》よ。あたしはずっとあんたのそばにいる。でも、あんたは見ちゃだめ。ちゃんと目を閉《と》じて。ほら、目を閉《と》じていて」

少女は燃《も》えさかる家に向かって歩き始めた。やせた体で、一方の肩《かた》にビルベリーでふくらんだ肩《かた》かけバッグを、もう一方に小さな子どもを抱《だ》いている。いつの間にか風向きが変わっていた。乱気流《らんきりゅう》が起こり、まっすぐに立ちのぼっていた煙《けむり》が頭上で乱《みだ》れ始めた。グレーと黒の灰《はい》が雨のようにゆっくりと大量にあたりの草地に降《ふ》りそそいだ。

＊　＊　＊

6章

その日は嵐《あらし》だった。〈燃焼地帯《ねんしょうちたい》〉からやってくるいつもの暴風雨《ぼうふうう》で、内陸でも灰《はい》の雨がふっていた。いわゆるモータータウン（車で移動《いどう》する人の町）と呼《よ》ばれるハンティンドン――北街道の両側にパブと安宿の並《なら》ぶ町――は、その夜、灰《はい》にまみれていた。黒褐色《こっかっしょく》のヘドロがアスファルトの道路や、木で舗装《ほそう》された一段《いちだん》高い歩道の端《はし》にたまっている。サンライズ・インの下のパブの窓《まど》から、数人が歩道をあわてて走っていくのが見える。パブや食堂《しょくどう》のそばを通りすぎていく姿《すがた》が急にはっきり見えたりぼやけたりする。なんだか、体の溶《と》けかかった人が、ぎりぎりのところで生にしがみついているように見える。

スカーレットはレースのカーテンをおろすと、くるりと振《ふ》り向き、ふらつきながらパブの店内を見まわした。みんな思い思いに娯楽《ごらく》に興《きょう》じ、最高に盛《も》りあがっている。手さげランプが何列もぶらさがる下で、男たちがカウンターの前に立ったり、宿の女性《じょせい》を伴《ともな》ってテーブル席に座《すわ》ったりしている。みんな酒を飲んでいる。トランプをしている者もいれば、ダーツをしている者もいる。あるグループは〈堕種《だしゅ》〉の頭蓋骨《ずがいこつ》にコインを投げ入れている。店の片《かた》すみに相当古いアップライトピアノがあり、花柄《はながら》の綿《めん》のワンピースを着た年配の女性《じょせい》が弾《ひ》いている。店内は酒のにおいと、おそろしいくらいに浮《う》かれた空気に満ちていた。木の曲がり階段《かいだん》をのぼったところにバルコニー席があり、厚手《あつで》のカーテンと、さらに賭博《とばく》台があって、重苦しさを感じさせる。そこでスカーレットはついさっき、頭蓋骨《ずがいこつ》コイン投げで有り金を全部すっていた。

といっても、全財産《ぜんざいさん》ではない――ポケットにあった分だけだ。おそらく今ごろアングリアの国境《こっきょう》を越《こ》え、ウルフズヘッドに向かっているアルバートが、ウォリックの仕事で得《え》たもうけの大半を持っている。スカーレットの分け前も、すでに一部はハンティンドンに着いて最初のうちに、町はずれの貧民《ひんみん》街《がい》に住む解放《かいほう》奴隷《どれい》のグループと、カフェ〈赤バラ〉の女性《じょせい》たちに渡《わた》していた。この半年、アルバートにいわれて、そうした行き当たりばったりの寄付《きふ》をすることにもすっかり慣《な》れた。〈信仰院《しんこういん》〉の富を社会の片《かた》すみにいる人たちに渡《わた》すことに意地の悪い喜《よろこ》びを感じる。ただ、別の衝動《しょうどう》もおさえられず、残った金でよく息ぬきをした。そうすることはアルバートもわかっていた。

賭《か》け事で大勝ちするときもあれば、大負けするときもある。スカーレットは勝っても負けてもたいして気にしなかったし、アルバートにとがめられても少しも悪いと思わなかった。何でもいいから没頭《ぼっとう》できること――仕事のあとに必ず感じる特有のむなしさを埋《う》めてくれるもの――が必要なのだ。ただ、今回はやり過《す》ぎてしまい、土壇場《どたんば》でなんとかツキを取り戻《もど》そうとして、傍観《ぼうかん》していたトラック運転手の何人かに借金をした。そして、その金まですっかり使い果たしていた。

スカーレットは後ろの壁《かべ》に頭を預《あず》け、目を半分閉《と》じて椅子《いす》に深く座《すわ》り直した。男たちには、上の階に手持ちの金があるから、もう一杯《いっぱい》飲み終わったら取りに行ってくると約束したので、相手はそれを待っている。男たちがカウンターからじっとこっちを見ているのがわかった――不審《ふしん》がってはいるが、まだ事を荒立《あらだ》てるほどではない。だが、みんな銃《じゅう》を持っているし、体のごつい長距離《ちょうきょり》運転手で、護送《ごそう》部隊を組んで〈堕種《だしゅ》〉がよくあらわれる無人地帯《ワイルズ》を通りぬけることにも慣《な》れている。もし、こっそりドアに向かおうとすれば、面倒《めんどう》なことになる。

まあ、まだ日が暮《く》れたばかりだ。何か手を考えよう。

スカーレットは目をこすり、また窓《まど》のほうを向いた。頭痛《ずつう》がする。アルバートが荷物を抱《かか》えてよろよろと自転車で去っていく姿《すがた》が思い浮《う》かぶ。全部すったりしないからだいじょうぶだとくり返してアルバートを安心させたっけ……約束する、約束するわ……愚《おろ》かなのはどっちだろう？　約束したほう？　それとも約束を信じたマヌケ？　スカーレットはレースのカーテンを開けると、雨粒《あまつぶ》がたくさんついた窓《まど》に額《ひたい》を押《お》し当て、冷気がガラスから体に染《し》みこんでくるのに任《まか》せた。

外は嵐《あらし》が勢《いきお》いを増《ま》していた。向かいのステーキ酒場のネオン灯が雨に溶《と》け出しているように見える。車道は黒い帯のようで、歩道には人気がまったくない……いや、そうともいい切れない。スカーレットは雨粒《あまつぶ》の向こうに目をこらした。長距離《ちょうきょり》バスの停留所《ていりゅうじょ》の、灰《はい》まじりの雨がはねて回転しているプラスチックの雨よけの下に、男が一人立っている。

その男は銀ボタンのついた厚手《あつで》の黒いウールのコートをはおり、えりを立てて嵐《あらし》から身を守っていた。コートは雨と、長旅のあいだにこびりついた土ぼこりで粗皮《あらかわ》のようだ。男は両手をコートのポケットにつっこみ、背中《せなか》をわずかに丸めていた。瞑想《めいそう》しているかのように頭を垂《た》れ、靴《くつ》のあいだを流れる雨水に目を落としている。強い風と雨のなか、帽子《ぼうし》もかぶらず、後ろも横も短く切った髪《かみ》が黒いリボンみたいに頭に張《は》りついている。鼻筋《はなすじ》が通り、ほおがこけているが、目は陰《かげ》になっていて見えない。男はどことなく落ちつきを感じさせた。大荒《おおあ》れのスコールのなかで、そこが何より目を引いた。

冷たいガラスがスカーレットの額《ひたい》に振動《しんどう》を伝えた。スカーレットは窓《まど》から勢《いきお》いよく体を離《はな》し、立ちあがると、椅子《いす》に掛《か》けてあった帽子《ぼうし》をつかんだ。とつぜん、パブを出たい衝動《しょうどう》にかられた。嵐《あらし》でもハンティンドンを出て、先に進まなくては。スカーレットはこれまでの人生のなかで、その手の直感には従《したが》うようになっていた。わきのテーブルに置かれた飲みかけのビールにもう口をつけるつもりはなかったが、びんを手に取り、パブの店内を移動《いどう》し始めた。

「部屋に行くのか？」男たちはスカーレットが動くのを待っていた。胸板《むないた》の厚《あつ》いトラック運転手がふらっと人混《ひとご》みから出てきてスカーレットの行く手をふさいだ。上下デニムに赤いチェック柄《がら》のシャツという格好《かっこう》だ。タトゥーを入れ、黒いあごひげと胸毛《むなげ》がつながっている。「おれたちは金が返ってくるのを待っている」

スカーレットは気さくな笑みを浮《う》かべると、びんを持ちあげて挨拶《あいさつ》した。「これから上に行ってくるわ」この男からはかなりの額《がく》を借りている。

「まさか、おれたちから逃《に》げようなんて考えてはいないだろうな？」

スカーレットはまさにそのとき、二階の窓《まど》から樋《とい》を伝ってすべりおりようと考えていた。

「まさか。あたしのビールを持っててくれる？　三分で戻《もど》るわ。二分かも」

「こいつらもおれも、あんたにつき添《そ》いが必要だという意見だ。そうすりゃ、戻《もど》ってくるとき迷子《まいご》にならない」

「いらないわ。あたしは自分の部屋に決して男を連れこまないことにしてるの。その代わり、戻《もど》ってきたら、あなたに直接《ちょくせつ》ブラックジャックの勝負を申しこむわ。ツキが変わりそうな気がするから」

スカーレットはあごひげの男にほほえみかけると、含《ふく》みがあるようにもないようにも取れる目つきで男の視線《しせん》を冷静に受けとめた。男は一歩退《しりぞ》くと、あごひげをかいた。「まあ、仕方ないか。じゃあ、二分だ」

「わかった」スカーレットはその場を立ち去りながら、ビールに軽く口をつけるふりをした。

そのとき、ひんやりした空気が一瞬《いっしゅん》流れこんできた。通りに面したドアが軽い音を立てて閉《し》まる。スカーレットはビールびんを口につけたまま、ちょっと動きを止めた。

男がパブのなかに入ってきていた。

スカーレットはすぐに、バス停《てい》にいた男だとわかった。思ったより若《わか》い――それどころか、十代の若者《わかもの》だ。肌《はだ》がきれいで顔にひげがない。灰《はい》と雨が、肩《かた》やオールバックにした髪《かみ》の筋目《すじめ》についている。石段《いしだん》の上に立ち、ビール越《ご》しの明かりをコートの折り目できらめかせながら、首を左右に動かして店内を見まわしている。なかには入らず、その場で集まっている人たちをはじからじっくり見ていく。

スカーレットはビールのびんを近くのテーブルに置くと、帽子《ぼうし》を目深にかぶり、片手《かたて》をガンベルトに持っていった。

若者《わかもの》は一歩前に踏《ふ》み出し、人混《ひとご》みのなかをどちらへともなく歩き始めた。こっちを見たわけではなかったが、自分のほうに来ようとしているのをスカーレットは感じ取った。その若者《わかもの》がスカーレットを捜《さが》しに来たことに、もう疑《うたが》いの余地《よち》はない。じっくり観察すると、コートのサイズが大きい。えりのすき間を見ればだいたいわかる。大きくあいたすき間の真ん中に、不釣《つ》り合いな細い首がつき出ているし、そで口も、両手がコートにのみこまれそうになっている。若者《わかもの》はやせていて、女の子のようにきゃしゃな体格《たいかく》だった。風にひと吹《ふ》きされただけで倒《たお》れそうだ。

スカーレットは自分がその男にひどくおびえているのに気づいた。

スカーレットは銃《じゅう》の柄《え》をしっかりつかんだまま歩き出し、脱出《だっしゅつ》の方法を探《さぐ》った。最初は階段《かいだん》まで行くつもりだったが、若者《わかもの》の進路が自分の行く手をはばみそうだったので、方向を変えた。店の出入口のドアのほかに、カウンターの後ろにもドアがある。ほかの出口から脱出《だっしゅつ》する手もあるが、人やテーブルが立ちふさがっていて、どこもすぐにはたどり着かない。スカーレットは自分のずさんさを呪《のろ》った。

人が多くて銃《じゅう》は使えないし、走って逃《に》げることもできない。スカーレットは人混《ひとご》みのなかを縫《ぬ》うようにゆっくり進みながら、回り道をしたり、急に歩調を早めたり、方向を変えたりした。店の反対側では、若者《わかもの》がスカーレットの動きに反応《はんのう》し、動きを予測《よそく》しながら、同じように動いている。若者《わかもの》も進むのに苦労していて、一、二度、笑っている女たちや赤ら顔の男たちにひじで押《お》しのけられた。それでも、そのたびにしかめ面で立ちどまり、別の通路を進みながら、しだいにスカーレットに近づいてくる。スカーレットは選択肢《せんたくし》が少なくなっていくのに気づいた。

いつの間にかバーカウンターのそばにいた。一組の男女が注文した飲み物を受け取り、立ち去ると、そこに若者《わかもの》がいた。

若者《わかもの》はスカーレットにほほえんだ。深いブルーの目だ。

「スカーレット・マッケイン？」

パブのほかの客は、変わらずそこにいたが、まるでヘビの皮のように、たちまちスカーレットのまわりからはがれ落ちて消えた。

スカーレットは無表情《むひょうじょう》のままだ。「いいえ」

「それは残念。まあ、とにかく一杯《いっぱい》おごらせてほしい」

若者《わかもの》の声は静かで、目は射《い》るように鋭《するど》かった。好奇心《こうきしん》をむき出しにして、真剣《しんけん》に見つめられ、スカーレットはたじろいだ。

スカーレットは首の後ろにチクチクする冷たい痛《いた》みを感じた。前にもこんなふうに見られたことがある。

スカーレットは首を振《ふ》った。「悪いけど、もう行くわ」

「いや、とりあえず話をしよう」若者《わかもの》は片手《かたて》をあげた。「バーテンダー！　アニック・ライトを二本」

サンライズ・インのバーテンダー——巨漢《きょかん》で、はげた頭は威圧感《いあつかん》をあたえ、筋肉《きんにく》が黒いシャツとジーンズに押《お》しこまれている——は、アイスボックスからびんを二本引きぬくと、ナイフの柄《え》の底でびんの王冠《おうかん》をたたき落とし、カウンターにすべらせた。二本のびんはスカーレットのひじのあたりで止まった。

「どうも」若者《わかもの》はカウンターに無造作《むぞうさ》に身を乗り出し、きれいに折った紙幣《しへい》を何枚《まい》かバーテンダーのほうに押《お》しやってから、スカーレットにほほえんだ。「礼儀《れいぎ》はわきまえないと。マッケインさんはどう思います？　人が大勢《おおぜい》いる場所。何も知らず居合《いあ》わせた人たち……」若者はちょっと黙《だま》ると、息の荒《あら》いトラック運転手たちや、派手《はで》な化粧《けしょう》をした女たち、近くにたむろする若《わか》い男たちに目をやった。「もちろん、何も知らずというのは、いろいろなとらえ方がありますが」そういって銃《じゅう》に置いたスカーレットの手に視線《しせん》を落とす。「とにかく、ここは口論《こうろん》するにはあまり適《てき》さない、ですよね？」

二人は少しのあいだ、たがいを見た。若者《わかもの》は丸腰《まるごし》のようだ。スカーレットはピストルをぬいて至近距離《しきんきょり》から撃《う》とうか考えたが、なぜか思いとどまった。銃《じゅう》から手を放し、若者《わかもの》と同じようにバーカウンターにもたれて、片足《かたあし》を足のせ台に置く。それから、バーカウンターの後ろにあるドアに目をやった——通用口に通じているかもしれないし、地下貯蔵室《ちょぞうしつ》か物置の入口というだけかもしれない。あたしったら、何ぼうっとしてるんだろう。ちゃんと下見をしとくべきだったのに。いや、もっと早くここを出るべきだったたし、そもそもここに来るべきじゃなかった。

「ここはとても居心地《いごこち》がいい」若者《わかもの》はいった。

「ええ」

「つまみにピーナッツはどう？」

「いいえ、結構《けっこう》よ」若者《わかもの》はスカーレットと変わらない年格好《かっこう》で、背《せ》も数センチ高いかどうかだ。声も態度《たいど》もちょっとした動きさえもが、謙虚《けんきょ》でさりげなく、自信に満ちている。若者《わかもの》のふるまいすべてに、この二つが共存《きょうぞん》していた。静かな態度《たいど》に謙虚《けんきょ》と自信がうかがえる。

「わたしがだれかわかりますか？」若者《わかもの》はたずねた。

スカーレットはカウンターの上でびんを回した。「二つのうちのどちらかね。指が一本も欠けてないところを見ると、ハンド同業組合のメンバーじゃなさそう。ってことは、〈信仰院《しんこういん》〉の工作員ね。正直、最高議会が送ってくるなら、もうちょっと……」

「年上かと？」

「あたしがいおうとしたのは印象的な人物ってこと。でも、年上でもいいけど」

工作員はにっこりした。歯がやけに白く、目は輝《かがや》いている。返事はなかった。

「あたしの居場所《いばしょ》をどうやって知ったの？」

「北街道ではうわさはすぐに伝わる。ここは最高議会があるミルトンキーンズからわりと近い。ハンティンドンでも指名手配犯《しめいてはいはん》のポスターがはられているし、小冊子《しょうさっし》もある」

「小冊子《しょうさっし》？」

「きみの心おどる英雄行為《えいゆうこうい》について詳細《しょうさい》に書かれている」若者《わかもの》の笑みが大きくなった。「きみの名声はどんどん広まっていてね。つまり、今朝、ある人がちょっと目立つ人物に目を留《と》め、正体に気づいたというわけだ。で、わたしはその裏《うら》づけ捜査《そうさ》に来た」

「あたしって」スカーレットはたずねた。「目立つ？」

「目立つね。わたしもこの店に入ってすぐにわかった。こういってはなんだが、きみはポスターより美人だ。ぎょっとするような赤い頭の老婆《ろうば》だろうと思っていたんだが」

スカーレットは口をゆがめた。「それ、お世辞？」

「とんでもない。みすぼらしい格好《かっこう》をしても、そういう顔をしても無駄《むだ》だ。きみの動きはほかの人とちがう。速いし、意識《いしき》して動いている。目的があるかのようにね。まるで命の糸が、ここにいる連中のようにほつれたりたるんだりせずに、ピンと張《は》られている感じがする。だからきみだとわかった」若者《わかもの》はそういって、スカーレットにウィンクした。「それに、鉄のバンドで心を読み取られないように保護《ほご》しているのは店内できみだけだ」

スカーレットは固まった。歯をぐっとかみしめる。すでに激《はげ》しく打っている心臓《しんぞう》が、野に放たれた鳥のようにとびあがり、さらに激《はげ》しくなった。

「アルバート・ブラウンはどこです、スカーレット？」工作員はたずねた。

スカーレットはせき払《ばら》いをしなければ声が出なかった。ビールをひと口飲む。口のなかがカラカラだ。「近くにいるわ」

「どうかな……本当に？　いればわかるはずなんだが……なら、静かなところに行こうか？」

若者《わかもの》は気さくにいった。「そこで話を聞こう」

ビールびんに、まわりを取り囲《かこ》むように飲んでいる人たちの姿《すがた》が映《うつ》っている。そのなかに一時間前にスカーレットが一緒《いっしょ》に頭蓋骨《ずがいこつ》コイン投げをしたトラック運転手たちもいる。とたんにパブが避難《ひなん》場所になった。

「そうはいかないわ」スカーレットはいった。「あんたがいったのよ、ここは口論《こうろん》には適《てき》さないって。だから、あたしはここを動かない」

若者《わかもの》の笑みは少しもゆらがなかった。軽く肩《かた》をすくませると、コートが上下した。「まさか本当に、ここにいる負け犬たちのことをわたしが気にかけていると思っているのか？　お望みなら、連中を巻《ま》きこんだって構《かま》わない。〈信仰院《しんこういん》〉の最高議会はきみにひどく会いたがっていてね、マッケインさん。もちろん、アルバート・ブラウンにも。二人とも朝までにバスに乗ってほしい。それを飲み終えたら一緒《いっしょ》に出よう」

スカーレットはためらい、それからほほえんだ。「わかった」そこで声を張《は》りあげた。「あんたの勝ち。ここを出ましょう。さあ」

人混《ひとご》みのなかに動きがあった。黒いあごひげを生やしたトラック運転手がスカーレットの横にあらわれた。その後ろにスカーレットに金を貸《か》したほかの男たちも険《けわ》しい顔で立っている。どの男も前より体が大きく見えた。

トラック運転手のあごひげが怒《いか》りに逆立《さかだ》っている。「どういうことだ？　いったいなんのつもりだ？」

「みんな、ごめんなさい」スカーレットは帽子《ぼうし》に手を触《ふ》れた。「予定変更《へんこう》よ。もうここを出るわ。友人に連れていかれることになったの」

何組かの目がいっせいに若者《わかもの》のほうを向いた。若者《わかもの》は目の前に迫《せま》ってくる男たちの陰《かげ》に隠《かく》れた。まばたきして男たちを見あげながら、着ているコートのずれをちょっと直す。「こんばんは、みなさん」

「どうも」トラック運転手はいった。「あんたらの出発を足留《あしど》めして悪いが、おれたちはこの娘《むすめ》に用がある。ここから出すわけにいかない」

「用とは？」

「この娘《むすめ》に金を貸《か》してる」

「あ、なるほど、ギャンブルか」若者《わかもの》はうなずいた。「気持ちはわかります。残念にも思いますよ、ひげもじゃさん。ですが、問題にする必要はない。この人はわたしと一緒《いっしょ》に行きます」

男たち全員の注意が若者《わかもの》に向く。スカーレットはゆっくり一歩あとずさった。

「今、なんておれのことを呼《よ》んだ？」

「聞いたとおりです」若者《わかもの》のほほえみが消えた。「おっと、わたしがあなたなら、そんなことはしない」

「何をしないって？」

そのとき、若者《わかもの》がスカーレットの何げない動きに気づいて、顔をしかめた。すると、黒いあごひげの男が手を伸《の》ばして口を開こうとする若者《わかもの》のえりをつかみ、カウンターから引き離《はな》した。若者《わかもの》はコートのなかにほとんど隠《かく》れている。そこから白い片手《かたて》があがった。何かが起こり、あごひげの男の体が勢《いきお》いよくとびあがって両足が浮《う》いた。男は若者《わかもの》から手を放すと、くるりと向きを変え、コマみたいに回転し始めた。まわりにいる仲間が後ずさる。男の回転速度はどんどんあがっていき、長いあごひげが頭のまわりでぼやけた輪を作っている。回転が止まった。あごひげの動きが完全に止まる前に、男は宙《ちゅう》を飛び、後ろ向きに人混《ひとご》みの上を通過《つうか》すると、一番近い窓《まど》をつき破《やぶ》って、砕《くだ》け散る木材とガラスの嵐《あらし》にのまれながら、夜の闇《やみ》のなかに消えた。闇《やみ》の向こうで、男の体が道路にぶつかる音がした。

沈黙《ちんもく》。

「今みたいなことをですよ」

あまりにとつぜん、衝撃的《しょうげきてき》なことが起こったので、スカーレットは動くことを忘《わす》れていた。店にいるほかの人も全員その場に凍《こお》りついたまま、目を見開いている。

若者《わかもの》は手でコートを払《はら》った。「まったく、ここは罪深《つみぶか》い場所だ。全員、出ていけ。あんたもだ、バーテンダー」バーカウンターのなかにいた男は、野球のバットを手にカウンターから出てきていた。「マッケインさんはそのままで」

店内にいた男女が何人か哀《あわ》れな悲鳴をあげた。夏の麦畑のような明るい色の髪《かみ》のトラック運転手があわててドアにかけより、通りに出ていく。店のすみでは、ピアノを弾《ひ》いていた女性《じょせい》がふたを閉《と》じて楽譜《がくふ》を手に持ち、こっそり去っていった。

「ピアノを弾《ひ》く人がいなくなると」スカーレットはいった。「必ず悪いことが起こる」

「そうなんですか?」若者《わかもの》はうなずいている。「おもしろい。では、スカーレット、一緒《いっしょ》に来てください……」

スカーレットはピクリとも動かなかった。「パブでは決してケンカをするな。まずそう教わるのよ。面倒《めんどう》を招《まね》くから」

若者《わかもの》はうんざりしたように目をくるりと動かした。「天に誓《ちか》っていうが、始めたのはわたしではない。あっちだ。まあ、あの男も二度とあんなことはしないだろうが」

そのとき、通りに面したパブのドアがパッと開き、どしゃぶりの雨が吹《ふ》きこんできた。黄色い髪《かみ》のトラック運転手が勢《いきお》いよく戻《もど》ってきた。「正直者のバートが死んだ！　首の骨《ほね》が折れてる！」

全員が息をのむ音がした。仲間たちがショックを受けて黙《だま》りこみ、ひどい知らせをどうとらえればいいか考えている。いくつかの顔が向きを変え、スカーレットとコート姿《すがた》の若者《わかもの》を見た。店のあちこちで手がガンベルトのほうに動く。いくつものあごひげがふるえ、目が大きく見開かれ、まゆに波形《なみがた》のしわがよっている。女たちは階段《かいだん》のほうに向かっていく。いっせいに銃《じゅう》の撃鉄《げきてつ》を起こす音が響《ひび》いた。

「どうやらあんたは、この町で一番の人気者を殺《ころ》したみたいね」スカーレットはそういいながら、ほんのわずかにカウンターから離《はな》れた。

若者《わかもの》は顔をしかめた。「バカバカしい」声を張《は》りあげ、パブの店内をにらみまわす。「おまえたち田舎者《いなかもの》は、わたしが誰《だれ》か知っているのか？　わたしは〈信仰院《しんこういん》〉の最高議会の代理人だ！　ここはわたしの管轄《かんかつ》だ。だから、もし――」

スカーレットは勢《いきお》いよく体を乗り出し、若者《わかもの》のろっ骨《こつ》に激《はげ》しくつっこんだ。言葉が途切《とぎ》れ、若者《わかもの》が床《ゆか》に倒《たお》れる。スカーレットはすぐに左に身をひるがえし、カウンターの上に飛び乗ると、横に転がってカウンターの後ろに姿《すがた》を消した。空きびんやビールケースのあいだに勢《いきお》いよく着地したとき、銃撃《じゅうげき》が始まった。スカーレットの頭上の鏡が粉々《こなごな》に割《わ》れ、弾《たま》がカウンターの前面に音を立ててめりこむ。スカーレットはなんとか起き上がって座《すわ》る姿勢《しせい》になりながら、一斉射《いっせいしゃ》撃《げき》がくり返されるのを聞いていた。

若者《わかもの》が転がっている姿《すがた》を思いうかべる。

まあ、あの工作員が自ら招《まね》いた災《わざわ》いでないとは誰《だれ》にもいい切れない。スカーレットは帽子《ぼうし》をかぶり直すと、床《ゆか》に手とひざをついてバーカウンターの裏側《うらがわ》を急いで移動《いどう》した。鏡の破片《はへん》が銀のシャワーとなってスカーレットに降《ふ》りそそぐ。まだ発砲《はっぽう》は続いている。頭のはげたバーテンダーのそばを通った。床《ゆか》に身を伏《ふ》せて縮《ちぢ》こまっている。目が合ったが、スカーレットはそのままバーテンダーのそばを這《は》うように通りすぎ、小さいドアにたどり着くと、そこを出て奥《おく》の部屋に入った。

部屋は白いタイル張《ば》りで、ひんやりしている。ビールと洗剤《せんざい》のにおいが鼻をつく。地下室におりる階段《かいだん》が目に入った——が、小さな開き窓《まど》もある。なんとかぬけられそうだ。スカーレットは迷《まよ》うことなく汚《よご》れた流しに飛び乗ると、頭を窓《まど》のすき間につっこみ、一、二度体をくねらせてから、夜の闇《やみ》のなかに出た。

スカーレットはびしょぬれの段《だん》ボールの山の上に着地し、一回転して起きあがった。路地を進んで北街道に出る。パブのガラスドアの向こうでは、まだ銃撃《じゅうげき》の火花が飛び散っている。スカーレットは全速力で街道を渡《わた》ると、反対側の路地に駆《か》けこんだ。ゴミ袋《ぶくろ》の山の後ろに自転車を止めてある。

路地にたどり着いたとき、背後《はいご》で何かがぶつかる低くくぐもった音がした。

とつぜん、銃声《じゅうせい》がやんだ。

すでに雨は弱まっていた。ひどくしんとしている。パブからはなんの音も聞こえない。スカーレットは自転車の横の、路地に広がる影《かげ》のなかにしゃがんだ。息があがっている。手にピストルを握《にぎ》っていた。

スカーレットは道の向かいのパブのドアを見ながら待った。窓越《まどご》しにランプが輝《かがや》いている。割《わ》れたガラス窓《まど》も、道に横たわるあごひげの男の遺体《いたい》も目に入る。雨粒《あまつぶ》がゴミ袋《ぶくろ》に落ちる音や、それがさらに足元のぬかるみにしたたる音が聞こえる。

スカーレットはドアを見つめた。きっとすぐに外へ出てくるだろう。トラック運転手のだれかしらが銃《じゅう》を撃《う》つのにうんざりして、外気を吸《す》いたくなるか、民兵が来る前に逃《に》げ出そうとするはずだ。そうでなくても、店内から人の動く気配や声が聞こえてくるだろう。とにかく何かは聞こえるはずだ。得意《とくい》げな声とか、笑い声とか、酔《よ》ったあげくの殺《ころ》しのあとに必ず見られる異様《いよう》な気持ちの高ぶりとか。あの年配の女性《じょせい》が楽譜《がくふ》と共に引っぱり出されて、またピアノの演《えん》奏《そう》が始まるとか……。

何かあるはず。

パブのガラスドアの向こうに人影《ひとかげ》が一つあらわれ、ぼうっとふくらんだ。ランプの明かりを背《せ》にゼリーのような影《かげ》がゆがんでいる。と、影《かげ》が縮《ちぢ》んで、細い体の輪郭《りんかく》が映《うつ》った。パブのドアが開き、ひし形の明かりが木のポーチ越《ご》しにもれてくる。やせた若者《わかもの》が外に出てきた。ドアの外で立ちどまると、長いコートがわずかにゆれた。暗闇《くらやみ》に目が慣《な》れるのを待っているのかもしれない。それから、何かを探《さが》すように通りを右も左も先のほうまで見た。聞き耳を立てるように首を傾《かたむ》ける。

スカーレットは帽子《ぼうし》をぐっと目深にかぶった。銃《じゅう》を握《にぎ》る手に力をこめ、路地の塀《へい》に体を押《お》しつける。首に当たるレンガは硬《かた》く、ぬれていた。

若者《わかもの》が何を追いかけているにしろ、それは見つからなかったらしい。若者《わかもの》は左手でコートのえりを払《はら》った——天井から落ちた漆喰《しっくい》のかけらがついていたのかもしれない。あごひげを生やしたトラック運転手を窓《まど》の外へ放り出したときと同じ仕草だ。そしてポーチからおりると、明かりの下にあらわれたり闇《やみ》に消えたりしながら、パブの連なる通りを歩いて遠ざかっていった。あたりはしんとしている。水のしたたる音が聞こえるだけだ。

少しして、気づくとスカーレットはまだ同じ場所にしゃがんでいた。そこで固まったまま、若《わか》い工作員が闇《やみ》に溶《と》けこんで消えていくのを見つめていた。若者《わかもの》の投げた釣《つ》り糸に意識《いしき》が引っかかって、持っていかれそうな気がする。

スカーレットはぼそっと毒《どく》づくと、ようやく目をそらして立ちあがった。そっと自転車を塀《へい》から離《はな》す。

北街道の向かい側では、開いたままのパブのドアからまぶしい明かりがもれている。パブは相変わらずしんとしていた。店内で動くものは何もなかった。

7章

　アングリアの天気はすっかり変わっていた。何日か雨が続いたあと、空は一面、まぶしい青におおわれている。太陽が照りつけ、ヤグルマギクがアシの茂《しげ》みに咲《さ》き始めている。ぬかるんでいた土手が乾《かわ》いて堅《かた》くなり、表面がしだいに薄《うす》い灰色《はいいろ》になってきた。自転車が走っても平気なところもあるが、そうでないところでは、表面が割《わ》れてタイヤが青黒い泥《どろ》のなかにめりこむ。アルバートは沼《ぬま》のほとりで一人野宿をしたあと、人目につかない小道を選んで沼沢地《しょうたくち》をぬけ、ようやく目的地にたどり着いた。マーシアとアングリアのあいだにある、放浪者《ほうろうしゃ》たちの避難場《ひなんば》所兼《しょけん》集合場所――その名も高きウルフズヘッド・インだ。

　空を飛ぶ歯を持つ鳥から見れば、ウルフズヘッドは北街道の一番近い交易所《こうえきじょ》から八キロ足らずの距離《きょり》だが、四方を広大なアシの茂《しげ》みとよどんだ汚水《おすい》に囲《かこ》まれているため、見つけにくい。ふらりとやってくる人も、季節に関係なく吸血《きゅうけつ》カワウソやヒルや沼虫《ぬまむし》に出くわすとか、夏は蚊《か》の大群が発生するといううわさを聞いて、足をのばすのをあきらめる。じつはそうした危険《きけん》には一つだけ利点があった。危険《きけん》のなかでも最悪の危険《きけん》である〈堕種《だしゅ》〉はめったに沼地《ぬまち》にあらわれないのだ。それでも、ウルフズヘッド・インには年代物の機関銃《きかんじゅう》が二丁、鉄製《てっせい》のドアの上のすき間に置かれていたし、塀《へい》の下に生えた背《せ》の高い草のなかに、落とし穴《あな》がいくつも網《あみ》の目のように隠《かく》れているといううわさだ。マグズ・ベルチャー――宿の経営者《けいえいしゃ》で、通称《つうしょう》はなじみのマグズ――は地下貯蔵室《ちょぞうしつ》に〈堕種《だしゅ》〉のミイラを所有しているといわれていた。マグズの祖母《そぼ》の時代に起こった襲撃未遂事件《しゅうげきみすいじけん》の遺物《いぶつ》らしい。マグズなら、未来の襲撃者《しゅうげきしゃ》にも同じことができると誰《だれ》もが信じて疑《うたが》わなかった――いや、実際《じっさい》にはパブの飲み代を踏《ふ》み倒《たお》す客にも、というほうが当たっていて、おかげで宿のパブでは秩序《ちつじょ》が保《たも》たれていた。

　ウルフズヘッド・インは広々とした牧草地の真ん中に立っていた。土地自体は沼地《ぬまち》より低いが、高く盛《も》られた円形の土手が沼地《ぬまち》から宿を守ってくれている。建物の一階と二階はきれいな直方体の石のブロックでできていて、土台に向かって広がり、除雪車《じょせつしゃ》の除雪板《じょせつばん》みたいにぬかるんだ牧草地を削《けず》り取っている。宿の片側《かたがわ》には小さな庭があり、そこから急ならせん階段《かいだん》が二階の入口につながっていた。玄関《げんかん》ドアの上部には機関銃《きかんじゅう》用のすき間があり、その上は三、四階の壁《かべ》が石からレンガと木に代わり、客室の縦長《たてなが》の窓《まど》が張《は》り出している。屋根は赤い瓦《かわら》ぶきで、煙《えん》突《とつ》の上に、飛びあがるオオカミをかたどった避雷針《ひらいしん》が三本立っていた。雷雨《らいう》に見舞《みま》われたとき、このオオカミが音を立てて火花を散らし、落雷《らくらい》の電流を銅線《どうせん》で流して下の地面に放電する。

アルバートはスカーレットと一緒《いっしょ》に初めて訪《おとず》れて以来、このウルフズヘッド・インが大のお気に入りだった。宿の自転車置き場に自転車を止め、丸石敷《いしじ》きの庭をつっきって階段《かいだん》をのぼり、鉄のドアに向かうと、心配事も消える気がする。なかに入ると、羽目板張《ば》りの小さな玄関《げんかん》ホールに、小柄《こがら》で細腕《ほそうで》の、にこやかな褐色《かっしょく》の肌《はだ》の男が待っていて、武器《ぶき》を取りあげられる。スカーレットが一緒《いっしょ》だと、ここで毎回時間を取られる。なにしろ、ピストル一丁に投てき用の短剣《たんけん》二本、飛び出しナイフ一本、ナックルダスター一個《こ》、長いひも一組（ブーツのひもの予備《よび》だとスカーレットはいっているが、よからぬ目的に使うのだろうとアルバートはにらんでいる）を取り出さなきゃならないのだ。取りあげられた武器《ぶき》はすべて、玄関《げんかん》ホールのすみにある大きな黒い木箱に厳重《げんじゅう》に保管《ほかん》される。ただ、この日は手続きがずいぶん早くすんだ。アルバートの提出《ていしゅつ》すべき武器《ぶき》は、先がほんのわずかにとがった足の爪切《つめき》りだけだったからだ。

玄関《げんかん》ホールはタバコの煙《けむり》と革《かわ》のいいにおいがしていた。天井は低く、黒ずんだ梁《はり》が両脚《りょうあし》を広げたようにのびている。ドアのわきのフックに古い木の看板《かんばん》が下がっていて、色あせた文字でこう書かれている。

ウルフズヘッドの誓約《せいやく》
殺人禁止《さつじんきんし》

暴力禁止《ぼうりょくきんし》
中傷《ちゅうしょう》、暴言禁止《ぼうげんきんし》
ここでは追放者は全員、友人のようにふるまうこと。
以上の規則《きそく》を破《やぶ》る者は地下貯蔵室《ちょぞうしつ》に放りこまれる。

アルバートはこれを読むたびに、最後の一文の恐《おそ》ろしいほどの簡潔《かんけつ》さにいつも感動した。以前スカーレットに、誓約《せいやく》を破《やぶ》ると地下貯蔵室《ちょぞうしつ》に何が待っているのかたずねたことがあるが、期待した答えは返ってこなかった。「誰《だれ》も知らないわ。だからすごく怖《こわ》いのよ。一つ確《たし》かなのは、入ったら二度と出てこられないってこと」

今回は、スカーレットがいないのでアルバート一人だ。両開きの厚《あつ》いカーテンのあいだをぬけ、アンズ色の薄明《うすあ》かりに包まれたパブに入った。その日いたのは商人のグループに、白い祭服を着たどこかの宗教《しゅうきょう》に属《ぞく》している人、毛皮職人《しょくにん》、逃亡者《とうぼうしゃ》、怠《なま》け者——と、マグズの娘《むすめ》ゲイル・ベルチャーだ。ゲイルはがっしりした体つきのピンクの肌《はだ》の女性《じょせい》で、バーカウンターの後ろの回転椅子《いす》から全員に目を配っている。だが、アルバートが探《さが》しているのはその誰《だれ》でもなかった。パブのなかに立って、その場にいる人たちを見まわす。煙《けむり》でぼやけた店内に目が慣《な》れるのに少し時間がかかったが、早くも近くで楽しそうに笑っている思考を見つけて、胸《むね》がいっぱいになった。それをたどっていくと……。

ジョーとエティが窓辺《まどべ》の席で待っていた。


アルバートがジョーの筏《いかだ》〈クララ〉で旅をしてから六か月がたった——その筏《いかだ》をたった一回の〈恐怖《きょうふ》〉の爆発《ばくはつ》で破壊《はかい》してしまってから六か月だ。あれは一つの転機だったし、この六か月間もおたがいの人生に変化があった。

アルバートはスカーレットと一緒《いっしょ》に新たな生活を始め、そのあいだも〈恐怖《きょうふ》〉をおさえることに必死に取り組んできた。スカーレットという心強い存在《そんざい》がいてくれるおかげで、ヘビを別にすれば、このところ恐怖《きょうふ》や怒《いか》りにかられて、自分のなかの制御《せいぎょ》できない力を解《と》き放ってしまうことはめったになかった。

いっぽう、ジョーは最初の旅で得《え》た金で新しい筏《いかだ》を作った。テムズ河口《かこう》にある漁村で建造《けんぞう》した〈クロエ〉は〈クララ〉より幅《はば》も長さもあり、強力なエンジンを積んでいて、密売品《みつばいひん》の隠《かく》し場所もある。ジョーと孫娘《まごむすめ》のエティはすでに〈クロエ〉に乗って川の行き来を始めていて、さらに海を航行《こうこう》できる船を造《つく》る計画もあった。表向き、ジョーはニシンの燻製《くんせい》を売る商人だが、内々では、アルバートとスカーレットが強盗《ごうとう》で手に入れた金塊《きんかい》やほかの財宝《ざいほう》を売買している。その手のものは処理《しょり》するのが大変だったが、ジョーには処理《しょり》できるつてがあった。そこで得《え》た利益《りえき》はテムズ川沿《ぞ》いに住む貧《まず》しい人や病人に配った。そうしたやり取りを容易《ようい》にするため、スカーレットとアルバートとジョーは定期的にウルフズヘッドで会い、情報《じょうほう》を交換《こうかん》したり、今後の予定を立てたり、再会《さいかい》を楽しんだりした。

アルバートが二人のいるテーブルに向かうと、小さなエティが歓声《かんせい》を上げた。ジョーは真顔でアルバートにうなずいた。「戻《もど》ってきたな。これまで以上に汚《よご》れてみすぼらしいが、無事か?」

「まあ、なんとか」

「スカーレットは?」

「あさってぐらいに来る」

老人は不満そうにいった。「スカーレットの分け前はないぞ、たぶん。あの娘《むすめ》の考えそうなことはわかる。ま、それでも、ふたりとも絞首刑《こうしゅけい》にされてはらわたをぬき取られ、四つ裂《ざ》きにされてバラバラの死体を柱に張《は》りつけられ、カラスについばまれる、なんてことにならなかったのなら、上出来といえるな」ジョーは骨《ほね》ばった腕《うで》を振《ふ》りあげた。「ここにはビールがたっぷりある。まあ、座《すわ》れ」

アルバートは二人の隣《となり》までゆっくり歩いていった。窓辺《まどべ》に座《すわ》る年老いたジョーの輪郭《りんかく》が、緑と黒の沼地《ぬまち》を背《せ》に浮《う》かび上がって見える。ジョーはやせこけ、肌《はだ》は黒く日に焼けて、白髪《しらが》まじりの髪《かみ》は球のようにふんわりしている。関節はごつごつしていて、皮膚《ひふ》の下で骨《ほね》が浮《う》いて草刈《くさか》り鎌《がま》か鋤《すき》の刃《は》みたいだ。それでも、まなざしは相変わらず妙《みょう》に鋭《するど》く、頭上にちらつく思考が精《せい》力《りょく》に満ちているのを見て、アルバートはうれしかった。ふだんはスカーレットがなんといおうと、友人の心のなかを読み取ることはしないので、礼儀《れいぎ》正しく目を合わさないようにしていた。今回はそれもたやすくできた。エティにほほえむのに忙《いそが》しかったからだ。

前回会ってから一か月がたち、エティはちょっと背《せ》が伸《の》びたかもしれないが、基本的《きほんてき》には変わらなかった。小柄《こがら》で金髪《きんぱつ》でほおが赤く、目が輝《かがや》いている。まるで愛のエネルギーが詰《つ》まったコマみたいな女の子で、じっとしていることがめったになく、生き生きと駆《か》けまわっている。そして、まったくしゃべらない。エティは最初に興奮《こうふん》して高い歓声《かんせい》をあげた後は、まったく声を発しなかった。横に腰《こし》かけたアルバートに抱《だ》きつき、体をぴったり押《お》しつけると、筏《いかだ》に乗っていたときにも一度やったように、アルバートの腕《うで》に親しげに頭を乗せた。

アルバートは沼地《ぬまち》を渡《わた》ってくる途中《とちゅう》で見つけた、コトドリのきれいな緑の羽根をエティにプレゼントした。エティは口をOの形にして声をあげずに驚《おどろ》きを表すと、窓《まど》の前で羽根を持ちあげ、指を動かしてくるくる回しながら、光を受けてきらめく玉虫色を見つめた。

「わしの羽根は?」ジョーは石でできたピッチャーを持って、アルバートのグラスにビールをいっぱいに注いだ。

「ごめんなさい。山分けする盗品《とうひん》が大量にあるだけ」

「それでがまんするしかなさそうだな」ジョーが自分のグラスを持ちあげ、二人はたがいの健康を祝って乾杯《かんぱい》した。「で、ウォリックだったな？　どうだった？」

「いろいろ考え合わせれば、上首尾《じょうしゅび》だったよ。〈信仰院《しんこういん》〉に強盗《ごうとう》に入って生きのびたんだから」

アルバートは座《すわ》ったまま体を前に乗り出した。「ねえ、ジョー、ウォリックってすごいところだよ！　巨大《きょだい》な廃墟《はいきょ》がいくつも立ち並《なら》ぶなかに町ができていて、クモの足みたいに細くて大きな黒いアーチが、近代的な防壁《ぼうへき》の上にそそり立ってるんだ！　それに、周辺の土地で不思議なのは……丘陵地《きゅうりょうち》に地面からあり得《え》ない角度で突《つ》き出た黒い岩が何個《こ》もあるんだ。なかには家くらい大きいのもあって、どれも表面がガラスに似《に》てる。その岩が全部それぞれの場所で同じ方角に傾《かたむ》いてるんだ。ウォリックの近くでは、岩がみんな南東を向いていていて……そこからさらに北東のグランサムの近くでは、岩が全部南を向いてる！」

アルバートはそこでちょっと黙《だま》ってひと息ついた。ジョーは礼儀《れいぎ》正しくもじゃもじゃの眉《まゆ》をあげて見せた。「そいつは注目すべき事実だな」

「だよね？　あの岩はどうやってできたのかな？　どうしてあそこにあるんだろう？」

ジョーは肩《かた》をすくめた。「確《たし》かにどうしてだろうな。ひょっとしたら大変動の産物かもしれん」

「そうかも！　あの岩はまるで、とてつもない力によってあそこに吹《ふ》き飛ばされてきたみたいだった。ねえ、大変動ってどんなものだったの？」

「誰《だれ》にもわからん――いや、正直、そんなことはどうでもいい。それより、今回の遠征《えんせい》の話に戻《もど》ろう。〈信仰院《しんこういん》〉は期待を裏切《うらぎ》らなかったようだな。あそこの富に関するうわさは大げさだったか？」

「いや、大げさじゃなかった！」アルバートは笑顔になった。「ジョーに売ってもらう金《きん》や宝《ほう》石《せき》や装飾品《そうしょくひん》を袋《ふくろ》にいっぱい持ってきたよ。海を航行《こうこう》する船を造《つく》る資金《しきん》もある。それだけじゃないんだ……」アルバートはそばに置いていた袋《ふくろ》を開けると、黒《くろ》くさびついた遺物《いぶつ》の入ったプラスチックの箱を取り出し、自慢《じまん》そうにテーブルの上に置いた。「見て。驚《おどろ》くよ！　不気味な大昔の遺物《いぶつ》だ！」

　老人はまじまじと見ている。「化石化した動物のフンに見えるが」

「え、そう？」アルバートはちょっと傷《きず》ついた。「ジョーならこういう不思議な物の価値《かち》を認《みと》めてくれるだろうと思ったのに」

「わしにとって唯一《ゆいいつ》不思議なのは、こんなものをわざわざ背負《せお》って国をまたいで持ち帰ってきたことだ。誰《だれ》がカビくさい、さびた銃《じゅう》の一部なんか欲《ほ》しがる？　ドアストッパーに使うか、いっそのこと沼地《ぬまち》に投げこんだらどうだ？」ジョーはクスクス笑った。「いいや、わしは金《きん》のほうがよっぽど興味《きょうみ》がある。あんたの相棒《あいぼう》が戦利品をそっくり持って、こそこそ博打《ばくち》をしに行ったんじゃないとわかってやれやれだ」

「うん……」少しのあいだ、アルバートの熱意は冷め、代わりにスカーレットと別れてから感じているかすかな悲しみが心を占《し》めた。「スカーレットがギャンブルの必要を感じないでくれたらいいんだけど」アルバートはいった。「何かとてもつらいことが過去《かこ》にあったようなんだけど、決してぼくらに打ち明けない。なんでだろう？　ぼくらは思いやりを持ってるし、やさしいよね。それにスカーレットの友だちだ」

老人は不満そうに鼻から息を吐《は》いた。「バカなことをいうな。あの娘《むすめ》が一番欲《ほ》しくないのが思いやりだ！　やさしさだと？　そんなものはあの子のなかで燃《も》えている怒《いか》りをあおるだけだ。やさしくなどしたらかえって憎《にく》まれる。そうとも、あの子は一人でつらさを抱《かか》えていかなきゃならんのだ」

短い沈黙《ちんもく》があった。「ジョー、とても思慮《しりょ》に富んだ言葉だね」アルバートはいった。「ジョーがそこまで理解《りかい》しているのを知ったら、スカーレットはきっと驚《おどろ》くよ。ジョーが女性《じょせい》と一番親しくなるのは市場の売店でニシンの燻製《くんせい》を売ってるときだって、いつもいってるから」

「ほう？　あの娘《むすめ》はわしにはこうして孫娘《まごむすめ》のエティがいるのをなんだと思っているんだ？」

「やぶの下で見つけたんだと思ってるよ。それか、さらったか何かしたんだって。ねえ、それより、もっと楽しい話をして、気分を明るくしよう！　ジョーたちのテムズ川での気楽な生活の話を聞かせて！」

ジョーはビールをひと口飲んだ。「まあ、吸血《きゅうけつ》カワウソにキスするくらい気楽だとでもいっておこうか。ここへ来る直前、航行中《こうこう》に、ヘンリーという川沿《かわぞ》いの町に立ち寄《よ》ったんだが、波止場にいた連中が、エティが言葉を話せないことに気づいてな。近づいてきてずけずけ質問《しつもん》したり、石を投げつけてきたりした。管理当局者がわしらを逃《に》がしてくれたが、檻《おり》をのがれたのは運がよかった」ジョーはウルフズヘッドのパブのなかを見《み》まわし、大勢《おおぜい》の追放者がうろうろしているのを見つめた。「今日、ここにいる仲間が見えるか？　いろんな姿形《すがたかたち》の人たちがいる。手足のない者、あざのある者、指導役《しどうやく》が邪悪《じゃあく》だタブーだと力説する未知の信仰《しんこう》の持ち主もいる……ここが今、エティとわしがいるべき場所なんだ……」

しばらくアルバートは何もいえなかった。エティの乱《みだ》れた髪《かみ》を手でくしゃっとさせ、ぎゅっと抱《だ》き寄《よ》せる。エティはすでに羽根を置き、手に色鉛筆《えんぴつ》を持てるだけ持ってメモ用紙に何か描いていた——色とりどりの線を描き散らし、ひどく複雑《ふくざつ》な模様《もよう》ができている。アルバートにはなんの絵かさっぱりわからなかった。「今の話は、本当に残念に思うよ、ジョー！」ようやく口をひらいた。「不公平な世界だ。ただ、前に一度、話してくれたことがあったよね？　よりよい人生を求めて遠くに行くかもしれないって。その夢《ゆめ》はまだ変わってない？」

「今、航海《こうかい》用の船を造《つく》っているのはそのためだ」老人はいった。「いつか出帆《しゅっぱん》して沿岸《えんがん》をたどりウェールズかコーンウォールに行く。残酷《ざんこく》な行為《こうい》が横行するウェセックスやマーシアとはおさらばだ……」ジョーは骨《ほね》ばった肩《かた》をまわして窓《まど》から沼地《ぬまち》のほうを見つめた。「そういや、テムズ川のことを聞きたいんだったな？　あそこはうわさにあふれている。〈堕種《だしゅ》〉が行動の範《はん》囲《い》を広げているらしい。これまでのように荒野《こうや》でおとなしくしてはいない。多くの町の安全地帯を脅《おびや》かしているんだ。地域《ちいき》によっては作物が育たず、飢饉《ききん》のうわさもある。暴動《ぼうどう》も起こっていて、〈信仰院《しんこういん》〉と地元の豪族《ごうぞく》がしずめるのに苦労していると聞いた。いっぽうで、最高議会があらゆる種類の不適合者《ふてきごうしゃ》を厳《きび》しく取り締《し》まろうとしているらしい……」そこで急に前に向き直って背筋《せすじ》を伸《の》ばすと、クスッと笑った。「わしは何を考えてるんだ？　それで思い出した！　気分を明るくできるぞ。見せたいものがある」

ジョーはそばにある袋《ふくろ》から小さく折った小冊子《しょうさっし》を取り出し、広げてアルバートによく見えるように差し出した。安っぽい黄色い紙に黒のインクで印刷されている。表紙の木版画《もくはんが》のイラストは雑《ざつ》に描かれた棒《ぼう》のような二人の人間の絵で、それぞれが二丁のピストルを撃《う》ちながら、屋根の上をはずむように走っている。空には十三夜の月が浮《う》かび、背景《はいけい》に小さいけれどはっきりと絞首台《こうしゅだい》が描かれていた。

アルバートは興味《きょうみ》深くながめた。「面白い絵だね」そこでもう一度見直した。「待って、これって――」

「ああ」ジョーはいった。『『スカーレットとブラウンの物語詩《バラッド》』がのっている。ウェセックス新聞が出した最新の論説冊子《ろんせつさっし》だ。先週、マーロウでこれを買った。ホットドッグの売店の裏《うら》で、二ペンスで売られていた」

「『彼《かれ》らの大胆不敵《だいたんふてき》な犯罪《はんざい》と自然の理《ことわり》に反した悪行の物語』」アルバートは冊子《さっし》を読んだ。「なんか、この副題によくわからない言葉がある。自然の理《ことわり》に反した悪行ってどういう意味？」

ジョーはニッと笑った。「内容《ないよう》をちょっと読めばわかる」

アルバートはまだ表紙の絵を見つめている。「ぼく、こんなに髪《かみ》がぼさぼさじゃないと思うけどなあ。それに、スカーレットはこんなに大人っぽく見える？」

「顔をしかめるところはうまく描けてる」ジョーはいった。「確《たし》かに、あんたが足をもつれさせて煙突《えんとつ》に転げ落ちるところが描かれていれば、もっと本物に似《に》てたんだろうが、あんたたちを正確《せいかく》に描けるやつなどおらん。ずっと逃《に》げるのに大忙《おおいそが》しだからな。だが、そのうち、未来版《ばん》の表紙にふたりにそっくりの絵が描かれる。そのときにはふたりとも絞首台《こうしゅだい》におとなしくぶら下がっているだろう」

アルバートは冊子《さっし》を手に取り、ちょっとためらってから最初のページを開けて、詩の一連目を声に出して読んだ。

「レッチレードの町には、あのテムズ川が流れ
　道徳はすっかり忘《わす》れられている
　あざやかな赤毛の泥棒《どろぼう》と
　とにかく大きい――」

「そこまでだ！」ジョーが命令した。「エティには聞かせたくない。残りはエティが寝《ね》てから読めばいい」

「待ちきれないよ」アルバートは冊子《さっし》をテーブルに置いた。「スカーレットがここで一緒《いっしょ》に楽しめないのが残念だ。ぼくらのことが書かれてるなんて！　びっくりだよ！」

　ジョーはうなずいた。「人気急上昇《きゅうじょうしょう》だな。有名な無法者は例外なくこの手の祝福を受ける。俗《ぞく》に〈ウエセックスの流れ者〉と呼《よ》ばれたすばしこいミックには、ワクワクするような偉業《いぎょう》を語るバラッドがいくつかあったし、〈貴婦人《きふじん》ねらいの追いはぎ〉として知られるサム・グッドフエローは、ノーサンブリア連作歌曲の全編《ぜんぺん》に主要な役割《やくわり》で取りあげられていて、数々の偉業《いぎょう》が法廷《ほうてい》で事細かに語られていた。わしはガキのころ、自分のベッドの下にその冊子《さっし》を山のように持っていた」

「サム・グッドフェローって……」アルバートの頭のなかは、体にぴったりした革《かわ》のベストを着た向こう見ずな英雄《えいゆう》たちが大活躍《だいかつやく》する姿《すがた》であふれ返った。「話を聞いてると、すごくかっこい い悪者みたいだけど、どうなったの？」

「ああ、やつは冊子《さっし》のせいでみんなに知られ、結局つかまって、バンバラ・ドックで大砲《たいほう》に詰《つ》められて撃《う》ち出された」

「すばしこいミックは？」

「ニュートンアボットの広場で、油でゆでられた」

「そうか……じゃあ、自分のことがバラッドに歌われるのは、それほど幸運ってわけでもないんだね」アルバートはちょっと考えてからたずねた。

「ああ、幸運とは限《かぎ》らない」ジョーはつまらなそうにいった。

「絶対《ぜったい》にちがう」誰《だれ》かがいった。「幸運なんてとんでもない。あたしが請《う》け合うよ」

声は二人の頭上からした。アルバートとジョーは顔をあげた。エティがうれしそうにかん高い声をあげる。アルバートは驚《おどろ》きと動揺《どうよう》でのけぞった。スカーレット・マッケインが立っている。乾《かわ》いた泥《どろ》が全身にこびりつき、コートは破《やぶ》れ、帽子《ぼうし》は傾《かたむ》いている。髪《かみ》の片側《かたがわ》半分は軽く編《あ》まれて結ばれていたが、もう半分は蚊帳《かや》のように顔に掛《か》かっていた。リュックと巻《ま》いた礼拝《れいはい》マットは妙《みょう》な角度にぶら下がって背中《せなか》からはみ出ている。顔色は悪く、目は落ちくぼみ、体は触《ふ》れただけでこわれそうなくらいにぼろぼろだ。

アルバートはぎょっとして立ちあがった。「スカーレット――」

「あたしは大丈夫《だいじょうぶ》。徹夜《てつや》したのよ。荒野《こうや》にずっと隠《かく》れてて、それから三時間ぶっ通しで自転車をこいできた。やっほー、エティ。ジョー」

「なんだか、オオカミの腹《はら》から吐《は》き出されたみたいなありさまだな」ジョーはそういうと、席に座《すわ》ったまま横にずれ、スカーレットに場所をゆずった。「ビールをどうだ？」

「ビールとソーセージとお風呂《ふろ》。どの順番でもいいわ」スカーレットは帽子《ぼうし》を脱《ぬ》いでテーブルに放った。疲《つか》れた様子で頭に両手を這《は》わせている。「ハンティンドンでちょっと面倒《めんどう》なことに巻《ま》きこまれたの。あたしたちのニュースがどんどん広まってるらしいわ。冊子《さっし》とかで評判《ひょうばん》みたい」そういって、ピッチャーに手を伸《の》ばす。

アルバートはスカーレットを見つめていた。帽子《ぼうし》を脱《ぬ》いだとたん、スカーレットの思考が立ちのぼってきた。あえて読み取ろうとしなくても、記憶《きおく》に刻《きざ》まれた光景が見える。自転車のハンドル、走っている道の絶《た》え間ない変化。ほかにもある。顔立ちの整ったにこやかな若者《わかもの》。

スカーレットが顔をあげてアルバートを見た。「やめて」

「ごめん。それは誰《だれ》？」

「〈信仰院《しんこういん》〉の工作員。あんたを追ってる。あたしたち両方をだけど。ハンティンドンのパブであやうくつかまりかけたの。ちょっとおしゃべりしてから逃《に》げてきた」

アルバートは今の話を頭に入れた。「見た目はどんな感じ？」

「今、あいつの顔が見えたでしょ。体格《たいかく》？　やせてて貧弱《ひんじゃく》でぶかぶかのコートを着てる」

アルバートは顔をしかめた。「そんな風には思えないけど」

「あら、それに店いっぱいの怒《いか》れる男たちに至近距離《しきんきょり》からくり返し銃撃《じゅうげき》されても、生きのびてのんびり店から出てきたわ」

「え」

「そうよ」

「じゃあ、そいつを殺《ころ》さなかったのか？」ジョーがいった。「あんたらしくもない」

「殺《ころ》してない」スカーレットは座席《ざせき》の背《せ》もたれに頭をのせた。乾《かわ》いた泥《どろ》のかけらがはがれて、ほおからポロリと落ちる。「そうかんたんにはいかないと思う。あいつは異様《いよう》な力を持ってる。アルバート、あんたと同じような力がある……」スカーレットはほおをふくらませた。「〈ストーンムア〉が生み出した可能性《かのうせい》もある。わからないけど」

〈ストーンムア〉。この瞬間《しゅんかん》まで——この言葉が発せられるまで、ウルフズヘッド・インの小さなパブのぬくもりとざわめきがアルバートをしっかり包み、外の世界を遠ざけてくれていた。だが、今、その壁《かべ》に卵《たまご》の殻《から》みたいにひびが入り、ぱっかり開いて、身を刺《さ》すようなまぶしい光が入りこんできた。アルバートはスカーレットの向こうの景色に目を向けた。遠くに巨石《きょせき》が点《てん》在《ざい》する湿原《しつげん》が見え、湿原《しつげん》の両側にくすんだ茶色い森が広がっている。空は鉛色《なまりいろ》に黒が混《ま》じり、雨でどんよりしているが、ところどころ雲間から日が差し、景色を洗《あら》ってくれている。光のかけらがゆっくりと沼地《ぬまち》を動きながら、その輪郭《りんかく》を浮《う》かびあがらせ、巨石《きょせき》を浮《う》き彫《ぼ》りにする。光が地平線上を移動《いどう》し、丘の斜面《しゃめん》のあいだに位置する大きな灰色《はいいろ》の建造物《けんぞうぶつ》を照らした。建物の白い壁《かべ》がいくつも、目に飛びこんでくる。それが風雨にさらされた鎖《くさり》のように、長い波の帯のようにつながっている。アルバートはとつぜん、その鎖《くさり》が切れることなく、目に見えないまま何マイルもこのパブまでのびてきて、友人に囲《かこ》まれて座《すわ》っている自分の体にきつくからみつくように感じた。

アルバートは椅子《いす》に深く座《すわ》り直した。エティはまだ絵を描いている。さっきとは別の色鉛筆《えんぴつ》を持ち、紙にくるくると渦《うず》を描いていく。きれいな色がしだいに真っ黒ならせん模様《もよう》に塗《ぬ》りつぶされていった。

8章

結局、スカーレットは最初に風呂《ふろ》に入り、ソーセージとビールはあとまわしにした。とても食事を楽しむどころではなかったからだ。ウルフズヘッドの寛容《かんよう》な客のなかにも、近くのテーブルからスカーレットをとがめるような目で見ている人がいたし、ゲイル・ベルチャーはスカーレットが乾《かわ》いた泥《どろ》を床《ゆか》にまき散らして通った跡《あと》を、険《けわ》しい顔で掃《は》いていた。幸い、宿には空き部屋が一つあったし、蒸《む》し風呂《ぶろ》ではふいごが動いていた。スカーレットは給仕の女に服の洗濯《せんたく》を頼《たの》むと、風呂場《ふろば》に引っこみ、ブリキの浴槽《よくそう》に浸《つ》かって一時間うとうとした。誘《さそ》ったわけでもないのに、エティが一緒《いっしょ》に来て、スカーレットが放り出したガンベルトのそばにあるタオルカゴの上に座《すわ》り、スカーレットに向かって湯気の向こうからしかめ面をした。

体がやわらかくなってピンクに染《そ》まり、筋肉《きんにく》がほぐれて、こびりついた泥《どろ》もすっかり消えると、スカーレットは部屋に移動《いどう》して、服が戻《もど》ってくるのを待った。エティもついてきて、たたみ敷《じ》きのベッドに座《すわ》ってはねている。スカーレットはロウソクに火をつけ、プラスチックの筒《つつ》のふたをあけて礼拝《れいはい》マットを床《ゆか》に広げた。

「わかってるよね」スカーレットは厳《きび》しい声でいいながら、Tシャツとパンツ姿《すがた》で礼拝《れいはい》マットに座《すわ》った。「瞑想中《めいそうちゅう》は邪魔《じゃま》をしないで。もし、邪魔《じゃま》をしたり、そのちっちゃな太い足の指がこのマットにちょっとでも触《ふ》れたりしたら、あんたをひざに乗せてお尻《しり》をペンペンするからね。ほんとにやるよ。アルバートにやったことがあるんだから。同じことをあんたにもする」

エティはスカーレットにほほえむと、空っぽの筒《つつ》を手に取ってなかをのぞいた。

スカーレットは目を閉《と》じ、やさしくゆれるロウソクの明かりがまぶたの闇《やみ》の向こうでそっとちらつくのに任《まか》せた。ずいぶん前に教わったように、何度か深呼吸《しんこきゅう》して、重たい体からすっと浮《う》きあがると、疲労《ひろう》の残る温かい筋肉《きんにく》や、ライラックの石鹼《せっけん》の香りや、湿《しめ》ってもつれた髪《かみ》をぬけ、部屋をあとにして、ウルフズヘッド・インの外へ出る。それからさらに遠い場所へ向かった。眼下《がんか》には沼地《ぬまち》が広がり、散在《さんざい》するわずかな集落の明かりが広大な暗闇《くらやみ》のなかでちらちら光っている。ここまで自分から離《はな》れたら、次は思考を鮮明《せんめい》にする。はるか下にある礼拝《れいはい》マットの織《お》り目を思い描《えが》く。どれだけぼろぼろで入り組んでいても、実際《じっさい》には糸を一本一本、規則《きそく》正しく織《お》り合わせてできている。それを念頭におきながら、スカーレットは（たいていそうだが）もつれてわけがわからなくなっている自身の糸をほぐして、のばし始めた。

前回の瞑想《めいそう》から三日たっている——ウォリックで強盗《ごうとう》を決行する日の、あたりが青く染《そ》まる夜明けのことだ。あれからいろいろなことがあった。〈信仰院《しんこういん》〉への侵入《しんにゅう》、追いかけっこ、ヘビ、ハンティンドンでの悲惨《ひさん》な夜、自転車での沼地越《ぬまちご》え……数々の騒《さわ》ぎ、奮闘《ふんとう》、危険《きけん》、暴力《ぼうりょく》……それなのに、今、考えてみると、その大半はほとんど取るに足らないことに思えた。細かい部分は頭のなかで早くもぼやけ始めている。

だが、一つだけはっきりしているものがあった。もちろん、あの若《わか》い工作員だ。あまりにも早くスカーレットを捜《さが》し出したという事実――地元のスパイの知らせを頼《たよ》りに、あっという間にハンティンドンにやってきたこと――が気になる。目的を持って効率《こうりつ》的に動くのは、崩壊《ほうかい》した七国では珍《めずら》しい。今回の最高議会のやり方はスカーレットがこれまで経験《けいけん》したことのないものだ。あの若者《わかもの》が本当にアルバートと同じ能力《のうりょく》を持っていて、しかもアルバートみたいにバカげたためらいがないとすれば、かなり手ごわい。自分を恐《おそ》れず、自分の力に悩《なや》むこともなく、自在《じざい》にその力を使いこなす。冷淡《れいたん》で感心するほど有能《ゆうのう》だ。暖《あたた》かい小さな部屋のなかで、スカーレットは若者《わかもの》の顔をもう一度思い出そうとした。記憶《きおく》にあるのは自然な笑みと、とびぬけた決《けっ》断《だん》力と、すばやい動き……そういえば、名前を聞かなかった。

とにかく、あの工作員の登場は大きな脅威《きょうい》だ。せっかくのウォリックでの仕事の成功が目立たなくなるほどに。まあ、でも、今回の強盗《ごうとう》はじつにうまくいった。かなり手ごわいはずの仕事を、華麗《かれい》に、勇猛果敢《ゆうもうかかん》に、破壊《はかい》も最小限《げん》におさえてやりとげた。確《たし》かにハンティンドンではパブいっぱいの死者が出たけど、あれはあたしのせいじゃない。〈信仰院《しんこういん》〉が責任《せきにん》を負うべき犯罪《はんざい》だ！　大事なのは、あたしとアルバートがまた、〈生き残った町〉の冷酷《れいこく》な支配者《しはいしゃ》連中を出しぬいたってこと。

不思議とそう思っても、いつもの気分に戻《もど》れなかった。スカーレットの心の目にはドアが開いたパブと、店内の弱くさえない明かりがいつまでも映《うつ》っていた。

だから何？　不正などそこらじゅうにある。弱い者はそのえじきになる。強い者は自分の身を守る手段《しゅだん》を講《こう》じる。

ちがう……。

それはまちがっている。

本当に強い者なら、自分の愛する者たちを安全に守るはずだ。

スカーレットは離脱状態《りだつじょうたい》を続けていられなくなり、石のようにストンと落ちて、自分の体に戻《もど》った。胃《い》が痛《いた》い。ため息をついて頭を下げると、濡《ぬ》れた髪《かみ》がカーテンのようにまわりに垂《た》れた。ようやく体の芯《しん》の疲《つか》れを自覚する。

そばにやわらかい感触《かんしょく》をおぼえて、スカーレットはぎょっとして背筋《せすじ》を伸《の》ばした。目をあけると、どれくらい時間がたっていたのかわからないが、エティが礼拝《れいはい》マットに座《すわ》るスカーレットの横であぐらをかいていた。頭を垂《た》れ、スカーレットとよく似《に》た姿勢《しせい》で座《すわ》っている。ひざの上でぽっちゃりした両手を組み、深く息を吸《す》ったり吐《は》いたりしながら小さないびきをかいている。

スカーレットは思わずしかりつけようと口をあけ、また閉《と》じた。礼拝《れいはい》マットの効果《こうか》なのか、必要な怒《いか》りを呼《よ》び起こせない。少しのあいだ、寝《ね》ている女の子の横に座《すわ》ったままでいてから、立ちあがって足でつついた。エティはあくびをし、伸《の》びをした。

「次回はおしりペンペンだからね」スカーレットはいった。「今はとにかく何か食べたい」

夕暮《ゆうぐ》れが霧《きり》のように沼地《ぬまち》から広がってくる。空に残ったわずかな光が、真っ暗な土手と土手のあいだに流れる濃紺《のうこん》の帯のような水面に映《うつ》っている。ダイシャクシギが鳴き声をあげた。耳に残るうつろな音。西の空には、しだいに紫《むらさき》に染《そ》まっていくあざのような層雲《そううん》が浮《う》かんでいる。

服はきれいに洗《あら》って乾《かわ》かされ、大ざっぱにたたまれて、部屋の外に置かれていた。スカーレットがエティを連れてパブに戻《もど》ると、ちょうどアルバートがふたりの食事を注文していた。牛肉ソーセージにカブのマッシュ、紫《むらさき》のケール。ビールのおかわりを頼《たの》むと、ゲイル・ベルチャーが出してくれた。ゲイルは目鼻立ちの整った美人で、骨太《ほねぶと》な体つきにわらのような色の髪《かみ》の持ち主だ。ちょっと不愛想でずけずけものをいう性分《しょうぶん》なので、アルバートが緊張《きんちょう》してしまうのをスカーレットは知っていた。パブの奥《おく》の部屋には、しわくちゃ顔の宿の女主人、なじみのマグズがロッキングチェアに座《すわ》って、手がかすんで見えるほど驚異《きょうい》的な速さで編《あ》み針《ばり》を動かしていた。

「あんたたちのことを聞きに来た人がいる」ゲイル・ベルチャーがトレーに山積みの皿を重ねながらいった。「あんたとアルバートの両方だよ。昨日かおとといから、ふたりが立ち寄《よ》らないかと期待して待ってる。頼《たの》みたい仕事があるってさ。あんたたちの得意《とくい》分野だと思うからって。違法《いほう》な仕事か、ま、そのたぐいのやつさ」

ここ何か月か、ウルフズヘッドの陽気な空気のなか、ふたりにはいくつか仕事の依頼《いらい》が来ていたが、これまでスカーレットはすべて断《ことわ》っていた。スカーレットはパブの店内を見まわした。

「誰《だれ》？　あそこにいる商人？　カルト信者？　それとも体格《たいかく》のいい鉱石《こうせき》の密輸《みつゆ》業者？」

「ちがう」ゲイルは大きなピンク色の腕《うで》で指し示《しめ》した。「あそこの暖炉《だんろ》のそばにいる」

パブのすみのボックス席に白髪《しらが》まじりの小柄《こがら》な女が座《すわ》っていた。スカーレットの目には、女があまりにも目立たないため、宿そのものに同化しているように見えた。女は影《かげ》に溶《と》けこみ、鳥のように小さい体をクッションのあいだからのぞかせ、ちょこんと座《すわ》っている。服も女と同じように特徴《とくちょう》がなく、色も地味で、うっかり上に座《すわ》ってしまいそうだ。そばにまだ口をつけていないビールと、ピクルスを盛《も》った小鉢《こばち》を置いたまま、一人でできるトランプ遊びに熱中している。

「あの年配の人?」スカーレットはたずねた。「誰《だれ》なの?」

「サル・クインだ。北部出身の貿易商《ぼうえきしょう》。ときどきうちに泊《と》まっていく」

「信用できる?」

「ここにいるあたしらと同程度《どうていど》には」

スカーレットは帽子《ぼうし》のつばを押《お》しあげてにっこり笑った。「ってことは、あまり信用できないわね」

「サルは正直といえば正直だが、ぬけ目のない商売人だ。良心のとがめなどイタチ程度《ていど》にしか気にしない。あんたにおあつらえ向きの相手だよ、スカーレット」ゲイル・ベルチャーはいった。「ゆっくり食事を楽しみな」

ソーセージとカブのマッシュはおいしかった。これは運がいい。なにしろ、ウルフズヘッドで提供《ていきょう》される料理はこれしかないのだ。食事のあとはジョーと一緒《いっしょ》にボックス席に座《すわ》った。席のすみでは、エティが重ねたクッションの上に小さな金髪《きんぱつ》の頭を乗せてうとうとしている。スカーレットはもう一度工作員の話をした。ジョーはたびたび舌打《したう》ちしたり、感嘆《かんたん》の声をあげたりして耳を傾《かたむ》けている。アルバートは無言だった。めずらしく感情《かんじょう》を表に出さない。

「その若者《わかもの》だが」ジョーがようやくいった。「名前は?」

「まったくわからない」

「あんたを探《さぐ》ってきたのか？　心を読んだのか？」

「いいえ……読んでないと思う。やろうと思えばできるってほのめかしていたけど。あたしが鉄のバンドをはめてることを知ってた。あたしは帽子《ぼうし》を脱《ぬ》がなかったし、バンドも見せてないけど、知ってた」

アルバートがいらだちを押《お》し殺《ころ》すように歯のあいだから息を吐《は》いた。暗い窓越《まどご》しに外を見つめている。「ああ、そうか。きみの大事な鉄のバンド……今もはめてるね」

スカーレットはうなずいた。「ええ。ハンティンドンでもはめててよかった。そうじゃなきゃ、頭のなかを探《さぐ》られてウルフズヘッドのことを知られたはずよ。あたしたちがここにいるってわかっちゃってたと思う」

「そもそも、きみがハンティンドンになんか行かなければ」アルバートは指摘《してき》した。「相手には近づくチャンスもなかったはずだよね」

スカーレットは両方の手のひらをテーブルにぴたっと置くと、きちんと指をそろえた。「知ってると思うけど、あたしは収入《しゅうにゅう》の一部を配りに行ったのよ。あそこには貧《まず》しい人たちがたくさんいるから――元は奴隷《どれい》だった人や、孤児《こじ》や、疫病《えきびょう》の汚染地域《おせんちいき》から避難《ひなん》してきた人や……」

「それに、たくさんのバーテンダー、博打《ばくち》の進行係、飲んだくれに、仲間の博打《ばくち》うちたちもあんたが行くことで恩恵《おんけい》をこうむっている」ジョーがいった。「で、残りの金はどこだ？　みんなすっちまったんだろう？」

「だったら何？」スカーレットはすっくと立ちあがった。「そんなのあたしの勝手でしょ。あの状況《じょうきょう》で重要なのは——異論《いろん》はないと思うけど——あたしがなんとか命びろいしたってことよ」

老人は不満そうに鼻から息を吐《は》いた。「ああ、なんともうれしいね。踊《おど》り出したくてむずむずする。あんたが階上の風呂《ふろ》に浸《つ》かっているあいだに、アルバートとわしで残りの金をゲイルの金庫に預《あず》けて安全に保管《ほかん》したと知ったら、あんたもうれしいだろう。今晩《こんばん》その金をポーカーにつぎこもうという気を起こさないとも限《かぎ》らんからな。さてと、次の計画を話し合おう。その工作員があらわれる場合のことを考えると、ふたりともここに長居《ながい》はできんだろう。この宿はハンティンドンからそう遠くないし、避難所《ひなんじょ》なのは明白だ。たとえ最高議会がここの存在《そんざい》を知らなくても、その残忍《ざんにん》な若者《わかもの》ならここを知っている者の頭のなかをかんたんに探《さぐ》れる。ひょっとするとすでに探《さぐ》り当てて、ここに向かっているかもしれん」

沈黙《ちんもく》が流れた。暗闇《くらやみ》が窓辺《まどべ》できらめいている。スカーレットはハンティンドンのパブで聞いた、何かが地面にぶつかる鈍《にぶ》い不自然な音を思い出した。そして、とつぜん銃声《じゅうせい》がやんだことも。別の記憶《きおく》もよみがえった。まるで深い水底から浮《う》きあがってきたかのように、半年前、海の端《はし》に立つ高い塔《とう》のコンクリートの屋上でかわした会話が思い出された。

「ねえ、〈ストーンムア〉の出身だと思わない、アルバート？」スカーレットはだしぬけに聞いた。「その工作員よ。あんたと同じ力を持ってるなら、納得《なっとく》がいく」

アルバートがスカーレットを見る。その顔にはなんの表情《ひょうじょう》もない。「わからない。そうかもしれない」

「キャロウェイ博士《はかせ》がいってたの。あんたは特別だって――そのまんまの言葉よ。どう思う？ひょっとしたらあいつは博士《はかせ》の被験者《ひけんしゃ》なんじゃやない？　しかも反抗しなかった弟子
「ぼくは大半の時間、ほかの収容者《しゅうようしゃ》たちから隔離《かくり》されてたから」アルバートはいった。「その子たちに何ができるのか、目にする機会はめったになかった。みんななんらかの力を持ってただろうけどね。だからこそ、あそこにいたわけだし……」アルバートはもうやめようというしぐさをして、すぐに話題を変えようとした。「それより、大事なのは明日のことだ。どうする？どこへ行こうか？」

「わしらと一緒《いっしょ》に南下したらどうだ？」ジョーがいった。「〈クロエ〉ならいつでも乗る場所はあるぞ。あんたがまた粉々《こなごな》にしなければの話だがな。昔のよしみでもう一度テムズ川を旅する。それとも、まだハンド同業組合のしつこい復讐《ふくしゅう》を恐《おそ》れて逃《に》げるつもりか？」

「こわくて逃《に》げてるわけじゃないわ」スカーレットはいった。「賢《かしこ》く用心してるの。ただ、

やっぱり今は、ウェセックスとマーシアの南部はやめとく」

「じゃあ、ほかにどこへ行く？　東に行ってアングリアに足を踏《ふ》み入れるか？　それとも北上する？」

少しのあいだ三人は黙《だま》って座《すわ》っていた。「北なら」スカーレットが口を開いた。「行く手間に見合う収穫《しゅうかく》があるかもしれない」そういうと、座《すわ》ったままくるりと向きを変え、パブのすみのボックス席を見た。


近くで見ると、貿易商《ぼうえきしょう》のサル・クインは遠くで見るよりさらに小さく見えた。黒い木製《もくせい》の背《せ》もたれのせいもあって、客がくつろげるよう設《しつら》えたシミのついたクッションの山にほとんど埋《う》もれている。子どものように骨細《ほねぼそ》で、ため息と同じくらい目立たず、足が床《ゆか》に届《とど》いていない。白髪《しらが》まじりの髪《かみ》は短く、顔の皮膚《ひふ》は細かいしわにおおわれ、一度くしゃくしゃにしてから、あわてて伸《の》ばした紙くずみたいだ。立ちえりで肩飾《かたかざ》りのついた革《かわ》のコートに、黒いシャツと黒いジーンズ、銀線細工の飾《かざ》りつきの黒いブーツという服装《ふくそう》だ。スカーレットとアルバートが近づくあいだも、まだトランプの一人遊びをやっている。両手がすばやくテーブルの上を動き、カードがいくつかのカードの山のあいだを移動《いどう》する。そうやって絵札――指導役《しどうやく》、町長、役人――がひと続きになるよう並《なら》べていき、無法者のカードを引く前に七つの組み合わせを完成させれば勝ちだ。スカーレットはそれぞれの国の色がクインの指のあいだで踊《おど》るのを見つめた――マーシアの赤、ウエセックスの緑、アングリアの青……それらが合わさり、溶《と》け合い、混《ま》ざったり、また分かれたりする。

「マッケインさん、ブラウンさん」クインは顔を上げずにいった。「ご一緒《いっしょ》しましょう。ラディッシュのピクルスをどうぞ。今、ちょうどひとゲーム終わるところですから」

ふたりは座《すわ》った。クインはゲームを続けている。いきなり、しかめ面をした無法者のカードを引き、それをテーブルの真ん中に放り出した。

「いまいましい無法者。いつだって思わぬときにひょっこりあらわれる」クインはそういうと、ふたりににっこり笑いかけた。

スカーレットもにっこり笑い返した。アルバートの笑みは形だけで、目の焦点《しょうてん》がわずかにずれている。目の前の女に注意を集中しているのだ。スカーレットが依頼人《いらいにん》の申し出を判断《はんだん》するあいだ、アルバートの役割《やくわり》は依頼人《いらいにん》を判断《はんだん》することだ。「クインさん、提案《ていあん》があるって聞いたわ」スカーレットはいった。

クインの顔にしわが寄《よ》った。黒い目は輝《かがや》き、ユーモアにあふれている。「ええ、ありますとも。やらなきゃならない仕事があるんです。それをやりとげられる非凡《ひぼん》な力を持つチームを探《さが》しています」

「あたしたちが有能《ゆうのう》で熟練《じゅくれん》した腕《うで》の持ち主だってきっとわかると思うわ」

「例のバラッドが本当なら、おふたりは名うての盗賊《とうぞく》ってことですよね。あなたたちの悪名高い偉業《いぎょう》のなかには感嘆《かんたん》させられるようなすごいものもあります」小柄《こがら》な女性《じょせい》はクッションのあいだに深く座《すわ》り直した。「とにかく、本題に入りましょう。〈埋没《まいぼつ》都市〉について聞いたことはありますか？　大変動の時期に、火の嵐《あらし》に襲《おそ》われたことは？　その嵐《あらし》が都市とそこに住む人々をおおい尽《つ》くし、その秘密《ひみつ》を永遠《えいえん》に埋《う》めてしまったことは？」

スカーレットは顔をしかめた。「〈埋没《まいぼつ》都市〉なら知ってるわ。一度行ったことがある。廃墟《はいきょ》がほんのいくつか地面からつき出てる程度《ていど》だったけど。半分埋《う》もれた塔《とう》とか城壁《じょうへき》があった。あと、無数の穴《あな》やくぼみに大きな毒《どく》グモがうようよいて、あたりをつつき回すマヌケがいたら、食い殺《ころ》されそうだった。値打《ねう》ちのあるものはとっくの昔に探《さが》し尽《つ》くされて、一つ残らず持ち去られてるわ」

「それはウェセックスの〈埋没《まいぼつ》都市〉のことじゃないかしら？」クインはいった。「確《たし》かに、南部に降《ふ》った火山灰《かざんばい》の量は比較的《ひかくてき》少なかったですから。わたしが話しているのは別の〈埋没《まいぼつ》都市〉で、北のノーサンブリアにあります。わたしはそこの出身です。ノーサンブリアに降《ふ》った灰《はい》は高温で大量だったので、火山灰《かざんばい》におおわれた村や町は表面からはるか下に今も埋《う》もれたままです。ただし、一か所だけ例外があります。アッシュタウンです」

スカーレットはアルバートが強く興味《きょうみ》をそそられるのを感じたが、相変わらず平然としていた。「それで？」

「そこは中心部からかなりはずれた地域《ちいき》にあって、野生のホーンビークが歩きまわっています。ところが、丘陵地《きゅうりょうち》を通る川が一本できたことで、途方《とほう》もなく大きい隠《かく》れた町があらわになったんです。何年も前にその場所が見つかってから、発掘《はっくつ》業者が調査《ちょうさ》に入っているのですが、草地の下を業者のトンネルがハチの巣状《じょう》にのび続けているというのに、いまだにその町から外に出ていません。発掘《はっくつ》はまだ続けられています」

「どうして？」アルバートの声は明らかに興奮《こうふん》していた。「何か探《さが》してるんですか？」

サル・クインは声を落とし、パブの店内をさっと見まわしたが、近くには誰《だれ》もいない。「〈埋《まい》没《ぼっ》都市〉というのは広大な埋葬地《まいそうち》です。町全体がそのまま完全な状態《じょうたい》で、業者の掘《ほ》ったトンネルの内部におさまっているといわれています――当時の姿《すがた》のままの建物、街灯、道、広場、大小さまざまな目を見張《みは》るようなものすべてがそのままにです。それに、家々にはまだ死者が住んでいて、ねじれて縮《ちぢ》んだ死骸《しがい》が底深い場所に集まり、何世紀《せいき》も前にのみこまれた恐怖《きょうふ》から未だ逃《のが》れようとしているというわさもあります……」クインはラディッシュのピクルスをつまんだ。「もっとも、それは余談《よだん》で、わたしが興味《きょうみ》を引かれているのは発掘物《はっくつぶつ》のほうです。発掘《はっくつ》会社が従業員《じゅうぎょういん》に守秘義務《しゅひぎむ》の契約《けいやく》を結ぶよう要求していて、最も高価《こうか》な人工の遺物《いぶつ》の正確《せいかく》な実態《じったい》については大半がパブでのうわさしかありません。まあ、昔の世界のものであるのは確《たし》かですから、骨董品《こっとうひん》とか芸術品《げいじゅつひん》とか本とか……わかりませんけれど。一つだけいえるのは、そうしたお宝《たから》がすべて、それを買う財力《ざいりょく》のある一組織《そしき》の地下貯蔵室《ちょぞうしつ》に持っていかれてしまっているということです」

「〈信仰院《しんこういん》〉ね」スカーレットはいった。

「そのとおり。最高議会がそのお宝《たから》をどうしているかは誰《だれ》も知りません。ただ、わたしのような真っ当な商人は、そうした取引には加えてもらえませんから、過程《かてい》を知ることも利益《りえき》を得《え》ることも一切できません。アッシュタウンは火山灰《かざんばい》の上に作られた近代的な小さい居住地《きょじゅうち》で、発《はっ》掘《くつ》労働者たちに必要なものを提供《ていきょう》するために発展《はってん》してきました。わたしは行ったことがあります。取引に参加できないか交渉《こうしょう》しようとしたんですが、だめでした」クインは肩《かた》をすくめた。ジャケットの肩飾《かたかざ》りが動く。「じつはこのお宝《たから》を手に入れるのに興味《きょうみ》を示《しめ》している顧客《こきゃく》がいるんですが、しびれを切らしてこんな提案《ていあん》をしてきたんです……代替策《だいたいさく》を試したらどうかと」

クインはスカーレットにまた笑みを向けている。スカーレットは横にいるアルバートをちらっと見た。ひそかに予測《よそく》していたとおり、アルバートは口をわずかにあけて、目はどこかよそを見ている。スカーレットはアルバートの心が想像《そうぞう》のなかの地下墓地《ぼち》や、不毛の丘《おか》の下にある、日の差さない町をさまよっているのだとわかった。スカーレットはアルバートのすねをすばやく蹴《け》ると、ゆっくりいった。「その代替策って、いかにも危険《きけん》そうね」

「危険《きけん》な代わりに」クインはいった。「もうけはとんでもなく多い。だから、おふたりに話をもちかけたんです」

スカーレットは少し考えた。「その遺物《いぶつ》が発掘現場《はっくつげんば》から運び出されるときって、どこでその作業が行われてるの？」

「丘《おか》の斜面《しゃめん》に建てた集積所のなかです。週に一度か二度、トラックに積まれて運び出され、北街道を経由《けいゆ》して荒野《こうや》を越《こ》えます。そのほとんどはミルトンキーンズにある最高議会の本部に向かいます。長く孤独《こどく》な道のりですよ、マッケインさん。これを待ち伏《ぶ》せして襲《おそ》うのは案外たやすいのではないかと思ったのです」

スカーレットは顔をしかめた。「トラックには護衛《ごえい》がいるんじゃないの？」

「ええ、いますし、完璧《かんぺき》に武装《ぶそう》しています。盗賊《とうぞく》や〈堕種《だしゅ》〉の襲撃《しゅうげき》に備《そな》えて」

「じゃ、無理でしょ。発掘現場《はっくつげんば》の上の集積所で盗《ぬす》むほうがよくない？」

「守りが堅《かた》すぎます」

「〈埋没都市《まいぼつ》〉じたいは？」

「丘《おか》の斜面《しゃめん》にはめこまれた鉄門からのみ出入りできます。門は監視《かんし》と、機械を操作《そうさ》する技師《ぎし》がチームで配置されていて、出入りする者は一人残らず身体検査《けんさ》を受け、盗《ぬす》んだ品物がないか確《たし》かめられます。あと、大型《おおがた》の肉食地虫に遭遇《そうぐう》するかもしれないし、白い吸血《きゅうけつ》モグラとか、有毒《ゆうどく》ガスがたまっている場所とか……やはり、盗《ぬす》むなら地上でやるほかはありません。待ち伏《ぶ》せなら手はずを整えられると思います」いいながら、クインはほほえんだ。「それならどうですか？　工夫に長けた追いはぎたちはこれまでよくそうしてきました。伝説のサム・グッドフェローを思い出してみてください！」

「そうね。結局、その人は大砲《たいほう》に詰《つ》めこまれて発射《はっしゃ》され、海に沈《しず》んだけど」スカーレットは立ちあがった。「わかりました、クインさん。話を聞かせてくれてありがとう。一晩《ばん》考えて、それからもう一度話をさせて」

「もちろんです」小柄《こがら》な女はトランプを手に取った。「わたしはほかに行くところはありませんので」

「どう思う？」スカーレットはたずねた。ふたりは元のテーブルに向かって歩き出した。すでに時間は遅《おそ》く、店内も人がまばらになってきている。ジョーとエティはもうテーブルにいなかった。

「サル・クイン？　それとも依頼内容《いらいないよう》のほう？」

「クインよ。依頼《いらい》のほうは正気とは思えない。自殺行為《じさつこうい》よ」

「きみがそう思うのなら、やばい仕事にちがいないね」アルバートはいった。「じゃあ、引き受けないつもり？」

「受けっこないわ。ただ、あの人にはとても好感が持てた」

「同感。正直な人だと思う。発掘《はっくつ》場所についての話はそのとおりだった。頭のなかの光景が見えたんだ。丘《おか》と大型《おおがた》トラックと囲《かこ》いをめぐらした発掘現場《はっくつげんば》が、血のように赤い空を背《せ》に浮《う》かびあがっていた……。あの人の思考と話が一致《いっち》してたってことは、真実を語っている証拠《しょうこ》だよ。あれっ、ジョーはどこに行ったのかな？」

「エティを寝《ね》かしつけてるのよ。じゃあ、クインは〈信仰院《しんこういん》〉とは関係ないのね？」

「無関係だよ。あの人は闇《やみ》商人だ。本人もいってたように、〈埋没都市《まいぼつとし》〉の遺物《いぶつ》を欲《ほ》しがる顧《こ》客《きゃく》がいるんだ。顧客《こきゃく》のイメージも見えたよ。頭のはげたやせた男か女――ちょっと見分けがつかなかった」ふたりは元のテーブルに戻《もど》ってきていた。皿や、エティが放り出したぬり絵の紙がテーブルいっぱいに散らかっている。「ねえ、ぼくらも早めに部屋で休むのがいいんじゃない？　ぼく、もうへとへと。行き先は朝決めればいいよ。それとも、ここでジョーを待ちたい？」

「ジョーも寝《ね》ちゃうわよ」そのとき何かがスカーレットの頭の片《かた》すみをつついた。ぼろをまとった暗い思いだ。ひらひらと飛びまわって何度も見えなくなってしまうため、その思いに焦《しょう》点《てん》を合わすことがなかなかできない。スカーレットはテーブルのわきに立っていた。窓《まど》の外は沼地《ぬまち》が黒い闇《やみ》に溶《と》けこんでいる。「さっき、なんていった?」スカーレットは聞いた。「顧客《こきゃく》のこと。サル・クインの客よ」

「ねえ、エティはいつも描いたぬり絵を持っていきたがるはずなんだけど」アルバートはいった。「とっておくのが大好きだから……」まき散らされている色鉛筆《えんぴつ》の一本を手に取る。「クインの顧客《こきゃく》? 頭のはげたやせた人物だっていった。何人かの影《かげ》が見えたんだけど、男か女かはっきりと見分けがつか……」アルバートの声がとつぜん尻《しり》すぼみになった。テーブルの上の何かを見ている。

スカーレットも黙《だま》りこんでいた。「アルバート」低い声でいう。「その人物だけど、気味悪いパッチワークのコートを着てなかった? 全体に黒いんだけど、布切《ぬのき》れを何枚《まい》もはぎ合わせた作りで、トカゲの皮みたいに見えるコート」スカーレットは待った。「アルバート?」

「ああ、ごめん。そう、そのとおり、確《たし》かに……」

だが、そのときでさえ、アルバートはスカーレットに注意を向けていなかった。テーブルの真ん中に置かれたケチャップのびんのほうに手を伸《の》ばし、そこに立てかけてあった小さな四角いものをひろいあげた。それをスカーレットにも見える場所に平らに置いて、ゆっくり回転させる。

それは薄《うす》っぺらな金属《きんぞく》の記章だった。手の形が型押《かたお》しされ、指は四本。小指はつけ根でかみ切られている。

9章

一瞬《いっしゅん》、アルバートはスカーレットがショックで倒《たお》れるんじゃないかと思った。スカーレットはふらつき、壁《かべ》に寄《よ》りかかって落ちつこうとした。顔は窓《まど》に映《うつ》った幽霊《ゆうれい》のようで、くちびるは古傷《ふるきず》のように白い。

アルバートはスカーレットが深く息を吸《す》い、体の奥底《おくそこ》にある力を奮《ふる》い起こそうとしているのだとわかった。ほおにふたたび赤みがさし、目に力が戻《もど》った。スカーレットは片手《かたて》をベルトに置き、そこでようやく銃《じゅう》がほかの武器《ぶき》と一緒《いっしょ》に玄関《げんかん》の保管箱《ほかんばこ》に入れられて、鍵《かぎ》がかけられていることに気づいた。低く毒《どく》づき、パブの店内のほうを向く。

アルバート自身もすぐに事態《じたい》に気づいた。ハンド同業組合として知られる犯罪集団《はんざいしゅうだん》のしるしのことは知っていたし、彼《かれ》らの窃盗《せっとう》、恐喝《きょうかつ》、闇《やみ》商人としての評判《ひょうばん》も知っていた。スカーレットから、ハンド同業組合が裏切《うらぎ》って殺《ころ》そうとしたために、彼《かれ》らに払《はら》うべき金を持って逃《に》げたという話も聞いている。もちろん、どんな話にも両面があって、ハンド同業組合の場合は、彼《かれ》らを怒《おこ》らせた者はみな、厳《きび》しく罰《ばっ》するという言い分があり、指の切断《せつだん》も、早すぎる埋葬《まいそう》も、生きたまま大型《おおがた》フクロウのえさにするのも当然なのだ。だから、これまでかかわりを持たずにきたアルバートはずっと幸せだった。

その連中がここにあらわれた。

その意味することが、カラスの群れのようにアルバートの心にとまり、黒々と染《そ》めていった。アルバートもスカーレットと一緒《いっしょ》にウルフズヘッド・インのパブのなかを見まわした。深夜の酒飲みたちが数人、ボックス席に座《すわ》っている。ゲイル・ベルチャーがバーカウンターの後ろでグラスをふいている。天井の梁《はり》の下につるされたランプがやわらかい明かりを放っている。グラスや皿が触《ふ》れあう音、小さな雑音《ざつおん》、気だるい会話のつぶやき声。だれも自分たちに注意を向けない。この恐怖《きょうふ》に誰《だれ》も気づかないなんて不思議だ。この激《はげ》しい心臓《しんぞう》の鼓動《こどう》に誰《だれ》一人驚《おどろ》かないなんておかしい。

アルバートは敵意《てきい》を感じなかったし、明らかに同業組合の一味だとわかる人の気配もまったくなかった。ただ、ジョーやエティのいる気配もない。

「もしかしたら、二人はつかまってないかもしれないよね」アルバートはいった。

「つかまってる」

「ゲイルに話そうよ。武器《ぶき》をもらわないと」

「渡《わた》してくれるはずないわ。ここは慎重《しんちょう》にやらないと。だから声を落として。ベルチャー親子は事情《じじょう》がどうあれ、もめ事はいやがる。どんな理由があってもね。この宿には完全な中立の精神《せいしん》がある。地下貯蔵室《ちょぞうしつ》の件《けん》、おぼえてるよね？」

「だけど、ジョーとエティがもし、誘拐《ゆうかい》されてたら――」

「証明《しょうめい》できないわ」スカーレットはテーブルを見ている。二人が置き去りにした皿を見ていた。

アルバートが見守っていると、スカーレットはナイフを三本つかんでナプキンでふきながら、一本ずつコートのそでに押《お》しこんでいく。「誰《だれ》かが巧《たく》みに二人をおびき出したのなら」小声でいう。「エティを誘《さそ》い出して、ジョーがあとを追わなきゃならないようにしたのよ。それならゲイルとしてはまったく公正であるというしかない。そして、二人が宿の外にいったん出てしまえば……」

アルバートはスカーレットの話を最後まで聞かなかった。激《はげ》しい怒《いか》りと恐怖《きょうふ》が炎《ほのお》のように頭のなかで噴《ふ》き出した。口のなかに刺激《しげき》の強い金属《きんぞく》の味が広がる。ひどい耳鳴りもする。アルバートは首を振《ふ》って動揺《どうよう》を払《はら》いのけた。だめだ。ニシキヘビに襲《おそ》われてとつぜんあれが暴発《ぼうはつ》したとき、谷間の半分をずたずたにしてしまった。ここでそんなことをしでかすわけにいかない。アルバートはあれがもたらす惨状《さんじょう》のことを考えた。

そして、エティがおびき出されたことを思った。

「急がなきゃ」アルバートはいった。見ると、スカーレットはさらにナイフやフォークを選んで、携帯《けいたい》できる場所にしまいこんでいる。「それ、なんのため？」

スカーレットがアルバートを見た。「聞かないで。スプーンでできることもあるでしょ」

ふたりは足早にパブのなかをつっきった。すみのボックス席ではサル・クインがトランプゲームに熱中している。そばを通ったとき、スカーレットはアルバートをつついた。「あの人がやつらをここに連れてきたのよ」

「じゃあ、ぼくたち――」

「わざとじゃないと思う。あんた、あの人の心を読んだんでしょ？　正直な人だっていったじゃない。本人は知らないのよ。やつらがクインをだましてあたしたちを捜《さが》しに来させ、尾行《びこう》してきたに決まってる」

「それって頭のはげた、はぎ合わせの黒いコート姿《すがた》の客のこと？　男か女かわからないけど、同業組合の人間なの？」

「男よ。名前はティーチ。そう、まちがいなく同業組合の人間」スカーレットはあきらめたように首を振《ふ》った。「ティーチがここにいるなら、相当やっかいなことになる。サル・クインには待ってもらおう。あとでまた相手をすればいいわ」

バーカウンターではゲイル・ベルチャーが、一列に並《なら》んだビールのグラスの背後《はいご》からふたりに軽く頭を下げた。スカーレットが手を振《ふ》る。「ねえ、ゲイル。あたしたちの友だちが立ち去るところを見なかった？　二人だけだったかな？」

パブの女主人はピンク色の大きな片手《かたて》をカウンターの上に置いた。「うーん、どうだろ。混《こ》んでたんでね。あの子は誰《だれ》かといっしょに出てったけど、たしかおじいさんだったと……」ゲイルが顔をしかめて考えている。「いや、待って……そんなはずない。そのあとすぐに、あのおじいさんが一人であわてて出ていくのを見かけたよ。何かあったのかい？」

「ううん。ちょっとどうしたのかと思っただけ。じゃあ、ゲイル、お休み」

玄関《げんかん》ホールに出ると、案内係は持ち場を離《はな》れていた。明かりがぼんやり灯っている。大きな武器《ぶき》の保管箱《ほかんばこ》には南京錠《なんきんじょう》がかけられていた。アルバートが箱を軽くゆすると金属《きんぞく》の触《ふ》れ合う音がした。

「上の階を確《たし》かめてみようよ」アルバートはいった。「二人が部屋にいるかもしれない」

「上にはいないと思う。組合のやつらはあたしたちを外におびき出したいんだから」

ウルフズヘッドに面したドアは夜の十二時までは鍵《かぎ》をかけない。スカーレットは掛《か》け金《がね》をはずすと、アルバートと一緒《いっしょ》に外階段《そとかいだん》の上に出た。ひどく寒い。下に見える庭がまだら模様《もよう》の銀の泉《いずみ》のようだ。見える範囲《はんい》には誰《だれ》もいない。天の川が輝《かがや》く帯のように天空の胸《むね》を横切ってのびている。

スカーレットは二段《だん》飛びですばやく入口の階段《かいだん》をおりた。アルバートはつまずきそうになりながら後ろをついていく。胸《むね》に圧迫感《あっぱくかん》をおぼえ、足は鉛《なまり》のように重く、頭は霧《きり》がかかったようにぼうっとしている。〈恐怖《きょうふ》〉がしだいに強くなってくる。アルバートはかつての悪夢《あくむ》のときと同じように落ちつきを失っていた。今こそ冷静になって、スカーレットの手腕《しゅわん》と自分の能力《のうりょく》を信じるときだ。なんとしても気持ちを落ちつかせたいのに、それがなかなかできない。アルバートはエティのことを考え続けた。

自転車置き場を照らすランプの明かりが外にもれ、丸石敷《じ》きの庭の真ん中を横切るようにくっきりしたしま模様《もよう》を投げている。自転車置き場に人気はない。宿泊客《しゅくはくきゃく》の自転車がラックに止めてあり、工具が壁《かべ》に掛《か》かっている。自転車を洗《あら》うためのホースとポンプもあった。泥《どろ》がこびりついたスカーレットの競走用自転車が壁《かべ》に立てかけてある。

スカーレットが庭のなかほどで待っていた。とても落ちついていておだやかだ。「何かわかることある?」

アルバートは目を閉《と》じた。すぐに複数《ふくすう》の思考を近くでとらえた。悪意に満ちたよこしまな考えが渦《うず》を巻《ま》き、警戒《けいかい》している。その先に、なじみのある思考の名残があった。小さい子どものものだ。無防備《むぼうび》で、おびえている。アルバートの頭のなかの鼓動《こどう》が倍の速さになった。

「門のそばの離《はな》れ家《や》の後ろで待ち伏《ぶ》せてる」アルバートはささやいた。「ジョーの思考は聞こえない。エティは聞こえる——ほんとにかすかだけど。エティがいるのはもっと先。小道のあたりかも」

「無事?」

「生きてる」

「でも、ジョーの気配は感じ取れないのね?」

「うん……」ちょっと間があった。「けど、だからって——」

「もちろんよ」

アルバートはスカーレットが動くのを待った。頭のなかの騒音《そうおん》がしだいに大きくなってきた。こめかみが圧迫《あっぱく》されて激《はげ》しく脈打《みゃくう》つ。「エティをさらっていこうとしてる」アルバートはいった。「あとを追わなきゃ」

スカーレットはうなずいた。「やつらの目的はあたしたちを沼地《ぬまち》まで誘《さそ》い出すことよ。宿から引き離《はな》すの。そのあと、近くに隠《かく》れている男たちが背後《はいご》から近づいてくる」そこでアルバートを見た。「ちょっと、だいじょうぶ? 例の〈恐怖《きょうふ》〉じゃないの? それなら、いっそ——」

「だめだよ。できない。ぼくにそれを求めないで。きみを傷《きず》つけてしまうかもしれないんだ。ジョーやエティも」

スカーレットは鼻にしわをよせた。この件《けん》は先送りだ。「わかった。じゃあ、あんたがやれるのはおとりよ。道沿《みちぞ》いに歩いていって。あたしはあとをつける。急ぎ足で、静かに、後ろは振《ふ》り返らずに」

アルバートはつばをのみこんだ。「やつらがぼくを尾行《びこう》すると思う？」

「思う」スカーレットはアルバートの肩《かた》を上機嫌《じょうきげん》でたたいた。「それか、あんたをあっさり撃《う》ち殺《ころ》すか」そういうと軽やかな足取りで立ち去った。

アルバートはスカーレットの計画を勘《かん》ぐろうとはしなかった。やせた肩《かた》をいからせ、石敷《いしじ》きの庭をすり足で歩き出した。離《はな》れ家《や》に近づくと、隠《かく》れている男たちの思考が、夏のそよ風にゆれる木々のように急に波立つのを感じた。男たちがこっちを見ているのがわかる。

前方に、ベルチャー家の所有地の境界《きょうかい》を示《しめ》す杭《くい》が何本か立っている。そこまではベルチャー家の中立のおきての支配下《しはいか》にある。アルバートは杭《くい》のあいだを通りぬけ、沼沢地《しょうたくち》のぬかるんだ小道を進んで土手にのぼった。背後《はいご》で、複数《ふくすう》の思考も移動《いどう》を始めた。男たちがあとをつけてきている。何者か知らないが、自分たちの仕事をちゃんと心得《こころえ》ていて、アルバートが普通《ふつう》に耳をすましても何も聞こえない。

土手の上は星明かりで銀色に染《そ》まり、両側には背《せ》の高いイグサが茂《しげ》っている。アルバートが土手から見おろすと、きらめく沼地《ぬまち》が弧《こ》を描《えが》く地平線までのびていて、巨大《きょだい》な銀の皿が空を支《ささ》えているように見える。

三十メートルほど前方で土手がカーブし、そこに風や嵐《あらし》でねじれた一本のヤナギの木が立っている。アルバートはその曲がった木の黒い影《かげ》に向かってゆっくり歩いた。いくつかの思考が後ろをぴったりついてくる。男たちはじょじょに近づきながら、チャンスをうかがっている。どこかでかすかに忍《しの》び足のブーツが石に触《ふ》れる音が聞こえる。アルバートのうなじの毛が逆《さか》立《だ》った。後ろを振《ふ》り返りたい衝動《しょうどう》に負けそうになったが、必死にこらえてヤナギの木を見つめる。

じりじりと近づいてくる……男たちの熱気を感じる。

襲《おそ》いかかろうと構《かま》える……

ぶつかる音。

取っ組みあう音。

ほかの連続する複雑《ふくざつ》な音——のどを鳴らす音、驚《おどろ》きや苦痛《くつう》で息をのむ音。

その後、たったひと言、簡潔《かんけつ》でくぐもったののしり言葉が聞こえ、しんと静まった。

アルバートはヤナギの木に向かって歩き続けた。それから三歩進んだとき、スカーレットが隣《となり》にいた。心なしか息が荒《あら》く、ピストル一丁に弾帯《だんたい》と、銀のステッキのようなものを持っている。弾帯《だんたい》を腰《こし》に固定し、杖《つえ》と銃《じゅう》を押《お》しこんだ。

「だいじょうぶ?」アルバートはたずねた。

「ええ」

「さっきのは、きみがののしったの？」

「そう。足の指を石にぶつけた」

「それは気の毒《どく》に。で、数は？」

「組合のほう？　それとも石？」

「組合」

「四人。最後の一人の装備《そうび》がばっちりでね。見てよ、これ全部そいつから取りあげたの。仕込《しこ》みのステッキまで！　これがなかったらヤバかったわ――スプーンが全部なくなっちゃったの」

　ふたりはヤナギの木のところで曲がり、銀色のアシのあいだにのびる土手の上を進んだ。真正面に、風のせいで変形した木や低木が乱雑《らんざつ》にかたまって生えている場所があり、土手の道のまわりに短い並木道《なみきみち》を作っている。アルバートには、並木道《なみきみち》の彼方《かなた》に星明かりが見えたが、道の中央部分の枝《えだ》の下は真っ暗なトンネルだ。

「待ち伏《ぶ》せにぴったりの場所ね」スカーレットがいった。

　アルバートもそう思っていた。新しい思考がいくつかの地点から発信されているのに気づいたが、位置までは特定できない。心配なのは、エティの気配を感じ取れないことだ。頭のなかで低いうなりが絶《た》え間なく鳴り続き、アルバートの探知《たんち》を邪魔《じゃま》している。アルバートはなんとかその音をおさえようとした。

「帽子《ぼうし》」アルバートがいった。

スカーレットが帽子《ぼうし》を脱《ぬ》いでつぶし、ベルトの後ろに押《お》しこんだ。鉄のバンドがはずれて、スカーレットの頭に浮《う》かぶ考えがアルバートに開かれた。スカーレットの冷静な思考と怒《いか》りを感じたが、ふだんは表に出さない不安も伝わってくる。スカーレットは頭のはげたやせた男のことを考えていた。

ふたりの歩調が遅《おそ》くなった。土手の両側にある下生えが高く伸《の》びている。しだいにアルバートの目が影《かげ》に慣《な》れ、目の前の小道に何か見えてきた。

細長い金属《きんぞく》のカートだ。荷台に屋根はなく、前面に取っ手がついている。取っ手は自転車を二台並《なら》べたようなものにつながっていて、座席《ざせき》が二つと、ハンドルが二つ、平らな枠《わく》に取りつけられている。カートは小道をふさぐようになかめに止まっていた。座席《ざせき》には誰《だれ》も乗っていないが、カートの後部に倒《たお》れている影《かげ》が二つ見える。一つは大きく、一つは小さい。

二人は並《なら》んで横たわっていた。ピクリとも動かない。

アルバートはとつぜん、恐怖《きょうふ》の波に襲《おそ》われた。頭にひびが入ったかのように、そこからエネルギーが脈動《みゃくどう》しながら放出されて、近くの木々を震《ふる》わせる。アルバートはありったけの力でそのひび割《わ》れを閉《と》じた。意識《いしき》を集中する。すぐに駆《か》けよって友だちを介抱《かいほう》したかったが、その気持ちをおさえて、木々のなかに見え隠《かく》れするいくつかの思考を読んだ。

「四人」アルバートは低い声でいった。「二時の方向に一人、高い木の下に体を伏《ふ》せている。三時の方向に一人、草のなかにしゃがんでいる。十時の方向に一人、木の幹《みき》の後ろ。最後の一人は――」

そのとき、誰《だれ》かがカートの背後《はいご》からあらわれ、ふたりのほうに歩き始めた。

薄暗《うすくら》がりのなかでも、アルバートはその男が誰《だれ》かわかった。サル・クインとスカーレットの両方の記憶《きおく》のなかで見た人物だ。骨細《ほねぼそ》で、身長はアルバートとあまり変わらず、すっきりと均《きん》整《せい》の取れた体つきをしている。ジーンズに白のシャツ、布《ぬの》をはぎ合わせた黒いコートがうろこのようにかすかに光っている。頭はつるつるで、上品な顔立ちだ。整ったあごにきれいな曲線を描《えが》くほお骨《ぼね》。まつ毛が長く、目は大きく輝《かがや》いている。ベルトには剣《けん》か仕込《しこ》みのステッキが下がっている。銃《じゅう》も持っているかもしれないが、アルバートには見えなかった。男は流れるような派手《はで》な動きでカートをまわりこみ、カートのわきを手でなぞりながら、ゆうゆうとこちらに向かって歩いてくると、立ちどまってふたりと向き合った。

「やあ、スカーレット」男はいった。

「どうも、ティーチさん」

「久《ひさ》しぶりだな」

「ええ。ま、そう久《ひさ》しぶりでもないけど」

枯葉《かれは》がこすれ合うような含《ふく》み笑いが聞こえた。「相変わらずうちの獰猛《どうもう》な小鳩《こばと》は」男はいった。「ちぎれた鎖《くさり》をぶら下げたまま単独《たんどく》飛行中か……」すべすべの顔には表情《ひょうじょう》がなく、声は乾《かわ》いて、まったく生気がない。アルバートは風通しの悪い空間や、古い井戸の底にたまったものを連想した。やわらかいが、やさしさはない。イラクサを敷《し》いたベッドのように、心地よさも、つかの間の憩《いこ》いもあたえてはくれない。

「実際《じっさい》にはもう単独《たんどく》じゃないわ」スカーレットはいった。

「バカだな、おまえ。足手まといになるだけだろう」はげた男はカートと、そこに横たわる二人にちらっと目をやった。「こっちは鎖《くさり》をつかんでおまえを引きずりおろしやすくなる」

「もちろん、二人を傷《きず》つけるようなバカなことはしないわよね」スカーレットはいった。

ティーチは答えなかった。スカーレットの言葉など気に留《と》めていないらしい。ティーチは頭のなかで、手下がスカーレットとアルバートに向かって発砲《はっぽう》し、四方からふたりをつかまえる場面を想像《そうぞう》していた。アルバートは自分の体が地面に倒《たお》れるところや、自分がただの用なしとして死んでいくのを目にした。

男の頭のなかをのぞいた。そこには本当にジョーとエティはいなかった。アルバートは怒《いか》りがさっき閉《と》じたはずの頭のひび割《わ》れを内側から押《お》した。アルバートのまわりにある路上の落ち葉や小枝《こえだ》が舞《ま》い出し、ゆっくりと回転しながら広い円を描《えが》いていく。スカーレットの髪《かみ》がひるがえり、横顔を打った。

スカーレットの目が一瞬《いっしゅん》アルバートのほうを向いた。

「おまえが裏切《うらぎ》ったときからずっと、こっちはおまえを監視《かんし》している」男は単調な生気のない声でいった。「新聞、小冊子《しょうさっし》、いろんな騒々《そうぞう》しい宣伝《せんでん》や風評《ふうひょう》。ずいぶん忙《いそが》しそうじゃないか」

「読んだ記事を全部うのみにしないで、ティーチ」スカーレットはいった。さりげなく腰《こし》を動かし、コートのわきから銃《じゅう》に手を伸《の》ばしやすくした。「あたしに用があるみたいだけど、目的は何？　お金？　問題は今、あたしが一ペニーも持ってないってこと。つい先日、ハンティンドンで悪運続きだったから」

また含《ふく》み笑いが聞こえた。「悪運か？　そりゃ当然だ」はげた男はいった。「お前が支払《しはら》い能力《りょく》を維持《いじ》できたことなどこれまで一度もないからな。今回は何ですった？　頭蓋骨《ずがいこつ》コイン投げか？　トランプか？　それとも自己憐憫《じこれんびん》で我《われ》を失って使っちまったのか？　おまえはいつもそうだ。最初からな」

スカーレットは黙《だま》っている。一瞬《いっしゅん》、アルバートはスカーレットの心のはねあげ扉《とびら》が開くのを感じた。それでもなお、スカーレットは自分をおさえている。扉《とびら》は勢《いきお》いよく閉《し》まり、冷静な声が響《ひび》いた。

「アルバート?」

「ティーチが命令を出す。一番手が速いのはティーチだ。ほかの男たちと同時に発砲《はっぽう》すると思う」

「ほかには?」

「それだけ」

「わかった」スカーレットは低い声でいった。「そのときが来たら合図して」

ティーチがわずかに動き、スカーレットと同じ動き方で銃《じゅう》の台尻《だいじり》を見せた。「で、そいつがあの子か? おれたちはずっとどんなやつなのかと思っていた」いいながら一歩踏《ふ》み出した。

「ほかのメンバーはおまえが殺《ころ》したんだろ、スカーレット? わたしが教えたことをすっかり忘《わす》れたわけじゃないとわかって何よりだ」

「お金は渡《わた》す」スカーレットはいった。「でも、先におじいさんと女の子を返して」

「ここに来た目的は金じゃない」

「じゃあ、何?」

ティーチは答えない。

スカーレットは肩《かた》をすくめた。アルバートはスカーレットの意識《いしき》の先端《せんたん》がとがるのを感じた。

指に意識《いしき》を集中している。わきにある銃《じゅう》に置いた指だ。「本当にそう？　あたしの小さな命時計はいまだにストウで正確《せいかく》に動いてると思ってたけど」

「スカーレット・マッケイン」ティーチはいった。「おまえのその時計は止まる寸前《すんぜん》だ。銃《じゅう》を捨《す》てて、両手を頭に置いてひざを――」

「今だ」アルバートがいった。

人の心を読むうえで大事なのは――特に命が危機《きき》にさらされているとき、必ずすべきなのは――注意をそらすものを取り除《のぞ》くことだ。アルバートはこの技《わざ》をずいぶん前から身につけてきた。だから、そのとき、やぶに隠《かく》れている三人の男の人間らしさの証《あかし》――家族のこととか、ビールや仲間との親睦《しんぼく》といったささやかな思考――が暗闇《くらやみ》のなかで青白い蝶《ちょう》のようにひらひら舞《ま》っているのを無視《むし》したし、ジョーとエティがカートに横たわっている光景も、自分のなかにわき起こった激《はげ》しい怒《いか》りも無視《むし》した。そして、ティーチの頭のなかにある隠《かく》れたひもをひたすら見つめ、そのひもがねらいを定めてぴんと張《は》るのを見て、数秒後に命令が出るのがわかった。

その前に、アルバートは口を開いた。そして、口を閉《と》じたとき、スカーレットは四発撃《う》っていた。

瞬時《しゅんじ》の反応《はんのう》だった。スカーレットの手の動きは目にも止まらない。四度引き金が引かれ、四発の弾《たま》が飛んだ。三発は命中し、ひらひら舞《ま》っていた蝶《ちょう》が二羽、消えた。三羽目は苦痛《くつう》に身を震《ふる》わせた。

四発目だけがはずれた。スカーレットに劣《おと》らぬすばやさでティーチがわきに飛びのいた瞬間《しゅんかん》、腰《こし》のあたりで火花が散り、ティーチの銃《じゅう》から放たれた弾《たま》が、スカーレットの手にした銃《じゅう》をはじき飛ばした。

スカーレットは後ろに飛びのきながら毒《どく》づき、流れるような一連の動きでベルトから仕込《しこ》みのステッキをぬくと、頭のはげたやせた男に飛びかかった。

ティーチのくちびるが開いた。笑みを浮《う》かべている。すでにその手には剣《けん》が握《にぎ》られていた。ティーチはスカーレットのほうに体を傾《かたむ》け、激《はげ》しい刃《は》の攻撃《こうげき》を自分の剣《けん》で軽く受け止めた——一度、二度、そしてもう一度。二人の剣《けん》は回転する星明かりのかけらのようだ。刃《は》と刃《は》がぶつかるたびに小気味いい音が響《ひび》く。アルバートはあたりを見まわし、どこかに落ちているはずのスカーレットの銃《じゅう》を捜《さが》したが、見つからなかった。頭のなかの脈《みゃく》がどんどん強くなってきている。やぶのなかから負傷《ふしょう》した男が発する雑音《ざつおん》がかすかに聞こえる。ほかの二人からは何も聞こえない。完全に息絶《た》えてしまったらしい。

アルバートはカートにいるジョーとエティのところに行きたかったが、スカーレットが道をふさいでいる。しかも、ティーチが手ごわい。まるで煙《けむり》の渦《うず》が風のなかを縫《ぬ》って進むように、ティーチは防御態勢《ぼうぎょたいせい》から攻撃《こうげき》に移《うつ》り、あらゆる角度から踊《おど》るように攻《せ》めている。スカーレットは回転したり、すばやく身をかわしたり、空中で捨《す》て身の技《わざ》をくり出したりするが、ティーチのほうが一枚《まい》も二枚《まい》も上手で、動きはすべて見越《みこ》されていた。スカーレットが劣勢《れっせい》なのは明らかだ。もうすぐ勝負がついてしまう。スカーレットはしだいに勢《いきお》いが衰《おとろ》え、後退《こうたい》している。

ティーチはフェイントをかけ、急に向きを変えてから、またフェイントをかけ――

剣《けん》を突《つ》き出した。

刃先《はさき》がスカーレットのわき腹《ばら》を貫《つらぬ》いたとき、アルバートはスカーレットの痛《いた》みが爆発《ばくはつ》するのを自分の痛《いた》みのように感じた。スカーレットと一緒《いっしょ》に叫《さけ》び声をあげ――そして、激《はげ》しい怒《いか》りと動揺《どうよう》の瞬間《しゅんかん》、〈恐怖《きょうふ》〉が爆《ばく》発《はつ》した。

アルバートから勢《いきお》いよく飛び出したエネルギーは見さかいなくすべてを襲《おそ》った。ティーチははね飛ばされ、土手の縁《へり》を越《こ》えていった。スカーレットは地面に倒《たお》れ、土手沿《ぞ》いを横すべりしていく。カートがとつぜん横ゆれしながら動き出し、土手の端《はし》のほうへ向かった。ジョーとエティの体が激《はげ》しく転がり、カートの横板にぶつかる。木々の枝《えだ》が次々に折れ、転がりながら沼《ぬま》地《ち》をぬけていく。冷え冷えとした星明かりがとつぜん、アルバートの顔を照らし、ちぎれて根こそぎになった低木の茂《しげ》みや、空のほうを向いているカートの車輪を照らす。

これは始まりにすぎない。アルバートにはわかっていた。すぐに、自分はカートや木々を木っ端《ぱ》みじんにしてしまうだろう。生者も死者も、敵《てき》も友もきっとずたずたにしてしまう。

〈恐怖《きょうふ》〉が一人残らず洗《あら》い流し、壊《こわ》し、すべてを滅《ほろ》ぼしてしまう！　そして、自分にはそれを止めるすべがない。無力だ！　自分にできることは何もない――

アルバートは重い足音がよろよろと背後《はいご》に迫《せま》っていることにほとんど気づかなかった。次の瞬間《しゅんかん》、側頭部にすさまじい衝撃《しょうげき》を感じた。

10章

アルバートが最初に耳にしたのは時計の音だった。

「アルバート」スカーレットの声がした。

「ん?」

「目が覚めたんでしょ。わかってるわよ。もう寝《ね》るのはやめて、目を開けて」

「どうしても? ぼく今、ウルフズヘッド・インのガチョウの羽毛ベッドのなかにいる夢《ゆめ》を見てて、ちょうどライラックの石鹸《せっけん》のにおいのする人が朝食を運んできてくれたところなんだ。ポリッジと蜂蜜《はちみつ》だよ、スカーレット。それに、たっぷりのバタートーストとコーヒーも」

「現実《げんじつ》もそれくらいステキよ、アルバート」

「ほんとに?」

「ええ。ほら、ちらっと見てごらん。後悔《こうかい》させないから」

「へえ、わかった」アルバートはおそるおそる目を開けようとした。ところが、実際《じっさい》には何かべとべとするものが目に張《は》りついていて、なかなか開けられない。最初に見えたのは、一メートルほど離《はな》れて座《すわ》っているスカーレットの姿《すがた》だった。椅子《いす》にしばられ、足首と手首に黄色いワイヤーがぐるぐる巻《ま》かれている。武器《ぶき》はなく、コートは脱《ぬ》がされ、ジャージのわきの部分に乾《かわ》いた血のしみが花飾《はなかざ》りのようについていた。髪《かみ》はひどくぼさぼさで、もつれたかたまりが打ち傷《きず》のある顔に垂《た》れている。墓地《ぼち》から掘《ほ》り出されたのでなければ、これよりひどい姿《すがた》はなかなか考えにくい。

アルバートは自分も同じようなものだろうと感じた。手も足も動かせず、頭に脈打《みゃくう》つような痛《いた》みがある。これはつい最近、〈恐怖《きょうふ》〉が爆発《ばくはつ》したせいも多少はあるだろう。片目《かため》はほとんど開けられず、下あごもほぼ動かせない。まるで、やる気満々の外科医をめざす未成年者か何かに一度あごを分解《ぶんかい》され、ふたたび取りつけられたような感じだ。

アルバートは顔をしかめたが、すぐにやめた。痛《いた》い。「これのどこがステキだっていうんだよ?」恨《うら》みがましい声を出した。「バタートーストはどこ?」

スカーレットはぎこちなく歯を見せて笑った。「きっと、ライラックの石鹼《せっけん》のにおいのする人がすぐに運んできてくれるわよ。ぶつぶついってないで、まわりを見て。よかったのはあたしたちがここにいるってこと」

もう一度まわりに注意を向けるのは、アルバートにとって、また痛《いた》ましい努力が必要だった。

何度もまばたきをくり返すと、目のまわりにこびりついていた血がはがれ落ち、ようやく状況《じょうきょう》が見て取れた。

アルバートがいるのは屋根がドーム型《がた》の大きな円形の広間で、洞穴《ほらあな》のような薄暗《うすぐら》い場所だった。壁《かべ》や床石《ゆかいし》は長年のうちに黒くなり、窓《まど》はよろい戸におおわれている。はるか頭上に、かろうじてそれとわかる美術品《びじゅつひん》が、同心円状《どうしんえんじょう》に並《なら》んで下がっている。広間全体の暗さがさらに際《きわ》立《だ》っているのは、一か所だけまぶしい明かりに照らされているからだ。台の上にアーク灯が三つ、舞台《ぶたい》のようにその場所を照らしている。そこには巨大《きょだい》な机《つくえ》が置いてあった。ただ、椅子《いす》はなく、背後《はいご》の壁《かべ》には――アルバートは目をこらさないと何を見ているのかよくわからなかった――何段《だん》もの棚《たな》に置時計が並《なら》び、はるか頭上のかすんでいるあたりまで続いている。時計が数えきれないほどある……。しかも、みんなちがう――中央マーシアの時計工が作ったよくあるネジ巻《ま》き式のものもあれば、意味不明の象形《しょうけい》文字や記号が描《えが》かれ、大変動以前の時代のものかもしれない風変わりな骨董品《こっとうひん》もある。木箱に入ったもの、金属製《きんぞくせい》、派手《はで》な飾《かざ》りのプラスチックの枠《わく》のもの、さらには人間の胸《むね》くらい幅《はば》の広いものや、握《にぎ》ったこぶしほどのものもあった。その全部がときを刻《きざ》み、しかもリズムがバラバラだ。不整脈《みゃく》を起こした心臓《しんぞう》の鼓動《こどう》のように、音どうしがぶつかり合い、アーク灯の低いうなりも混《ま》じって、目に見えない不安感を生み出し、それががらんとした空間いっぱいに広がって、ほこりやクモの巣のあいだで泡立《あわだ》ったり振動《しんどう》したりしている。

巨大《きょだい》な机《つくえ》の後ろには大きなオーク材のドアがあった。きれいにみがかれ、老朽化《ろうきゅうか》した広間にはまったくそぐわない。ドアは閉《と》じられていたが、明かりがそこに向けられているため、表面が輝《かがや》いている。そこもライトアップされている一部だった。

スカーレットとアルバートが座《すわ》っている椅子《いす》は、机《つくえ》と広間の中央のあいだにあった。広間の中央には、異様《いよう》に太いロープと鎖《くさり》がいくつか垂《た》れ下がり、コンクリートの重りに固定されているのもあれば、床《ゆか》の滑車《かっしゃ》の車輪に巻《ま》きつけられているのもある。ロープははるか上までのびていて、かすかに見える美術品《びじゅつひん》のあいだで見えなくなっている。ロープのうちの二本は、端《はし》に複《ふく》雑《ざつ》なハーネスが取りつけられていた。主に逆刺《かえし》のある鉤《かぎ》とバックルと革《かわ》ひもでできているようだ。

アルバートは時間をかけてそれをすべて頭に入れた。

「なるほど」アルバートはいった。「教えてよ――いったいこの状況《じょうきょう》のどこがよかったわけ?」

わき腹《ばら》に剣《けん》の傷《きず》を負い、鉄の椅子《いす》に乱暴《らんぼう》にしばりつけられているわりには、スカーレットの機《き》嫌《げん》はよさそうだった。「よかったじゃないの。バカね、やつらはあたしたちを殺《ころ》さなかったのよ。殺《ころ》すだろうとあたしは思ってた。もし、ティーチがあたしたちに死んでほしければ、ゆうべのうちにあたしたちののどをかき切って、沼地《ぬまち》に転げ落としてたはずよ。だけど、そうしないで、苦労してあたしたちを自転車カートとヴァンで百キロ近く離《はな》れたストウまで運んできた。しかも、だれかにあたしの傷口《きずぐち》を縫《ぬ》わせてる」

「ここはストウなの？」

「そう。ハンド同業組合の本部よ」

アルバートは混乱《こんらん》した。側頭部の痛《いた》みに負けないくらいひどく頭がこんがらかる。「けど、待って……ぼくが最後に覚えてるのは――」

「心配ないわ。あたしもあまりよく覚えてないから。そこそこの数の組合員があのとき生き残って、あたしたちを自転車カートに乗せて国境《こっきょう》を越《こ》え、マーシアまで来たのよ。あたしたちは車道まで運ばれ、そこにヴァンが待ってたってわけ」

とつぜん、記憶《きおく》が体じゅうを駆《か》けめぐり、アルバートは椅子《いす》の上で大きくゆれた。「エティ！ジョーとエティは――」

「二人とも生きてる。あたしたちと一緒《いっしょ》にヴァンの後ろに乗せられてきたわ。ジョーはこん棒《ぼう》で殴《なぐ》られたんだけど、あたしたちがカートに一緒《いっしょ》に押《お》しこめられたときに意識《いしき》が戻《もど》り始めた。エティはただぐっすり眠《ねむ》ってただけみたい。何も気にしてないようよ。あたしが一番心配してるのはあんたよ。組合のやつに思いきり殴《なぐ》られたの。ずいぶん長く意識《いしき》を失ってた。ようやくあんたがよだれを垂《た》らし始めて、ほっとしたわ」

アルバートはみじめな顔でスカーレットを見つめた。この半年のあいだにつちかった自信が染《し》み出て、ほこりっぽい床《ゆか》に流れ落ちていく。「ごめん、スカーレット。本当は助けたかったんだけど……〈恐怖《きょうふ》〉につかまって……。いつも恐《おそ》れていることが起こっちゃったんだ。本当の危機《きき》に陥《おちい》ったときに、ぼくは冷静さを失ってしまった」

スカーレットのうめき声が広間じゅうに響《ひび》いた。「ああ、もうっ、あやまらないで！　あんたがあの力を使ってくれて、あたしはうれしいの！　待ちかねてたんだから！　残念なのは、あんたがそれほど冷静さを失わなかったってことと」

アルバートは〈恐怖《きょうふ》〉が全身を駆《か》けめぐるところを思い出した。貪欲《どんよく》で、解放《かいほう》される喜《よろこ》びがあふれていた……。指にはまだヒリヒリした感覚が残っているし、残響《ざんきょう》が体のなかを行き来するのを感じる。〈恐怖《きょうふ》〉はアルバートとは別人格《べつじんかく》で、飼《か》い慣《な》らすことはできない。止めようがない。やめたいと思っていないのだから。

「いや」アルバートは低い声でいった。「ぼくは殴《なぐ》られてよかったよ。でなければ、まわりにいた人全員を殺《ころ》していた」

「そう思う？　あんたがやったのは木を二、三本根こそぎにして、ティーチを沼地《ぬまち》につき飛ばしたくらいよ」

「ほんとに？　怪我《けが》をさせた？」

「残念ながら、びしょぬれにしただけ。あと、怒《おこ》らせた」

「うっ」

遠くで大きな金属音《きんぞくおん》がして、広間じゅうに反響音《はんきょうおん》がとどろいた。アルバートとスカーレットは座《すわ》ったまま待ったが、誰《だれ》もあらわれない。

「事前準備《じゅんび》よ」スカーレットはいった。「やつらは今に来るわ」

アルバートが手首を引っぱった。「ジョーとエティに会いたい。二人が心配だ」

「すぐに会えると思う。ソームズがゆうゆうとあらわれて、要求を伝えてくるから、そこでちょっとした取引をする。こっちがジョーとエティの解放《かいほう》を求めれば、向こうは交換条件《こうかんじょうけん》としてあたしに銀行強盗《ごうとう》か何かをさせるはず。それですべてがやりやすく、楽になるわ」スカーレットはまたにっこりした。「目下の問題は、鼻をかきたいのにかけないことよ。かゆくてたまらない」

「昨日、ティーチに会ったときはもっと緊張《きんちょう》してたよね？」

「ああ、ティーチは頭が固くてね。ソームズは話し好きだからうまくやれるわ」

アルバートにはあまりそうは思えなかった。ひどく陰気《いんき》な広間を見まわす。

「気味が悪いでしょ」スカーレットはいった。「あたしも以前はこわかった。だけど、そこがやつらのねらいよ。ここに運ばれてきた人間に最大級の恐怖《きょうふ》を植えつけるよう、すべてが慎重《しんちょう》に配置されているの」

「今のところ、効果《こうか》はばっちりだね」

「あんた、まだ鐘塔《しょうとう》に気づいてないでしょ。フクロウの巣よ」

アルバートはスカーレットをじっと見た。スカーレットの視線《しせん》を追うと、広間の中央の、滑《かっ》車《しゃ》とロープと鎖《くさり》がごっちゃに垂《た》れさがっているあたりにたどり着く。やっとのことで頭をあげて天井のほうを見た。

しんとしている。影《かげ》が見える……

「そう」スカーレットはいった。「そこよ」

そのとき、ふたりの真後ろでドアが開いた。足音が広間の向こうから近づいてくる。ふたりは振《ふ》り向くことができず、誰《だれ》が入ってきたのかわからなかった。アルバートは椅《い》子《す》に座《すわ》ったまま体を動かした。

「これも効果《こうか》をねらった演出《えんしゅつ》よ」スカーレットはこれみよがしにあくびをした。「気楽にしてればいいの。やつらはオオカミみたいなもんよ——恐怖《きょうふ》の気配をかぎつけると獰猛《どうもう》になる。ねえ、ティーチ!」スカーレットは呼《よ》びかけた。「アルバートがもう体を乾《かわ》かしたのかって心配してるわよ! 風邪《かぜ》をひいてなければいいけど!」

ティーチの整った骨細《ほねぼそ》の姿《すがた》が椅《い》子《す》の背後《はいご》にあらわれた。黒い靴《くつ》をはき、片手《かたて》を剣《けん》の柄《つか》に置いて、ダンサーのように動いている。黒いコートは泥《どろ》まみれになったのかもしれないが、今はピカピカだ。はぎ合わされた生地の表面は光沢《こうたく》があり、アーク灯の下で動物の生皮のように見える。ティーチの皮膚《ひふ》は青白く、頭蓋骨《ずがいこつ》にぴったりくっついている。今みたいにほほえんでいると、曲線の小じわが口のまわりにできる。

「威勢《いせい》がいいな、おまえ」ティーチはいった。「いいことだ」

ティーチの後ろから、黒いスーツにハンチング帽《ぼう》をかぶった大柄《おおがら》の男が二人あらわれた。一人はふたのついた大きなプラスチックの容器《ようき》を、もう一人は長いナイフを持っている。二人はティーチの横で立ちどまった。

スカーレットはまばたきしてティーチをものうげに見た。「ボスを待ってるの?」

ティーチのほほえみは変わらなかった。「相棒《あいぼう》もこっちに向かっている。だが、来るまでにやることがある」ティーチはそういうと、容器《ようき》を持っている男に合図をした。男がふたをあける。

頭上の高いところから、かすかに翼《つばさ》がこすれ合う音がし、低く悲しげなフクロウの鳴き声が聞こえた。

「フクロウが血のにおいをかぎつけた」ティーチはいった。

ティーチはバケツからトングをつかみ取り、肉を一切れ――ひらひらゆれる真っ赤な肉を――取り出すと、真上の薄暗《うすぐら》い塔《とう》のなかへ放った。すさまじい羽ばたきの音と肉にかみつこうとするくちばしの音、鎖《くさり》のゆれる音がして、肉は落ちてこなかった。

ティーチはトングをバケツに戻《もど》すと、両手をジーンズでふいた。「今朝、あいつらは落ちつきがない。もっとでかいものを欲《ほ》しがっている。ここ何日もえさをやってないからな」

アルバートがどう返事をしようか考えようとしたとき、アーク灯の向こうでガチャッと音がして、スポットライトが当たっているドアが勢《いきお》いよく開いた。その先は暗闇《くらやみ》だ。ちょっと間があった。

騒々《そうぞう》しい音と何かがきしむ鋭《するど》い音がして、あいたドアから車輪のついた風変わりな装置《そうち》があらわれた。木と革《かわ》でできた大きな椅子《いす》の形をしている。緑の革《かわ》と黒い木が金属《きんぞく》の骨組《ほねぐ》みに固定され、四つの特大の車輪の上にそびえている。大男がその椅子《いす》に座《すわ》っていた。体が椅子《いす》におさまりきらず、はみ出て折り重なっている。ピンクの細縞《ほそじま》が入ったグレーのスーツに白のシャツとピンクのネクタイを合わせ、胸《むね》ポケットからピンクのハンカチをちらりと見せている。スーツの細縞《ほそじま》が男の広い胸《むね》や飛び出た腹《はら》の輪郭《りんかく》や傾斜《けいしゃ》を形どっていた。アルバートはこれほど体の大きい人物に会ったことがなかった。短い円錐形《えんすいけい》の腕《うで》が二本、まるで気まぐれに溶接《ようせつ》したみたいに体の両側に不格好《ぶかっこう》に下がっている。

男は片手《かたて》で前輪に固定されたハンドルを握《にぎ》っていた。その後ろからさらに二人、黒いスーツにハンチング帽《ぼう》の組合員があらわれた。後ろの二人が椅子《いす》を押《お》し、大男が舵《かじ》を取っている。男の短い円錐形《えんすいけい》の脚が椅子《いす》の前にぶら下がっていて、片方《かたほう》の靴《くつ》が体内のリズムに合わせるかのように、軽快《けいかい》にゆれている。椅子《いす》はキイキイと不満そうな音を立ててアーク灯のあいだを進み、床《ゆか》のあちこちにへビの巣のように置かれたぐるぐる巻《ま》きのワイヤーのあいだをぬけて、机《つくえ》の後ろまで来た。椅子《いす》を押《お》していた組合員が後方へ下がる。大男は上品な手つきでスーツの上着から金縁《きんぶち》メガネを取り出し、鼻にのせた。

大男の丸い頭がピンク色にきらめく。下あごやのどの肉が全部垂《た》れていて、日なたに長く放置したアイスクリームみたいだ。もつれてかたまった髪《かみ》は毛先が黄色くカールし、生え際《ぎわ》は白《しら》髪《が》がまじっている。そして、明るくにこやかな顔はとびぬけて醜《みにく》い。口がやけに大きく、鼻は小さく、目は折り重なった肉のなかに埋《う》もれかかっている。それでも、その顔は笑っていた。ティーチが堅苦《かたくる》しく神経質《しんけいしつ》で、やせて皮膚《ひふ》と頭蓋骨《ずがいこつ》ばかりなのに対し、新たにあらわれた男は大らかで、気さくな雰囲気《ふんいき》をかもし出している。目をきらきらさせてにっこりほほえみながら、椅子《いす》に座《すわ》っている捕虜《ほりょ》をメガネ越《ご》しに見つめた。

「スカーレット・マッケイン！」大男は声を張《は》りあげた。「本当にきみか！　てっきりティーチが作り話でもしているのかと思ったよ！　すばらしい！　じつに喜《よろこ》ばしい！　ずいぶんと久《ひさ》しぶりだな！」

「どうも、ソームズさん」スカーレットはいった。

「また会えたな、お嬢《じょう》さん！」大男の声は豊《ゆた》かで張《は》りがあり、心地よく調子が変化して、快活《かいかつ》さに満ちていた。「それより、これは何のまねだ？」大男はひどく驚《おどろ》いた顔でメガネの位置を直した。「チンピラみたいにしばられているじゃないか。なんてことを。ワイヤーを解《と》いてやれ、ティーチ！　解《と》いてやれ！　われわれは野蛮人《やばんじん》か？　コーンウォール人か？　ウェールズ人か？　ふたりを椅子《いす》から立ちあがれるようにしてやれ！」

ティーチはあきれたように目をくるりと動かしたが、異議《いぎ》は唱えなかった。どうやらこうなることを予想していたらしい。ティーチがナイフを持つ手下の男に合図すると、男はまずスカーレットのそばにひざをつき、次にアルバートのほうに移動《いどう》した。アルバートを座席《ざせき》にしばりつけていたワイヤーが切られる。男の左手の指は一本少なかった。

スカーレットはぎこちない動きでゆっくり歩きながら、手足の先まで血を行き渡《わた》らせている。アルバートも同じことをしようとしたが、足に力が入らず、ひざをつきそうになった。体がぐらつき、めまいがして頭がくらくらする。スカーレットが近より、ひじを差し出してアルバートが寄《よ》りかかれるようにした。

「なんと、この哀《あわ》れな者たちは腹《はら》をすかせているのか」大男が声を張《は》りあげた。「ふたりとも朝食はまだなのか？」

「フクロウたちの朝食にするつもりだったから」ティーチはいった。

「おいおい、それがもてなしか？」ソームズは肉のバケツを手にした男に向かって指を鳴らした。「エメリック、悪いが、わたしたちの客にコーヒーを持ってきてくれ。そのあいだに――スカーレット、ブラウンくん、さあ、こっちへ！　よく顔を見せてくれ！　恥《は》ずかしがることはない」

〈ストーンムア〉の監獄《かんごく》にいるころ、アルバートはよく、キャロウェイ博士《はかせ》の机《つくえ》の前に立って、ひどい叱責《しっせき》を受けるのを待った。どんな罰《ばつ》があたえられるのかわからないという不安が不快感《ふかいかん》を増長《ぞうちょう》させた。そのときと似《に》た気持ちで、スカーレットと一緒《いっしょ》にのろのろと机《つくえ》に向かった。ピンクの顔をした大男がほほえみながらふたりを見おろす。アルバートは気おくれし、無力感をおぼえた。また六歳《さい》に戻《もど》ったような気持ちになる。きっとそれがねらいだ。

机《つくえ》を観察してみても、事態《じたい》はよくならなかった。ソームズの前には新聞紙がきれいに積み重ねられていたが、ラックも一つあって、その上にさまざまな金属製《きんぞくせい》の器具が並《なら》んでいる。折りたたみ式のものや、刃物《はもの》や、爪《つめ》のようなものや、突《つ》いたり刺《さ》したり薄《うす》く切ったりする道具もある。どれも柄《え》は黒く、使いこまれてすり減《へ》り、刃先《はさき》はアーク灯の下で不気味に輝《かがや》いている。アルバートはそれを見て身がすくんだ。

隣《となり》にいるスカーレットはくつろぐ手本を見せているかのようだった。「お元気そうね、ソームズさん。舞台《ぶたい》が改善《かいぜん》されてる。時計を増《ふ》やして、照明をいいものに替《か》えたのね。フクロウのロープは同じだけど」

「役に立っているなら、変える必要はないだろう」ソームズの首のひだが震《ふる》え、黒い目が楽しそうにきらめいている。「ああ、相変わらずのスカーレットだ。高慢《こうまん》で反抗的《はんこうてき》で美容師《びようし》が見たら涙《なみだ》を流しそうな髪《かみ》をしている。ボトル通りのメイベル・スニップスを覚えているか――ここストウの」

「心に留《と》めておくわ」

「仕事のほうもどんどん腕《うで》をあげているようだな」ソームズは重い手を新聞紙の上に置いた。「ウェセックス、マーシア、アングリア……なんとまあ、遠くまで手を広げて、次々と悪事を重ねているじゃないか。もちろん、必ずしも記事に名前があがっているわけじゃないが、わたしにはわかる」

「今じゃ、物語詩《バラッド》なんかもあるわ」スカーレットはいった。

「知っている。読むにたえないへたくそな詩だ。だが、われら同業者が昔から知っていることが書かれている。きみには非凡《ひぼん》なところがある。きみも、手に負えないきみの相棒《あいぼう》も……」

折り重なった皮膚《ひふ》が動き、ソームズが顔の向きを変えた。ソームズとティーチとスカーレットがアルバートを見る。アルバートは相変わらず、トレーにのった恐《おそ》ろしい道具を見ていた。

「こんにちは」アルバートはいった。

「やつを甘《あま》く見てはだめだ」ティーチがいう。

「感じのいい子じゃないか」ソームズはいった。「憂鬱《ゆううつ》なゴブリンみたいに見えるが、何かの能力《のうりょく》の持ち主か？」

「ああ」ティーチはいった。「だが、使い方がわかってない。ただのケンカなら、こっちは目をつぶって二回転してからでも、五十歩離《はな》れたやつの目にナイフを突《つ》き刺《さ》せる。うちの叔母《おば》だってできる。叔母《おば》の犬だってやれそうだ。スカーレットがやつと一緒《いっしょ》にいる理由はその手の戦闘力《せんとうりょく》じゃない」

ソームズののどを鳴らす低い含《ふく》み笑いがまた聞こえた。「ああ、スカーレットがその子と一緒《いっしょ》にいる理由はここにいる全員がわかっている。大切な相手が見つかってよかったな、スカーレット。ま、代わりみたいなもんか」

アルバートはスカーレットをちらっと見た。スカーレットのほおに赤みが増《ま》すのがわかった。

手下の男が戻《もど》ってきた。容器《ようき》はもうなく、コーヒーと山盛《やまも》りのスコーンにクロテッドクリームとジャムをのせたトレーを抱《かか》えている。男が広間を横切ると、たちまち鐘塔《しょうとう》のなかがざわめいた。ホーホーという鳴き声や、何かがガタガタとゆれる音がしだいに大きくなり、白い羽根が一、二枚《まい》、広間のぼんやりした明かりのなかを舞《ま》い落ちてきた。

「さあさあ」ソームズがいった。「コーヒーをどうぞ、ブラウンくん。スコーンも取って。わたしは個人的《こじんてき》に、最初にジャムをぬってからクリームをのせるのが好みでね。ティーチは逆《ぎゃく》だ。野暮《やぼ》な食べ方さ」

アルバートはコーヒーを手に取った。トレーを抱《かか》えた男がカップを渡《わた》してくれる。その人も片手《かたて》の指が一本なかった。

スカーレットはすでにスコーンを一つ取り、二度かぶりついてがつがつ食べていた。無頓着《むとんちゃく》そのものといった感じだ。わざとそういう素振《そぶ》りをしているのではないかとアルバートは疑《うたが》ったが、〈恐怖《きょうふ》〉の爆発《ばくはつ》のあとで疲《つか》れ切っていたので、スカーレットの心も、周囲《しゅうい》の人の心も読むことはできなかった。「おいしい」スカーレットはいった。「じゃあ、そろそろ仕事の話をしましょ。ちょっとした誤解《ごかい》が生じてるらしいから、それについて話をしたいの。あたしの友だちのことで」

初めてソームズの表情《ひょうじょう》が陰《かげ》った。金縁《きんぶち》メガネの奥《おく》で目が細くなる。ぶよぶよの体が繭《まゆ》のなかのさなぎのように、スーツの内側でゆれ動いた。「せっかちだな。まだ久《ひさ》しぶりに顔を合わせたばかりじゃないか。それに今、このたるんだセーターを着た少年と知り合おうとしているところだ。ブラウンくん、きみはわたしの道具を熱心に見ていたね」大きな指先が机《つくえ》の上のラックを愛《いと》しげになでた。「聞かせてくれ。きみはどう思う?」

アルバートはつばをのみこんだ。「どれもちょっと鋭《するど》いです」

「鋭《するど》く繊細《せんさい》だ。そう、そのとおり。では、これはなんのための道具だと思う？」

「あなた方のえじきになった無力な人たちを痛《いた》めつけるためだと思います」

笑顔がこぼれた。「とんでもない！　これはわたしの時計のための道具だ。見たまえ」

話しながら、ソームズは机《つくえ》の下に手を伸《の》ばし、先に鉤《かぎ》のついた長い棒《ぼう》を取りはずした。そして、思いのほか器用に、椅子《いす》についている車輪の一つを回転させて後ろの棚《たな》に向き直ると、鉤《かぎ》のついた棒《ぼう》を高くあげ、棚《たな》から小さい置時計を一つ引っかけておろし、ひざにのせた。ふたたび車輪の一つをくるりと回転させて机《つくえ》に向き、時計を自分の前に置く。

「わたしがここにあるすべての時計の調整をしているんだ」ソームズはいった。「針《はり》が逆《ぎゃく》に回っているのがわかるかね？　それに、文字盤《もじばん》が一時間ごとの数字ではなく、ほかの時間単位をあらわしていることもわかるはずだ。時計の一つひとつが、わたしの支配下《しはいか》にある者の運命を定めていて、残りの週や日数を数えている……例えばこれで説明しよう」その時計は何の飾《かざ》りけもない真鍮製《しんちゅうせい》のもので、ひどく大きな音を立てていた。ソームズはそれをひっくり返すと、ラックに手を伸《の》ばして薄刃《うすば》のナイフを選び、それで裏側《うらがわ》のふたをこじあけた。「これはアボット氏の時計だ。レッチレードでよく知られた食料雑貨《ざっか》店主だ。たしか、きみたちはあの町に行ったことがあるな？　そう、わたしの援助《えんじょ》のおかげで、彼《かれ》はいい暮《く》らしをしていて、その生活を維持《いじ》するために定期的にわずかな手数料を払《はら》っている」ソームズはぷよぷよのくちびるをすぼめた。「だが、信じられるかね、ブラウンくん。ここ何か月か、その手数料が支払《しはら》われていない！」

「もしかしたら、何かお金に困《こま》っているかもしれないですよね」アルバートはいった。「たずねてみたんですか？」

「もちろんだとも。彼《かれ》は地元の飢饉《ききん》と〈堕種《だしゅ》〉の略奪《りゃくだつ》にあったせいにしているが、そんなことはわたしには関係ない。困難《こんなん》は誰《だれ》にだって訪《おとず》れる。そうじゃないかね、ブラウンくん？」ソームズはピクピク動いている時計の内部をナイフでつついた。「アボット氏の激《はげ》しい心臓《しんぞう》の鼓動《こどう》が見えるかね？　こりゃ、すぐに壊《こわ》れそうだ！　この針《はり》の動きが止まって、弱々しいベルが鳴ったとき――そう……二日後かな――もし、まだ彼《かれ》が借金を返していなければ、一巻《かん》の終わりってことになる」ソームズは時計の箱を閉《と》じた。

「一巻《かん》の終わりに？」アルバートはくり返した。「それって――」

ソームズが目をぱっと見開き、口を小さな丸い形に開いて大げさに驚《おどろ》いた表情《ひょうじょう》を作った。急にできた三つの丸い穴《あな》のまわりの肉が、外側に波紋《はもん》を作る。「フクロウだよ、ブラウンくん」

ソームズは腹《はら》に響《ひび》くような低い声でいった。「フクロウだ」

アルバートは机《つくえ》から一歩下がった。「それはちょっと厳《きび》しすぎるように思います」

「こいつらを鎖《くさり》につないで高くつりあげろ」ティーチがいった。「連中がそっくり食ってくれるから、何も落ちてはこないだろう」

「いや、フクロウは消化できないものを多少吐《は》き出す」ソームズはいった。「ああ、そんないやそうな顔をしないでくれよ、ブラウンくん。きみたちはもっとひどいことをしてきたんだからな。というわけで、きみたちの血の債務《さいむ》の件《けん》に移《うつ》ろう。きみとここにいるスカーレットの」

スカーレットがじれったそうな身ぶりをした。「さっさと進めていい？　その話はもうわかってるから。そっちのいい分は、あたしが借金をしてるってことでしょ。いわせてもらえば、返すお金はレッチレードでちゃんと手に入れたのに、あそこでおたくの手下に命をねらわれて、返せなかった。それから、そっちのいい分は、あたしがゆうべおたくの組合員の命を奪《うば》ったってこと。でも、いわせてもらえば、自分の身を守るためにやっただけ。以上の点においてまったく意見が合わないことは合意できるから、本題に入りましょう。そっちはあたしたちの友人を人質《ひとじち》にとってる。目的は何？」

アルバートはスカーレットが話しているあいだ、ソームズをじっと見ていた。巨体《きょたい》は椅子《いす》のなかでしだいに縮《ちぢ》んで元どおりになり、両手が合わさり指先が塔《とう》のような形になった。目はかすかにきらめく小さなメガネの奥《おく》に隠《かく》れて見えない。気さくな雰囲気《ふんいき》はふきとられたかのように、きれいに消えた。顔には表情《ひょうじょう》がまるでない。

「ああ」ソームズは低い声でいった。「きみたちの友人か。子どものほうは魅力《みりょく》的で小生意気な嬢《じょう》ちゃんだ。その子と、はるかに魅力《みりょく》のおとる祖父《そふ》は今、知ってのとおり、われわれのお客さまだ。とりあえず、きみとアルバート・ブラウンに話を戻《もど》そう。ティーチはきみの裏切《うらぎ》りにひどく腹《はら》を立てていて、きみをフクロウのえさにしたがっている。わたしは新聞を読んできたから、きみたちふたりがじつに手ごわい相手で、無駄《むだ》にするのはもったいないとわかっている。それを証明《しょうめい》してほしい。そうすれば、きみたちの友人の命は保証《ほしょう》する。失敗すれば、友人の命はない。これが本題かね?」

アルバートはスカーレットとソームズを交互《こうご》に見た。広間のなかに沈黙《ちんもく》が広がる。

スカーレットは肩《かた》をすくめた。「銀行の名前をいって」

「銀行?」波紋《はもん》がソームズの体に広がる。小さな脚《あし》がいかにもうれしそうに震《ふる》えた。「待て待て、われわれは銀行になど興味《きょうみ》はない。きみなら銀行強盗《ごうとう》ぐらい目をつぶってたってできることはわかっている。われわれのようにな。あのかわいい嬢《じょう》ちゃんはそんなものよりはるかに値《ね》打《う》ちがある」

「じゃあ、何?」スカーレットはたずねた。しかめ面をしている。「何が目的なの? はっきりいって」

「もう知っているはずだ」

「何のこと？」

アルバートはハッと気づいた。スカーレットよりのみこみが早いのは珍《めずら》しい。少なくとも銀行強盗《ごうとう》とか金庫破《やぶ》りといったたぐいの現実的《げんじつてき》な事柄《ことがら》なら、こんなことはまずない。しかし今回、アルバートは結びつけることができた。「発掘現場《はっくつげんば》だ！　アッシュタウンだよ！　埋没《まいぼつ》都市さ！

そこから人工遺物《いぶつ》を盗《ぬす》んでこいってことですね！」

「サル・クインが依頼《いらい》してきた仕事？」スカーレットがたずねる。

「実際《じっさい》にはわれわれが依頼《いらい》した仕事だ」ソームズはいった。「ティーチが彼女《かのじょ》にその話をした顧客《こきゃく》だ。ティーチとわたしがそれを依頼《いらい》した。サル・クインとはよく取引をする。彼女《かのじょ》は七国じゅうの闇《やみ》の物資《ぶっし》を扱《あつか》う優秀《ゆうしゅう》な供給源《きょうきゅうげん》でね」ソームズはほほえんだ。「だが、今回彼女《かのじょ》を雇《やと》った第一の目的は、じつをいうときみたちを追跡《ついせき》して捕《つか》まえることだった。彼女《かのじょ》にきみたちの名前を伝え、やっかいなアッシュタウンの仕事にきみたちが役に立つんじゃないかと提案《ていあん》した。実にありがたいことに、彼女《かのじょ》がアングリアのコネを使ってきみたちの手がかりを追い、あのおぞましい宿にたどり着いた。そういうわけで、われわれはすぐにきみたちを再《ふたた》び支配下《しはいか》に置くことができた。もっとも、一石二鳥になるし、いくつかの過去《かこ》の謎《なぞ》を知りたい気持ちは変わらない。われわれはアッシュタウンの秘密《ひみつ》に興味《きょうみ》がある。〈信仰院《しんこういん》〉が独占《どくせん》する権利《けんり》はないはずだ。そこで――埋没《まいぼつ》都市のお宝《たから》を詰《つ》めこんだ貨物トラックをちょうだいして、ここストウまで運転してきてもらいたい」

スカーレットもアルバートも口を開かなかった。アルバートはサル・クインの話を思い出していた。発掘現場《はっくつげんば》の恐《おそ》ろしさや、厳重《げんじゅう》に武装《ぶそう》したトラックが門から飛び出し、轟音《ごうおん》を立てて道路を猛《もう》スピードで走り去っていくところを語っていた……。

「こいつらには難《むずか》しくて理解《りかい》できなかったようだ」ティーチがいった。

スカーレットは肩《かた》をすくめた。アルバートはスカーレットがなんとか冷静さを保《たも》とうとしているのがわかった。「たしかに難《むずか》しいわ。不可能《ふかのう》だっていう人もいる……」

「ああ」ソームズはいった。「だが、あのかわいい嬢《じょう》ちゃんが屋根裏《やねうら》の暗闇《くらやみ》のなかにゆっくり引きあげられていくことを考えれば……フクロウたちはどれも人間並《な》みに大きいんだよ、ブラウンくん。翼《つばさ》は本当に半透明《はんとうめい》で、目は血のように赤いと聞いている。洞穴《ほらあな》に住む生き物のように色素《しきそ》を失っているのかもしれない。何年もこの上にいるからな」

「難《むずか》しい仕事だけど、あたしたちには不可能《ふかのう》ではないわ」スカーレットはきっぱりいった。

「何日もらえる？」

「わたしは道理のわからない男ではない」ソームズは机《つくえ》の引き出しを開けた。「そうだな……おお、これがいい……」そういって小さな金属《きんぞく》の目覚まし時計を取り出した。白と黄のさびついた花飾《はなかざ》りがついている。「かわいい嬢《じょう》ちゃんにはかわいいタイマーがいい……」ソームズはテーブルの上に時計を置くと、文字盤《もじばん》を回転させてボタンを押《お》した。時計が震《ふる》え、針《はり》が動き出す。「さてと……そろそろ昼の十二時だな。きみたちに与《あた》えられるのはきっちり一週間だ。一週間後のこの時間に、お宝《たから》がわれわれのものになっていなければならない。だめなら、幼《おさな》い娘《むすめ》をつりあげる」

「一週間？」スカーレットはいった。「アッシュタウンはノーサンブリアにあるのよ！　そこまで行かなきゃならないし……」

ソームズは追い払《はら》うようなしぐさをした。「バスがある。『トムキンズ時刻表《じこくひょう》』を調べろ」

「計画を立てなきゃならないわ」

「きみほど頭の回転が速いやつはいないだろう」

「武器《ぶき》が必要になるし……」

「盗《ぬす》めばいい」

「お金も……」

「くすねろ」

「先にジョーとエティが生きてる証拠《しょうこ》を見せて」

ソームズがスカーレットを見すえ、とつぜん、憤怒《ふんぬ》のどなり声をあげた。座席《ざせき》から勢《いきお》いよく身を乗り出し、机《つくえ》をこぶしで強く殴《なぐ》ったせいで、時計の工具がはね上がり、耳ざわりな音を立てた。スカーレットとアルバートはぎょっとして飛びのいた。ソームズの口には泡《あわ》がたまり、顔は真っ赤で、髪《かみ》のつけ根まで赤い。「わたしの聞きまちがいか？　このわたしに要求するつもりか？　あれだけのことをしておきながら？　おまえは誰《だれ》にも命令できる立場じゃないんだぞ、スカーレット・マッケイン！　今、この瞬間《しゅんかん》に鐘塔《しょうとう》にぶら下げられなくて運がいいと思え！　いいか、一週間以内にここに戻《もど》ってこい。われわれの要求した荷物と一緒《いっしょ》にな。でなければ、ありとあらゆる神に誓《ちか》って、あの太ったくそガキとアホ面の祖父《そふ》を忌《い》まわしいフクロウのえさにする！」ソームズは椅子《いす》に深く座《すわ》り直した。感情《かんじょう》を爆発《ばくはつ》させたせいで疲《つか》れきってしまったらしい。胸《むね》ポケットからピンクのハンカチを取り出し、口と額《ひたい》に押《お》し当てている。「わたしの言葉は信用していい。あの二人は今のところ健在《けんざい》だ。七日間はそのままだろう。さあ、話は終わりだ。ほかに質問《しつもん》がなければ」

「一つあります」アルバートはそれまで一生懸命《いっしょうけんめい》耳を傾《かたむ》けていたので、ほとんどのことははっきり理解《りかい》していたが、一つ頭を悩《なや》ませていることがあった。「〈埋没都市《まいぼつとし》〉の人工遺物《いぶつ》って、正《せい》確《かく》には何なんですか、ソームズさん？　なぜそれがほしいんです？」

「気の利いた質問《しつもん》だが、答えないでおく」ソームズが手下に合図をすると、男たちが急いで駆《か》けよった。「ただ、〈信仰院《しんこういん》〉が関心を持つものなら、わたしの組織《そしき》も関心を持つとだけいっておこう。そして、われわれはたとえ崩壊《ほうかい》して値打《ねう》ちのなくなった物であっても、そこに可能性《かのうせい》

を見出すことにひじょうに長《た》けている……なにしろ、スカーレットを引き取ったぐらいだから
な――そうじゃないかね、お嬢《じょう》さん?」ソームズはふたりにやさしくほほえみかけた。「では
一週間後に会おう。ティーチ、ふたりを送り出せ!」ソームズのそばにいる男たちが椅子《いす》を引
き寄《よ》せ、向きを変える。きしるような車輪の音と共に、ソームズはドアのほうへ運ばれていっ
た。

ティーチはすでに広間の反対側の出口に向かっていたが、ロープと鎖《くさり》のそばでちょっと立ち
どまった。「ひじょうによくできた仕かけだ。この釣《つ》りあいの重りが見えるか? これで持ち
あげたいものをかんたんに高い塔《とう》のなかに送れる」ティーチはロープをゆらして音を立てた。
その音が鐘塔《しょうとう》まで届《とど》き、遠くで羽ばたきが起こった。「あの子どもなら、数秒でつり上げられ
るな」ティーチはふたりにウィンクした。「ここで待ってろ。今、必要なものを持ってきてや
る。長い旅になるからな」

ティーチは広間を出ていった。アルバートとスカーレットは薄暗《うすぐら》く影《かげ》の多い、フクロウが羽
音を立てるなかにふたりきりで立っていた。
「きみはあの人たちの下で働いてたの?」アルバートがたずねた。
「そう」スカーレットの顔にはまったく表情《ひょうじょう》がなかった。「当時は名案だと思ったのよ」

第三部　埋没《まいぼつ》都市

＊　＊　＊

男たちが何をいったのか、どういう順序《じゅんじょ》でいったのか、少女は正確《せいかく》におぼえていなかった。始めたのがどちらだったのか――男たちのほうか、少女のほうかも思い出せない。確《たし》かなのは、少女が水桶《みずおけ》のなかに逆《さか》さにつっこんでやったのが、その場に居合《いあ》わせた見物人だったことだ。その男は少女をただ変な目で見ていただけだった。だが、ほかの三人――少女に投げられ、窓《まど》ガラスをつき破《やぶ》った男と、郵便《ゆうびん》ポストに力なくもたれている男と、少女の足元に倒《たお》れ、うめき声をあげている男――は……だめだ、頭のなかがぼやけてよくわからない。

ただ、その三人の男はそろって悪質《あくしつ》だということは疑《うたが》いようもなかった。見物人も同じだ。周囲《しゅうい》を取り巻《ま》く町民の輪がクラゲのようにゆらゆらと近づいたり遠ざかったりするなか、少女はくるくると向きを変え、周囲《しゅうい》にうなったりどなったりした。長い棒《ぼう》を持った男たちは少女を殴《なぐ》ろうとしたり、突《つ》こうとしたりしたし、少年たちは石を投げつけ、ほかの連中は少女が爪《つめ》を立てて周囲《しゅうい》の人に飛びつこうとするのを見て、声をあげて笑ったり、けしかけたりした……まったくいまいましい町民たち！　向かってくれば、すぐに殴《なぐ》ってやるのに！　全員殴《なぐ》ってやるのに……町民たちはどんどん離《はな》れていく。

もう、どうしようもない。地面は傾《かたむ》きかけているし、頭は痛《いた》いし、ポケットにあるビンは空っぽだ。だが、世の中なんてそんなものだ。悪いことは立て続けに起こり、本当に思いもよらない厄介《やっかい》ごとに見舞《みま》われ続ける。

こんなふうに……。鋭《するど》くかん高いダブルホイッスルの音がして、緑の山高帽《やまたかぼう》をかぶった民兵が急いで群衆《ぐんしゅう》のあいだをぬけてきた。

少女は心のなかで舌打《したう》ちした。大嫌《だいきら》いなものを一つだけあげるなら、民兵だ。もちろん、指導役《どうやく》も嫌《きら》いだし、町民もみんな嫌《きら》い……ほんと、移動《いどう》するたびにこんなに目が痛《いた》くなるのはなぜ？　だれか教えてほしい。こっちはパンを少し買いたいだけなのに。

少女はゆっくり向きを変えながら、目をしばたたいて現実《げんじつ》に焦点《しょうてん》を合わせようとした。民兵は大男で、首が太く、腹《はら》のまわりのシャツがはちきれそうだ。警棒《けいぼう》に手錠《てじょう》……ただ、銃《じゅう》は持っていない。民兵はみんなまちがいを犯《おか》す。少女を見て、ぼろぼろの服や汚《よご》れや、もつれたひものような髪《かみ》が目に入り、すぐに取るに足らない小娘《こむすめ》だと判断《はんだん》する。不思議なのはこの民兵も、気を失った男がまわりじゅうに散らばっているのに、そうした少女の見た目のほうに気を取られたことだ。

まあ、新米がやりがちな過《あやま》ちだ。少女は民兵の伸《の》ばしてきた手を軽々とかわし、警棒《けいぼう》が後ろで空振《からぶ》りすると、体をねじって向きを変え、ブーツの底で民兵を蹴《け》った。民兵はもがきながら宙《ちゅう》を飛んでいった。少女は首を振《ふ》って痛《いた》みを追い払《はら》うと、人だかりも追い払《はら》うことにした。顔を上げて突進《とっしん》しながら、オオカミのように吠《ほ》えて、絶望《ぜつぼう》と怒《いか》りを大声でぶちまけた。群衆《ぐんしゅう》はたちまち四方に散ったが、それほど遠くへは行かなかった。町民たちはまるでゴムひもでつながっているかのように、すぐに背後《はいご》から迫《せま》ってきた。それぞれに鉤《かぎ》のついた棒《ぼう》や木切れを持ち、また手を伸《の》ばそうとしてくる。

少女は市場の露店《ろてん》のあいだを縫《ぬ》うように進みながら、逃《に》げ道を探《さが》した。あっちへ行きこっちへ行きしながら、おもしろそうな商品に目を留《と》める――毛織物《けおりもの》、陶磁器《とうじき》、金属《きんぞく》工具、自転車……ウェセックスからの輸入品《ゆにゅうひん》だろうか？　なにしろ、ここにはちゃんとした工場など一つも見当たらない……この名前も知らない退屈《たいくつ》なマーシアの国境《こっきょう》の町には……あ、しゃれた帽子《ぼうし》がたくさん並《なら》んでいる。緑や青や深紅《しんく》の無地の帽子《ぼうし》だ。少女がその一つに手を伸《の》ばしたとき、気づくと前方にまた人だかりができつつあった。男たちが道をふさいで、長い棒《ぼう》を少女に向かって振《ふ》りおろした。もうさっきほど笑ってはいない。少女は男たちをののしり、並《なら》んだ帽子《ぼうし》のなかに飛びこんだ。カンカン帽《ぼう》と婦人《ふじん》用のよそ行きの帽子《ぼうし》が少女の泥《どろ》だらけの靴《くつ》に踏《ふ》まれた。

その先は壁《かべ》で、樋《とい》がある以外はもう進めない。少女は何も考えずにジャンプして樋《とい》のなかほどに飛びつくと、腕《うで》と足でふんばり、残りを軽やかに駆《か》けあがった。何かがわき腹《ばら》にぶつかり、腰《こし》の骨《ほね》がゴツンと鳴る。頭のそばのレンガの壁《かべ》に石が当たってはねた。少女は屋根によじ登ると、少しのあいだ樋《とい》の上で体をぐらつかせてから、向きを変えて下にいる追っ手を大声でののしった。それから屋根瓦《やねがわら》を引っかくようにして勢《いきお》いよく急な傾斜《けいしゃ》をのぼり、屋根の棟《むね》を飛び越《こ》えると、反対側の傾斜《けいしゃ》を横すべりしながらおりた。一瞬《いっしゅん》の間のあと、ポーチの屋根に思いきりぶつかり、それから用水桶《ようすいおけ》に落ちて、その先の通りに着地した。

少女は落下の衝撃《しょうげき》でほんの少し足を引きずりながら歩き出した。

そのとき、呼《よ》ぶ声がした。「おい！」

歩調をゆるめ、あたりをぼんやり見ると、一軒《けん》の家のわきの歩道に穴《あな》のようなものがあって、下におりる階段《かいだん》になっているのが目に入った。地下貯蔵室《ちょぞうしつ》らしい。ロウソクの明かりがもれている。階段《かいだん》下のドアがあいていた。

誰《だれ》かが少女のほうを見あげて手招《てまね》きしている。

「こっちだ！」男は小声で叫《さけ》んだ。「早く……」

少女は立ちどまり、男を見た。頭を怪我《けが》しているせいで、目の焦点《しょうてん》が合わない。だが、知らない相手であることはまちがいない。男は町民だ。自分にとって何もいいことはない。

少女はそのまま歩き続けることにした。

「バカだな」声が呼《よ》びかけてきた。「町の連中がガラス通りと処刑《しょけい》通りまでやってきている。交差点できみの前に立ちふさがるだろう。みんな頭に血がのぼっている。なにしろ、きみは

〈信仰日《しんこうび》〉の帽子《ぼうし》を売る露店《ろてん》を踏《ふ》みつけにしたばかりだし、豪族《ごうぞく》の息子の鼻をつぶしたんだから。あの声が聞こえないのか？　重罪犯《じゅうざいはん》の囲《かこ》いはもうないぞ。みんな、八つ裂《ざ》きにするつもりだからな」きらりと歯が光り、物陰《ものかげ》でニヤッと笑うのが見えた。「それがいやなら、さっさとここに隠《かく》れろ」

少女はその場に立って通りの先を見つめながら、男の言葉が頭に染《し》みこむのに任《まか》せた。確《たし》かに、四方を取り囲《かこ》むように追ってくるざわめきや響《ひび》き、群衆《ぐんしゅう》の叫《さけ》び声や話し声が聞こえる。少女はあやうく引きつけられそうになった――これですぐに死ねるという思いがよぎる。だが、ぎりぎりのところで、こんな連中にこれ以上満足をあたえたくないという気持ちになった。きっと町民たちは勝ったと思うだろう。あいつを打ち負かしたのだと。どうせ死ぬなら、好きなように死にたい。

「時間がないぞ」声がいった。

少女は弾《はじ》けるように階段《かいだん》を駆《か》けおり、戸口に立つ小柄《こがら》な男の前を通りすぎてなかに入った。

そして、すぐにまちがいを犯《おか》したかもしれないと思った。天井の低い、暗い部屋だ。光は天井下にはめ込《こ》まれた格子《こうし》つきの半円形の窓《まど》から入ってくるだけだ。この窓《まど》は家の両側についていて、通りの地面が見える。部屋には空の木箱や樽《たる》があり、床《ゆか》は石板が敷《し》いてあったが、土とカビにおおわれていた。一角に、さびた鎖《くさり》の山がある。

少女は向きを変え、顔をしかめて男を見た。

男はなだめるようなしぐさをした。「ドアには鍵《かぎ》がかかってない。ほら──それに、おれはドアから離《はな》れる。しかも、丸腰《まるごし》だ。まちがいなくきみはおれを殺《ころ》せる。おれはきみと話がしたいだけだ」

実際《じっさい》、相手は小柄《こがら》だった。少女より背《せ》が低く、体にぴったりした格子縞《こうしじま》のジャケットとくすんだ黄緑のコーデュロイのズボンが、男の細い肩《かた》とハツカネズミのような体形をよけい際立《きわだ》たせている。だが、服は上等で、男もそれをわかっていて、服にも自分にも満足しているようだ。エナメル革《がわ》の靴《くつ》を光らせ、窓《まど》の下を歩いている。骨細《ほねぼそ》の顔は勢《いきお》いよくはねる薄茶色《うすちゃいろ》の髪《かみ》に気圧《けお》されぎみだ。まるでなんの飾《かざ》りもないカップケーキの上に大きな渦巻型《うずまきがた》の砂糖衣《さとうごろも》をのせたみたいだ。動きは小刻《こきざ》みで落ちつきがなく、危険《きけん》をかぎつけようとする動物のように、動きだすのも止まるのもすばやい。

「近寄《ちかよ》らないで」少女はいった。

少女はそでで鼻血をぬぐった。攻撃《こうげき》してきた男の一人に殴《なぐ》られたせいだろうが、今ごろ痛《いた》みに気づき始めた。

「もちろん、いいとも」一瞬《いっしゅん》、笑みが顔にあらわれて消え、整った歯があらわになり、またすっかり隠《かく》れた。「どのみち近寄《ちかよ》れない──ここからでもきみの息のにおいがわかるからな。

さてと、よかったら座《すわ》ってくれ。そこに樽《たる》がある」

だが、少女は聞いていなかった。町民たちとのいさかいの最中に口から出た罰当《ばちあ》たりな言葉の数々を思い出し、血で汚《よご》れた指を腰《こし》のほうへ伸《の》ばすと、ベルトについている財布《さいふ》から硬貨《こうか》を取り出した。それを首に結んでいる汚《よご》れたひも付きの袋《ふくろ》のなかに移《うつ》していく。その儀式《ぎしき》を除《けわ》しい顔で真剣《しんけん》にやっている。そして、硬貨《こうか》を何枚《まい》か移《うつ》し、首がかなり重くなったところで、ようやく顔をあげた。

「何かいった?」少女はたずねた。

小柄《こがら》な男は口をゆがませ、両手を上着のポケットにつっこんだ。「まったく、ひどいありさまだ」

少女は薄暗《うすくら》がりに目をこらしている。腰《こし》に怪我《けが》をし、足元がふらついていた。ただパンを買いたかっただけなのに……。少女は壁《かべ》に背中《せなか》をつけると、そのまま床《ゆか》にへたりこんだ。

「食べ物はある? それか飲み物は?」

「ない」男は背後《はいご》の窓《まど》のほうをちらっと振《ふ》り返った。耳をすましているが、群衆《ぐんしゅう》は少し離《はな》れた場所にいるらしく、どなり声は聞こえない。「いったいどうした?」男はたずねると、少し待った。「きみが起こしたいさかいのことだ。取っ組み合い。平和を乱《みだ》した原因《げんいん》だ。おぼえてないのか? つい五分前のことだ——なのに、きみにはもう昔のことらしいな」

少女にとって、事のいきさつなどもうわからなくなっていた。片目《かため》を手のひらの端《はし》でこする。

「わからない。やつらに侮辱《ぶじょく》された」

「それで、きみは大人の男たちを何人もたたきのめして、町の半分をぺちゃんこにしたのか」

男が鼻の穴《あな》をピクピクさせた。「やり過《す》ぎのような気がするが……ある意味、感心もしている。名前は？」

「スカーレット・マッケイン」

「どこの出身だ、スカーレット？」

「この辺じゃないわ」

「家族は？」

「いない」少女は充血《じゅうけつ》した目で男を見た。「そんなこと聞いてどうするの？」

ピカピカの靴《くつ》が汚《よご》れた床《ゆか》の上で前後にゆれている。「じゃあ、ちょっと質問《しつもん》を変えよう。スカーレット、こんなことをして何になる？　市場でバカなやつらにケンカを売ったり、大声でののしったり、腕《うで》を折ったり、窓《まど》を割《わ》ったり。そんなことをして何の解決《かいけつ》になる？」

「なんだって構《かま》やしないわ。ねえ、食べるものない？　それか飲み物？　飲み物があればうれしいんだけど」

「その質問《しつもん》はもうしただろう。今はない。もう少しすれば、あるかもしれない。きみがおれの質問《しつもん》にどう答えるか次第だ」

「で、それって——」少女はたずねた。「どんな質問《しつもん》？　もう行かなきゃならないから」

「行ってどうする？　どこかのゴミためで眠《ねむ》るのか？」男は首を横に振《ふ》った。「ちょっと黙《だま》っておれのいうことをよく聞け。おれは市場できみをずっと見ていた。きみには明らかにある種の才能《さいのう》がある。それに怒《いか》りもたまっている」

「あ、そう」少女はバカにしたように鼻息を吐《は》いた。立ちあがろうとしたが、汚《よご》れた床《ゆか》に靴《くつ》がすべった。バランスを崩《くず》したか何かしたらしい。

「その両方が役に立つ。いや、役に立つ可能性《かのうせい》がある。とにかく、それがソームズとティーチの考え方だ。二人はうちの組織《そしき》のボスでね」

少女は外の路上がしだいに騒《さわ》がしくなってきているのに気づいた。胃《い》が急にむかむかしだし、なかなか集中できない。「組織《そしき》って？」

「ハンド同業組合だ」

「何それ、知らない。何の話をしているのかわからないわ」

「これを見てもか？」男はポケットから両手を出し、左手をあげた。窓《まど》を背《せ》にその輪郭《りんかく》が浮《う》かびあがった。地下室の汚《よご》れた薄暗《うすぐら》い明かりのなかでも、小指がつけ根できれいに切られているのが見える。

少女はビクッとして体を伸《の》ばし、座《すわ》ったまま壁《かべ》につけた背中《せなか》を反らした。「いったいそこで何があったの？　だれがそんなことを？」

「これはおれの組織《そしき》への忠誠《ちゅうせい》の証《あかし》だ。自分で切り落とした」

「絶対《ぜったい》に頭がおかしいわ」

「おい、それが不潔《ふけつ》な地下室に座《すわ》りこんだ、腹《はら》をすかせたみすぼらしい小娘《こむすめ》のいうことか？　外では怒《おこ》った群衆《ぐんしゅう》が捜《さが》しまわっているというのに」小柄《こがら》な男は胸《むね》の前で手を組み、少女にほほえんだ。「おれを見ろ――どうだ、困《こま》っているように見えるか？　腹《はら》をすかせて、屈辱《くつじょく》に耐《た》えているように見えるか？　貧《まず》しそうに見えるか？　正反対だ。おれたちは立派《りっぱ》にやっている」

少女は汚《よご》れた床《ゆか》につばを吐《は》いた。「たしかにあんたは裕福《ゆうふく》でしょ。そりゃそうよ。だって、町の人間だもの。あんたには何もしてもらおうなんて思っちゃいないわ。あたしをここから出して」少女はなんとか立ちあがろうとした。

「きみの憎《にく》しみは」男はいった。「泥《どろ》のなかの黒い宝石《ほうせき》の原石のように強烈《きょうれつ》な光を放っている。もっとも、あまり賢《かしこ》くはなさそうだ。ハンド同業組合もきみと一緒《いっしょ》で町のものではない。指導役《しどうやく》とも、銀行の支店長《してんちょう》とも、民兵ともちがう。われわれも彼《かれ》らを憎《にく》んでいる。ただ、われわれは彼《かれ》らを利用し、稼《かせ》がせてもらっている――慎重《しんちょう》に、賢《かしこ》く、時と場所と方法を選んでやっている。安全で快適《かいてき》な場所でそれを行うのであって、きみみたいなつまらない浮浪者《ふろうしゃ》のようにやぶのなかでこそ動いたりはしない。おっと、少しのあいだ、ドアに鍵《かぎ》をかけておこう……」

男は話を中断《ちゅうだん》し、かんぬきを二つかけた。男の背後《はいご》の窓越《まどご》しに、ブーツや靴《くつ》が通りを駆《か》けていくのが見える。まるで激《はげ》しい雷雨《らいう》の粒《つぶ》のように——あるいは火打ち石と火打ち金のあいだに散る火花のように——けたたましい音を立てて駆《か》けぬけ、地面をゆらしている。

少女は壁《かべ》で体を支《ささ》えながら立ちあがった。通りをつき進む顔の見えない群衆《ぐんしゅう》の敵意《てきい》を一心に見つめる。少女の向かい側で、男が無傷《むきず》の指の一本をくちびるに当て、静かにしていろと合図した。

興奮《こうふん》した群衆《ぐんしゅう》は通りの端《はし》までたどり着いたものの、少女の気配はなく、いらだつ混乱《こんらん》のなか、ブーツがうろうろ動きまわっている。

何かがドアをガタガタ鳴らした。ドアは一瞬震《いっしゅんふる》えてから、静かになった。

新たな活力がブーツや靴《くつ》に行き渡《わた》った。別の通りじゃないかという声があがったらしく、逃《とう》亡者《ぼうしゃ》が行きそうなほかの避難場所《ひなんばしょ》が示された。そっちだ、急げ！　わめき声や叫《さけ》び声が通りを勢《いきお》いよく戻《もど》っていき、しだいに小さくなっていったが、完全に消えはしなかった。部屋のすみに残るにおいのように漂《ただよ》い続けた。

男の顔に笑みが浮《う》かんだり消えたりする。「やつらはきみを捕《つか》まえたくてたまらないようだな」

少女にどれだけの元気が残っていたかわからないが、それも群衆《ぐんしゅう》にすっかり消されてしまったらしい。少女は疲《つか》れた声でいった。「あんたは何もいわずに多くを語ってる。その服装《ふくそう》、ハンド同業組合、あんたのいう活動。つまり、犯罪組織《はんざいそしき》なんでしょ?」

小柄《こがら》な男は影《かげ》がさす窓《まど》の端《はし》に立って、少女にほほえんでいた。そのまわりを薄暗《うすぐら》い光が包んでいる。「なるほど、賢《かしこ》さがふたたび顔を出したか。いや、われわれは商売をしている。それだけだ。ソームズとティーチは〈信仰院《しんこういん》〉の力がおよばないところでチャンスを探《さぐ》る実業家だ。おれは二人に、これまでにない新たな人材を見つけるよう頼《たの》まれ、それをまさに今、やっている。さっき屋根に登っただろう。あの登り方は……」男は言葉を切って、少女にあとをいわせようとした。

「あんなのどうってことないわ。いつもやってることだもの」本当に久《ひさ》しぶりに少女の目の焦点《しょうてん》が合った。カビ臭《くさ》い地下貯蔵室《ちょぞうしつ》にいながら、その目は丘《おか》や木々を見ていた。

男は少女がふたたび部屋に戻《もど》ってくるのを待った。「この状況《じょうきょう》を冷静に考えれば、きみがこのストウの町を生きて出られる可能性《かのうせい》は低い。登れる屋根も限《かぎ》られている。だが、可能性《かのうせい》はゼロじゃない。事態《じたい》が静まるまで待てばいい。きみを仲間に引き合わせてやることもできる。食べ物もあたえてやれるし、寝《ね》る場所もな」

少女は窓《まど》をじっと見ていた。窓格子《まどごうし》を見つめながら、階段《かいだん》をのぼってこっそり通りに出ていくところを想像《そうぞう》する……だが、その思いも疲労《ひろう》の波に押《お》し戻《もど》され、壁《かべ》にぶつかって弱々しくのたうった。群衆《ぐんしゅう》の騒《さわ》ぎはまだ聞こえる。そう遠くない。

「悪くないだろ?」

「その指のことだけど、あたしもそうしなきゃならないの? もし、そうなら……」

「それはティーチとソームズ次第だ。おれにはわからない。もっとも、きみはまだ二人には会えない。身なりを整えてからでないとな。一歩ずつだ。ほかにもいろいろある」男は少し待った。「どうだ?」

少女は肩《かた》をすくめた。相手は眠《ねむ》りと食べ物と安全を自分に提供《ていきょう》してくれようとしている。

「いいわ、提案《ていあん》を受ける」

「よし。それなら――」男はポケットからペン型《がた》の懐中電灯《かいちゅうでんとう》を取り出すと、部屋の一番暗い側面の壁《かべ》を照らした。樽《たる》や木箱や、いろんながらくたが散らばる背後《はいご》に、人の腰《こし》くらいの高さのドアがある。少女はそこから二メートルほどのところにずっといたのに、まったく気づかなかった。

少女はそのドアを見つめた。「この向こうには何があるの?」

「きみの新しい人生だ。おれの名前はカーズウェル。あとはおれについてくればいい」

＊　＊　＊

11章

越境長距離《えっきょうちょうきょり》バスのドアが開いて、アッシュタウンのコンクリートの停留所《ていりゅうじょ》におり立ったとき、最初に目に入ったのは土の色だった。深みのある濃《こ》い黒に、わずかに赤が混《ま》じっている。幹線《かんせん》道路のそばの芝《しば》をおおう薄《うす》い土ぼこりの膜《まく》もその色だし、防御柵《ぼうぎょさく》の根元にたまっている土もそうだ。表通りの板敷《いたじ》きの歩道も、白い下見板を張《は》った家の防水板《ぼうすいばん》も、ビールを運ぶヴァンのタイヤも、男たちのブーツも、道を急ぐ女たちのスカートもそうだ。赤い灰《はい》はいたるところにあり、誰《だれ》もがそれには寛容《かんよう》だった。大昔に都市を崩壊《ほうかい》させ、地下深く埋《う》めたその灰《はい》が、今はこの地域《ちいき》の富を保証《ほしょう》してくれているからだ。〝灰《アッシュ》〟は繁栄《はんえい》の源《みなもと》であり、灰《はい》がこの町を作った。

証明《しょうめい》書をチェックする監視《かんし》はいなかった。スカーレットは停留所《ていりゅうじょ》に立ち、日中の新鮮《しんせん》な空気に目をしばたたいた。後ろからアルバートが固まった体をぎこちなく動かしながらおりてくる。アッシュタウンでバスをおりたのはふたりだけだった。スカーレットは着ているコートを体にしっかり巻《ま》きつけた。寒い。午前中ずっと、マーシアの平原をひたすら北上して通りぬけ、ノーサンブリアに入った。頭上に見える丘《おか》は薄《うす》い緑にきらめき、雨雲が縁《ふち》どっている。

バスは鈍《にぶ》い音を立ててエンジンの回転速度をあげると、ディーゼルエンジンの煙《けむり》を一気に噴《ふ》き出し、防御柵《ぼうぎょさく》が両側にのびる門のほうへ走り去った。

「わあ、スカーレット、こんな空気を味わったことある?」アルバートは大きく息を吸《す》いこむと、じつにおいしそうに吐《は》き出した。「とても新鮮《しんせん》で気分がいいよ! すごく澄《す》んでる! どうしてだろう?」

「〈燃焼地帯《ねんしょうちたい》〉からだいぶ離《はな》れてるからかな? わからない。ま、気分がいいならいいわ。ここ三時間、ずっとあたしの耳元でいびきをかいてたんだから、気分はいいはずよ」

アルバートの髪《かみ》になにめに寝《ね》ぐせがついている。服も髪《かみ》もくしゃくしゃだ。

「たしかにいいよ。正直、六台のバスに二十四時間ゆられたら、さすがに体の節々がちょっと痛《いた》いし、長時間座《すわ》りっぱなしで便秘《べんぴ》になってるかもしれない。けど、それ以外は元気いっぱいだから、どんな大胆《だいたん》な犯行《はんこう》も平気だ!」

スカーレットは表通りをちらっと見たが、近くには誰《だれ》もいなかった。「ここでの短い滞在《たいざい》はバスよりずっと快適《かいてき》にしないとね。楽しければ、あんたの鈍《にぶ》った腸《ちょう》の働きもすぐによくなるわよ——ただし、つねに地元の人たちとうまくつきあうよう心がけること。ついでに一つ忠告《ちゅうこく》しておく。強盗《ごうとう》とか犯行《はんこう》とかそんなに大っぴらに口にしないこと」

アルバートの顔がくもった。「わかってるよ、スカーレット。ただ、気分が落ちつかないんだ。ストウに戻《もど》るまでに六日しかないのに、まだ仕事を始めてもいない。とにかく何かしたくてたまらない」

「あたしもよ」スカーレットは帽子《ぼうし》の位置を直した。「でも、もう始められる。目的地に着いたんだから」

長距離《ちょうきょり》バスの停留所《ていりゅうじょ》は町のはずれにあった。そこから表通りが先のほうまで見通せる。なるほど、曲線を描《えが》いた通りの両側に、パブ、安宿、ホテル、食品市場、カジノ、古ぼけたタバコ屋が連なっている。スカーレットはハンティンドンやストウ、それに多くの国境《こっきょう》の町を思い出した。若《わか》い女が数人、日だまりに立って日傘《ひがさ》をくるくる回しながら、代わるがわる笑い声をあげてしゃべっている。足をひきずる体の不自由な男たちは——発掘現場《はっくつげんば》の不運な犠牲者《ぎせいしゃ》かもしれない——玄関先《げんかんさき》でぶらぶらしながら、タバコの煙《けむり》を吐《は》き出し、何かが起こるのを待っている。が、何も起こらない。店のショーウィンドウは暗く、ガラスも反射《はんしゃ》しない。午後の遅《おそ》い時間、町はよろい戸をしめて閉店《へいてん》の空気を漂《ただよ》わせていた。

スカーレットはここがどんな場所か心得《こころえ》ていた。夕方、労働者が〈埋没《まいぼつ》都市〉から戻《もど》ってくれば、通りは夜に咲《さ》くきらびやかな花のように、一気ににぎわいを見せるだろう。

北への長旅でスカーレットはいらだちと閉塞感《へいそくかん》にさいなまれていた。一人になりたくてたまらない。「アルバート、ホテルを探《さが》してきてくれる？　静かなところがいいわ。値段《ねだん》も手ごろでね。あたしは町の外を散歩して土地鑑《かん》をつかんで、ついでに発掘現場《はっくつげんば》をちらっと見てくるかもしれない。一時間後にここで会おう。それと、気をつけて。ここは普通《ふつう》の〈生き残った町〉じゃなくて、物騒《ぶっそう》な町よ。いくら愛らしく見える浮浪児《ふろうじ》でも、あんたののどをかき切ってポケットから硬貨《こうか》を奪《うば》い、隣《となり》の賭博《とばく》小屋にそれをつぎこむ。だから、目立たないようにして、なるべく町に溶《と》けこんで」

スカーレットはアルバートを見た。アルバートは大真面目に耳を傾《かたむ》け、通りがかりの人もだませそうなくらいおとなしくしている。「スカーレット、任《まか》せて！」

防御柵《ぼうぎょさく》にはさまれた開放中の門から外に出ると、舗装《ほそう》された道は濃《こ》い黒土に変わる。町の後方に低い丘《おか》があり、草が生い茂《しげ》っていた。ぬれた綿毛《わたげ》が登り始めるスカーレットのジーンズに軽く触《ふ》れる。

丘《おか》の中腹《ちゅうふく》あたりまで行くと、幹線《かんせん》道路と発掘現場《はっくつげんば》への道の分岐点が目に入り、発掘現場《はっくつげんば》への道が円を描《えが》きながら尾根《おね》に向かってのびているのが見えた。一キロ半ほど行くと、谷の反対側だ。真下を見ると、アッシュタウン全体がすっかり目に入る。思っていたとおり、基本的《きほんてき》に通りが一つあるだけで、周囲《しゅうい》は手入れのされていない空き地が広がり、そのまわりに防御柵《ぼうぎょさく》を張《は》りめぐらして〈堕種《だしゅ》〉や獣《けもの》を近づけないようにしている。表通りから離《はな》れると、建物は急にみすぼらしい掘《ほ》っ立て小屋や倉庫になる。今日は平日で通常《つうじょう》どおりだ。特別なものは地下に隠《かく》されている。

冷たい空気を顔に受け、深呼吸《しんこきゅう》しながら歩いて体をほぐすと、だいぶ気分がよくなった。スカーレットは丘《おか》を登り続けた。頂《いただき》に着くと、建物から見えない場所で双眼鏡《そうがんきょう》の留《と》め具を外した。雲は雨を含《ふく》んで低くたれこめている。谷の向こうの尾根《おね》では、ゆらめく霧《きり》が掘《ほ》り出された巨大《きょだい》な土の山をすっぽりおおっている。ところどころ、灰《はい》の層《そう》が薄《うす》くなったのか、急流に浸食《しんしょく》されたのか、昔の遺跡《いせき》が地表近くにあるのが見える。へげ石が黒い歯茎《はぐき》に生えた灰色《はいいろ》の歯のようにつき出ていた。

スカーレットは双眼鏡《そうがんきょう》をゆっくり動かし、発掘現場《はっくつげんば》までのジグザグの道をたどった。尾根《おね》まで三分の二ほど登ったあたりに、斜面《しゃめん》に食いこむように細長い平地があり、背後《はいご》に崖《がけ》がそそり立っている。そこに雨にぬれた明かりがいくつか、雲の下で輝《かがや》いている。強い光だ。監視《かんし》用《よう》のサーチライトだろう。背《せ》の高いフェンスが長方形の平地を縁《ふち》どり、百メートルおきに監視塔《かんしとう》があって、道路に出る門がある。敷地《しきち》のなかは、灰色《はいいろ》の低い建物が二、三棟《むね》あり、動きまわる人の姿《すがた》が見える。犬を連れている男たちや、銃《じゅう》を持つ男たちだ。一番後方に、崖《がけ》の表面にはめこまれた大きな扉《とびら》があった。発掘現場《はっくつげんば》の入口だ。

「なるほど」スカーレットはささやいた。「あそこが活動拠点《きょてん》か。さてと、どうやってなかに入ろう?」

まずはそれが問題だ。スカーレットはストウからの道中ずっと自問してきた。もっとも、最初は意識《いしき》していたわけでも、心にかけていたわけでもなかった。いろいろなことがありすぎて、考えがまとまらなかったし、理解《りかい》もおよばず、ただ、国境《こっきょう》を越《こ》えてくることだけしか頭になかった。ティーチから帽子《ぼうし》とコートが返され、さらにぼろぼろのトムキンズ全バス時刻《じこく》表を渡《わた》された。運よく、アルバートのズボンのポケットにまだ〈信仰院《しんこういん》〉から奪《うば》った札束が一つ入っていたが、それ以外は何も持っていなかった。最低限《さいていげん》必要な装備《そうび》――スカーレットのピストル、十分な数の弾薬《だんやく》、リュックにロープ、ナイフと食料――を買ったり盗《ぬす》んだりするのに知恵《ちえ》をしぼり、そのいっぽうで、今にも壊《こわ》れそうなバスをいくつか乗り継《つ》いで、マーシアの荒野《こうや》をぬけてきた。自分たちの持ち物を取りにウルフズヘッドまで戻《もど》るチャンスはなく、すぐに北街道に出なければならなかった。

六台のバスを乗り継《つ》ぎ、ほとんど眠《ねむ》れなかった。だが、文句《もんく》をいっても始まらないし、同業組合に怒《いか》りをくすぶらせて気力を浪費《ろうひ》しても意味がない。まして、ジョーとエティの心配をしたところでどうしようもない。だから、今は現実的《げんじってき》になって、とにかく急がなくてはならない。時間が一番大事だ。

はるか遠くの、ソームズの机《つくえ》の上で、エティの時計がときを刻《きざ》んでいる。もうすでに一日を使い果たした。ストウに戻《もど》るのにも同じ時間を要するだろうから、残りの（多くても）五日間で、何らかの強盗《ごうとう》をやってのけなくてはならない。これだけの条件《じょうけん》を突破《とっぱ》するのに五日は短い。ま、それでも絶対《ぜったい》にやりとげる。ただ、その方法がまったくわからない。

スカーレットは双眼鏡《そうがんきょう》をしまうと、大股《おおまた》でさっそうと町へ戻《もど》った。

アルバートは表通りの端《はし》にあるバスの停留所《ていりゅうじょ》のそばで待っていた。街灯にもたれていたが、それだけではなかった。えりを立て、帽子《ぼうし》を目深にかぶり、両手をポケットに深くつっこんでいる。しかも、信じられない角度に反り返り、肩《かた》を引いて、驚《おどろ》くほど腰《こし》を前に突《つ》き出している。まわりに溶《と》けこむどころか、浮《う》いている。帽子《ぼうし》からのぞく目が、すごんで見せたり見せなかったり、落ちつきなく光っている。そして、噛《か》んだマッチ棒《ぼう》がくちびるから垂《た》れて、くるくる回っていた。ひどく目立つ。いかめしい北部人たちはアルバートをけげんそうに見ていたし、母親たちは子どもを連れ、道を大きく迂回《うかい》しながらアルバートを避《さ》けて通っていく。スカーレットでさえひるんだ。

「やあ、スカーレット」

「なんでそんなに低い声なの？　それに、なんでそんな気味悪い格好《かっこう》で立ってるの？」

「きみが場に溶《と》けこめっていったんじゃないか」

「あきれてものもいえない。だれにも撃《う》たれなかったのが不思議なくらいよ。さあ、ぼうっとつったってないで行くわよ。ホテルは取れた?」

「〈スコップとコンパス〉に決めた。もう予約したよ。場所はそこ」アルバートは先に立って一段《いちだん》高い歩道を歩き始めた。「望みどおり、静かなホテルだよ。なかのパブに女の人が数人座《すわ》ってただけ。親しみやすい感じ。ぼくがのぞいたら、二人が投げキッスしてくれた」

「なるほど。ってことは、発掘現場《はっくつげんば》の作業時間が終われば、とたんににぎやかになりそうね」

「活気づいたら楽しそう」アルバートはいった。「それに、フロントの高いところにミイラ化した腕《うで》がケースに入れて飾《かざ》ってあった。〈埋没都市《まいぼつとし》〉から持ち出されたものだって、そこの人がいってた。かなり珍《めずら》しいものだって」

「それでそのホテルをあたしに勧《すす》めようってわけ?」スカーレットは首を横に振《ふ》った。「ま、あんたがよけりゃ、いいけど」

渋々《しぶしぶ》ながらスカーレットは、〈スコップとコンパス〉が自分たちの目的にかなうホテルだと認《みと》めないわけにいかなかった。建物は、パブにいる女たちの多くと同じで、古ぼけていて、けばけばしく、表が広かったが、通りによくある安くて質《しつ》が悪いホテルではない。なかに入って、たちまち従業員《じゅうぎょういん》に金品を奪《うば》われるようなこともなく、宿泊《しゅくはく》の手続きができる。受付係は陰気《いんき》でやる気がなく、ミイラ化された腕《うで》はいい具合にしなびている。ふたりの部屋は広く、ほどよく防水《ぼうすい》加工されていて清潔《せいけつ》で、専用《せんよう》の簡易《かんい》トイレがあり、窓《まど》から通りが見渡《みわた》せた。唯一《ゆいいつ》の問題は、そこがふたりの部屋であることだ。スカーレットが腹立《はらだ》たしかったのは、アルバートがジョンソンの名前で夫婦《ふうふ》として予約をとっていたことだ。

「ちょっと、何これ！」スカーレットはどなった。「ダブルベッドってどういうこと？　どうして何もいわなかったのよ？」

アルバートはぼんやりした顔だ。「予約を受けた男の人が勝手にそう思ったんじゃないかな。ぼくも同意したし。それに、一部屋のほうが二部屋より安い」

そこはたしかに正当な理由だが、スカーレットは無視《むし》した。「じゃあ、もう一つ聞くけど、なんでジョンソンなわけ？」

「わかんないけど、町に泊《と》まらなきゃならないときはいつも、この偽名《ぎめい》を使ってる」アルバートはにっこりした。「ぼくのトレードマークってやつかな」

「あまりひんぱんに使わないで。誰《だれ》かに気づかれるかもしれない。例の工作員がどこかであたしたちを捜《さが》しまわってることを忘《わす》れないで。いいわ、じゃあ、あたしがベッドを使う。あんたは洗面台《せんめんだい》とゴミ箱のあいだの床《ゆか》に寝《ね》て。さっそく仕事にとりかかろう。まずは情報収集《じょうほうしゅうしゅう》よ」

ふたりは通りへ出て、売店でヌードルを買うと、店先の階段《かいだん》に座《すわ》り、日が暮《く》れてからのアッシュタウンの動きを観察した。変化が見えるのにそう時間はかからなかった。六時をまわってすぐに、汚《よご》れた白いバスが労働者たちを乗せて丘《おか》からおりてきた。労働者は青のつなぎの作業着に重いブーツという格好《かっこう》だ。顔は土ぼこりで黒く、目の縁《ふち》は赤く、誰《だれ》もが疲《つか》れ切った表情《ひょうじょう》を浮《う》かべている。たちまち、表通りが活気づいた。明かりが灯り、パブで音楽が流れ始め、そこらじゅうで笑い声や高い声があがり、動きがあわただしくなる。

スカーレットとアルバートはパブへ向かう人や、ヌードルやフライドチキンを買おうと列に並《なら》ぶ人々をながめた。アルバートは半目をあけて座《すわ》っている。スカーレットはアルバートが何をしているのかわかっていた。

「収穫《しゅうかく》はあった?」二十分たってからスカーレットはたずねた。

アルバートはうわの空でうなずいた。「切れ切れだけど、たくさん仕入れたよ。全体像《ぞう》をつかむには少し時間がかかりそうだけど、サル・クインがいったとおり、発掘現場《はっくつげんば》の構内《こうない》は厳重《げんじゅう》に守られてる。それだけじゃなくて、トラックへの積みこみは丘《おか》の内部の、鉄の扉《とびら》の裏側《うらがわ》で行われてる。そこに入りこむ方法がわからない」

「ええ、谷の向かい側から見ても難攻不落《なんこうふらく》って感じだった」スカーレットはそういってあごをこすった。「ってことは……路上でトラックを乗っ取るしかないかもね。そのほうが断然《だんぜん》かんたんなはずよ」

そのとき、板敷《いたじ》きの歩道がガタガタゆれだした。歩道に張《は》り出した店のなかでランプもゆれている。赤ん坊《ぼう》が泣きだし、人々が通りから急いで立ち去っていく。スカーレットとアルバートは振《ふ》り向いた。

車が一台、轟音《ごうおん》を立てて走ってきた。くすんだ緑の大型《おおがた》トラックだ。二本一組のタイヤが六組ついていて、どれも直径がスカーレットの身長と変わらない。車体は鉄で、〈信仰院《しんこういん》〉の白い円のマークが入っている。車体の両側にある開口部から銃口《じゅうこう》がつき出ていた。運転席は鉄のドアで補強《ほきょう》され、細いのぞき窓《まど》から運転手と護衛《ごえい》が険《けわ》しい顔でのぞいている。車体の上には強化プラスチックでできた回転式銃座《じゅうざ》が設置《せっち》されていて、別の護衛《ごえい》が機関銃《きかんじゅう》を構《かま》えたまま休めの姿勢《しせい》で座《すわ》っている。トラックは地面をゆらしながら、うなりをあげて前を通りすぎ、ふたりが座《すわ》る階段《かいだん》の下の水たまりをはね散らした。泥《どろ》しぶきがスカーレットのコートとジーンズにかかった。

被害《ひがい》をまぬがれたアルバートは、大型《おおがた》トラックがしだいに遠ざかっていくのを見つめている。

「やっぱり」アルバートはいった。「もう少し考える必要があるかも」

その晩《ばん》と翌日《よくじつ》にかけて、ふたりは下見を続けた。アルバートはパブを渡《わた》り歩き、人々を話に引きこんでは、相手の心を読んで、発掘現場《はっくつげんば》の警備《けいび》やトラックの動きについての対策《たいさく》を見出そうとした。また、ホテルの外や喫茶店《きっさてん》の窓側《まどがわ》の席に座《すわ》り、労働者やパブの主人、日傘《ひがさ》をさした女性《じょせい》たちに話しかけた。ねらいは〈埋没都市《まいぼつとし》〉の全体像《ぞう》——と内部構造《こうぞう》——を正確《せいかく》につかむことだ。

スカーレットは別の方法をとった。夜が明けて間もなく、町を見おろす丘《おか》に歩いて登った。発掘現場《はっくつげんば》が近くなると、監視塔《かんしとう》の陰《かげ》に隠《かく》れたハリエニシダの茂《しげ》みのなかを進み、こっそり伏《ふ》せて構内《こうない》の動きを見つめた。ときおり、崖《がけ》に作られた鉄の扉《とびら》が開き、圧縮《あっしゅく》した灰《はい》をのせた運搬車《うんぱんしゃ》が出てくるが、それ以外は、扉《とびら》は閉《し》まっている。監視《かんし》はつねに持ち場にいた。スカーレットは監視《かんし》が境界《きょうかい》フェンスの内側を巡回《じゅんかい》するのにかかる時間と、交代時刻《じこく》を記録した。そして、ようやくその場を慎重《しんちょう》に退《しりぞ》くと、発掘現場《はっくつげんば》の入口がある平地を離《はな》れ、敷地《しきち》を見おろせる尾根《おね》まで登った。以前の発掘《はっくつ》で掘《ほ》り出された土の山が三十ほど、雲と空を背《せ》に灰色《はいいろ》のプリンみたいにそびえている。そのあいだを歩きながら、レンガで内張《うちば》りされた換気口《かんきこう》のなかをのぞいた。発掘《はっくつ》現場《げんば》の内部まで空気を深く送りこむ穴《あな》だ。

昼から夕方まで、スカーレットは崖《がけ》の上に座《すわ》っていた。眼下《がんか》に見える大きな鉄の扉《とびら》が最後にもう一度開いたとき、白いバスが二台出てきた。スカーレットが見つめていると、バスはジグザグの道をおりてアッシュタウンに向かった。一台は労働者を乗せていて、表通りまで行ったが、もう一台は手前の、町の防御柵《ぼうぎょさく》のすぐ内側に立つ小さい建物のそばで停車《ていしゃ》した。スカーレットは双眼鏡《そうがんきょう》で観察したが、誰《だれ》がバスから降《お》りたのかはわからなかった。その二台のバスを除《のぞ》けば、一日の目立った活動は、監視《かんし》の巡回《じゅんかい》と掘《ほ》り出された土を運び出す運搬車《うんぱんしゃ》だけだ。重要なことはすべてこの丘《おか》の内部で行われているらしい。

　スカーレットは考えながら町に戻《もど》った。要塞化《ようさいか》した発掘現場《はっくつげんば》に侵入《しんにゅう》するか、路上で厳重《げんじゅう》に武装《ぶそう》されたトラックを乗っ取るか？　どっちもあまり乗り気になれない。いずれにしろ、内部の情報《じょうほう》が必要だ。それについてはアルバートがそろそろ提供《ていきょう》してくれるだろう。

　ホテルが近くに見えてきたとき、スカーレットは色あせたブルーのオーバーオール姿《すがた》の男が、玄関《げんかん》先の階段《かいだん》に座《すわ》っているのに気づいた。白髪《はくはつ》で、もじゃもじゃのあごひげを生やし、老いが顔に表れている。左脚《ひだりあし》の下半分がなく、ズボンがひざのすぐ上できれいに折りたたまれていた。杖《つえ》が階段《かいだん》に立てかけてあり、足元に空の金属製《きんぞくせい》のボウルが置いてある。男のひじのあたりに小《こ》型《がた》の白い犬が寝《ね》そべり、悲しそうに前足に頭をのせていた。

　スカーレットはちょっとためらってから決心すると、向かいの売店に行き、紙容器《かみようき》を抱《かか》えて通りを渡《わた》り、男のそばに座《すわ》った。「ヌードル食べます？」

　明るい青い瞳《ひとみ》がひげの奥《おく》からまばたきしてスカーレットを見た。「どっちかっていやあ、金のほうがええが、代わりにもらうんならヌードルが一番だ。施《ほどこ》しはありがたくいただくよ。もっとも、何か見返りが欲《ほ》しいんだろうが。この町じゃ、見かけどおり、見返りを求めん親切なんぞめったにお目にかからんからな。ここじゃ、すべてが取引だ。で、何がめあてだ？　わしの服か？　サイズが合わんだろう。わしの財産《ざいさん》か？　そんなもんは、ペニーもない。施《ほどこ》しを入れてもらうボウルはさびとるし、杖《つえ》はもろくていつ折れるかわからん。わしの犬がほしいなら、いっとくが疥癬《かいせん》持ちで胃《い》もひどく悪い。この体がほしいなら――」

「ヌードル、いるの？　いらないの？」

「もらおう。ありがたい」老人は紙容器《かみようき》を受け取った。「少し冷めちまったようだな」

「それはあたしのせいじゃないわ。あんたがくだくだいってたからでしょ」スカーレットがにらみつけるのも気にせず、老人はヌードルを食べ始め、ときどき指でつまんでは小さい犬に分けてやった。そして、ようやく容器《ようき》を投げ捨《す》て、ため息をついて深く腰《こし》かけ直した。「以前、発掘現場《はっくつげんば》で働いてたんでしょ」スカーレットはたずねた。

「ずいぶん前だ」老人はあごひげから食べ物のカスをこすり取った。「吸血《きゅうけつ》モグラに脚《あし》を食われるまでな」

「それはお気の毒《どく》に」

「〈埋没都市《まいぼつとし》〉じゃ、もっとひどいことも起こる。路上生活は退屈《たいくつ》なうえにきつい。特に東から黒い嵐《あらし》に襲《おそ》われるときなんかはかなわんが、発掘現場《はっくつげんば》から解放《かいほう》されたことは悲しくはない。あそこは邪悪《じゃあく》な場所だ。特に放置区域《くいき》は」

「邪悪《じゃあく》？　どうして？」

「吸血《きゅうけつ》モグラや、トンネルに群れで棲《す》みつくほかの獣《けもの》も物騒《ぶっそう》だが、〈堕種《だしゅ》〉にもときどき悩《なや》まされる。だが、よくよく考えてみりゃあ、そもそも過去《かこ》をいじくりまわすのがまちがっとるんだ。〈埋没《まいぼつ》都市〉はたちの悪い死者の墓《はか》で、休息の地だ。本来ならそのままにしておくべきなのに、人間がおのれの利益《りえき》のために汚《よご》しとる……」老人は飼《か》い犬の耳の下をやさしくかいてやった。「このアルフィーはそういうバカなことはせん。それは請《う》け合ってもいい。だが、問題はいまいましい〈信仰院《しんこういん》〉の気まぐれだ。あいつらを止めることはだれにもできん」

「ほんとにそうね。ところで、なぜ死者たちはたちが悪いの？」

青い瞳《ひとみ》が輝《かがや》いた。「死者の顔を見ればわかる」

スカーレットは少しのあいだ老人を見つめた。「あたしは発掘現場《はっくつげんば》に興味《きょうみ》があって、そのことで意見を聞きたいの。よければ、いつでもまたヌードルを持って来るわ」

老人はうなずいた。「何でも聞いとくれ。わしはどこにも行かん。どのみち速くは動けんよ」

その晩《ばん》おそく、〈スコップとコンパス〉のふたりの部屋で会議が行われた。スカーレットが窓《まど》のカーテンをおろし、ランプの明かりを灯すと、ふたりでベッドに腰《こし》かけた。音楽が階下のパブからかすかに聞こえてくる。

「さてと」スカーレットは口を開いた。「ここまでわかったことは？」

「たっぷりあるよ」アルバートは疲《つか》れきった顔だ。心を読んだ人たちの失望や傷《きず》ついた夢《ゆめ》を、影《かげ》のように引きずっている。「基本的《きほんてき》にサル・クインのいうとおりだった。〈埋没都市《まいぼつ》〉は広大で、もう何年も発掘《はっくつ》が行われてる。第一から第三エリアは浸水《しんすい》していて、第四から第六エリアはいろんな恐《おそ》ろしい理由で安全じゃないから、今、作業が行われてるのは第七エリアだけだ。ここには囲《かこ》いをめぐらして、ほかのトンネルから入れないようにしてあるし、照明や備品《びひん》がそろっていて、比較的《ひかくてき》安全だ。それに、鉄の扉《とびら》の内側にある地下荷物搬出口《はんしゅつぐち》につながってる。遺《い》物《ぶつ》はこの搬出口《はんしゅつぐち》の近くにある専用《せんよう》室で箱詰《はこづ》めされ、トラックに積みこまれる。夜間は、作業員は全員いなくなって、監視《かんし》が数人残るだけだ。ただ、鉄の扉《とびら》は内側から鍵《かぎ》がかけられて、誰《だれ》も入れない。朝になると、すべてが再開《さいかい》される」アルバートは疲《つか》れた目をこすった。「もう一つわかったことがあるんだ。子どもたちもそこで働いてる」

「子どもたちって、どういうこと?」

「そういうことだよ。子どもたちは労働者か、奴隷《どれい》か」

「バスに乗ってるのは見なかったけ……あ、待って——」スカーレットは指を鳴らした。「二台目のバスか! 丘《おか》の上から見えたの。町のはずれの建物に向かっていくところだった。でも、なんのために子どもを使うの?」

「わからないけど、親切な扱《あつか》いをされてるとはとても思えない。小さい子どもたちが閉《と》じこめられてるのは好きじゃない。〈ストーンムア〉でさんざん見てきたから。それに、ぼくが発掘《はっくつ》現場《げんば》についてて人々の心を読んだなかに――」

スカーレットは会話がどういう方向に進もうとしているかわかったので、先手を打ちたかった。アルバートには、最優先《さいゆうせん》すべきことは別のものに思いがそれる傾向《けいこう》がある。スカーレットは片手《かたて》をあげた。「わかった、あんたのいうとおりかもしれない。けど、あたしたちにはかかわりのないことよ。今、あたしたちはジョーとエティを助けようとしてるんでしょ。数日後に戻《もど》らないと、あの二人がひどい扱《あつか》いを受ける。だから、どの方法をとるか検討《けんとう》しよう。一つ目は路上で貨物トラックを捕《つか》まえる。だよね？」

アルバートはしぶしぶうなずいた。「そう。貨物トラックは荷がいっぱいになると地下集積所を出発する。二、三日おきぐらいだ。昨日、一台出てったから、たぶん今は次のトラックに荷を積んでる最中だ。ただ、すでに確認《かくにん》ずみだけど、トラックは猛《もう》スピードで走るし、重装備《じゅうそうび》されてて待ち伏《ぶ》せするのは無理」アルバートはスカーレットを見た。「だよね？」

一瞬《いっしゅん》スカーレットは、たとえしっかり武装《ぶそう》している速いトラックでも、アルバートが〈恐怖《きょうふ》〉を爆発《ばくはつ》させることに納得《なっとく》してくれれば、なんとかやれるんじゃないかといおうと思ったが、いってても無駄《むだ》だとわかっていた。この半年、アルバートはその能力《のうりょく》を閉《と》じこめようと努めていた。それを使わせるなど、とうてい無理だ。「そうね」スカーレットはあっさりいった。「ってことは、べつの案を考えるしかない」

スカーレットはアルバートの声に疑《うたが》いの色がにじむのを感じた。「発掘現場《はっくつげんば》に入る?」

「ええ。夜、すべてが静まったら決行よ。あたしたちと監視《かんし》が一人か二人だけだから。なかに入って荷物搬出口《はんしゅつぐち》からトラックを盗《ぬす》み、崖《がけ》の扉《とびら》を開けて走り去る」スカーレットはベッドに寝《ね》転《ころ》んで大きく伸《の》びをすると、かぶっている帽子《ぼうし》を傾《かたむ》けて顔を隠《かく》した。「簡単《かんたん》よ」

「きみの簡単の定義《ていぎ》ってほんと興味《きょうみ》深いよ」アルバートはいった。「じゃあ、問題点は何か指を折って数えさせてくれ。きみの指も借りなきゃだめかも。まず、周囲《しゅうい》にめぐらされたフェンス、監視《かんし》、犬……」アルバートは急に黙《だま》った。「なんかその顔、やな予感」

「え?　ほほえんでるだけでしょ」

「それ、ほほえんでるっていわない。ニヤついてるっていうんだよ。それ、ぼくの大嫌《だいきら》いなぞっとするニヤニヤ顔だ。まずいことになるニヤニヤ顔さ。特にぼくにとって」

「あら、解決策《かいけつさく》が見つかったってあんたに伝えてるニヤニヤ顔よ」スカーレットは両腕《りょううで》を頭の後ろにやり、枕《まくら》に深く体を沈《しず》めると、満足そうにため息をついた。「あんたはいやだろうけど、方法が一つあるわ」

12章

これから死者の国につながる穴《あな》をおりるなんて知らなければ、丘《おか》へ向かう道のりも楽しめたのに、とアルバートは思った。午後のおそい日ざしのなかをぶらぶら歩くのは気分がよかった。雨は一度も降《ふ》らず、斜面《しゃめん》に茂《しげ》るヒースが乾《かわ》いていいにおいがする。眼下《がんか》にはアッシュタウンの建物が、開いたジッパーのように銀色の列を二本描《えが》き、そこから紺色《こんいろ》の影《かげ》が東に伸《の》びている。アルバートは町を出てきたことを少しも残念に思わなかった。二日間、町の住民たちの心を読んでいるあいだ、じわじわと心が圧迫《あっぱく》されていた——他人の人生を生きることによる、閉所恐怖症《へいしょきょうふしょう》のような状態《じょうたい》だったのだ。頭のなかには、住民たちの希望や憎悪《ぞうお》や欲求《よっきゅう》が渦巻《うずま》き、彼《かれ》らのいるパブや賭博場《とばくじょう》、騒々《そうぞう》しい肉料理店やひっそりした安アパートの部屋にしばりつけられている気分になった。これをしばらく続けるとかなり身に応《こた》える。アルバートはまた新鮮《しんせん》な空気を味わえることがうれしかった。

尾根《おね》までの道は長かった。ふたりはゆっくりのぼっていった。なにしろ荷物が重くかさばっている。午前中、町の金物店で買い物をし、懐中電灯《かいちゅうでんとう》と硫黄棒《いおうぼう》と巻《ま》いたロープを仕入れていた。半年前のアルバートなら、こうした荷物がなくても坂を登るのに四苦八苦し、さらに最初に見つけたやぶのなかに倒《たお》れこんであおむけに寝《ね》ころんだまま、両足を空に向かって弱々しくゆらしていただろうが、今はたくましくなり、体もがっしりしてきた。それに、目を閉《と》じるたびにエティの顔が浮《う》かんでくる。

「エティのことばかり考えてしまう」アルバートはいった。「だいじょうぶだといいけど」

「あの子は元気よ」ふたりは丘《おか》を半分ほど登ったところで立ちどまり、ひと息ついた。頭上の斜面《しゃめん》が曲線を描《えが》くあたりに発掘現場《はっくつげんば》の構内《こうない》を照らす投光器が見える。

「だけど、もし、きみの友だちが虐待《ぎゃくたい》したら……」

「あいつらは友だちじゃないってば！　それに、虐待《ぎゃくたい》なんてしないわ。そんなことしたら、それこそひどい目にあうから。きっとジョーがあいつらの人生をさんざんなものにしてくれる」スカーレットは水筒《すいとう》の水をひと口飲んだ。「あの二人が無事だという証拠《しょうこ》がなければ、あたしが何も持っていかないってソームズはわかってる。あたしたちが荷物を積んで戻《もど》るまでは、二人に何もしないわ」

「じゃあ、そのあとは？」

「そのとき考えればいい」スカーレットは水筒《すいとう》をクリップでリュックに留《と》めた。「でしょ？」

アルバートは短くうなずき、歩き続けた。すぐにスカーレットがアルバートの横に並《なら》ぶ。

「あの人たちがあたしの友だちだったことは一度もないわ。ただ、あたしの命を救《すく》ってくれたのは確《たし》かよ。ずいぶん前だけど」

「ぼくはきみの話を頼《たよ》りにするしかない」アルバートはとつぜん顔をあげた。風に乗ってアッシュタウンの六時の鐘《かね》の音がかすかに響《ひび》いてくる。それに応《おう》じる発掘現場《はっくつげんば》の鐘《かね》の音が構内《こうない》から聞こえた。境界《きょうかい》フェンスの門が勢《いきお》いよく開いた。アルバートとスカーレットはヒースの茂《しげ》みに低い姿勢《しせい》でしゃがむと、古ぼけたバスが二台、門を出て山道をくだっていくのを見つめた。アルバートは特に二台目のバスに注目した。汚《よご》れたガラス窓《まど》の後ろに小さな頭が並《なら》んでいるのが見えたような気がしたが、遠すぎてよくわからない。

フェンスの門が勢《いきお》いよく閉《し》まった。構内《こうない》に大勢《おおぜい》の監視《かんし》がいるのをアルバートは知っていた。このあと鍵《かぎ》をかけ、かんぬきをかけ、番犬を放す。監視《かんし》は監視塔《かんしとう》の持ち場につく。そのあと、奥《おく》の崖《がけ》にある大きな鉄の扉《とびら》はひっそりとそびえたまま、夜のあいだは一切通れない。夜明けまで扉《とびら》が開くことはない。

だが、そんなことはこれっぽっちも問題じゃない。自分とスカーレットが入ろうとしているのはそこではないからだ。ふたりは丘《おか》を登り続けた。

発掘現場《はっくつげんば》を見おろす尾根《おね》に、掘《ほ》り出された土の山が、母親に抱《だ》きつく生まれたばかりの子どものように点在《てんざい》していた。でこぼこした泥土《でいど》から草が生えている小山もあるが、ほかの小山は年数がたっているのに土がむき出しのままだ。小山にはさまれた日陰《ひかげ》は寒く、地面にはこぶがあり、アザミがあちこちに生えている。アルバートはこの下に眠《ねむ》る都市を想像《そうぞう》した。いいようのない孤独感《こどく》が迫《せま》ってきて、草の根から靴底《くつぞこ》を通してじわじわ染《し》みこんでくるのがわかった。

ついに目的地にたどり着いた。スカーレットがイバラや低木の生い茂《しげ》るそばでとつぜん立ちどまる。アルバートが不安げにイバラ越《ご》しにのぞくと、レンガでできた直径三メートルくらいの低い円筒形《えんとう》のものが見えた。円の縁《ふち》からレンガ二つ分下に金網《かなあみ》がはめられていて、葉やほかのゴミが落ちないようにしてあった。金網《かなあみ》の下は暗い穴《あな》だ。

「換気口《かんきこう》よ」スカーレットはいった。「ほかにもあるけど、ここが一番いい。金網《かなあみ》がひどくさびてるでしょ？　ここなら切り開ける。町にいた物ごいのおじいさんの話だと、この換気口《かんきこう》は発掘現場《はっくつげんば》の中央に直接《ちょくせつ》つながっていて、きれいな空気を作業員たちに運んでるそうよ。穴《あな》の入口は垂直《すいちょく》にのびていて、それからなだらかにカーブして坑内《こうない》の通路に達してる。いったんそこまでおりちゃえば、あとはトンネルをたどって、貨物トラックがいる搬出口《はんしゅつぐち》にたどり着けるから、きっと楽勝よ。ここがあたしたちの裏《うら》の侵入経路《しんにゅうけいろ》ってわけ」

アルバートは首を伸《の》ばし、レンガの縁《ふち》からなかをのぞいた。深い穴《あな》から吹《ふ》きあがる冷気で皮《ひ》膚《ふ》がぞくぞくする。手のひらに汗《あせ》がにじむ。

「スカーレット、一つ聞いていい？　もっと早く思いつけばよかったんだけど。持ってきたロープをつなぎ合わせた分で、この穴《あな》をおりるのに十分な長さがあるか、どうすればわかる？」

「わからない」スカーレットは早くもリュックからボルトカッターを取り出すと、深い穴《あな》のほうへ身を乗り出し、さびた金網《かなあみ》を手早く切っていく。「次の質問《しつもん》」

「だけど、もし、ロープの端《はし》に着いて、まだ底に達していなかったらどうするの？」

「ロープから手を放して、あとは落下する。あんたにだってできるでしょ」

「まあね。骨《ほね》を折って、歯をまき散らして着地するかもしれないけど」

「あんた、換気口《かんきこう》がすべり台になることを忘《わす》れてる。まあ、物ごいのおじいさんの話によればだけどね。ほっとした？」

「そこまでじゃない」

「気にしない、気にしない。一緒《いっしょ》にロープでおりるのは初めてってわけじゃないし。ほら、セッジフィールドの要塞《ようさい》みたいな銀行、おぼえてる？」

「うん。けど、あのときは六メートルの高さで、ここみたいに何万メートルとかじゃなかったよ。それに、あのときぼく、手がすべってきみの頭の上に着地した」

スカーレットが金網《かなあみ》を手で押《お》すと、丸い部分がくりぬかれ、穴《あな》のなかに音を立てずに落ちていった。「あ、そうだったわね。ここで同じことが起こったら、頼《たの》むからあたしに動く余裕《よゆう》があるうちに悲鳴をあげて」

スカーレットは信じられない速さでそれぞれのリュックから細く青いロープを二巻《ま》きずつ取り出すと、四つをすべてつないで一本の長いロープにした。そして、一方の端《はし》をサンザシの古木の根のまわりに巻《ま》きつけて固定し、残りを穴《あな》のなかにくり出すと、ロープと木の根を何度も引っぱって、ふたりの重さに耐《た》えられるか確《たし》かめた。アルバートは黙《だま》って見守った。こういうとき、アルバートが動揺《どうよう》して早口で何かしゃべっても、スカーレットはある程度《ていど》大目に見てくれるが、必ず限度《げんど》があって、それを超《こ》えると耳がはれるほど殴《なぐ》られる恐《おそ》れがある。

スカーレットはようやく満足すると、リュックを背負《せお》って手袋《てぶくろ》をはめ、片手《かたて》でロープを軽く握《にぎ》った。レンガの穴《あな》の縁《ふち》にぴょんと飛び乗り、アルバートを見る。

「準備万端《じゅんびばんたん》?」

準備万端《じゅんびばんたん》っていうのはいい過《す》ぎのような気がする。アルバートはただうなずいた。

「十分後」スカーレットはいった。「穴《あな》の底で会いましょ」それから背《せ》を向け、穴《あな》のほうを向くと、なかに飛びこみ、ロープを伝っており始めた。最後に見たのはスカーレットの得意《とくい》げな笑みと、日ざしに輝《かがや》く赤い髪《かみ》で……すぐに静寂《せいじゃく》と鳥のさえずりだけになった。それと、いつもの疑問《ぎもん》。スカーレットはどこでこういう危険《きけん》を楽しむ術《すべ》を学んだのだろう？　危険《きけん》を気にしないこつをどこで身につけたのだろうか？

しばらくは、ロープの上端《じょうたん》がレンガの穴《あな》の縁《ふち》で激《はげ》しくずれたりゆれたりしていたが、スカーレットが降下《こうか》していくうちに動きが減《へ》ってきた。アルバートは穴《あな》の縁《ふち》に座《すわ》って登山用の手袋《てぶくろ》をはめながら、すぐ目の前の死への思いから気持ちをそらそうとした。仕事をするときはたいていそうだが、アルバートの頭のなかにはすでにスナップ写真──町で出会った労働者たちから読み取った〈埋没都市《まいぼつとし》〉のイメージの断片《だんぺん》──がある。見たことのないドアや壁《かべ》や通路が暗闇《くらやみ》のなかにあって、妙《みょう》に明るく浮《う》いている──何がどうなっているのかはわからない。ただ、そうした記憶《きおく》に恐怖心《きょうふしん》が染《し》みこんでいるのは確《たし》かだ……。

アルバートは黙《だま》って座《すわ》っていた。光が西へ逃《に》げていく。黒い雲が空をずたずたに切り裂《さ》いている。

スカーレットの強がりも効果《こうか》がなく、アルバートはこの先に待ち受ける困難《こんなん》になんの幻想《げんそう》も抱《いだ》かなかったし、その困難《こんなん》を切りぬけるのに相棒《あいぼう》を頼《たよ》りにすることも、相棒《あいぼう》がそれを承知《しょうち》していることもわかっていた。スカーレットはめったに口にしないが、本心では際《きわ》どい場面でアルバートにもう一つの力を使ってほしいと思っている。〈恐怖《きょうふ》〉を利用すべきだと考えている。だが、それは口でいうほど簡単《かんたん》ではない。

足元の地面に石が一つ転がっていた。大して大きい石じゃない。丸くて黄色っぽい普通《ふつう》の石だ……アルバートはそれに目を向け、気持ちを集中した。少しして石がぐらりとゆれ、それから静止した。ゆっくり呼吸《こきゅう》してから、もう一度やってみる。今度は石がすっと地面から浮《う》き上がり、そのまま上昇《じょうしょう》してアルバートの頭と同じ高さで空中停止《ていし》した。アルバートが左に目を向けると、石も左に動き、右に目を向けると右に動く。換気口《かんきこう》の縁《ふち》に座《すわ》り、ひざの上で両手を組み合わせると、石も視線《しせん》の動きに合わせて動いた。アルバートは地面に目を落とすと、石を元々あった泥《どろ》のへこみにはめこんだ。

アルバートはしかめ面で立ちあがった。完璧《かんぺき》だ。静かな時間に一人でいるときなら、こういう技《わざ》を試すのは結構《けっこう》たやすい。ただ、怒《いか》りを覚えたり、動揺《どうよう》したりしたときに使うのは別だ。それに、岩場でヘビに遭遇《そうぐう》したときがそうだったように、正確《せいかく》さや力の加減《かげん》はまるで期待できない！

十分たった。スカーレットと出会って間もないころも、アルバートは心のおもむくままに考えごとをしたり、リュックのひもを締《し》め直したり、靴《くつ》ひもをしばったり、やぶのそばで面白い虫を見つけたりすることにかなりの時間とエネルギーを費《つい》やした。そしてたいてい、避《さ》けられないことを先延《さきの》ばしにしてきた。今もただ、ため息をつくと、ロープを握《にぎ》り、最後に太陽のほうを向いてから、背中《せなか》を反らした。それから、金網《かなあみ》にできた穴《あな》のなかに飛びおり、ロープを伝いおりた。

　最初のうちは、頭上には丸い空が、周囲《しゅうい》には弧《こ》を描《えが》くレンガの壁《かべ》が、眼下《がんか》にはしんとした底知れぬ冷たい穴《あな》があったが、しだいに空は遠ざかり、少しずつ暗闇《くらやみ》にのみこまれていった。今あるのは、壁《かべ》を伝いおりていく靴《くつ》と、目の粗《あら》いロープを必死につかむ手の確《たし》かな感触《かんしょく》だけ……。アルバートのなかに徒労感が広がった。どれだけがんばっても、ただぶら下がっているだけのように感じる。おそるおそる進んだところで、どこにもたどり着けない。どれだけ時間がたったのかもわからなくなり、機械的に手足を動かす作業をくり返すことにひたすら集中し、腰《こし》や肩《かた》の痛《いた》みを無視《むし》しようとした。自分の存在《そんざい》が薄《うす》くなり、空気と静寂《せいじゃく》、レンガをこするスニーカーのかすかな白い光になっていく。

　それでもまだ、穴《あな》は続いている。

　アルバートはいつの間にか空想の世界に逃《に》げこんでいた。ぼくはなんて運がいいんだ！　このロープにぶら下がってるなんて！〈ストーンムア〉の監獄《かんごく》にいた何年ものあいだ、七国の秘密《ひみつ》を探《さぐ》ってみたいとずっと思っていた。なかでも、過去《かこ》の秘密《ひみつ》は一番心をゆさぶられるにちがいない。こうやって一歩ずつ震《ふる》える手でロープをつかみながら、じょじょに時代をさかのぼっていき、大変動以前にあった都市へと向かっている。どんな驚《おどろ》きに出会えるんだろう？

ようやくアルバートは、足が――腰《こし》の位置からだいぶ下で――ぶらぶらゆれていることに気づいた。換気口《かんきこう》がすべり台になっているというスカーレットの話が正しいこともわかった。アルバートは自信をつけてさらに手を動かし続けた。すると、ロープの端《はし》にたどり着くころには、レンガの上に立つことができた。アルバートは少しためらってから手を放し、最後の部分をすべりおりた。明かりと空間がそれとなく道を示《しめ》してくれている。すべり台は勢《いきお》いよく曲がると、完全に平らになり、視界《しかい》がひらけて通路に出た。勢《いきお》いあまって開口部から投げ出され、尻《しり》もちをついた。スカーレットが向かいの壁《かべ》にもたれて退屈《たいくつ》そうにしている。

「やっと来た。楽しかった？」

「無残な死をまぬがれたことを楽しいというなら、確《たし》かにとびっきりの時間だったよ」アルバートはずきずきする腕《うで》をさすりながら立ちあがった。「いてて。あれ、待って――これ何？」

「力こぶよ。あんたの体もようやくそれらしくなってきて、あたしもうれしいわ」スカーレットは懐中電灯《かいちゅうでんとう》でトンネルのなかを照らした。「侵入《しんにゅう》成功。あとは貨物トラックを見つけるだけ。行くわよ」

通路は四角く、大ざっぱな作りで明かりもなかったが、前方にやわらかい光が見える。アルバートはスカーレットについて光のほうに向かった。空気は冷たく、乾《かわ》いてよどんでいる。石と土ぼこりのにおいがした。ふたりの足音以外、何も聞こえない。

電灯が壁《かべ》にボルトで固定された部屋にいきなり入った。照明は消えていたが、リン光を発するカビが天井をおおい、部屋全体をぼんやり照らしている。がれきの山のなかに歯車を使った道具が見える。そのわきに大きな白い看板《かんばん》があった。看板《かんばん》の先にはプラスチックマットが敷《し》かれた広いトンネルが暗闇《くらやみ》のほうへのびている。

ふたりは看板《かんばん》に近づいた。長年のほこりで汚《よご》れている。アルバートがほこりをきれいに払《はら》い落とすと、発掘現場《はっくつげんば》の従業員《じゅうぎょういん》に向けた規則《きそく》と警告《けいこく》が書かれていた。「見て。ヘルメット、長《なが》靴《ぐつ》……それに、ガス噴出《ふんしゅつ》の場合に備《そな》えて呼吸装置《こきゅうそうち》を着用のことだって。ぼくたち何も持ってないよ。ぼくなんかスニーカーだ」

スカーレットは不満そうな声を出した。「この下の部分が気になるわね」

看板《かんばん》の下半分は一覧表《いちらんひょう》で、横に使いかけのチョークがぶら下がっている。表には、発掘現場《はっくつげんば》に出没《しゅつぼつ》するさまざまな不気味な生物がシルエットのイラストで紹介《しょうかい》されていた。アルバートはその姿形《すがたかたち》を全部見分けられたわけではなかったが、なかにはぞっとするほど脚《あし》の数が多い生き物もいる。それぞれの脚《あし》の横に本数を示《しめ》す数字が書かれていた。

「あれが見える？」スカーレットはいった。「どのエリアで不気味な生物が目撃《もくげき》されたかが書かれてる。うわっ！　吸血《きゅうけつ》モグラにオオトカゲに穴掘《あなほ》り虫……それにこの翼《つばさ》のある環形《かんけい》動物が何なのかわからない。ちょっと、見てよ！　これが全部この場所にはびこってるなんて！」

「特に第五と第六エリアだよ。そのあたりには近づかないほうがいい。でないと、嫌《いや》なものに出くわすかもしれない」アルバートはそういって鼻をかいた。「ところで、ここはどのエリア？」

スカーレットに肩《かた》をたたかれた。振《ふ》り向くと、人の大きさくらいある数字の6が向かいの壁《かべ》に血のように赤く塗《ぬ》られている。

やや間があった。「ま、心配無用よ。長居《ながい》はしないから。さっさと第七エリアに行って、箱《はこ》詰《づ》めされた遺物《いぶつ》を見つけて、トラックを盗《ぬす》んでおさらばするだけ。たぶん、〈埋没都市《まいぼつとし》〉のなかを歩きまわることもないから、その手の生き物に出くわすこともないわ」

「この気味の悪い環形《かんけい》動物も？」

「特に遭遇《そうぐう》する確率《かくりつ》は低いわよ。残念だけど、退屈《たいくつ》な仕事になりそうね」スカーレットはアルバートにいつもの軽い笑みを向けた。「よし、この広いトンネルならまちがいなさそう。こういう大きい通路をたどっていけば、すぐに作業エリアにつながる階段《かいだん》を見つけられる。そこまで行けば、あとは遺物《いぶつ》の梱包《こんぽう》部屋と搬出口《はんしゅつぐち》へ直行よ！　行こう」

ふたりは小走りにトンネルを進んだ。幅《はば》の広い主要通路で、地面には多くの長靴《ながぐつ》の跡《あと》がつき、赤くけずれている。アルバートが懐中電灯《かいちゅうでんとう》をぐるりとまわすと、地面や天井に労働者たちの道具の跡《あと》が見えた。さびた油さしが二つ三つすみに転がり、古い斧《おの》の頭や、何かわからないものどれも最近使われた様子はなく、しばらく誰《だれ》も足を踏《ふ》み入れていないようだ。あたりはしんとしている。

ふたりの予想よりだいぶたってから、ようやく合流地点にたどり着いた。トンネルの先が三つに分かれている。スカーレットにはどの道をとるか、はっきりした自信の裏《うら》づけがなかった。どの枝道《えだみち》も気味の悪いリン光でぼんやり明るく、どれにもプラスチックマットが敷《し》かれている。選びようがない。あれば、それが正しい道だ。

スカーレットは帽子《ぼうし》のゆがみを直しながら、顔をしかめた。「なんの案内もない分岐点なんて役立たずもいいとこよ。この場所の警告板《けいこくばん》はどこ？」

「食べられたのかも」

「じゃあ、選ぶしかない。あんた、どう思う？　真ん中の道がほんのちょっと広いかな？」

「ぼくは右側を提案《ていあん》しようと思ってた」

「じゃあ、左の道にしよう。この手の選択《せんたく》はこれまでさんざん間違《まちが》ってきたから。たぶん、ふたりとも間違《まちが》ってる」

左側の道が正しいのかどうか、アルバートにはわからなかった。が、すぐに搬出口《はんしゅつぐち》やトラックのことは頭からすっかりぬけ落ちた。トンネルがしばらく続き、それから曲がり角をまわると、視界《しかい》がひらけて天井の高い、広い洞窟《どうくつ》のような場所に出た。頭上に割《わ》れ目がある。遠くの天井部分にそって細長い電灯がかすかに光り、やわらかい白い明かりで照らしている。

そこに家がいくつか並《なら》んでいた。

アルバートとスカーレットはハッと立ちどまった。

地面は大昔の黒くなったコンクリートで、きれいな部分もあるが、ひび割《わ》れた部分もある。左右に家の前面が、くすんだ赤石から自然に生えて花を咲《さ》かせたように出現《しゅつげん》していた。まるで、岩石のなかの結晶《けっしょう》が、家のドアやアーチの通路や柱や破風《はふ》に変化したかのようだ。どれも廃屋《はいおく》だった。建物は形がはっきりしないまま、部分的で、ぼんやりして、掘《ほ》り残された岩の下のあたりは輪郭《りんかく》がかすんでいる。見たところ、発掘《はっくつ》作業員たちが苦労して建物を掘《ほ》り出そうとした跡《あと》もあれば、前面のレンガ壁《へき》はそのままで、直接《ちょくせつ》ドアや窓《まど》まで切りとおして内部に入りこんだ跡《あと》もある。たまに、家の内部に掘《ほ》り進んだ小さい穴《あな》もあって——おそらく人の手で掘《ほ》ったのだろうが——アルバートは巨大《きょだい》な穴掘《あなほ》り虫を連想した。高いところに未加工の石のバルコニーが残されていて、一番高いところにある穴《あな》につながる渡《わた》り通路になっている。そこに驚《おどろ》くほど細いはしごが掛《か》かっていた。大人の男が登るところはとても想像《そうぞう》できない。アルバートの頭に子どもの奴隷《どれい》が思い浮《う》かんだ。

気づくとアルバートは息をするのを忘《わす》れていた。スカーレットでさえ静かだ。

「大変な作業だよ」アルバートはいった。「この場所を作るのに、どれだけ苦労したか想像《そうぞう》してみて」

スカーレットもうなずいた。「〈信仰院《しんこういん》〉はここにあるものを本当に手に入れたいのね」

ふたりは歩き続けた。懐中電灯《かいちゅうでんとう》であたりを照らしながら、洞穴《ほらあな》の先へ続く幅《はば》の狭《せま》いマットをたどっていく。どちらも静かだった。なにしろ、ここは音がやたらと響《ひび》く。どんなに軽い足音でも、ざわめきのような反響音《はんきょうおん》が生まれてしまい、それが空洞《くうどう》を駆《か》けぬけて勢《いきお》いを増《ま》し、何度もはね返ってかなり遠くから戻《もど》ってくるため、大勢《おおぜい》の死者が四方八方から押《お》しよせるように感じられるのだ。

だが、あたりには誰《だれ》もいない。

「このへんはきっと、何年も前に発掘《はっくつ》されてたのね」スカーレットはささやいた。「道具も手《て》押《お》し車も掘《ほ》り出した石の山もないもの。ただ、ああいう穴《あな》には注意して。いやな感じがする」

かつて交差点だったらしきところにやってきた。建物の角がすっかりあらわになり、また別のくりぬかれた洞穴《ほらあな》が細長い照明の下にのびている。壁《かべ》には黒い筋《すじ》がついていた。どうやらたいまつで明かりをとっていたらしい……アルバートは活気ある都市を思い描《えが》こうとしたが、難《むずか》しかった。ところどころ、建物の特徴《とくちょう》が、アルバートの行ったことのある〈生き残った町〉のものとよく似《に》ていたが、割《わ》れたレンズ越《ご》しに見ているみたいにぼやけてゆがんでいる。視覚《しかく》も影響《えいきょう》される場所らしい。

オレンジ色のコーンがいくつか、洞穴《ほらあな》の側面に並《なら》んで置かれている。ふたりはそのコーンに目を留《と》めた。

「あれってどういう意味だと思う?」アルバートは聞いた。

「〈近寄《ちかよ》るな〉〈死の危険《きけん》〉〈頭上に巨大昆虫《きょだいこんちゅう》〉ってな感じじゃない?」

「だよね? 逆《ぎゃく》のほうに行く?」

「そうしよう」

ふたりでそこを離《はな》れた瞬間《しゅんかん》、アルバートが片手《かたて》をあげた。「あの音は?」

スカーレットにも聞こえていた。顔が緊張《きんちょう》でこわばっている。

低いが、たしかにコツ、コツという音がする。不規則《ふきそく》で、音までの距離《きょり》も、どの方向から聞こえるのかもわからない。よけいなイメージがアルバートの頭をよぎる。鉤爪《かぎづめ》が石をたたき、ぎざぎざの歯のある大きなくちばしがかみ合わさる……。

「たぶん発電機だよ」アルバートはいった。「なんでもない機械の音だ」

スカーレットはアルバートと目を合わせた。「そうね。あたしもそう思う」

ふたりはそのまま進んで、昔の通りをまっすぐにたどっていった。灰石《はいいし》のアーチをぬけたところで、やや小さい洞穴《ほらあな》に入る。そこは家がほとんど土に埋《う》もれたままだ。閉《と》ざされた家の内部を探《さが》して穴《あな》がいくつかあけられている。どれもそれほど大きな穴《あな》ではない。アルバートにはパブにいた大柄《おおがら》の労働者がその穴《あな》に体を押《お》しこみ、内部に入るところが想像《そうぞう》できなかった。ところどころ、屋根が崩《くず》れている。アルバートは歩く速度をあげた。埋没《まいぼつ》した家など、あまり見ていたくはない。

また交差点にやってきた。石を削《けず》ってできた粗雑《そざつ》な作業員用の階段《かいだん》が上にのびていたが、正面を見ると、昔のコンクリート壁《へき》のあいだにアーチの入口があった。ふたりはまた立ちどまって考えた。

「のぼる？」アルバートはたずねた。「別のエリアにつながってるかも」

「ええ。ただ、第七エリアに行けるかは、わからない」

「少なくとも、さっきのコツ、コツって音は消え――スカーレット！　誰《だれ》かがぼくたちを見てる！」

アーチの向こうに灰色《はいいろ》の人影《ひとかげ》がうずくまっていた。アルバートは思わず後ろに飛びのいた。耳のなかで血がドクドクいっている。スカーレットはすでにリボルバーを手に構《かま》えていた。スカーレットの緊張《きんちょう》した速い息づかいが聞こえる。

ふたりはその場で待った。人影《ひとかげ》は動かない。アルバートはぎこちない手つきで懐中電灯《かいちゅうでんとう》のスイッチを入れた。震《ふる》える手で光線を少しずつ近づけ、人影《ひとかげ》を突《つ》き刺《さ》すように照らす。

うずくまっている人はひどくやせていて、まったく動かない。骨《ほね》ばった両腕《りょううで》を頭の上でかばうように交差させている。妙《みょう》にやわな感じがするのにアルバートはとまどった。懐中電灯《かいちゅうでんとう》の光のなかでも、輪郭《りんかく》がぼやけていてはっきりしない。手足はざらざらしているように見えるけど柔《やわ》らかそうで、体に溶《と》けこんでいる。

スカーレットが銃《じゅう》をおろした。「だいじょうぶ……昔の住人よ」

ふたりは用心しながら正面の洞穴《ほらあな》に足を踏《ふ》み入れた。壁《かべ》に巨大《きょだい》な指のようなしるしが焼きついていて、アーチの入口から内側に向かって放射状《ほうしゃじょう》にのびている。うずくまった姿勢《しせい》の干《ひ》からびた人の姿《すがた》は不自然にねじれていた。死んでもなお部屋に入ってきたものを避《さ》けようとしているみたいだ。

「ひどくやせてるわね。日に焼けた紙でできてるみたい。触《さわ》っただけでばらばらになりそう……」スカーレットは近くに身をかがめ、盾《たて》にしているもろそうな両腕《りょううで》の下をのぞいた。懐《かい》中電灯《ちゅうでんとう》をパチッとつけて消し、体を起こす。

アルバートはスカーレットをずっと見ていた。「スカーレット、何をしていたの？」

「顔を見てた」

「どうして？　何が見えたの？」

「何も。何でもないわ……見ちゃだめよ」

ふたりはその場に立っていた。

「大変動で何が起こったんだと思う？」アルバートはたずねた。

「誰《だれ》にもわからない。すごく悪いことよ」

ふたりは交差点に戻《もど》り、階段《かいだん》をのぼって上の階に行くと、そのまま進んだ。そこは第七エリアではなかった。トンネルが、埋《う》まった家の中と外をややこしく縫《ぬ》うように通っている。見捨《みす》てられた感覚が濃《こ》くなった。空気がカビ臭《くさ》い。どれくらいたったかわからなくなったころ、スカーレットが階段《かいだん》まで戻《もど》って別の道を試そうと提案《ていあん》した。が、肝心《かんじん》の階段《かいだん》が見つからない。

ミイラ化した死体を見つけてから、ふたりのあいだの空気が変わっていた。アルバートはスカーレットの反応《はんのう》がさらにぶっきらぼうになり、決断《けつだん》に慎重《しんちょう》さを欠くようになっているのに気づいた。動きが速まり、どの交差点でもせっかちに判断《はんだん》し、とにかく先へ進もうとする。アルバートもしだいに不安がつのるのを自覚していた。絶《た》え間なく続く静寂《せいじゃく》が心を圧迫《あっぱく》してきている。ふたりとも、のどがカラカラだった。スカーレットはすでに水筒《すいとう》を一本空にし、二本目に口をつけている。アルバートの懐中電灯《かいちゅうでんとう》は電池が切れていた。

ふたりはコンクリートのかけらが散らばった洞穴《ほらあな》をぬけた。一度、上のほうが見えないほど高くそびえ立つレンガの壁《かべ》の横を通った。リン光を発するカビが地面をおおう区域《くいき》をぬけたときには、ふたりの靴底《くつぞこ》はべとべとだった。ほかの死体もいくつか目に入ったが、必ず何もない空間の一番奥《おく》まった場所にあった。そうした死体のなかにはまだ岩にくっついていて、自力で身をはがそうとしているようなのもあれば、別の場所から発掘《はっくつ》作業員に運ばれて捨《す》てられ、重なり合ってできた塚《つか》に横たわっているのもある。たまに燃料《ねんりょう》に使われていた形跡《けいせき》もあった。アルバートは死体が嫌《きら》いだったが、こういう扱《あつか》いをされているのを見ると、訳《わけ》もわからず動揺《どうよう》した。

ようやく広いトンネルに出た。なだらかに起伏《きふく》しながら左右にのびている。壁《かべ》にボルトで固定した白熱電球が一列に並《なら》んでいる。ゴム敷《じ》きの通路のそばに細いレールが走っていた。ディーゼル油のにおいがあたりに漂《ただよ》う。

スカーレットは帽子《ぼうし》を押《お》しあげ、頭をかいた。汗《あせ》をかき、ほおが赤い。「このにおい、わかる？　最近、利用されたってことよ。あとはどっちの道にするか決めないと」

アルバートはうなずいた。「あのコツ、コツっていう音が決め手になるかもしれない。また聞こえるから」

「え、嘘《うそ》？　どこから？」

「後ろから聞こえる。何の音か想像《そうぞう》できないけど」

「やだ、いいもののはずないよね？　あの看板《かんばん》を思い出して、一つ選ぶとしたら何？　たぶん、あたしたちのにおいをたどってきてるのよ。何か見える？」

アルバートは振《ふ》り返り、今来たばかりのトンネルのカーブを先のほうまで見通した。「何も見えない」

「よかった。じゃあ、右と左どっちにする？　どっちかは荷物搬出口《はんしゅつぐち》につながってるはずよ……」スカーレットは腕時計《うでどけい》を横目で見て毒《どく》づいた。「二時！　ちょっと、どうなってんのよ！　もう夜が半分終わってる！」

アルバートはショックを受けてスカーレットをまじまじと見た。アルバートもひどく混乱《こんらん》していた。一時間ほどしか歩いていない気がしたからだ。

左の道を選んで進みながら、ふたりは黙《だま》りこんだ。レールはくねくねと曲がり、やがて天井の高いどこまでも続く洞穴《ほらあな》に入った。片側《かたがわ》はずっとでこぼこした石が出っ張《ば》っている。反対側は大きなコンクリートの建物のなめらかな表面が続き、三階まで削《けず》り出されていて、ぽっかりあいた四角い窓《まど》がぽつぽつ見える。死体もたくさんあった。どれも棒《ぼう》のようにやせ、頭を垂《た》れて座《すわ》った姿勢《しせい》で、掘《ほ》り残しのある奥《おく》まった場所の壁際《かべぎわ》に並《なら》べて置かれている。

青白い照明が、何もない側壁《そくへき》の真ん中あたりに環状《かんじょう》に並《なら》べて設置《せっち》され、地面の一部をサワーミルク色の神経質《しんけいしつ》な光で染《そ》めている。ほかの場所は真っ暗だ。洞穴《ほらあな》のなかほどまで進んだところに、はしごが一つあり、頭上の高いところにある穴《あな》の一つにかけてあった。はしごのそばにはレールが通っていて、小型《こがた》の発掘用《はっくつよう》トロッコが二台あった。一台にはがれきが山積みで、もう一台には発掘《はっくつ》道具がきれいに並《なら》べてある。

スカーレットは満足そうににっこりした。「確《たし》かな証拠《しょうこ》ね。ここは最近、作業が行われていた場所よ。目的地に近づいてきた。このレールをたどっていけば、発掘現場《はっくつげんば》の先端《せんたん》にたどり着くわよ、きっと」

アルバートは鼻にしわを寄《よ》せてためらっている。「ここ、いやなにおいがする」

「坑内《こうない》にたまったガスかも。さっさと通りすぎればいいわ」スカーレットは足を速めた。「行こう」

ふたりは建物のぽっかりあいた窓《まど》の下をすばやくぬけ、うずくまった姿勢《しせい》の黒ずんだ死体の列のそばを通りすぎた。しなびた手足やむき出しの黄ばんだ歯のことをアルバートは考えないようにした。ここへ来た目的を思い出し、外の空気に触《ふ》れたいという強い思いがこみあげてくる。アルバートは願った。スカーレットの読みが当たっていますように。どうか、すぐに搬出《はんしゅつ》口《ぐち》にたどり着けますように。

そのとき、ふと思いついた。「監視《かんし》のことだけど」アルバートはいった。「もし、監視《かんし》がトラックのそばにいたら、できるだけ流血は避《さ》けようよ」

スカーレットはぶつぶついった。「相手の出方しだいよ」

「監視《かんし》を撃《う》つ必要はないよね？　頭を殴《なぐ》るくらいでいいんじゃないの？　ちょっと小づく程度《ていど》で。銀行強盗《ごうとう》と大差ないよね？」

「わからない。ここの監視《かんし》はめちゃくちゃ強いやつらかもしれない。すぐにわかるわ」

ふたりは細長く伸《の》びる照明をたどって歩き続けた。少しして、アルバートは来た道を振《ふ》り返った。コツ、コツという音はもう消えていた。脚《あし》が何本もある生物がトンネルのなかを追いかけてくる気配はどこにもない。

「背後《はいご》は変わらず問題なし」

「よかった」

「ようやくぼくらに運が向いてきたかも」

「同感よ、アルバート。わたしも絶対《ぜったい》にそう思う」

アルバートはそれから数歩しか進んでいなかった。だから、すぐにまた確認《かくにん》する必要などまったくなかったし、なぜそうしたのか自分でもわからない。べつに音がしたわけでもなんでもなかった。直感だったのかもしれないし、ほかの何か――アルバートの意識《いしき》がとらえそこねていたかすかな異常《いじょう》――だったのかもしれない。いずれにしろ、アルバートはもう一度肩越《かたご》しに後ろを見た。そのとき、うずくまった死体の一つが急に向きを変え、奥《おく》まった場所から骨《ほね》ばかりの足を伸《の》ばして、地面を踏《ふ》むのが見えた。

13章

それはまったく音を立てずに動いた。もっともアルバートにしてみれば、その流れるようなめらかな動きも、静かさも、密《ひそ》かな行いも——とりわけ、目の前で起こっている絶対《ぜったい》にあり得《え》ない、恐《おそ》ろしい現象《げんしょう》も——すべて、〈埋没都市《まいぼっとし》〉という夢《ゆめ》みたいなものが、さらに夢《ゆめ》らしくなっただけだ。なにしろ、トンネルに入ったときから、非現実的《ひげんじつてき》な感覚にずっとつきまとわれてきたのだ。時間が無意味で、硬《かた》い岩の下に家が連なる通りが埋《う》もれている場所で、死者が生き返ったとしたら、絶対《ぜったい》そこにはおぞましい理由がある。アルバートは恐怖《きょうふ》にがんじがらめになり、口も固く閉《と》じたまま、まったく動かなかった。アルバートが見つめていると、その人影《ひとかげ》は壁《かべ》から離《はな》れ、こわばった脚《あし》を動かしてぎこちなく歩いた。ちょうどランプの明かりがさす場所のすぐ外にいて、闇《やみ》にまぎれている。なんて青白いんだ！　それにガリガリにやせている！骨《ほね》ばかりの細い首の上で頭が今にもはずれそうにゆれている。黒い目が光り、白いくちびるが開いて歯をむいた。ひざの関節が動いて、白い皮膚《ひふ》におおわれたごつごつした脚《あし》が明かりのなかにあらわれる。鋭《するど》い歯がぶつかりあい、はさみでものを切るような音を立てると、果てしなく続くように感じた時間が終わりを告げ、アルバートにかかっていた魔法《まほう》が解《と》けた。

アルバートはひと声、くぐもった悲鳴をあげた。

スカーレットがとっさにこちらを向いて、ひと言発した。その言葉はまちがいなく現実《げんじつ》のものだった。

すでにピストルを手にしていたスカーレットは三度発砲《はっぽう》した。弾《たま》はアルバートの耳をかすめ、すさまじい音が響《ひび》くなか、後ろの人影《ひとかげ》に命中した。人影《ひとかげ》は後ろ向きに倒《たお》れると、レールに沿《そ》ってくるりと一回転し、また立ちあがった。暗闇《くらやみ》のなかで歯がきらりと光る。

洞穴《ほらあな》じゅうに銃声《じゅうせい》がはね返り、響《ひび》きわたると、岩壁《がんぺき》の奥《おく》に並《なら》んでいたほかの人影《ひとかげ》も身じろぎし始めた。丸めていた背中《せなか》を伸《の》ばし、しなびた細い手足をクモの脚《あし》のように広げる。

洞穴《ほらあな》じゅうに血なまぐさい邪悪《じゃあく》な思いがパッと芽生えた。

ようやくアルバートの考えが、それまでずっと直感でわかっていたことに追いついた。この洞穴《ほらあな》だけはほかとちがい、まわりにいるのは死者じゃない。厳密《げんみつ》にいうと生者でもない――というか、少なくとも生きた人間ではない。

ちがうたぐいの恐《おそ》ろしいもの。

「〈堕種《だしゅ》〉……」アルバートはささやいた。

「アルバート――」そばでスカーレットの声がした。「――はしごをのぼって」

この事態《じたい》にもスカーレットは驚《おどろ》くほど落ちついていた。アルバートが振《ふ》り向くと、トロッコの先に、壁《かべ》に立てかけられたはしごが見えた。建物の三階の暗闇《くらやみ》にかすむあたりまでのびている。奥《おく》の岩壁《がんぺき》から人影《ひとかげ》があらわれたが、アルバートは構《かま》わずに駆《か》け出した。スカーレットが肩《かた》の高さからさらに二発撃《う》ち、白いものが後ろに吹《ふ》き飛ぶ。アルバートは走った。スカーレットもアルバートと並《なら》んで後ろ向きにはしごに向かいながら、ランプの明かりの下を通りすぎた。ふたりのまわりに硝煙《しょうえん》が漂《ただよ》い、前がよく見えない。

はしごは子ども用で、見るからに細くて軽く、信じられないほど高いところにかかっている。アルバートはとてものぼれる気がしなかったが、まだはしごの手前のトロッコにもたどり着いていない。必死にスパートをかけようとしたとき、白い手に後ろから肩《かた》をつかまれた。一瞬《いっしゅん》、しま模様《もよう》の入った大理石みたいな手首と、骨《ほね》と鉄で作られたブレスレットが目に入った。黒い爪《つめ》がアルバートの体に食いこみ、恐《おそ》ろしい力で後ろに引っぱる。焼かれるような痛《いた》みに襲《おそ》われ、悲鳴をあげた。悪臭《あくしゅう》が鼻をつき、吠《ほ》え声が聞こえる。相手がなおも背中《せなか》に襲《おそ》いかかり、口をあけて嚙《か》みつこうとしたとき、スカーレットがすぐそばに来て、白いものの顔に銃《じゅう》をつきつけ、撃《う》った。吠《ほ》え声が途切《とぎ》れ、肩《かた》から手が離《はな》れる。アルバートはよろけながら走り続けた。

トロッコまでやって来たとき、スカーレットは弾《たま》の切れた銃《じゅう》を開け、空の薬きょうを捨《す》てた。

弾《たま》をこめる時間はない……渦巻《うずま》く煙《けむり》のなかを人影《ひとかげ》がいくつも集まってきている。急き立てるような叫《さけ》び声や口笛、足の鉤爪《かぎづめ》が地面をこする音がする。スカーレットは銃《じゅう》をベルトに押《お》しこむと、つるはしをトロッコからつかみ取り、反対の手に投げ渡《わた》した。

叫《さけ》び声がしだいに金切り声になり、〈堕種《だしゅ》〉がまわりを取り囲《かこ》んだ。スカーレットはつるはしを左右に振《ふ》りまわした。アルバートははしごに飛びつき、下から聞こえるかん高い叫《さけ》び声に駆《か》り立てられ、二段《だん》飛ばしでのぼった。早く、上へ……体重で横木がたわむ。ちらっと下を見ると、白いものが群がっている。はしごをのぼろうとしているのもいれば、はしごを壊《こわ》さんばかりにつかんでいるのもいる。スカーレットは群れのぎりぎり手の届《とど》かない高さにいた。はしご段《だん》に背筋《せすじ》を伸《の》ばして立ち、みごとにバランスを取りながら、後ろ向きにゆっくりのぼってくる。はしごをつかみもせずに、血で汚《よご》れたつるはしをベルトにさし、リボルバーに弾《たま》をこめ直している。はしごがゆれた。アルバートは必死にしがみついた。スカーレットが銃《じゅう》をカチッと閉《と》じ、両足のあいだから六発撃《う》つと、ゆれが止まった。

アルバートははしごの上までたどり着いた。洞穴《ほらあな》の天井部分のすぐそばだ。目の前に大きな四角い窓《まど》があり、その奥《おく》に発掘《はっくつ》された部屋があった。真っ暗な空間だ。なかに何かいるかもしれない。吸血《きゅうけつ》モグラとかヘビとか穴掘《あなほ》り虫とか……だが、構《かま》ってはいられない。アルバートは急いではしごを離《はな》れ、大昔の部屋に飛びこんだ。ほぼ同時にスカーレットも部屋に飛びおりると、アルバートをわきに押《お》しのけ、はしごを蹴《け》った。アルバートははしごが向こうに傾《かたむ》き、洞《ほら》穴《あな》のなかを斜《なな》めに倒《たお》れていくのを見つめた。途中《とちゅう》でつり下げ照明を支《ささ》えるワイヤーを断《た》ち切り、激《はげ》しい火花の雨を降《ふ》らしながら、照明を道連れにしていく。洞穴《ほらあな》の半分の電灯が消え、はしごはレールを横切るように音を立てて倒《たお》れた。〈堕種《だしゅ》〉が鳩《はと》のようなうろたえた鳴き声をあげている。

アルバートとスカーレットは顔を見合わせた。

「だいじょうぶ?」スカーレットが聞いた。

「うん」アルバートはずきずきする肩《かた》を無視《むし》した。「きみは?」

「打撲《だぼく》だけ」スカーレットは指で額《ひたい》をぬぐった。「ああ、もう何考えてたんだろ? あのにおいで気づくべきだったのに! この場所にいるとほんと頭が混乱《こんらん》する……あいつら、あきらめそう?」

アルバートははるか下の騒《さわ》ぎを見つめていた。わずかな毛に縁《ふち》どられた白い頭が数えきれないほど重なり合っている。骨《ほね》ばかりの腕《うで》がはしごに伸《の》び、みんなで持ちあげて壁《かべ》に戻《もど》そうとしている。「いや、それはない……猶予《ゆうよ》は一分くらいしかないと思う」

スカーレットは小声で毒《どく》づくと、懐中電灯《かいちゅうでんとう》のスイッチを入れ、部屋をぐるりと照らした。ひび割《わ》れたコンクリートの部屋で、がれきの山とその奥《おく》に穴《あな》があるだけだ。「穴《あな》の先に出口があるかも。だけど、時間を稼《かせ》がなきゃならない。そこの石を転がすのを手伝って」

スカーレットは山になっていた石の一つに飛びついた。アルバートの胸《むね》くらいある大きい石だ。アルバートはスカーレットの隣《となり》にしゃがむと、それを山から引きぬこうと格闘《かくとう》し始めた。簡単《かんたん》にははずれず、右腕《みぎうで》は痛《いた》み、肩《かた》は感覚が麻痺《まひ》している。ふたりが悪戦苦闘《あくせんくとう》しているあいだに、はしごの先端《せんたん》がふたたび窓《まど》にかけられた。リズミカルに振動《しんどう》し、何かがのぼり始めたのがわかる。

スカーレットの帽子《ぼうし》が傾《かたむ》き、横顔に汗《あせ》が流れ落ちる。「アルバート」

「はい」

「ひと言、いっていい？」

「もちろん」

「今こそ、あんたの能力《のうりょく》を発揮《はっき》するいい機会だと思わない？　あんたが下にいるいまいましいやつらを吹《ふ》き飛ばしてばらばらにしちゃえば、ことはずっと簡単《かんたん》にすむわ」

アルバートはスカーレットを見た。今、自分は〈恐怖《きょうふ》〉を感じているだろうか？　確《たし》かに頭はずきずきするし、心臓《しんぞう》はどきどきしているし、手首はひりひりする……けれど、自分もスカーレットのように、走ったり、飛びあがったり、戦ったり、石を転がしたりすることで〈恐《きょう》怖《ふ》〉に対応《たいおう》している……スカーレットが手本を見せてくれているとおりに、実際《じっさい》に体を動かすことであの力を発散できているのだ。かつての自分だったらこんなふうにはいかなかっただろう——自分ではどうすることもできず、〈恐怖《きょうふ》〉が爆発《ばくはつ》し、たぶんこの洞穴《ほらあな》をそっくり崩落《ほうらく》させてしまったはずだ。

石はまだ窓《まど》に向かう途中《とちゅう》にあった。

「ごめん」アルバートはいった。「できない。たしかに〈恐怖《きょうふ》〉はある——けど、うまくおさえられてるみたいだ」

「でも、こないだの晩《ばん》、ジョーとエティがさらわれ——」

「電気のスイッチみたいにつけたり消したりできないよ、スカーレット。〈恐怖《きょうふ》〉はそんなふうに動かせない！」

「ほんとに？　あの〈信仰院《しんこういん》〉の工作員は上手にあやつってたみたいだけど」

はしごの先がゆれている。アルバートの耳に、すぐ下でうなり声とはしごをたたく音が聞こえた。

最後の奮闘《ふんとう》の末、ふたりが石を数メートル転がすと、そのまま窓《まど》を越《こ》えた。木の折れるすさまじい音がして、はしごが砕《くだ》け、ばらばらに崩《くず》れ落ちた。洞穴《ほらあな》の向こうで興奮《こうふん》した叫《さけ》び声や口笛がとつぜん止み——それから、ふたたび始まった。

スカーレットとアルバートは窓《まど》の前に背中《せなか》をつけて座《すわ》り、息を切らしながらうめき声をもらした。

アルバートが天井をじっと見ている。「さっき、ぼくと〈信仰院《しんこういん》〉の工作員を比《くら》べたよね？」

「ああ、忘《わす》れて」スカーレットはなんとか体を動かしてひざをつく姿勢《しせい》になると、窓《まど》の外をのぞいた。「やつら、離《はな》れていくわ。集団《しゅうだん》で洞穴《ほらあな》の先のほうへ移動《いどう》していく」

吠《ほ》え声が小さくなっていった。アルバートは肩《かた》の痛《いた》みがまたぶり返すのを感じた。傷口《きずぐち》から血が出ているのがわかる。片方《かたほう》の腕《うで》をぐっとつかんで、スカーレットが窓《まど》から身を乗り出しているのを見た。

「またぼくらを追いかけてくるかな？」

「ええ。こっちの逃《に》げ道を絶《た》とうとするわ。だから、ぐずぐずしてはいられない」スカーレットは懐中電灯《かいちゅうでんとう》の光を部屋の奥《おく》にある穴《あな》のほうに向けた。「この穴《あな》のなかを行くしかないわ」

「さっきあそこで全員が体を丸めてたよね？　何をしてたんだろう？」

「寝《ね》てたんじゃない？　冬眠《とうみん》してたとか？　あいつらのことなんて誰《だれ》にもわからない。ただ地下にいるのが好きなだけかもしれない。物ごいのおじいさんが、発掘現場《はっくつげんば》の作業員たちはときどきやつらに悩《なや》まされてるっていってたから」

ゆっくり立ちあがろうとしていたアルバートはその場で固まった。「物ごいのおじいさんが何ていってたって？」

「ときどき〈堕種《だしゅ》〉に悩《なや》まされてるって」スカーレットは懐中電灯《かいちゅうでんとう》の先端《せんたん》から土ぼこりを払《はら》い落とした。「いわなかったっけ?」

「いってない。細かいことだと思っていわなかったんだ」

「わかった、あたしがいうのを忘《わす》れた。でも、大したことじゃないでしょ」

「きみにとっては大したことじゃないけど」アルバートはスカーレットをにらみつけた。「さっきぼくは危《あや》うく腕《うで》を切り落とされそうになった!」

「でも、そうならなかったでしょ。ほら、まだいつものように弱々しくぶら下がってる。わかんないのは、なんであんたがそんなに――」スカーレットは懐中電灯《かいちゅうでんとう》の光をアルバートに向けた。「アルバート、その肩《かた》!」

アルバートは顔をそむけた。「いいよ、放っておいて」

「黙《だま》って。その傷《きず》……嚙《か》まれたの?」

「いや」

「ほんとに?」

「ほんとだ。歯はガチガチいわせてたけど、嚙《か》まれる前にきみが撃《う》った。ここは爪《つめ》を立てて捕《つか》まえられたときについた傷《きず》だ」アルバートはスカーレットがまだこっちを一心に見つめているのに気づいた。「爪《つめ》でやられたんだ」もう一度いった。「なんで?」

「なんでもない。この懐中電灯《かいちゅうでんとう》を持ってて」スカーレットは急いで肩《かた》からリュックをおろし、勢《いきお》いよく開けると、防水《ぼうすい》ポーチに入った薬を出した。プラスチック製《せい》の小びんを選び取り、口についているふたを歯でかみ切って吐《は》き出す。「ただ、爪《つめ》でよかった。〈堕種《だしゅ》〉に噛《か》まれたら、話は別よ」スカーレットは色のついた液体《えきたい》をガーゼに染《し》みこませ、アルバートの肩《かた》に塗《ぬ》った。刺《さ》すような痛《いた》みにアルバートはひるんだ。「じっとしてて……ちゃんと塗《ぬ》らせてちょうだい……やつらの口のなかとか、そういうところはばい菌《きん》だらけで、噛《か》まれるとうつるのよ。菌《きん》に感染《かんせん》したら、すぐに具合が悪くなって体の水分が失われて……一時間後には体が黒くふくらんで死ぬわ。やつらはただ、さりげなくあとをつけてきて、感染者《かんせんしゃ》が死ぬまで待ってから、宴《うたげ》を始める。あ、でもほら、爪《つめ》だったんだからだいじょうぶ」スカーレットはアルバートをちらっと見た。「百パーセントまちがいない？」

「きみが話す前から確《たし》かだよ。今じゃ、百パーセントまちがいないといい切れないのは自分の名前のほうだ」

スカーレットの懐中電灯《かいちゅうでんとう》の明かりをたよりに、ふたりは部屋の奥《おく》にある狭《せま》い穴《あな》のなかを進んだ。ところどころ、穴《あな》の天井がひどく低く、リュックをおろして先に押《お》さなければならない場所もあった。子ども用の通路だろうとアルバートは思った。こんな場所に子どもを送りこむなんて、労働者たちはなんて残酷《ざんこく》なんだろう。あたりはしんとしていたが、アルバートには鉤爪《かぎづめ》のついた足が暗い通路を駆《か》けてくるところがありありと想像《そうぞう》できた。静かだが、安心できない。

やがて、視界《しかい》がひらけて次の部屋に入った。さっきの部屋と似《に》ている。窓《まど》が一つあって、硬《かた》い岩の出っ張《ば》りにつながっていた。その両側に深い割《わ》れ目があり、下の発掘《はっくつ》された通りが目に入る。ふたりは別の建物に入ってアーチをぬけ、黒く焦《こ》げたレンガの廊下《ろうか》を進んで、ふたたび発掘《はっくつ》作業用のトンネルに戻《もど》った。交差点に来るごとに耳をすましたが、何も聞こえない。

ひび割《わ》れたコンクリートの階段《かいだん》にやってきた。らせん階段《かいだん》が地下までつながっている。露出《ろしゅつ》した岩肌《いわはだ》が壁《かべ》からつき出ていた。どっちへ行ったらいいのかわからない。

アルバートが口を開こうとしたとき、長く低い口笛の音が階段《かいだん》の向こうの方から聞こえてきた。スカーレットがあわてて懐中電灯《かいちゅうでんとう》のスイッチを切る。ふたりは凍《こお》りついた……早くも、すぐそこの角から、ふたりのにおいを追って鼻をくんくん鳴らす音が聞こえてくる……ふたりは細心の注意を払《はら》い、カーブした階段《かいだん》をこっそりのぼった。いつなんどき、あのいやな叫《さけ》び声や金切り声が背後《はいご》から聞こえるかわからない。だが、追っ手はまだあらわれていない。

ふたりは迷路《めいろ》のようなトンネルをぬけ、骨組《ほねぐ》みばかりの建物を出たり入ったりして、静寂《せいじゃく》と恐怖《きょうふ》を背負《せお》って逃《に》げ続けた。アルバートはもう、過去《かこ》の不思議に対する興味《きょうみ》を失っていた。なんだかずっと、終わりのない石のループのなかをぐるぐる走っているように感じる。だが、そのうち驚《おどろ》くほどとつぜん、ふたりは主要通路に飛び出た。幅《はば》のある大きなトンネルで、地面にはマットが敷《し》かれ、少し先に細いレールが薄暗《うすぐら》い明かりのほうにしっかりのびている。

レールのわきにある荷台の上に、長方形の木箱が一つ置かれていた。スカーレットがふたをこじあけると、棒《ぼう》の形の高性能爆薬《こうせいのうばくやく》が積まれてほこりをかぶっている。それぞれの先端《せんたん》から白い導火線《どうかせん》が出ている。ふたりは無言のまま、つかめるだけつかんだ。懐中電灯《かいちゅうでんとう》の光を爆薬《ばくやく》のすぐそばに固定させ、あたりを暗闇《くらやみ》で包む。

アルバートは自分のリュックを閉《と》じた。「だいたい同じくらい持っておかないと」小声でいう。

スカーレットもうなずいた。「あと、あたしの銃《じゅう》に弾《たま》が六発あるから、それだけあればじゅうぶんよ。ほら、この血のついたつるはしを持って」

「ほんとに？　いいの？　ありがとう」

スカーレットは背筋《せすじ》を伸《の》ばした。「ここからゴールまで競争よ。やつらがのんびりやってくるなんてあり得《え》ない」

ふたりはレール沿《ぞ》いを進んだ。しだいに、気づかないほど少しずつ、前方のぼんやりしたもやが薄《うす》明かりになり、だんだんと強い明かりになって、あたりに広がった。トンネルの壁《かべ》が見えなくなり、気づくと粗削《あらけず》りの大きな洞穴《ほらあな》の出口の手前に立っていた。

そばにのびるレール上に木のトロッコが二台止まっている。その先は急な下り坂で、まるで巨大《きょだい》な石の厚板《あついた》が大地震《おおじしん》で持ちあがってしまったかのようだ。もしかすると本当にそうかもしれない。急斜面《きゅうしゃめん》は途中《とちゅう》でいきなり切れて崖《がけ》になっていて、その先の谷間から橋脚《きょうきゃく》がつきでている。はるか下には、ほかの発掘穴《はっくつあな》や薄暗《うすぐら》いトンネルやがれきの山もありそうだ。レールは急斜《きゅうしゃ》面《めん》の中央を崖《がけ》の縁《ふち》に向かってまっすぐにのび、粉々《こなごな》に割《わ》れた木材が散らばっているところで終わっている。この谷間にかけられていた橋の残骸《ざんがい》らしい。橋は谷の先のまぶしい明かりに照らされた向かいの洞穴《ほらあな》の入口につながっていたのだろう。

アルバートは向かいの洞穴《ほらあな》の入口を見つめた。約束の地のように輝《かがや》いている。だが、すでに橋は爆破《ばくは》され、トンネルの出口は金網《かなあみ》でおおって、明らかにあちらに行けないようにしてある。

スカーレットも目の前の光景の意味を理解《りかい》したことが、顔の表情《ひょうじょう》でわかった。

「そう、あそこが第七エリアよ」スカーレットはいった。「あれだけの照明を使える最大出力の発電機があるでしょ、ほら。なのに、封鎖《ふうさ》してる。こっちに有害なものがいることをよく知ってるからよ」

「その話をきっと物ごいのおじいさんも聞いてたんだね」アルバートはいった。

「それ、皮肉?」

「皮肉が何か、ぼくにはよくわからないけど、そうかもしれない」

スカーレットはリュックの位置を直した。「問題は、お友だちがあらわれる前にどうやってあっちに渡《わた》るかね」

　アルバートは背後《はいご》にのびるがらんとしたトンネルをちらりと振《ふ》り返った。ここにつながる通路はほかにもある。レールもいくつか、わきのトンネルからのびて中央のレールに合流している。積みおろしをする停車場《ていしゃじょう》も見える。大きな四角い木の荷車が置かれていたが、大半はがれきが詰《つ》まっていた。ほかにも壊《こわ》れたトロッコ――なかには横倒《よこだお》しになっているのもある――や、巻《ま》いたロープ、ばらばらに壊《こわ》れた道具棚《だな》もあった。わりと最近、大急ぎでこの場所を見捨《みす》てて去ったような感じがする。すべてがなんとなくわびしい。

「高性能爆薬《こうせいのうばくやく》であの金網《かなあみ》を爆破《ばくは》すればいいわ」スカーレットはいった。「それなら簡単《かんたん》よ」

　アルバートはうなずいた。「だけど、先にこの谷間を越《こ》えなきゃならない」

「ええ」

「それは無理だよ。この深い谷を自力でおりて、またよじのぼるなら話は別だけど。そんなことしてたら、絶対《ぜったい》に追いつかれちゃう」

「そのとおりよ、アルバート。だからそれは無駄《むだ》。でも、方法はほかにあるかも……」

　アルバートはスカーレットと半年を共にし、いろんな喜《よろこ》びや驚《おどろ》きを味わってきた。だから、帽子《ぼうし》を脱《ぬ》ぐまでもなく、スカーレットがトロッコに注目していることがわかった。「まさか、ぼくの予想どおりのことを考えてはいないよね？」アルバートはいった。

「考えてるかも」

「谷間に落ちて終わりだ！」

「そう？　見て、この急斜面《きゅうしゃめん》！　これなら向こうまで飛べるって」

「確《たし》かに――それで柵《さく》にぶつかって空気のぬけたボールみたいに弾《はず》んで谷間に落ちる」

スカーレットはニヤリとした。「もちろん、その前にあたしが爆薬《ばくやく》を投げて金網《かなあみ》を爆破《ばくは》する」

「だめだよ！　無理だ！　うまくいきっこない。バカげてる。もっといおうか？　きみがこれまで考えついたなかで一番愚《おろ》かで、見当ちがいで、漏《も》らしちゃいそうなくらいひどい計画だ」

「それに速いわ」スカーレットはいった。「あんたにもっといい案があるなら聞かせて。後ろから物音が聞こえるから」

ふたりは背後《はいご》のトンネルに向き直った。目をこらし、耳をすます。いつまでも続けるわけにはいかなかった。

「今のはとびきりいい計画だ」アルバートはいった。「史上《しじょう》最高の一つといっていい。マッチは持ってる？」

「ええ。じゃ、急いで進めよう。あたしが金網《かなあみ》を破《やぶ》る」すでにスカーレットはアルバートから離《はな》れながら、リュックと格闘《かくとう》している。

アルバートはつるはしをベルトにさすと、急いで斜面《しゃめん》の上にあるトロッコに向かった。トロッコに体重をかけて押《お》すと、とたんに肩《かた》の傷《きず》が痛《いた》みを訴《うった》えてくる。上半身の強さにあまり自信はなかったが、車輪に油がさしてあり、トロッコがレールの上を動き出すのを感じた。だが、満足感も背後《はいご》に迫《せま》ってくる音にほとんどかき消された。今でははっきりと、吠《ほ》え声や口笛や地面を駆《か》ける足音だとわかる。

アルバートはさらに力を込《こ》めて押《お》した。すると、いきなり足元の地面が傾《かたむ》き、トロッコが速度を増《ま》した。最初はその変化についていけたが、気づくとトロッコから離《はな》れかけている。一度でもつまずいたりよろけたりしたら、トロッコは行ってしまう。アルバートは木の縁《ふち》をぐっとつかんで体を持ちあげた。その瞬間《しゅんかん》、勢《いきお》いがはっきり変わった。アルバートはトロッコにしがみついて、斜面《しゃめん》の中央にあるレールを転がるようにおりていった。冷たい空気が体を打ち、細かい灰《はい》がトロッコの荷台から吹《ふ》きあがり、目がしょぼしょぼする。はるか前のほうにスカーレットの姿《すがた》が金網《かなあみ》に当たる明かりを背《せ》に黒く浮《う》かびあがって見える。スカーレットは壊《こわ》れた橋の上で、高性能爆薬《こうせいのうばくやく》を谷間の向こうにある金網《かなあみ》のほうへ投げようとしていた。アルバートの目にこっちを振《ふ》り返ったスカーレットの顔が青白く光るのが見えた。

トロッコは速度を上げ、勢《いきお》いよく弾《はず》みながらレールにある小石をはねて走った。思いきって肩越《かたご》しに後ろを見ると、トンネルにやせた白い人影《ひとかげ》があらわれた。もう一台のトロッコには目もくれず、木の停車場《ていしゃじょう》を越《こ》えてアルバートを追ってくる。

アルバートはトロッコにしっかりつかまった。谷間の向こうにある金網《かなあみ》を見つめる。爆薬《ばくやく》は無事に投下され、シューっと音を立てながら金網《かなあみ》の上を転がっている。アルバートは爆破《ばくは》を待ったが、何も起こらない。

両わきのトンネルから〈堕種《だしゅ》〉がさらに駆《か》けこんできた。

アルバートはスカーレットを見た。どうしたんだろう？　レールから離《はな》れようとしている……。

〈堕種《だしゅ》〉がなだれこんできた。二本脚《あし》で背筋《せすじ》を伸《の》ばして走っているのもいれば、手足を地面につけてはねるように駆《か》けてくるのもいる。あたりは吠《ほ》え声や金切り声であふれた。スカーレットは立ちどまり、きびすを返すと、急降下《きゅうこうか》してくるトロッコをつかまえられる曲線のルートを駆《か》け戻《もど》り始めた……。

斜面《しゃめん》はさらにきつくなり、トロッコは勢《いきお》いを増《ま》した。真正面に粉々《こなごな》になった橋があり、壊《こわ》れたレールが宙《ちゅう》につき出ている。

髪《かみ》が後ろに流れるのを感じながら、アルバートは片手《かたて》でトロッコにしがみつき、ベルトからつるはしをはずした。

スカーレットが赤い髪《かみ》をひるがえしながら走っている。帽子《ぼうし》が脱《ぬ》げ、それをつかもうとしてよろけた。〈堕種《だしゅ》〉がすぐ後ろに迫《せま》っている。長く白い指をスカーレットのほうに伸《の》ばしてくる。

トロッコが近づく。

スカーレットは飛びあがった。〈堕種《だしゅ》〉がすぐ後ろにいる。スカーレットはトロッコの側面にぶつかり、荷台のなかに転げ落ちた。

〈堕種《だしゅ》〉も飛びあがった。その瞬間《しゅんかん》、アルバートが〈堕種《だしゅ》〉めがけてつるはしを振《ふ》りおろした。〈堕種《だしゅ》〉もつるはしもあっという間にトロッコから離《はな》れ、激《はげ》しい風のなかに消えていった。トロッコは斜面《しゃめん》の底に到達《とうたつ》すると、壊《こわ》れた木の台をつき飛ばしてレールの端《はし》から空中に飛び出した。

高性能爆薬《こうせいのうばくやく》が破裂《はれつ》した。

金網《かなあみ》の下のあたりで、光が一度大きく脈打《みゃくう》ち、一気に大きくふくらんで、白い炎《ほのお》の輪で障壁《しょうへき》をのみこんだ。すべての音が途絶《とだ》える。

トロッコが一瞬《いっしゅん》、空中で動きを止めた。

それから、光のなかにまっすぐに突《つ》っこんだ——焼けつくような熱と光がアルバートを包みこもうと迫《せま》ってきた。

14章

　後から考えても、すべてが最善《さいぜん》の結果につながったとスカーレットは思った。足に噛《か》みつこうとする〈堕種《だしゅ》〉の群れに追いかけられながら、トロッコで険《けわ》しい谷間を飛び越《こ》え、爆発《ばくはつ》の火中に飛びこんだ。一つよかったのは、思い悩《なや》むような暇《ひま》がなかったことだ。もし、金網《かなあみ》が一部しか破《やぶ》れていなかったら？　ふたりは赤熱した針《はり》のような金属《きんぞく》に串刺《くしざ》しにされていたかもしれない。もし、高性能爆薬《こうせいのうばくやく》の爆発《ばくはつ》がわずかでも遅《おく》れていたら？　ふたりの燃《も》えてくすぶった体のかけらが遠くまでまき散らされていたかもしれない。ほかにも恐《おそ》ろしい運命が十以上も誘《さそ》いをかけていたが、あのときはどれもスカーレットの頭をかすめることはなかった。その一番の理由は、垂直《すいちょく》になったトロッコのなかで逆《さか》さになったまま、両足で宙《ちゅう》を蹴《け》っていたせいだ。

　次に起こったことも、あれこれ考えている暇《ひま》はなかった。

　爆発《ばくはつ》で、金網《かなあみ》の真ん中にあいた穴《あな》のまわりがぎざぎざだったが、トロッコはかろうじてそこを通過《つうか》した。ところが、後輪がゆがんだ金網《かなあみ》のとがった先に引っかかってちょっと止まり、トロッコが急に前に傾《かたむ》いて、スカーレットを投げ出したのだ。

スカーレットは爆発《ばくはつ》でさざ波のようにまだゆれている空気のなかを飛び、金属《きんぞく》のかけらの雨や煙《けむり》や点々と燃《も》える火のなかを泳いでいった。ブーツの底が地面に触《ふ》れ、勢《いきお》いのままとっさにとんぼ返りをしてから、（今度はおさえて）体を一回転させた。両足で着地すると、弾《はず》みで数歩危《あぶ》なっかしく前に進んだ。後ろから、すさまじい衝突音《しょうとつおん》と、トロッコが転がりながら砕《くだ》けてばらばらになる音が聞こえる……スカーレットは横すべりして止まると、低くしゃがんで体を丸めた。煙《けむり》のなかから飛んできた木片《もくへん》が、空気を切り裂《さ》き曲線を描《えが》いてそばを通りすぎていったが、何もぶつからなかった。近くでのろのろ回っていた一組の車輪がようやく止まった。

あたりの煙《けむり》がしだいに消えていく。スカーレットは立ちあがった。ちょっと目まいがする。何列もある細長い天井灯に照らされた明るい洞穴《ほらあな》のなかだ。背中《せなか》にはまだリュックがある。帽子《ぼうし》はなく、顔のまわりにぼさぼさの髪《かみ》が垂《た》れている。体に目をやると、奇跡的《きせきてき》に全部そろっているようだ。

振《ふ》り向いて、蒸気《じょうき》をあげるこわれた木や金属《きんぞく》をまともに見た。爆破《ばくは》された柵《さく》の破片《はへん》もある。その向こうは黒い空間が口をあけていて、〈堕種《だしゅ》〉の吠《ほ》え声の反響音《はんきょうおん》が伝わってくる。

「アルバート？」

返事はない。スカーレットは粉々《こなごな》になったトロッコに近づいた。最初はゆっくりした足取りだったが、そのうち足を引きずりながら駆《か》けより、残骸《ざんがい》を取り除《のぞ》いていった――アルバートはずっとトロッコの後ろにしがみついていた――荷台は木の破片《はへん》と化し、車台はゆがんでいて、触《ふ》れると熱い。まさに残骸《ざんがい》としかいいようがない。しっかりしたものは何ひとつ残っていない。

「アルバート……？」

「ここ」

あせりながら必死で捜《さが》していたスカーレットの手が止まり、パッと背筋《せすじ》を伸《の》ばした。

アルバートは洞穴《ほらあな》の反対側のすみにふつうに座《すわ》っていた。両足を前に投げ出して靴《くつ》を交差させ、寝心地《ねごこち》のいいベッドで目覚めたばかりのように、眠《ねむ》そうにまばたきしている。顔は少しすすけ、髪《かみ》は全部外にはねている。それと、木のかけらが二、三ついているほかは、高速で衝突《しょうとつ》したことを物語るものは何もなかった。

安心感がスカーレットの胸《むね》に広がった。「そこで何してんの？　どうして何もいわなかったのよ？」

「すごい風で気絶《きぜつ》してた。きみはだいじょうぶ？　ひどくあせってたみたいだけど」

「あせってなんかいなかったわ」スカーレットはしかめ面で自分の頭を軽くたたいた。「もう、帽子《ぼうし》はどこ？」

「そこにあるよ。きみがお得意《とくい》の宙返《ちゅうがえ》りと回転をしているときに落ちたんだ」アルバートは強《こわ》ばった体を何とか動かし立ちあがった。「いや、やっぱりあせってた」

「そんなことないってば」

「ひどくそわそわして、不安そうだった」

「いらついてたのよ。あんたが何かバカなことをして、死んじゃったのかと思ったから」

スカーレットはトロッコの残骸《ざんがい》の山のなかから自分の帽子《ぼうし》を捜《さが》し出すと、精《せい》いっぱいえらそうに頭にかぶった。鉄のバンドは少し曲がっているようだが、効果《こうか》に支障《ししょう》はないだろう。

「ぼくのことを心配したって何も悪くないよ」アルバートはいった。すでに場所を移動《いどう》し、破《やぶ》れた金網《かなあみ》まで来て、谷の向こうを見ている。「なにしろ、世紀《せいき》の大脱出《だいだっしゅつ》をやりとげたんだから。残されたものを見て」

スカーレットも穴《あな》の開いた金網《かなあみ》におそるおそる近づくと、谷を横目で見た。白い生き物たちはもう金切り声をあげてはいなかったが、まだそこにいた。じっと立ったまま、崖《がけ》の縁《ふち》にひとかたまりになって、こっちを見つめている。

ここから見ると、目や口が白い顔についた黒いしみみたいだ。棒《ぼう》のような腕《うで》が両わきに下がっている。その姿《すがた》は鍾乳洞《しょうにゅうどう》の地面にできた石筍《せきじゅん》のように見えた。なかの一人が、口をトラバサミ（動物の足などをはさんで捕獲《ほかく》するわな）のようにパクっとさせ、歯をかち合わせたが、ほかは誰《だれ》も音を立てない。

腐敗《ふはい》した空気が谷間の向こうから流れてくる。スカーレットは目をとじた。一瞬《いっしゅん》、森のなかの斜面《しゃめん》に引き戻《もど》される。シダの茂《しげ》みのなかで小さな子の手を握《にぎ》って……。

「あとどれくらい時間があると思う?」アルバートがたずねた。

スカーレットはまばたきしてわれに返り、頭の帽子《ぼうし》を直した。「とりあえず、しばらくは安全よ。あいつらはあの谷をおりて、ここにのぼってこようとするかもしれないけど、それまでに、こっちは荷物を積んだトラックに乗っておさらばだから」そういうと、くるりと背《せ》を向け、明るい照明のなかをさっそうと歩いてその場を離《はな》れた。あとには静寂《せいじゃく》だけが残った。

廃坑《はいこう》とちがって発掘現場《はっくつげんば》の操業《そうぎょう》エリアは明るく、案内標識《ひょうしき》が行き届《とど》いていて、しかも歩きやすく、搬出口《はんしゅつぐち》を見つけるのに大して時間はかからなかった。それは運がよかった。なにしろ、スカーレットの腕時計《うでどけい》ではもう朝といってもいい時間だったからだ。夜が明ければ間もなく、バスが丘《おか》をのぼってきて、第七エリアはふたたび活気づく。

今、ふたりが歩いている場所は、これまでめぐってきた古いトンネルとは大ちがいだ。天井のあちこちにきちんと照明が設置《せっち》され、地面はきれいに掃除《そうじ》されていて、がれきの集積場やトロッコにさびはない。広いトンネルが〈埋没都市《まいぼつとし》〉の新しい区画につながっている。ここには備品《びひん》ロッカーと仕分け室があった。壁《かべ》には発掘《はっくつ》道具が下がり、作業着やヘルメットを置く棚《たな》や、かかとのすり減《へ》った長靴《ながぐつ》が何列も並《なら》んでいる。食堂《しょくどう》もあって、洗剤《せんざい》のにおいがした。掲示板《けいじばん》には作業当番表が張《は》られ、テーブルには置きざりにされたマグや皿が散らばり、大量の小冊子《しょうさっし》も積まれている。

アルバートがうれしそうな声を出した。「見て。『スカーレットとブラウンの物語詩《バラッド》』だ！ぼくたちのバラッドがある！」

「これ以上いい場所はないと思ったとたんにこれよ」スカーレットはいった。「そんなくだらない冊子《さっし》、手に取っちゃだめよ」

「どうして？　いいおみやげになる。それに、帰り道に、ぼくたちのとんでもない悪行の話を読みたい」

アルバートはリュックに冊子《さっし》をつっこむと、うれしそうに先に進み、スカーレットはそのあとを少しぼんやりしながらついていった。アルバートの精神的《せいしんてき》ショックからの立ち直りの早さには毎回驚《おどろ》かされる。アルバートは蝶《ちょう》のように次の花へとひらひら飛んでいく。しかも、奇跡《きせき》的《てき》に無傷《むきず》のまま。

よくよくアルバートを見たが、金網《かなあみ》をつきぬけたあとも、かすり傷《きず》一つ負っていない。いっぽう、スカーレットは打撲《だぼく》で動くのもやっとだ。今もだが、スカーレットは相棒《あいぼう》を〈堕種《だしゅ》〉に負けないくらい異質《いしつ》な存在《そんざい》のように感じるときがある。〈堕種《だしゅ》〉よりずっと無害ではあるけれども。

いや、もちろん、無害ではない。というか、本人がその気になれば無害ではなくなってしまう。

ふたりは広々とした白い部屋にやって来た。天井には細長い金属板《きんぞくばん》が張《は》られ、壁《かべ》は水平材を重ねてある。テーブルがたくさん並《なら》び、木箱が床《ゆか》に積み重ねられている。木箱には〈信仰院《しんこういん》〉の白い円のロゴが押印《おういん》されていた。なかにはふたがあいていて、緩衝材《かんしょうざい》のわらしか入っていない箱もあるが、ほかは中身が入っている。アルバートは興奮《こうふん》をおさえきれずに弾《はず》むような足取りで近づいた。

「梱包室《こんぽうしつ》だ」アルバートはささやいた。「ここで最良の発掘物《はっくつぶつ》を選別してるんだ。何があるか調べよう……金や銀でできたものは予想どおりだな……たくさんある金属片《きんぞくへん》は、一度溶《と》かして再《さい》利用するのかな……古い本のページらしい焼け焦《こ》げた紙切れもいくつかあるよ──知識《ちしき》もほしがってるってことだね──あ、待って、この装置《そうち》はなんだろう？　長い筒形《つつがた》の物体は照準器《しょうじゅんき》のついた銃身《じゅうしん》かもしれないよ、スカーレット、ここに引き金みたいなのがある……」アルバートはしかめた顔をあげてスカーレットを見た。「ぼくがウォリックで見つけたのにそっくりだ。ジョーが銃《じゅう》の一種だっていってた」

スカーレットにしてみれば、そんな黒くさびた物体より、部屋のつきあたりの広い入口から差しこむ白い明かりのほうがよっぽど興味《きょうみ》をそそられる。「わかった、それは古い武器《ぶき》ね。昔の人もきっと、あたしたちみたいに殺《ころ》し合ってたのよ。だから何？　今、重要なのは、この箱がまだきちんと梱包《こんぽう》されてないってことよ。搬出口《はんしゅつぐち》に梱包《こんぽう》のすんだものがあるかもしれない。行こう」

「うん、だけど、どうして〈信仰院《しんこういん》〉はこういう遺物《いぶつ》を手に入れたいのかな？　ソームズも欲《ほ》しがるのはなぜなんだろう？」

「ソームズが欲《ほ》しがる理由なんてどうでもいい！　あたしたちはとにかく、なるべく早く、あいつの汗《あせ》ばんだちっちゃい手に遺物《いぶつ》を届《とど》けなくちゃならない。だから、時間を無駄《むだ》にしないで。もう日ざしが見えてきた！」

スカーレットは自分の声が興奮《こうふん》で上ずっているのがわかった。地下で何時間も過《す》ごしたあと、新鮮《しんせん》な弱い日の光を目にできるのは何より心がいやされる。アルバートもそれを感じて早足になった。ふたりでそっと光が差すアーチの出入口へ向かい、あたりをのぞくと、初めて搬出口《はんしゅつぐち》が目に入った。

そこはコンクリートで壁《かべ》を補強《ほきょう》した大広間だった。一番奥《おく》の壁《かべ》の高い位置に横長の四角い窓《まど》が一列に並《なら》んでいる。窓《まど》は汚《よご》れ、ところどころ雨のしずくがついていたが、そこからくすんだ夜明けの光が差しこんでいる。窓《まど》の下に金属《きんぞく》の扉《とびら》があり、そこを出ると丘《おか》の中腹《ちゅうふく》にある発掘現《はっくつげん》場《ば》の門につながっていた。扉《とびら》のわきにレバーがあり、モーターと歯車と蝶番《ちょうつがい》が取りつけられた装置《そうち》が見える。

いいことはまだあった。搬出口《はんしゅつぐち》の中央にガソリン・エンジンで動く装甲《そうこう》トラックが止まっている。大型《おおがた》でじっとしているところは、大草原でまどろむ猛獣《もうじゅう》のようだ。ぼんやりした夜明けの光がその上にゆっくり広がっていく。トンネルから漂《ただよ》ってくる灰《はい》でぼやけて見える。車体にはひっかき傷《きず》や小さな穴《あな》があり、特大のゴムタイヤは溝《みぞ》がすり減《へ》っていた。後部にこぶのようについている灰色《はいいろ》の部分が銃座《じゅうざ》だ。トラックの後部ドアは開けっぱなしで、なかに木箱が積まれているのが見えた。ほかにもまだ積みこまれていない木箱が近くに散らばっている。遠い南部行きの貨物トラックだ！　これこそふたりが探《さが》しているものだ。スカーレットは満足そうににっこりした。

スカーレットは広間のなかを見まわした。どこもしんとしている。ほかにもアーチの出入口があり、その先は薄暗《うすくら》がりだ。窓《まど》のすぐ外に、有刺鉄線《ゆうしてっせん》のついた高い金網《かなあみ》フェンスに囲《かこ》まれた敷地《しきち》があり、トタン小屋が二棟《むね》建っている。ガソリンを入れたドラム缶《かん》や、工具やタイヤが置かれた修理《しゅうり》工の作業場も見える……ガソリンのにおいもする。重要なのは監視《かんし》が目に入らないことだ。あたりには誰《だれ》もいない。これはちょっと話ができすぎている。

スカーレットは髪《かみ》をつかんで噛《か》みながら、考えた。

監視《かんし》にも発掘現場《はっくつげんば》の爆発《ばくはつ》が聞こえたんじゃないだろうか？　ひょっとして待ち伏《ぶ》せ？

アルバートの手が腕《うで》に触《ふ》れ、ハッとした。「スカーレット……」

「何？　何か見つけた？」

「見つけたよ。そこにある囲《かこ》い」

「囲《かこ》い？」

「子どもたちが閉《と》じこめられてるんだ」

「え？」スカーレットは疲《つか》れて重たいうえに、監視《かんし》や狙撃手《そげきしゅ》のことでひたすら悩《なや》んでいた頭の回転速度をやっとのことで切り替《か》えた。「子どもって？」

「発掘現場《はっくつげんば》で働かされている奴隷《どれい》」

あらためて外の敷地《しきち》に目を向けると、それまで見落としていた細部が見えた。小屋のわきのくすんだ色の地面に、明るい色のテーブルがいくつか置かれ、小さな椅子《いす》も一列に並《なら》んでいる……たしかに子ども用だ。それにおもちゃもある――色あせたゆり木馬に、あちこちを向いて倒《たお》れたボウリングのピン、悲しそうな色の無地のボール。スカーレットはその哀《あわ》れなおもちゃを見つめた。子どもたちがバスに乗って戻《もど》ってきたときの、パタパタという靴音《くつおと》や、か細い高い声や、小さなせきやため息が頭に浮《う》かぶ……。

みぞおちがしめつけられる。スカーレットはアルバートの手から腕《うで》を引きぬいた。「なんで今、その話をするの？　関係ないでしょ」

「スカーレット、怒《おこ》らないで。考えてみて。子どもたちは夜明けにここに来て、日が暮《く》れるころ家に帰る。つまり、太陽を目にできないんだ。〈ストーンムア〉よりひどい。〈ストーンムア〉には少なくとも歩きまわれるグラウンドがあった」

「それはあたしたちが解決《かいけつ》すべき問題じゃないわ！　ここへ来たのはジョーとエティを救《すく》うためよ。だから、黙《だま》って力を貸《か》して。止まってるトラックは――あたしたちの脱出手段《だっしゅつしゅだん》よ。人の気配を感じる？」

アルバートはスカーレットをにらむように見て、ちょっと気持ちを集中させた。「いや。だけど、当てにならない。鉄のかたまりだから」

「わかった……じゃあ、あたしがトラックに駆《か》けよるから、すべて問題なかったら、あんたは急いであそこのレバーまで行って扉《とびら》をあけて。あたしがエンジンをかける。そしたら、ここから脱出《だっしゅつ》よ」

アルバートはまだ小さな囲《かこ》いを見つめている。「外の敷地《しきち》に出る門は？」

「強行突破《とっぱ》する。アルバート……聞いてる？　いい加減《かげん》、ちゃんと集中して」

「もちろん聞いてるよ」ずっと不機嫌《ふきげん》だった表情《ひょうじょう》が消え、アルバートの顔は静かで無表情《むひょうじょう》になった。

これ以上いうことはない。スカーレットはベルトから銃《じゅう》をつかんで腰《こし》のあたりに構《かま》えると、広い部屋のなかにそっと入っていった。

靴音《くつおと》を立てずに、幾筋《いくすじ》もの淡《あわ》い夜明けの光のなかをぬけていく。誰《だれ》かが木箱やドラム缶《かん》の後ろに隠《かく》れて、やすやすとねらい撃《う》ちしてくるかもしれない。そう思うと、肌《はだ》がひりひりする。だが、誰《だれ》も撃《う》ってはこなかった。荷物搬出口《はんしゅつぐち》はしんとしている。

スカーレットは床《ゆか》に散らばった木箱をまたいだり避《さ》けたりしながら、ドアが開いたままのトラックの後ろに近づいた。なかをのぞくと、保管《ほかん》用の網《あみ》かごのなかに木箱がきれいに積み重ねられている。空箱の山もあり、まだいっぱいには詰《つ》められていない。網《あみ》かごの荷物の向こうは乗員用の空間で、監視用《かんしよう》の座席《ざせき》が二つと武器《ぶき》を置く棚《たな》があり、はしごが上の銃座《じゅうざ》までのびている……それと、運転席につながる内扉《とびら》もあった。

ちらっと振《ふ》り返ってアルバートを見ると、気難《きむずか》しい幽霊《ゆうれい》のように部屋をうろうろしている。スカーレットは扉《とびら》の装置《そうち》のほうを身ぶりで示《しめ》した。そして、アルバートの反応《はんのう》を待たずにトラックに飛び乗ると、前方の運転席につながる内扉《とびら》にそっと移動《いどう》した。ハンド同業組合にいたころ、車の運転は何度か経験《けいけん》し、闇物資《やみぶっし》の運搬《うんぱん》を手伝ってウェセックスとマーシアの国境《こっきょう》を越《こ》えたりしていた。運転は得意《とくい》ではないし、こんなに大きな車を動かしたこともないけれど、操《そう》作《さ》は同じだろう。必要なのは車のキーだが、たぶん差しこみ口に入っている。スカーレットは内扉《とびら》をあけて、首を伸《の》ばした。

運転席に男が一人いた。

座席《ざせき》に深く沈《しず》んでいるところは、長く孤独《こどく》な夜に体がじんわり溶《と》けこんでいっているかのようだ。無精《ぶしょう》ひげの目立つ浅黒い男で、くすんだ緑の制服《せいふく》に、濃《こ》い緑の山高帽《やまたかぼう》をかぶっている。帽子《ぼうし》の側面に〈信仰院《しんこういん》〉の白い円模様《もよう》のバッジをつけている。腹《はら》の上に置いた二つの手のあいだにコーヒーカップがはさまっていた。男はどうやら監視《かんし》らしい。だが、実際《じっさい》には、しばらく前から眠《ねむ》っている。スカーレットはこの好機をとことん利用しようと準備《じゅんび》しながらも、男のあきれるほどのプロ意識《いしき》の低さに顔をしかめた。頭に羊毛のナイトキャップをかぶっていてもおかしくない。

スカーレットが横にしゃがむと、男の目が開き、肩《かた》を銃《じゅう》でつつかれたのに気づいた。スカーレットはもう一方の手で男のベルトからピストルをぬき取った。

「ほら、起きて！」スカーレットは小声で叫《さけ》んだ。「あわててもいいけど、静かにね」

男が叫《さけ》び声をあげた。コーヒーカップが回転する。「人殺《ひとごろ》し！　殺《ころ》し屋！　逸脱者《いつだつしゃ》！」

「そのどれでもないわ。あんたが落ちついてくれればだけど」

「泥棒《どろぼう》？　略奪《りゃくだつ》？」

「まあ、そんなとこ。さあ、トラックのキーを渡《わた》して」

男が目をきょろきょろさせた。「そんなことをしたら職務怠慢《しょくむたいまん》になる」

「眠《ねむ》ってるのは職務怠慢《しょくむたいまん》じゃないわけ？　シャツによだれがついてるわよ。ほら、キーを出して。早く」

「いや、おれは最高議会に誓《ちか》いを立てている！　命を奪《うば》われようと、ここの財宝《ざいほう》を守らないといけない！」

スカーレットは険《けわ》しい顔で男の銃《じゅう》を見せびらかした。「それならかんたんにできそうね」

男はためらい、ズボンのポケットに手を入れて引っかきまわした。「なあ、話し合おうじゃないか。キーはここにある……が、なぜほしいんだ？　ここから生きては出られないぞ。トラックで走っているうちに監視《かんし》に撃《う》ち殺《ころ》される」

「いちかばちかよ」スカーレットはいった。「正直、それなら、あんたに運転してもらうって手もある」

「そんな残酷《ざんこく》な話があるか！」男は哀《あわ》れな嘆《なげ》き声を出した。「良心はないのか？　まだ十代の小娘《こむすめ》だろう！」

「だいぶ前に良心がしぼんだ小娘《こむすめ》よ」スカーレットはどなった。「このおんぼろトラックを盗《ぬす》むために、十二時間もかけて発掘現場《はっくつげんば》のなかを苦労して越《こ》えてきたばかりの小娘《こむすめ》。それに、もう一人いるわ……」そういって、窓《まど》の外を指さした。アルバートが扉《とびら》の開閉装置《かいへいそうち》のほうに軽快《けいかい》に駆《か》けていく。胸《むね》の高さほどもある大きなレバーが床《ゆか》からつき出ていた。「あれはあたしの仲間で、恐《おそ》ろしく冷酷《れいこく》なの。あの子の邪悪《じゃあく》さに比《くら》べれば、あたしなんて聖人《せいじん》みたいなもんよ。あの子に紹介《しょうかい》してあげようか？」

男はアルバートをじっと見た。アルバートはレバーと格闘《かくとう》している。必死に引っぱっているが、レバーはピクリともしない。「いや、それはどうだろう」

スカーレットは銃《じゅう》の撃鉄《げきてつ》を起こした。「そろそろ我慢《がまん》の限界《げんかい》よ。キーはどこ？」

「おれの太ももの下に入りこんじまってる」

「じゃあ、そこから出して。三つ数えるから」

男は腰《こし》を持ちあげ、ズボンのなかを必死にガサゴソと探《さぐ》った。「あった！」

「うっ、なんでこんなにべたついてるのよ？　まあ、いいわ、おとなしく座《すわ》ってて。扉《とびら》が開くのを待ちましょう」

スカーレットは待った。アルバートのレバーとの格闘《かくとう》は続いている。泥沼《どろぬま》にはまりこんだような必死の形相をしていた。スカーレットはいらいらして口をぐっと引き結んだ。

「発掘現場《はっくつげんば》の深いほうから来たといっていたが」男はいった。「確《たし》か金網《かなあみ》が……」

「破《やぶ》ったの。ちょっと、あれに潤滑油《じゅんかつゆ》を差したりしないわけ？　なんであんなにレバーが固《かた》いのよ？」

「ちっとも固《かた》くはない。押《お》せばいい」

　スカーレットはうめき声を出すと、銃《じゅう》で車の窓《まど》を軽くたたいて、正しい動かし方を身ぶりで示《しめ》した。アルバートは少しのあいだとまどっていたが、ようやくやり方を理解《りかい》すると、元気よく親指を立てて見せてから、レバーを引かずに押《お》した。すぐにレバーが動いた。トラックのなかからでも、床《ゆか》が振動《しんどう》するのを感じ、歯車が動く低い音が聞こえる。大きな扉《とびら》がきしみながら開き出した。淡《あわ》いブルーの光の帯が広がり、小雨が降《ふ》っているのが見える。

　スカーレットがもう一度合図を送った。運転席に男がいるのに気づいたアルバートは、トラックの後ろにまわって、後部ドアから乗ってきた。「この人は誰《だれ》？」

「わざわざ知り合うことはないわ」スカーレットはいった。「この人は発掘現場《はっくつげんば》の敷地《しきち》の外まで運転してくれたら、すぐにいなくなるから。ドアを閉《し》めてこっちへ来て」

　アルバートはトラックの後部にしゃがむと、ドアを閉《し》めて鍵《かぎ》をかけた。スカーレットは前方を確《たし》かめた。扉《とびら》がほぼ開き、雨が降《ふ》りこんでくる。冷たく湿《しめ》った、けれど希望を感じさせる夜明けの光がトラックを照らす。外の敷地《しきち》にある監視塔《かんしとう》が目に入った。平地の縁《ふち》に立つ境界《きょうかい》フェンスの輪郭《りんかく》が、紫《むらさき》に染《そ》まる空を背《せ》に際立《きわだ》って見える。

　監視《かんし》の男がそわそわし出した。「おれに運転させるな！　おれが撃《う》たれる！」

「泣き言はやめて。あたしたちは見えないように隠《かく》れるから。あんたの不細工な顔に気づけば、通してくれるでしょ」

「絶対《ぜったい》に通さない！　トラックがこんなに早い時間に出発することはないんだ！　それに、おれには運転する権限《けんげん》がない！」

「今日はあるのよ、お仲間さん。キーを取って。アルバート、ここに隠《かく》れて」

アルバートはうずくまり、スカーレットはキーを持つ手を伸《の》ばした。そのとき、何かがトラックの後ろに激突《げきとつ》した。

全員が急激《きゅうげき》なゆれにぶつかりあった。アルバートがスカーレットにぶつかり、スカーレットが男にぶつかる。すぐそばの運転席のドアにも何かがぶつかる音がして、窓《まど》に顔が押《お》しつけられた。瞳《ひとみ》のない黒一色の目に、魚の身のように白い皮膚《ひふ》。サメのような歯をむいている。

男の悲鳴は、そのときスカーレットとアルバートがどれだけ大きい音を立てたとしても、それを全部かき消した。トラックの側面にもゴンッ、ドスンという音がし、後部のドアがガタガタゆれている。一瞬《いっしゅん》、スカーレットはショックで固まった。それから監視《かんし》の男のえりをつかんだ。男の顔は恐怖《きょうふ》に満ち、筋肉《きんにく》が垂《た》れ下がっている。スカーレットは男の手にキーを押《お》しこんだ。

「車を出して」

男がスカーレットをじっと見た。白いものが運転席のドアを引っかいている。鉤爪《かぎづめ》が窓《まど》ガラスに何本も線を刻《きざ》んだ。

「あんた、死にたくないでしょ？　だったら、早く車を出して！　敷地《しきち》の境界《きょうかい》の門を目ざすのよ！　アルバート、この銃《じゅう》を持って！　この人が逆《さか》らったら撃《う》って」

骨《ほね》と鉤爪《かぎづめ》と皮膚《ひふ》でできたものが、体をくねらせてフロントガラスに飛びかかり、光を黒く塗《ぬ》りつぶそうとする。スカーレットは少しずつ落ちつきを取り戻《もど》してきたアルバートを押《お》しのけ、内扉《とびら》からトラックの後部へ移動《いどう》すると、網《あみ》かごに入った木箱を通りすぎ、まっすぐに銃座《じゅうざ》につながるはしごに向かった。はしごをのぼり始めたとき、エンジンがかかった。トラックが外からの襲撃《しゅうげき》で大きくゆれている。

天井の昇降口《しょうこうぐち》のロックをはずし、銃座《じゅうざ》に這《は》い出た。機関銃《きかんじゅう》が回転椅子《いす》に固定され、銃口《じゅうこう》が透《とう》明《めい》な強化プラスチックのドーム型《がた》のおおいからつき出ている。その向こうの青い暗闇《くらやみ》には構内《こうない》の明かりがあふれていた。開いた扉《とびら》から降《ふ》りこむ雨がプラスチックを打つ。トラックの屋根によじ登ってくるものがいる。スカーレットは体を引きあげ椅子《いす》に座《すわ》ると、安全装置《そうち》をはずし、蹴《け》って椅子《いす》と銃《じゅう》を回転させた。横目で照準《しょうじゅん》を合わせ、近くに群がろうとする白いものに連射《れんしゃ》を浴びせて、屋根から吹《ふ》き飛ばした。すさまじい銃声《じゅうせい》で頭がガンガンする。見ると、銃身《じゅうしん》から騒《そう》音防止《おんぼうし》用の耳当てがぶら下がっていたが、気づくのが遅《おそ》かった。

エンジンがうなりをあげ、トラックがゆっくり進んでいく。スカーレットは激《はげ》しくののしった。「アルバート！　何ぐずぐずしてんのよ？　早くここから出ないと！」

アルバートが何か叫《さけ》んだが、聞こえない。スカーレットは椅子《いす》を回転させた。〈堕種《だしゅ》〉が広い梱包室《こんぽうしつ》の奥《おく》のアーチからどっと流れこんでくる。スカーレットは引き金に指をかけると、端《はし》からなめるように掃射《そうしゃ》した。倒《たお》れたものもいたが、ほかはトラックのまわりに張《は》りついて、よじ登ってこようとする。スカーレットは機関銃《きかんじゅう》を左右に動かして撃《う》ち続けた。いくつもの体が転がり、手足をバタバタさせて落ちていく。

トラックがつんのめるようにしていきなり速度をあげた。かろうじて扉《とびら》をすりぬけたが、扉《とびら》のぎりぎりを通る側にぶら下がっていた〈堕種《だしゅ》〉がはぎ取られていく。トラックは轟音《ごうおん》を立てて外へ飛び出した。視界《しかい》が悪い。蛇行《だこう》する車体に白いものがしがみついていたが、疾走《しっそう》するボートの後ろにできる泡《あわ》のように落ちていくのもいる。トラックの動きがどんどんおかしくなっていく。スカーレットは監視《かんし》の男がハンドルを握《にぎ》って、〈堕種《だしゅ》〉を振《ふ》り落とそうと必死になっているのを感じた。なかには手がすべって地面に落下し、トラックの下敷《したじ》きになるのもいたが、まだしがみついているのもいる。フェンスにある監視塔《かんしとう》に明かりが灯り、監視《かんし》が発砲《はっぽう》し始めた。弾《たま》がはね返ってトラックの屋根の金属板《きんぞくばん》に響《ひび》き、火花が踊《おど》る。近くのフェンスが吹《ふ》き飛び、トラックはそのまままつき進んでいく。

屋根にはもう〈堕種《だしゅ》〉はいない。スカーレットは撃《う》つのをやめた。雨がたたきつけるプラスチック越《ご》しに、丘《おか》の谷間が見え、さらにその下にアッシュタウンの明かりがちらっと見えた。トラックは銃弾《じゅうだん》の嵐《あらし》と降《ふ》りしきる雨のなかをまっすぐに境界門《きょうかい》に向かった。

スカーレットは機関銃《きかんじゅう》から離《はな》れ、はしごをすべりおりると、運転席に戻《もど》った。監視《かんし》の男とアルバートがものすごい形相で座席《ざせき》に体を丸めて座《すわ》っている。フロントガラスにひびが入り、赤く汚《よご》れていた。そこに唯一《ゆいいつ》残った〈堕種《だしゅ》〉が張《は》りついている。腹《はら》や胸《むね》をおおうように青いタトゥーが曲線状《きょくせんじょう》に描《えが》かれているのが見える。監視塔《かんしとう》から放たれた弾《たま》がその〈堕種《だしゅ》〉に命中した。〈堕種《だしゅ》〉はスカーレットと目が合うと、長く音のない吠《ほ》え声をあげてかみつこうと口を動かした。

門が大きく迫《せま》ってくる。スカーレットは身構《みがま》えた。

トラックは前輪が路面から浮《う》きあがるほど勢《いきお》いよくつっこんだ。スカーレットは前につんのめり、アルバートの座席《ざせき》の後ろにぶつかってはね返され、背後《はいご》の扉《とびら》に背中《せなか》を打ちつけた。目をあけると、フロントガラスに張《は》りついていたものは消えていた。トラックは道路のカーブを進んでいく。三人はゆられながら丘《おか》の平らな部分の先端《せんたん》を越《こ》えると、黒土と吹《ふ》きさらしの草地の坂を下り、新たに始まる一日にまっすぐにつっこんでいった。

15章

その朝、空に赤い光が見えた。積雲のかたまりが七国の上空に広がり、〈燃焼地帯《ねんしょう》〉の火を反射《はんしゃ》している。ひび割《わ》れて汚《よご》れのついたトラックのフロントガラス越《ご》しに雲を見あげれば、実《じっ》際《さい》に燃《も》えている場所がわかる。信じられないほど幅広《はばひろ》く、信じられないほど遠くまで伸《の》びる赤い筋《すじ》が、雲の底で明滅《めいめつ》しながら脈打《みゃくう》っている。アルバートにはそれが唯一《ゆいいつ》の息づいているものに思えた。その影《かげ》の下にある地面は暗く、平坦《へいたん》だ。

トラックは轟音《ごうおん》をあげて進んだ。助手席にいると、大きなタイヤが立てる音も猫《ねこ》がのどを鳴らす声程度《ていど》にしか聞こえない。北街道が南に向かって途切《とぎ》れることなくのび、灰色《はいいろ》の地域《ちいき》に灰《はい》色《いろ》の長い道が、枯《か》れた雑木《ぞうき》林やどこまでも広がる森をつっきって走っている。ときおり、近くの丘に要塞《ようさい》化《か》した村があるのがアルバートの目に入ったが、沿道《えんどう》には何もなかった。

トラックはアッシュタウンのなかを目にも留《と》まらぬスピードで走りぬけると、そのあとすぐに停車《ていしゃ》した。スカーレットがまだ震《ふる》えている監視《かんし》の男をおろし、ハンドルを握《にぎ》った。アルバートは三十分もつらい状況《じょうきょう》に耐《た》えた男にかなり同情《どうじょう》したが、見方を変えれば、ふたりが男を〈堕《だ》種《しゅ》〉から救《すく》ったともいえるし、この先、男は、広く行き渡《わた》った冊子《さっし》で有名な、悪名高きスカーレットとブラウンに会ったと自慢《じまん》することだってできる。アルバートは実際《じっさい》にそういって元気づけようとしたが、男が理解《りかい》した様子はなかった。ふたりは町の防御柵《ぼうぎょさく》のほうにとぼとぼ歩いていく男をおいて出発した。

スカーレットが運転し、アルバートは横に座《すわ》った。ふたりとも疲《つか》れ果てて話す気力もなかったし、最初の移動《いどう》は短かった。一時間後、道はゆるやかな下り坂になり、木の茂《しげ》る丘《おか》の裾野《すその》のあいだをマーシアの平原のほうに向かっていた。スカーレットは街道からそれたところに、丸太を運ぶトラクターの通った跡《あと》があるのを見つけると、わだちをうまく避《さ》けながら、街道から見えない場所までやって来た。エンジンを切り、ひざに手を落とす。トラックが静かになった。暗い運転席でふたりは座《すわ》ったまま眠《ねむ》った。雲に反射《はんしゃ》した火の色が静かにゆれている。

三時間ほどたったと思われるころ、ふたりは目を覚ました。ゆれる緑の日陰《ひかげ》に囲《かこ》まれていた。雲間から日ざしが差すこともあったらしく、車内が暑い。休んだわりにどちらも気分がすっきりしなかった。静寂《せいじゃく》のなかでアドレナリンはすっかり消え失せ、はっきりした疲労《ひろう》だけが残っている。寝《ね》ているあいだにスカーレットの帽子《ぼうし》が脱《ぬ》げ落ち、髪《かみ》の毛がもつれたクモの巣みたいに顔に垂《た》れている。アルバートは体の節々が痛《いた》かった。なんだか体の大きさが皮膚《ひふ》に合ってない気がする。それでも、アルバートは自分にいい聞かせた。ぼくたちは圧倒的《あっとうてき》に不利な状況《じょうきょう》に打ちかち、おまけに期日まで三日ある。だが、気持ちは少しも浮《う》き立たなかった。道のりはまだ長く、終点にはソームズとティーチが待っている。

スカーレットはすぐに出発しようとした。スカーレットがエンジンをかけるあいだに、アルバートはトラックの内部を調べた。驚《おどろ》くほど装備《そうび》が整っている。椅子《いす》に折りたたみ式のテーブル、折りたたみ式のベッドもある。すみに据《す》えられた戸棚《とだな》には、ビン入りの水と石油コンロと、肉、ビスケット、パン、コーヒーが入った容器《ようき》もある。さっそくアルバートは朝食になりそうなものをたくさんかき集めると、運転しているスカーレットに持っていった。スカーレットはぼそっとお礼をいって、それをひざから落ちないようにうまくのせたが、片目《かため》は道からはずさない。

「ほかにほしいものはある?」

「もっと性能《せいのう》のいいワイパーがあれば助かる」スカーレットは血で汚《よご》れたフロントガラスを身ぶりで示《しめ》してから、容器《ようき》に入った肉をスプーンにあふれるほどすくって口に入れた。「いいえ」食べ物をほおばりながらいう。「じゅうぶんよ。これで体調も回復《かいふく》。でも、先を急がなきゃ。発掘《はっくつ》会社が伝書鳩《でんしょばと》を南に送るだろうから、鳩《はと》より速く進まないと」

「ぼくらを追ってくると思う?」アルバートはたずねた。

「発掘会社《はっくつ》が？　そうしたくても無理でしょ。今は〈堕種《だしゅ》〉を相手にするだけで手いっぱいだもの」

アルバートの頭に、発掘現場《はっくつげんば》の搬出口《はんしゅつぐち》の扉《とびら》から白い生き物の群れが渦《うず》をまくようにあふれ出てきて、監視《かんし》が監視塔《かんしとう》から発砲《はっぽう》する光景が浮《う》かんだ……昨夜の恐《おそ》ろしい記憶《きおく》がよみがえり、何もいえなくなる。

道がマーシアに入ると、草地が広がっていた。過疎《かそ》地らしく、一度、遠くにホーンビークの群れが荒廃《こうはい》した町のなかで草を食《は》んでいるのを見かけたくらいだ。ほかの旅人にもほとんど会うことはなく、すれちがったのは装甲《そうこう》車十台の部隊と長距離《ちょうきょり》バス一台だけだ。やがて、人の営《いとな》みを示《しめ》すものがじょじょに増《ふ》え始め、点在《てんざい》する村をぬけ、荷馬車や蒸気《じょうき》トラックのそばを通りすぎた。

正午近くに交差点にやって来た。同じような道が二つに分かれていて、どちらも縫《ぬ》うように青い彼方《かなた》へ続いている。その交差点に、こわれた石塀《いしべい》に守られたぼろ小屋のような道案内所が立っていた。汚《よご》れたオーバーオール姿《すがた》の男が一人、小屋の外の大きな日傘《ひがさ》の下に座《すわ》り、ガソリンや水や、果樹園《かじゅえん》で採《と》れたばかりのおいしそうなフルーツを売っている。見るからに古いリンゴの木が敷地《しきち》内の日当たりのいい草地に生え、塀《へい》の上には鳥かごが置かれ、防具《ぼうぐ》をつけた伝書《でんしょ》鳩《ばと》がなかで羽ばたきしている。アルバートがリンゴを一袋《ふくろ》買うあいだ、スカーレットがこの先の道についてたずねた。右の道を勧《すす》められ、そっちに進むことにした。ふたたびエンジンをかけて去っていくふたりを、男が日傘《ひがさ》の陰《かげ》からじっと見ているのにアルバートは気づいた。

午後の時間が過《す》ぎていった。かげろうが黄色い低木地をおおっている。坂道には砂《すな》がまじり、赤い雑木《ぞうき》の茂《しげ》みやモチノキが点在《てんざい》している。不毛の地域《ちいき》だ。空を背《せ》に浮《う》かびあがる岩山の低い稜線《りょうせん》がしだいに近づき、道の両側に連なる。

「そろそろ止まろう」スカーレットがいった。「すべてがうまくいけば、明日のこの時間にはストウに到着《とうちゃく》してる。ただ、その前に休みが必要だわ」

アルバートは低くうめいた。もう何時間も前から休みたかったのだ。肩《かた》の傷《きず》がずきずき痛《いた》むし、退屈《たいくつ》な灰地帯《はいちたい》に息苦しさを感じていた。おまけに、スカーレットのとげとげしい睡眠《すいみん》不足の思考が、運転席の狭《せま》い空間のなかでおおいかぶさってきていた。思考をさえぎる帽子《ぼうし》をかぶっていないので、近くに漂《ただよ》ってくるのを食いとめることができない。発掘現場《はっくつげんば》の強盗《ごうとう》をやってのけたことに対するかすかな自己《じこ》満足が伝わってくる。アルバートはできるだけ無視《むし》しようとしたが、どうしてもうんざりした気分になり、いらつき、冷静さを失うのを自覚した。ハンド同業組合とのやり取りが心配になってくる。スカーレットがそのことにも気持ちを向けてくれればいいのに。

「休憩《きゅうけい》で止まるのは構《かま》わない」アルバートはいった。「ただ、ストウに着く前に、計画を立てなきゃ。どうやったらジョーとエティを無事に連れ出せる？　ぼくたちがただ遺物《いぶつ》を持っていっても意味ないよね。ソームズが裏切《うらぎ》るのは目に見えてる」

「裏切《うらぎ》られるのは承知《しょうち》のうえよ。ソームズとティーチはあたしたちをフクロウのえさにしたがってるから」スカーレットは軽く手を振《ふ》りあげた。「でも、大したことじゃないわ。明日にはあの二人をだます計画を考え出す。ただ、今は頭が働かない」

アルバートは肩《かた》をすくめた。「前もってぼくにも話してくれるなら、それでいいよ」

「どういう意味？」

「自分の頭のなかだけにしまっておかないでってこと。昨日も〈堕種《だしゅ》〉が発掘現場《はっくつげんば》のなかにいることを話してくれてなかった」

「またその話を蒸《む》し返すつもり？　いい、アルバート、あたしだって発掘現場《はっくつげんば》のなかにやつらがいるなんて知らなかった。単なる可能性《かのうせい》の話だったんだから」

アルバートはスカーレットの声にいらだちを感じてむっとした。「可能性《かのうせい》の話はぼくもぜひ聞いておきたかった」

「いい加減《かげん》にして！　あたしたちはちゃんとやり遂《と》げたよね？　結構《けっこう》うまくいった。確《たし》かに〈堕種《だしゅ》〉には遭遇《そうぐう》した――けど、あたしたちを追いかけてきたコツ、コツっていやな音の正体はあらわれなかったでしょ？　それに吸血《きゅうけつ》モグラや穴掘《あなほ》り虫のたぐいには何も遭遇《そうぐう》しなかった。

文句《もんく》ないじゃない」

アルバートは返事をしなかった。腕組《うでぐ》みしたままひび割《わ》れた舗装《ほそう》道路をにらみ、走るタイヤのわきにある砂《すな》や石が鈍《にぶ》く光るのを見つめた。いつものことだ。スカーレットは決して謝《あやま》らない。ささいなことでも、大事なことでも。たとえば、ジョーとエティが誘拐《ゆうかい》されたのはスカーレットが原因《げんいん》だ。ぼくたちがこんなめちゃくちゃな目に遭《あ》っているのはスカーレットの過去《かこ》に原因《げんいん》がある。けれど、スカーレットはそれをちゃんと認《みと》めるだろうか？　後悔《こうかい》しているというだろうか？　いや、いわない。もちろん、気にはしているし、ジョーとエティを助けるためならどんなことでもするだろう。ただ、思いやりを口にすることは絶対《ぜったい》にない。発掘現場《はっくつげんば》でぼくが子どもたちのことに触《ふ》れたときだって同じだった……。

アルバートは目を見開いた。座席《ざせき》でぐいっと背《せ》を伸《の》ばす。「子どもたち！」

「は？」

「子どもたちはだいじょうぶかな？〈堕種《だしゅ》〉が敷地《しきち》のなかに野放しになってるから、子どもたちがバスでやってきたら――」

スカーレットは「しっ」といってさえぎった。「大声で話さないで。子どもたちは今日、バスで出かけることはないわよ。あたしたちが助けた監視《かんし》の男が町で警告《けいこく》してくれたはずだから」

「だけど、もし行ったら……」

「もう一度いう。子どもたちが発掘現場《はっくつげんば》へ連れていかれることはないわ。あたしたちのしたことが実際《じっさい》役に立ったじゃないの――子どもたちはきっと楽しい休日を過《す》ごす。だからもう黙《だま》って、止められる場所を見つけるのを手伝って」

「楽しい休日？」アルバートにはわかっていた。ふたりとも疲《つか》れているし、黙《だま》っているべきだ。けれど、スカーレットの口先だけの言葉を聞いて、アルバートは思わず口走った。「どうしてそんなに冷酷《れいこく》なんだよ！　あの子たちは奴隷《どれい》なんだ！」

「そうね」スカーレットは道路を見すえている。「それは理不尽《ふじん》なことだわ。でも、まだマシなほうよ」

アルバートはスカーレットを見た。「どうマシなわけ？」

「その子たちには仲間がいるじゃない？　おたがいがいる……」そのときとつぜん、アルバートはスカーレットの怒《いか》りに自分の怒《いか》りが押《お》し返されるのを感じ、その激《はげ》しさに衝撃《しょうげき》を受けた。見ると、ハンドルを握《にぎ》る手に力がこもって白くなっている。「それに、その子たちのためにあたしたちがいったい何をしてあげられるっていうの？」スカーレットは続けた。「そばをうろついて自由の身にするつもり？」

「わからない」

「そう、そのとおり。あんたにはわからないのよ、アルバート。だったら黙《だま》って」

アルバートは口をつぐんだ。激《はげ》しい怒《いか》りが虎《とら》のように心のなかをうろつくのを感じながら、長くのびる退屈《たいくつ》な灰色《はいいろ》の道を見つめた。

「ぼくはただ、子どもたちがきみにとって何か意味があるんじゃないかと思っただけだ」

沈黙《ちんもく》があった。「どういう意味よ?」

「別に」

「別にってことないでしょ。意味はわかってるはずよ」

「意味なんかない」アルバートはうんざりした口調になった。いったとたんに後悔《こうかい》したが、遅《おそ》かった。

「あたしの心を読まないでっていったよね? 何度もいったはずよ」

「読んでなんかいない。この旅のあいだじゅう、そうしないよう精《せい》いっぱい努力してる」

スカーレットはとつぜん体を強《こわ》ばらせると、あたりを見まわした。低い声で毒《どく》づく。「あたしの帽子《ぼうし》! 帽子《ぼうし》はどこ? 脱《ぬ》げたんだわ。帽子《ぼうし》をあたしの頭にかぶせて」

「あんな帽子《ぼうし》、どうでもいいよ」アルバートはいった。

「手が届《とど》かないのよ。いいから、あたしの頭にかぶせて」

「いやだ」

「アルバート――」

「自分でやりなよ！」そう吐《は》き捨《す》てるあいだも、アルバートは自分のなかにわき起こる怒《いか》りがひどく感傷的《かんしょうてき》でまちがったもので、そのうえ極度の疲労《ひろう》が拍車《はくしゃ》をかけているのがわかっていたが、止めることはできなかった。まるで、他人に起こっていることみたいだ。「ぼくは鉄のバンドをきみの頭にかぶせる手伝いなんて絶対《ぜったい》にしない！　どうして、ぼくに心を読まれることにそんなにこだわるんだよ？　そんなの、ぼくが一番やりたくないことだ！」

スカーレットはバカにしたような声をあげた。「そう？　あんたの大好きなことなんじゃないの？　他人の心を読むのは簡単《かんたん》だし、安全でしょ。なんの危険《きけん》も伴《ともな》わない――」

「――それに、たいていうんざりする」アルバートはさえぎった。「特に、きみの心のなかを読むのはね。ぼくに話すべきことは奥底《おくそこ》にしまってあるけど、それはそれで構《かま》わない。ただ、表面にあらわれるのは、不機嫌《ふきげん》な感情《かんじょう》と生理的欲求《よっきゅう》だけだ。実際《じっさい》に今、読んだって――」

「アルバート、やめて！」

「もう手遅《ておく》れだよ。ほら……きみは今、疲《つか》れて、お腹《なか》がすいてる。それに、組合のやつらがジョーとエティを殺《ころ》すのをどうやって食いとめたらいいか、頭を悩《なや》ませてる。けど、それを認《みと》めたくなくて、それで腹《はら》を立てて、怒《いか》りをぼくにぶつけたがっている」

スカーレットはアルバートをにらみ返した。「それだけ？」

「それだけ」

「嘘《うそ》なら承知《しょうち》しないわよ」

「ああ、それと、トイレに行きたければ、車を止めてそこの砂丘《さきゅう》の向こうに行けばいい」

スカーレットの片手《かたて》がぴくっと動いた。トラックがちょっと進路をそれる。「あたしは別に──今、行く必要はないわ」

「知ってる」

「いいえ、アルバート。あんたは知らない。あんたはあたしのことを何も知らない。あたしが何者なのかも」スカーレットは小声で怒《いか》りをあらわにした。「どっか行ってよ」

「喜《よろこ》んで。ぼくだってそうしたい。車を止めて」

スカーレットはハンドルを切った。激《はげ》しくタイヤをきしませ、トラックは急角度で曲がると、舗装《ほそう》道路をそれてやぶのなかにつっこんだ。そのまま石の土手を下り、低い丘《おか》の谷間の干《ひ》あがった川床《かわどこ》を進んでいく。エンジンがうなりをあげ、サスペンションがきしんだ音を立てる。スカーレットはハンドルを握《にぎ》りしめ、歯を食いしばり、髪《かみ》を振《ふ》り乱《みだ》してアクセルを踏《ふ》み続けた。そのまま川床《かわどこ》を走っていくと、やがて急斜面《きゅうしゃめん》に囲《かこ》まれたところに来て、急ブレーキをかけた。アルバートは危《あや》うくダッシュボードに鼻をぶつけそうになった。スカーレットがエンジンを切る。

砂《すな》ぼこりが運転席のまわりに積もり、日ざしをさえぎっている。ふたりは座《すわ》ったまま前方を見つめた。

「一つ、いっとく」スカーレットはいった。「あたしはあんたが人の心を読む芸をひかえて、その分、もう一つの力をもっと使ってくれればありがたいと思ってる。力をおさえてるなんてあたしにいっても無駄《むだ》よ。あのニシキヘビの一件《けん》を目にしてるし、ティーチがジョーとエティを連れ去ろうとしたときだってこの目で見たわ。あんたのなかに力はちゃんとある。問題は、肝心《かんじん》なときにこわがってそれを使えないことよ」スカーレットはアルバートのほうを見なかった。「それに、あんたはいつもおんぶに抱《だ》っこなんだもの」

「ぼくは持ちつ持たれつだと思ってた」アルバートはいった。頭に血がのぼってうまく言葉が出てこない。必死に首を振《ふ》る。「それに、もちろん、ぼくは自分の力がこわい。こわくなくなったら、おかしくなってしまう。〈恐怖《きょうふ》〉がどんなものか、きみには想像《そうぞう》もできないよ。残《ざん》酷《こく》で歯止めがきかない。おさえることができなくなるんだ」

「バカバカしい。ハンティンドンで会った工作員はうまくおさえてたわ。自由に使えるみたいだった」

「い、い、その結果がパブにいた全員の死だ。それがぼくには問題なんだ。きみはそう感じなくても」

アルバートは助手席のドアのレバーをカチリと鳴らした。「もうたくさんだ！　おりる」

「どうぞご勝手に」

「ここを出る」

「結構《けっこう》よ」スカーレットはちょっと待った。「さっさと行けば」

「そうしようとしてる」

「レバーを引けば押《お》しあけられるんじゃない？」

アルバートは毒《どく》づいてレバーを引いた。ドアが勢《いきお》いよく開く。それ以上は何もいわず、後ろも振《ふ》り返らずにトラックから飛びおりると、砂《すな》の上を大股《おおまた》で歩き去った。


アルバートは頭に血がのぼっていたが、それでもスカーレットがいい駐車《ちゅうしゃ》場所を選んでいたことに気づいた。上流の川床《かわどこ》は砂《すな》と小石とテクタイトが混《ま》ざった高い土手に囲《かこ》まれ、丘陵地《きゅうりょうち》といってもいいくらいの広がりがある。北街道は目に入らない。アルバートは土手を登り、一番近い斜面《しゃめん》の上を越《こ》えた。後ろのトラックが視界《しかい》から消え、スカーレットから見えない場所まで来たことを確《たし》かめる。

アルバートは少しのあいだ、どこへともなく足を引きずりながら歩いた。たちまち気力がなえていく。ようやくため息を一つついて、その場に身を投げ出した。

夕暮《ゆうぐ》れが近づいている。日中の温かさが荒《あ》れ地からしだいに消えていき、あたりに散らばる軽くて黒い石が小さくはぜるような音や口笛のような音を立てて縮《ちぢ》み、なかにあった空気が押《お》し出される。青かった空は色がぬけてほとんど白くなり、地面も白い。雲はなく、世界がきれいにみがかれたような景色だ。

　アルバートは座《すわ》りこんだまま、自分もみがかれるのに任《まか》せた。

　スカーレットもあんな狭《せま》いトラックのなかに閉《と》じこもってないで、出てくればいいのに。そうすれば、この平和で何もない風景を気に入っただろう……いや、別に一緒《いっしょ》にいたいわけじゃない。絶対《ぜったい》にちがう！　こんなに腹《はら》が立っていたら、そんな気になれるはずがない。

　なぜここまで腹《はら》が立ったんだろう？　スカーレットが冷淡《れいたん》な振《ふ》りをしているからというのもある。もちろん、スカーレットのいうこともある意味もっともだ。自分たちは発掘現場《はっくつげんば》で働く子どもの奴隷《どれい》に何もしてあげられない。だけど、スカーレットに何度もその話をぶつけるのには理由がある。スカーレットが世のなかの不正に目をつぶろうとするのがいらだたしくてしょうがないのだ。

　それから、スカーレットとハンド同業組合との関係もある。それについてはもう少しスカーレットに謙虚《けんきょ》さがあれば、うまくいっていたはずだ。ただ、スカーレットの犯罪歴《はんざいれき》は初めて聞く話でもないし、実際《じっさい》、ぼくも非難《ひなん》できる立場じゃない――天敵《てんてき》だったキャロウェイ博士《はかせ》に長いことふたりで追いかけられてからは。それに、知らない工作員に同じように追いかけられている今だって、それは変わらない。

ちがう。もっと深い理由があるはずだ。ほかのあらゆるものの下に隠《かく》れている何か。そもそも、なぜスカーレットは同業組合になんか入ったんだろう？　なんで、あんな不自然な無関心さをマントのようにまとい続けているのか？　この二つの疑問《ぎもん》の答えはきっと一緒《いっしょ》だ。そして、スカーレットは答えることを拒《こば》んでいる。のらりくらりと質問《しつもん》をかわし、いまいましい帽子《ぼうし》をかぶり、自分の一部を中途半端《ちゅうとはんぱ》に隠《かく》し続けている。スカーレットがわざとアルバートに隠《かく》そうとしていることが――とりわけ睡眠《すいみん》不足で、トロッコにしがみついて〈堕種《だしゅ》〉に追われながら深い谷間を飛び越《こ》えた日のアルバートには、ひどくいらだたしかった。

もう一つ、アルバートがいらだっているのは、〈恐怖《きょうふ》〉についてスカーレットにいわれたことが的を射《い》ていたからだ。

色を失っていく青空にすでに星が見え始めている。アルバートはいらだちが静まっていくのを感じた。マーシアの荒《あ》れ地で口笛のような音を立てる石のように怒《いか》りがしぼんでいく。トラックに戻《もど》って謝《あやま》らなきゃ……。ただ、スカーレットに謝《あやま》るのは要注意だ。フンと鼻息を吐《は》かれ、皮肉をいわれ、あきれ顔で何度も目をくるくる回され、たまに耳元にナイフを突《つ》きつけられる。まあ、それはスカーレットがとっくに相手を許《ゆる》している場合だけれど。

もしかしたら、このときとばかりに瞑想《めいそう》しているかもしれない。そうであれば、気分がよくなっているかも……。

早く戻《もど》ったほうがいい。アルバートは立ちあがると、少しだけ顔をほころばせ、自分の愚《おろ》かさに首を振《ふ》った。土手の上までもう一度登り、下り坂をきびきびと足早におりて――

立ちどまった。

若《わか》い男が一人、道ばたの岩に座《すわ》っていた。

アルバートはふたたび下り始めた。足取りはゆっくりだったが、道筋《みちすじ》を変えることも逃《に》げることもせず、歩き続けた。ほかに行くところもない。

トラックに目を向けると、しんとしていた。後部のドアが片方《かたほう》開いている。アルバートはそのドアを開けた覚えはなかった。アルバートが開けたままにしたはずの助手席のドアは閉《し》まっている。スカーレットの気配がない。コオロギの鳴き声がし、岩場に反射《はんしゃ》した夕日がアルバートを赤々と照らす。一歩進むたびにアルバートは粉《こな》のような砂《すな》が靴《くつ》の下で音を立てるのを感じた。

スカーレットの姿《すがた》はどこにも見えない。

スカーレットの思考も感じ取れない。

若《わか》い男は片足《かたあし》を岩に乗せ、ひざを曲げて座《すわ》っていた。そのひざを抱《かか》えるように両手を軽く組んでいる。丈《たけ》の長い黒のコートのすそは岩の後ろに垂《た》れ下がり、なめらかなタールの表面のようだ。服はどれも灰《はい》とほこりが薄《うす》い膜《まく》のようにおおっている。黒いエナメル革《がわ》の靴《くつ》は汚《よご》れてすり切れ、旅疲《たびづか》れしていた。体は静まり返ったトラックのほうを向いているが、首を上向きに傾《かたむ》け、アルバートが近づいてくるのを見つめている。その目は輝《かがや》いていた。細面の整った顔立ちで、愛想よくほほえむおとなしい表情《ひょうじょう》は、この場所と状況《じょうきょう》におよそ似《に》つかわしくない。むしろ、ウォリックの広場のカフェに座《すわ》って、コーヒーを飲みながら売店で働く奴隷《どれい》の少女をながめているほうがしっくりくる。

アルバートは低い土手をゆっくりおりた。頭のなかで雑音《ざつおん》がするせいで、うまく考えることができない。それでも穏《おだ》やかな表情《ひょうじょう》はくずさなかった。

「こんにちは、アルバート」若《わか》い男がいった。

「どうも」

「ずっときみを捜《さが》していた」

「ほんとに?　十五分ほどあっちに行ってただけだけど」

若者《わかもの》はにっこりした。スカーレットの記憶《きおく》のなかのイメージより多少汚《よご》れているかもしれない——現実《げんじつ》世界のさまざまなものが若者《わかもの》自身とその服にまとわりついている。だが、顔についてはスカーレットの見たとおりだ。若者《わかもの》からは日中の温もりも、太陽の輝《かがや》きも感じられない。頭上には若者《わかもの》の思考が蜃気楼《しんきろう》のようにちらちらゆれている。アルバートは危険《きけん》を感じたときにいつもそうするように、利用できるものはできるだけ取り込《こ》もうと、無意識《むいしき》に相手の思考に目を向けた。

それがまちがいだった。

アルバートが見たのは深淵《しんえん》だった。底なしの穴《あな》だ。アルバートは目まいがして、よろけて倒《たお》れそうになった。

ようやく視覚《しかく》が戻《もど》ったとき、若者《わかもの》がアルバートにほほえみかけていた。

「確《たし》かに妙《みょう》な感覚だろうね」工作員の男はいった。「すでに自分の心を読んでいる相手の心を読むのは。何もない部屋で鏡と鏡を向き合わせるようなものだ。目に映《うつ》るのは、自分が見ようとしているもので、自分が見ようとしているものを見ようとしていて……というように無限《むげん》に続いていく。きみが気を失わなかったのは驚《おどろ》きだ……」若者《わかもの》はわずかに体を動かした。「といっても、きみの才能《さいのう》のことは聞いていた。ようやくきみたちをそろって逮捕《たいほ》できてうれしいよ」

濃《こ》いブルーの瞳《ひとみ》がきらめいた。アルバートはくぼ地の深い静寂《せいじゃく》に圧倒《あっとう》された。開け放たれたトラックのドア口から影《かげ》が伸《の》びている。

スカーレット……

アルバートの頭のなかのざわめきが倍増《ばいぞう》した。指先がひりひりし、焼けるような痛《いた》みが体じゅうの血管を駆《か》けめぐる。

「マッケインさんのことを考えているなら」若者《わかもの》はいった。「ここには来ないと思う」

「彼女《かのじょ》は――」

「かわいそうに、へとへとだ。ひどく疲《つか》れている」

アルバートは若者《わかもの》を見た。頭のなかのざわめきが大きなうなりになった。顔がゆがむ。アルバートが片手《かたて》をあげかけたとき――

「こら、こら」若者《わかもの》がいった。

黒いものがアルバートのわきにそびえ立ち、夕日をさえぎる。振《ふ》り向くと、丘《おか》の斜面《しゃめん》の一部がはがれて持ちあがっていく。見ている分には美しい光景だった。ひとすくい分の弓なりになった玉虫色の土が、首をもたげたヘビのように頭上にそびえ立っている。恐《おそ》ろしさと驚《おどろ》きで頭がいっぱいになり、アルバートは立ちすくんだ。あげかけた手はだらんと落ち、気力が失せていく。頭のなかのうなりは静まっていた。

端《はし》の丸まった土が迫《せま》ってきて、アルバートを包む。必死にもがいて最後に息を吸《す》うと、砂《すな》と小石が一気に口のなかに流れこんで呼吸《こきゅう》を止め、アルバートの意識《いしき》はとだえた。

第四部　日の当たる道

＊＊＊

〈堕種《だしゅ》〉はすでに谷のほかの家を破壊《はかい》していた。計画的に行っていたのだ。まずフレッチャー家、次いでラクハニ家、メイソン家、最後にマッケイン家。生き残った者は丘《おか》の上へと追い立てられ、安全地帯の外へ出てしまうと、時間をかけて追いつめられた。

少女は必死の思いで、弟となんとか生き長らえた。弟を連れて谷の北側に移動《いどう》すると、高い絶壁《ぜっぺき》と、進むのが困難《こんなん》な崖《がけ》があった。二人は姿《すがた》を隠《かく》せるやぶのある岩棚《いわだな》によじ登ると、そこでビルベリーを食べ、岩のなかで見つけた泉《いずみ》の水を飲み、捕食《ほしょく》者たちの金切り声に耳をすまし、木々のあいだで燃《も》える火を見つめた。そこには三日とどまった。二日目の午後、少女は思いきって弟を置いて、一人でメイソン家の襲撃《しゅうげき》された農場に行き、毛布《もうふ》や貯蔵品《ちょぞうひん》を探《さが》した。離《はな》れの地下貯蔵室《ちょぞうしつ》で、ビールとナッツと肉の缶詰《かんづめ》を見つけ、ロープと古い防水《ぼうすい》シートも見つけた。戻《もど》る途中《とちゅう》、興奮《こうふん》した吠《ほ》え声や口笛が聞こえ、自分のにおいがつきとめられたのだとわかると、少女は急いで川へ走り、飛びこんで一キロほど流れに乗って下ってから、必死に川からはい出て、回り道をしながら安全な崖《がけ》の岩棚《いわだな》に戻《もど》った。弟は同じ場所にいた。イチイの低木の茂《しげ》みのなかで体を丸め、棒切《ぼうき》れで地面に絵を描いていた。その夜、スコールがやってきて、すぐに雨風が激《はげ》しくなった。少女は低木と岩場のあいだに防水《ぼうすい》シートを張《は》り、食べ物を取り出すと、崖《がけ》に背《せ》を預《あず》けて弟とぴったり体を寄《よ》せ合った。二つの石のように黙《だま》りこむ二人のそばで、つき出た岩棚《いわだな》から大量に水が流れ落ちる。食事のあと、二人は眠《ねむ》った。朝まで身じろぎもしなかった。

三日目、谷間に霧《きり》が立ちこめ、雨も降《ふ》っていた。焼き討《う》ちにあった家々はすっかり燃《も》え尽《つ》き、あちこちで灰色《はいいろ》の煙《けむり》がらせん状《じょう》に立ちのぼり、弱い糸のように地上と空を結んでいた。谷間に深い静寂《せいじゃく》が広がっている。少女はあたりを見つめ、ときを待った。夕暮《ゆうぐ》れが近づくころ、ほとんど形をとどめていない家々の上空に鳥が集まってきているのに気づいた。動物たちが危険《きけん》を承知《しょうち》でよそへ行こうとしているのが気配でわかる。翌朝《よくあさ》、少女は野宿の場所を片《かた》づけた。防水《ぼうすい》シートをたたみ、ロープで背中《せなか》にくくりつけると、食料や備品《びひん》の残りを自分の肩《かた》かけバッグに詰《つ》めこみ、小さい弟を連れて崖《がけ》をおりた。

それから二日かかって町にたどり着いた。

谷の虐殺《ぎゃくさつ》のうわさはすでに安全地帯のすみずみに届《とど》いていた。中心部からはずれた道路は人気がなく、家には鍵《かぎ》やかんぬきが掛《か》けられている。少女は果樹園《かじゅえん》でリンゴを摘《つ》み、森でキノコを採《と》った。一度、燻製所《くんせいじょ》から魚の干物《ひもの》を持ち出し、謝罪《しゃざい》の言葉を紙切れに書いて、ドアにはさんでおいた。黙《だま》って持ち去るのはいやだった。弟を背負《せお》って長い距離《きょり》を歩き、そうでないときは、並《なら》んで歩かせた。男の子はおとなしかった。心のどこかが迷子《まいご》のまま取り残され、まだ谷間で母親を待っていた。少女も静かだった。険《けわ》しい顔で背筋《せすじ》をぴんと伸《の》ばしている。少女は急ごうとはしなかった。急ぐ必要もない。起こってしまったことは元には戻《もど》らない。

その町は二つの川の合流地点のそばにあった。昔はよく氾濫《はんらん》する場所として知られていたが、町を囲《かこ》む壁《かべ》の土台を岩や石で分厚《ぶあつ》く補強《ほきょう》して金網《かなあみ》でしっかりおおってあった。壁《かべ》の上に杭《くい》を並《なら》べて高い柵《さく》をめぐらしてある。木でできた監視塔《かんしとう》から黄色い旗が陽気にひるがえっている。堀《ほり》がぐるりとまわりを取り囲《かこ》んでいた。そこは小さな林業の町で、普通《ふつう》の道路一本で山地の向こうの世界とつながっている。門までの最後の一キロほどの道は片側《かたがわ》に川が流れ、反対側に木材置き場が並《なら》んでいる。活気がある通りで、製材所《せいざいしょ》から煙《けむり》が立ちのぼるのが少女と弟の目にも見えたし、木を切る小気味いい刃《は》の音も聞こえてくる。いい香りが空気に混《ま》じっている。製材所《せいざいしょ》の樹液《じゅえき》の香りと、水車のきれいな水のにおいだ。オーバーオールを着た男たちや女たちが松の木々のあいだを自転車で通っていく。

少女は幼《おさな》いころ、この町を訪《おとず》れたことがあった。母親の長いスカートにぴったりくっついて、母親が小さな荷馬車に積んだヤムイモを売るのを見ていた。それは本当にめずらしいことだった。ふだんはフローレンスと、この仕事のために雇《やと》ったピーターという少年が売りに来ていたからだ。少女がおぼえているのは、大きくて立派《りっぱ》な町というものの存在《そんざい》を知ったことだ。あり得《え》ないほど騒《さわ》がしくて、華《はな》やかでごたごたしている印象《いんしょう》だった。少女は古めかしい門のアーチや、コケが点々と生えている防御柵《ぼうぎょさく》を見て驚《おどろ》いた。

暑い日だった。少女と弟は堀《ほり》のそばに立つ松の木陰《こかげ》で立ちどまって水を飲んだ。門は五十メートルほど先だ。男の子はのどをうるおしたい一心で、水があごにこぼれ落ちるのもかまわずに飲んだ。赤い髪《かみ》はまっすぐに逆立《さかだ》ち、道路から舞《ま》いあがる白亜《はくあ》のちりにまみれている。やがてビンを口からおろすと、姉に渡《わた》した。少女が水を飲んでいるあいだ、男の子はうつろな顔で町のほうを見つめた。

「この場所、好きじゃない」

「ここで助けてもらおう。〈信仰院《しんこういん》〉っていわれるものがあって、あたしたちみたいな人を救《きゅう》済《さい》する寄付金箱《きふきんばこ》を置いているから、きっとどうすればいいか教えてくれる」

「ここ、いやだ」

「トーマス、静かに」少女は母親ならどうしただろうと考えたが、想像《そうぞう》するのは難《むずか》しかった。すでに頭のなかで記憶《きおく》のまわりにこの町の防壁《ぼうへき》より高い防御柵《ぼうぎょさく》を作ってしまっている。過去《かこ》の暮《く》らしは柵《さく》のなかにある。生き延《の》びたければ、決してなかをのぞいてはいけないとわかっていた。「まずは、少し身ぎれいにしないとね」

少女は堀端《ほりばた》にひざをつき、弟の顔と手に水をかけて洗ってから、自分も両手で水をすくった。堀《ほり》は深く、澄《す》んでいて、水草のせいで緑に見える。魚が泳ぎ、その切れ切れの影《かげ》が深いところでゆがんで見える。二人は立ちあがり、手をつないで先へ進んだ。

開け放たれた門の向こうで人の声がかすかに聞こえる。首筋《くびすじ》に日ざしの温もりを感じながら、少女と弟はつり橋を渡《わた》って町に入った。二人を止める者はいなかった。さびた自転車置き場と郵便《ゆうびん》ポスト、かわいい花が咲《さ》く花壇《かだん》に立つ掲示板《けいじばん》のわきを通りすぎると、広い空間に出た。そこは大きなコンクリートの広場で、不規則《ふきそく》な間隔《かんかく》で木が立っていた。まわりを取り巻《ま》く建物は材木でできていて、漆喰《しっくい》がぬられていたが、色はあせ、表面がひび割《わ》れている。ガラス張《ば》りの店先がいくつか少女の目に入った。仕立て屋にパン屋――ところどころに露店《ろてん》もかたまっている。町民が一人か小グループで行き来している。ゴミをかぎまわる犬や、木陰《こかげ》に寝《ね》そべる犬がいる。広場のすみに金属《きんぞく》の檻《おり》があった。処罰《しょばつ》の場所らしい。四本の太い木の幹《みき》を支柱《しちゅう》にしていて、金属《きんぞく》のはしごが掛《か》けられている。

ここでも少女は、幼《おさな》いころの記憶《きおく》が不足していることにかすかな失望をおぼえた。それでも、ここには人がいて――それもたくさんいて、防壁《ぼうへき》に囲《かこ》まれ、少しのあいだは安全でいられそうだ。

誰《だれ》にも気づかれずに、二人は広場の中央までやってきた。大きな水槽《すいそう》が置かれ、横にポンプがある。少女は肩《かた》かけバッグと防水《ぼうすい》シートをおろし、水槽《すいそう》に立てかけた。防水《ぼうすい》シートはかなり重く、腰《こし》が痛《いた》くなり始めていた。

弟が少女を見つめている。「お腹《なか》すいた。カーリー、何か食べたい」

少女もお腹《なか》が減《へ》っていた。広場にパンとビスケットのにおいがかすかに漂《ただよ》っている。少女はあたりを見まわしながら、髪《かみ》をかきあげた。「わかった。行こう」

二人は露店《ろてん》のほうへ歩いていった。人が十人ほどいる。そんなに多くの大人を目にするのはずいぶん久《ひさ》しぶりだ。少女は弟の手をぎゅっと握《にぎ》ったまま、せき払《ばら》いした。

「あの、すみません。助けていただけませんか？　あたしたちは数キロ先の谷の向こうから来ました。家が焼けてしまって家族は……」少女はもう一度せき払《ばら》いした。「家族は亡《な》くなりました。あたしたちには避難場所《ひなんばしょ》が必要なんです。それと、食べ物も。トーマスはまだ小さいですけど、あたしがその分働きます。畑でも製材所《せいざいしょ》でも働けます。手仕事には自信があります。それに、体力もあります」少女は自分が今、率直《そっちょく》な顔つき――母親が好きだといってくれた、おだやかですっきりした、額《ひたい》にしわのない顔つき――になっているようにと祈《いの》った。どうか、不安が透《す》けて見えませんように。

なかには顔に同情《どうじょう》の色を浮《う》かべて耳を傾《かたむ》ける人もいたが、用心深い顔もあったし、少女の言葉が感染症《かんせんしょう》のようなものをもたらすのではといわんばかりに、おびえた表情《ひょうじょう》を浮《う》かべる人までいた。みんな横目でたがいを見て、視線《しせん》を何度もかわしながら、少女の頭上で網《あみ》を編《あ》むように無言のやりとりをしている。

「指導役《しどうやく》が……」誰《だれ》かがいった。

少女はしきりにうなずいた。「わかりました。じゃあ〈信仰院《しんこういん》〉のどなたかに直接《ちょくせつ》話したほうがいいですか？」

「この子たちにパンをあげたら？」そういったのはやさしい目をした女だった。「パンかお菓《か》子《し》を……」

「新任《しんにん》の指導役《しどうやく》がいやがるだろう。このまま二人に出てってもらうのが一番いい」

男がうなずいた。「チャードに行け」

「ヨーヴィルだ」

「トーントンがいい。あそこなら誰《だれ》でも受け入れてくれる」

少女はとまどい、目をパチパチさせてあちこちを見た。「えっと、それはどこにあるんですか？　どうやって行ったらいいんでしょう？　お金を持ってないんです。トーマス、そばを離《はな》れないで」

「きみたちはここにはいられない」

「でも――」

「すぐに出ていくのが一番だ」

「何事だ？　その子たちは誰《だれ》だ？」

最初、その声には実体がなく、空から降《ふ》ってきたかのようにあちこちから聞こえる感じがした。重苦しい、かなり鼻にかかった声だ。少女は大人たちのあいだにじょじょに動揺《どうよう》が広がるのに気づいた。人だかりが、ポリッジをスプーンでかき混《ま》ぜるようにゆっくり離《はな》れていく。少女は顔を上げた。えりのない長い丈《たけ》の黒いジャケットに白いシャツと青いジーンズ姿《すがた》の人物が、広場の向こうからやってくる。鮮《あざ》やかな青い目をした、まだ若《わか》いといっていい太った男だ。砂《すな》色《いろ》の髪《かみ》が片方《かたほう》のまゆにほとばしる波のようにかかっている。薄《うす》いピンクの肌《はだ》は生のソーセージのように張《は》りがあり、あごのまわりは青みがかっている。シャツもジャケットと一緒《いっしょ》でえりがなく、のど元できっちりボタンを留《と》めている。えりぐりを縁取《ふちど》る白く細い線が、胸元《むなもと》の白い丸《まる》模様《もよう》のバッジ同様、〈信仰院《しんこういん》〉の徹底《てってい》した中立主義《しゅぎ》を表している。あらゆるものを――できる限《かぎ》りの宗教《しゅうきょう》を取りこもうという姿勢《しせい》だ。その男は小さな市場町の住民にはとても見えなかった――服装《ふくそう》も髪《かみ》も物腰《ものごし》も、何もかもがちがいを際立《きわだ》たせている――が、わがもの顔で堂々《どうどう》と歩いてくる。まるで、この町があるのは自分のおかげで、目を向ければ花が開くように町が自分を迎《むか》え入れるとでもいうかのように。

男は少女と弟のほうにやってくると、ちょっと近すぎる位置に立った。二人を少しだけ見つめてから、わざとらしく目をそらす。「この子たちはどこから来た?」

「谷をのぼったところからです」少女はいった。「あなたが指導役《しどうやく》ですか? 初めまして。あたしはスカーレット・マッケインといいます」それからもう一度せき払《ばら》いして、さっきの話をくり返した。

話が終わった。少女が話しているあいだも、男は少女を見ようとせず、広場の中心近くに立つ木のオリーブ色の葉のほうを横目で見あげていた。くすんだ色の葉のあいだからもれる光のかけらに悟《さと》りを求めるかのように、考えこむ様子で顔をしかめている。

少女は待った。町民たちもその場で待っている。

ピンクのまぶたが閉《と》じて開き、白いまつ毛が上下した。「なぜ家が焼けた?」男はたずねた。「なぜ家族を失った? そこがわからない」

少女はつばをのみこんだ。口から出た声は小さかった。「〈堕種《だしゅ》〉です」

小さなざわめきが人だかりのあいだに走った。それぞれが敬虔《けいけん》な言葉をつぶやいたり、いろいろな神を崇《あが》める身ぶりをしたりする。指導役《しどうやく》は空中に指で円を描《えが》くと、すべての認可《にんか》された宗教《しゅうきょう》の守りの力を封《ふう》じこめた。

「天罰《てんばつ》だ」指導役《しどうやく》はいった。

少女は指導役《しどうやく》をじっと見た。「え? あの、すみません。全然わかりません。それ、どういう意味ですか?」

指導役《しどうやく》は答えなかった。あわれむようなほほえみを浮《う》かべ、まわりにいる町民たちを見まわす。「諸君《しょくん》、昨日のあいさつの席でも話したとおり、この天罰《てんばつ》が降《ふ》りかかったのはわれらの不道徳のせいだ。この地区では逸脱者《いつだつしゃ》の出生があったにもかかわらず、長いこと豪族《ごうぞく》が責務《せきむ》を十分に果たしてこなかった。われらの社会はしだいに堕落《だらく》し、弱体化した。神々は怒《おこ》っておられるのだ。罰《ばつ》を下されている。そうとも。これは天罰《てんばつ》だ……」そういって深いため息をつく。

「いいか、わたしは新たな指導者《しどう》としてこの状況《じょうきょう》をなんとかくつがえそうとしているが、そう簡単《かんたん》にはいかないだろう」指導役《しどうやく》は少女と弟のほうを身ぶりで示《しめ》したが、相変わらず二人には目を向けない。「よって、厳《きび》しい決断《けつだん》をしなければならない」

指導役《しどうやく》のいっていることはわからなかったが、身ぶりや手ぶりは少女にも容易《ようい》に理解《りかい》できたし、観衆《かんしゅう》の態度《たいど》の変化も読み取れた。町民たちの顔から迷《まよ》いが消え、表情《ひょうじょう》がなくなり、仮面《かめん》をかぶったようになる。たちまち、少女と弟のまわりを大人たちの体が壁《かべ》のように取り囲《かこ》んだ。

「あたしたちは同じ安全地帯の住人です」少女は食い下がった。「ここで長いこと商売をさせてもらっていました」

「この子たちの避難《ひなん》を受け入れれば、状況《じょうきょう》が後戻《あともど》りする」指導役《しどうやく》はいった。「この子たちが来たということは、ほかにもあらわれる者が出てくるだろう」

「あたしたちはここにいさせてほしいとは頼《たの》んでいません。ちょっと手助けしてもらえるだけでいいんです」

「赤い髪《かみ》」指導役《しどうやく》は続けた。「不思議な目の色。これは正真正銘《しょうめい》の逸脱者《いつだつしゃ》だ。特に小さいほうの子は変わっている。見ろ、あの元気のない立ち方……」

「弟が元気がないのは」少女はいった。「ひどくお腹《なか》をすかせてるからです。あたしもお腹《なか》がすいています。それでも何も考えてはもらえないんでしょうか？」

「この男の子はくわしく調べれば、ほかにも隠《かく》れたあざのたぐいがきっとありそうだ。生まれつきの欠陥《けっかん》が……あってもわたしは驚《おどろ》かない」

指導役《しどうやく》が考えこみながら、男の子のほうに手を伸《の》ばす。少女はその手を払《はら》いのけた。

「やめてください。弟に近づかないで」

指導役《しどうやく》は一瞬《いっしゅん》ひるみ、それから激《はげ》しく息を吸《す》いこんだ。

「このわたしに手を出すとは」指導役《しどうやく》はさっと身を引いた。顔が怒《いか》りと嫌悪《けんお》にゆがんでいる。

「二人を放り出せ！」

指導役《しどうやく》の憤《いきどお》りが合図になった。町民たちはずっと何かを――何でもいいから、自分たちが直面している道徳的難問《なんもん》を解決《かいけつ》してくれるものを待っていた。ひょっとするとこの問題は、指《し》導役《どうやく》が認《みと》める以上にきわどい状態《じょうたい》でバランスを保《たも》ってきたのかもしれない。だが、もはやそれは崩《くず》れた。指導役《しどうやく》の隣《となり》にいた女が少女の腕《うで》をつかんで、勢《いきお》いよく後ろに引っぱった。少女は倒《たお》れそうになり、ほかの町民にぶつかった。あっという間に弟が見えなくなる。悲鳴が聞こえ、巻《ま》き起こる混乱《こんらん》のなか、少女は必死に背筋《せすじ》を伸《の》ばしたが、体が触《ふ》れたことで感情《かんじょう》に火がついたほかの手が伸《の》びてくる。

「トーマス――！」

いくつもの手が少女の手首や腕《うで》、ももやふくらはぎをつかんだ。少女は足をつかまれて引きずられ、高く持ちあげられた。群衆《ぐんしゅう》の狂乱《きょうらん》がさらなる狂乱《きょうらん》を生んでいく。笑い声やけしかける声がする。少女は逆《さか》さまのまま、くるくる回された。自分ではどうすることもできず、ただ空を見つめる。群衆《ぐんしゅう》が広場をつっきっていく。その時間はほんの数秒のようにも、永遠《えいえん》のようにも思われた。やがて、少女の目に防御柵《ぼうぎょさく》の出入口のアーチが上を通過《つうか》するのが見え、騒《さわ》がしい歓声《かんせい》とともに放り投げられた。少女は手足をばたつかせて日ざしのなか、木のつり橋の上に勢《いきお》いよく落ちた。

その直後、小さい男の子が少女の横に転がった。

町民たちは少しのあいだ陽気に騒《さわ》いでいたが、そのうちぶらぶらと町のなかに戻《もど》っていった――が、少女の耳には血管が脈《みゃく》打《う》つ音しか聞こえない。ゆっくり立ちあがり、弟に手を伸《の》ばすと、男の子はそばに立っていた。その瞬間《しゅんかん》、少女は、まだ小さくておとなしい弟のとまどいを一緒《いっしょ》に味わった。少女は橋の上に放り投げられたときに一度叫《さけ》び声をあげたが、少女が立てた音はそれだけだった。ショックが大きすぎて毒《どく》づくことさえできなかった。

二人はつり橋を渡《わた》り、カーブしている道路を歩いていった。製材所《せいざいしょ》の男たちが数人、自転車で通りすぎ、町に戻《もど》っていく。二人の顔に強い日ざしが照りつける。松の木と堀《ほり》が近づいてきた。

少女がとつぜん立ちどまった。

「ああ、どうしよう、トーマス。バッグを忘《わす》れてきちゃった」

男の子が少女を見た。

「肩《かた》かけバッグよ。水のポンプのそばに置いたまま、忘《わす》れてきちゃった」

「なかに戻《もど》っちゃやだめだよ」男の子はいった。

「でも、戻《もど》らなきゃ。あのなかに魚とリンゴとキノコが少し入ってる。それに防水《ぼうすい》シートもあるる。今夜、必要よ。もし、バスを止めることができれば、どこかほかの場所に行けるかもしれない。ほかの町とか……。だから、何か渡《わた》してバスに乗せてもらうのよ。それに食べるものもいるし……」

少女はショックで混乱《こんらん》していて、冷静に考えることができなかった。まだ宙《ちゅう》に持ちあげられたまま運ばれているように感じる。

「どうしても戻《もど》らなきゃ」少女はまたいった。

「だめだよ、カーリー」弟はいった。「行っちゃだめ」

少女は弟にほほえみ、髪《かみ》をなでた。このひどい騒《さわ》ぎで唯一《ゆいいつ》の救《すく》いは、弟に危害《きがい》が加えられなかったことだ。いつもと変わらない丸いほっぺ。打ち傷《きず》もどこにもなく、本当によかった。

「どうしても行かなきゃ。すぐに戻《もど》ってくるわ」

男の子のやわらかい手が少女の手に押《お》しこまれた。「なら、ぼくも行く」

「トーマスはなかに入ってほしくない。不親切な人ばかりだから」少女は弟の手を握《にぎ》った。

「バカな人たちよ。何があったか知らないけど。ほら、門のちょっと先までよ。あの場所、おぼえてる？　ポンプのあったところ。すぐに入って出てくる。足は速いんだから。あたしはオオカミみたいにすばしこくて獰猛《どうもう》よ。そこの日陰《ひかげ》に座《すわ》ってて。まあ、見ててよ」

だが、弟は座《すわ》ろうとしなかった。少女から身を引き、しかめ面で体をこわばらせている。道路の白い土ぼこりに足を踏《ふ》みつけながら、少女をにらみつけた。

「そんなのいやだ。行っちゃやだめだよ、スカーレット」

少女のなかに怒《いか》りがわいた。弟の意固地な態度《たいど》など、今、一番見たくない。まだ幼《おさな》くて愚《おろ》かで無力で、何もわかっていないのだ。少女は自分の頭を木に打ちつけて泣きたくなった。「いいわ。じゃあ、座《すわ》らなくていい。そこで立ってて。そこなら絶対《ぜったい》に安全だから。とにかく道ばたにいて。しょっちゅう人が行き来するから。自転車の邪魔《じゃま》にならないようにしていて」少女は弟を見すえた。かっとなっていらだち、失望と必死で闘《たたか》う。弟を見すえてはいても、見えてはいなかった。のちに、弟がどんな表情《ひょうじょう》をしていたのか少女はよく思い出せなかった。

「ここで待ってて、トーマス。ここで待つのよ。すぐに戻《もど》ってくる」

少女は弟に背《せ》を向け、重い足取りですばやくつり橋のほうに向かった。指導役《しどうやく》の姿《すがた》はすでになく、人だかりも四方に散り、どこにも見あたらない。ただ日だまりだけがあった。一分で入り、一分で出てくる。それだけだ。人の目を引かないように歩いたほうがいいかもしれない。いや、さっと駆《か》けこんで、早いとこすませてしまおう。どっちにしろ、たやすい。視界《しかい》にはだれもいない。きっと家に帰って紅茶《こうちゃ》とお菓子《かし》でも楽しんでるんだろう。広場に郵便《ゆうびん》ポスト、露《ろ》店《てん》に檻《おり》が見える。

そして、広場の真ん中にポンプがある。立っている橋の手前からちゃんと肩《かた》かけバッグが見えた。

少女は足早に歩いて橋を渡《わた》った。アーチの下にさしかかる手前で、最後に後ろを振《ふ》り返った。日ざしに手をかざす少女の目に、日の当たる道で自分を待つ小さい弟の姿《すがた》が見えた。

16章

　また夢《ゆめ》を見ていた。いつものようにその時間はあっけなく消え去り、光は薄《うす》れ、気づくと暗がりのなかに一人残されている。何を見ていたのか、細かいことはよく思い出せない。

　横になったまま（毎朝そうだが）必要な気力をふるい立たせて目を覚ましながら、夢《ゆめ》のなかで泣いた跡《あと》がまだほおをぬらしているのに気づいた。けれど、自分はスカーレット・マッケインだといい聞かせ、そんなことは無視《むし》しようとした。片手《かたて》を持ちあげて顔をぬぐおうとして――できないことに気づいた。拘束《こうそく》器具が手首に巻《ま》きついている。鎖《くさり》が音を立てた。両腕《りょううで》ががっちり押《お》さえつけられている。

　新たなすばらしき一日が始まろうとしているのは確《たし》かだ。

　無理やり目を開けると、コンクリートの床《ゆか》に座《すわ》っていた。背中《せなか》には金属《きんぞく》の棒《ぼう》があたっている。床《ゆか》から天井までのびるその棒《ぼう》は、がらんとした灰色《はいいろ》の部屋のすみにあった。両手は体の後ろにまわされ、金属棒《きんぞくぼう》の裏側《うらがわ》で手錠《てじょう》をかけられている。周囲《しゅうい》には鎖《くさり》が散らばっていた。スカーレットはもう少し背筋《せすじ》を伸《の》ばして座《すわ》ろうともがき、もう一つのうれしくない事実に気づいた。金属《きんぞく》棒《ぼう》からのびる鎖《くさり》が、両足首にかけられた枷《かせ》につながっている。靴《くつ》も靴下《くつした》もはいていない。頭にも何もない。帽子《ぼうし》もブーツもコートも、持っていた武器《ぶき》も全部消えていた。

監房《かんぼう》は小さな四角い陰《いん》うつな部屋で、これまでスカーレットがよく入れられたのとそう変わらない。ほかに金属棒《きんぞくぼう》が二本、同じ壁沿《かべぞ》いに設置《せっち》されていたが、そこには誰《だれ》もいなかった。あとは、木のドアと、監視《かんし》か尋問者《じんもんしゃ》用らしき腰《こし》かけが一脚《きゃく》と、鉄格子《てつごうし》のついた窓《まど》が一つある。窓《まど》越《ご》しに空の一部と金色の塔《とう》の先端《せんたん》が見えた。

腰《こし》かけの近くに水の入ったバケツが置かれ、なかにひしゃくもある。スカーレットは急激《きゅうげき》にのどのかわきと頭痛《ずつう》に襲《おそ》われるのを感じ、精《せい》いっぱい無視《むし》しようとした。あそこではとても手が届《とど》かないし、たとえ届《とど》いたとしても、両手がしばられている。

スカーレットは鎖《くさり》を鳴らしながら、ぎこちない動きをくり返して体勢《たいせい》を立て直した。少しがんばれば、その場で立ったりしゃがんだり座《すわ》ったりできるのがわかった。ただ、それ以上のことは何もできない。立った姿勢《しせい》になると、窓《まど》の外がよく見えた。金色の塔《とう》は〈信仰院《しんこういん》〉の尖塔《せんとう》だ。その向こうに赤い屋根の家並《いえな》みと、暮《く》らし向きのいい立派《りっぱ》な町によくある、とがり屋根で銃眼《じゅうがん》のついた貯水槽《ちょすいそう》が地平線まで続いている。

スカーレットはきらきらした景色をつまらなそうに見た。「やだもう、ミルトンキーンズだ」

　ガタンと音がしてスカーレットは振《ふ》り返った。ドアにのぞき口がある。目を覚ましたところを見られていたらしい。ドアが開き、ツイードのジャケットに真っ赤な山高帽《やまたかぼう》のたくましい看守《かんしゅ》が入って来た。典型的《てんけいてき》な看守《かんしゅ》だ。ベルトの手錠《てじょう》や警棒《けいぼう》をカチャカチャ鳴らし、丸太のようなごつい顔で、目には無言の敵意《てきい》が表れている。スカーレットは即座《そくざ》に、賄賂《わいろ》を渡《わた》すことも、味方に引き入れることも、こびることも、相手の持ちえない良心に訴《うった》えることも頭から消した。

「水をもらえる？」スカーレットは聞いた。

　男は何もいわず、のんびりした態度《たいど》でスカーレットをじろじろ見た。

「今日は何日？　あたしの友だちがどうなったか知ってる？」

　看守《かんしゅ》は指で鼻をぬぐい、点検《てんけん》をすますと出ていった。ドアがふたたび施錠《せじょう》される音がする。

　スカーレットはどこを向くでもなく短くののしると、ほかにすることもないので、しばられている枷《かせ》に注意を向けた。金属棒《きんぞくぼう》や鎖《くさり》を強く引っぱったり調べたり、いろんな方法を試してみたが、弱点は見当たらない。ようやく、体力を温存《おんぞん》しようと床《ゆか》に腰《こし》をおろし、気持ちを落ちつけると、何かが起こるのを待った。

　それから二時間は、ほとんど何も起こらなかった。訪問者《ほうもんしゃ》は一人だけ。灰色《はいいろ》のスーツに山高《やまたか》帽姿《ぼうすがた》のやせこけた紳士《しんし》が、巻《ま》き尺《じゃく》を持ってやってきた。スカーレットの身長と首の直径を手早く測《はか》り、外見で体重を判断《はんだん》すると、帽子《ぼうし》を傾《かたむ》けてあいさつし、せかせかと立ち去った。スカーレットにはそれが小さな不吉《ふきつ》の前兆のように思えてしかたなかった。目を閉《と》じて瞑想《めいそう》しようとしたが、すぐにあきらめた。トラックのなかで瞑想《めいそう》している最中に不意打ちされ、倒《たお》されたのだ。そのときのことはほとんど思い出せない。外で足音が聞こえて……トラックのドアに人影《ひとかげ》がさし……てっきりアルバートが謝《あやま》りに来たんだと思っていたら、とつぜん世界が崩《くず》れ落ちてきた。あのときの瞑想《めいそう》は何の役にも立たなかったのだ。今、同じことをする気にはなれない。

監房《かんぼう》のドアがまた開き、さっきの看守《かんしゅ》が前かがみに入ってきた。うしろにもう一人いる。スカーレットは上目づかいにちらっと見てから、さっと顔をあげた。

〈信仰院《しんこういん》〉の工作員だ。

ハンティンドンのときとまったく同じだ。少し大きい黒のロングコートを着たやせた若者《わかもの》。そでの端《はし》から指がのぞき、ベルトのバックルの棒《ぼう》は最後の穴《あな》にささっている。髪《かみ》はオイルで光っている。青い目の整った顔立ちで――やけに若《わか》い。ハンティンドンのパブで会ったときも場にそぐわない未熟《みじゅく》な印象《いんしょう》だったが、ここでも粗野《そや》な看守《かんしゅ》の後ろにいると、違和感《いわかん》がある。若《わか》者《もの》は、最初に部屋を訪《おとず》れた紳士《しんし》と同様、まっすぐにスカーレットのところへやってきた。若者《わかもの》の後ろで看守《かんしゅ》が激《はげ》しい嫌悪《けんお》を隠《かく》そうともせずに見ている。

「ああ、いたいた」工作員の若者《わかもの》はいった。「わたしのパブの友人だ」

スカーレットは顔にかかった髪《かみ》を吹《ふ》き払《はら》った。「あたしのことね」しわがれた声が出た。「もう一杯《いっぱい》おごってくれる？」

若者《わかもの》は穏《おだ》やかな青い目でスカーレットを観察した。帽子《ぼうし》がないので、頭のなかを自由に探《さぐ》られていると気づいたスカーレットは思わず身震《みぶる》いした。若者《わかもの》がスカーレットにほほえみかける。

「のどがかわいていますか？」

「もう、カラカラ。あのバケツに水が入ってるけど、そこにいるあたしの監視《かんし》役は一滴《てき》もくれないのよ」

若者《わかもの》が振《ふ》り返って看守《かんしゅ》を見ると、むっつりしていた看守《かんしゅ》の表情《ひょうじょう》が恐怖《きょうふ》に凍《こお》りついた。あわててバケツに手を伸《の》ばす。「すみません、マロリーさん――」

「さわるな」若者《わかもの》が片手《かたて》をあげると、看守《かんしゅ》はひるんで身を引いた。若者《わかもの》はしゃがんで金属《きんぞく》のひしゃくを持ち、バケツから水をいっぱいにすくうと、スカーレットの口に持っていった。スカーレットはむさぼるように飲んだ。水があごに流れ落ちる。ひしゃく一杯《いっぱい》分を飲み終えると、もう一杯《いっぱい》飲んだ。

「おさまったようですが」若者《わかもの》はいった。「もう少し飲みますか？」

「いいえ」

若者《わかもの》は立ちあがり、後ろへ下がると、ひしゃくを下に置いた。「そんなに難《むずか》しいことだったのか、パーキンス？」

「いいえ、マロリーさん」

「彼《かれ》のことは謝《あやま》ります、マッケインさん。森でフンを探《さが》しまわる牙《きば》アナグマにだってパーキンスより社交性《しゃこうせい》が高いのもいますからね。それと、ご不便をおかけしていることも謝《あやま》ります。あと、トラックであなたを取り押《お》さえたことも。まあ、正直……」若者《わかもの》はスカーレットににっこり笑いかけた。「ハンティンドンの件《けん》がありましたから、あなたを二度と甘《あま》く見ることはしません」

「あら、あたしもよ」スカーレットはいった。「あたし、どれくらいここにいるの？」

「昨夜、わたしが運転してあなた方をお連れしました。トラックはここ〈信仰院《しんこういん》〉に止めてあります。一級の逃亡者《とうぼうしゃ》二人と、貴重《きちょう》な人工遺物《いぶつ》をひと山、運んで来たんです。われながら上々の出来だと思います」

「で、アルバートは？　あんた、何かした？」

「ああ、アルバート……」若者《わかもの》はため息をつくと、手をパンとたたいた。「では、歩きながら話しましょう。鍵《かぎ》を、パーキンス、頼《たの》む……」

看守《かんしゅ》が近づき、スカーレットの足から枷《かせ》が取れ、両手が金属棒《きんぞくぼう》からはずれた。スカーレットは固まった体をぎこちなく動かしながら、若者《わかもの》の差しだす手を無視《むし》して立ちあがった。「あたしを解放《かいほう》してくれるの？」

若者《わかもの》は愛想よく笑った。「おもしろい。いいえ、じつはこれからあなたを裁判《さいばん》にお連れします。今、裁判といいましたが、あなたが今回のことをどう説明するかにかかっています。パーキンス、もう一度手錠《てじょう》を頼《たの》む。ここからはわたしが引き受ける」

スカーレットはまた後ろ手に手錠《てじょう》をかけられ、血まみれの裸足《はだし》のまま、ぼろぼろのジーンズとセーター姿《すがた》で、よろよろと若者《わかもの》に続いてドアから出た。看守《かんしゅ》はあとに残った。

工作員はコートのすれ合う音を立てながら、スカーレットの先に立ってコンクリートの通路を進んだ。スカーレットはゆっくり歩きながら、何かできそうなことがないか考えた。両手がしばられていても、男一人くらい殺《ころ》す方法はある。もし、飛び乗れる安定した場所があれば、そこから相手の首のまわりに片脚《かたあし》を引っかけて倒《たお》せそうだ。もちろん、簡単《かんたん》にはいかないだろう。それでも、まわりの状況《じょうきょう》を見極められれば……。

「その手のことはわたしには一切通用しません」工作員が肩越《かたご》しにいった。「腰《こし》を痛《いた》めるだけです。それに、男の首の骨《ほね》をあなたの太ももで折るなんて、あまり品がよくありません。それより並《なら》んで話しましょう。パーキンスはよく思わないでしょうが、気にすることはありません。この程度《ていど》は許《ゆる》されるはずです」

スカーレットは横に並《なら》んだ。若者《わかもの》は石鹸《せっけん》と孤独《こどく》のにおいがした。「で、アルバートは？」と促《うなが》す。

「ああ、すぐに会えますよ。合同裁判《さいばん》ですから。上の階の講堂《こうどう》の一つで行われることになっています。あなた方への関心の表れですね。上の階は立派《りっぱ》ですよ。今の地下牢《ろう》よりいい」

「ここはどこ?」

「ミルトンキーンズです。〈信仰院《しんこういん》〉の本部がこの神聖《しんせい》な構内《こうない》の中央にあります」若者《わかもの》はクスクス笑った。「ある意味……名誉《めいよ》なことだと受け取るべきです」

通路のつきあたりに立派《りっぱ》な鉄門があった。〈信仰院《しんこういん》〉の円の模様《もよう》があしらわれている。そこに武装《ぶそう》した男が二人、それぞれテーブルの前に座《すわ》って山のような書類を相手に事務《じむ》作業にいそしんでいた。工作員の若者《わかもの》が近づくと、そろって立ちあがり、あいさつする。門が開き、マロリーとスカーレットはそこをぬけた。

「あんた、意外にお偉《えら》いさんのようね」スカーレットはいった。

「はい」マロリーはスカーレットにほほえんだ。「無論《むろん》、それゆえに彼《かれ》らはわたしを嫌《きら》っています。全員わたしを嫌《きら》っている。わたしを異質《いしつ》だと思っているからです——実際《じっさい》わたしは彼《かれ》らとはちがいます。彼《かれ》らの心を読むと思われていますし——実際《じっさい》、わたしは心を読みます——一瞬《いっしゅん》で彼《かれ》らとその愛する人たちを殺すと思われている。確《たし》かに、彼《かれ》らがわたしの神聖《しんせい》な目的の邪魔《じゃま》をしようとすれば、まちがいなくそうするでしょう……さあ、ここから上に行きます」

ドアの先にある廊下《ろうか》は素焼《すや》きのタイルが敷《し》かれていた。すぐ向かいに日の当たる階段《かいだん》があり、アーチ形の出入口から町が望める。二人はすでに高い階にいて、さらに上へ行こうとしていた。階段《かいだん》をのぼり始めると、眼下《がんか》に尖塔《せんとう》や、玉ネギ形の丸屋根や、列柱のある市場が日ざしにきらめき、ところどころにのんびり舞《ま》う鳥の群れが見えた。

「いいながめ」スカーレットはいった。

「確《たし》かに。今、下であなた方の絞首台《こうしゅだい》を組み立てていますよ」

スカーレットはそれくらいのことはあるだろうと予想はしていたが、それでもショックを受けた。少しのあいだ二人とも黙《だま》って歩いた。歩きながら、スカーレットの思いはあちこちに飛んだ。工作員のマロリーを窓《まど》からつき落とすところを想像《そうぞう》し、自分が階段《かいだん》を駆《か》けおりて、屋根を見つけてすべりおり、大胆《だいたん》に町をつっきって逃《に》げ去るところを思い描《えが》いた。それから、またアルバートのことを考え、遠いストウにいるジョーとエティのことを思った……また一日無駄《むだ》にした！　あと二日しかない！　頭のなかで、ソームズの机《つくえ》に置かれた目覚まし時計がときを刻《きざ》む……。

マロリーが隣《となり》を歩きながらほほえんでいる。スカーレットはふと思いついた。このいまいましい相手にただ、自分の心を読まれるより、話をして自分から情報《じょうほう》を手に入れにいく方が得策《とくさく》かもしれない。

建物の最上階にたどり着き、素焼《すや》きのタイル敷《じ》きの廊下《ろうか》を進んだ。タペストリーが飾《かざ》られ、ガラスの陳列《ちんれつ》ケースが並《なら》んでいる。なかにあるのは〈埋没都市《まいぼつ》〉から発掘《はっくつ》したものによく似《に》ていた。白い祭服を着た職員《しょくいん》が何の使いなのかはわからないが、そばを通りすぎ、灰色《はいいろ》の帽子《ぼうし》をかぶった監視《かんし》が壁沿《かべぞ》いのところどころに立っている。香とワインのにおいがする。

「裕福《ゆうふく》ね、最高議会は」スカーレットはいった。

「確《たし》かに」

「あんたの住まいもここ？」

「いえ。わたしは七国じゅうを巡《めぐ》って、砂漠《さばく》や路地裏《うら》や荒《あ》れ地《ち》を歩きまわっているんです。最高議会の許可《きょか》と命令を受けて」

「あまり快適《かいてき》そうには聞こえないけど」

「そうですね。それでもわたしは満足です。大変光栄《こうえい》なことなので」

スカーレットは横にいるやせた白い顔をちらっと見た。横転したバスのなかでアルバートに初めて会ったときの、何かにとりつかれたような表情《ひょうじょう》を思い出す。「どうやってあたしたちを見つけたの？」

「前もって情報《じょうほう》を収集《しゅうしゅう》しておいたおかげです！」マロリーは急に廊下《ろうか》を横切ると、金の葉で飾《かざ》られたアーチをくぐり、そこに立つ守衛《しゅえい》に軽くあいさつした。「先日、あなたとハンティンドンで会った翌日《よくじつ》か二日後に、たまたまサル・クインという小柄《こがら》な商人に出くわしました。向こうも一人で旅をしている途中《とちゅう》で――ひどく元気がないように感じましたし、人目を気にしていることがわかりました。話をして、彼女《かのじょ》の心を探《さぐ》ってみると、あなた方に北部の強盗《ごうとう》の話を持ちかけたことがわかりました。クインはあなた方が仕事の話をほったらかしにしたと思っていましたが、わたしは疑《うたが》いを抱《いだ》きました。それで、アッシュタウンの知り合いに伝書鳩《でんしょばと》で問い合わせたところ、確《たし》かにジョンソン夫妻が地元のホテルに滞在《たいざい》していたと返事が来ました。わたしはとっくに気づいていました」マロリーはつけ加えた。「あなた方が強盗《ごうとう》目的で行った町では、たいてい地元の宿にジョンソンという名の男性《だんせい》が泊《と》まっていて、世間知らずのお人よしという特徴《とくちょう》がアルバート・ブラウンにぴったりだということを。ですから、それで知りたいことはすべてわかりました」

スカーレットは大きなうめき声を出した。「あのバカ！　だから、あの名前を何度も使うなっていったのに」

「あなたのいうとおりでしたね」マロリーは熱心にいった。「お疲《つか》れさまです。しかし、彼《かれ》はその名前を使った。で、わたしは急いで北部に向かいました。まさか、あなた方がすでに卑劣《ひれつ》な犯罪《はんざい》をやってのけているなどとは思いもしませんでした。もう少しで逃《に》げおおせるところでしたね。ですが、幸い、ニューアークの十字路で、ガソリン販売《はんばい》業者から、ちょっと前に見慣《な》れない二人組が乗った発掘物《はっくつぶつ》の運搬《うんぱん》トラックが西に向かったと警告《けいこく》を受けたんです。それで、あとを追いかけることができて、あなた方が道をそれたタイヤの跡《あと》を見つけ、無事取り押《お》さえることができました」マロリーは控《ひか》えめで礼儀《れいぎ》正しいしぐさをした。「そんなわけで『スカーレットとブラウンの物語詩《バラッド》』も当然ながらおしまいです」

「あたしはバラッドになんて興味《きょうみ》を持ったことないわ」スカーレットはいった。「物語はきらいだから」

マロリーはまた笑った。笑い声に思いやりと共感がにじんでいる。「自分の物語は好きになれませんよね！　わかります。わたしの場合はさらに、自分のなかの闇《やみ》を受け入れなくてはなりませんでした。自分が恐《おそ》ろしい存在だということを。ですから、わたしは身を粉《こ》にして働くことで、自分を清めようとしています。自分のなかの恥《はじ》とずっと闘っている……」そういってスカーレットのそでに触《ふ》れた。「あなたにもその気持ちがわかると思いますが――ちがいますか、スカーレット・マッケイン？」

スカーレットは何もいわず、そでに触《ふ》れるマロリーの指に目をやった。

大きな両開きのドアの前に来ていた。赤と金のマホガニー材のドアで、帯状《おびじょう》に連なるブロンズの葉がはめこまれている。金色の山高帽《やまたかぼう》をかぶった監視《かんし》が二人、その前で気をつけの姿勢《しせい》をとった。

「神聖《しんせい》な講堂《こうどう》が待っています！」マロリーはいった。「少なくとも最高議会の委員が一人と、高位の役職者《やくしょくしゃ》たちがいます……ですから、あなたもわたしも行儀《ぎょうぎ》をわきまえなければなりません。自分の役割《やくわり》をしっかり果たしてください！」

二人の監視《かんし》が同じ動きをして、ドアが勢《いきお》いよく開いた。スカーレットはあふれんばかりの金色の光を浴びた。

巨大《きょだい》な四角い部屋だ。奥《おく》の壁《かべ》は一面ガラス窓《まど》になっていて、その向こうのバルコニーから町の家々の屋根が見渡《みわた》せる。開いた窓《まど》から暖《あたた》かい空気が舞《ま》いこみ、下の〈信仰院《しんこういん》〉の複合《ふくごう》ビルから鐘《かね》の音や神聖《しんせい》なチャイムの音を運んでくる。午後の日ざしがボウルに入ったハチミツみたいに部屋にあふれている。ほかの壁《かべ》は本棚《ほんだな》におおわれ、赤やあずき色に装丁《そうてい》された本が並《なら》んでいた。スカーレットとマロリーはガラス窓《まど》のほうに歩いていった。歩く二人の両側にはテーブルが何列か並《なら》び、男も女も席についている——黒いスーツ姿《すがた》の指導役《しどうやく》と、ペンと紙ファイルを手元に置いた書記だ。書記のなかには何かを走り書きしている者もいたが、大半はスカーレットを冷淡《れいたん》に見つめている。ピストルを持った監視《かんし》がわきのドア口に立ち、そのドアの向こうにさらに多くの本棚《ほんだな》やいくつも並《なら》んだ陳列棚《ちんれつだな》が見えた。ガラス窓《まど》の手前の壇《だん》の上に椅子《いす》が七脚《きゃく》ある。そして、その前の広い床《ゆか》の中央にある低い壇《だん》にアルバートがいて、スツールに座《すわ》っていた。

アルバートは小さく背中《せなか》を丸め、どことなく不格好《ぶかっこう》で、体のバランスがくずれている。この人たちはいったいアルバートに何をしたの？　スカーレットは急いで近づくと、おかしな印象《いんしょう》の原因《げんいん》がアルバートの頭をおおっているものだと気づいた。鉄のヘルメットだ。銃弾《じゅうだん》のような灰色《はいいろ》で、あごの下にワイヤーで固定されている。ヘルメットはぶあつく、それがアルバートをよけい弱々しく、実際《じっさい》の年齢《ねんれい》より子どもっぽく見せていた。

アルバートの隣《となり》にもう一脚《きゃく》スツールがある。スカーレットも低い壇《だん》の上にあがった。マロリーはコートのすそをひるがえし、そのまま歩いて一人だけバルコニーに出たところに立った。

「やあ」アルバートが声をかけてきた。スカーレットと同じように後ろ手に手錠《てじょう》をかけられている。心ここにあらずといった表情《ひょうじょう》だ。

「ハイ」スカーレットはほほえんでアルバートを見た。「元気そうね。といっても、打ち傷《きず》が左右にバランスよく残ってるけど。だいじょうぶ？　アルバート、その帽子《ぼうし》――」

「ちょっと重い。これはぼくの……」アルバートはわざわざ説明しなかった。「なんのためかわかるよね」

スカーレットはこみあげてくる激《はげ》しい怒《いか》りを必死におさえた。バルコニーではマロリーが両手で手すりを軽くつかんで寄《よ》りかかり、町をながめている。「あいつにやられたの？」スカーレットはたずねた。

「丘《おか》の斜面《しゃめん》の下に埋《う》められかけた。うまく反応《はんのう》できなかったんだ。まあ、でも、生きてるんだから文句《もんく》はいえない。あいつ、きみにひどいことをした？」

「殴《なぐ》って気絶《きぜつ》させて、鎖《くさり》でしばってミルトンキーンズに連れてきたことくらいかな」

「よかった。ねえ、スカーレット……昨日のこと、謝《あやま》るよ。トラックでのこと」

「忘《わす》れて」

「きみを怒《おこ》らせたりしなければ……あそこで止まらなかったら……」

「どっちにしたって、あいつはあたしたちを捕《つか》まえたわ」

アルバートは首を振《ふ》った。「そんなことない。けど、きみがいったことはすべて正しかった。ぼくがバカだったし、強情《ごうじょう》だった。許《ゆる》してほしい。ジョーとエティのことが心配だったんだ」

「ええ」スカーレットはいった。「あたしもよ。昨日のことは忘《わす》れましょ。大した問題じゃないわ」

アルバートの顔がパッと明るくなった。「ありがとう。昨日のことがひどく心にのしかかってたんだ。気分が軽くなったよ」アルバートはちょっと背筋《せすじ》を伸《の》ばし、きゃしゃな肩《かた》を引いた。「今は確《たし》かに難《むずか》しい状況《じょうきょう》だけど、ぼくらは決してへこたれない！　つねに前向きに考える――これ、きみのセリフだっけ？」

スカーレットはアルバートをまじまじと見た。「ちょっと、あたしはスカーレットよ。そんな湿《しめ》っぽいセリフ、今まで一度もいったことないわ」

「ないっけ？　ほかの人だったかな？　だけど、ここを見て！」アルバートはいった。「最高議会の本部だ！　ここをちょっとでも見られるなんて、ついてるよ、ぼくたち」鉄のヘルメットのせいで苦労しながらも、アルバートは壇《だん》の向こう側にある開け放たれたドアの一つを身ぶりで示《しめ》した。「あんなに大量の本とお宝《たから》の陳列棚《ちんれつだな》、見たことある？」

スカーレットはすでに、可能《かのう》な逃《に》げ道を探《さが》すついでに、わきの部屋をひととおり見ていた。正直なところ、各ドアに立つ監視《かんし》のほうが、えんえん続く本棚《ほんだな》や、人工遺物《いぶつ》にあふれた陳列棚《ちんれつだな》より興味《きょうみ》がある。そのほかにテーブルもあって、古い書物のページの断片《だんぺん》がプラスチックシートにはさんで置いてあった。拡大鏡《かくだいきょう》を持った女たちがそれを調べながら、内容《ないよう》を書き留《と》めている。

「書き写してるんだ」アルバートはいった。「失われた知識《ちしき》を探《さが》し求めてる」そこでスカーレットに顔を近づけ、内緒話《ないしょばなし》をするように声をひそめた。「ぼくらが例の昔の武器《ぶき》に対して抱《いだ》いた気持ちと同じだね。あの人たちは過去《かこ》の秘密《ひみつ》をあばこうとしてるんだよ、きっと」

スカーレットはうなずくと、鎖《くさり》の音をさせてさらに顔を近づけた。「確《たし》かにそう見える。でも、アルバート、ちょっと聞くけど、それって今、あたしたちが気持ちを向けるべき一番の課題だとほんとに思う？」

「そっか！」アルバートは背筋《せすじ》を伸《の》ばして座《すわ》り直した。「そうだよね。ぼくらには確《たし》かにほかに優先《ゆうせん》すべき問題がある。それについてもいい知らせがあるよ。あの工作員がトラックをここまで運んできた。だから、ぼくらは何としてもそのトラックを見つけてストウに乗っていくんだ。ジョーとエティを救《すく》うのにあと二日。まだ時間はあるよ！」

スカーレットはアルバートをじっと見た。肝心《かんじん》なのは、アルバートがそれを本気で信じていることだ。できると信じている。ふたりとも手をしばられ、どうすることもできずに日ざしのなかに座《すわ》っていても、まわりには監視《かんし》が三十人いても、敵《てき》の町にいて、広場では自分たち用にあつらえられた絞首台《こうしゅだい》が急ピッチで建てられていても、できると信じている。そこにはいっそ美しささえ感じた。

スカーレットはさびしい笑みを浮《う》かべた。「そのとおり。時間はあるわ」

文書保管室《ほかんしつ》のドアのそばで職員《しょくいん》に動揺《どうよう》が走った。古い文章を書き写している女たちが立ちあがり、監視《かんし》が気をつけの姿勢《しせい》をとる。黒光りするスーツに身を包んだ、小柄《こがら》だがかっぷくのいい男が、女たちのテーブルと本棚《ほんだな》のあいだをやって来ると、せかせかと講堂《こうどう》に駆《か》けこんできて、壇上《だんじょう》に向かった。きびきびした動きで、小さな足がすばやく床《ゆか》を踏《ふ》んでいく。わきの下に書類の束を抱《かか》えている。

長身の憂鬱《ゆううつ》そうな顔の指導役《しどうやく》が立ちあがった。「最高議会委員、ベバン議長！」

「ああ、どうも、ありがとう。どうぞ着席して」議長は壇上《だんじょう》に飛び乗ると、真ん中の椅子《いす》に勢《いきお》いよく体をすべりこませた。小さな金縁《きんぶち》メガネをかけた、老いることがなさそうな丸顔の男だ。

肌《はだ》は黒く、髪《かみ》は後ろも横も短く刈《か》られ、ごくわずかに残るまとまった髪《かみ》を容赦《ようしゃ》なく頭頂部《とうちょう》になでつけている。議長は書類をひざの上に落ちつかせると、ひどい近視《きんし》らしく、しきりに目を凝《こ》らして講堂《こうどう》を見まわした。「本日の議会の目的は？」

「無法者のスカーレット・マッケインとアルバート・ブラウンの裁判《さいばん》です！」長身の指導役《しどうやく》が大声でいった。「それと、死刑執行《しけいしっこう》の儀式《ぎしき》とその祝賀行事の詳細《しょうさい》を話し合います」

「ここにいるのがその二名か？」

「そうであります。十を超《こ》える極悪な罪《つみ》を犯《おか》しております。最近ですと、先日お伝えしたウォリックの強盗事件《ごうとうじけん》と、北部の発掘現場《はっくつげんば》の襲撃《しゅうげき》です」

議長は無表情《むひょうじょう》でスカーレットとアルバートをじっと見た。状況《じょうきょう》がちがえば――例えば、もう少し離《はな》れて、性能《せいのう》のいいライフル銃《じゅう》の後ろからながめていたならば――スカーレットは七国じゅうの〈信仰院《しんこういん》〉を支配《しはい》する最高議会の委員に会えたことを喜《よろこ》んだだろう。だが、さすがに今は興味《きょうみ》を示《しめ》すつもりはない。うんざりした顔でスツールにだらしなく座《すわ》っている。

「なるほど」ベバン議長はゆっくりうなずいた。「連れてきたのはマロリーか？」

「そうであります」

「少年のほうは、もちろん逸脱者《いつだつしゃ》だな？」

「そのとおりであります。しかも恐《おそ》るべき力を持っています。昨年の〈ストーンムア〉の騒《さわ》ぎを起こした本人です。連れ戻《もど》そうとしたキャロウェイ博士《はかせ》は消息を絶《た》ちました」

「ああ、おぼえている。博士《はかせ》は荒野《こうや》で行方《ゆくえ》不明になったんだったな。われわれすべてにとって残念なことだ。そして、少女のほうが後ろで糸を引いて少年をあやつっている……」議長はスカーレットには目もくれず、ひとしきりアルバートを観察し続けた。それから首を振《ふ》り、書類をめくる。「卑劣《ひれつ》きわまりない。まったく嘆《なげ》かわしい。では、この二名はまだ大して生きてもいないのに、世間で注目の的になっているわけだな？」

「ちょっとした有名人で、バラッドも作られております」

ベバンは軽い嫌悪《けんお》の表情《ひょうじょう》を浮《う》かべた。「まさに絶好《ぜっこう》のタイミングで捕《つか》まえたことは明らかだな、スティーブンス。世間は劇的《げきてき》な最期を期待するだろう。われわれはそれにこたえられる。祝祭の夜にしよう……」そこでふと黙《だま》り、顔をしかめた。アルバートが座《すわ》ったまま体をもぞもぞさせている。「あいつはどうかしたのか？　トイレに行きたいんじゃないか？」

「話をしたいのだと思われます」長身の指導役《しどうやく》がいう。「やめさせましょう」

「いや、その必要はない。そろそろ閉会《へいかい》だ。で、絞首刑《こうしゅけい》だな？」

「それが最善《さいぜん》だと判断《はんだん》いたしました。車裂《ざ》きの刑《けい》を望まれるのでしたら別ですが」

「絞首刑《こうしゅけい》のほうが安あがりだ。伝統《でんとう》もあるしな。明日の夜か？」

「その心づもりでおります。今、舞台《ぶたい》を組み立てています」

「すばらしい。大工たちにはいい仕事になる」

「はい。ベバン議長とほかの委員方の同意が得《え》られれば、盛大《せいだい》な催《もよお》しにしたいと思います。捕《ほ》獲《かく》した〈堕種《だしゅ》〉も三匹《びき》おります。オックスフォード酸性《さんせい》地帯の討伐《とうばつ》で捕《と》らえました。おそらくチッピングカムデンを荒《あ》らしまわった群れのものです。足枷《あしかせ》をはめておとなしくさせておりますが、まだ生きておりますので、きっと観衆《かんしゅう》の気持ちを駆《か》り立て、熱狂《ねっきょう》させるでしょう」

ベバン議長はいかにも満足そうにうなずいた。「上出来だ。現在《げんざい》、周辺部は食糧難《しょくりょうなん》で、昨夜、南部の廃墟《はいきょ》の近くで暴動《ぼうどう》があったから、これが町民たちのいいうっぷん晴らしになる。当日はわたしも立ち寄《よ》ってショーを見物するとしよう。さてと、これでひととおりすんだ。地元の商人すべてに必要な許可《きょか》をあたえろ。奴隷《どれい》たちもいつもどおり露店《ろてん》で商売したがるだろうし……」椅子《いす》から立ち上がる途中《とちゅう》で議長は動きを止めた。「きみ、なんだ?」

アルバートが人前でどんな発言を許《ゆる》されたとしても、相手の善意《ぜんい》を引き出す可能性《かのうせい》はこれっぽっちもないとわかっているスカーレットは、さっきからずっとアルバートを引き留《と》めようと、蹴《け》りと悪態《あくたい》とひじ鉄を器用にくり返していたが、効果《こうか》はなかった。アルバートは鉄のヘルメットをかぶせられた頭をぐらぐらさせながら、やっとの思いで立ちあがった。

「ありがとうございます」アルバートはいった。「どうしても個人的《こじんてき》にお願いしたいことがあるんです。ぼくらではなく、罪《つみ》のない友人ふたりのために。今、冷酷《れいこく》なハンド同業組合の手に落ちてしまって、ぼくらが戻《もど》って救《すく》い出さなければフクロウに食べられてしまうんです。どうかその友人のために、ぼくらのことを大目に見るか、せめてだれかほかの人を送って二人を解《かい》放《ほう》する気持ちになっていただけないでしょうか?」

アルバートはまわりを見た。講堂《こうどう》に集まっているたくさんの顔は一様に無表情《むひょうじょう》だ。スカーレットだけがしきりにうめき声を出して、あきれたように目をくるくる回している。監視《かんし》が何人か、いかめしい顔で前に出る。

長身の指導役《しどうやく》も前に出てきていた。「議長、申し訳《わけ》ございません。わたくしがむちで戒《いまし》めます」

「いや、いい。だいじょうぶだ」ベバン議長はアルバートを見た。「いいか、きみ、これは正《せい》義《ぎ》の問題だ。手短にいうと、正義《せいぎ》と秩序《ちつじょ》はわれわれの社会を維持《いじ》するものだ。これに反対する者は敵《てき》で、それには二種類の悪がある。門の外にひそむ悪もあれば、きみのような汚《よご》れた人間の心のなかにひそむ悪もある。きみの友人は実際《じっさい》に罪《つみ》のない人間かもしれない。だが、きみは絶対《ぜったい》にちがう。ハンド同業組合のことは知っている。泥棒《どろぼう》の寄《よ》せ集めで、〈信仰院《しんこういん》〉の支配《しはい》力が弱い場所ではどこでもしたい放題に悪事を働いている。やつらはそのうち、こちらで撲滅《ぼくめつ》するから安心したまえ。だが、まずはきみたちからだ」

議長は立ち去ろうと向きを変えた。アルバートは怒《いか》りの声をあげ、壇上《だんじょう》で足を踏《ふ》み鳴らした。

「今の説明に異議《いぎ》があります！　ぼくは悪ではありません！　無法者かもしれないけど、そういう生き方に駆《か》られたのは、あなた方に迫害《はくがい》されたからだ！」

「アルバート——」スカーレットが弾《はじ》けるように立ちあがった。監視《かんし》が警棒《けいぼう》を構《かま》えて近づいてくるのが見える。「もういい加減《かげん》、黙《だま》ることをおぼえて」

「いやだ！」アルバートは身をよじってスカーレットから離《はな》れた。「ぼくは偽善《ぎぜん》に抗議《こうぎ》する！　もし、議長の主張《しゅちょう》どおり、ぼくが逸脱者《いつだつしゃ》なら、あのバルコニーにいる気取ったコートを着た議長の召《め》し使いだってそうだ！　ぼくと同じ力を持ってる！　この差別のどこに正義《せいぎ》がある？」

「もっともないい分よ」スカーレットは声を落として叫《さけ》んだ。「この人たちはきっと、それについて喜《よろこ》んであんたと話し合ってくれる。あんたの舌《した》を切り取ってからね。だから黙《だま》って！」

アルバートは腹立《はらだ》ちまぎれにわけのわからない声をあげると、静かになった。ベバン議長はメガネをはずし、うんざりした声でいった。「ご苦労だったね、お嬢《じょう》さん。悪というのは、先天的な障害《しょうがい》が原因《げんいん》の一つになることもあるが、今、きみの友だちが証明《しょうめい》してくれたように、道徳的無知によることもある。ああ、たしかに逸脱者《いつだつしゃ》を組織《そしき》に加えることはある。マロリーがその一例だ！　彼《かれ》は今ではひじょうに役に立つ信頼《しんらい》のおける手先となったが、それはもっぱら長年にわたる〈ストーンムア〉での治療《ちりょう》のたまものだ。アルバート・ブラウンはその機会を拒《こば》んだために、始末されねばならない脅威《きょうい》のままだ。歴史《れきし》が伝えている通りだ」

議長が窓《まど》のほうを身ぶりで示《しめ》す。スカーレットは顔をしかめて、議長の視線《しせん》の先をたどった。

「歴史《れきし》？」

「外を見るがいい。何が見える？」

「町」

「その向こうは？」

ミルトンキーンズもウォリックと似《に》たようなものだ。近代的な建物のまわりに広大な廃墟《はいきょ》が点在《てんざい》している——ねじれた金属片《きんぞくへん》、コンクリートの塔《とう》、半壊《はんかい》したアーチが無意味にそびえている……。

「廃墟《はいきょ》。大変動の産物でしょ」

ベバン議長はクスクス笑った。「ちがう！　あの破壊《はかい》はそれよりずっと最近のものだ。大変動のしわざではなく、逸脱者《いつだつしゃ》のしわざだ。その子やマロリーのような者たち——ある種の能力の持ち主がやったことだ」そこで笑みを浮《う》かべてスカーレットをちょっと見おろした。「二度とそういうことが起こらないようにしたいと思うのも当然だと思わないか？」

議長が指を鳴らすと、とたんに部屋が騒《さわ》がしくなった。指導役《しどうやく》が大声で指示《しじ》を出し、監視《かんし》がスカーレットとアルバートのいる壇《だん》に集まってくる。スカーレットはアルバートに話しかけようとしたが、アルバートは凍《こお》りついたようにその場に固まり、まったく動かない。口を開く前にスカーレットはアルバートから引き離《はな》され、殴《なぐ》り倒《たお》された。そして、ふたりの無法者は小づかれ殴《なぐ》られながら、通路の真ん中を引きずられ、それぞれの監房《かんぼう》へ連れていかれた。平和が戻《もど》り、〈信仰院《しんこういん》〉の文書保管室《ほかんしつ》の事務員《じむいん》と女たちは作業を再開《さいかい》した。バルコニーでは、工作員の若者《わかもの》が日に照らされた虚空《こくう》を静かに見つめていた。

17章

知りたい。それがアルバートの一番大きな反応《はんのう》だった。議長のねらいがアルバートを恐怖《きょうふ》で打ちのめすことだったとすれば——つまり、罪悪感《ざいあくかん》とか自己嫌悪《じこけんお》とか恥辱《ちじょく》といった感情《かんじょう》で押《お》しつぶすことだったとすれば——ねらいははずれた。それどころか、まったく逆効果《ぎゃくこうか》だった。自分に備《そな》わった力が過去《かこ》のとんでもない災《わざわ》いとつながっていることをほのめかされ、アルバートは至極単純《しごくたんじゅん》な反応《はんのう》をした。それについてもっと知りたい、と思ったのだ。

昼から夕方になり、夕方から夜に、夜から朝になった。光と影《かげ》が監房《かんぼう》の壁《かべ》で追いかけっこをしている。アルバートは一人、鎖《くさり》につながれて座《すわ》ったまま、処罰柱《しょばつばしら》に頭をもたせかけて鉄のヘルメットの負担《ふたん》を減《へ》らした。体はずきずき痛《いた》み、心はひりついている。大事な友の身が心配だった。だが、ほかの面では気持ちは落ちついていたし、不思議と解放《かいほう》感すらおぼえていた。知識《ちしき》を得《え》たこと——いや、知識《ちしき》の一端《いったん》を手に入れたこと——で生まれた感情《かんじょう》だ。自分は一人ぼっちではないとわかった。

長年のあいだ〈ストーンムア〉の監獄《かんごく》で、指導役《しどうやく》であるキャロウェイ博士《はかせ》の無情《むじょう》な支配《しはい》のもと、アルバートは自分のなかにある力を恐《おそ》れ、嫌悪《けんお》するようずっと教えられていた。その過程《かてい》で不可欠《ふかけつ》な要素《ようそ》となるのは――自分の持って生まれた才能《さいのう》を苦痛《くつう》と結びつけるための長い実験計画や拷問《ごうもん》より効果《こうか》があったのは――孤独《こどく》だった。あなたは病気だ――病気だから社会の一員にはなれないと言われ続けた。〈恐怖《きょうふ》〉の爆発《ばくはつ》もその診断《しんだん》を裏《うら》づけるのに役立った。アルバートも施設《しせつ》のほかの若《わか》い収容者《しゅうようしゃ》もつねに薬を飲まされ、頭がぼんやりした状態《じょうたい》にされていたため、たがいに触《ふ》れ合うことができなかった。

アルバートは〈ストーンムア〉から逃《に》げ出すだけの反抗心《はんこうしん》を持っていたし、今ではそばにスカーレットがいて、一緒《いっしょ》に自由な生活を送っている――それでもなお、心の奥底《おくそこ》では、自分だけが持つ耐《た》えがたい悪の意識《いしき》に苦しんでいた。けれど、どうやらそれはまちがいだったらしい。自分だけではなかった。全然ちがった。最高議会の委員の言葉が耳のなかで響《ひび》いている。「その子のような者たち」という言葉がとてつもない力でアルバートの思いこみを吹《ふ》き飛ばした。

その子のような者たち。アルバートを目覚めさせたのはその部分だ。相手は激《はげ》しい非難《ひなん》のつもりだったのだろうが、アルバートには社会への誘《さそ》いのように聞こえた。社会に認《みと》められたように感じたのだ。

もちろん、そのことについてもっと知りたいなら、生き長らえなくては。つまり、ここからの脱出《だっしゅつ》だ。けれど、それは口でいうほど楽じゃない。〈恐怖《きょうふ》〉を目覚めさせるのも一つの手だが、鉄のヘルメットが頭にきつくはまっていて、どうがんばってもまったく動かせない。鎖《くさり》の留《と》め具も強固だ。スカーレットなら、監視《かんし》の首を絞《し》めて鍵《かぎ》を盗《ぬす》むとか賢《かしこ》い計画を思いつくかもしれないけれど、首を絞《し》めるなんて自分には無理だ……。そんなふうにつらつら考え、うとうとしてはまた考えているうちに、夜が明けてしまった。あと三十時間で、遠いストウの町でエティの時計が死のベルを鳴らし始める。

アルバートはしんぼう強く待った。チャンスはやってくると感じていた。

正午近く、前の日にアルバートを殴《なぐ》った監視《かんし》のうちの二人がふたたび監房《かんぼう》にあらわれた。アルバートは頭に黒い麻袋《あさぶくろ》をかぶせられ、部屋から連れ出された。監視《かんし》に導《みちび》かれ、どこをどう進んでいるのかわからないまま、わからない距離《きょり》を歩いた。ようやくドアがきしむ音と、しわがれた声の命令が聞こえた。麻袋《あさぶくろ》が取り払《はら》われると、まぶしさに目がくらんだ。背中《せなか》を押《お》されて前に出ると、アルバートは姿勢《しせい》よく立ったまま、まばたきしてあたりをおそるおそる見た。

さっきまでいた監房《かんぼう》より狭《せま》く、清潔《せいけつ》な部屋だ。処罰柱《しょばつばしら》はない。強い太陽の光が一つしかない窓《まど》から差しこみ、日だまりに小さな丸いテーブルが置かれている。アルバートはちょっと驚《おどろ》いた。フルーツを盛《も》ったボウルが刺《し》しゅう入りの小さな白い敷物《しきもの》の上に置かれ、そのそばに水差しがプラスチック製《せい》のコップ二個《こ》と一緒《いっしょ》に置かれていた。椅子《いす》も二脚《きゃく》、テーブルに寄《よ》せてあり、その一つにマロリーが座《すわ》っていた。やせこけて青白く、冷ややかな顔の〈信仰院《しんこういん》〉の工作員だ。着ているコートのえりを立てて耳をおおっている。

「アルバート！　ようこそ！」マロリーはぱっと立ちあがり、監視《かんし》を部屋の外へ追い立てると、すぐにドアを閉《し》め、部屋のなかを身ぶりで示《しめ》した。「ここはどう？」

「刺《し》しゅうの入った敷物《しきもの》がとてもいい」アルバートはいった。「それを見てるだけで、手足の枷《かせ》や鉄のヘルメットや、窓《まど》の鉄格子《てつごうし》やこの鉄の鎖《くさり》を忘《わす》れられる」

マロリーはほほえんだ。「ああ、ちょっとしたことが大事だからな」そういって手招《てまね》きする。「ここへ来て座《すわ》ってくれ。リンゴをどうぞ。青いブドウもある。好きなのを食べて」

「ありがとう。だけど、スカーレットが心配だ。一人でいるだろうし、昨日から会ってない。ここの監視《かんし》は冷酷《れいこく》だから」

マロリーは肩《かた》をすくめた。「やつらは自分たちの職務《しょくむ》を精《せい》いっぱい果たそうとしているだけの、鈍感《どんかん》でつまらない連中だ。心配しなくていい。ひどいことは何もしないから。マッケインさんには絞首台《こうしゅだい》で最高の姿《すがた》を見せてもらう必要があるからね。とにかく座《すわ》ってくれ。きみと話がしたい」

「スカーレットに会えないかな？」

「話が終わったら考えよう。正直いうと」マロリーはつけ加えた。アルバートはしきりに鎖《くさり》の音をさせながら、苦労して椅子《いす》に座《すわ》った。「この会話をスカーレットの前でしたくないんだ。率直《そっちょく》なところ、あのしかめ面を見ただけでうんざりする」そこでアルバートににっこり笑いかけ、ボウルの真ん中にあるブドウの房《ふさ》から一粒《つぶ》取った。「こうして静かに話すほうがずっといい。きみとわたしだけで」

「こないだだって穏《おだ》やかに話ができたはずだ」アルバートはいった。「なのに、きみはぼくを生き埋《う》めにしようとした」ブドウを一粒《つぶ》取り、かぶりつく。アルバートは空腹《くうふく》だったので、甘《あま》みが目にしみた。

マロリーはにっこりした。「ああ。あの技《わざ》をどう思った？　いきなり呼吸《こきゅう》と身動きをできなくしてしまう……きみのような扱《あつか》いにくい相手にはいい方法だと思う」

「キャロウェイ博士《はかせ》ならすごく感心したと思う。ぼくも花びらを一メートルくらい空中移動《いどう》させただけでほめられたから」

「ああ、きみもあの訓練をしたのか？」マロリーは椅子《いす》から身を乗り出し、満面の笑みを浮《う》かべた。「これまでにあれができた者は〈ストーンムア〉でもほとんどいない！　実践《じっせんてき》的な心的操作《そうさ》運動――キャロウェイ博士《はかせ》の専門《せんもん》分野だ。博士《はかせ》がきみを気に入っていたのもうなずける。敬愛《けいあい》するキャロウェイ博士《はかせ》！……　博士《はかせ》のおかげでわたしは自分に何ができるのかを理解《りかい》した。

博士《はかせ》がわたしを救《すく》ってくれたんだ、アルバート。生まれもった汚《け》れから」ほほえみが消えていく。「博士《はかせ》は同じようにきみのことを救《すく》いたいと思ったんだ」

「ぼくはきみが〈ストーンムア〉にいたのをおぼえてない」アルバートはいった。

マロリーはうなずいた。「いや、いた。入ったのは小さいころだ。家族に拒《こば》まれてね。当時はまだ自分の邪悪《じゃあく》さを知らなかった。精神《せいしん》をきたえられ、教えを受けて、四年前にあそこを出た。キャロウェイの紹介《しょうかい》で〈信仰院《しんこういん》〉の神学校に進んで、マンクという男にさらに教えを受けた」

「マンクはぼくも会ったことがある……」窓《まど》のほうを向いたアルバートの暗い目には別の窓《まど》と、別の鉄格子《てつごうし》と、別の殺風景《さっぷうけい》な部屋が映《うつ》っている。アルバートは小さいころのことが思い出せなかった。記憶《きおく》にあるのは〈ストーンムア〉だけだ。

「いずれにしろ、あそこにいた期間が重なっているのは確《たし》かだ」マロリーはいった。「きみはどの部屋にいた？」

「十三B。トイレの横にあった」

「あいにく、わたしにはなじみがない。誰《だれ》ともつきあわなかったから」

「ああ、ぼくもだ。それが何よりだった」

二人は椅子《いす》に座《すわ》ったまま見つめあった。同時にブドウに手を伸《の》ばす。

「もちろん」とマロリー。「わたしたちはもう、あそこにはいない。わたしは内面の悪を鎮圧《ちんあつ》したが、きみはそのなかにどっぷりつかっている。わたしはキャロウェイ博士《はかせ》の教えを忠実《ちゅうじつ》に守り、悟《さと》りと正義《せいぎ》の道を歩んでいるが、きみは強盗《ごうとう》をはたらく無法者になり、赤毛の殺人犯《さつじんはん》やほかの悪人の仲間になっている」

アルバートはブドウをのみこむと、リンゴを取った。「きみがそういうってことは、たがいの選んだ道がちょっと違《ちが》ったってことだね」

マロリーはうなずいた。「ちょっと違ったというのは控《ひか》えめないい方だな。しかも、きみの心ない行いのせいで、わたしはとても悲しい思いをしたんだ。きみが〈ストーンムア〉を逃《に》げ出したあと、キャロウェイ博士《はかせ》があとを追った。大事なきみを失うわけにいかないと考えたからだ。なのに、なぜか博士《はかせ》と追跡《ついせき》チームはテムズ川流域《りゅういき》の荒《あ》れ地のあたりで消息を絶《た》った。博士《はかせ》がどうなったのか、正確《せいかく》なところはわかっていない」そこでため息をつき、整髪料《せいはつりょう》でべとついた髪《かみ》をかきあげた。「わたしが最後に博士《はかせ》に会ったのは、この本部だった。日ざしが博士《はかせ》の白い肌《はだ》と黒い靴《くつ》を照らし、ベルベットのヘアバンドを照らし、庭に並《なら》ぶ祈《いの》りの像《ぞう》を照らしていた……博士《はかせ》は笑顔でわたしの手を握《にぎ》り、歩き去った。そして、祈《いの》りの像《ぞう》のなかに姿《すがた》を消した」

マロリーは目を輝《かがや》かせた。「博士《はかせ》はわたしにとって母親のような存在《そんざい》だったんだ、アルバート・ブラウン。だが、きみにすべての責任《せきにん》を押《お》しつけはしないから、安心してくれ」

アルバートは何もいわなかった。最後にキャロウェイ博士《はかせ》に会ったときのことが脳裏《のうり》に浮《う》かぶ――高い塔《とう》の縁《ふち》で、博士《はかせ》の頭を鉄パイプで殴《なぐ》り、その体が壊《こわ》れた人形のように海に落ちていくのを見つめていた。だが、今はその話をするときではなさそうだ。

マロリーはようやく話を現実《げんじつ》に戻《もど》した。「では、そろそろ本題に入ろう。祝典の実行委員たちが今夜に向けてきみの支度《したく》をしたがっている。だが、いい話があるんだ、アルバート」マロリーは人当たりのいい笑みを浮《う》かべ、コートを後ろへさっと払《はら》うと、テーブルの上に平然と身を乗り出した。「きみは死ぬ必要はない」

アルバートはリンゴをかじろうとしていた。「わかってる。ぼくたちをふたりとも解放《かいほう》してくれ」

マロリーは顔をしかめた。「いや、それはどう考えても無理だ。スカーレットはここに残ってもらう。どうしようもない極悪人だからな。みんなそれを知っている。きみだってわかっているはずだ。だが、きみは――極悪人じゃない。ブラウン、きみはちがう」

「ずっとそういわれ続けている」

マロリーは笑い声をあげた。「そりゃそうだろう。きみを見ればわかる」

アルバートは自分の姿《すがた》を見てから、リンゴをほおばった。「ぼくにはわからない」

「もっともな話だ。きみはこの二日のあいだに精神的《せいしんてき》ショックの大きい体験をいくつもしたからね。爆発《ばくはつ》、墜落《ついらく》、〈堕種《だしゅ》〉との遭遇《そうぐう》……それに、わたしが土のかたまりで押《お》しつぶそうとした……それでも、申し分ないくらいに元気そうじゃないか。打ち傷《きず》が一つ二つあるくらいだ」

「ほんとはたくさんある」アルバートはいった。「見えないけど、下のほうにでかいあざができてる。よければ見せるよ」

「頼《たの》むからやめてくれ。ま、それでも、きみの行く先々で大量の死体が出たことを考えれば、それくらいですんでよかったじゃないか。いっぽう、スカーレットは気の毒なことに傷《きず》だらけだ……ところで」マロリーは続けた。「きみが無傷《むきず》で災難《さいなん》を切りぬけたのはこれが初めてじゃないと思うが、どうだ？」

アルバートは過去《かこ》に起こった同じような出来事を思い出した。「ぼくはいつも運がいいんだ」

「バカだな、そいつは運じゃない！　才能《さいのう》だ！　きみもわたしも持っている——わたしたちは並大抵《なみたいてい》のことでは死なない。それにきみにはほかの才能《さいのう》もある」マロリーはアルバートがかぶっているヘルメットを頭で示《しめ》した。「それについては今、われわれが対策《たいさく》を講《こう》じている。キャロウェイ博士《はかせ》がきみを高く買っていたから、わたしもそれを尊重《そんちょう》する。ただ、個人的《こじんてき》には……なんともいえない。トラックの近くで会ったときはマヌケもいいところだった。わたしの心を読もうとして倒《たお》れそうになり……それ以外は何もしなかった。何もだ。きみのガールフレンドのほうがよっぽど手ごわかった。パブでは、いきなり体当たりしてきたからね」

アルバートは青くなり、不安そうに後ろを振《ふ》り返った。「ガールフレンド？　きみのその言葉、スカーレットにはぜったいに聞かせたくない。知られたら、きみもぼくもただじゃすまない」

「きみにはあんな芸当はできなかっただろう」マロリーはアルバートを無視《むし》して続けた。「きみには力があるが、まるで使い方がわかっていない。きみにはありのままの自分を受け入れる意志《いし》がない。それはそうと、今夜のことを話そう……」そういって、もう一度身を乗り出した。

「今の状況《じょうきょう》はひじょうに厳《きび》しい。〈堕種《だしゅ》〉がはびこり、町の愚《おろ》か者が小競り合いをしている。〈信仰院《しんこういん》〉はしかるべき秩序《ちつじょ》を維持《いじ》するために人手を必要としている。つまり、ようやく〈ストーンムア〉が試みてきたことを実践《じっせん》に移《うつ》そうというわけだ。きみやわたしのような逸脱者《いつだつしゃ》を利用するということだよ」マロリーは薄笑《うすわら》いを浮《う》かべた。「もちろん、最高議会の委員全員が賛成《さんせい》しているわけじゃない——なかにはわたしたちを二人とも殺《ころ》すべきだという者もいる。これまでにあったことを考えれば、〈ストーンムア〉はそう簡単《かんたん》に受け入れられないからね」

　アルバートはぞくぞくするような好奇心《こうきしん》をおぼえた。「なるほど。だけど、これまでに何があったの？　昨日、議長が窓《まど》から見える廃墟《はいきょ》について話してたけど、あれってどういう意味？　ぼくらのような者たちがやったっていってたけど、どんな人たち？　いつあったの？　頼《たの》むよ、マロリー！　きみは知っているんだろう！　教えてくれ」

マロリーはちょっと黙《だま》った。不思議そうな笑みを浮《う》かべている。「まったく、あきれる。きみの命は風前の灯だっていうのに、そんなことで興奮《こうふん》しているのか？　きみはじつに変わったやつだな。きみがあのまま〈ストーンムア〉にいれば、答えがわかっただろうが、きみは自分の受けるべき教育を捨《す》てて逃《に》げた」

「ぼくは拷問《ごうもん》から逃《に》げたんだ」アルバートはいった。

「まったく臆病《おくびょう》なやつだ！」マロリーはいらだたしそうにいった。「確《たし》かにつらい治療《ちりょう》もあったが、正直、わたしたちのような生き物に生ぬるい治療《ちりょう》はできない。〈堕種《だしゅ》〉を甘《あま》やかせるか？　冗談《じょうだん》じゃない！　なら、くだらないことをいってないで聞いてくれ。わたしがここにいるのは一つ提案《ていあん》があるからだ。きみを赦免《しゃめん》する権限《けんげん》をあたえられている。きみは無法者ではなくなるんだ。わたしのような身分の高い工作員になれる。無論《むろん》、矯正《きょうせい》やさらなる訓練の期間はあるし……しばらくは〈ストーンムア〉に戻《もど》る必要もあるだろう。だが、そんなことは大した問題じゃない！　きみの知りたがっている秘密《ひみつ》を知ることだってできるかもしれない……」マロリーは少し待った。「さあ、答えてくれ、アルバート！　紳士《しんし》協定だ。血判《けっぱん》もなにも必要ない。提案《ていあん》を受けるといってくれ。鎖《くさり》をはずして、一緒《いっしょ》にここを出よう。わたしのいうことがわかるか？」マロリーは指を鳴らした。「鎖《くさり》をはずして、ここを出る」

「出られるの？」

「すぐにね」

「スカーレットはどうなる？」

「ああ、彼女《かのじょ》は死ぬ。だが、いいか、どうでもいいことは放っておけ。大事なことに注意を向けるんだ。大事なのはきみだよ」

アルバートはほほえんだ。「オレンジを食べてもいい？」

「そのあいだに答えを考えてくれ」

「急いで食べるよ。答えなんていうまでもない」

マロリーはわざとらしくうめいた。「おいおい！　スカーレット・マッケインがなんだっていうんだ？　そんなにきみにとって大事か？　彼女《かのじょ》のためなら喜《よろこ》んで死ねるとでも？」

「スカーレットがいないなら、生きてたってしょうがない……」アルバートはいった。「いるといないとではちがうんだ」オレンジの皮を置く。「スカーレットを釈放《しゃくほう》してくれないか、マロリー？　そうしてくれれば、提案《ていあん》を受けてもいい。きみと一緒《いっしょ》に行くし、きみのいうとおりにする。どう、いい案だと思わない？　ただ、きみがスカーレットを釈放《しゃくほう》してくれればいいんだ」

マロリーは腕組《うでぐ》みをして、寒気を感じたかのようにコートを体に巻《ま》きつけた。不屈《ふくつ》の精神力《せいしんりょく》を呼《よ》び起こそうとするかのようにため息をつく。「こちらのことも考えてくれ。きみたちのために立派《りっぱ》な絞首台《こうしゅだい》を組み立てたし、今夜はかなりの町民が集まる。小冊子《しょうさっし》の記者たちもこぞって押《お》しかけるだろうし、市場の商人や、ソーセージとキャベツの酢漬《すづ》けを売る者も……盛大《せいだい》な見せ物を当てにして、地域《ちいき》の商売全体が活気づく。今夜のイベントに金がかかっている！　取り消すなんて無理だ！　人々の不満を募《つの》らせることになってしまう。確《たし》かに〈堕種《だしゅ》〉を数匹《ひき》、火あぶりにする予定だが、それはケーキの上にかける粉砂糖《こなざとう》みたいなものだ。ケーキがいる。舞台《ぶたい》の中央で注目を浴びる人物がほしい。スカーレットはまさにうってつけだ」

「ほかの人にしてくれ」

「スカーレットとブラウンの代わりに？　誰《だれ》を選ぶっていうんだ？　万引き犯《はん》か？」

「作り話をして信じさせればいい。スカーレットがきみに共犯者《きょうはんしゃ》のことをこっそりもらしたっていうんだ——大きな陰謀《いんぼう》が企《くわだ》てられていて、ぼくたちはその一角にすぎないって。これからスカーレットを拷問《ごうもん》にかけて情報《じょうほう》を引き出さなくちゃならないから、まだ殺《ころ》せないっていえばいい。それで、別のショーを行う。曲芸とか手品とか」

「きみは公開処刑《しょけい》の意味がまったくわかっていない。曲芸だと？　そんなことをすれば、本当に暴動《ぼうどう》が起こる……いや、残念だが、スカーレットの運命は変えられない」

「それなら」アルバートはいった。「フルーツをありがとう。ぼくはスカーレットのところへ行きたい」

マロリーはアルバートを見つめながら、コートのそでのしわを細く白い指で軽くたたいた。

「なぜそれほどこだわる？　あんな……傷《きず》だらけの人間に。彼女《かのじょ》に比《くら》べれば、わたしたちでさえ、指折りの幸せ者といっていい。小さいころからずっとサルみたいに実験台にされてきてもね。彼女《かのじょ》のどこがいいんだ？　冗談《じょうだん》じゃなく」

アルバートは固まって黙《だま》りこんだ。相手の言葉にハッとしたのだ。「傷《きず》だらけ？」

「おいおい、当然きみも知っているだろう、彼女《かのじょ》の過去《かこ》を」マロリーはボウルからリンゴを一つ取ると、片手《かたて》で回しながら一番赤い部分を探《さが》した。「彼女《かのじょ》のそばで眠《ねむ》り、一緒《いっしょ》に七つの国をめぐってきたんだろう。なら、心のなかを探《さぐ》る機会はいくらでもあったはずだ」

アルバートはマロリーを見た。

「知らないのか？」マロリーは顔をしかめた。その目が大きく開く。「まさか――」

「そんなことはしなかった」アルバートは静かにいった。

「信じられない。いや、ありえない。まさかそんな……」

「探《さぐ》ったことは一度もない」

「へえ」マロリーは低い驚《おどろ》きの声を出した。白い歯を光らせ、白くてさわやかな果肉にかじりつく。「わたしは探《さぐ》った」

アルバートは椅子《いす》に座《すわ》ったまま、マロリーの口を見つめた。満足そうに汁気《しるけ》のある果肉を噛《か》む。そのとき、心のなかに激《はげ》しい怒《いか》りがわき起こるのを感じた。死刑《しけい》の話を聞かされても、絞《こう》首台《しゅだい》の話を聞かされても、そういうことはまったくなかったのに、スカーレットの心が目の前のぶかぶかのコートを着た、冷淡《れいたん》な若者《わかもの》に読み取られたと知ったとたん、強烈《きょうれつ》な怒《いか》りと苦悩《くのう》をかき立てられた。頭のなかでふたたび低いざわめきが聞こえ、こめかみに刺《さ》すような痛《いた》みを感じる。用心しなければ、〈恐怖《きょうふ》〉が飛び出し、鉄のヘルメットにはばまれて、自分にはね返ってきてしまう。なんとかして追い払《はら》わなくては。

マロリーの視線《しせん》がこっちに向けられている。「明らかに動揺《どうよう》している。まったく驚《おどろ》きだ！きみは想像《そうぞう》以上にバカだな」

「キャロウェイ博士《はかせ》はそうは思っていなかった」アルバートはいった。「ぼくを連れ戻《もど》そうと最後まで説得《せっとく》を続けたんだ。死ぬ瞬間《しゅんかん》まで」

マロリーはまたリンゴをかじりかけて、動きが止まった。「なんだって？」リンゴを出して口をふく。

「博士《はかせ》は一緒《いっしょ》に戻《もど》ろうとぼくを説得《せっとく》し続けていた。荒野《こうや》で姿《すがた》を消したわけじゃない。ぼくたちに追いついたんだ。そして、死んだ」

「なんだって？」

「それだけだ」

「作り話だろう」

「この鉄のヘルメットをはずしてくれ。ぼくの心を読めばいい」

アルバートはフルーツのボウルの向こうにいるマロリーにほほえんだ。部屋の外では木に止まった鳥がさえずっている。マロリーはアルバートをひたすら見つめている。アルバートは白い敷物《しきもの》の端《はし》がめくれ上がり、目に見えない力の流れに震《ふる》えるのがわかった。

「明らかに動揺《どうよう》してるね」アルバートはいった。

リンゴが床《ゆか》に落ちた。

椅子《いす》が後ろに倒《たお》れ、とてつもない力がアルバートを捕《と》らえて、真後ろに押《お》しやった。アルバートは部屋のすみに飛ばされ、壁《かべ》にぶつかった。肺《はい》から空気が押《お》し出される。アルバートは床《ゆか》から一メートルほど足が浮《う》いていた。圧力《あつりょく》がさらに増《ま》してくる。世界が暗くなった。目の前で銀と黒の膜《まく》がゆれている。膜《まく》が晴れたかと思うと、マロリーがコートを大きくひるがえして向こうからやってきた。鼻先まで近づいたマロリーの口はかたく結ばれ、ゆがんでいた。目に涙《なみだ》がたまっている。

「もう一度いってみろ」マロリーはいった。「きさま、何をした?」

「博士《はかせ》を殺《ころ》した」アルバートは小声でいった。話すのもひと苦労だ。「博士《はかせ》の頭を思いきり殴《なぐ》って海に落とした。宙《ちゅう》を落ちていく博士《はかせ》の小さな黒い靴《くつ》の片方《かたほう》が脱《ぬ》げて、回転しながら泡《あわ》と水煙《みずけむり》のなかに消えていくのが見えた。ああ、気になるのか？　悲しいのか？」

マロリーは歯のあいだから音を吐《は》きだした。見えない力がアルバートをわしづかみにする。少しのあいだ、壁《かべ》に体を押《お》しつけられ、アルバートは骨《ほね》が折れるのではないかと思った。やがて、浮《う》いたまま体が壁《かべ》から離《はな》れたかと思うと、空気が頭を圧迫《あっぱく》し、壁《かべ》にくり返したたきつけられた。鉄のヘルメットが多少は守ってくれていたが、その内側に頭蓋骨《ずがいこつ》がこすれるのを感じる。パキッと音がした。アルバートは首の骨《ほね》が折れたのかと思った。

圧力《あつりょく》が弱まった。アルバートは血を流し、力なく壁《かべ》に張《は》りつけにされていた。マロリーは手で口をぬぐった。呼吸《こきゅう》が落ちついてきている。ふたたび感情《かんじょう》をおさえこんだらしい。

「きみに礼をいわないと」マロリーはいった。「さっきまで、きみをここで見殺《みごろ》しにしていいものか、少し迷《まよ》っていたんだが、今は……それほどでもない。この手でとどめを刺《さ》してやろうと思ったが、大勢《おおぜい》の前でくたばるがいい。結局、大事なのは観衆《かんしゅう》の目だからな」そこで背《せ》を向けた。アルバートにかかっていた力が弱まり、アルバートは床《ゆか》にうつ伏《ぶ》せに倒《たお》れた。「監視《かんし》がきみを大好きなスカーレットのところに連れていってくれる」マロリーはドアに向かいながらいった。「では今晩《こんばん》、広場で」

「楽しみにしている……」アルバートはなんとか言葉を吐《は》きだした。だが、そのときにはもう、ドアは閉《し》まっていた。

アルバートはやっとのことで体を起こし、床《ゆか》に座《すわ》った。全身が痛《いた》い。耳鳴りがし、ものが二重に見える。動くこともままならない。それでも、骨《ほね》は折れていないとわかった。ただ、鉄のヘルメットの後ろ側に亀裂《きれつ》が入ったかもしれない。その証拠《しょうこ》に、アルバートが頭を動かすたびにカタカタと音がした。

18章

「ほら、ふたりとも、そんなしかめ面しないで、なるべく純真《じゅんしん》に気高くふるまってくれよ。そうすれば、最後の最後まで人気者のままでいられる」

祝典の幹事《かんじ》はアルバートとスカーレットから何歩か後ろに下がると、ふたりを厳《きび》しい目で見た。中年の男で、顔は青白く、目の下にくまがある。疲《つか》れて少しいらだった空気を漂《ただよ》わせていたが、それも無理はないとアルバートは思った。朝からずっと大忙《おおいそが》しだったにちがいない。黒いTシャツに濃《こ》い緑のオーバーオールという格好《かっこう》で、指には白いドーランがまだらについている。アルバートとスカーレットの顔が絞首台《こうしゅだい》の上で目立つように、ふたりのほおに塗《ぬ》ったときについたものだ。

大きなチェック柄《がら》のキャップをかぶった少年が幹事《かんじ》の男を手伝い、塗料《とりょう》や粉おしろい、紅《べに》、ブラシ、布切《ぬのき》れを並《なら》べたトレーを運んでいる。アルバートとスカーレットは死刑囚《しけいしゅう》の監房《かんぼう》のすみで、並《なら》んで処罰柱《しょばつばしら》につながれていた。

「しかめ面はやめられないと思う」アルバートはいった。「ぼくらの外見の一部だからね。きっとみんな、ぼくらのしかめ面を期待する。少なくともスカーレットのしかめ面はね。よければ、ぼくが気高い純真《じゅんしん》を引き受けてもいいけど」

「そのへんは自分たちで解決《かいけつ》してくれ」祝典の幹事《かんじ》は白い布切《ぬのき》れをトレーの上に放り投げた。「さてと、できることはこのくらいか。見栄えはそうそう変えられない。あとは照明で調節しよう」

「見ごたえのあるショーになりそうですね、ボス」キャップをかぶった少年が気を利かしていった。明るく元気がある。

「ああ、そうだな、アーネスト、そうなってくれるといいんだが。それじゃあ、ならず者のおふたりさん、行く前に何か聞きたいことは?」

ここで質問《しつもん》しないと、幹事《かんじ》の男ががっかりするだろうとアルバートは感じた。きっとプロとしての誇《ほこ》りを傷《きず》つけられたように思うだろう。スカーレットのほうを見ると、腕組《うでぐ》みして座《すわ》ったまま、目の前を見つめている。コートとブーツと帽子《ぼうし》とガンベルト(銃《じゅう》はない)はすでに返されていた。顔には死人のような青白い色が塗《ぬ》られていて、濃《こ》い赤毛との対比《たいひ》がひどく際立《きわだ》っている。アルバートがスカーレットの監房《かんぼう》に到着《とうちゃく》したときにはすでに、幹事《かんじ》の男と助手の少年がいて、スカーレットの支度《したく》に取りかかっていた。作業のあいだ、スカーレットはほとんど口をきかなかったし、今も黙《だま》ったままだ。

ここは自分がなんとかするしかない。

「時間はあとどれくらい?」アルバートはたずねた。「どんな手順で行われるの?　きちんとやりたいんだ」

「それにかんしては心配無用」祝典の幹事《かんじ》はいった。「面倒《めんどう》なことは何もない。今夜九時に舞《ぶ》台《たい》上に連れていかれるから、そこで観衆《かんしゅう》をしっかりにらみつけるといい。いろいろ投げつけられるだろうけど――ビーツとか玉ネギとか石ころとか――絞首台《こうしゅだい》は高いから、受刑者《じゅけいしゃ》にはたいてい当たらない。安全上の告知《こくち》のあと、〈堕種《だしゅ》〉が運びこまれて観衆《かんしゅう》の注目を浴びてから、いよいよふたりの晴れ舞台《ぶたい》だ。もちろん刑執行《けいしっこう》のあともいろいろあるが、そこまで心配しても仕方ない。アーネスト、今、何時だ?」

「六時三十四分です」

「ほんとにアーネストは賢《かしこ》い。注意を怠《おこた》らない。もう余興《よきょう》が始まってるな」

「観客が外に集まっていますよ」アーネストが同意した。「ホットドッグを買ったり、頭蓋骨《ずがいこつ》コイン投げで盛《も》りあがったりしています」

スカーレットがようやく身じろぎした。「へえ?　いいじゃない。誰《だれ》かがそれで稼《かせ》げるといいわね」

「それに、バラッドを作る連中がまた仕事にはげんでいる」幹事《かんじ》の男がいった。「何ひとつ見落とさない。だよな、アーネスト？　新作の印刷にすっ飛んでいった」

「はい。『悪名高きスカーレットとブラウンの生と死』ですね」助手の少年がズボンの後ろのポケットから丸まった冊子《さっし》を取り出した。「これですよ。ほら、おふたりの同時絞首刑《こうしゅけい》のみごとな木版画《もくはんが》が表紙です」

アルバートはまばたきした。「待って。どうしてこの木版画《もくはんが》がもうできてるわけ？　ぼくらはまだ殺《ころ》されていないのに！」

「おみやげですよ」少年はいった。「処刑《しょけい》特別号です。前もって作っておかないといけないので。たぶん、今後の改訂版《かいていばん》で更新《こうしん》されるでしょうけど、大事なところはきちんと描かれています。観客、絞首台《こうしゅだい》、お二人がライトを浴びながら体を引きつらせる場面……まあ、みんな、だいたい納得《なっとく》すると思います」

「そうかな？　みんなが見落としそうなちょっとしたおもしろいことがいくつかあるかもしれない」

「いや、もうみんなじゅうぶん細かいことを知っています」少年は帽子《ぼうし》をかぶり直した。「裏《うら》面《めん》にある公式《こうしき》の『目撃者《もくげきしゃ》のバラッド』を読んでみましょう。足元の落とし戸が開く寸前《すんぜん》のマッケインさんの悔恨《かいこん》と改心の様子が語られています。とても感動的な詩ですよ。聞いてください」

娘《むすめ》は人々にゆるしを請《こ》うた
泣いて嘆《なげ》いて大声で願った
首に縄がかけられると、
ぱっと顔を赤らめ、ちぇっと口走った
確《たし》かに悪事をはたらいた！　認《みと》めるわ！
これで終わり。お別れよ
そして、娘《むすめ》は――

「くだらない」アルバートがさえぎった。「スカーレットは絶対《ぜったい》に誰《だれ》かに許《ゆる》しを請《こ》うなんてことはしないし、顔を赤らめたりもしない。それに『ちぇっ』なんて人生で一度も叫《さけ》んだことないよ。ほかの悪態《あくたい》ならいくらでもつくし、なかにはもっと楽に韻《いん》を踏《ふ》める悪態《あくたい》もある。とにかく、まちがいだらけの駄作《ださく》だ。みんな、気づいてほしいよ。お金を無駄《むだ》づかいすべきじゃない」

「これは売り物のほんの一例」祝典の幹事《かんじ》がいった。「絵入りのマグもあるし、記念皿や小さい人形もある。人形はロープの端《はし》にくくりつけてあって、子どもたちがベッドのわきにぶら下げておけるんだ。ま、少なくとも業者たちの意欲《いよく》はほめるべきだね。じゃあ、ふたりともしっかり休むといい。今晩《こんばん》は大忙《おおいそが》しだから」

幹事《かんじ》はドアを軽くたたいて監視《かんし》を呼《よ》んだ。助手の少年が帽子《ぼうし》をちょっと傾《かたむ》けてあいさつし、幹事《かんじ》と一緒《いっしょ》に化粧《けしょう》道具のトレーを抱《かか》えて部屋を出ていった。ドアが重々しい音を立てて閉《し》まる。

アルバートとスカーレットは監房《かんぼう》のなかで黙《だま》って座《すわ》っていた。しだいに暗闇《くらやみ》が部屋をおおい、ふたりに残された時間と一緒《いっしょ》に光も減《へ》っていく。帽子《ぼうし》の影《かげ》がスカーレットの顔をおおっている。

「ふたりきりになれてよかった」アルバートがようやく口を開いた。

「ええ」

「平和だし、静かだ」

「そうね」

アルバートは柱に頭を持たせかけた。「その顔、なかなかイカすよ、ほんとに」

スカーレットは鼻でフンといった。「アルバート、どんなときも希望を捨《す》てないっていう涙《なみだ》ぐましい試みはわかるけど」声がとがっている。「いくらあんたでも、それはいいすぎよ。あたしの顔があんたと同じだとしたら、遊園地のガイコツと一緒《いっしょ》よ。すでに安置所に横たえられた遺体《いたい》みたいになってる」スカーレットは枷《かせ》をかけられた足を精《せい》いっぱい伸《の》ばして長いため息をついた。「この状況《じょうきょう》で一番気になってるのが何かわかる?」

「みやげ品?　安っぽい置物とか?」

スカーレットはアルバートをじっと見ている。アルバートはその目がきらりと光るのがわかった。

「もちろん、わかってるよ。ジョーとエティだ」

「そのとおり」ちょっと間があった。ふたりとも座《すわ》ったままだ。「もちろん、あたしたちが大《おお》勢《ぜい》の興奮《こうふん》した野次馬の目の前で容赦《ようしゃ》なく殺《ころ》されるのもいやよ」

アルバートはうなずいた。「うん。どっちも同じくらい差し迫《せま》った問題だ。けど、心配いらない。まだ時間はある」

「時間?」

「ストウには明日の正午までに着けばいい。まだ期限《きげん》は切れていない」

スカーレットは何もいわなかったが、それは疑問《ぎもん》だといいたげにほおをふくらませた。

アルバートはおとなしく座《すわ》ったまま、向かいの壁《かべ》に一つだけある鉄格子《てつごうし》のついた窓《まど》を見た。差しこむ光が深い紺色《こんいろ》に染《そ》まっている。昼からずっといい天気だ。朝から空には雲一つない。

アルバートはウルフズヘッドの周辺の沼地《ぬまち》を思い出すと、産毛の生えたアシの葉の先端《せんたん》がさざ波のようにゆれるのが目に浮《う》かんだ。

「アルバート」

「うん？」

「今夜はあたしたちの望みどおりにはいかないかもしれない。それはわかってるよね？」

アルバートはスカーレットを見た。

「わかってる」

「よかった」

そよ風が〈信仰院《しんこういん》〉の複合施設《ふくごうしせつ》のまわりを吹《ふ》きぬけていく。その風がときおり窓《まど》から入り、男たちが口笛で合図をしながら絞首台《こうしゅだい》の仕上げをする音や、遠くの町民たちのざわめきや、演奏《えんそう》している曲の断片《だんぺん》や、食べ物やワインの甘《あま》い香りを運んでくる。

「ホットドッグのにおいがする」アルバートがいった。

「ええ」スカーレットの声の調子が変わっていた。「アルバート――」

「ホットドッグが食べたい。玉ネギがたくさんのってるやつ。キャベツの酢漬《すづ》けもちょっとのせて、でも、マスタードはいらない。ウエセックスのマスタードを食べると、ゲップをしたときなんか腐《くさ》った……あ、ごめん。なんかいった？」

スカーレットはアルバートを見ていなかった――うつむいているので、アルバートにはスカーレットの帽子《ぼうし》の上の部分しか見えない――が、そこでようやく、スカーレットの沈《しず》んだ声の余韻《よいん》があたりに漂《ただよ》っているのに気づいた。

「ええ、確《たし》かにいった。アルバートって」

「そう？　何？」

「話したいことがある」

「ホットドッグのこと？」

「やだ、ちがうわよ。マスタードのことでも、キャベツの酢漬《すづ》けのことでもない。ほかのこと」

スカーレットはひどく静かだった。アルバートはスカーレットを見て、気づかないうちにその静かな様子が伝わってきていたことに思いいたった。これまで一度も意識《いしき》したことがなかった自分の体に意識《いしき》が向き、姿勢《しせい》が気になった。呼吸《こきゅう》が急に浅くなる。アルバートは動かなかった。

「いいよ」

「といっても、大半のことはもう知ってると思う」スカーレットはいった。

アルバートは何もいわなかった。窓《まど》から入る風がやんだ。監房《かんぼう》のなかはしんとしている。

「スカーレット――」アルバートが口を開きかけた。

「あんたがあたしの口から聞きたがってるのはわかってる。話すなら、たぶん今しかない。だから、すませよう。あんたが黙《だま》って聞くなら、トーマスのことを話す。あんたの知りたいことを話すわ」

窓《まど》の外では、青空が濃《こ》さを増《ま》して暗闇《くらやみ》に溶《と》けていく。陰《かげ》が部屋を満たした。アルバートは耳を傾《かたむ》けた。身じろぎもせずに。


自分はまちがっていた。それがまずアルバートにわかったことだ。この何か月かずっと、スカーレットから直接《ちょくせつ》話を聞くのはもっと簡単《かんたん》なことだろうと思っていた。スカーレットの心のなかを探《さぐ》らないようにしていたのは——スカーレットが鉄のバンドを頭に着ける前からそうしていたし、帽子《ぼうし》を脱《ぬ》いでいたときも控《ひか》えていたのは——アルバートがスカーレットから感じた苦悩《くのう》に触《ふ》れるのを恐《おそ》れていたというのもある。もちろん、スカーレットのプライバシーを尊重《そんちょう》するというのが一番の理由だったが、スカーレットの思い出に直接《ちょくせつ》さらされたくないという気持ちもあった。だから、本人の口から話を聞くほうが、心のなかの記憶《きおく》をそっくり盗《ぬす》むよりは耐《た》えやすいだろうと思ったのだ。

だが、そうはならなかった。まちがっていたのだ。おかしなことに、ひどく痛《いた》ましいのは思い出そのものではなく、スカーレットがもがき苦しみながら、それを順序《じゅんじょ》だてて整理して言葉にすることだった。スカーレットは割《わ》れた水差しのように、自分のこれまでのことを吐《は》き出していった。割《わ》れているだけでなく、注ぎ口がギザギザにとがった水差しだ。吐《は》き出しながら傷《きず》つき、アルバートをも傷《きず》つけた。

「弟を道に置いて」スカーレットはいった。「日の当たる道に置いて、町の門をもう一度通って自分のバッグを取りに戻《もど》ったの。そこでつかまった。つかまって殴《なぐ》られ、檻《おり》に入れられ、朝までそこに置いておかれた。トーマスのことを伝えたの。二人で一緒《いっしょ》にいればきっと大丈夫《だいじょうぶ》だろうって思ったから、弟を連れてきてほしいって頼《たの》んだ。なのに、連れてきてはくれなかった。あたしを檻《おり》に入れて、そのまま置き去り。あたしは檻《おり》のなかで立ちつくして、弟に呼《よ》びかけた。その夜ずっと呼《よ》び続けた。弟にあたしの声が聞こえるかもしれないと思ったから。明け方近くになって、声が出なくなった。しかたなく、檻《おり》のなかでおとなしく座《すわ》ってた。少しすると、民兵が食べ物を運んできて、何があったか教えてくれたの。町民グループが前の晩《ばん》、勝手に制裁《せいさい》を行って、トーマスを麦畑の先の鉄柱にしばりつけ、置き去りにしたって」

「どうして？」アルバートは自分の出した声にほとんど気づかなかった。「なぜ子どもにそんなことをするの？」

「弟の髪《かみ》の色？　瞳《ひとみ》？　何かいったとか？　まだ小さくていらいらさせられるし、道をふさいでいたから？　わからない。アルバート、まったくわからない」スカーレットはそのとき、ほとんど陰《かげ》におおわれていたが、窓《まど》から入る薄暗《うすぐら》い光が顔に三日月の形を描《えが》いていた。「とにかく、その民兵が扉《とびら》を開けて食べ物のトレーをあたしに寄《よ》こした。それが向こうの失敗だった。あたしはその民兵を殴《なぐ》り倒《たお》して、銃《じゅう》とナイフを奪《うば》って逃《に》げ、広場を通りぬけた。まだ朝早くて、町の門は閉《し》まってた。そこにいた男があたしを捕《つか》まえようとしたから、銃《じゅう》で撃《う》って防御柵《ぼうぎょさく》を乗り越《こ》えた。畑を駆《か》けぬけ、実った麦畑をまっすぐにつっきった。そのとき、農夫があたしを止めようとしたの。誰《だれ》かはわからない。もしかしたらトーマスとはなんの関係もなかったかもしれないし、あたしたちの件《けん》になんの関わりもなかったかもしれない。だけど、その人も撃《う》って、あたしは鉄柱まで行った。畑の端《はし》にあったの。町の人たちがそこに鉄柱を三本立てていて、二本が太い柱で鎖《くさり》が高い位置に下がり、一本は低い柱で鎖《くさり》も低い位置にあった。その小さいほうに枷《かせ》が……」

アルバートは待った。

「弟はいなかった」スカーレットはいった。「トーマスはいなかったの。枷《かせ》は空っぽだった。あたしが檻《おり》に入れられてるあいだに、何かが森から出てきて弟を連れ去った」そこでせき払《ばら》いした。「それでおしまい。わかっているのはそれだけ」

ふたりとも動かない。アルバートはじっとして、麻痺《まひ》したままでいるしかなく、それをありがたいと思っていた。

遠くで響《ひび》く笑い声が窓《まど》から流れてきた。誰《だれ》かが太鼓《たいこ》をたたいて夜の訪《おとず》れを歓迎《かんげい》している。

「実際《じっさい》に何があったかはわからないよね」アルバートはようやくいった。「なら、もしかすると……」声が小さくなった。

「やめて」帽子《ぼうし》が動いた。スカーレットが暗闇《くらやみ》からアルバートを見ている。「いわないで。いったら承知《しょうち》しない。そんなことあり得《え》ない。あの子は生きてないんだから」

「うん」

「枷《かせ》の鍵《かぎ》は開けられてなかった。施錠《せじょう》されたままだった。獣《けもの》が来たのよ。それだけ」スカーレットは顔にかかった髪《かみ》を吹《ふ》き払《はら》った。「そのあとは、何があったかよく覚えてない。しばらく森のなかをさまよい、弟を捜《さが》した気がする。そのころにはすっかり正気を失っていて、自分が獣《けもの》みたいだった。穴《あな》に飛びこんだり、イバラの茂《しげ》みのなかを突進《とっしん》したり、小川を歩いて渡《わた》ったり、とがった岩場をよじ登ったり……でも、何も見つからなかった。ブーツを失くし、服はぼろぼろだった。あたしは血と泥《どろ》とぼろきれのかたまりみたいなものだった。その後、村から村、町から町へと渡《わた》り歩いて、けんかをしたり盗《ぬす》みを働いたりした。でもほとんど覚えてない。最後にストウの町にたどり着いて、そこでハンド同業組合にひろわれた。あの人たちがあたしを受け入れ、命を救《すく》ってくれたわけ。あんたがソームズとティーチのことをなんといおうと、あたしはあのとき、彼《かれ》らに命を救《すく》われた。あの人たちがあたしに力と目的をあたえてくれた。そのおかげでいっときあたしは前に進めた」スカーレットは肩《かた》をすくめた。鎖《くさり》が暗闇《くらやみ》で音を立てる。「で、今、ここにいる」

「ぼくがずっときみのそばにいられたらよかった」

「あたしの望みは」スカーレットはいった。「ライフルを持ってあの町に戻《もど》り、一人残らず撃《う》ち殺《ころ》すこと。あたしの弟を連れ去った意気地なしどもを」

ふたりはその場に座《すわ》ったままだ。

「話してくれてありがとう」

「ええ」

「感謝《かんしゃ》してる」

「でも、いったとおり、大半はもう知ってたでしょ。あたしがトーマスを失ったこと。あんたは知ってたはずよ」

アルバートはため息をついた。首を伸《の》ばしてスカーレットを見る。部屋のすみできゅうくつそうに体を丸めている姿《すがた》はとても小さく見えた。今のスカーレットには何もない。不敵《ふてき》な笑みも、銃《じゅう》も、偉《えら》そうな態度《たいど》も……さっそうと歩きまわる広大な荒《あ》れ地もまわりにはない。スカーレットは実際《じっさい》、ひどく小さかった。アルバートは鎖《くさり》の下で姿勢《しせい》を正した。

「いや」アルバートはそっといった。「知らなかった。本当だ。信じてほしい。ぼくがとらえたのは……ただの……行き当たりばったりのイメージとか、切れ切れの感情《かんじょう》とか……暗闇《くらやみ》のなかに浮《う》かぶ写真みたいもので……深く探《さぐ》ることは絶対《ぜったい》にしていない。目の前を過《す》ぎていくイメージをひろっただけだ。きみから聞いたのとは全然ちがう。今の話が実際《じっさい》に起こったことなんだね。初めて知った」

　アルバートは待った。

「ふうん」スカーレットがようやくいった。「まあ、いいけど」

「スカーレット」

「なに？」

「きっときみはここからふたりで脱《ぬ》け出す方法を見つけるよ。だよね？　その気になれば、きみは必ずやる」

「ええ、そうね」

　アルバートは頭がずきずきしていた。皮膚《ひふ》がいまいましい鉄のヘルメットの内側で脈打《みゃくう》つのを感じる。体のなかで怒《いか》りがわき起こっているのがわかった。アルバートはかつての幼《おさな》いスカーレットを思って怒《いか》り、今のスカーレットを思って怒《いか》った。話をして気をまぎらわせ、激《はげ》しい怒《いか》りの勢《いきお》いを食いとめなければ。「それとももう一つ」アルバートはいった。「きみは悪くない。悪いのはその町の指導役《しどうやく》と、きみを檻《おり》に閉《と》じこめた人たちと、きみの弟を……きみから奪《うば》ったやつらだ」

スカーレットの出した笑い声は心地いいものではなかった。「誰《だれ》が悪いなんていいだしたら切りがない。熱い雨みたいなもんよ。みんなに責任《せきにん》がある。もちろん、あたしにも」

「きみは子どもだったんだ、トーマスと同じように」

「それは言い訳《わけ》にならない」

「きみは町の人たちにつかまえられたんだ」

「あたしが弟を置いてきたの」

「きみは閉《と》じこめられた。けど、それでもなんとかして脱《ぬ》け出した！　やつらを出しぬいたんだ！　それで戻《もど》って――」

「あたしが弟を置いてきたの。道ばたに置いたまま、近くまで行って、それっきり」

「きみのせいじゃない」

鎖《くさり》が激《はげ》しく音を立てた。スカーレットが暗闇《くらやみ》のなかで一人自分と闘《たたか》っているように見える。

「アルバート、話すことはもうないわ」

19章

　建物の奥深《おくぶか》い場所から、観衆《かんしゅう》のどよめきが聞こえる。その声がレンガや石の層《そう》をいくつも通《つう》過《か》して、地下の廊下《ろうか》まで届《とど》く。ふたりはそのなかを広場に向かっていた。絶《た》え間ないざわめきはまだ低く、ふたりの鎖《くさり》の音や、絞首台《こうしゅだい》まで連行する護衛《ごえい》の立てる音にかき消されそうだったが、スカーレットにはわかっていた。いよいよふたりが建物の外に出て、絞首台《こうしゅだい》の下に進み出れば、トラックのようにぶつかってくるだろう。きっと頭がくらくらし、耳から血が出るくらいの音になる。考えることも冷静でいることも難《むずか》しくなる。

　護衛《ごえい》は前に二人、後ろに二人、両わきに一人ずついる。どうやら大柄《おおがら》で体格《たいかく》がよく、立っているだけで明かりをさえぎれるということで選ばれたらしい。護衛《ごえい》がぴったりついているので、どの方向にも一センチも自由に動けず、スカーレットはただアルバートの真後ろをすり足で進むしかなかった。相棒《あいぼう》を見ると、鉄のヘルメットをぎこちなく上下に揺《ゆ》らしながら、挑《いど》むように胸《むね》を張《は》って最期のときに向かって歩いていく。かわいそうなアルバート！　今、〈恐怖《きょうふ》〉があらわれても、力が鉄のヘルメットに閉《と》じこめられ、無用な苦痛《くつう》を招《まね》くだけだ。

誰《だれ》も口をきかない。護衛《ごえい》たちは冷静に仕事に集中している。すでに儀式《ぎしき》は始まっている。結《けっ》論《ろん》は一つしかない。一行は無言で進み、ひと続きの石段《いしだん》が暗闇《くらやみ》にのびている前に来て立ちどまった。とつぜん頭上で観衆《かんしゅう》のざわめきが大きくなり、赤い光が階下へこぼれて、一行を血のように赤く染《そ》めた。

「わくわくする」アルバートはいった。

落とし戸が閉《し》まり、明かりが消えた。祝典の幹事《かんじ》が小走りであわただしく一行のところへやってきた。手に書類ばさみを持っている。

「おいおい、何時だと思ってるんだ」幹事《かんじ》の男はいった。「自分たちの絞首刑《こうしゅけい》に遅《おく》れてくるなんて恥《は》ずかしい」

スカーレットは護衛《ごえい》の後ろから幹事《かんじ》をにらんだ。「次回はもっとうまくやるようにするわ」

「今、ダンスが始まったところだ。観衆《かんしゅう》はどんどん荒《あら》っぽくなってきている。人々が舞台《ぶたい》に殺《さっ》到《とう》する前に三人を出さないと」幹事《かんじ》はそういうと、オーバーオールのポケットから特大の腕時《うでど》計《けい》を取り出した。「もう一人はどこだ？　問題が起こってないといいんだが。見てきたほうがいいな……」

幹事《かんじ》は通路をバタバタと去っていった。護衛《ごえい》は相変わらずスカーレットを囲《かこ》んで決められた配置についていたが、わずかに緊張《きんちょう》をゆるめたらしく、さっきより距離《きょり》があいた。アルバートが振《ふ》り返ってこっちを見る。

「もう一人って？」アルバートが聞いた。「誰《だれ》のことをいってるんだろう？」

「さあね。あたしたちだけだと思ってたけど」スカーレットがアルバートをじろじろ見ている。「あんた大丈夫《だいじょうぶ》、アルバート？」

「この状況《じょうきょう》を考えれば、最高に調子いいよ」アルバートは気持ちに余裕《よゆう》があるらしい。「きみは？」

「バッチリ」

「部屋で少し瞑想《めいそう》してたね」

「ええ。おかげで気分がいいわ。礼拝《れいはい》マットがあればもっとよかったけど」

「きみの瞑想《めいそう》のこと、前から不思議に思ってたんだけど、その芸もソームズとティーチから学んだの？　銀行強盗《ごうとう》とか、のどのかき切り方とか、罪《つみ》のない第三者を撃《う》つこととかだったら、じゅうぶん考えられるけど……瞑想《めいそう》でしょ？」アルバートは肩《かた》をすくめた。「ただ、バランスの取れた技《わざ》の組み合わせだと思うけどね」

スカーレットは鼻で笑った。「あの二人に礼拝《れいはい》マットをもらったんじゃないわ。ほかの人よ」

「ほかの人！　誰《だれ》？　強盗《ごうとう》？　詐欺師《さぎし》？　通りがかりのならず者？　ねえ、誰《だれ》？」

「あたしの知り合いが全員犯罪者なわけないでしょ」スカーレットはいった。「また今度教える。絞首台《こうしゅだい》の陰《かげ》に立ってないときにね」

「ああ、きみのいうとおりだ。今はふさわしくない」アルバートが近よった。「いい？　事態《じたい》が混乱《こんらん》する前にいっておく。ぼくらが上に持ちあげられたら、発掘現場《はっくつげんば》のトラックを探《さが》して見張《は》っててほしい。先日マロリーにトラックでここに運ばれたとき、ぼくはほぼ意識《いしき》が戻《もど》ってた。確《たし》か、この建物の外のどこかに駐車《ちゅうしゃ》したはずだ。近くに細い光塔《ミナレット》があった」

「ミナレット……」スカーレットはゆっくりいった。「わかった」

「ストウに行くには当然トラックが必要だし、ジョーとエティを助け出すのにもきっと役に立つ。ソームズはぼくらが約束の品物を持ってきたと判断《はんだん》しない限《かぎ》り、二人を連れてこないと思う。だから、トラックはぼくらの計画にどうしても必要だ」

スカーレットはアルバートをじっと見た。「ええ。トラックね……ちゃんと把握《はあく》しておく。任《まか》せて」

もちろん、このほうがいい。アルバートの正気とは思えないほど場違《ばちが》いな楽観主義《しゅぎ》の持つ圧《あっ》倒的《とうてき》な力が、これから起こることからアルバートを安全に守ってくれている。スカーレットはそれがうれしかった。その力でどうか最期の瞬間《しゅんかん》までアルバートがアルバートでいられますように。じゃあ、自分はどうだろう……不思議なことに、スカーレットも気持ちは晴れやかだった。アルバートにトーマスの話を打ち明けたことで、胸のつかえがおりた。弟のことをほかの人に知ってもらうのは気分がいい。おかげで弟の記憶《きおく》がしっかりした。ずいぶん長いこと、この世界でトーマスの存在《そんざい》をおぼえているのは自分だけだった。でも今は、ほんのわずかなあいだだけど、二人いる。

廊下《ろうか》からとつぜんあわただしい雰囲気《ふんいき》が伝わってきた。護衛《ごえい》が蝶番《ちょうつがい》のように勢《いきお》いよくわきに退《しりぞ》き、祝典の幹事《かんじ》が戻《もど》ってきた。その幹事《かんじ》の前をひどく小柄《こがら》な人物がちょこちょこ駆《か》けてくる。白髪《しらが》まじりのショートカットで、黒い革《かわ》の服を着て銀線細工の飾りのついたブーツをはいている。スカーレットは驚《おどろ》いて目をしばたたいた。体の大きい民兵と並《なら》ぶと、貿易商《ぼうえきしょう》のサル・クインはふたりがウルフズヘッド・インで会ったときよりいっそう小さく見えた。いろいろな出来事がクインをしおれさせたらしい。目の輝《かがや》きは失せ、顔はいっそう外気にさらされ、浸食《しんしょく》された岩棚《いわだな》や岩の裂《さ》け目が広がる台地のようだ。小さな両手はしばられていた。クインは乱暴《らんぼう》に押《お》しやられてスカーレットとアルバートの隣《となり》に来ると、護衛《ごえい》が三人のまわりにぴったりついた。

「サル！」アルバートが叫《さけ》んだ。「ここで何してるの？」

クインの口のまわりのしわがすねたように曲がった。「別に、二階の特等席に招待《しょうたい》されたわけじゃありませんよ、そういう意味で聞いているのなら。わたしも処刑《しょけい》されるんです」

スカーレットが顔をしかめた。「なんの罪《つみ》で？　まさか、あたしたちがやったアッシュタウンの強盗事件《ごうとうじけん》じゃないよね?」

「そのまさかです。ぶかぶかのコートを着たいやみな若造《わかぞう》につかまって、ここにいます」

アルバートが目を見開いている。「気の毒《どく》に！ それはさすがにひどいと思う」

「でしょう?」サル・クインはいった。「わたしはただ、パブで無邪気《むじゃき》な提案《ていあん》をしただけです。いわせてもらえば、頭の鈍《にぶ》いあなた方は仕事を引き受けるともいいませんでした！」

「いろいろ込《こ》み入ったことになったのよ」スカーレットはいった。「気休めになるかはわからないけど、あたしたちは結局、貴重品《きちょうひん》を積んだトラックを本当に盗《ぬす》んだの。あなたの思いつきがそのまま使えたのよ」

サル・クインはいやそうな顔をした。「まあ、それはどうも。それならわたしも苦しい目にあう価値《かち》があるってもんです。では、この身の不運に備《そな》えて首を伸《の》ばしておきましょう。最悪なのは、誰《だれ》も気にしていないことです。あのなよなよした幹事《かんじ》が、わたしの出番はショーの最後だっていうんです。わたしが舞台《ぶたい》の上で息を引き取るあいだ、みんなはあなた方を見つめているでしょうね」

「心配いらないよ、サル」アルバートはクインに顔を近づけると、秘密《ひみつ》めかした小声で話した。「まだ望みはある。なぜって、伝説の人物スカーレット・マッケインが一緒《いっしょ》にいるからだよ！ スカーレットは戦術《せんじゅつ》に長けた策略家《さくりゃくか》だ！ 今だって、巧妙《こうみょう》な脱出《だっしゅつ》計画の最終調整をしているのはまちがいない。ほら、ドーランの下に隠《かく》れたあの顔——目に宿るむき出しのずるがしこさがわかるよね！」

サル・クインがいぶかしげにスカーレットを見る。この顔に出ているのはどうしようもない激《はげ》しい怒《いか》りだけだとスカーレットにはよくわかっていたが、頭上から口笛が聞こえたおかげでクインの追及《ついきゅう》をまぬがれた。祝典の幹事《かんじ》の合図で護衛《ごえい》が動き出した。スカーレットとアルバートとサル・クインはくっつきあって階段《かいだん》をのぼり、少しのあいだ暗闇《くらやみ》のなかをつまずきながら進んだ。大衆《たいしゅう》のざわめきが獣《けもの》のうなり声のように響《ひび》いてくる。前方の赤い線で区切られているのが、落とし戸の輪郭《りんかく》だ。それが勢《いきお》いよく開いた。目の前で煙《けむり》が渦《うず》を巻《ま》き、熱気と冷気を感じる。とつぜん、大きな音がスカーレットの耳をつんざいた。見ると、アルバートとサル・クインが、傾《かたむ》いていく船の甲板《かんぱん》にいるみたいによろよろあとずさっている。スカーレットは足を踏《ふ》んばり、歯を食いしばった——だめ、絶対《ぜったい》にたじろぐもんか。その直後、階段《かいだん》から吐《は》き出されるようにして三人は壇上《だんじょう》に出た。

スカーレットは前に一度、ミルトンキーンズに滞在《たいざい》したことがあった。強盗《ごうとう》を働く見当をつけるためだったが、結局あきらめた。防犯《ぼうはん》がとてもしっかりしていて、目ざとい民兵や〈信仰《しんこう》院《いん》〉の工作員が町じゅうをもれなく巡回《じゅんかい》していたからだ。ただ、そのときせっかくだからと〈聖地内《せいち》〉の神殿《しんでん》や境内《けいだい》を訪《おとず》れ、その大きさや豊《ゆた》かさや豪華《ごうか》さに（思わず）目を見張《みは》った。もしかすると、まさにこの広場のコンクリート敷《じ》きの空間を、ブーツをコツコツいわせて歩いたかもしれない……そうだったとしても、そのときの記憶《きおく》と、ここで今、向き合っている光景とを結びつけるのは難《むずか》しかった。おびただしい数の雑多《ざった》な色と音と動きが一つになって、湖のように目の前に広がっている。四方には〈信仰院《しんこういん》〉の建物が明かりに照らされた絶壁《ぜっぺき》のようにそびえたち、色のついた光線が柱廊玄関《ちゅうろうげんかん》（柱を並《なら》べ、三角の屋根をつけた大きなポーチ）のあいだを縫《ぬ》うようにめぐり、きらめきながらその屋根を越《こ》えて伸《の》びている。空は黒くのっぺりしていたが、地面は無数の柱から下がるランプの明かりで、星がまたたいているように見えた。広場のいたるところで大天幕《てんまく》がホタルのように光り、いろいろな娯楽《ごらく》の場を提供《ていきょう》している——みやげ物店、喫茶《きっさ》コーナー、食事スペース、お菓子《かし》カウンター、にわか作りの酒場兼《けん》宿屋、奴隷《どれい》小屋。そして、そうした店のあいだに、〈信仰院《しんこういん》〉の町の人たちが黒い波のように押《お》し寄《よ》せ、処《しょ》刑《けい》日の余興《よきょう》を楽しんでいた。

スカーレットが立っている壇《だん》は、広場のはずれにあった。ビールを売る店の裏《うら》の、ビール樽《だる》とゴミ袋《ぶくろ》が置かれた一角だ。ただ、そこから木組みの通路がのびていて、〈信仰院《しんこういん》〉の本館の正面の中央に設置《せっち》された舞台《ぶたい》につながっている。三つに区切られたその舞台《ぶたい》が祝典の中心だ。見あげるほど背《せ》の高い、白く塗《ぬ》られた絞首台《こうしゅだい》が背後《はいご》の柱廊玄関《ちゅうろうげんかん》より高くそびえ立っている。大工たちがいい仕事をしたことはスカーレットも認《みと》めないわけにいかなかった。立派《りっぱ》な角柱が舞《ぶ》台《たい》の中央に立ち、柱の先端からT字形の横木が前に突《つ》き出ている。その左右に丈夫《じょうぶ》な白いロープがぶらさがり、ロープの輪がスポットライトを浴びている。今、その輪は人間の首の高さに合わせて低い位置に垂《た》れているが、ロープの反対側の端《はし》は舞台《ぶたい》の床《ゆか》に置かれた鉄の輪に結ばれている。たくましい男たちの集団《しゅうだん》がそばに立ち、いつでも輪を高く引きあげられるよう待機している。これなら、スカーレットとアルバートの最期の瞬間《しゅんかん》を広場のどこからでも見られるだろう。

それが今夜の目玉だが、舞台《ぶたい》の左手にはそれより小さい絞首台《こうしゅだい》があり、輪の下に落とし戸がついている。おそらく、サル・クインに用意されたものだ。そして、右手には大きな薪《たきぎ》の山が釜《かま》のなかで燃《も》え、何かを待つかのように不吉《ふきつ》な光を投げている。穴《あな》の上空には踏《ふ》み台が突《つ》き出ていて、追い立てられた捕獲堕種《ほかくだしゅ》が炎《ほのお》のなかに飛びこむ場所だとわかる。その奥《おく》では踊《おど》り子の一団《いちだん》がスポットライトを浴びて体をくねらせている……スカーレットは思わず手首に巻《ま》かれた鎖《くさり》を引っ張《ば》った。気づくと、アルバートがこっちを見ている。目を見開き、顔のドーランがひどく白い。スカーレットは強ばった笑みを浮《う》かべた。「助手の男の子のいうとおりだったわね。確《たし》かに見ごたえのあるショーになりそう」

すでに三人に気づいていた近くの観衆《かんしゅう》が歓声《かんせい》をあげ、手に持った飲み物を掲《かか》げて、皮肉たっぷりに挨拶《あいさつ》した。その反応《はんのう》がさざ波のように暗闇《くらやみ》のなかへ伝わっていく。舞台《ぶたい》のそでの立ち入り禁止《きんし》のロープが張《は》られた一角では、半裸《はんら》の男たちが力強い太鼓《たいこ》の音を響《ひび》かせ始め、踊《おど》り子たちがまた熱心に踊《おど》り出した。たき火から火が立ちのぼり、遠い広場の向こうから、荷台に大きな防水《ぼうすい》シートでおおわれた何かをのせたトラックが舞台《ぶたい》のほうにゆっくり近づいてくる。観衆《かんしゅう》が道をあけながら熱狂《ねっきょう》した声をあげている。舞台《ぶたい》が震《ふる》えた。

「わざわざぼくらのために?」アルバートは驚《おどろ》いて首を振《ふ》った。「そこまでしてくれなくてもいいのに」

サル・クインがスカーレットをちらりと見た。「巧妙《こうみょう》な脱出《だっしゅつ》計画とやらはどうなりました?」

「今、練ってるところ」

「急いでお願いしますね」

正直、スカーレットに思いつくのはいちかばちかの連続攻撃《こうげき》だけだった。手首は前でしばられているが、指は動かせる。まわりにはリボルバーと拳銃《けんじゅう》で武装《ぶそう》した男が十二人、つきそって中央の舞台《ぶたい》に向かうのを待っている……すばやく動けば、一人か二人を蹴《け》り倒《たお》し、三人目から銃《じゅう》をもぎ取れるかもしれない。そうなれば、わずかなあいだだけでも事態《じたい》は面白くなるだろう。それでもまだ千人もの敵《てき》に囲《かこ》まれ、広場の中央にいる……。

あわれな自殺行為《じさつこうい》で、どうしようもなく雑《ざつ》な計画だけど、それが精いっぱいだ。

そのとき、なめらかに動く人影《ひとかげ》がすばやく階段《かいだん》を駆《か》けあがり、長いコートを後ろにはためかせてスカーレットのいる壇上《だんじょう》にあらわれた。工作員のマロリーが一行に加わっていた。黒髪《くろかみ》のハンサムな顔がほほえんでいる。そこにいた幹事《かんじ》と握手《あくしゅ》をし、ふた言《こと》み言話《こと》しかけてからスカーレットを見た。スカーレットはあわてて、頭のなかに浮《う》かんだこととは関係ないことをなんでもいいから考えようとした。

　マロリーはにっこりした。「あなたの帽子《ぼうし》からあのいやな鉄のバンドを外しておいてよかった」そういってから、護衛隊長《ごえいたいちょう》のほうを見てうなずいた。「絞首台《こうしゅだい》まで移動《いどう》するあいだ、この女性《じょせい》の後ろについて、銃《じゅう》を背中《せなか》に直接《ちょくせつ》つきつけておくんだ。くれぐれもこの女性《じょせい》を部下たちに近づけないように。わかったか？」

「わかりました。少年のほうもそうしますか？」

　マロリーはアルバートがかぶっている鉄のヘルメットをやさしくなでた。「いや。この女性《じょせい》が危険《きけん》なんだ」目を見開いて、ふたたびスカーレットと目を合わせる。「おっと、マッケインさん、それはあまりいい考えじゃありませんよ。汚《よご》れるし、警棒《けいぼう》の無駄《むだ》づかいです。それに、わたしがそんなふうに折れ曲がると思いますか？」

「曲がるかもしれないでしょ？」スカーレットはいった。「いつか試してみるつもり」

　マロリーはクスクス笑った。「楽しみにしています。では隊長、〈堕種《だしゅ》〉が登場したら、すぐに舞台《ぶたい》へ移動《いどう》だ。問題があれば、わたしも駆《か》けつける」

太鼓《たいこ》が鳴っている。すでにトラックが舞台《ぶたい》のそでの炎《ほのお》を上げる釜《かま》のそばに止まっている。指《し》導役《どうやく》たちがトラックの荷台に上がり、慣《な》れた手つきでさっと防水《ぼうすい》シートを取りはずした。キャスター付きの檻《おり》が三つあらわれ、それぞれにやせこけた白いものがうずくまっている。観衆《かんしゅう》のどよめきが嫌悪《けんお》や憎《にく》しみで新たに勢《いきお》いづいた。

舞台《ぶたい》の幹事《かんじ》が指を鳴らし、護衛隊《ごえいたい》が動き出す。スカーレットは腰《こし》に銃《じゅう》がつきつけられるのを感じた。一行が絞首台《こうしゅだい》に向かって進み始めた。薄暗《うすくら》がりのなかを歩いていく。〈信仰院《しんこういん》〉の屋根から差すライトがほかの場所を照らしている。

「ほんとに」アルバートはいった。「何から何まで考えぬかれた演出《えんしゅつ》だね。今はみんな夢中《むちゅう》になって踊《おど》り子たちを見てる。中央では何をやってるんだろう?」

〈堕種《だしゅ》〉の檻《おり》の先の、仕切られた舞台《ぶたい》上では、信じられないほど色あざやかな衣装《いしょう》に身を包んだ役者が二十人ほど、雑《ざつ》に描かれた段《だん》ボールの建物を並《なら》べた背景幕《はいけいまく》の前ではしゃぎまわっている。

スカーレットはうめいた。「今夜はただでさえ気がめいってるのに、かんべんしてほしいわ。あれは〈信仰院《しんこういん》の聖史劇《せいしげき》〉よ」

「へえ、面白そう」

「全然面白くないわよ。指導役《しどうやく》たちがいかにして〈生き残った町〉を救《すく》ったかっていう話なんだから。見てて——そろそろ、お粗末《そまつ》な大変動の場面になるから」

その言葉が合図になったかのように、前方の舞台《ぶたい》の奥《おく》で花火があがった。観衆《かんしゅう》は大喜《おおよろこ》びだ。段《だん》ボールの建物が倒《たお》れ、舞台《ぶたい》のそでから張《は》り子の岩が飛んできた。役者たちは大げさにおびえて、身をすくませている。そう、おなじみの展開《てんかい》だ——型《かた》にはまった大変動の場面があり、続いて〈大衰退期《だいすいたいき》〉と国境《こっきょう》戦争時代の混乱《こんらん》が表現《ひょうげん》される。役者たちが大げさな身ぶりで飢《う》えに苦しみ、戦い、死んでいく演技《えんぎ》をしながら、散り散りに舞台《ぶたい》から消えていく。たぶんすぐに、ぴちぴちの白いレオタードを着た男たちがはねながら舞台《ぶたい》に登場する。荒野《こうや》に〈堕種《だしゅ》〉が出現《しゅつげん》した場面だ。そのあと、最初の〈信仰院《しんこういん》〉の伝道者たちが、大きな口ひげをたくわえた判事《はんじ》を連れて破壊《はかい》された町へ行き……スカーレットは目をそらした。〈聖史劇《せいしげき》〉はもう何度となく見ている。今みたいに絞首台《こうしゅだい》に向かって歩いているときでなくても、まるで心に響《ひび》かない。

スカーレットは自分の心のなかに意識《いしき》を向けた。ゆっくり呼吸《こきゅう》し、ちょうど礼拝《れいはい》マットに座《すわ》っているような感覚になる。できるだけまわりの喧騒《けんそう》と混乱《こんらん》を断《た》ち切り、一番重要なことに——自分たちの命をつないでいる今にも切れそうな糸に意識《いしき》を向けた。その糸をほぐして並《なら》べる。脱出《だっしゅつ》の方法を、最後のチャンスを探《さぐ》る……。

だが、助けになりそうなものは何も見いだせなかった。ただ、左右に腕《うで》を伸《の》ばした白い絞首《こうしゅ》台《だい》が黒々とした空を背《せ》にくっきりと立っているだけだ。あとは、しばられた両手、武装《ぶそう》した護《ご》衛《えい》、工作員、どんな脱出《だっしゅつ》の望みもはばむ巨大《きょだい》な建物……そして、どっちを向いても悪意をむき出しにした観衆《かんしゅう》が見渡《みわた》す限《かぎ》り並《なら》んでいる。

逃《に》げるのは不可能《ふかのう》だ。もし、舞台《ぶたい》から飛びおりれば、暴徒化《ぼうとか》した観衆《かんしゅう》にずたずたにされるか、殴《なぐ》り倒《たお》されて絞首台《こうしゅだい》に引きずりあげられる。すぐそばにいる護衛《ごえい》の腹《はら》にオーバーヘッドキックをしたところで、結果は同じだ。

何か方法はないだろうか？

まったく思いつかない。

一行が小さい絞首台《こうしゅだい》のそばを通ったとき、サル・クインがわきに押《お》しやられた。灰色《はいいろ》のスーツ姿《すがた》のやつれた顔の紳士《しんし》が前に出た。スカーレットの監房《かんぼう》に寸法《すんぽう》を測《はか》りにきた男だ。男は礼儀《れいぎ》正しくていねいに手順通りに、サル・クインを落とし戸の上に立たせてから、急いで移動《いどう》し、アルバートとスカーレットの準備《じゅんび》に取りかかった。

「そちらと、そちらに、よろしければ……」男は床《ゆか》にテープではられた二つの大きな青いバツ印を指さした。「ロープのすぐ後ろに立ってください……そうです。お嬢《じょう》さん、このあとすぐに帽子《ぼうし》を取らせていただきます。ぎりぎりの段階《だんかい》で必ずはずします。そちらの男性《だんせい》はもちろん最後まで鉄のヘルメットを着けたままで結構《けっこう》です。輪の直径を考慮《こうりょ》に入れてありますので……」

男はしゃべり続けている。幹事《かんじ》もせかせかと動きまわっていた。マロリーはすでに舞台《ぶたい》の端《はし》にのんびり移動《いどう》し、ひかえめに興味《きょうみ》を示《しめ》しながら待っている。スカーレットは指示《しじ》された位置に立ち、楕円形《だえんけい》の白いロープ越《ご》しにまわりをながめ、横に目を向けた。アルバートはようやく事の重大さに気づいたのか、まわりをじっと見ている。肩《かた》は落ち、顔は悲しみに満ちていた。

「スカーレット」アルバートが声をかけた。

「うん？」

「こんな光景を目にするなんて思ってもみなかった」

「心配しないで。すぐにすむから――あたしにいえるのはそれだけ」

「あのあわれなサルを見て！　ぼくらもひどい姿《すがた》だ！　あの三匹《びき》の〈堕種《だしゅ》〉も……ほら、炎《ほのお》に尻《しり》ごみして、檻《おり》のなかで追いつめられて縮《ちぢ》こまってる……きっと、自分たちに死が迫《せま》っていることを理解《りかい》する知性《ちせい》があるんだよ！　かわいそうに」

スカーレットはため息をついた。「まあ、それはちょっと大げさな気がするけど、あんたがまだ、あんたのままでいてくれてうれしいわ、アルバート。ぼんくらで感激屋《かんげきや》でやさしくて……」

「けど、ちがうよ、スカーレット。ちがう。ぼくは今、そのどれでもない。今のぼくは怒《おこ》ってるんだ。本当に腹《はら》を立ててる。こんなに怒《いか》りを感じたのは生まれて初めてだと思う」

「それは同情《どうじょう》するけど」

「今、怒《いか》りに震《ふる》えてる。頭痛《ずつう》がして……〈恐怖《きょうふ》〉が……もう息ができない」

スカーレットはアルバートの力を閉《と》じこめている鉄のヘルメットを見た。その怒《いか》りをもっと前に使えなかったのが残念だ……「無視《むし》して。何もかもすぐに終わる」

アルバートはほかにも何かいったが、スカーレットには聞こえなかった。そのとき、向こうの舞台《ぶたい》でくり広げられていた〈聖史劇《せいしげき》〉が最高潮《さいこうちょう》に達していた。当時の指導役《しどうやく》に扮《ふん》した役者たちが最後に勝利の踊《おど》りを披露《ひろう》し、切り絵の町が床《ゆか》からせり上がり、太鼓《たいこ》のリズムがいよいよ激《はげ》しくなる……照明がパッと消え、太鼓《たいこ》の音がやんだ。広場はたき火の炎《ほのお》と、点在《てんざい》するランプの明かりにぼんやり照らされたまま、展開《てんかい》を待つ観衆《かんしゅう》のざわめきの波の上にそっと浮《う》かんでいる。

やがて、明るさが戻《もど》った。スポットライトがいっせいに別の舞台《ぶたい》を照らし、絞首台《こうしゅだい》に立つ無法者、スカーレットとブラウンに光を当てた。大きなどよめきが起こり、ふたりを打った。スカーレットは興奮《こうふん》してわめいている群衆《ぐんしゅう》の顔を見おろした。かん高い声や叫《さけ》び声、流血を期待する声。いろんな物が舞台《ぶたい》に投げこまれ、何かがスカーレットのほおにぶつかった。

「聞こえた、アルバート?」スカーレットは呼《よ》びかけた。「確《たし》かに今、声援《せいえん》がちらっと聞こえたわ。一人か二人はきっとあたしたちに好感を持ってくれてる!」

アルバートは返事をしなかった。ぎこちなく固まったまま頭を垂《た》れ、すっかり戦意を失くしている。スカーレットが見守っていると、何を血迷《ちまよ》ったのか頭を左右に振《ふ》り始めた。スカーレットは見ていられなかった。いまいましい鉄のヘルメットをかぶっているからなおさらだ。スカーレットは目をそらした。太鼓《たいこ》の最後の演奏《えんそう》が始まっている――ゆっくりとリズミカルに、静かに始まり、しだいに大きく激《はげ》しくなっていく。観衆《かんしゅう》のざわめきが静まった。さあ、いよいよだ。最大の見せ場、今夜の目玉だ。

礼儀《れいぎ》正しい死刑執行人《しけいしっこうにん》が体を揺《ゆ》らしながら前に出てきた。まずサル・クインに近づく。クインは革《かわ》のコートに黒いブーツという恰好《かっこう》で子どもみたいに立っていた。その姿《すがた》はあまりに小さく、首にかけられたロープがひどく大きく見える。

死刑執行人《しけいしっこうにん》の男は次にスカーレットに近づくと、申し訳《わけ》なさそうにそっと帽子《ぼうし》を取った。スカーレットの首にロープの輪がかけられると、観衆《かんしゅう》から喝采《かっさい》がわき起こる。

男は目の前からいなくなった。スカーレットは目の端《はし》で男がアルバートにもていねいに準備《じゅんび》をするのを見た。あわれなアルバートはまだ、犬みたいに頭を激《はげ》しく振《ふ》っている。観衆《かんしゅう》のなかにはアルバートを見て声をあげて笑っている者もいた。物が投げられ、アルバートはよろめいたが、顔はあげない。

スカーレットは歯を食いしばり、暗闇《くらやみ》のほうを見た。台に立つ死刑執行人《しけいしっこうにん》から目をそらし、サル・クインの立つ落とし戸のレバーの前にいる男から目をそらし、自分とアルバートのそばでロープを握《にぎ》る手に力をこめている六人の屈強《くっきょう》な男たちからも目をそらす。男たちはそのときを待ちかまえている。スカーレットはロープがぴんと張《は》るのを感じた。

スカーレットはすべてを頭から消した――ロープ、アルバート、クイン、野獣《やじゅう》のような観衆《かんしゅう》。深く息を吸《す》い、吐《は》く。そうだ。これでいい。これまでずっと、いつか自分の犯《おか》したたった一つの大きな過《あやま》ちが清算されるときがくると思って生きてきた。過去《かこ》に戻《もど》り、あの町の門を出て、つり橋を渡《わた》り、堀《ほり》を泳ぐ魚の横を過《す》ぎて、背《せ》の高い黒い松の木に戻《もど》り、日の当たる道に戻《もど》り、そこで待つ弟のところへ行く。これでいい。今こそ、そのときだ。こうでなくてはならない。

スカーレットにはすでに、石や草を照らす日ざしや、道にゆらめくかげろうが見えていた。そして、その道に……。

スカーレットは光に向かってほほえんだ。

ドンッ。何かが台の上を転がり、スカーレットの足にぶつかった。

目の前には誰《だれ》もいない。太陽が消えた。スカーレットは自分の足元を見おろした。

鉄のヘルメットがくるくる回っている。

スカーレットは向き直った。時が止まった。アルバートは輪の手前に立ったまま、うつむいている。もう頭を振《ふ》ってはいない。ピクリともせず、太鼓《たいこ》の革《かわ》のように張《は》りつめている。ヘルメットから解放《かいほう》された髪《かみ》は逆立《さかだ》ち、漆黒《しっこく》の星のようだ。

その顔にはスカーレットが見たこともない表情《ひょうじょう》が浮《う》かんでいる。

アルバートが顔をあげた。両手をしばっていた鎖《くさり》が弾《はじ》け飛ぶ。

アルバートは両手をあげた。

20章

アルバートはそれを解《と》き放った。今回ばかりはおさえこむことはない。スカーレット、スカーレットの弟、サル・クイン、そして不運な捕獲堕種《ほかくだしゅ》の苦しみさえも、アルバートは心に抱《いだ》き、怒《いか》りをたぎらせた。

自分のことは考えなかったし、放ったらどうなるかも考えなかった。考えてどうなる？　どのみち、みんな死ぬのだ。そこがいい。ロープの前に立つと、すべてが単純《たんじゅん》になる。それに鉄のヘルメットが手助けをしてくれた。圧力《あつりょく》をずっと閉《と》じこめておいて、最後の最後で振《ふ》りはずすと、最大限《げん》に高まった〈恐怖《きょうふ》〉があらわれた。

あっという間の出来事に、自分でも何をしているのかほとんどわかっていなかった。だが、気にしなかった。力をあらゆる方向に噴《ふ》き出し、行く手をふさぐものをすべて払《はら》いのけた。

両手をしばっていた鎖《くさり》が弾《はじ》け飛び、すぐそばにいた人たちも弾《はじ》け飛んだ。灰色《はいいろ》のスーツ姿《すがた》の紳士《しんし》は吹《ふ》き飛ばされ、処刑《しょけい》の合図をしようと曲げた指を礼儀《れいぎ》正しくあげたまま舞《ま》っていく。祝典の幹事《かんじ》は観衆《かんしゅう》の頭上を越《こ》えながら、大事な書類ばさみをまだ抱《かか》えている。アルバートのロープを握《にぎ》っていた護衛《ごえい》は嵐《あらし》のなかの葉のように消えた。舞台《ぶたい》のすみでけげんな顔で立っていた工作員のマロリーでさえ、片手《かたて》をあげる間もなく力に打たれ、ひるがえったコートのすそを頭にすっぽりかぶったまま、さらわれていった。たき火の炎《ほのお》をぬけ、その先のトラックの側面にぶつかって、焦《こ》げたへこみを残したあと、燃《も》えながらくるくると広場をつっきっていく。

　アルバートはそのどれにも気づかなかった。立ったまま両手を前に出し、こぶしを握《にぎ》りしめて激《はげ》しい怒《いか》りを解《と》き放つ。

　力はアルバートの背後《はいご》に立つ大きな絞首台《こうしゅだい》の支柱《しちゅう》を強打し、土台にひびが入った。

釜《かま》のなかの燃《も》えている薪《たきぎ》の山が傾《かたむ》き、炎《ほのお》が弧《こ》を描《えが》いて悲鳴をあげる観衆《かんしゅう》のほうに流れ落ちる。

〈堕種《だしゅ》〉のいる檻《おり》も打撃《だげき》を受け、舞台《ぶたい》のそでから中央に向かって横すべりした。

　アルバートはその場に立ったままだ。何も目に入らず、気にも留《と》めずにあふれ出る力を放っている。

　檻《おり》が傾《かたむ》き、舞台《ぶたい》のへりを越《こ》えて落下すると、広場のコンクリートの地面にぶつかって砕《くだ》けた。鉄格子《てつごうし》が割《わ》れてすき間ができると、やせた白い生きものが飛び出した。うなり声をあげながら、近くにいた見物人の頭を飛び越《こ》え、観衆《かんしゅう》のなかにつっこんでいく。ようやく人々がいっせいに広場から逃《に》げだした。なかには体に火がついている人もいたが、ほかはただ、〈堕種《だしゅ》〉におびえて逃《に》げていく。大混乱《だいこんらん》の人の波が近くの店になだれこんで押《お》しつぶし、コンロやたき火台を倒《たお》していく。ランプが天幕《てんまく》にぶつかって火が布《ぬの》をなめるように燃《も》やし、店全体が炎《ほのお》に包まれていく。

アルバートの足元にひびが入った。背後《はいご》の絞首台《こうしゅだい》の支柱《しちゅう》が腐《くさ》った枝《えだ》のように折れ、後ろに傾《かたむ》くと、柱の先端《せんたん》が〈信仰院《しんこういん》〉の柱廊玄関《ちゅうろうげんかん》のコンクリートの屋根の上にぶつかり、ななめになったままで止まった。横棒《よこぼう》から下がっていたロープが勢《いきお》いよくはね上がり、牛のしっぽのように曲がってロープの輪が横顔に当たり、アルバートはとつぜんわれに返った。痛《いた》みにひるみ、立ったままふらついた。力の流れが途切《とぎ》れる。体内の力が消えた。

目の前で光が回転している。アルバートは頭が空っぽで疲《つか》れきり……気づくと、床《ゆか》にひざをついていた。だれかがすぐ近くで声をはりあげて下品な言葉でわめいている。

アルバートは必死に意識《いしき》を集中させた。舞台《ぶたい》が二つに割《わ》れている。大きな絞首台《こうしゅだい》の支柱《しちゅう》はななめに傾《かたむ》いたまま、背後《はいご》の暗闇《くらやみ》のほうにのびている。もう一つの小さい絞首台《こうしゅだい》は消えていた。舞台《ぶたい》の前には丸い空間ができ、それを縁取《ふちど》るように火のついた店や人影《ひとかげ》が見える。そして、その向こうに、あわてふためきながら悲鳴をあげて逃《に》げていく観衆《かんしゅう》の姿《すがた》がまだあった。

毒《どく》づく声が激《はげ》しさを増《ま》した。誰《だれ》かが壊《こわ》れた舞台《ぶたい》のへりによじのぼってくる。

「スカーレット？」

小柄《こがら》な体が姿《すがた》をあらわした。白髪《しらが》まじりの髪《かみ》に黒いブーツ。サル・クインだ。

「あなた方を雇《やと》おうとした理由がやっとわかりました。正直に認《みと》めます。今のはすごかった。ただ、ロープの輪で絞《し》められる前に首が折れそうになりました。運よく、あなたに吹《ふ》き飛ばされて広場の途中《とちゅう》まで行ったとき、ロープが切れたんです」

アルバートはがんばってクインに意識《いしき》を集中した。「スカーレットはどこ?」

「アングリア?　ウェセックス?　それとも〈燃焼《ねんしょう》地帯〉?　あなたがわたしたちをみんな地獄《じごく》へ吹《ふ》き飛ばしたんです」

不安が混乱《こんらん》した頭に押《お》し寄《よ》せた。「大変だ……見つけ出さなきゃ」

「とにかくここから出ましょう」サル・クインが舞台《ぶたい》の上を駆《か》けていく。いろんな物が落ちている――靴《くつ》、ナイフ、警棒《けいぼう》、銃《じゅう》、山高帽《やまたかぼう》――護衛《ごえい》が立っていた場所だ。クインは武器《ぶき》をいくつか拾うと、アルバートに一つ差し出した。「ピストルを」

「ぼくはいい、ありがとう」

「そうですよね……あなたには必要なさそう」

そのとき、頭上からかすかな声がした。「くだらないおしゃべりがすんだら、誰《だれ》かあたしをここからおろしてくれない?」

アルバートは顔をあげ、傾《かたむ》いた絞首台《こうしゅだい》の先を見た。スカーレットは広場の地面から五、六メートル上で支柱《しちゅう》に手の指と脚《あし》をかけてぶら下がっていた。両手がしばられたままなので、支《し》柱《ちゅう》をしっかりつかんで手で体を安定させることができない。ロープがスカーレットのなびく髪《かみ》の下からのぞいている――輪が首にかかったままだ。

アルバートは驚《おどろ》いてのどから声を出した。立とうとしたが、他人の体かと思うくらいまったく動かない。「今、行く!」アルバートは呼《よ》びかけた。「少しだけ待って! ちょっとめまいがするんだ」

「待てない。すべり落ちそう」

「がんばって――」アルバートは無理やり背筋《せすじ》を伸《の》ばすと、傾《かたむ》いた支柱《しちゅう》のほうによろめきながら果敢《かかん》に歩き始めた。

「わたしが行きます」サル・クインがいった。

アルバートはためらった。「ほんとに?」

「もちろんです」

「ありがとうございます」

スカーレットの体が少しずり落ちる。ロープが首をしめつけ、声がかすれる。「どっちでもいいし」しわがれ声になる。「どの順番でもいいから、早く」

「わたしに任《まか》せて」サル・クインはナイフを口にくわえると、傾《かたむ》いた支柱《しちゅう》に駆《か》けより、意外なほど器用に駆《か》けのぼった。スカーレットのもとにたどり着くと、まず首に巻《ま》きついているロープを切ってから、手首をしばっていた鎖《くさり》をはずし、後ろへ下がった。スカーレットは支柱《しちゅう》をつかみ直し、両手と両足首でしっかりぶら下がると、あっという間に安全な高さまですべりおり、舞台《ぶたい》にぽんと飛びおりた。

「サル、ありがとう」スカーレットは拳銃《けんじゅう》二丁とナイフを一本手に入れると、ベルトに差した。「アルバートも」そういって、顔にかかった髪《かみ》を手で払《はら》いのけ、一緒《いっしょ》に白いドーランもこすりとりながら、炎《ほのお》と暗闇《くらやみ》のほうに目を向ける。「さてと、あたしたちにはどんな選択肢《せんたくし》がある？」

サル・クインは手に入れた銃《じゅう》の薬きょうを調べている。「英雄《えいゆう》にふさわしい最後の抵抗《ていこう》」

「却下《きゃっか》。もっとまともなことができるはずよ。アルバート、気分はどう？」

アルバートはさっきから広場を見ていた。人の波が広場の周辺の建物にぶつかってははね返されている。門から外に出ようと必死だ。アルバートの目に、白い生き物が暗がりのなかをすばやく走りながら人々に飛びかかって押《お》し倒《たお》しているのが見える。銃弾《じゅうだん》が次々に飛んでくるが、〈堕種《だしゅ》〉は身をかわしてとびのき、とびはねていく。民兵たちがこっちに向かってきているらしい――山高帽《やまたかぼう》をかぶった人影《ひとかげ》が隊列を作り、燃《も》えている店や傾《かたむ》いたランプのあいだをこっそり近づいてくる。なかの一部隊はすでに〈信仰院《しんこういん》〉の地下階段《かいだん》をのぼり、舞台《ぶたい》へ続く木組みの通路の端《はし》に集合するところだ。

「だんだん体力が戻《もど》ってきた」アルバートはいった。「ただ、ぼくらは閉《と》じこめられてる」

「いいえ、まだよ」スカーレットは銃《じゅう》を構《かま》えると、勇ましく舞台《ぶたい》にあがってきた女の民兵を撃《う》った。女は弾《はじ》かれたようにのけぞり、舞台《ぶたい》から落ちて見えなくなった。「ここから出なきゃ」

スカーレットはつけ加えた。「今、心配すべきは民兵だけじゃないわ」

アルバートはスカーレットの視線《しせん》をたどり、目に留《と》めるべきものに気づいた。確《たし》かにそのとおりだ。うなりをあげて燃《も》えている釜《かま》の炎《ほのお》と店の先のほうから、やせた若者《わかもの》が火のついたコートを着たまま、足を引きずりながらやってくる。

「あいつを近づけちゃやだめだ」アルバートはいった。

サル・クインがしかめ面になった。「確《たし》かに。ただ、逃《に》げ道がわからない」

「さっき教えてくれたじゃない?」スカーレットがそういって、傾《かたむ》いた絞首台《こうしゅだい》を指さした。

「ここをのぼって、あの屋根の上にあがるのよ。サル、先に行って。あたしはアルバートを助ける。アルバートは元々歩くのが遅《おそ》いうえに、今、弱ってるから。屋根に着いたら、援護射撃《えんごしゃげき》をお願い」

サル・クインにどんな過去《かこ》があるのか、正確《せいかく》なところはアルバートにもまったくわからなかったが、窮地《きゅうち》でうろたえる人間でないことは明らかだ。クインはよけいな口をきくことも異《い》議《ぎ》を唱えることもなく、ただきびすを返すと、ひょいと支柱《しちゅう》に飛び乗り、はずむように絞首台《こうしゅだい》を駆《か》けあがった。次はアルバートの番だ。アルバートもよけいな口をきいたり異議《いぎ》を唱えたりするつもりはなかった――が、それはその気力がなかったからだ。アルバートはため息をつくと、支柱《しちゅう》の上にあがり、両腕《りょううで》を前に伸《の》ばして目の前のどこかをぼんやり見ながら歩き出した。

「その調子よ、アルバート」スカーレットの声がすぐ後ろから聞こえる。「あたしはここにいるから。ほら、肩《かた》の力をぬいて。銃弾《じゅうだん》は無視《むし》して」

それは一番いいときにアルバートにかけられる言葉だ。ということは、〈恐怖《きょうふ》〉を爆発《ばくはつ》させてほとんど無気力になった今の状態《じょうたい》は、かえって好都合かもしれない。なにしろ、感覚が鈍《にぶ》っていて、それほど怖《こわ》く感じないのだ。確《たし》かに、民兵が地上ですでに発砲《はっぽう》を始めている。支柱《しちゅう》は傾斜《けいしゃ》がきつく、すべりやすいし、安心できるほどの幅《はば》もない。落下すれば全身の骨《ほね》が折れそうだ……今の自分は、紙一重のところですべてを保《たも》っている。アルバートはのぼり続けた。

サル・クインはすでに本館の柱廊玄関《ちゅうろうげんかん》の三角の屋根にたどり着き、姿《すがた》を消した。と、すぐに屋根のすぐ下の突出部《とっしゅつぶ》に銃《じゅう》があらわれ、地上に向かって発砲《はっぽう》が始まった。民兵の発射《はっしゃ》した弾《たま》がアルバートのすぐ横を通過《つうか》し、支柱《しちゅう》の木の部分に食いこむ。間近で銃声《じゅうせい》が響《ひび》き、スカーレットが撃《う》ち返しているのがわかった。支柱《しちゅう》が激《はげ》しく震《ふる》えているのは、たぶんスカーレットが軽くはねて立ち位置を変えながら、冷静に敵《てき》を一人ずつねらい撃《う》ちしているからだろう。

アルバートは構《かま》わずに、一歩ずつ踏《ふ》みしめるようにゆっくり進んでいった……気づくと、驚《おどろ》くほどあっという間に、絞首台《こうしゅだい》の梁《はり》が屋根の上に乗っている場所にいた。そこからコンクリートの縁《ふち》を乗り越《こ》え、柱廊玄関《ちゅうろうげんかん》の小さな瓦屋根《かわらやね》の上に飛びおりた。アルバートはすぐに体を起こすと、のぼってきたほうを振《ふ》り返った。

スカーレットもやってくる。後ろ向きに歩きながら両手で銃《じゅう》を撃《う》っている。アルバートが予想していたよりまだ下にいて、たき火からあがる炎《ほのお》を背《せ》に黒い姿《すがた》が浮《う》かびあがっている。発砲《はっぽう》で飛び散る火花が夜の闇《やみ》に小さな穴《あな》を開ける。民兵がじわじわと広場を進んでくる。アルバートの目に、舞台《ぶたい》の上に横たわる人たちがちらりと映《うつ》った。負傷《ふしょう》した男たちが避難場所《ひなんばしょ》を求めて這《は》っている……。

やせた若者《わかもの》がくすぶるコートを着たまま、支柱《しちゅう》の真下にたどり着いた。ねじれるようなきしんだ音がして、絞首台《こうしゅだい》の支柱《しちゅう》が屋根の上からずれ始めた。何かが激《はげ》しく支柱《しちゅう》を揺《ゆ》らしている――とてつもない力が支柱《しちゅう》を動かそうとしていた。

アルバートは屋根の突出部《とっしゅつぶ》から思いきり手を伸《の》ばした。「スカーレット！　急いで！」

支柱《しちゅう》が動くのを感じたスカーレットも危険《きけん》に気づいた。すばやく向きを変え、大きな跳躍《ちょうやく》で二歩のぼったところで……支柱《しちゅう》が横向きにずれて、スカーレットの足元から消えた。スカーレットは最後にもう一度飛びあがり、上着をはためかせて手を思いきり伸《の》ばした――。

アルバートがスカーレットの手首をつかんだ。ありったけの力で引っぱりあげて、スカーレットを突出部《とっしゅつぶ》のコンクリートの縁《ふち》に乗せる。支柱《しちゅう》が柱廊玄関《ちゅうろうげんかん》の屋根から引きはがされ、地面にぶつかって折れた。スカーレットはアルバートの上にぶざまに着地した。思ったより重い。

スカーレットの髪《かみ》がアルバートの顔にそっとかかる。

スカーレットはすぐに立ちあがると、アルバートを引っぱって立たせた。「アルバート、だいじょうぶ？」

「うん。ただ、ひざをすりむいたかも……」

「足を切り落とすならあとでもできるわ。今はぐずぐずしていられない――マロリーがこの玄《げん》関《かん》屋根をそっくり壊《こわ》しちゃうかもしれない。サル、建物の屋上まであがるしかないわ。行くわよ、アルバート。ほんの少しのぼるだけだから」

今回ばかりは、スカーレットのいったことは嘘《うそ》ではなかった。本館の大屋根の軒《のき》の部分は三人のいる場所からそれほど離《はな》れていなかった。石壁《いしかべ》にはブロックの継《つ》ぎ目もあったし、樋《とい》や窓《まど》枠《わく》がよじのぼる手助けになった。さらに、三人は地上からでは弾《たま》が届《とど》かない距離《きょり》にいた。そうした有利な条件《じょうけん》に助けられ、アルバートはかなり楽な気分でのぼれた。一度うっかりサル・クインの手を踏《ふ》み、二度スカーレットの目を蹴《け》ったけれど、それだけですぐに屋根瓦《やねがわら》にたどり着いた。

アルバートはのぼりながら、なにげなく建物の壁《かべ》ぞいに目をやった。広場から逃《に》げ出そうとしている者がほかにもいた。隣《となり》の建物の壁《かべ》をやせこけた白いものが、歯をむき、石壁《いしかべ》に爪《つめ》をつき立ててのぼっていく。毛が月を背《せ》に白くなびいている。相手がちらっとこっちを見た。一瞬《いっしゅん》、そのまなざしが気味悪くかすめていくのをアルバートは感じた。やがて、その白いものは屋根のてっぺんに飛び乗り、姿《すがた》を消した。そこでようやくアルバートはほかに意識《いしき》が向いた――スカーレットが下から尻《しり》をつついてくる。アルバートはのぼることに集中し、屋根にあがると、広場の混乱《こんらん》をあとにした。

〈信仰院《しんこういん》〉の本館はかなり大きく、屋根の内部組織《そしき》も複雑《ふくざつ》なため、追っ手が三人の居場所《いばしょ》をつきとめづらいのは助かったが、スカーレットたちも発掘物の運搬トラックの駐車場所を見つけるのに苦労した。長いこと、暗がりのぼんやりした景色に巧《たく》みに目を走らせながら、到着《とうちゃく》した日にアルバートが見た細長い光塔《ミナレット》を探《さが》した。急な瓦屋根《かわらやね》をのぼりおりし、屋根の一番高い水平部分をすり足で歩き、煙突《えんとつ》や見晴らし台や塔《とう》を迂回《うかい》し、渡《わた》り廊下《ろうか》を横切って静かな通りや袋小路《ふくろこう》路《じ》や路地を見ていく。ホイッスルの音や吠《ほ》え声や銃声《じゅうせい》も聞こえたが、音はしだいに遠のいていくように思えた。狂乱《きょうらん》の騒音《そうおん》は着実に静まってきている。一度だけ緊張《きんちょう》するできごとがあった。サル・クインが屋根にとまっている鳥の群れを驚《おどろ》かせてしまい、鳥たちがいっせいに飛び立ち、まるで屋根瓦《やねがわら》が舞《ま》いあがったかのように見えたのだ。スカーレットはすぐに二人を連れて別の方角に移動《いどう》した。

「用心しないと」スカーレットはいった。「マロリーがあたりの気配をうかがってる。気づかれないようにしなくちゃ」

三人はようやく複合《ふくごう》ビルの奥《おく》の屋上にやってきた。ミナレットが一つ頭上にひっそりそびえている。その下は空き地で、それを取り巻《ま》く高い建物の窓《まど》は暗く、しんとしている。その空き地の片側《かたがわ》に背中《せなか》を丸めたような形のものが見えた。影《かげ》に包まれ、銃座《じゅうざ》からつき出た銃口《じゅうこう》が暇《ひま》そうだ。

アルバートがスカーレットをつついた。「見える？　トラックだ！」

「見えるわ」

「ひっそりしてる」

「ええ。願ったりかなったりね」スカーレットは指で瓦《かわら》を軽くたたいた。「何か裏《うら》がありそう？」

「いや」

「いいわ。じゃあ、ひと休みしてから、ここをおりよう」

三人は二本の煙突《えんとつ》のあいだにしゃがんだ。アルバートはレンガにもたれて座《すわ》った。〈恐怖《きょうふ》〉を爆発《ばくはつ》させたあとでふらふらだったし、吐《は》き気も感じていたが、体力は少しずつ回復《かいふく》してきている。三人の背後《はいご》から白煙《はくえん》がまっすぐに立ちのぼっている。聞こえるのは遠い銃声《じゅうせい》と悲鳴だけだ。

「〈堕種《だしゅ》〉がまだ暴《あば》れまわっているようですね」サル・クインがいった。「指導役《しどうやく》はしばらくそれにかかりきりでしょう」それから軽快《けいかい》に近くの屋根の斜面《しゃめん》を駆《か》けあがり、反対側をのぞいた。

「まっとうな貿易商《ぼうえきしょう》にしては、サルはこの手のことが得意《とくい》そうだね」アルバートはいった。

スカーレットは銃《じゅう》に弾《たま》をこめている。その顔は白いドーランと火薬と血でよごれ、とても人間には見えない。アルバートは自分の顔も似《に》たようなものだろうと思った。

「サルはよくやったわ。でも、あんたはほんとにみごとだった。鉄のヘルメットを振《ふ》り落としたでしょ。ちょっとぎりぎりだったのはまちがいないけど、それでも……」

アルバートはうなずいた。「気持ちがとことん追いつめられるまで待たなきゃならなかったんだ」

「そうなの？　ほんとに？」スカーレットは肩《かた》をすくめた。「あんた、自分のこと誤解《ごかい》してない？　ほんとはあんたが望みさえすれば――必要とすればいつだってそれを使えるとあたしは思う」いいながら、弾《たま》をこめた銃《じゅう》をしまい、もう一丁を取り出した。「でも、いい合うのはやめよう。ただ、ヘルメットをはずせるってなんでわかったの？　ゆるんでることに気づいてたの？」

「いや、しばらく前からひびが入ってた。ほんというと、ぼくらの親しい工作員のおかげさ。今朝、面会したときだ」

スカーレットがちょっと黙《だま》った。「え？　マロリーがやったの？　わざと？」

「ちがう。ぼくがやつの神経《しんけい》を逆《さか》なでしたんだ。あのときぼくは、無礼で思いやりがなくて、ひどく好戦的だった。要するに、きみになったつもりで振《ふ》るまったんだ。そしたら、思ったとおりの反応《はんのう》が返ってきた。やつがひどく腹《はら》を立て、思いきりぼくを痛《いた》めつけてきた」アルバートは小さなかすれ声でひとしきり笑った。「それで、やつがぼくの頭を何度も壁《かべ》に打ちつけたときに、ヘルメットの後ろが割《わ》れたんだ。そのとき、たぶんはずせると思った」

アルバートはスカーレットが今の話をゆっくり理解《りかい》していくのを見つめながら、ほめ言葉を待った。

「ちょっと待って。一つだけはっきりさせて。じゃあ、あんたはずっとヘルメットをはずせるとわかってて……あたしたちが逃《に》げ出せると知ってて……あたしに黙《だま》ってたの？」

アルバートはそのとおりだといわんばかりににっこりした。「うん。そうしてよかったよ。おかげでずっとばれないですんだ」

「ばれないですんだ？　このミミズ野郎《やろう》！　あたしはロープに首をしめつけられて、三人とも死ぬんだと思ってたのよ！」

「そうしなきゃならなかったんだ。わからない？　マロリーはきみの心を読んだはずだからね。もし、きみがあの三時間のあいだのどこかでヘルメットのことを知ったとしたら、やつもそれを知ったはずだ！　知れば、ヘルメットを直すから、ぼくらは全員絞首刑《こうしゅけい》になって、きみはひどい自己嫌悪《じこけんお》に陥《おちい》ったまま死んだだろうね」アルバートはそこでちょっと間をおいた。「必ずしもその順番でないかもしれないけど」

「おかしなことに、あたしの気分は最悪のままよ」スカーレットは声を荒《あら》らげた。「もう、これで最後だと思ってたんだから。だから――」そこでハッと気づいて頭を垂《た》れた。「やだ、あたし、あんたにトーマスのこととか全部しゃべっちゃった」

沈黙《ちんもく》が流れた。「お願いだから、スカーレット。悔《く》やまないで」アルバートはいった。「悔《く》やむのだけはやめて。それ以外ならどう思っても構《かま》わないから」

スカーレットは首を振《ふ》るだけで何もいわない。

「スカーレット……？」アルバートは手を伸《の》ばし、スカーレットの手に触《ふ》れた。

スカーレットはすっと眉間《みけん》にしわを寄《よ》せて顔をこわばらせた。すかさず銃《じゅう》を構《かま》え、アルバートのほうに銃口《じゅうこう》を向けると、何もいわずに引き金を引いた。銃声《じゅうせい》が耳をつんざく。アルバートはショックを受けてよろよろとあとずさると、両手を激《はげ》しく動かして胸《むね》をかきむしった。

「スカーレット――どうして……？」

「何いってんの？　あんたは無傷《むきず》よ」スカーレットはあきれた顔で目をくるりと回すと、アルバートの後ろを指さした。「ほら、あれ」

アルバートは振《ふ》り返って見た。〈堕種《だしゅ》〉だ。どこからあらわれたのかはわからない。音も聞こえなかった。ひょっとしたら壁《かべ》をこっそり這《は》いのぼってきたのかもしれない。〈堕種《だしゅ》〉がほんの一、二メートル後ろの、屋根の縁《ふち》に身をかがめて立っていた。月光が、骨《ほね》のように白い皮《ひ》膚《ふ》や、黄ばんだ歯や、肩《かた》のすぐ下の弾痕《だんこん》のまわりに花のようににじむ血に反射《はんしゃ》してかすかに光っている。〈堕種《だしゅ》〉は傷口《きずぐち》を爪《つめ》でひっかきながら一歩下がり、足場を失って落下した。アルバートの耳に、それが何かにぶつかる音と、さらにその下の屋根をすべり落ちていくときに瓦《かわら》が立てる音と――最後に空き地に落ちたときの遠い衝撃音《しょうげきおん》が聞こえた。

アルバートはつばをのみこんだ。下をのぞいて、白い体が地上に横たわっているのをちらっと見る。「死んだと思う？」

スカーレットの目は冷ややかだった。「さあね。あいつらを殺《ころ》すのは結構《けっこう》大変なのよ」

サル・クインがあわててすべりおりてくると、ふたりに加わった。「今のはいったい何だったんです？」

「話はあとよ」スカーレットは銃《じゅう》をベルトに戻《もど》すと、目にかかった髪《かみ》を払《はら》いのけて、毅然《きぜん》と立ちあがった。アルバートとサル・クインをにらむように見る。「今、片《かた》づけたのが、今夜あたしの行く手をはばもうとする最後の邪魔者《じゃまもの》よ。アルバート、立って。サル、壁《かべ》をおりる準備《じゅんび》をして。これからここをおりて、トラックを奪《うば》い、夜どおし走らせてストウに向かう。もう誰《だれ》にも——民兵にも〈堕種《だしゅ》〉にも指導役《しどうやく》にも、あの憎《にく》たらしい工作員にも——あたしたちは止められない。ストウに着いたら、ジョーとエティを見つけて、ソームズとティーチといまいましいハンド同業組合から救《すく》い出す。正午に目覚まし時計が鳴るまでに必ずやるわよ。そして、だれにも見つからないところへ行く。あたしはお風呂《ふろ》に入って食事をとって、少なくとも一週間は寝《ね》る。それでおしまい。何か質問《しつもん》は?」

はっきりとした間があった。

「ない」アルバートがいった。

サル・クインはあごをかいている。「その人たちのことが少しでもわかれば、わたしにとっても多少は大事な人になるでしょう」

第五部　正午

＊　＊　＊

老女は午後の祈《いの》りに、歩道の乾《かわ》いたところを選んだ。大通りの洗濯屋《せんたくや》と自転車置き場にはさまれた急カーブのところだ。洗濯屋《せんたくや》は火曜のその日は昼食のあと店を閉《し》めていたし、人の往来《おうらい》もまばらで、通行人の足にまともにぶつかることもなさそうだった。向かいには〈ヤギ〉という名前のパブもあり、肉の焼けるおいしそうなにおいが店先から漂《ただよ》ってくるし、店を出入りする客が硬貨《こうか》を恵《めぐ》んでくれるという二重のおまけまでついた。そして、何よりその場所は日当たりがよかった。三時から六時のあいだ、後ろの壁《かべ》に日だまりができ、礼拝《れいはい》マットを心地よく温めてくれる。ふだん、老女は食べ物も酒もきらびやかな服もほかの肉体的快楽《かいらく》とも無縁《むえん》の生活を心がけている。だから太陽の光は老女が手に入れる一つのぜいたくだった。

老女はあぐらをかいて落ちつくと、マントにくるまって冷えないようにした。フードは後ろに垂《た》らし、長い白髪《しらが》と、日ざしでしわの寄《よ》った茶色い顔を前に出して、日光を迎《むか》えている。春もなかごろの今は、余分《よぶん》な毛布《もうふ》がなくてもじゅうぶん暖《あたた》かく快適《かいてき》だった。最初の一時間は瞑想《めいそう》が順調に進んだ。老女の心は町を離《はな》れて無人地帯《ワイルズ》を越《こ》え、はるか遠くの〈鉄の山〉や〈がれきの海〉まで旅をした。森のオオカミたちと駆《か》けまわり、カラスと険《けわ》しい岩山の上空を舞《ま》う。やがて、雲のかたまりが頭上を通りすぎ、両手に冷気を感じて、そのうち心に映《うつ》る光景が途切《とぎ》れた。気づくと小皿に硬貨《こうか》が四枚《まい》入っていた。

老女は頭上を流れていく雲を見つめた。屋根の色が黄色から灰色《はいいろ》に、さらに青に、そしてまた黄色に変化する。そのとき、大通りの先のほうが妙《みょう》に騒《さわ》がしいのに気づいた。たぶん宝石店《ほうせきてん》のあたりだろう。ガラスが割《わ》れる音、叫《さけ》び声、ハンドベルのけたたましい響《ひび》き……老女は気に留《と》めなかった。また〈信仰《しんこう》の日〉のくだらない儀式《ぎしき》が行われているのかもしれない。どんなものかはずいぶん前に忘《わす》れてしまったけれど。

やがて、その喧騒《けんそう》が沼地《ぬまち》の門のほうに去っていき、老女は喜《よろこ》んだ。六時になれば〈信仰院《しんこういん》〉で鐘《かね》が鳴り響《ひび》き、礼拝者《れいはいしゃ》たちに儀式《ぎしき》の参列を呼《よ》びかけるだろう。そうなればきっとあわただしくなる。無神経《むしんけい》で上品ぶった人たちが夜会服をひけらかして――スーツと山高帽《やまたかぼう》に身を包んだ男たちや、まゆ毛におしろいをつけ、黒曜石で飾《かざ》った貴婦人《きふじん》たちが――通っていく。誰《だれ》もが見たがり、見られたがっている。

だが今は、ありがたいことに静かだ。老女は瞑想《めいそう》を続けた。

老女の心がまさに高みにのぼりつめようとしたとき、重いものが礼拝《れいはい》マットの上に落ちてきた。老女のすぐ横だ。せわしい動きと矢つぎ早に悪態《あくたい》をつく声が聞こえる。動く間もなく、老女はとつぜんわきに押《お》しのけられた。かん高い声をあげて横倒《よこだお》しになり、ひじの上に体が乗った。あぐらをかいたまま、お尻《しり》が礼拝《れいはい》マットから高く浮《う》きあがる。思いがけない角度を向いたまま、老女は目を開け、転がってきた相手を横目で見た。

やせた赤毛の少女がそばに座《すわ》ろうとしていた。礼拝《れいはい》マットの上に半分乗っている。やたらと手足が長く、しかめ面をして、あちこち鋭《するど》く骨《ほね》がつきでている。ひざが小皿にぶつかり、硬貨《こうか》がこぼれそうになった。老女の予備《よび》の毛布《もうふ》が小刻《こきざ》みに動くブーツに蹴《け》り飛ばされる。少女は黒い服を着て、首から筒形《つつがた》の革《かわ》の箱を下げていた。小さい革《かわ》のバッグも持っていて、あぐらをかく途中《とちゅう》でそれを組んだ足のあいだにコトンと落とす。少女のベルトから下がっているものが老女の目に入った。ナイフに妙《みょう》な工具、黒光りするピストル……。

その光景がパッと消えた。少女が毛布《もうふ》をひっつかんで体をおおった。頭まですっぽりかぶり、即席《そくせき》のフード付き外套《がいとう》にしている。

何秒かして、老女の耳に底が鋲《びょう》打ちされたブーツがコツコツと道をやってくる音が聞こえた。ちらっと大通りの先を見ると、太陽を背《せ》に、山高帽《やまたかぼう》をかぶった男たちの黒い姿《すがた》が近づいてくる。

「何もいわないで!」毛布《もうふ》の下から小さく叫《さけ》ぶ声がする。「黙《だま》ってて。さもないと、あんたを撃《う》つ。今、このおおいの下で銃《じゅう》を向けてるから」

老女は聞こえるような返事はしなかったが、体を起こして座《すわ》る姿勢《しせい》に戻《もど》った。隣《となり》で少女はきちんとした形に落ちつきながら、そのあいだもずっと低い声で毒《どく》づいている。毛布《もう ふ》の下の頭は瞑想《めいそう》にふけっているように低く垂《た》れていた。だが、老女がそのまま見つめていると、白い手が毛布《もうふ》から出てきて、握《にぎ》っていた硬貨《こうか》を首から下がる箱に入れた。手が引っこみ、あたりがしんとなる。

足音が近づいてきた。民兵が三人、後頭部に山高帽《やまたかぼう》をのせ、手に銃《じゅう》を持っている。三人は足早にやってくると、老女と少女のわきを歩調をゆるめずに通りすぎ、角を曲がって姿《すがた》を消した。

老女はまゆをかいた。「きっと戻《もど》ってくる」

隣《となり》にいる少女はじっとしていたが、毛布《もうふ》の下から声が流れてきた。「黙《だま》ってて。銃《じゅう》はまだここにあるわ」

「人を殺《あや》めたのかい？」

「いいえ」

「なら、盗《ぬす》みか」

一瞬《いっしゅん》、毛布《もうふ》の陰《かげ》から獰猛《どうもう》な小さい顔が見えた。青白く、アナグマの幽霊《ゆうれい》みたいに見える。緑の瞳《ひとみ》は熱を発して相手を焼きつくしてしまいそうだ。通りの少し先へ行った男たちの足音が止んでいた。さかんに話し合っている。

「両手をひざの上に置いて。こんなふうに」老女はいった。「手のひらを上に向けると、体内の邪気《じゃき》が出てってくれる。あんたの場合は少し時間がかかるかもしれないが」

毛布《もうふ》の下にしかめ面が見えた。「そういうムカつく助言はいらない」

「好きなように。この世の大半のこととちがって、受け取ろうが取るまいが自由だからね」

「そうする」

「結構《けっこう》」老女は両腕《りょううで》を大きく伸《の》ばした。フンまみれの岩棚《いわだな》に止まっている騒《さわ》がしい海鳥みたいだ。「そろそろ、その細い尻《しり》を持ちあげておくれ。あんたは太陽の光をひとり占《じ》めしている。銃《じゅう》があろうがなかろうが、わたしがわめき声をあげれば、あんたの耳あかはゆるむし、あの民兵たちが大急ぎで駆《か》けつけてくる」

少しためらってから、急に少女がちょっと体を起こした。追っ手が通りを戻《もど》ってくる。ようやく二人のいる場所に近づいてきた男たちは、顔を赤くし、落ちつきを失っていた。通行人に声をかけ、通りに面したドアをノックし、パブ〈ヤギ〉の主人にけたたましく質問《しつもん》している。少女はうつむいたまま、横目でこっそり老女を見て座《すわ》り方を確認《かくにん》した。老女とまったく同じように両手を組んでいる。

民兵の一人がそばへ来た。「失礼。今、逃亡犯《とうぼうはん》を捜《さが》しているんですが」

老女はいかにも地球の彼方《かなた》から意識《いしき》を引き戻《もど》そうとするかのように重々しいため息をつくと、顔をあげた。「逃亡犯《とうぼうはん》？　どんな男を追いかけているんだね？」

「男じゃありません！　少女のようです。もっとも、聞いたところでは黒い沼《ぬま》からあらわれた野獣《やじゅう》かと思う顔つきらしいですが。目を怒《いか》らせた気性《きしょう》の荒《あら》い子で、髪《かみ》がぼさぼさで、歯をむいたところは、邪悪《じゃあく》と恨《うら》みのかたまりみたいだそうです。今さっき、ボブ・バーネットの宝石店《ほうせきてん》から黒いテクタイトのイアリングを六個盗《ぬす》んで、屋根を伝って逃《に》げ、そのあと、地面に飛びおりたんです。馬のフンが通りに落ちて飛び散るみたいに。近くを通るのを見ませんでしたか？」

「わたしの魂《たましい》はずっと別の場所にいたものでね。すばやい靴音《くつおと》が公園のほうに向かっていくのを聞いた気はするけれど」

「そっちには行ってみました。隣《となり》にいる方は何か見てませんか？」

「見てないと思うよ」

「直接《ちょくせつ》たずねても？」

「今、瞑想《めいそう》にひたっているし、たずねたところで大して役には立たないだろうね。耳が聞こえないし、口がきけない」

「それじゃあ、あまり参考にならないな……」民兵の声に少しとがめる気持ちがにじんでいる。

「あなたの神聖《しんせい》なマットには敬意《けいい》を表しますが、そちらの女性《じょせい》の身体的障害《しょうがい》が指導役《しどうやく》の耳に入らないよう祈《いの》ったほうがいい……」ちょっと黙《だま》ってから、民兵は山高帽《やまたかぼう》を持ちあげて軽くあいさつすると、通り沿《ぞ》いで聞き取りを進めている同僚《どうりょう》に急いで合流した。

頭にフードをかぶった二人はしばらくその場で静かにしていた。

やがて、毛布《もうふ》の下から声がした。「なぜ民兵はあんなに遠慮《えんりょ》がちだったの？」

「あの人たちはあんたの知らないことを知っているからだよ。このマットは聖地《せいち》なんだ」

少女はのどの奥《おく》でバカにしたような音を立てた。「まさかでしょ。今、マットの生地を見てるけど、目に入るのはしみと、つぶれたケーキのかけらと、ビスケットのくず。あとは干《ほ》しブドウに見えるけど食べられないものとかよ」

「あんたは全部見えていても何もわかっていない。少なくとも、あの男たちには分別がある。たとえば、礼儀《れいぎ》にかんして。威厳《いげん》、礼儀《れいぎ》、それに他者とその所有物に対する敬意《けいい》」

さっきより大きくのどを鳴らす音がした。「バカな人たち！　あたしには分別なんてないわ。何も信じない！」

「その首に下がっている箱を見れば、そうは思えないね」老女はいった。「それは何のためだい？」

「悪態《あくたい》をついたときの罰金《ばっきん》」

「泥棒《どろぼう》や暴力《ぼうりょく》じゃないのかい？　信心深い神秘主義《しんぴしゅぎ》者を神聖《しんせい》な祈《いの》りの最中に襲《おそ》ったことに対してとかじゃなくて？」

「ののしったときの罰金《ばっきん》」

「ほう」老女は身じろぎした。「なら、もう一枚《まい》箱に入れた方がよくないかい？」

「そうね」

「さっきムカつくといっていた」

「そうだ！　くそっ！」

「おや！　今ので二枚《まい》になったね」

「げっ、三枚《まい》にしとこうかな」少女は慣《な》れた手つきですばやく硬貨《こうか》を三枚《まい》箱に入れると、毛布《もうふ》の下から外をのぞいて、左右にのびる通りを先まで見た。「とにかく、バカな人たちはいなくなったから、あたしもそろそろ行くわ。これ以上おばあさんのおしゃべりにつきあう必要もないから」

老女はもう何もいわず、深呼吸《しんこきゅう》した。しわの寄《よ》った小さな手は、濃《こ》く出すぎた紅茶《こうちゃ》の色をしていた。その手を、手のひらを上にしてひざに置いている。着ているマントのぼろぼろのひだが、捨《す》てられた花びらのようにまわりに広がっている。ブヨが一匹《ぴき》、老女のひざらしい骨《ほね》ばった出っ張《ば》りに止まり、その上を這《は》いだした。それから指の上に飛び移《うつ》り、前足をこすりあわせている。老女は微動《びどう》だにしない。

「おばあさんもすべての生き物に敬意《けいい》を示《しめ》すバカな人なのね」少ししてから少女がいった。

「どれだけ不愉快《ふゆかい》で下らないものでも」

「このブヨかい？」老女はため息をついた。「いや、この小さなやっかい者はすぐにでもつぶしたいところだが、そうすると動くことになるから、瞑想《めいそう》がさまたげられる。いっそ食っちまいたいとさえ思うよ——二日間何も食べてないんでね——ただ、このブヨがしばらく前からいるのは知っていた。あんたがいるそっちの溝《みぞ》の先のほうにいたんだ。だから、やっかい者でいらいらの元だが、ほんのいっときのことだと思って大目に見ている。いってみれば、あんたもブヨみたいなもんさ」

少女はまた鼻を鳴らした。それから、二人の女とブヨはじっとしていた。やがて、ブヨが飛び去り、少女も立ち去りそうな気配を見せたが、その気になれないようで動きがのろい。日ざしが暖《あたた》かく、みすぼらしいマットも驚《おどろ》くほど座《すわ》り心地がよかった。それに、しばらく走らずにいられるのは気分がいい。

「大変じゃないかい？」老女はたずねた。「こそ泥《どろ》の暮《く》らしは」

「平気よ」

「ストレスが多そうに思うがね」

「以前よりマシ」

「そのテクタイト鉱山《こうざん》の黒い宝石《ほうせき》——大変動でできた星くず。それをどうするつもりなんだい？　身につけるのかい？」

「まさか！　雇《やと》い主に渡《わた》す。いい稼《かせ》ぎになるの——ちょっと！　今の音は何？」

老女はクスクス笑った。「わたしだってあんたみたいに鼻を鳴らせる。面白いことを聞けばもっと大きく長く鳴らせるよ。つまり、あんたは非情《ひじょう》な男たちをもうけさせるために絞首刑《こうしゅけい》の危険《きけん》を冒《おか》しているお人よしってわけかい？　そりゃいい」

「少なくとも稼《かせ》げる」少女は少し間をおいていった。「自分の力でちゃんとやってるわ。食べ物に不自由することもないし、虫なんか食べない」

「おや、うぬぼれちゃいけないね。あんたは虫を食べている」

返事はなかった。二人は礼拝《れいはい》マットの上に並《なら》んで座《すわ》ったままだ。通りの往来《おうらい》が増《ふ》えてきた。作業場のドアが閉《し》まり、人々が畑から戻《もど》ってくる。硬貨《こうか》が一枚《まい》、小皿のなかに投げ込《こ》まれてくるくる回った。

老女は少女の静けさに張《は》りつめたもの——緊張《きんちょう》とこみあげる憤《いきどお》り——を感じ取った。予想どおり、ようやく口を開いた少女の声はとげとげしく、早口だった。のどに短剣《たんけん》を押《お》しつけられているみたいだ。「説教はたくさんよ、いい人ぶって。虫を食べるって？　あたしはリードにつながれた犬かもしれないけど、あんただって——あんただって〈信仰院《しんこういん》〉のあやつり人形じゃない！　今ここで、あんたを撃《う》っておしまいにしたっていいのよ」

老女は肩《かた》をすくめて左右に目をやった。「わたしが〈信仰院《しんこういん》〉とどんな関係があるっていうんだい？　指導役《しどうやく》が道ばたでわたしと一緒《いっしょ》に座《すわ》っているところを見たのかい？」

「そんなの何の意味もない！　あんたはこの町に住んでる。ここは〈信仰院《しんこういん》〉が治めている。やつらが居住《きょじゅう》を認《みと》めなければ、あんたは重罪犯《じゅうざいはん》の処罰場《しょばつじょう》に連行されてオオカミのえさになるはずよ！」

今度は老女がためらう番だった。「部分的にはそのとおりだよ」ようやくいった。「彼《かれ》らはわたしを黙認《もくにん》している。本当は毛嫌《けぎら》いしているがね。瞑想《めいそう》は〈信仰院《しんこういん》〉で教わった——瞑想《めいそう》と謙《けん》虚《きょ》さを教わったんだ。ピカピカの宗教《しゅうきょう》ファイルでさまざまな神について学ぶ前にね。だから、わたしがここで瞑想《めいそう》するのに、彼《かれ》らが文句《もんく》をつけることはない。ただ、ここではなく、〈信仰《しんこう》院《いん》〉の構内《こうない》でやってもらいたいと思っているだろうね。わたしは彼《かれ》らが望むほどきれい好きじゃないから……」老女はそこで片手《かたて》をあげて感謝《かんしゃ》を表した。そばを通る子どもが小皿に一ペニーを投げ入れたのだ。「あなたに祝福を！　神のご加護《かご》を！　実際《じっさい》には」低い声で続けた。「わたしは〈信仰院《しんこういん》〉から完全に解放《かいほう》されている。その秘密《ひみつ》が何か知りたいかい？」

少女は毛布《もうふ》の下で肩《かた》をすくめた。「教えて」

「このマットさ。指導役《しどうやく》の影響力《えいきょうりょく》はこの縁《ふち》までだ。マットの上にいるあいだ、わたしは別の場所にいる。心が飛び立ち、広くあちこちをめぐり、七つの国を越《こ》え、〈燃焼《ねんしょう》地帯〉と海を越《こ》えていく……」老女は真珠《しんじゅ》のような白い整った歯を見せてほほえんだ。「指導役《しどうやく》たちから逃《のが》れ、町の人たち――せんさく好きの冷酷《れいこく》な女たちや、ビール好きの空いばりする男たち――からも逃《のが》れられる。この愚《おろ》かで老いた体からも解《と》き放たれる。自分の欠点からも。信じないかもしれないが、いくつかあるんだよ。このマットに座《すわ》っているときは何にもしばられない……今、あんたはもう町にはいない。それを感じないかい?」

「感じない」

「もう一度、目を閉《と》じて」

毛布《もうふ》の下にある少女の顔は見えなかったが、じっとしている様子から、少女が助言どおりにしているのがわかった。五秒近くそれが続く。

いらだちが爆発《ばくはつ》した。「ああ!　バカバカしい!　全然面白くない!」

「なら、なんでまだここに座《すわ》っているんだい?」

「だって……今、人が多いから。きっとすぐに立ち去りやすくなるわ」

「いやいや、数分後に六時のラッシュの時間が始まる。こっそり去りたいなら、今、行ったほうがいい。それか、もうしばらくわたしと一緒《いっしょ》にいるかだ。よければこつをいくつか教えるよ。悟《さと》りと解放《かいほう》へ導《みちび》いてくれる道筋《みちすじ》を」

少女は鼻を鳴らした。「見返りをくれってきっというでしょ。お金か何かで」

「そんなものはいらない」老女はいった。「話し相手になるだけでじゅうぶんだ」

「そんなの嘘《うそ》。わかってるんだから」少女は少しでも皮肉めいたことをいおうと言葉を探《さが》している。それでも動こうとしなかった。「このマットの上ならどんなことからも逃《のが》れられる?」

「どんなことからも」

長い沈黙《ちんもく》が続いた。忍耐《にんたい》なら特技《とくぎ》の一つだ。老女はただほほえんで目を閉じた。日ざしが傷ついた少女をいやし始めるのに任せる。毛布《もうふ》の下を見るまでもなく、老女には少女の心にぽっかりと穴《あな》があいているのがわかった。こぶし一つ分、いや、心臓《しんぞう》一つ分の大きさの穴《あな》だ。太陽とマットと瞑想《めいそう》を総動員《そうどういん》したとしても、その穴《あな》を埋《う》めることはできないだろうが、もしかするといつかおおうことぐらいはできるかもしれない。

老女が眠《ねむ》りかけたとき、ようやく隣《となり》にいた相手が立ちあがった。老女は目を開けなかった。

「ん?」

「宝石《ほうせき》の件《けん》で会わなきゃならない相手がいるの。でも、もし、おばあさんのいうことが本当なら……」

「いつでも心の準備《じゅんび》ができたら戻《もど》っておいで。わたしはここにいる」

＊　＊　＊

21章

　まだ何キロも先だったが、アルバートの目に安全地帯の上に紅白《こうはく》にそびえる高原の町ストウが見えた。日ざしが赤茶色の瓦屋根《かわらやね》に反射《はんしゃ》してきらめいている。町の向こうはウェセックス無人地帯《ワイルズ》の木々におおわれた尾根《おね》が地平線を描いていたが、安全地帯はちょうど収穫《しゅうかく》時期の畑が一面に広がっていた。男も女もつやめく小麦の穂並《ほなみ》のなかで、頭を下げて鎌《かま》を光らせ、まっすぐにのびる白い道の真ん中をトラックがスピードを出して通りすぎても、ほとんど顔をあげない。トラックはスピードを落とすことなく、夜間もほぼ休まずに、夜が明けてからはずっと走り続けていた。目的地はもうすぐだ。

　トラックの後ろの棚《たな》で見つけた双眼鏡《そうがんきょう》を使って、アルバートは町を細かく観察した。上り坂の道がこわれた門へ続いている。大昔の防御壁《ぼうぎょへき》――倒壊《とうかい》した壁石《かべいし》が幾重《いくえ》にも輪になって散らばっている――は、斜面《しゃめん》を転がり落ちてクロウメモドキの茂《しげ》みに溶《と》けこんでいる。鳩《はと》小屋や、とんがり帽子《ぼうし》の屋根や、丘《おか》の中腹《ちゅうふく》を縁取《ふちど》るイトスギの木々にも目が行った。南には貧民街《ひんみんがい》のはきだめがあり、北の尾根《おね》には倉庫が乱雑《らんざつ》に建ち並《なら》ぶ地区が低い頂《いただき》を形成していて、そこにずんぐりした黒い丸屋根の建物がつき出ている。アルバートはレンズのピントをそこに合わせ、建物のなかにいる大きなフクロウを想像《そうぞう》した。

「鐘塔《しょうとう》だ」アルバートはいった。

「今、何時?」ハンドルを握《にぎ》るスカーレットは道から目を離《はな》さない。

「十一時をまわったところ。一時間を切った」

「上出来よ。ここから二十分で着く」スカーレットは肩越《かたご》しに声をかけた。「サル、どんな調子? アルバート、サルの進み具合を見てきて」

アルバートは運転席から後方へ移動《いどう》する内部扉《とびら》をくぐり、ガタガタと音を立てる荷台の陰《かげ》に足を踏《ふ》み入れた。サル・クインは一番奥《おく》にある網《あみ》かごの、積みあがった木箱のそばでひざをついていた。土と小石をつめた最後の荷を一番上の木箱に積もうとしている。アルバートが近づいていくと、積んだ荷をポンポンとたたいてふたをしめ、満足そうに立ちあがった。

「わたしにはこれが精《せい》いっぱい。これでだませると思いますか?」

アルバートは木箱をじっと見た。確《たし》かにそれらしくは見える。どれもアッシュタウンの発掘《はっくつ》現場《げんば》から運ばれた本物の木箱で、それぞれに〈信仰院《しんこういん》〉の丸い模様《もよう》が入っている。それに今はほどよい重さもある。木箱のなかに人工遺物《いぶつ》が一つも入っていなかったのは本当に残念だ。前の晩《ばん》、ミルトンキーンズで三人がトラックを探《さが》し出したとき、予想どおり、なかは空だった。ただ、指導役《しどうやく》たちが放置した未使用の木箱が七つ残っていて、明け方に道ばたで集めた大量の土と石のおかげで、今は中身がつまっている。それらしく見える木箱が七つ……大した数じゃないし、まともなトラック一台分の積み荷とは到底《とうてい》いえない。けれど、ハンド同業組合の建物に入る許可《きょか》は得《え》られる。ソームズとティーチを興奮《こうふん》させて、なかに入ることはできるだろう。

誰《だれ》も実際《じっさい》に箱のなかを見なければ……。

「大事なのは、入口で同業組合の人たちを納得《なっとく》させられるかどうかだ」アルバートはいった。

「これならじゅうぶん通用するよ」

サル・クインは疑《うたが》わしげにぼろ切れで手をぬぐった。「わたしには危険《きけん》な計画に思えます。不確定《ふかくてい》な要素《ようそ》があまりにも多くて。悪いほうに転びそうなことが多すぎるんです」

「スカーレットはだいじょうぶだっていってる」

「わたしは会うのはまだ二度目ですけど、すでにスカーレットのおかげで処刑《しょけい》されそうになりました。まだ勝利のダンスを踊《おど》らなくても許《ゆる》してください。で、この七つの木箱はいつ開けられるんです?」

アルバートは一番大きい木箱に目をやった。細長く頑丈《がんじょう》な作りで、しっかり南京錠《なんきんじょう》がかけられている。それだけが、積みあげられた小さい木箱から離《はな》されていた。「そのときには大した問題じゃなくなるよ」

二人は運転席に戻《もど》った。スカーレットは同じ姿勢《しせい》のままだ。髪《かみ》を頭の後ろでまとめて細いひもでしばっている。ふりそそぐ日ざしのなか、打ち傷《きず》やあちこち裂《さ》けた服や、首についた輪なわの絞《し》め跡《あと》が見えた。それと、目に宿る冷静で決意に満ちた緑のきらめきも。

「用意はいい、サル?」スカーレットはいった。「この計画で満足?」

サル・クインは助手席にちょこんと座《すわ》ると、革《かわ》のバッグを引き寄《よ》せ、ひざにのせて準備《じゅんび》した。

「満足っていうのはちょっと大げさです。そもそも作戦がまともとは思えないし、あなた方とはもう二度と会うことはない気がします」

スカーレットはニヤッとした。「そういうふうにいってもらうと、あたしたちもうれしいわ」

「わたしがティーチって人に会ったことがあるのを忘《わす》れないでください」サル・クインはいった。「暴力《ぼうりょく》のにおいがする男でした」

「あたし、まだ一度も剣《けん》の勝負で勝ったことないわ」スカーレットは認《みと》めた。「それに銃《じゅう》の腕《うで》もあたしといい勝負よ。でも、そんなことは関係ない。だって、あたしたちは丸腰《まるごし》で敵陣《てきじん》に乗りこむんだから……あ、武器《ぶき》を入れたバッグは持った?」

「はい、持っています」

「よかった。ありがとう、サル。不愉快《ふゆかい》な死をのがれたら、防壁《ぼうへき》の外の共同墓地《ぼち》で会いましょう」

「はい、承知《しょうち》しています。幽霊《ゆうれい》がよく出る墓《はか》のあいだに立つイトスギの木陰《こかげ》ですね……」サル・クインはため息をついて首を振《ふ》った。「なぜ落ち合う場所が普通《ふつう》のコーヒーハウスではだめなのか、きっと一生わからないでしょうけど」

「コーヒーハウスは人が多いんだ。墓地《ぼち》なら静かでいい」アルバートがいった。

「いずれにしろ、そのうちわかるでしょう」サル・クインは腕時計《うでどけい》に目を落とした。「では、わたしはおふたりに頼《たの》まれた旅に必要なものを――市場で入手できれば――持っていきます。午後一時に共同墓地《ぼち》に行き、待てるだけ待っています。ここでおろしてください」

道はちょうど、さびてゆがんだ機械やまだら模様《もよう》の石山の横を通る平らな一帯から、上り坂にさしかかるところだった。見あげた先にあるストウの町の門は開いている。家々のあいだに洗濯《せんたく》物がはためいているのがアルバートの目に入った。鉄製《てっせい》の風見鶏《かざみどり》がハンド同業組合の塔《とう》の上でものうげに回転している。

スカーレットはブレーキを踏《ふ》んだ。トラックが道ばたで勢《いきお》いよく停止《ていし》する。サル・クインは武器《ぶき》を入れたバッグを持っておりると、皮肉っぽくちょっとあいさつをした。トラックはエンジンの回転速度をあげ、カーブした山道を進んでいく。アルバートはサイドミラーを見た。トラックの後ろをサル・クインの小さい姿《すがた》がついてくる。

ストウの門は昔の火事で黒く汚《よご》れ、ゆがんで開いたままだ。アルバートが不気味な空想を抱《いだ》きやすいタイプなら、恐《おそ》ろしい悪魔《あくま》が口を大きく開けて迎《むか》え入れるかのように見えたかもしれないが、運よく、そういうタイプではなかった。

道ばたに番所があり、無精《ぶしょう》ひげを生やした監視《かんし》が強烈《きょうれつ》な日ざしを避《さ》けている。監視《かんし》たちはトラックに描《えが》かれた〈信仰院《しんこういん》〉のシンボルマークを確認《かくにん》すると、通っていいと手で合図した。トラックは丘《おか》の頂《いただき》にたどり着いた。最後の曲がり角でアルバートは振《ふ》り返り、さっき走ってきた平らな一帯を見おろし、まっすぐにかすみのなかへと続く道をながめた。

道には何も見えない。近くにはだれもいない。

「きみはあいつが絶対《ぜったい》に来ると思ってるよね、スカーレット」

スカーレットは速度を落とした。汚《よご》れた顔の子どもたちが果物の入ったカゴを抱《かか》え、畑から門に向かって歩いてくる。スカーレットはエンジンを空転させ、道をゆずった。「先にミルトンキーンズの騒《さわ》ぎをしずめる必要があるわ。ゆうべは大混乱《だいこんらん》だったから。たぶん、騒動《そうどう》がまだ続いてる」

「いや。絶対《ぜったい》に来る。たびたびきみの心を読んでたから、ジョーとエティのことを承知《しょうち》してるはずだよ。ぼくらがストウに向かってることを知っている。すぐに追いかけてくる」

スカーレットは腕時計《うでどけい》に目をやり、クラクションを鳴らした。一番後ろを歩いていた子どもがぎょっとして軽く飛びあがり、あわてて道からそれる。「じゃあ、早いとこ仕事をすませたほうがいいわね」

「スカーレット、問題は……広場であのことがあってから、ぼくは疲《つか》れきってる。もし、今、あいつがあらわれたら――」

スカーレットは手を伸《の》ばしてアルバートの腕《うで》を軽くたたいた。「あんたはすでにひと仕事やってのけた。もう一度やってくれとはいわないわ。心配いらない――ジョーとエティを救《すく》い出してさっさと消えよう。あいつがあらわれる前に」

トラックは壊《こわ》れたアーチの下をぬけ、ストウの町に入った。丸石を敷《し》きつめた道がにぎやかな市場のほうへ続いていたが、スカーレットは右折して狭《せま》い通りを進んだ。住宅《じゅうたく》が後ろに遠ざかり、倉庫や作業場やビール工場が高い壁《かべ》の向こうに立っているのが見える。アルバートはふと、〈ストーンムア〉の庭を囲《かこ》んでいた監獄《かんごく》の壁《かべ》を思い出した。自分の子ども時代があそこにしまいこまれている……。

「きみのいうとおりだったよ」アルバートは静かにいった。「マロリーも〈ストーンムア〉にいた」

スカーレットはうなずいた。口の端《はし》にいつもの軽い笑みを浮《う》かべる。「やっぱりね。あんたとあいつ。似《に》てるところがあるから。あいつにも力があるっていうだけじゃなくて」

アルバートはちょっと顔をしかめた。「どういうこと？　あいつとぼくは全然似《に》てない」

「そう？」

「そうだよ！　あのしゃれたスーツ。おかしなコート。バカみたいにオイルでかためた髪《かみ》」

「あたしは外見のことをいってるんじゃないのよ、アルバート。性格《せいかく》よ。内面」

「それに、むちゃくちゃひどいにおいの香水をつけて——は？　何をいってるんだ？　あいつは意地悪で冷酷《れいこく》で残忍《ざんにん》で、良心なんてかけらも持ってないし——」

「知ってる。でも、えらそうにしたり、へつらったりするわりに、あんたと同じような……世間知らずなところがある」スカーレットはちょっと黙《だま》った。「まあ、まったく同じってわけじゃないわ。バスのなかで初めてあんたに会ったとき、病人かと思った。高熱で体がほてってるみたいな。マロリーも熱があって、その熱は決して下がらない気がする」

アルバートは無言で考えた。「きみがぼくの熱を下げてくれたんだ」

「あたしはあんたに絞首台《こうしゅだい》のロープから救《すく》い出してもらった。だから、これでおあいこ。今、何時？」

「十一時二十六分。ちょっとだけきつくなってきたかも」

スカーレット・マッケインはいった。「ほんと、ここまで来られただけでも上出来よ」

　道は曲線を描《えが》いてさらに丘《おか》の斜面《しゃめん》をのぼっていく。頂上《ちょうじょう》にたどり着くと、倉庫の正面が左右にずらりと並《なら》ぶ平らでまっすぐな道がのび、それを進んでいくと、とつぜん行き止まりになった。前にはレンガと漆喰《しっくい》で作られた巨大《きょだい》な壁《かべ》が地面からそそり立っている。そこにバスが一台通れるくらいの四角い入口があり、金属《きんぞく》の扉《とびら》でふさがれていた。スカーレットの運転するトラックはそこに向かってゆっくり進んだ。アルバートが横目で見あげると、フクロウのいる鐘《しょう》塔《とう》の汚《よご》れた黒い丸屋根が壁《かべ》の向こうに見えた。一週間に数分満たない前、この場所から旅に出て北のアッシュタウンに向かった。そして、ハンド同業組合の本拠地《ほんきょち》に戻《もど》ってきた。この建物のなかで、エティの目覚まし時計が止まりかけている。

　トラックが大きな四角い扉《とびら》の前で停止《ていし》した。スカーレットがエンジンを切る。土ぼこりがおさまった。木の玄関《げんかん》ポーチに男が一人いて、ロッキングチェアに座《すわ》って新聞を読んでいる。不健康そうな白い肌《はだ》のだらしない感じの男で、ジャガイモみたいな特徴《とくちょう》のない顔だ。白いシャツに灰色《はいいろ》のジーンズを合わせ、ツイードのジャケットはゆっくりゆれる椅子《いす》のひじかけに掛《か》けてある。新聞を持つ手の小指はつけ根から先がなかった。男のひじの近くの壁《かべ》に伝達用の格子窓《こうしまど》があり、わきに黒いインターホンが取りつけてある。男のそばには魔法《まほう》ビンと空っぽのボウルが置いてあった。

　男が興味《きょうみ》なさげにトラックをちらりと見あげ、また新聞に目を戻《もど》した。

「あれが見張《みは》り」スカーレットはポケットからガムを出して包みを取り、口に放りこんだ。「とにかく、あいつをかわさなきゃ」

アルバートが男を見ている。「それほどきびしそうには見えない」

アルバートが話し終わらないうちに、男がインターホンに顔を近づけ、短く何かいった。すぐにドアが開いて、体格のいい男が六人、次々に出てきた。どの男もこれみよがしに黒いソフト帽《ぼう》をかぶり、あごに無精《ぶしょう》ひげを生やし、筋骨隆々《きんこつりゅうりゅう》の体をきつくしめあげるような細身の白いシャツを着ている。ぴったり張《は》りついたシャツは体に絵を描いたみたいだ。ガンベルトには大きさも形もさまざまな武器《ぶき》が下がり、足にはつま先を鋼鉄《こうてつ》で包んだ安全靴《ぐつ》をはいていた。一番背《せ》の高い男はドアから出てくるのに体を折り曲げなければならず、一番背《せ》の低い男はアルバートのわきの下にすっぽりおさまって、居心地《いごこち》よくいられそうに見える。どの男も氷のかけらのような目をし、ごつい手を銃《じゅう》のそばに置いて待機している。六人は通路に並《なら》ぶと、トラックに向き合った。見張《みは》りの男はロッキングチェアに深く身を預《あず》けた。

アルバートはつばをのんだ。「ちょっときびしいかも」

「ええ。あれは歓迎《かんげい》委員会よ。よし、さっさと終わらせよう」

ふたりはトラックからおりた。日が高く、倉庫の軒《のき》が日陰《ひかげ》に波もようを描《えが》いている。黒い鳥の群れが樋《とい》にうずくまっているが、それ以外は、がらんとした長い通りに生き物の気配はない。

アルバートはトラックのドアを閉《し》めると、来た道を振《ふ》り返った。ストウで一番高い場所にいるので、家々の屋根を越《こ》えて何キロも先の町の向こうまで見渡《みわた》せる。東から吹《ふ》き始めた風が、銀の波のように麦畑を通りぬけていく。ふたりが来た道筋《みちすじ》は白い糸のようにのびて、はるか先の何もない青い世界に溶《と》けこんでいる……。

アルバートはそれまで感じなかった軽い頭痛《ずつう》をおぼえた。

遠くの道に目をこらす。

「アルバート」スカーレットが声をかけた。

見張《みは》りの男は無口なガンマンたちが立つ横で、ロッキングチェアに座《すわ》ってゆれながら待っていた。新聞を読むふりをしながら、スカーレットの影《かげ》がその上に落ちるのを待ち、そこでようやくえらそうにスカーレットを見た。

「どうも、ウォルト」スカーレットは見張《みは》りの男に軽く頭を下げ、ほかの男たちにも会釈《えしゃく》した。「みんな」

見張《みは》りの男は短い髪《かみ》もあごの無精《ぶしょう》ひげも白い。アルバートは男の頭を切り取って逆《さか》さまにつけ直しても大して変わらないんじゃないかと思った。男は小さな黒い目でスカーレットをじっと見ている。「どうにか間に合いそうだな」

スカーレットはガムをずっと噛《か》んでいた。「ちゃんと来たでしょ。お望みのものを持ってきた。とにかく、なかに入ってあの二人に見せないと」スカーレットは土ぼこりのたつ道にゆったりとおだやかに立っている。

「だろうな」見張《みは》りの男はシャツのポケットから鎖《くさり》のついた時計を取り出し、無造作《むぞうさ》に時間を確認《かくにん》した。「おっと、そろそろ時間切れだ」

「さっさとなかに入れて」スカーレットはいった。「いわれたとおりの仕事をして、こうして期限《きげん》までに戻《もど》ってきたんだから。かんたんなことでしょ」

「おまえたちのほうはそれほどかんたんだったようには見えねえ」見張《みは》りの男はスカーレットとアルバートの血のついた顔とぼろぼろの服に視線《しせん》を走らせた。

「そりゃあ、あんたの鼻に正面からパンチを食らわすみたいにはかんたんじゃなかったわ。それは確《たし》かね」

男の目が険《けわ》しくなった。椅子《いす》のゆれが遅《おそ》くなる。「おれにそういう口のきき方をすべきじゃなかったな、マッケイン。今の自分の立場がわかってんのか？　おれはおまえがソームズのお気に入りだったころ、何年も見守っていたが、おまえは一度だっておれにあいさつしたことはなかった。じつに横柄《おうへい》だった。それが今はどうだ？　なかに入れてもらおうとぺこぺこしてやがる。このまま時間切れにしてやりたいところだ」

「ウォルト、あんたがそんなことをして、あたしの友だちが死んだら、まずどうなると思う？

あたしはこの大昔のお宝《たから》をトラックで持ち去る。ソームズとティーチの手には絶対《ぜったい》に渡《わた》さない。そしたら二人はあんたをどうするかしら？」

見張《みは》りの男はしかめ面になった。「こっちは今ここで、おまえを撃《う》ち殺《ころ》すこともできるんだ。それが一番手っ取り早い」

「じゃあ、やれば？　それがボスの命令なら」

あたりがしんとなった。見張《みは》りの男が座《すわ》るロッキングチェアのきしむ音でようやく静寂《せいじゃく》が破《やぶ》られた。アルバートは男たちがふたりをなかに入れるだろうと確信《かくしん》した。死んでほしいのであれば、とっくにそうなっているだろう。ただ、もうすぐ正午だ。アルバートはジョーとエティが丸屋根の大きな部屋に連れてこられるところを想像《そうぞう》した。鎖《くさり》が天井の暗闇《くらやみ》のなかまでのび、フクロウがしきりに羽ばたきしている……。張《は》りつめた空気のせいかはわからないが、頭痛《ずつう》がどんどんひどくなってきた。片目《かため》の奥《おく》が激《はげ》しく脈動《みゃくどう》している。たぶん、〈恐怖《きょうふ》〉の後遺症《こういしょう》にすぎないと思うけれど――。

アルバートはハッと顔をあげた。

一瞬《いっしゅん》、とらえどころのないものに頭のなかを探《さぐ》られている感覚を抱《いだ》いた。

ポーチの上で椅子《いす》のゆれが止まった。見張《みは》りの男が肩《かた》をすくめる。まるで世のなかの悪は自分の責任《せきにん》ではないというかのように。「いいだろう、マッケイン。二人がなかでおまえたちを待っている。だが、しかるべき手順を踏《ふ》まずにここを通すわけにはいかない。それは確《たし》かだ。銃《じゅう》もナイフもたちの悪いびっくり箱も持ちこみ禁止《きんし》だ。おまえはわかっているはずだな。これからおまえたちとトラックを調べさせてもらう」見張《みは》りの男が指を鳴らすと、六人の男のうちの二人が前に出た。「両手をあげろ」

アルバートはスカーレットと一緒《いっしょ》に武器《ぶき》がないかボディチェックを受けるあいだ、黙《だま》ってじっと立っていた。できるだけ平然とした顔をしていたが、心臓《しんぞう》はドキドキしていた。とてつもない不安が押《お》し寄《よ》せてくる。アルバートは動きたくてたまらなかった。今すぐ駆《か》け出したい——エティを助けにいきたい——けれど、いっぽうで、自分を追ってくる若者《わかもの》から遠く逃《のが》れていたかった。今はへとへとだ！　力が出ない！　対決なんてとてもできない。無理だ。とにかく体力がない。

アルバートはスカーレットのほうを見た。スカーレットは無関心そのものといった振《ふ》りでガムを噛《か》みながら、ぼんやり前を見つめている。そのスカーレットを同業組合の大男の一人が几《き》帳面《ちょうめん》なクマみたいにボディチェックしていた。スカーレットだって疲《つか》れ切っているし、いろいろなことがあって次々に傷《きず》を受け、そうとう体を痛《いた》めている！　この数日間にスカーレットがどれほどのダメージを受けたかアルバートはよくわかっていた。それでも、スカーレットはいつものように挑戦的《ちょうせんてき》な態度《たいど》を貫《つらぬ》いている。その目の輝《かがや》きに、口の動かし方に、ふてぶてしいほどの落ちつきに、何があっても決して自分の弱さを認《みと》めない意志《いし》が感じられた。立ち方一つで、世界とその恐《おそ》ろしさにあらがっているのがわかる——その姿《すがた》を見つめながら、アルバートは自分の脈《みゃく》が遅《おそ》くなり、筋肉《きんにく》がこわばるのを感じた。あごをぐっと引き、目をそらして道を見とおす。

組合員たちはふたりが武器《ぶき》を身につけていないとわかると、さっそくトラックに乗りこんだ。銃座《じゅうざ》の機関銃《きかんじゅう》に残っていた弾《たま》を見つけてぬき、戸棚《とだな》や仕切られた物置を調べていく。木箱を残してひととおり見終わると、男たちはトラックからおりた。見張《みは》りのウォルトが椅子《いす》から立ちあがり、アルバートとスカーレットを連れて、運ばれた品物を自分で検査《けんさ》しようと後部ドアへ移動《いどう》した。

「これで全部か?」ウォルトが聞いた。「少ないな」

スカーレットはクスクス笑った。「少ないけど、中身はどれもほんとに貴重《きちょう》よ。〈埋没都市《まいぼつとし》〉で掘《ほ》り出された大昔の呪《のろ》われた遺物《いぶつ》だから。滅《ほろ》びる運命にあった過去《かこ》の人たちが作ったものよ」

ウォルトはごわごわしたあごひげをなでた。「あやしいな。全部開けてなかを確認《かくにん》するか」

「あら、どうぞ。どれでも好きなのを選んで」

「この鍵《かぎ》がかかった大きい箱だ」

「もちろん、いいわよ。鍵《かぎ》はあたしが持ってる。ただ、呪《のろ》われてる上にこわれやすいから、日ざしをたっぷり浴びると、ちりになっちゃうかもしれない。じつをいうと、それですでに、値《ね》段《だん》がつけられないほど貴重《きちょう》な遺物《いぶつ》をいくつかだめにしちゃってるのよ。まあでも、あんたが玄《げん》関《かん》先でまた一つだめにしても、ソームズはきっと許《ゆる》してくれるわ。ただ、用心するにこしたことはないけど」

ウォルトは顔をしかめた。目をしばたたいて、ためらいがちに箱を見る。

「ほら。のぞいてみたら」スカーレットはうながした。「たぶん、真昼の日ざしのなかだと遺《い》物《ぶつ》の一部が崩《くず》れるだろうけど、遠慮《えんりょ》はいらないわ。ソームズとティーチだって気にしないでしょ」

ウォルトの顔にさまざまな感情《かんじょう》が浮《う》かんだ。好奇心《こうきしん》、欲望《よくぼう》、警戒《けいかい》、恐怖《きょうふ》。その手は南京錠《なんきんじょう》のかかった木箱の上で止まっている。アルバートは待った。エティの時計の針《はり》が正午に向かって刻々《こくこく》と近づいていく。

「いいだろう」ウォルトはいった。「なかに入れ。このちんけな品物に二人のボスが感心するよう祈《いの》ったほうがいい。おれは何とも思わねえ。ガラクタの山にしか見えねえ」

「ありがとう、ウォルト。あんたはいつも心が広くて親切ね」スカーレットはウォルトに満面の笑みを向け、さっさと歩き出した。後部ドアをしっかり閉《し》め、運転席に向かう。

アルバートはスカーレットのあとを追わなかった。うすら寒い不安を感じる。まるで太陽の上を細長い一筋《ひとすじ》の雲が通過《つうか》したみたいな感じだ。これはなんだ？　おかしな頭痛《ずつう》も続いているし、さっきと同じ探《さぐ》られるような感覚がつついてくる……。

見張《みは》りの男はすでにロッキングチェアに戻《もど》り、立っている男たちに合図を送った。一人が黒いインターホンに向かって指示《しじ》を出す。ガタンと音がして、レンガ塀《べい》にはさまれた金属《きんぞく》の遮断《しゃだん》扉《とびら》があがり始めた。

スカーレットが運転席のドアの手前にいる。「早く、アルバート。行くわよ」

「今、行く」アルバートは歩き出したとたん、叫《さけ》び声をあげた。頭痛《ずつう》が一気に激《はげ》しさを増《ま》す――とつぜん鋭《するど》い針《はり》のようなものが頭のなかを探《さぐ》り始めた。自分とは別の存在《そんざい》を感じる。アルバートは額《ひたい》に手を強く押《お》し当て、その動きに身もだえした。

探《さぐ》られる感覚が消えた。アルバートは息を吐《は》きだし、両手で顔をおおった。

「アルバート？」スカーレットがそばにいた。

遮断扉《しゃだんとびら》があがっている。見張りの男はすでに自分の椅子《いす》に腰《こし》を落ちつけていた。「早く行け。ソームズが待っている」

アルバートはゆっくり顔をあげて、東のほうを見た。ストウの防壁《ぼうへき》の向こうの日の当たる畑地に、小さな白い粉塵《ふんじん》の雲が渦《うず》を巻《ま》きながら道路を移動《いどう》してくる。

スカーレットもそれに気づいた。「あれは——」

「ああ」アルバートはいった。「あいつだ」

「ソームズがお待ちかねだ」見張《みは》りの男がまたいった。

アルバートはもう迷《まよ》わなかった。決めるのはかんたんだった。すでに心は決まっている。十分後、あの粉塵《ふんじん》の雲はストウにたどり着く。となれば、スカーレットと一緒《いっしょ》に組合の建物のなかに入る余裕《よゆう》はない。ほかに選択肢《せんたくし》はない。アルバートは疲《つか》れを振《ふ》り払《はら》おうとするように、顔にかかった髪《かみ》をかきあげた。「スカーレット、きみはトラックでなかに入ってくれ。ぼくもすぐに行く。ただ、先にやらなきゃならないことがある」アルバートは見張《みは》りの男に呼《よ》びかけた。

「ウォルト、なかに入るのはスカーレット一人だ。ぼくは入らない。ここに残る」

「ちょっと待って……」スカーレットは片手《かたて》をあげ、ウォルトと扉《とびら》のそばに冷めた表情《ひょうじょう》で立っている男たちに合図を送った。「ちょっとだけ待って。だめよ、アルバート、だめだって。絶《ぜっ》対《たい》にだめ——」

「かんたんなことだよ。きみはなかに入って、ジョーとエティを助け出す。計画どおりだ。ソームズに依頼《いらい》されたものを渡《わた》すんだ。ぼくはここであいつを引き留《と》めてから、きみに追いつくから」

スカーレットはアルバートを見てから、視線《しせん》を外へ向け、畑地を矢のような勢《いきお》いで向かってくる小さな土ぼこりの雲を見た。スカーレットのほおの筋肉《きんにく》が動き、くちびるが白く細く結ばれる。

アルバートはスカーレットに笑みを向けた。「ぼくがやらなきゃだめなんだ、スカーレット。ほかに方法はない」

「ほんとにあとで合流する？」

「ああ」

「これでうまくいくと思う？」

「絶対《ぜったい》にうまくいくよ。きっと、だいじょうぶ」

「だめ」スカーレットはいった。「うまくなんかいきっこない。あたしも一緒《いっしょ》に残る。一人であいつに立ち向かうなんて無理よ」

アルバートはスカーレットの手をつかんだ。「もう時間がない。きみがそういったんだ。あとどれくらい？　十分？　ほら、きみはなかに入らなきゃ。ジョーとエティのために。かんたんなことだ」

「おまえらの任務《にんむ》がかんたんだったようにな」見張《みは》りの男が声をかけてくる。「門は開いている」

「アルバート――」

「なかに入って」

ふたりは見つめ合った。

「別れのキスでもするか?･」見張《みは》りの男はいった。「別にとめはしねえ。ここは自由の国だ」

ニヤニヤしながらロッキングチェアでくつろいでいる。

スカーレットは手を引っこめた。「バカげてるとしかいいようがない。一応《いちおう》いっとく」それから見張りの男のほうをにらみ、トラックに乗りこんでドアをぴしゃりと閉《し》めた。「さあ――見せ物は終わりよ、ウォルト。あたしだけ入る。トラックを動かすわ」

「倉庫をまっすぐつっきって時計の間に向かえ。みんなが待っている。行き方はわかるな」

「エティによろしく伝えて」アルバートはいった。

スカーレットはアルバートをにらんだ。髪《かみ》はぼさぼさで、顔は青白い。「その必要はないでしょ。さっさと来て直接《ちょくせつ》会えばいい」

だが、アルバートはすでにスカーレットから目をそらし、道の先を見ていた。

22章

トラックで門を通過《つうか》するとき、スカーレットの気持ちは前後に引っぱられ、ほんの一瞬《いっしゅん》、均《きん》衡状態《こうじょうたい》に達した。トラックは半分が闇《やみ》に、半分が光に包まれ、前にはジョーとエティが、後ろにはアルバートがいて、まったく同じ力でスカーレットの心を引っぱり、危険《きけん》な均衡状態《きんこうじょうたい》が生まれた。スカーレットはぴんと張《は》ったひものような、針金《はりがね》で体を真っ二つにされるような感覚に襲《おそ》われ、鋭《するど》い痛《いた》みが走った。

だが、それもすぐに消えた。貨物トラックは前進し、倉庫の暗い場所に入った。アルバートは後ろに遠ざかっていく。強面《こわもて》の男が壁《かべ》のスイッチを押《お》し、金属《きんぞく》の遮断扉《しゃだんとびら》が音を立てて下がり始め、通りとの出入りを封鎖《ふうさ》すると、ひもは切れた。もう後戻《あともど》りはできない。心の圧迫感《あっぱくかん》が少しゆるんだ。もう決めたことだ。これからの道筋《みちすじ》ははっきりしている。スカーレットはアクセルから足をはずし、がらんとした薄暗《うすぐら》い場所をトラックが惰性《だせい》で進むのに任《まか》せた。男たちが先へ行けと合図する。スカーレットは円錐形《えんすいけい》の照明の下にのびる長い簡素《かんそ》な通路を進んだ。

見慣《な》れた場所だが、車で通るのは初めてだ。古い工場や物置が迷路《めいろ》のように入り組んでいる。ここはハンド同業組合の本拠地《ほんきょち》であり、違法行為《いほうこうい》で成り立つ小宇宙《うちゅう》であり、ソームズとティーチの決めたルールが支配《しはい》する場所だ。通路を進んでいくと、なじみのある部屋がはじから目に入った。どの部屋も組織《そしき》にとって特別な意味を持っている。右側にある漆喰壁《しっくいかべ》の練習場では、ボクシングやレスリングのほか、剣《けん》や絞殺具《こうさつぐ》、ナイフの使い方を学ぶ。左側の細いわき道の先にはコンクリートでできた射撃《しゃげき》練習場がある。以前、自分の過去《かこ》を銃弾《じゅうだん》で吹《ふ》き飛ばそうとしていたところだ。トラックは右折し、中央通路に向かった。廃墟《はいきょ》のような一帯をぬけていく。こわれた壁《かべ》や半壊《はんかい》した部屋のくずに、小型《こがた》の金庫や南京錠《なんきんじょう》のかかったドア板の山がある——ここはさまざまな強盗《ごうとう》の場面を想定して訓練する場だ。そして、組合員たちの宿舎《しゅくしゃ》（このなかの小部屋で、スカーレットは最初のころ、悪夢《あくむ》のような日々を過《す》ごし、激《はげ》しい怒《いか》りと自責《じせき》の叫《さけ》び声をあげていた）、さらに食堂《しょくどう》、地図の部屋を過《す》ぎ、ようやく通路の先にソームズの事務所《じむしょ》が見えた。あそこでソームズとティーチに面会し、受け入れられ、迎《むか》え入れてもらった……。

　思い出が幽霊《ゆうれい》のように窓《まど》のあたりをさまよっている。スカーレットは無視《むし》して前を見すえた。はるか前方の窓《まど》から差しこむ日ざしのなかに、時計の間の両開きの扉《とびら》がぼんやり見える。扉《とびら》は開いていた。腕時計《うでどけい》を見る。十二時五分前。ぎりぎりだ。額《ひたい》のわきに汗《あせ》が浮《う》き出て、ほおを伝ってあごに流れ落ちるのを感じる。スカーレットはいらだち、その汗《あせ》をぬぐった。そんなことをしても何にもならない。さあ、最後の面会のときだ。すべてはどう振《ふ》る舞《ま》うかにかかっている。

それを一人でやらなくてはならない。

アルバートがいないと、妙《みょう》に無防備《むぼうび》で不完全な気がする。何年も前に初めてここを訪《おとず》れたときの気分だ。アルバート……外の路上で待っている姿《すがた》が目に浮《う》かぶ。ひどく疲《つか》れて弱っていた。あたしよりずっと無防備《むぼうび》だ。それでも、アルバートだって自分で決断《けつだん》したのだ。スカーレットは追ってくる人物に思いを向けた――マロリーの持つ能力《のうりょく》、それを容赦《ようしゃ》なく使って〈信仰院《しんこういん》〉に奉仕《ほうし》する姿《すがた》、圧倒的《あっとうてき》な力……アルバートはそれにあたしぬきで立ち向かわなきゃならない。

別ればかりだ。

これからやらねばならないことへの怒《いか》りが全身にわきあがる。歯を食いしばり、アクセルを踏《ふ》みこんで、開いた扉《とびら》から時計の間に入っていく。

見張《みは》りの男がいったとおり、彼《かれ》らが待っていた。

数人が広間の奥《おく》のアーク灯の下に集まっている。時計の壁《かべ》と机《つくえ》の前だ。いつでも動ける位置にいる――ソームズのことだから、たぶんそこはぬけ目がない。今回ばかりはソームズも机《つくえ》の後ろにはいなかった。暗い広間の中央寄《よ》りにソームズの乗った革製《かわせい》の車椅子《くるまいす》が見える。不気味な植物の茎《くき》のように高くのびる鎖《くさり》とロープの近くだ。すぐそばにジョーとエティがいて、二人の隣《となり》に——親しげに、脅《おど》すようにぴったりくっついて——小柄《こがら》なティーチが立っている。布《ぬの》をはぎ合わせたおなじみのコートを着て、片手《かたて》に剣《けん》を軽く握《にぎ》っていた。

スカーレットは急いでトラックを広間のなかほどまで走らせると、止まる直前にハンドルを切り、四人のほうに車の後部が向くよう方向転換《てんかん》した。エンジンを切る。急に静寂《せいじゃく》の波に包まれた。嚙《か》んでいたガムを吐《は》きだし、ポケットに残っていた最後の一枚《まい》を取り出して、折って口に放りこむ。それからトラックをおりた。

スカーレットはトラックをうまく止《と》めていた。四人は待ちきれない観衆《かんしゅう》のように後部ドアの前に扇状《せんじょう》に並《なら》んでいる。スカーレットはトラックのわきを通って四人のほうにゆっくり歩きながら、大事なことを頭に入れた——自分が生きのびるために役立ちそうなことを。

それまで気づかなかったが、ほかに組合員の男が四人、壁沿《かべぞ》いの暗がりに立っていた。ティーチのボディガードで、全員大きなハンチング帽《ぼう》を目深にかぶっている。確《たし》かめるまでもなく、必要な武器《ぶき》をすべて体のあちこちに装備《そうび》していることをスカーレットは知っていた。戦いが始まれば、巧《たく》みに入りこんでくるだろう。

スポットライトがティーチの頭と、ソームズのがっしりした肩《かた》から少しそれたところで光っている。ティーチは不気味なほどくつろいでいた。剣《けん》のほかに——どのみち、剣《けん》だけで十分だが――ベルトに銃《じゅう》を用意している。ソームズは見える範囲《はんい》では目立った武器《ぶき》や防具《ぼうぐ》を備《そな》えてはいない。今日はこげ茶のスーツに細縞《ほそじま》の入ったカラシ色のシャツを着て、ポケットから黄色いハンカチをのぞかせていた。両手を大きな太ももに置き、片方《かたほう》の太いひじを白と黄の花飾《はなかざ》りのある小さな目覚まし時計の上に乗せている。

時計の長針《ちょうしん》と短針《たんしん》が12に重なるところだ。

「ソームズさん。ティーチさん」スカーレットは自信たっぷりに円形の明かりのなかに進み出た。全員ににっこりほほえみかける。

「きみはいつも粋《いき》な登場のしかたをするな」ソームズがいった。

「でしょ」スカーレットはソームズから視線《しせん》をそらした。「やっほー、エティ。元気？」

小さな女の子がうれしそうな笑顔を向けてくる。そこには驚《おどろ》きも、恐怖《きょうふ》や動揺《どうよう》もなく、スカーレットがあらわれたことへの喜《よろこ》びだけがあった。ウルフズヘッド・インのパブにいるときと変わらない。ただ、髪《かみ》がひどく乱《みだ》れていて、服もすり切れて破《やぶ》れていそうだ。エティは床《ゆか》に散らばった紙とたくさんのクレヨンのそばに座《すわ》って、せっせと何か描いている。

孫娘《まごむすめ》とちがい、ジョーはこの一週間に不自由な目にあわされた形跡《けいせき》がどことなく残っていた。もしかして腰《こし》がさらに曲がった？　顔のしわが濃《こ》くなった？　それでも、ふしくれだった手を両わきで握《にぎ》りしめ、やせたあごをあげて、挑《いど》むように目をぎらつかせて周囲《しゅうい》の悪らつな男たちを見ている。ジョーの落ちつきと静かな威厳《いげん》にスカーレットは胸《むね》がいっぱいになった。

「ジョー。戻《もど》ってきたわ」

老人は重々しくうなずいた。「来ると思っていた」

スカーレットはほほえんだ。

「まあ、ぎりぎりになるだろうってことも予想していたがな」

スカーレットはせき払《ばら》いした。「ああ、それ。じつは来る途中《とちゅう》で二、三妨害《ぼうがい》にあって」

「妨害《ぼうがい》？」老人は鼻の穴《あな》をふくらませ、まゆを逆立《さかだ》てた。「そりゃそうだろう！　あの時計を見ればわかる！　あと二分で正午だ！　あれ以上時間の単位を細かく表示《ひょうじ》はしてくれん！」

「ええ。わかってる。なんとかがんばったわ」

「まあ、上出来とまではいえんな。この悪者たちはわしをフクロウに差しだす準備《じゅんび》をしてたんだぞ！　午前中ずっとそれにかかっていた。わしの体重を量り、わしのシャツを肉の油に浸《つ》け、目立つようわし専用《せんよう》の鎖《くさり》まで用意した！」

「ジョー、ごめんなさい」スカーレットはいった。「もう心配いらない。あたしが解放《かいほう》しに来たから」

「よかった。そもそもここにわしらがいるのは、あんたのせいだからな」

スカーレットの笑顔がゆらいだ。「もう、わかったから、いい加減《かげん》その憎《にく》まれ口を――」

車椅子《くるまいす》からソームズの深く響《ひび》くようなクスクス笑いが聞こえた。邪魔《じゃま》なほど多い金髪《きんぱつ》の巻《ま》き毛が愉快《ゆかい》そうにはねる。「いやあ、家族だ。家族はいいね！　家族はわたしたちを試すためにもたらされる！　スカーレット、わたしは喜《よろこ》んでいるよ。きみが失った家族に代わる新しい家族を見つけられてよかった。このいまいましいじいさんはちょっとつきにくくて、慣《な》れるのに時間がかかるタイプだが、やつのかわいい孫は別だ」ソームズのシャツのえりの内側でひだの寄《よ》った皮膚《ひふ》がふくれ、大きなピンクの頭がエティのほうに傾《かたむ》いた。「この子とちょっと楽しい会話をした。もちろん、ふつうの会話をしたわけじゃない。この子はもっと面白い。ペンを動かし、色をつけて、曲線や強い線を描《えが》くことで意思を伝えてくる！　もっとも、きみはすでにそのあたりのことを全部知っているだろうが」金縁《きんぶち》の鼻メガネの奥《おく》で、たるんだまぶたにはさまれた小さい目が明るく輝《かがや》く。「要するに、小さいエティにさよならをいうのはつらいってことだ。だが、いわねばなるまい。あとは、わたしたちがどんな形でさよならをいうか。それは、スカーレット、きみ次第だ」

　まさに予想していたとおりの大げさな歓迎《かんげい》ぶりだ。スカーレットはそのあいだに敵《てき》の位置を見積もることにした。ソームズとティーチは手前の輪のなか、ほかの四人は奥《おく》、フクロウは頭上、鎖《くさり》はすぐそばでゆれている。そして、背後《はいご》にトラックの後部ドア。ボディガードとフクロウを別にすれば、どれも一、二メートルの距離《きょり》だ。これもほぼ予想どおり。いい状況《じょうきょう》とはいえないまでも、悪いともいい切れない。

「いいわ。ただ、始める前にその時計を止めてちょうだい、ソームズさん。見てのとおり、こうして戻《もど》ってきたでしょ」

ソームズは薄笑《うすわら》いを浮《う》かべた。無言でひざに置いた小さい目覚まし時計のほうを見る。とつぜん、ソームズの視線《しせん》に反応《はんのう》したかのように時計が動きだした。はねたり震《ふる》えたりしながら、ソームズのひざの上で踊《おど》り、けたたましくベルが鳴る。異様《いよう》に不快《ふかい》な音だ。狂《くる》ったような時計の動き方もなんとなくおぞましい。スカーレットもジョーもエティも——ティーチでさえも——目がその時計に釘《くぎ》づけになった。まるで頭のおかしい小型《こがた》生物の断末魔《だんまつま》の苦しみを見ているみたいだ。早く楽にしてあげたくて、金づちとか木づちとか、とにかく一撃《いちげき》で静められそうなものを探《さが》したくなる。

ソームズは肉づきのいいピンクの大きな指を伸《の》ばし、レバーをそっと動かして激《はげ》しく震《ふる》えるベルを止めた。音が止む。

ソームズは笑顔をみんなに向けた。「正午だ」

はるか頭上で何かが激《はげ》しくこすれる音と、ひどく興奮《こうふん》したフクロウの鳴き声が聞こえた。

「フクロウたちはわかっている」ティーチが初めて口を開いた。はげた頭がアーク灯の下でしゃれこうべのように白く光る。ティーチはちらっと鐘塔《しょうとう》の暗がりのほうを見あげた。「目覚まし時計の音の意味をちゃんと知っている。そのあと何があるかもだ。毎回ベルの音で血への欲望《よくぼう》が騒《さわ》ぎ出す。共食いし出すこともある」

スカーレットは前に進み出た。「よかった。だって、あいつらの今日の昼食はそれしかないでしょ。時計のベルが鳴ったとき、もうあたしはここにいたんだから」

「そのとおり！」ジョーが叫《さけ》んだ。「わしが請け合《う》う」そこで元気よく手をたたいた。「さてと、エティとわしは明らかにお役ごめんだ。あとはあんたたちで話し合ってくれ。座《すわ》ったままでかまわんよ、ソームズ。出口は自分たちで見つけるから」

ジョーが足を踏《ふ》み出そうとしたとき、すかさずティーチが剣《けん》をすっと上げ、ジョーののどに切っ先を突《つ》きつけた。大型《おおがた》の車椅子《くるまいす》に座《すわ》るソームズのバカでかい体が前に傾《かたむ》き、一緒《いっしょ》に影《かげ》もかがんだ。「スカーレット、確《たし》かにきみはここにいる！　だが、何を持ってきた？　その確認《かくにん》が残っている。一週間前の取り決めからすれば、きみはまだ〈埋没都市《まいぼつとし》〉の人工遺物《いぶつ》をわたしたちに手渡《てわた》してはいない。しかも、悲しいことに正午は過《す》ぎた」ソームズの口がゆがんだ形にすぼまる。「つまり、どうなるかはまだわからないってことだ」

スカーレットはほほえんだ。「正々堂々《どうどう》と勝負してくれるって思ってたわ」

「それはすべて、きみが持ってきた物しだいだ」ソームズは大げさな身ぶりをした。「ひょっとすると、きみの数々の裏切《うらぎ》りをすぐに許《ゆる》すかもしれない。そうなれば、きみたちはティーチ

からキスと祝いの言葉をあびて、浮《う》かれ気分で家に帰れるかもしれない
「キスうんぬんは省略《しょうりゃく》してもらって結構《けっこう》だ」ジョーがいう。

「あるいは、逆《ぎゃく》の結果になるかもしれない」ソームズは続けた。「それは誰《だれ》にもわからない。つけ加えることはあるか、ティーチ？」

「ある」そう答えるのはティーチのちょっとした癖《くせ》だった。剣《けん》をぬいたまま握《にぎ》っているときはいつも、じっとしていられない。剣《けん》の鋭《するど》い刃先《はさき》をつねに小刻《こきざ》みに動かしたりゆらしたりして、まるで心臓《しんぞう》や首を貫《つらぬ》く予行演習《えんしゅう》をしているみたいに、巧《たく》みな突《つ》き技《わざ》や切る技《わざ》を軽く披露《ひろう》する。今も剣《けん》をひねったが、手以外は石のようにじっと動かなかった。「一つ質問《しつもん》がある。小僧《こぞう》はどうした？」ティーチのまなざしがスカーレットに注がれる。「アルバート・ブラウンはどこだ？」

スカーレットは片手《かたて》をあいまいに振《ふ》った。「アルバート？　外で待ってるわ」

「なぜ？」

「こちらの誠意《せいい》よ。ほら、あの子には例の……能力《のうりょく》があるから。とにかくお二人には絶対《ぜったい》に怪《あや》しまれたくないので――とくに今回は……大事な取引でしょ。だから、アルバートを外に残して、あたしは武器《ぶき》を持たずにやってきたの」

「そんな話は信じない」ティーチはいった。

「ウォルトに聞いて。アルバートは今、外にいるから」

ソームズの巨体《きょたい》が急にいらだたしげに動いた。メガネ越《ご》しにスカーレットをにらみつける。

「見張《みは》りのウォルトのことをいっているなら、何であろうとやつにたずねるつもりは毛頭ない。どのみち、その子の居場所《いばしょ》よりトラックの中身のほうがはるかに興味《きょうみ》がある。アッシュタウンに行ったんだな？」

「見てのとおり」

「発掘現場《はっくつげんば》に強盗《ごうとう》に入ったんだな？」

「入ったわ。そこで一番上等な人工遺物《いぶつ》を盗《ぬす》んできた」

「すばらしい！」ソームズは満足そうに舌《した》を鳴《な》らした。車椅子《くるまいす》にゆったり背中《せなか》を預《あず》ける。「正直、わくわくしている。スリルとサスペンスにあふれているじゃないか、ジョー？　劇的《げきてき》場面だ。連続旗を出せ、ティーチ。ティンパニーの連打開始だ。さあ、スカーレット、きみの番だ」

ここ数年スカーレットは、偽《にせ》の宗教的《しゅうきょうてき》工芸品を七国じゅうの町のだまされやすい人や浅はかな人に売る経験《けいけん》を山のように積んできた。おかげで感情《かんじょう》を顔に出さないこつも、不利な証拠《しょうこ》をあれこれつきつけられても、明るく自信を保《たも》つ術《すべ》も身につけた。今は多少状況《じょうきょう》がちがう――ちょっと危険度《きけんど》が高い――が、本質的《ほんしつてき》には一緒《いっしょ》だ。そこで、スカーレットはトラックのほうに戻《もど》りながら、木箱のなかに価値《かち》のあるものは何も入っていないという非情《ひじょう》な現実《げんじつ》に気を取られないようにした。どの木箱も実際《じっさい》には土と石と道ばたの砂利《じゃり》しか入っていない——ひと箱を除《のぞ》いて。

スカーレットはジョーの厳《きび》しいまなざしをうなじに感じた。ティーチの鋭《するど》い探《さぐ》るような視線《しせん》もソームズの小さな目のやさしい視線《しせん》も感じる。

すべては演技《えんぎ》にかかっている。スカーレットは手をさっと伸《の》ばして後部ドアの留《と》め具をはずすと、勢《いきお》いよく開けてこれ見よがしに横にずれた。

沈黙《ちんもく》が広がった。ティーチは歯のあいだから音を立てて長い息を吐《は》いた。ソームズは硬《かた》い岩のように車椅子《くるまいす》に座《すわ》ったままだ。

「貧相《ひんそう》なみやげだな」ジョーがいった。

スカーレットはトラックのなかをのぞいた。七つの箱は期待していたほど見栄えがよくなかった。通路の曲がり角でハンドルをすばやく切り返しているあいだに、だいぶ振《ふ》りまわしたらしい。大きな重い木箱はドアのそばから少しも動いていなかったが、それ以外は網《あみ》かごのなかでかなり乱雑《らんざつ》に散らばっていた。ただ、少なくとも中身が飛び出ている箱は一つもない。これは幸運としかいいようがない。

「さて」ソームズはいった。「わたしの鼻メガネが汗《あせ》まみれの期待で曇《くも》っているのか、それとも、トラックが半分空なのか？　どうだ、ティーチ？」

「半分以下だぞ、ソームズ。三分の一も埋《う》まっていない」

「取り決めはどうだった？」

「貨物トラックに〈埋没《まいぼつ》都市〉から掘《ほ》り出されたとっておきのお宝《たから》を詰《つ》めこんでくること」

「そのとおり」ソームズの頭がまだらなピンクに輝《かがや》いている。ソームズはポケットからハンカチを出して顔のあちこちに押《お》し当てた。「スカーレット・ジョセフィーン・マッケイン。きみは何年も前にひどく困《こま》ってここへやってきた。はっきりいえば、死刑囚《しけいしゅう》だった。翌週《よくしゅう》、いや翌《よく》日《じつ》あのままだったら、水路で溺死《できし》するか、市場の処罰柱《しょばつばしら》につり上げられていただろう。わたしたちに受け入れられたことをおぼえているか？　その体を治し、心を治した。われわれが授《さず》けた技《わざ》は今でもきみを支《ささ》えている。わたしの目を見て、このつぶれた箱ばかりのお粗末《そまつ》な積み荷が、その投資《とうし》に見合うものだと本当にいえるか？」

　正直、そうはいえない。スカーレットは何とか弱い笑みを作り続けた。「ああ、でも、木箱の数がすべてじゃないわ。大事なのは中身でしょ。ここにある略奪品《りゃくだつひん》はアッシュタウンの発掘《はっくつ》現場《げんば》で一番高価《こうか》なものよ！　さびもなく奇跡的《きせきてき》に保存《ほぞん》されていた古き時代のヘンテコな機械なの！　ほとんど完璧《かんぺき》だから、きっと驚《おどろ》くわ。機械に備《そな》わった不思議な知識《ちしき》に身震《みぶる》いするわよ！」スカーレットは一番大きい木箱のほうに片手《かたて》を振《ふ》りながら、うなずいてみせた。

ソームズがひるんだ。「おい、目をパチパチさせてわたしを見るな！　気持ち悪い」

「同感だ」ティーチがいった。「オオカミが気を引こうとしているみたいだぞ。それに、その押《お》し売り的な宣伝文句《せんでんもんく》もやめたほうがいい。われわれは〈信仰院《しんこういん》〉の外に並《なら》んでいる愚《おろ》か者とはちがう。調子のいい言葉でだまされやしない」

「百聞は一見にしかずよ。見てちょうだい」

スカーレットが話しているとき、遠くで何の音かよくわからない物音がした。大広間の床《ゆか》が震《ふる》え、鐘塔《しょうとう》の丸天井から黒いちりが雪のように落ちてきた。

ソームズとティーチが顔を見合わせた。「外で何か起こっている」ティーチがいった。

「あたしは知らないわ」スカーレットはいった。胃《い》がねじれる感じがする。アルバート……乾《かわ》いたくちびるをなめた。

ティーチが眉間《みけん》にしわを寄《よ》せた。剣先《けんさき》を床《ゆか》に押《お》しつけ、さりげなく柄《つか》に寄《よ》りかかる。「われわれを担《かつ》ごうとしてないだろうな？」

「あたしがそんなことすると思う？」

「おまえたちなら何だってするだろう。おまえの相棒《あいぼう》だ――外にいる。よからぬことを企《たくら》んでいるな」

「あたしとは関係ないわ」

「そうだといいが」ソームズがいった。見せかけのユーモアはすでに、あたりに舞《ま》い落ちるちりのように、ゆっくりとどこかに落ちてなくなっていた。「まあ、うちの連中が見に行くだろう……話のほうももうたくさんだ。ティーチ、ジョーとエティの隣《となり》に立て。スカーレットが最初の箱を開けて、中身がわたしたちの満足のいくものでなければ、じいさんを殺《ころ》せ。スカーレットが最初の箱を開けて、同じ結果なら、小さい孫娘《まごむすめ》を殺《ころ》していい。二人の死骸《しがい》をフクロウに食わせよう。スカーレットも一緒《いっしょ》に塔《とう》に行くことになるな。スカーレット、さあ続けて」

「いいわ」スカーレットはエティのほうを見ないように気をつけた。もしかすると、ほんの一《いっ》瞬《しゅん》ジョーと目が合い、その目に絶望《ぜつぼう》を見て取ったかもしれない。トラックのほうを向き、一番大きい木箱に手を伸《の》ばしかけて、そらした。

ティーチはスカーレットのためらいに気づいていた。「なぜその大きい箱にしない?」

「これが一番いいものなの。希少でとても価値《かち》がある。だから最後にしようと思って」

「いや、それから開けろ」

ほんの少し気が進まないそぶりを見せつつ、スカーレットは一番大きい木箱を引き寄《よ》せた。木箱がトラックの縁《ふち》に乗り、傾《かたむ》き始める。かなり重い。スカーレットは木箱をゆっくりおろして、トラックと床《ゆか》に渡《わた》すように立てかけると、机《つくえ》のほうに正面を向けた。

確《たし》かではないが、こすれるような音が聞こえた気がするし、木箱のなかからはっきりとした

振動《しんどう》が伝わってくる。だが、壁《かべ》にかかっている時計の音や、背後《はいご》の照明の低い機械音のせいで
ソームズもティーチもほかの誰《だれ》も気づいていない。

ソームズが自分のひざを指でたたいている。「さあ、見せろ」

「何も入ってないんじゃないか？」ティーチがいった。

「あら、すごいものが入ってるわ」スカーレットはいった。「本当よ」

細長い木箱の上に取っ手がついて、ふたが開けやすくなっていた。南京錠《なんきんじょう》で厳重《げんじゅう》に守られて
いる。スカーレットはポケットから鍵《かぎ》を取り出し、南京錠《なんきんじょう》をはずして投げ捨《す》てた。

木箱の取っ手を握《にぎ》り、大事な友だちと宿敵《しゅくてき》を同じように見まわす。

ソームズは期待に口を開けて身を乗り出している。

ティーチはジョーの首の後ろで剣《けん》を構《かま》えている。

ジョーはやつれた顔でじっと立っている。

そして、エティは――小さなピンク色の手にクレヨンを握《にぎ》りしめたまま、手を止めてスカー
レットを見あげてほほえんでいる。

スカーレットはエティににっこりほほえんでウィンクした。

それから、木箱を開けた。

23章

　ここを動いてはだめだ。とにかくここにいるんだ――スカーレットがなかに入るまでは。これほどつらい思いをしてやらねばならないことなど、めったにない。これをすませてしまえば、死を待つことなんてかんたんだ。

　アルバートは通りのつきあたりの、壁《かべ》の影《かげ》がさす場所に立って、背後《はいご》で遮断扉《しゃだんとびら》が音を立てておりていくのに耳をすましていた。扉《とびら》が最後を告《つ》げる耳ざわりな衝突音《しょうとつおん》を立て、アルバートをスカーレットと友だちから切り離《はな》した。それこそ望んでいたことだ。物事が単純《たんじゅん》になる。

　アルバートは道の両側に立つ何の物音もしない倉庫を見た。見捨《みす》てられているわけではないし、荒廃《こうはい》もしていないが、どれもパッとしない――窓《まど》は汚《よご》れ、塗料《とりょう》はあせている。ストウの町に漂《ただよ》う窮屈《きゅうくつ》さやだるさに、〈ストーンムア〉の療養室《りょうようしつ》にいた子たちの顔を思い出す。あたりには誰《だれ》もいない。銃《じゅう》を持った組合員六人はすでに建物のなかに戻《もど》り、目に入るのはロッキングチェアに座《すわ》っている見張《みは》りの男だけだ。少なくともその男は幸せそうだ。そばに置いてある魔《ま》法《ほう》ビンを手に取り、黄色っぽいスープをボウルに注いでいる。

アルバートは町並《まちな》みの向こうに目をこらした。畑地に土ぼこりの雲のように見えていたものは黒い車となり、スピードをあげて丘《おか》に向かってくる。そして、町の門のほうに消えた。五分後にあらわれるだろう。

アルバートは見張《みは》りの男にゆっくり話しかけた。「ねえウォルト、この古い作業場は誰《だれ》のもの？」

見張《みは》りの男はポケットから取り出したスプーンで、スープに意外なものでも入っているかのようにボウルの中身をつついている。「おれたちのもんだ。同業組合の。保管《ほかん》場所とかそのたぐいだな」

「今、誰《だれ》かいる？」

「この時間はいねえ。昼休みだ」

アルバートはゆっくりうなずいた。「よかった。もうすぐ人と会わなきゃいけないんだ。この道で。ウォルトもなかに入ったらどうかな？　それか、ここから遠いところか」

「内緒話《ないしょばなし》か？」見張りの男は口いっぱいにスープを含《ふく》んだ。

「まあ、そんなとこ」

男はうなずき、スプーンでぞんざいな敬礼《けいれい》をした。「そういうことなら、もちろん持ち場を放り出してちょっとばかりなかに行ってくるさ。おまえがおしゃべりに花を咲《さ》かせるあいだ、ソームズさんの門を空っぽにしてな。お安いご用だ。喜《よろこ》んでやってやるよ、名無しの少年。ゆっくりやんな」

アルバートは男を見た。「ほんとに？」

「んなわけあるか、バカやろう！　おい、だいじょうぶか？　皮肉もわからねえのかよ？」

「多少はわかるけど」アルバートは弱々しく笑った。「今のはよくわからなかった」

アルバートは歩道からおりて、ぎらつく太陽の光のなかに出ると、倉庫の入口から数メートル移動《いどう》した。そのあいだにも、頭のなかを探《さぐ》ろうとする存在《そんざい》を再《ふたた》び感じた。ゆっくりした動きでアルバートの思考を引っかき回すように調べている。腹《はら》をすかせた犬がゴミ箱をあさっているみたいだ。その感覚がどんどん強くなってくる。アルバートはその存在《そんざい》を追い出そうとはしなかった。相手のねらいはわかっている。こちらの正確《せいかく》な位置をつきとめ、動機を探《さぐ》ろうとしているのだ。それでいい。こっちも見つかるのが望みだ。

アルバートの背後《はいご》で、見張《みは》りの男はまたスープに気を取られていた。スプーンのこすれる音や、再《ふたた》び動き出したロッキングチェアのリズミカルにきしむ音が聞こえる。アルバートはスニーカーで土ぼこりのなかに立ち、両手をわきにゆったり下げていた。

通りに並《なら》んだ建物の入口に、影《かげ》が見物人のように集まっている。鳥の群れはとうに屋根からいなくなっていた。道にはまったく人気がない。日ざしのなかで小さな土ぼこりがくるくる舞《ま》っている。目に見えない子どもが通りで駆《か》けっこしているみたいだ。

探《さぐ》られる感覚がとつぜん消えた。アルバートがどこへも行かないと納得《なっとく》し、手を引っこめたらしい。アルバートは再《ふたた》び一人になった。スカーレットに思いをはせる。敵《てき》の領内《りょうない》に入り、時計の間に足を踏《ふ》み入れるところが頭に浮《う》かぶ。また、スカーレットのあとを追いたい衝動《しょうどう》にかられた。相棒《あいぼう》がそうするようにスカーレットのそばにいたい。

だが、もうかなわない。手遅《ておく》れだ。

車体の長い、黒い車が町の門のほうからやってきて、通りの奥《おく》の角を曲がった。かげろうのなかで溶《と》けてしまったように見える。まるで決まった形のままでいるのをいやがっているかのようだ。太陽の熱がエンジン音をかき消している。スピードを出して走ってきた車は急に速度をゆるめ、まだアルバートまで建物二棟分離《むねぶんはな》れた路上でくるりと向きを変えた。ななめに停車《ていしゃ》したまま動かない。車体は黒光りし、タイヤから土ぼこりが舞《ま》いあがる。

アルバートは待った。背後《はいご》でロッキングチェアのきしむ音が聞こえる。

工作員のマロリーが車からおりてきた。かげろうのせいで、その姿《すがた》が分かれたりゆれたりする。二つに分かれていたのが三つになり、そして、一つになった。マロリーは運転していなかった。偉《えら》い立場ということらしい。後部席のドアを閉《し》め、道にちょっと踏《ふ》み出したところで、ふと思いついて足を止め、引き返して運転席の窓《まど》のところで何かいった。すぐにエンジンがかかり、車は少し後退《こうたい》してから急角度で曲がり、来た道を戻《もど》っていった。

若《わか》い男が一人、道の真ん中に残った。

アルバートとマロリーは長いアスファルト舗装《ほそう》の路上で向き合った。マロリー自身は昨夜の出来事の影響《えいきょう》を受けたようには見えなかったが、コートの縁《ふち》が焦《こ》げ、焼け跡《あと》もあちこちにある。風にコートのすそがひるがえり、髪《かみ》が額《ひたい》を打った。

アルバートはセーターの乱《みだ》れを直し、ズボンを少し引きあげた。そのうちベルトを買わないといけない。指を曲げたり開いたりしながら、軽く苦笑いをした。

「来たね」アルバートはいった。

マロリーは眉《まゆ》を寄《よ》せ、耳に手を当てて何かいったが、アルバートには聞こえなかった。

「何？」アルバートは呼《よ》びかけた。「聞こえなかった」

「きみが何をいったのか聞こえなかった」

「ああ」

見張《みは》りの男がスープから顔をあげた。「もうちょい近づきゃいいだろう」

アルバートは胸《むね》を張《は》り、ゆっくり道を進んだ。マロリーも見張《みは》りの男の提案《ていあん》にかかわらず、同じことを考え、土ぼこりの舞《ま》うなかをこっちに歩いてくる。

二人は立ちどまった。十メートルほどまで距離《きょり》が縮《ちぢ》まった。

「さっきよりはいい」マロリーはいった。

アルバートがマロリーをじっくり見るのは監房《かんぼう》で話をして以来だ。確《たし》かに——スカーレットのいうとおりだ。ひびの入った鏡の前に立っている感じがする。マロリーにはどこか通じるところがある。それがアルバートをひるませてもいた。大きすぎるコートやオイルで固めた髪《かみ》ではなく、つねに顔に浮《う》かべている人当たりのいい作り笑いでもない。目だ。その目のなかに、アルバートがよく知る燃《も》える炎《ほのお》があった。アルバートにそうわかるのは、自分のなかにも燃《も》える炎《ほのお》があるからだ。

その炎《ほのお》を創《つく》り出したのは、〈ストーンムア〉での年月だ。実験や処罰《しょばつ》、機械的におぼえさせられた罪悪感《ざいあくかん》と恥辱《ちじょく》。そうしたものが消えても、炎《ほのお》は残っている。外からの燃料《ねんりょう》がいらないからだ。炎《ほのお》は自力で生きながらえる。内面の痛《いた》みや怒《いか》りをえさにして。アルバートはこれまでずっと、自分のなかの炎《ほのお》にふたをして消そうとしてきた。だが、結局はおさえられずに〈恐怖《きょうふ》〉となって爆発《ばくはつ》してしまった。それに対し、マロリーは炎《ほのお》をきちんと制御《せいぎょ》している。つねに炎《ほのお》の世話をし、かき立ててはその熱を楽しんでいる。外見は冷静でよそよそしいが、自制《じせい》という檻《おり》のなかは竈《かまど》で、火は燃《も》え広がってすみずみまで占領《せんりょう》している。そこには優《やさ》しさも気安さも寛容《かんよう》さも残っていない。全部燃《も》え尽《つ》きてしまっていた。

アルバートはマロリーに深い同情《どうじょう》をおぼえた。

「コートのこと、すまない」アルバートはいった。「ちょっと焦《こ》げてる」

「いっちょうらだったんだ」マロリーはにっこりした。「だが、だいじょうぶだ。正直に認《みと》めよう。昨夜きみがやったことには驚《おどろ》いた。鉄のヘルメットを利用したうまい手口だった。まったく不意をつかれたよ。それに、そのあと——きみもやればできるじゃないか」

アルバートはうなずいた。「めちゃめちゃにしてしまって反省している。もう落ちついたかな」

「落ちついたかって?」マロリーの笑顔がいぶかしげにゆがんだ。「とんでもない! 最初の混乱《こんらん》は一応《いちおう》しずめたし、火事はおさまった。〈堕種《だしゅ》〉のうち二匹《ひき》は広場で死んでいたが、もう一匹《ぴき》が見つかっていない。必ず見つけるけどね。だが正直、何もかもが困《こま》った状況《じょうきょう》だ。問題は、人々が救《すく》いがたいほど愚《おろ》かだってことだ。きみも気づいたんじゃないか? あのとき、観衆《かんしゅう》があれほど動揺《どうよう》して、能《のう》無しの羊みたいにあちこち突進《とっしん》したりしなければ、損害《そんがい》はごくわずかですんだし——わたしもきみが屋根を乗り越《こ》えて逃げる前に追《お》いつけた。それに今、町民たちのあいだで怒《いか》りが噴出《ふんしゅつ》している。しかも、その矛先《ほこさき》はきみたちだけでなく、〈信仰院《しんこういん》〉にも向いているんだ。あの大失態《しったい》をわれわれのせいにしている」マロリーは首を振《ふ》った。「わがままな無法者コンビが引き起こした騒《さわ》ぎの大きさには、まったく驚《おどろ》かされる」

「ぼくたちを放っておいてくれればよかったんだ」

「いや、きみたちはうっとうしくてたまらない」マロリーは白く冷たい手でそで口を直した。「さてと、これからの展開《てんかい》はおたがいわかっているが、きみが泣いて慈悲《じひ》をこう前に正直に伝えておかなければならない。今回は逃《に》がすことはできない」

アルバートは相手を見た。「ぼくが何をするって?」

「泣いて慈悲《じひ》をこう。命ごいをする。ミルトンキーンズの監房《かんぼう》ではその機会があった。だが、今は事情《じじょう》がちがう。昨夜、広場であれだけの騒《さわ》ぎを引き起こした以上、最高議会との休戦協定の案は一切なくなった。きみが十四の神に向かって叫《さけ》びたければ、ひざまずいても構《かま》わないが、大して効果《こうか》はないだろう。残念だが」

「ぼくは慈悲《じひ》をこうつもりはない」

「ない?」マロリーはさりげなくまわりを示《しめ》すそぶりをした。「だが、いつもみたいに頭にスカートをかぶって逃《に》げようとしていないから、てっきり……」

アルバートは片手《かたて》をあげた。「それどころか、きみを待ってたんだ。提案《ていあん》がある」

一瞬《いっしゅん》、間があってから、マロリーは声をあげて笑った。感心したように目が細くなる。「きみの意図はわかった。なるほどね。今回は一緒《いっしょ》に食べるフルーツのボウルがないのが残念だ。さあ、続けてくれ。あと十分で車が戻《もど》ってくる。きみの提案《ていあん》というのはなんだ、アルバート・

ブラウン？」

「かんたんだ。ぼくらと手を組まないか？」

「きみとスカーレットと、ということか？」笑顔がさらにくずれる。「それは光栄だが……本当にスカーレットも一緒《いっしょ》かい？　さっき、彼女《かのじょ》が去ったときに、きみの不安を感じられた。なかでうまくやれていると思うか？」

アルバートもそれを考えていた。建物の圧倒的《あっとうてき》な静けさが背中《せなか》に冷たく感じられる。今ごろスカーレットはジョーとエティと一緒《いっしょ》にいて、トラックを開けて木箱を運び出そうとしている……。「きっとうまくやるよ。数分もすれば外に出てくる。まちがいない」

焦《こ》げ跡《あと》のついたコートがよじれた。マロリーが両手をポケットにつっこみ、体を軽くゆらしている。日ざしがピカピカの靴《くつ》に反射《はんしゃ》してきらめく。「きみの前向きなところはいいと思うが、わたしの意見では、彼女《かのじょ》はもう死んでいる。だが、きみの提案《ていあん》について話そう。わたしも無法者になれと？」

「そうじゃない。ぼくはきみに自由になってほしいんだ。〈信仰院《しんこういん》〉からも町からも」

マロリーはゆっくりうなずいた。「きみのいう自由の意味はわかる気がする。水たまりの雨水を飲み、焼いた泥《どろ》ネズミを星空の下で浮浪者《ふろうしゃ》仲間と食べる。文化的生活からはほど遠い、不《ふ》潔《けっ》で貧《まず》しい気楽な生活……いや、遠慮《えんりょ》する。あいにく、あまり魅力《みりょく》を感じない」

「泥《どろ》ネズミはほんとにうまいよ」アルバートはいった。「皮をはいで、ちゃんと味をつければね。だけど、大事なのはそこじゃないんだ、マロリー。きみは誰《だれ》のために働いてるのかを考える必要がある。ミルトンキーンズで〈信仰院《しんこういん》〉の会議室にいたとき、最高議会の男のいうことを聞いたよね。きみのこともぼくのことも逸脱者《いつだつしゃ》と呼《よ》んでいた。きみはどんな気持ちなの？」

若者《わかもの》は細い肩《かた》をすくめた。「誇《ほこ》らしい。なぜなら、わたしは紛《まぎ》れもない逸脱者《いつだつしゃ》だからだ。自分の暗い衝動《しょうどう》をおさえることに成功した逸脱者《いつだつしゃ》だ。わたしは〈ストーンムア〉に来たころ、怪《かい》物《ぶつ》のようだった。だが、人格《じんかく》を矯正《きょうせい》され、作り変えられ、よみがえった。邪悪《じゃあく》な子どもがいい人間になった……確《たし》かこの話はもうしたはずだ。そして、きみはわたしと同じ道を選ぶ機会を失った。だが、うれしいことに〈ストーンムア〉では、ほかにも前途《ぜんと》有望な子たちが頭角をあらわしてきている。だから、もうわたしだけということもないだろう」

アルバートはぞっとした。「ぼくらのような子たちがたくさんいるのか？」

「きみのような子はいないことを願っている！　幸い、もうすぐ社会の貴重《きちょう》なメンバーとして加わるだろう。そうなれば、一緒《いっしょ》に町を悩《なや》ます問題をはじから片《かた》づけていける。〈堕種《だしゅ》〉、反体《たい》制《せい》派《は》の連中……それに、あそこでうとうとしている組合員のような犯罪者たち」

マロリーはアルバートの後方の、通りの少し先にあるロッキングチェアを指さした。見張《みは》りの男はすでにスープを飲み終え、椅子《いす》に頭を預《あず》けて腹《はら》の上で手を組んでいる。真昼の明るさを楽しんでいるらしい。椅子《いす》がゆっくりゆれている。男は目を閉《と》じていた。

「あの人は問題じゃない」アルバートはいった。「問題なのはきみだ。きみは自分をごまかしてる。だって、きみが社会から尊重《そんちょう》されることは決してないんだ。わからない？　そこが問題なんだよ。指導役《しどうやく》たちはきみを忌《い》み嫌《きら》い、恐《おそ》れてる」

「ああ、そうだ。そのとおりだし、当然だ。わたしも自分を忌《い》み嫌《きら》い、恐《おそ》れている」

「それって健康的じゃないよね？　そのくせ、きみはその人たちのために何よりも恐《おそ》ろしい仕事を次々にやらされてる。彼《かれ》らには力がなくてできないからだ。だから、忌《い》み嫌《きら》う相手でも我《が》慢《まん》してるんだ！　けど、きみが不要になればすぐに、その状況《じょうきょう》は終わる。そうなれば、きみもぼくのように絞首台《こうしゅだい》に立たされる」

工作員のコートのすそがひるがえった。若者《わかもの》を包む空気が変化する。初めて顔に怒《いか》りがあらわれた。

「そのとおりだってわかってるはずだ」アルバートはいった。

「たわごとだ」マロリーはとつぜんてきぱきと話しだした。「アルバート、きみが絞首台《こうしゅだい》に送られたのは日々犯罪《はんざい》に手を染《そ》めているからだ。それこそきみが認《みと》める気になれない真実だろう。わが国は分裂《ぶんれつ》し、崩壊状態《ほうかいじょうたい》にある。だから、実力者たちが秩序《ちつじょ》と文化を強要する権利《けんり》を持っている。そうでなければ、どうなる？　泥棒《どろぼう》がはびこり、町どうしでいさかいが起こり、〈堕種《だしゅ》〉

がすべてを壊滅《かいめつ》させる。きみやわたしのような人間が過去《かこ》に大きな災《わざわ》いを引き起こした。〈信《しん》仰院《こういん》〉の役割《やくわり》は、そういうことが二度と起こらないようにすることだ。わたしは彼《かれ》らのそばで、その責任《せきにん》を引き受けてきた。きみはちがう。だから今、わたしたちはここにいる」

アルバートは力が体を押《お》してくるのを感じた。強くはないが、一歩あとずさるくらいの勢《いきお》いはある。アルバートは深呼吸《しんこきゅう》し、背筋《せすじ》を伸《の》ばすと、今度はその力を押《お》しやった。「もう一つの責任《せきにん》についてはどう？　きみと同じような人たち——無力で助けを得《え》られない人や、体の弱い子どもたちや、町から追い出された人たち——への責任《せきにん》は？」

マロリーはバカにしたように鼻を鳴らした。「そんなやつらへの責任《せきにん》などない！　この社会は強くなければならない——それが唯一《ゆいいつ》の生き残る道だ。身障者《しんしょうしゃ》や逸脱者《いつだつしゃ》は社会の構成員《こうせいいん》ではない。ということは、拒否《きょひ》し、追い出さなくてはならない。だから、檻《おり》を設《もう》け、町の外の野原に処罰柱《しょばつばしら》を立てている。古くからのしきたりだ。そのおかげで——どうした？　まさか泣いてないよな？」マロリーは話すのをやめて顔をしかめている。「おい、泣いているのか」

確《たし》かにアルバートの目はちょっとうるんでいた。少しのあいだ、心が別の場所にいた。アルバートは監獄《かんごく》でスカーレットの話に耳を傾《かたむ》けながら、スカーレットと一緒《いっしょ》に日ざしのなかに立って、弟のいなくなった鉄柱を見ていた……そのとたん、打ちのめされるほどの悲しみを感じた——スカーレットと弟に対してだけでなく、自分とマロリーに対しても。自分たちはみんな迷子《まいご》だ。アルバートは深く息を吸《す》い、そでで顔をぬぐった。「ぼくには見える」しゃがれた声になった。「いつか、彼《かれ》らはきみのところへやってくる。きみに用がなくなればすぐに。それも、夜中に不意打ちで、大勢《おおぜい》で押《お》しかけてくる。きみは彼《かれ》らの家のなかにいる敵《てき》だ。きみの力も結局、きみを救《すく》ってはくれない」

二人はにらみあった。道の先のポーチの上では、ロッキングチェアのゆれが止まっていた。ウォルトは軽いいびきをかいている。

「さてと」マロリーはいった。「会えてよかった。だが、もう話すことはないな」

マロリーが指を一本あげた。道に落ちていた黄色い石が浮《う》きあがり、ハチドリのようにななめに飛んでアルバートの頭の横に当たった。

アルバートはハッとし、危《あや》うく倒《たお》れそうになった。こめかみに手を触《ふ》れると、血が流れ落ちるのがわかった。

「お願いだ。マロリー、ぼくらはこんなことをする必要はない」

返事はなかった。マロリーは道の向かい側をちらっと見た。倉庫の壁《かべ》に立てかけてある角材が、悪意を持つ生き物のように動き出した。前に飛び出し、日の当たる空中をきらきら回転しながら向かってくる。アルバートは思わず身を投げ、地面に手足をついた。角材が頭の上を勢《いきお》いよく飛び過《す》ぎ、地面を横すべりして止まった。

「ぼくらはこんなことをする必要はない」アルバートのセーターが背中《せなか》の真ん中あたりまでずり上がっている。アルバートはよろよろ立ちあがり、口から土を吐《は》き出した。「きみとぼくは同じなんだ！　きみは自分のことも傷《きず》つけようとしてる」

「きみのいっていることはわけがわからない。それに、なんだそのぼ、く、らって？　きみは何もしようとしていないじゃないか！　ゆうべだって、あの絞首台《こうしゅだい》の上で自分の力をそっくりぶちまけただけだ。きみが友だちを殺《ころ》さずにすんだのは単なる偶然《ぐうぜん》だ。その力も使い果たした。今はもう武器《ぶき》になるものが何もない。きみこそ学ぶべきだった。それこそ――わたしみたいになれるように」

道ばたの石がさらに五つ、宙《ちゅう》に浮《う》きあがった。三メートルほどの高さで停止《ていし》し、力に震《ふる》えている。アルバートはその石を見た。ぼくだって意思の力で石を動かせる。アルバートはほんの数日前の静かな晩《ばん》に、アッシュタウンの発掘現場《はっくつげんば》の換気口《かんきこう》に座《すわ》っていたときのことを思い出した。ただ、あのときはしんとしていたし、気持ちも落ちついていた。とても自分には――。

「花びらを浮《う》かせるよりはマシだな」マロリーはいった。「さてと、どの石でその頭を打ち砕《くだ》いてほしい？　ど、れ、に……」

アルバートは歯を食いしばった。血のついた髪《かみ》を顔から払《はら》いのける。怒《いか》りがわき起こり、全身を駆《か》けぬけ、突風《とっぷう》となって外へ飛び出した――。

マロリーの髪《かみ》がそっとなびき、コートのすそがふわりと浮《う》きあがる。マロリーは立ったまま、体がゆれることすらなかった。うつむいて、土ぼこりの波が靴《くつ》に砕《くだ》けて消えるのを見つめている。「この弱々しい風はきみが起こしたのか？」

「かもしれない」

「おいおい！　元気はどこへいった？　えらそうな態度《たいど》はどうしたんだ？　きみが自制《じせい》力を身につけていれば、そこまで弱くなることはない！　こんなことだってできる」

石がななめに降《ふ》り、アルバートのほうに落ちてきた。一つはよけたが、ほかの石は体に当たり、アルバートは痛《いた》みに声をあげた。とっさに手をあげると、強烈《きょうれつ》な反発力がマロリーのあごを直撃《ちょくげき》し、頭が勢《いきお》いよくのけぞった。

「よせ」アルバートはいった。

マロリーは首をさすりながらあとずさった。「痛《いた》っ。ちょっとはましになったな。だが、まだその場しのぎの感じがする。来い、ほら。もっと力を入れて」

マロリーは作業場の正面に目をやり、ドアのほうに手を向けた。

必死の思いがアルバートのなかでふくらんだ。考える時間はない。「やめろ、マロリー！　ぼくらは同じだ。きみとぼくは！」

「だったら、証明《しょうめい》してみろ」マロリーは難《なん》なくドア板を引っぱって蝶番《ちょうつがい》からはずすと、水平にして空気を切るように飛ばしてきた。アルバートが思いきりのけぞってかわすと、鉄のドア板は回転しながらわきを過《す》ぎ、反対側のレンガの壁《かべ》に深く食いこんだ。壁《かべ》が崩《くず》れ、上の屋根の断《だん》片《ぺん》が横にすべって、瓦《かわら》や梁《はり》が道に落ちてきた。

つきあたりのポーチで、見張《みは》りの男が大声をあげて目を覚ました。ロッキングチェアの上で体を起こし、あたりを見まわしている。アルバートも驚《おどろ》きの目で見つめ、自分の手を見た。

「お、やっといい感じになってきた！」マロリーは叫《さけ》んだ。「今回はみごとにかわしたな！その力はどこから来た？」

「正直わからない」

「それこそがきみの問題だ。きみは自分が何者なのか見ようとしない。そこを切り離《はな》してしまっている。気持ちを楽にして、闇《やみ》を受け入れろ――わたしのように」

マロリーは指を鳴らした。梁《はり》が一本、がれきのなかから引き出され、アルバートに向かってうなりをあげて飛んでくる。アルバートは勢《いきお》いよく手をあげ、梁《はり》の行き先を曲げてマロリーのほうに向けた。マロリーが身をかわすと、梁《はり》は回転しながら通りすぎて、道に突《つ》きささった。表面のアスファルトから槍《やり》のように飛び出ている。

マロリーの顔がパッと輝《かがや》き、目が明るくきらめいた。「どんどんよくなってきた！　立ちどまってよくよく考えなければ、基本的《きほんてき》なことはできるじゃないか！　だが、こんなのはまだ子どもの遊びだ。本物の妙技《みょうぎ》に必要な力はどうだ？」

マロリーの目がアルバートの向こうを見た。渦《うず》を巻《ま》く土ぼこりの雲越《ご》しに見ているのは、こっそり逃《に》げようとしている見張《みは》りの男だった。

「だめだ！」アルバートはいった。「やめろ……」

木が木をこすり、ロッキングチェアが勢《いきお》いよく木のポーチの上を動き出した。椅子《いす》は見張《みは》りの男をすくいあげ――男は痛《いた》みと恐怖《きょうふ》でわめき声をあげて、さらに一メートルほどはねあがった――一緒《いっしょ》に宙《ちゅう》に浮《う》きあがる。

「頼《たの》む、マロリー。あの人をおろせ！」

「今ここで、本当の制御《せいぎょ》力を見せてみろ」マロリーはいった。ロッキングチェアがブランコのように不快《ふかい》にゆれて、遮断扉《しゃだんとびら》に近づいたかと思うと、通りのほうにゆれ戻《もど》る。「ほら、早く。やつを奪《うば》い取れるか？　やつを止めて、無事に地上におろすことができるか？」

ロッキングチェアが風を切ってアルバートの頭をかすめるように飛び過《す》ぎた。アルバートの目に一瞬《いっしゅん》、見張《みは》りの男の生気のない顔とひじかけを握《にぎ》りしめる両手が見えた。マロリーが指を鳴らすと、椅子《いす》は急上昇《きゅうじょうしょう》し、近くの倉庫の屋根を越《こ》えて、そっと落ちていった。遠くで衝突音《しょうとつおん》がした。

「だめか」マロリーは笑顔でいった。「だめそうだな」

アルバートは立ったまま、微動《びどう》だにしない。青ざめるほどの冷たい怒《いか》りが体のなかからわき起こり、全身を伝い、骨《ほね》の髄《ずい》まで染《し》みこんでいく。〈恐怖《きょうふ》〉とはちがう。非道な行いへの嫌悪《けんお》から生まれた冷えきった心のへだたりだった。アルバートにとって初めての経験《けいけん》だ。怒《いか》りはあるのに、心はひどく落ちついている。「きみがあの人を殺《ころ》した」

「まあ、そうだ。物干《ものほ》しロープに引っかかるか、誰《だれ》かのデカいパンツのなかに着地していれば別だが」

「わざと殺《ころ》した……」

「おい、待ってくれ。わざと殺《ころ》したって？　あいつは同業組合の者だぞ！　泥棒《どろぼう》だ！　しかも実際《じっさい》、あいつ自身が殺人者《さつじんしゃ》だ。やつの読み取りをしていないのか？」

「していない」アルバートはうまく口がきけない。「知ってるのは名前だけだ」

アルバートは顔の向きを変えた。地面にこわれた屋根瓦《やねがわら》が大量に落ちている。アルバートはそこを見て、目を動かした。瓦《かわら》が浮《う》きあがり、弾丸《だんがん》のように飛んでいく。マロリーはひるんで、あとずさった。瓦《かわら》はマロリーを取り囲《かこ》む目に見えない壁《かべ》に当たって粉々《こなごな》になった。少しのあいだ、マロリーは赤い土ぼこりの雲のなかに隠《かく》れて見えなくなった。雲が晴れると、マロリーはふたたび背筋《せすじ》を伸《の》ばした。肩《かた》についた土ぼこりを払《はら》う。額《ひたい》の生え際《ぎわ》から血が出ている。壁《かべ》をすりぬけた瓦《かわら》のかけらが当たったらしい。

マロリーは片手《かたて》で血に触《ふ》れ、指先をちょっと見つめた。

「なるほど」マロリーはいった。

アルバートはすでに道に目を向けていた。恐《おそ》ろしいほど冷静に、手や足で物を動かせる。道路の表面に割《わ》れ目ができ、焼きたてのマフィンの上の部分のように裂《さ》けたかと思うと、道の中央に沿《そ》って亀裂《きれつ》が走り、表面のアスファルトがはがれて持ちあがりながら、まっすぐにマロリーのほうに向かった。マロリーはアスファルトに突《つ》きあげられるのをかわそうと飛びのき、後ろによろめいて倒《たお》れた。アルバートはマロリーのほうに歩きながら、アスファルトをオレンジの皮みたいにはがしていく。アスファルトの皮は灰色《はいいろ》の強《こわ》ばった波のようにカーブを描いてマロリーに迫《せま》った。

マロリーは体を起こして地面に座《すわ》ると、道の中央に震動《しんどう》の力を送り、アスファルトを粉々《こなごな》にして猛然《もうぜん》とアルバートを攻撃《こうげき》した。すでにアルバートは周囲《しゅうい》に空気の防御域《ぼうぎょいき》を立てていたが、それでも五、六メートル後ろにはじき飛ばされ、ハンド同業組合の建物の正面にぶつかった。レンガと漆喰《しっくい》に激突《げきとつ》し、壁《かべ》にできた深い穴《あな》に埋《う》もれる。

目の焦点《しょうてん》が合わない。アルバートはめちゃめちゃになった道を先のほうまで見た。工作員が二人、おかしな角度で倒《たお》れていて、苦労しながらゆっくり立ちあがろうとしている。どちらの顔も青白く、さっきとはちがう本気の表情《ひょうじょう》だ。髪《かみ》は乱《みだ》れて垂《た》れさがっている。どちらも汚《よご》れたそでを直していた。

アルバートは頭を振《ふ》って目の焦点《しょうてん》を合わせると、壁《かべ》の穴《あな》から這《は》い出て、地面に飛びおりた。

「礼をいうよ、マロリー」アルバートはいった。「意識《いしき》を集中させる方法を見せてもらった。これでこつがわかったと思う。前より気持ちが楽になった。今の自分に安心している。ただ、それはきみにとっては失敗だった」アルバートは片手《かたて》をあげた。背後《はいご》の壁《かべ》が前にせり出し始めた。「ぼくがきみと渋々《しぶしぶ》戦っていたのは、自分が弱いからじゃない。逆《ぎゃく》だ。力が強すぎるからだ。それを今、きみが解放《かいほう》してくれた。さあ、今度は……きみがどうするのか教えてくれ」

アルバートは指を鳴らした。金属《きんぞく》のきしむ音がして、石がはじけ飛ぶ。アルバートは建物の前面の壁《かべ》を引っぱりながら、煙《けむり》とがれきのなかを進み出した。

24章

木箱から〈堕種《だしゅ》〉を解放《かいほう》した瞬間《しゅんかん》でさえ、スカーレットはその後の自分の行動がまったく予《よ》測《そく》できなかった。とにかくわからないことが多すぎるのだ。まず、〈堕種《だしゅ》〉そのものが、どちらに飛び出すか、そもそも外に飛び出すのかどうかもわからない。この生き物の回復力《かいふくりょく》はよく知られているが、木箱のなかにいるものは、銃《じゅう》で撃《う》たれ、高い建物の屋上から落下し、特別大きくもない木箱のなかに十二時間も押《お》しこめられている。三重の苦しみともなれば、きっと常《じょう》軌《き》を逸《いっ》した獰猛《どうもう》さも和らぐというものだ。だからもし、なかにいる生き物がためらったり、弱っていたり、昨夜、自分たちがすばやく木箱に閉《と》じこめたときのように、ただうつ伏《ぶ》せに倒《たお》れていて、頭が混乱《こんらん》している状態《じょうたい》だったら、すぐにその息の根を止められる者がこの部屋にはたくさんいるし、一緒《いっしょ》にジョーとエティと自分も始末されるだろう。

だが、スカーレットの心配は杞憂《きゆう》に終わった。まるであらかじめスカーレットがその生き物に指示《しじ》していたかのような展開《てんかい》になった。勢《いきお》いよく木箱のふたが開いた瞬間《しゅんかん》、獰猛《どうもう》な動きがさく裂《れっ》した。憎悪《ぞうお》の金切り声をあげて、白い手足の生き物が檻《おり》から解《と》かれた。ななめに置かれた木箱からまっすぐに飛び出し、正面にソームズの椅子《いす》があるのを見て取ると、歯をむき、爪《つめ》を立てて一度とびはね――ソームズの顔に飛びかかった。激《はげ》しい衝撃《しょうげき》に車椅子《くるまいす》が後ろに飛ばされ、机《つくえ》の前面にぶつかってひっくり返る。ほんの一瞬《いっしゅん》、逆円《ぎゃく》すい形の細い縞模様《しまもよう》の脚が〈堕種《だしゅ》〉のふりあげた腕《うで》の横で暴《あば》れているのが見えた。ソームズは声をあげる余裕《よゆう》もなかった。

スカーレットもすでに動いていた。〈堕種《だしゅ》〉に負けないすばやさでトラックから離《はな》れ、別の方向に進んだ。〈堕種《だしゅ》〉が高くとびあがった真下を、床《ゆか》から離《はな》れないよう身を低くして駆《か》けぬけ、ほかの全員がショックで動けずにいるほんのわずかなすきに乗じてティーチを攻《せ》めた。ティーチが反応《はんのう》する前に――ジョーを殺《ころ》すか、ソームズを助けるか、スカーレットの突撃《とつげき》をかわすか決める前に――ティーチに突進《とっしん》し、みぞおちに頭突《ずつ》きを食らわした。ティーチの剣《レイピア》が空《くう》を舞《ま》った。ティーチはくずおれ、スカーレットの下でゴホゴホせきをしている。そのすきにスカーレットはベルトから銃《じゅう》を奪《うば》い取り、そのまま流れるような動きでティーチの上を転がり、離《はな》れぎわに左手でレイピアをすばやくつかんだ。これで武器《ぶき》が二つ手に入った。ふたたび立ちあがり、ジョーのほうを向く。

老人も老人なりにすばやくエティを抱《だ》きあげ、片腕《かたうで》の下にしっかりはさむと、スカーレットを見た。「トラックに乗るか?」

「正解《せいかい》」スカーレットはそういうなり、部屋のすみからこっちに向けて銃《じゅう》を構《かま》えようとしている四人の組合員のうちの一人を撃《う》った。ティーチはまだスカーレットの足元でせきこんでいる。スカーレットが銃《じゅう》を下に向けてティーチにねらいをつけたとき、部屋全体が外からの二度にわたるすさまじい衝撃《しょうげき》に震《ふる》えた。床《ゆか》が傾《かたむ》き、建物が立つ丘《おか》そのものがゆれている。スカーレットは立っていられず、床《ゆか》にひざをついた。時計が棚《たな》から落ちてくる。ソームズの机《つくえ》の真上にある三つのアーク灯が落ち、二つは粉々《こなごな》に割《わ》れて明かりが消えた。残りの一つは点灯したまま、床《ゆか》に熱く細長い光を塗《ぬ》っている。その先の暗闇《くらやみ》はさらに闇《やみ》が濃《こ》くなった。スカーレットの耳に男たちの恐怖《きょうふ》の悲鳴と、こわれた時計の振動《しんどう》音と、〈堕種《だしゅ》〉の歯をかみ鳴らす音が聞こえる。

スカーレットはなんとか立ちあがりながら、銃《じゅう》をあちこちに向けたが、遅《おそ》かった──ティーチは消えていた。ジョーはエティを連れ、つまずきながらトラックに向かっている。スカーレットはジョーに合流しようと駆《か》け出した。建物のゆれが少しおさまってきている。はるか頭上の鐘塔《しょうとう》の側面に裂《さ》け目ができていた。一筋《ひとすじ》の日の光が丸天井の縁《ふち》から差しこみ、ぼんやりした暗闇《くらやみ》の渦《うず》をつきぬけて、塔《とう》のなかほどで消えている。おかげで丸天井の内側がかすかに見えた。スカーレットの目に、鎖《くさり》の上の部分が鈍《にぶ》く光っているのがちらりと映《うつ》った──それと、格《こう》子状《しじょう》に組まれた梁《はり》の上に、大きな白い鳥がうろたえて翼《つばさ》をバタバタさせ、光から身を引こうとしているところも。

ジョーがトラックのわきを急ぎ足で進んでいく。スカーレットはジョーに遅《おく》れをとらないようにしながら、剣《けん》と銃《じゅう》を構《かま》えた。

部屋の反対側を走る足音が聞こえる。床に横たわるアーク灯のそばを、身をかがめた白い姿《すがた》がすばやく駆《か》けぬけ、視界《しかい》から消えた。誰《だれ》かが悲鳴をあげる。

ティーチの叫《さけ》ぶ声が遠くで聞こえた。「扉《とびら》を閉《し》めろ！　鍵《かぎ》を閉《し》めてやつらを閉《と》じこめるんだ！　逃《に》がすな！」

「ジョー、運転して」スカーレットはトラックのドアを力まかせに開けた。「あたしは後ろを守る。つきあたりの扉《とびら》を目ざして。あの明るいところが見える？　もし、閉《し》まったら、車をぶつけて突破《とっぱ》するのよ」

ジョーは両腕《りょううで》でエティを抱《だ》き、片手《かたて》でエティの頭をなでていた。その手を止めてスカーレットを見る。「さっきの地震《じしん》は――」

「アルバート、だと思う」

「だが、いったい何が――」

「わからない。とにかく出口に向かって――まだあれば」

ジョーはうなずくと、エティをトラックの座席《ざせき》におろし、運転席に乗りこんで、まばたきして操作《そうさ》レバーやスイッチを見つめた。スカーレットは向きを変え、トラックの後部に向かって走った。まわりこんだところで組合員の一人とぶつかりそうになった。男は手にしていた仕込《しこ》み杖《づえ》を振《ふ》りあげた。スカーレットがひょいと頭をひっこめると、刃《は》がドアの側面に食いこんだ。スカーレットが持っていた剣《けん》を男の脚《あし》に突《つ》き刺《さ》す。男はうめき声をあげながらあとずさった。

スカーレットは〈堕種《だしゅ》〉を閉《と》じこめていた木箱を蹴《け》り飛ばすと、トラックの後部に飛び乗り、肩越《かたご》しに呼《よ》びかけた。「ジョー！　出して！」

「こいつがどうやって動くのかよくわからん――」

「早く！」

エンジンがゆっくり静かにかかった。広間の薄暗《うすぐら》いあたりで銃声《じゅうせい》が激《はげ》しく鳴り響《ひび》く。誰《だれ》かが恐怖《きょうふ》のあまり乱射《らんしゃ》しているらしい。男が一人、左から右に駆《か》けぬけ、また見えなくなった。〈堕種《だしゅ》〉の叫《さけ》び声が聞こえる。スカーレットは後部ドアの片方《かたほう》を閉《し》めると、もう一方の開いたドアの陰《かげ》にしゃがんで、銃《じゅう》を構《かま》えた。

トラックはエンジンがかかったまま動かない。

「ジョー、何してるの？」スカーレットは大声で呼《よ》びかけた。「方向指示器《ほうこうしじき》の出し方でも学ぼうってわけ？　いいから早くここから出して！」

エンジンがうなりをあげ、トラックが前に進みだした。スカーレットはドアのそばに身を落ちつけた。

「そうよ！　行って！」

ジョーがアクセルを踏《ふ》んだ。トラックはふらふらと向きを変えながら広間を移動《いどう》していく。

そのとき、頭のはげたやせた男が暗闇《くらやみ》から出てきた。コートをちぎれた影《かげ》のようにひらめかせ、手に銃《じゅう》を持っている。男が六度発砲《はっぽう》した。弾《たま》が火花を散らし、衝撃音《しょうげきおん》を立て続けに響《ひび》かせて、スカーレットの頭のそばのドアに横線を引いたような痕《あと》を残す。スカーレットは一発撃《う》ち返した。ティーチは片脚《かたあし》を撃《う》ちぬかれ、あお向けに倒《たお》れて一回転した。スカーレットは薄笑《うすわら》いを浮《う》かべ、後部ドアを閉《し》めようとした。そのとき、トラックが床《ゆか》にあった何かにぶつかり、大きくゆれて左に傾《かたむ》いた。ギアがきしみ、エンジンがうなりをあげる。スカーレットはバランスを崩《くず》し、後ろ向きに倒《たお》れてドアをすりぬけ、トラックの外に放り出された。

コンクリートの床《ゆか》に音を立てて落ち、少しだけ転がってうつ伏《ぶ》せに止まる。

スカーレットは顔をあげ、目にかかった髪《かみ》を吹《ふ》き払《はら》った。ジョーはふたたびトラックを加速させていた。よかった、その調子よ。ジョーは自力でチャンスをつかもうとしている。時計の間の扉《とびら》が閉《し》まり始めたところに、トラックがたどり着いた。ハンドルを切って一方のドア板にぶつけ、もう一方のドア板をこすりながら進んで──ほどなく外へ出た。恐《おそ》れをなした男たちが扉《とびら》を押《お》し戻《もど》し、トラックの背後《はいご》で扉《とびら》が音を立てて閉《し》まる。スカーレットの耳に、かんぬきがしっかりかけられる音が聞こえた。

スカーレットはゆっくり立ちあがった。顔に血がついている。肩《かた》はずきずきするし、耳鳴りもする。剣《けん》はもうなかったが、銃《じゅう》はまだ持っている。

それで構《かま》わない。ここからは自分ひとりだ。

扉《とびら》はすべて閉《し》まっている。時計の間のなかはひどく暗かった。こわれた丸屋根から入る細い光線は、スカーレットのいる底までは届《とど》かない。落下したアーク灯はそのままだったが、かなり離《はな》れた場所でかすかに振動《しんどう》しながら、今にも消えそうな光を床《ゆか》にこぼしている。そのすぐそばに散乱《さんらん》したワイヤーが見え、さらにソームズの車椅子《くるまいす》の端《はし》や、片方《かたほう》の靴《くつ》や、赤黒い染《し》みがコンクリートの床《ゆか》に広がっているのが目に入ったが、ほかには何もない。

スカーレットは立ったままじっと耳をすました。黒い闇《やみ》のなかは汗《あせ》ばむくらいに暖《あたた》かい。聞こえるのは、壁《かべ》にいくつか残った時計のチクタクという音、うめき声とため息、暗闇《くらやみ》のなかで足を引きずって歩く音……うなり声と咀嚼音《そしゃくおん》、死にかけている男たちの泣き声やせきこむ声。まるで野獣《やじゅう》の腹《はら》のなかにいるみたいだ。

ただ、外で起こっていることも、状況《じょうきょう》はわからないにしろ、ここよりそれほどいいとは思えない。大きな打撃音《だげきおん》や衝撃音《しょうげきおん》が丸屋根のなかに響《ひび》きわたっている。大変動がまた起こったのかと思うほどだ。

スカーレットはしかめ面になった。とにかくアルバートは健闘《けんとう》しているようだ。

あとは出口を見つけるだけ。

スカーレットは髪《かみ》をかきあげ、小声で毒《どく》づいた。そうすることでいつも頭が働く。今回も役に立った。そういえば、ソームズの私室《ししつ》につながるドアが机《つくえ》の向こうの壁《かべ》に設置《せっち》されている。もしかしたら、あそこだけ施錠《せじょう》を忘《わす》れているかもしれない。

スカーレットは歩き出した。薄闇《うすやみ》のなかをそっと移動《いどう》する。最初に見つかったのはドアではなかった。ティーチだ。ティーチはスカーレットに撃《う》たれた場所からそれほど離《はな》れていないところで手足を伸《の》ばしてあお向けになっていた。近くに丸屋根から落ちてきたらしきレンガやモルタルの山がある。ティーチはそのがれきに頭を乗せていた。撃《う》たれた太ももの傷口《きずぐち》から大量に出血し、はぎ合わせの長いコートの布《ぬの》が光っている。スカーレットが近づいてくるのを見つめるティーチの黒い目が暗闇《くらやみ》にきらめいた。

スカーレットはティーチのそばにしゃがんだが、近づきすぎない程度《ていど》の距離《きょり》をおき、銃《じゅう》を構《かま》えた。

「どうも」スカーレットはいった。

「どうも」ティーチもスカーレット同様、小さくかすれた声を出した。注意を引きたくないのだ。頭をあげてぎこちなくまわりを見る。「〈堕種《だしゅ》〉が仲間を食っているらしいから、少しだけ猶予《ゆうよ》がある。わたしの剣《けん》はどうした?」

「失くしたわ」

「何？　まだ手に入れて二分だろう。銃《じゅう》をよこせ」

「そんなことするわけないでしょ」

「おまえのペットが近づいてきたら、そいつで自殺《じさつ》する必要がある」

「悪いけど、だめ。この掃《は》きだめから出る一番いい方法は何？」

ティーチはニヤリと陰気《いんき》な笑みを浮《う》かべた。顔の皮膚《ひふ》が引きつる。「そんなものはない。扉《とびら》は一つ残らずかんぬきがかけられている。おまえはここに閉《と》じこめられたんだ」

「バカいわないで。あんたとソームズはこういう襲撃《しゅうげき》に備《そな》えて、予備《よび》の選択肢《せんたくし》を持ってるはずでしょ」

「正直、これほどの不測《ふそく》の事態《じたい》は想定していなかった。生きた〈堕種《だしゅ》〉が箱に入って運ばれてくるとか、われわれの本部が外側から引きはがされていくとか、どう考えたって普通《ふつう》にはあり得《え》ない」ティーチはせきこみ、せきがため息になった。「スカーレット、わたしは何年か前にカーズウエルがおまえを連れてきたとき、できるやつだと気づいた。みすぼらしいなりの、血まみれの小娘《こむすめ》だったが、内に激《はげ》しい感情《かんじょう》を秘《ひ》めていた。創意《そうい》工夫にも長けていた。その力で、おまえはわたしの期待を超《こ》えていった」

床《ゆか》が震《ふる》え、天井からほこりが降《ふ》ってくる。遠くでまた衝撃音《しょうげきおん》が聞こえた。前ほどのすさまじさはない。外で何が起こっているにしても、終わりに近づいているようだ。

「おまえの相棒《あいぼう》はいったい外で何をやっている?」ティーチは聞いた。なんとか起きあがろうとしたが、また倒《たお》れる。「ソームズもかわいそうに。おまえたちふたりにどんな力があるのか、考えもしなかった。わたしは伝えたんだ。警告《けいこく》した……。ウルフズヘッドの十字路でおまえたちをふたりとも殺《ころ》しておけばよかった」

「ええ。ほんとにね」スカーレットは立ちあがった。「じゃ、また」

黒いまなざしがスカーレットの顔から、手のなかの銃《じゅう》に移《うつ》る。「わたしを殺《ころ》していかないのか? わたしと同じミスはするな。今度はおまえが片《かた》をつけるチャンスだ」

スカーレットは部屋の向こうの暗闇《くらやみ》に目を向けた。奇怪《きっかい》なものが死んだ男たちのあいだを動きまわっている。「もう、すっかり片《かた》はついたと思う。どのみち、あたしはあんたとはちがう。お断《ことわ》りよ」

ティーチはクスッと笑った。「最後のところで非情《ひじょう》さが今ひとつ足りない! そこがいつもおまえの弱点だった。最初からおまえにはそういう弱いところがあった――ここにたどり着くきっかけになった悲しい出来事からずっとな」

スカーレットはかすかにちらつく明かりのほうを見た。ソームズの私室《ししつ》へのドアはあの先だ。鍵《かぎ》がかかっているかどうかはわからないが、試してみなければ。ただ、〈堕種《だしゅ》〉がどこにいるのかわからない……「あんたとソームズには世話になったわ——あんたたち流のやり方だったけど。だから、命はとらない。それがあたしからの置き土産」

「とんだ置き土産だな」ティーチはいった。「致命傷《ちめいしょう》を負ったわたしに。ここに無力のまま置き去りにして、あの化け物に食わせるつもりか……だが、それも運命だとあきらめて受け入れるさ。ところで、おまえが行く前に、わたしからも贈《おく》りものだ」

「必要ないわ。じゃあ」

「だが、希望のはなむけだぞ……おまえの弟のことだ」

すでに動き始めていたスカーレットはその場で凍《こお》りついた。「え？」

「トーマス、とかいう名前だったか？　姉がそばを離《はな》れているあいだに処罰柱《しょばつばしら》にしばりつけられたまま食われた」

「言葉には気をつけたほうがいいわ」スカーレットはいった。銃《じゅう》を持つ手が重い。振《ふ》り返ってティーチを見ることはしなかった。

ティーチの声はしだいに弱々しくなった。「まあそう怒《おこ》るな！　わたしはただ同情《どうじょう》しているんだ……自責《じせき》の念ってやつがどれだけ残酷《ざんこく》なものかよく知ってるからな！　お前の場合はカーズウェルが介入《かいにゅう》したとき、自分を死に追いやっていた。今だって、意識下《いしきか》で悩《なや》まされている……だが、いいことを教えよう。その子は獣《けもの》になど食われていないと思う」

スカーレットの顔から表情《ひょうじょう》がすっかりなくなった。ぬれた紙に落としたインクの色がぼやけるように、ほおの傾斜《けいしゃ》を伝い落ちて表情が消えていく。「嘘《うそ》よ」スカーレットはそういってから、また口を開いたが、吐《は》き出したいののしりの言葉はちっとも出てこない。

「なら、放っておいて」

スカーレットは銃《じゅう》を構《かま》え、振《ふ》り向いた。「いいえ。話して。五秒あげる」

「ようやく非情《ひじょう》になることにしたのか？　いいぞ！　喜《よろこ》ばしい」ティーチは苦痛《くつう》にゆがんだ顔でほほえんだ。「思うに、おまえは自分の不幸に酔《よ》っているんだ、スカーレット・マッケイン。弟は死んだと思っているほうが、居心地《いごこち》がよくなっている。だが、わたしがその安らぎを奪《うば》ってやる。そうすれば、おまえは二度と安眠《あんみん》できない」

「あと二秒」

「あくまでもわたしの推測《すいそく》だが、おまえが弟とはぐれたウェセックスの国境《こっきょう》のあたりは、奴隷《どれい》商人が子どもたちを探《さが》してうろついている。コーンウォールを襲撃《しゅうげき》したり、こっそり海峡《かいきょう》を渡《わた》ってウェールズに行き、子どもを連れて小船で戻《もど》ってきたりしてな。だが、危険《きけん》な遠征《えんせい》だ。やつらは怠《なま》け者だから、奴隷市《どれいいち》に出す商品のべつの供給元《きょうきゅう》を探《さが》す。処罰柱《しょばつばしら》から子どもを盗《ぬす》むぐらいかんたんな方法がほかにあるか？　車か何かでこっそりやってきて、ロープをほどき、その子を檻《おり》に入れて走り去る。それに気づいて構《かま》う者もいない。町の連中にとっては不要な存在《そんざい》だ！　死んでほしいんだからな！　そういう子どもは遠くへ連れ去られて、身体的障害《しょうがい》や犯《おか》した罪《つみ》などにこだわらない人々に売り飛ばされる。仮《かり》に、子どもがまだ小さくて健康で、珍《めずら》しい特徴《とくちょう》の持ち主――例えば明るい赤毛とかな――であれば、なおいい。あっという間にどこかのさびれた国境《こっきょう》の町の奴隷《どれい》として売れる」

スカーレットの銃《じゅう》はピクリともしなかった。「そんな話は信じない。作り話よ」

「わたしは何度もそういう奴隷《どれい》商人と取引してきた」

「でもトーマスを……あんたは知らない」

「もちろん、知らない。だから、推測《すいそく》だといっている」

「動物だったのよ」スカーレットは弱々しい声を出した。「動物が……」

「そうかもしれない。だが、ひょっとすると――おまえがすぐに近くの奴隷市《どれいいち》に行っていたら、弟が待っていた可能性《かのうせい》もある。だが、おまえはそうせずに酒を飲み始め、いさかいを起こしながらウエセックスじゅうを渡《わた》り歩いた」はげた頭を影《かげ》のなかに垂《た》れ、しばらくティーチが静かにせきこんだ。「むろん、おまえのせいじゃない。誰《だれ》もおまえに教えなかったんだから」

「あんたが教えてくれればよかったじゃない」スカーレットはいった。「今のでたらめな話が本当なら。ま、それもあやしいけど」

「わたしがいうはずないだろう。おまえは役に立つ存在《そんざい》だったからな。わたしたちはおまえの怒《いか》りや才能《さいのう》、痛《いた》みをためこむところを高く買っていた」ティーチはクスッと笑ってから、手を伸《の》ばして口から出た血の泡《あわ》をぬぐった。「おまえの心は空っぽだった。希望もなく、疑《うたが》いもなかった。あったのは確信《かくしん》と罪悪感《ざいあくかん》だけだ。それがどれだけおまえを強くしてきたかわかるか、スカーレット！　わたしに感謝《かんしゃ》すべきだ」ティーチはかすかにため息をついた。「ところが、これがおまえの感謝《かんしゃ》の気持ちか――わたしの人生も仕事も破壊《はかい》し、わたしを床《ゆか》に押《お》しつけるとは」

スカーレットはティーチの頭上に立った。「ほんとにそのことを知ってたの？　これまでずっと？」

「知っちゃいない、正確《せいかく》には何も。可能性《かのうせい》の話だ」

「そうかもしれないと思った……のに、あたしには黙《だま》ってたの？」

「今、話しているだろう。だからもし、おまえががまん強く捜《さが》し続けていれば、弟を見つけられたかもしれない。だが、おまえは絶望《ぜつぼう》と闇《やみ》に浸《ひた》り、弟は消えた」沈黙《ちんもく》があった。「これがわたしの贈《おく》りものだ」ティーチはいった。「そして、おまえへの復讐《ふくしゅう》だ。もういうことは何もない」

スカーレットはティーチを見た。片手《かたて》をあげて顔にかかった髪《かみ》を払《はら》いのける。スカーレットの動きにティーチが緊張《きんちょう》した。スカーレットが銃《じゅう》を発射《はっしゃ》するか、致命的《ちめいてき》な一撃《いちげき》を加えると予想したのかもしれない。だが、そうではないとわかると、低く悲しい、失望ともいえる音を出した。そして、苦痛《くつう》にひるみながら、ひじを立てて体を起こすと、這《は》いながらスカーレットから離《はな》れて明かりを避《さ》け、広間の暗闇《くらやみ》のなかに消えた。今まですぐそばにいたのに、次の瞬間《しゅんかん》、もうティーチの痕跡《こんせき》は何も残っていなかった。

スカーレットはティーチが去ったことにもほとんど気づかず、同じ場所に立ったまま、虚空《こくう》を見つめていた。

もし、おまえがまん強く捜《さが》し続けていれば、弟を見つけられたかもしれない。

スカーレットはその場を動かなかった。

暗闇《くらやみ》のなかでとつぜん激《はげ》しい動きがあって、息をのむ音が響《ひび》き、切れ切れの悲鳴が続いて、静かになった。そのあと、こすれながらぶつかる音が近くでし始め、その音が超人《ちょうじん》的なスピードで遠ざかった——重いものが広間のなかを引っぱられていく。

スカーレットは反応《はんのう》しなかった。暗闇《くらやみ》のなかで黙《だま》って立ったまま、ティーチの冷たい言葉が骨《ほね》と筋肉《きんにく》のあいだに染《し》みこみ、震《ふる》える肺《はい》の表面をめぐって、鼓動《こどう》する心臓《しんぞう》の輪郭《りんかく》をたどるままにした。ティーチの言葉はスカーレットの全身に流れこみ、一番深い部分にまで達して凍《こお》りつかせた。そこに触《ふ》れると氷が割《わ》れるような音がした。冷気が体のすみずみに染《し》みわたる。頭が鈍《にぶ》り、血が濃《こ》くなり、心臓《しんぞう》の鼓動《こどう》が弱く不活発になる。まぶたが閉《と》じた。手足や指や、体の先の部分がはじから引きつれ、壊死《えし》してしまいそうだ。

その瞬間《しゅんかん》、スカーレットは死の間際《まぎわ》にいた——一人、静かに、暗闇《くらやみ》のなかで。〈堕種《だしゅ》〉も必要なかった。そのときもし、広間にいる一匹《ぴき》が襲《おそ》いかかってきても、何もしなかっただろうし、正直、その存在《そんざい》にもほとんど気づかなかっただろう。スカーレットはもはや実体がほとんどなく、影《かげ》のなかの影《かげ》のようなものだった。この数年スカーレットを支《ささ》えてきた戦いも、痛《いた》みも、はっきりと確信《かくしん》できる激《はげ》しい怒《いか》りと罪悪感《ざいあくかん》も、すべて消えていた。はぎ取られていたといってもいい。

もし、おまえがまん強く捜《さが》し続けていれば……

遠くで金属製《きんぞくせい》の何かがこわれる音がした。屋根がくずれ落ちるようなすさまじい音にも、鈴《すず》の響《ひび》きのような鋭《するど》く親しみを感じる音にも聞こえる。スカーレットは目を開けた。その音で、まだ世界とつながっている糸がスカーレットを引っぱって生き返らせた。スカーレットの頭にアルバートとジョーとエティが浮《う》かんだ——三人の命が危《あぶ》ない。

スカーレットはゆっくりと震《ふる》えながら呼吸《こきゅう》した。まるで礼拝《れいはい》マットから立ちあがるか、深い眠《ねむ》りから目覚めようとしているみたいに。それから、両手をわきに垂《た》らし、背筋《せすじ》を伸《の》ばしてまっすぐに立った。再《ふたた》び一人、暗闇《くらやみ》のなかで、スカーレット・マッケインに戻《もど》った。耳をすまし、呼吸《こきゅう》し、頭を働かせ始める……。

そして、動き出した。

数歩でソームズの机《つくえ》をまわりこんだ。床《ゆか》は粉々《こなごな》になった時計の墓場《はかば》と化している。スカーレットはそのなかを手さぐりで進み、ドアにたどり着いた。

細心の注意を払《はら》って取っ手を動かす……。

だめだ。ついてない。ドアは施錠《せじょう》され、かんぬきがかけられている。こっちに脱出口《だっしゅつぐち》はない。

そのとき、背後《はいご》の広間からこそこそした低い雑音《ざつおん》が聞こえた。スカーレットは凍《こお》りつきそうになるのをこらえ、必死に向きを変えると、室内の音のするほうへ戻《もど》り始めた。こわばる足で身を隠《かく》せる机《つくえ》まで行く。すばやく動くような危険《きけん》は冒《おか》さずに、机《つくえ》の後ろで気持ちを落ちつかせ、そこにしゃがんで待った。

ティーチの銃《じゅう》は持っているが、弾《たま》が何発入っているかわからない。ただ、なかを開けて確認《かくにん》する危険《きけん》は冒《おか》せない。音は止んでいた。スカーレットは机《つくえ》に頭を押《お》しつけ、三つ数えてから——机《つくえ》のわきからのぞいた。

でこぼこの卵形《たまごがた》の光が見える。床《ゆか》に横たわるアーク灯の光だ。そのまわりは暗闇《くらやみ》しか見えなかったが、光の縁《ふち》ぎりぎりに長い毛を垂《た》らしたものがしゃがんでいた。

鼻をクンクンさせ、せわしなく歯を鳴らす音が聞こえ、スカーレットは息を止めた。玉のような冷や汗《あせ》が首筋《くびすじ》にふきだす。

ここでじっとしていれば、相手は離《はな》れていくかもしれない。たぶん、においをかぎつけられてはいないだろう——これだけ距離《きょり》があるし、向こうは口のまわりをあれだけ血だらけにしているのだから……。

生き物の姿勢《しせい》が変化した。体を前にかがめ、爬虫類《はちゅうるい》やクモのように細い両腕《りょううで》を広げて手をつき、鼻を床《ゆか》ぎりぎりに近づけている。においを探《さが》しているのだ。スカーレットは相手が言葉で伝えてきたかのように確信《かくしん》した。机《つくえ》の角に体をぴったり押《お》しつける。相手が動きを止めた。スカーレットもまったく動かない。

歯がカチカチと二度鳴った。静寂《せいじゃく》……。

影《かげ》が机《つくえ》に向かって突進《とっしん》してきた。

スカーレットは弾《はじ》けたように立ちあがり、机《つくえ》を飛び越《こ》えた。床《ゆか》に着地したとき、何かが机《つくえ》の側面にぶつかった。スカーレットは真っ暗闇《くらやみ》のなかを進み、部屋の中央を目ざした。手に銃《じゅう》を握《にぎ》りしめている——弾《たま》の数がわからないティーチの銃《じゅう》だ。

背後《はいご》で相手があわただしく動く音がする。足が床《ゆか》を打ち、爪《つめ》が床《ゆか》を引っかく。撃《う》つなら今だ——けれど、立ちどまれない……太ももが激《はげ》しく上下に動いているので、銃《じゅう》が手から飛び出しそうになる。スカーレットは歯を食いしばった。いいから！　止まって！

スカーレットはくるりと振《ふ》り向き、片《かた》ひざをつくと、やみくもに暗闇《くらやみ》に向けて引き金を引いた。銃口《じゅうこう》の先のほうに一瞬《いっしゅん》、白い顔と、ぼんやりとだが灰色《はいいろ》がかった白い毛と、こっちに向かってくる血のしたたる歯をむいた口が見え、また暗闇《くらやみ》が戻《もど》った。

スカーレットはさらに二発撃《う》った。そのたびに白い顔が近づいてくる。しかも、相手は左右に場所を変えた。三発目で、軽快《けいかい》な足音が乱《みだ》れて、何かにぶつかってもがく音に変わった。生き物のうめき声がし、何かがスカーレットの靴先《くつさき》をこする。もう一度引き金を引いたが、弾《たま》は入っていなかった。銃《じゅう》を投げ捨《す》て、後ろに飛びのくと、上から垂《た》れさがる冷たく硬《かた》いシダの葉みたいなものにぶつかった。一瞬《いっしゅん》、触手《しょくしゅ》を持つ巨大《きょだい》な生き物につかまったのかと思い、悲鳴をあげかけたが、すぐに気づいた。

フクロウのいる鐘塔《しょうとう》から下がっている鎖《くさり》だ。

近くで音がする。スカーレットは一本の鎖《くさり》をつかむと、手でたぐりながらのぼっていった。暗闇《くらやみ》から血で汚《よご》れた顔が飛び出してくるところを想像《そうぞう》し、大急ぎで手を動かす。上へ、上へ……しばらくしてから手を止め、暗闇《くらやみ》にぶら下がったまま、ゆれる鎖《くさり》のすれ合う音に耳をすます。

なんの音もしない。

もしかしたら、さっきの一発で息の根を止めたかもしれない。

もう死んでいるか、死にかけているのかも……。

真下でそっと何かがこすれる音がした。白いものが体を引きずって床《ゆか》をやってくると、鎖《くさり》の下の端《はし》にたどり着いた。スカーレットは相手がこっちを見あげているところを想像《そうぞう》した。鎖《くさり》が引っぱられ、見えない手につかまれたのを感じる。鎖《くさり》が震《ふる》え、その手がのぼり始めた。スカーレットは広い空間に向かって感情《かんじょう》をあらわにして毒《どく》づくと、ブーツを鎖《くさり》にぴったり押《お》しつけ、何も見えない空間をよじ登っていった。

上に行くにつれて、空気が暖《あたた》かくなる。その空気に乗ってかすかなにおいが鼻をついた。カビと羽根、それに血と古くなって乾《かわ》いた骨《ほね》のにおい。アーク灯がはるか下のくぼんだところで心臓《しんぞう》の鼓動《こどう》のように脈《みゃく》打っている。スカーレットの腕《うで》はずきずき痛《いた》み、皮膚《ひふ》は冷たく熱かった。汗《あせ》が流れて目に入り、視界《しかい》がぼやける。ときどき、ちらりと下を見ると、あとを追って鎖《くさり》をのぼってくる生き物の、こっちを見あげる目が見えた。頭上には鎖《くさり》を動かす大きな黒い歯車と、その向こうに、フクロウがとまっている格子状《こうしじょう》の梁《はり》の輪郭《りんかく》がかすかに浮《う》かびあがって見える。たまたま今は、梁《はり》のあたりは静まり返っている。だが、スカーレットはだまされなかった。この静寂《せいじゃく》は期待して待っているしるしだ。

上にも死が、下にも死が待ち構《かま》え、あたりはどこも黒々とした闇《やみ》だ。

スカーレットは丸屋根の裂《さ》け目から差しこむぼんやりした光線のなかを進んだ。もうほとんどよじ登る力は残っていなかったが、鎖《くさり》のゆれがしだいに大きくなり、下の動きがどんどんすばやくしつこくなってきている。スカーレットは最後の力をふりしぼった――ふと気づくと、最初の梁《はり》に近づいていた。

もうそれほど離《はな》れていない。手を伸《の》ばせば、体を持ちあげられる。そこでためらった。すえたにおいが強烈《きょうれつ》に鼻をつき、かすかに金属《きんぞく》のぶつかる音が暗闇《くらやみ》から聞こえる。

鉤爪《かぎづめ》がスカーレットの靴底《くつぞこ》を引っかいた。スカーレットは足を蹴《け》ってそれからのがれると、勢《いきお》いよく梁《はり》に飛びついた。梁《はり》は三十センチ程度《ていど》の幅《はば》で、やわらかい白いフンが大量にこびりついている。スカーレットの両足は下でゆれていた。必死にもがいて体の向きを変え、梁《はり》をまたいでうつ伏《ぶ》せになった。そばに下がっている鎖《くさり》が激《はげ》しくゆれている。梁《はり》にも振動《しんどう》が移《うつ》り、大きなものが羽ばたきながら跳《は》ねてきた。スカーレットは勢《いきお》いよく体を起こし、震《ふる》えながら立ちあがった。ちょうど正面に丸屋根の割《わ》れ目がある。スカーレットはすり足でそこからもれる光のかけらのほうに向かった。

鎖《くさり》がカタカタと音を立てる。白いものが飛び出てきて、スカーレットの背後《はいご》の梁《はり》の上にしゃがんだ姿勢《しせい》で着地した。それから、なめらかな動きで軽々と立ち、足を引きずりながら近づいてくる。白い腕《うで》が伸《の》びてきて――毛はなく、黒い血管が浮《う》いていて、手の爪《つめ》は割《わ》れている――スカーレットの首をつかもうとした。

そのとき、もっと大きく、もっと白くてすばやい生き物が、その後ろの梁《はり》の上を軽く跳《は》ねてくると、〈堕種《だしゅ》〉にとびついて頭をくわえた。〈堕種《だしゅ》〉を梁《はり》から引きはがし、また跳《は》ねて戻《もど》っていく。やがて、あたりを包んでいた静けさをフクロウの鳴き声と悲鳴がつんざいた。暗闇《くらやみ》が一気に灰色《はいいろ》のかけらの飛び散る狂乱《きょうらん》の世界と化す。スカーレットは足を止めて見たりはせず、前方の光のほうへよろよろと向かった。

梁《はり》のつきあたりで丸屋根が裂《さ》けていた。折れた材木や黒焦《くろこ》げになった瓦《かわら》が大量にはがれ落ちている。スカーレットは最後の力をふりしぼって裂《さ》け目に飛びこんだ。木のとげが手に刺《さ》さり、くだけた木の出っぱりが服に引っかかる。ぬくもりに包まれ、日ざしに目がくらんだ。爪《つめ》を立てて力をこめ、体をくねらせながら最後にもう一度全身の力をふりしぼる……そしてついに、ほとんど感覚を失いながらも、スカーレットは暗闇《くらやみ》をよじ登って、外の光のなかに転がり出た。

外は土ぼこりと静寂《せいじゃく》の世界だった。丸屋根の外側は黒い曲線を描《えが》き、白い雲に包まれた船のへさきのようだ。濃《こ》い土ぼこりが空中で渦《うず》を巻《ま》き、そのせいで太陽は輝《かがや》きを失い、真上に浮《う》かぶ薄茶色《うすちゃいろ》の気難《きむずか》しい円盤《えんばん》になり果てている。スカーレットは転がって丸屋根の裂《さ》け目から離《はな》れると、黒焦《くろこ》げの鉛《なまり》の板にもたれて座《すわ》りこみ、穴《あな》のあいた乾《かわ》いた板を背中《せなか》に感じながら、腕《うで》で目をかばった。視界《しかい》がきかない。町の煙突《えんとつ》や高い建物の屋上が土ぼこりから岩礁《がんしょう》みたいに突《つ》き出し、町の向こうに広がる畑地は黄色や青のシミのようだ。

スカーレットは丸屋根の上に横たわった。やがて、陽光が土ぼこりを通過《つうか》して照りつけだした。鉛《なまり》の板を温め、肌《はだ》にたっぷりふり注ぐ。スカーレットは起きあがると、ストウで一番高い場所に座《すわ》り、崩壊《ほうかい》の跡《あと》を見おろした。

町の景色が変わっていた。

ハンド同業組合の本部に属《ぞく》していた多くの旧《きゅう》工場の建物は部分的に崩壊《ほうかい》し、入口付近の一帯はすっかりなくなっている。屋根が残っている部分は、梁《はり》が真昼の熱で溶《と》けてしまったかのようにたわんでいた。金属《きんぞく》の梁《はり》が黒くつき出し、倒《たお》れずに残っているレンガ壁《へき》がナイフのように渦《うず》を巻《ま》くほこりを突《つ》き刺《さ》している。近所の倉庫もいくつか倒壊《とうかい》していた。大きながれきの山が組合本部の扉《とびら》の外の道に泥《どろ》のように流れ出ている。

あたりはひどく静かだ。煙《けむり》が町を圧迫《あっぱく》するようにおおいかぶさっている。ただ、動きはあるし、命もほんのわずかだが、ある。道の真ん中に〈埋没都市《まいぼつとし》〉から乗ってきたトラックが横向きに倒《たお》れていた。そのまわりにレンガやほかの破片《はへん》が散らばっている。そして、そのそばに立っているのは……。

トラックのそばの、何もない地面に立っているのは小さい子どもと男だ。二人とも誰《だれ》に支《ささ》えられることもなく、背筋《せすじ》を伸《の》ばして立っている。元気そうだ。怪我《けが》をしている様子もない。そして、手をつないでいる。

その二人のほうに向かって道の破壊《はかい》をまぬがれた部分を歩いてくる人物がいる。やせた若者《わかもの》だ。

軽く足を引きずりながら、こわれた倉庫を離《はな》れてゆっくりやってくる。スカーレットは身を乗り出した。最初はよくわからなかった。目がひどくかすんでいたし、かなり遠くて、くしゃくしゃの黒い髪《かみ》や、たるんだセーターや、大きすぎるバカげた白いスニーカーをはっきり見分けることができなかったのだ。それでも、心のなかではわかっていた。

小さい子が手を広げて若者《わかもの》に駆《か》けよるのを見て、スカーレットは確信《かくしん》した。

「やったわね、アルバート」スカーレットはいった。「このやろう！」

そういうとスカーレットは屋根に寝転《ねころ》んだ。それしか毒《どく》づく元気は残っていなかった。あとは下におりる方法を見つけてからでも遅《おそ》くはないだろう。

25章

　その日の朝、ウルフズヘッド・インの厨房《ちゅうぼう》ではガチョウの卵《たまご》の目玉焼きが作られ、朝食が出されていた。パブはベーコンやポリッジやしぼりたての天然ハチミツのにおいに満ちている。バーカウンターの奥《おく》ではゲイル・ベルチャーがみごとな手つきで次々にコーヒーをいれ、給仕の女たちがこんがり焼けたサワーブレッドを入れたラックや、ビルベリーのジャムびんを持って、テーブルのあいだを流れるように移動《いどう》している。アルバートは窓辺《まどべ》の席からそれをながめた。一日のなかで大好きな時間だ。

　アルバートはあの世がどんなものか、これという考えは持っていなかったが、考えてみなければならないとしたら、ここと同じようなものを望むだろう。こうした朝の早い時間は、宿の客はみんな清潔《せいけつ》でしらふで陽気だ。ケンカをしている人は一人もいない。商人たちは熱心な信者とテーブルを共にし、信者は毛皮職人《しょくにん》と、毛皮職人《しょくにん》はカエル漁師《りょうし》やアングリア人のカキ採《と》り業者と話をしている。縦《たて》仕切りのガラス窓《まど》から日ざしが差しこみ、黒ずんだ低い梁《はり》に響《ひび》くのは、穏《おだ》やかで活気あふれる話し声と、フォークやスプーンが触《ふ》れ合う音と、ときおりカキ採《と》り業者が出すゲップの音だ。そうしたつかの間の連帯感は大事だとアルバートは感じた。ひじの近くにはトーストとハチミツが、背中《せなか》には紫《むらさき》のクッションを何個《こ》か当てている。ゆうべも羽毛敷《じ》きのベッドでぐっすり眠《ねむ》った。今のところ、ぼくを殺《ころ》そうとする者はいない。隣《となり》のテーブルにいるカキ採《と》り業者は好きになれないけれど、ほかにはなんの不満もない。

何よりいいのは、友だちが一緒《いっしょ》にいることだ。

すぐ近くのテーブルでは、ジョーとサル・クインが朝食後のトランプゲームで一勝負している。ルールすら無視《むし》した熱戦で、おたがいに相手の山札からカードを盗《ぬす》んでは、受けるか、おりるかをもごもごと口にしながら、またすばやく山札に戻《もど》している。どちらも同じくらい堂々《どうどう》といかさまをしていた。アルバートはサル・クインが上着のそでからカードを二枚《まい》引きぬくところを見たし、ジョーは少なくとも三度、ズボンの後ろにカードを押《お》しこんでいた。アルバートはそれを見てうれしくなった。ウルフズヘッドまでの旅は苦労が多かったから、誰《だれ》もが元気を回復《かいふく》するのに何日もかかった。少なくともジョーとサル・クインの調子は戻《もど》ったらしい。エティはどうだろう——。

まるで名前を呼《よ》ばれたみたいに、ブロンドの髪《かみ》の小さい人物が隣《となり》の席にあらわれた。口に色鉛筆《えんぴつ》を三本くわえ、ぽっちゃりした手に紙を一枚握《まいにぎ》っている。その紙と手がいきなりアルバートの鼻先に突《つ》き出された。

「これ、ぼくに？　ありがとう！　すごくいいね」

ぐるぐるとなぐり書きされ、つなげられた線は、その日とりわけ元気がよく、色使いも部屋の雰囲気《ふんいき》と同じくらい複雑《ふくざつ》で力強い。アルバートはその絵をコーヒーサーバーに立てかけると、エティの頭をなでた。助け出してから、エティに人質《ひとじち》生活を強いられた影響《えいきょう》が出ていないか心配で、注意深く観察してきたが、物事に動じない天性《てんせい》の陽気さはまったく損《そこ》なわれていない。エティは幸せな心の持ち主なのだ。ウルフズヘッドの人たちはみんなエティのことが好きで、毛皮職人《しょくにん》はカワウソの毛皮で作った小さな飾《かざ》りを、カキ採《と》り業者は色のついた貝殻《かいがら》をくれたし、年老いたマグズ・ベルチャーでさえ暖炉《だんろ》のそばにある専用《せんよう》のロッキングチェアから砂糖菓子《さとうがし》を取り出して、エティにくれた。アルバートもエティがどんどん人に好かれるようになったのに気づいた。エティは自分なりの静かでささやかな方法で、たくさんのことを教えてくれる。

「一緒《いっしょ》にやらんか、アルバート？」ジョーが座《すわ》ったままこっちを向いていた。つい最近誘拐《ゆうかい》され、脅《おど》され、フクロウのえさにされかけ、トラックを運転して崩《くず》れかけた建物のなかをつっきり、衝突《しょうとつ》して倒《たお》れたトラックから孫娘《まごむすめ》を連れ出した老人にしては、なかなか元気そうだ。「〈クサリヘビ〉か〈騎兵隊《きへいたい》〉はどうだ？　サルはどっちもへたくそだぞ」

サル・クインはパイプにヘザー（ハーブの一種）入りの刻《きざ》みタバコを詰《つ》めながら、うるさく鼻を鳴らした。「はあ？　ジョーにいわれたくありませんね」

アルバートはほほえんだ。「ぼくは遠慮《えんりょ》しておくよ。スカーレットを待ってるから」

「まだ来てないのか？」ジョーは横目で近くのテーブルを見た。「打ち傷《きず》だらけだから、紫《むらさき》のクッションの山のなかに紛《まぎ》れこんじまったんじゃないか？」

「たぶん、部屋にいると思う」アルバートはいった。「眠《ねむ》ってるか、瞑想中《めいそうちゅう》だね」

老人はぶつぶついった。「このところ、あのマットからちっとも離《はな》れないらしいな。めったに姿《すがた》を見かけない」

「そんなに驚《おどろ》くことですか？」サル・クインはブーツのわきでマッチを擦《す》ると、自分のパイプに火をつけた。「あの子は大変な思いをしたんです。一人で〈堕種《だしゅ》〉と複数の人食いフクロウと、ギャング集団《しゅうだん》と対決したんですから！　それに、友だちの一人が町の半分をめちゃめちゃにしたし！　心にいろいろ抱《かか》えたってちっとも不思議じゃありません」

アルバートはすっと立ちあがった。「サル、実際《じっさい》にぼくが破壊《はかい》したのは倉庫二つだけだよ。町の半分もいかない」

「ああ、そうでした。全然話がちがいましたね。大げさないい方をしてすみません」

「まあ」ジョーがいった。「スカーレットのことだから、すぐに出歩くようになって、あちこちで人をぶっとばしながら七国じゅうを行き来するようになるさ。今回の試練もきっと、あの子の秘《ひ》めた心の傷《きず》に加わる。そのおかげであの子はわしらの愛する心のやさしい平和主義者《しゅぎしゃ》になっているんだ」ジョーはトランプのカードを切った。「さてと、もっと大事なことをしよう。〈クサリヘビ〉はどうだ、サル？」

サル・クインはうなずいた。「いいですよ、でも、前回同様、こてんぱんにしてやりますからね」そういって、かぐわしい煙《けむり》の輪をふっと吐《は》く。「アルバート、スカーレットがあらわれたら、わたしがおふたりの今後の計画について話したがっていると伝えてください。そろそろ一週間たちますし、おふたりとも元気そうに見えますしね。別にプレッシャーをかけるつもりはないですが、まだ仕事の貸《か》しが残っている気がするので……」そこでアルバートにウィンクし、ゲームに注意を戻《もど》した。

アルバートはエティの隣《となり》の席に深く座《すわ》り直すと、トーストをかじりながら考えた。確《たし》かにサルには二度も続けて借りを作った。まず、自分たちの行いのせいでサルが有罪宣告《ゆうざいせんこく》を受け、逃《とう》亡者《ぼうしゃ》として南部の国々に指名手配されてしまった。それに、自分たちがウルフズヘッドに戻《もど》ってこられたのはもっぱらサルのおかげだ。アルバートもスカーレットも、とてもストウから脱《だっ》出《しゅつ》する算段《さんだん》ができる状態《じょうたい》じゃなかった。あのあと共同墓地《ぼち》で会ったサルが、みんなを励《はげ》まし、まだ火のくすぶる町から連れ出してくれたのだ。スカーレットの武器《ぶき》を入れたバッグを売ってバス代を調達したのも、国境《こっきょう》で交渉《こうしょう》したのも、みんなの先に立って最後の過酷《かこく》な道のりの沼地《ぬまち》をぬけたのもサルだった……。

　おふたりとも元気そうに見える……確《たし》かに、宿に着いたばかりのころより調子は戻《もど》ってきている。当初、アルバートは完全に疲《つか》れ切っていたし、スカーレットはずっと沈《しず》みこんでいて、無口だった。だが、ウルフズヘッドがたちまち目を見張《みは》るような効果《こうか》を発揮《はっき》した。ゲイル・ベルチャーの温かい歓迎《かんげい》はもちろん、まるでどこにも行っていなかったかのように、ふたりの持ち物はささやかで居心地《いごこち》のいい部屋に広げられたままだった。それでも、最初の数日はほとんど寝《ね》て過《す》ごした。

　一週間たった今の調子はどうだろう？　体は、元気だ。心のほうは、なんともいえない。マロリーとの戦いが尾《お》を引いていて、まだその渦中《かちゅう》にいる感じがする。

目を閉《と》じれば、まだあたりには倒《たお》れた建物や、引きはがされてねじれた地面や、夕日を背《せ》に飛ぶ鳥の群れのように、レンガが回転しながら空を飛んでいくのが見える……屋根が引きはがされ、壁《かべ》が倒壊《とうかい》するなか、アルバートと敵《てき》が道の真ん中で円を描《えが》くように向き合い、いつまでも終わらない嵐《あらし》のように攻撃《こうげき》の応酬《おうしゅう》をくり広げている……ときおり、立ちのぼる煙《けむり》や雲に埋《う》もれて、たがいの姿《すがた》を見失い、気づくと手を伸《の》ばせば握手《あくしゅ》できそうな距離《きょり》まで近づいていたこともあった。終わらないダンスをしているようなもので、出ては退《しりぞ》き、反射神経《はんしゃしんけい》と瞬間《しゅんかん》的な思考を駆使《くし》する。二人のまわりで硬いものが投げつけられ、打ち砕《くだ》かれ、またかき集められて投げられる。世界が粘土《ねんど》のようにかんたんに形を変えてしまう勝負のなかで、唯一《ゆいいつ》変わらないのは、アルバートの黒い鏡像《きょうぞう》であり、アルバートの影《かげ》であり、ぼろぼろのコートを着た人物――どこまでも破滅《はめつ》に向かってつき進む人物だった。

やがて、とつぜん、アルバートは一人になっていた。粉々《こなごな》になったがれきの山が、マロリーの立っていた場所を示《しめ》している。湯気をあげるコンクリート板に、倒《たお》れた石造物《せきぞうぶつ》のかたまり……小さなかけらが二つ三つ大きな石塚《いしづか》を転がり落ちていく。アルバートはそれをひたすら見つめた。止まっても見続けた。耳のなかで沈黙《ちんもく》が重く響《ひび》く。

「また、居眠《いねむ》り？」たずねる声がした。

アルバートは目を開けた。スカーレットが朝食のトレーを抱《かか》えてそばに立っている。打ち傷《きず》は少し色が薄《うす》れ、切り傷《きず》もふさがってきていた。ストウから戻《もど》って以来、ストウで失くし物をしてきたかのように元気がなく、うわの空に見えた。まだ顔色はよくないし、だいぶやせてはいるけれど、すっきりした顔にいつもの笑みを浮《う》かべている。そのまなざしには見慣《な》れた緑の輝《かがや》きがあった。

「今は〈信仰院《しんこういん》〉に盗《ぬす》みに入ろうとしてるわけじゃないから、好きなだけぼうっとしてるんだ。うん、居眠《いねむ》りしてた。一緒《いっしょ》にどう？」

「いいわね。やっほー、エティ。絵、上手ね」

スカーレットはちょっと慎重《しんちょう》によそよそしく、小さい女の子の前に座《すわ》った。半乾《はんがわ》きの髪《かみ》が肩《かた》のまわりにゆったり垂《た》れている。ポリッジをスプーンですくって口に運ぶ。アルバートはコーヒーをカップに注いだ。

「だいじょうぶ?」アルバートはきいた。

「最高に元気よ。ねえ、アルバート、あそこでサル・クインはジョーと何をしてるの?」

「〈クサリヘビ〉だって。ずいぶん盛《も》りあがるゲームだね」

「ほんと。ちょっと、今、サルがジョーのズボンからカードを一枚《まい》ぬいたわよ。まだ知り合って間もないのに」

「あの二人、ちゃんと夜寝《ね》たのかな?」

スカーレットが片方《かたほう》のまゆをつりあげた。「二人とも偏屈《へんくつ》老人のわりにはびっくりするほど気が合うと思わない? だからサルはまだここにいるのかな? ジョーがいるから?」スカーレットが身を乗り出し、顔を近づけてきた。「あの二人の心の奥《おく》の願望を読み取ってみたら?」

「そんなことはしないよ。朝食をすませちゃわないと。ほんというと、サルはぼくらを待ってるんだ。仕事の貸《か》しがあるっていってる」

「それならしばらく待てるでしょ。もうつまらない強盗《ごうとう》はなしよ、アルバート! なんたってハンド同業組合をつぶしたし、ミルトンキーンズから脱《ぬ》け出したのよ!〈埋没都市《まいぼつ》〉を襲撃《しゅうげき》して、ウォリックを荒《あ》らして、七国の半分を根こそぎにしたんだから！　論説冊子《ろんせつさっし》の記者たちがそのことを処刑《しょけい》特集号に掲載《けいさい》するかも」スカーレットはポリッジのついたスプーンをアルバートに向かって振《ふ》った。「それに今のところ、あたしたちは誰《だれ》かのために何かをするつもりはないわ。悪名高きスカーレットとブラウンはのんびり休息中よ」

「気分はつらつって感じだね」アルバートは感想をのべた。

「そうよ。食事をして眠《ねむ》って、体力が回復《かいふく》してきた。あのバーカウンターにいる毛深い沼地《ぬまち》の男が見える？　こないだ、腕相撲《うでずもう》であいつに勝ったわ」

「すごいよ。ぼくは昨日、エティとドミノ遊びをして負けた」

スカーレットはにっこりした。「おたがい、いつもの調子に戻《もど》ったようね。あんた、マロリーと戦ったのに、思ったよりちゃんとしてる。体のどこも取れてなくなったりしてないし、手足もそろってる。足の指を一本ぐらい失くしてるかと思ってたけど」

アルバートはうつむき、打ち傷《きず》のある両手や、裂《さ》けたセーター、ボロボロのズボンに目をやった。スニーカーもすっかりくたびれている。「見た目はこんなだけど、中身は元気だ。きみのおかげだよ、スカーレット。きみはずっとぼくに、とにかく自分の力を解放《かいほう》しろっていってくれてた——ほんとにきみのいうとおりだったよ。ストウでは、力にあらがわなかったんだ。もう自分と闘うことはしなかった。おかげでずいぶん助けられた」

「それはよかった」いつもどおり、スカーレットはすんだことをあれこれ話すのを好まなかった。ポリッジを平らげ、卵《たまご》が盛《も》られた皿を引き寄《よ》せる。アルバートはコーヒーをひと口飲んだ。

「マロリーのことは残念だよ」アルバートはいった。「彼《かれ》も〈ストーンムア〉でだいぶひどい目にあったんだ。説得《せっとく》を試みたけど、ちょっと手に負えない事態《じたい》になった」

「ちょっと？」

「うん」

「死んだと思う？」

アルバートは顔をしかめた。「正直わからない。ぼくが見たかぎりでは、かなり多くの建物がマロリーの上に落ちた。死んでいなくても、掘《ほ》り起こすには相当大きなスコップが必要になるだろうね」そういって肩《かた》をすくめた。「だけど、いまだにここにあらわれないってことは……」

「それだけ聞けばじゅうぶんよ」スカーレットはフォークでせっせと卵《たまご》をつついている。アルバートはスカーレットを見た。いおうと決めていたことを今いうべきかどうか考えた。スカーレットの機嫌《きげん》がそこそこいいから、殴《なぐ》られることも、のどを絞《し》められることも、卵《たまご》を突《つ》き刺《さ》したフォークを鼻につっこまれることもなさそうだけど、可能性《かのうせい》はゼロじゃない。それに、毛深い沼地《ぬまち》の男は別としても、スカーレットが自分でいうほど体力があるとは思えない。目のまわりには円状《えんじょう》に青あざができ、ハンド同業組合の鐘塔《しょうとう》から這《は》いおりてきてからずっと、うわの空の感じがぬぐえない。けれど、今じゃなければ、いったいいついえばいい？　今はエティが隣《となり》にいて、描いている模様《もよう》も青と緑でなんとなくおだやかだ。それがアルバートに自信をくれた。

「マロリーといえば、一つ話そうと思ってたことがあるんだ、スカーレット。たとえマロリーがいなくなったとしても、これで終わりにはならない。〈ストーンムア〉にはほかにもぼくと同じくらい強い力を持つ子どもたちがいるって、マロリーはいってた。〈信仰院《しんこういん》〉は相変わらずその子たちに実験を行って混乱《こんらん》させ、自分たちの思想を教えこんでる……近いうちに世の中に送り出してくるよ」アルバートは窓《まど》の外に目をやり、深呼吸《しんこきゅう》した。「それで気づいたんだ。これまでずっと自分の過去《かこ》から目をそむけようとしてきたことに。〈ストーンムア〉のことはもちろんだけど、自分がどこから来たのか、自分は本当は何者なのかも……だから、だからもう、目をそむけてはいられないって思った。もっと知る必要があるって。それで、その……悩《なや》んだ末に決めたんだ――」アルバートはひるんだ。スカーレットがテーブルの向こうから急に手を伸《の》ばしてきた。「スプーン？」

「ううん、塩」

「なら、いいんだ。ただ、スプーンできみに何ができるか知ってるからさ」アルバートはせき払《ばら》いした。「どこまで話したっけ？　何をいおうとしてたかわからなくなっちゃった」

「さあ。あたしもよく聞いてなかったわ。ねえ、それよりいい考えがある」スカーレットはいった。「とにかく食事をすませちゃうから、ちょっと外に出ない?」にぎやかなパブのなかを見まわし、ゲーム中のジョーとサル・クインと、黙々《もくもく》とお絵《え》描《か》きに夢中《むちゅう》のエティに目を向ける。「あたしも話があるの。外のほうがいいわ」

ウルフズヘッドの外は黄金色の朝だった。太陽はまだ低く、沼地《ぬまち》は一面燃《も》え立つように輝《かがや》いている。ゲイルの娘《むすめ》二人が自転車置き場の前で、宿泊客《しゅくはくきゃく》の自転車を洗《あら》っている。二人のかん高いうれしそうな声がさわやかな暖《あたた》かい空気中に響《ひび》いている。

丸石を敷《し》いた庭の片側《かたがわ》に一階の小さなベランダがあった。ベンチが置いてあり、そこからくぼ地の放牧場を見おろせる。メンドリやガチョウが草の上をのんびり歩いている。スカーレットは日だまりに腰《こし》をおろすと、両ひざを立てて腕《うで》をまわし、その上にあごをのせて沼地《ぬまち》をながめた。深紅《しんく》に輝《かがや》く髪《かみ》がスカーレットの顔のまわりでカールしている。隣《となり》に座《すわ》るアルバートには、スカーレットが新たに生まれ変わったかのように見えた。服のほころびやすり切れたところはどこもまぶしい光で見えないし、疲《つか》れや傷《きず》——体のあちこちに残る酷使《こくし》したしるし——も、今はそれほど痛々《いたいた》しくは見えない。

「話って何?」アルバートはきいた。

「トーマスのこと」スカーレットはアルバートの返事を待たずに、あわてたように続けた。「ストウで、最後の最後にティーチから弟のことを聞いたの。信じていいかわからないし、意味もよくわからないけど……」スカーレットはアルバートを見た。「あんたの意見が聞きたいの、アルバート。あんたにも聞いてほしい」

スカーレットが話すあいだ、アルバートは黙《だま》って座《すわ》ったまま、少し前かがみでスカーレットの顔を見つめた。前回とはぜんぜんちがう。〈信仰院《しんこういん》〉の監房《かんぼう》でトーマスの話を聞いたとき、アルバートはこわくて身動きもできなかったが、今はちがう意味で気持ちを集中している。スカーレットの声はおだやかで、慎重《しんちょう》で、アルバートも落ちついて聞いていた。ウルフズヘッドの平和な空気——やわらかな日差しと朝のひととき——がアルバートを包んでいる。胃《い》のなかが妙《みょう》な感じだ。アルバートは顔がほころぶのを感じた。だが、素直《すなお》に認《みと》める気にはなれなかった。スカーレットがどういう気分かまだわからないのだ。アルバートはスカーレットが話し終わっても、ベンチに座《すわ》ったまま黙《だま》っていた。ジョーとサルがトランプゲームではしゃぐ声が、パブの窓《まど》からかすかに流れてくる。沼地《ぬまち》ではサギが一羽、アシの茂《しげ》みから飛び立ち、ぎこちなく羽ばたきながら空へ舞《ま》いあがった。

「もちろん、考えようによっては、状況《じょうきょう》は何も変わらない」スカーレットはいった。「奴隷《どれい》商人にさらわれたっていってても、もうずいぶん前だし、それから何があってもおかしくはない。

それに、ティーチの思いちがいってことだって当然あるし、嘘《うそ》かもしれない」

アルバートはうなずいた。「確《たし》かにそうだね」

「それでも」スカーレットは続けた。「ティーチの話は……ほんのわずかでも可能性《かのうせい》があるってことだと思う？——」そこで言葉を切り、アルバートと目を合わせた。

まずい。そのあとの言葉を口にすることは、自分にはできない。アルバートはスカーレットを見つめ返し、待った。

スカーレットもただアルバートを見つめている。

「きみはどう思うの？」アルバートは聞き返した。

スカーレットは大きくため息をついた。「生きてるかもしれないと思う。でも、もし生きているとしても、遠いところよ」

とつぜん、アルバートのなかで喜《よろこ》びが弾《はじ》けた。かつての〈恐怖《きょうふ》〉と同じように、おさえきれないほどふくらみ、お腹《なか》のなかから体の表面へつき進んで、胸《むね》を通って腕《うで》の先へ、指先へ、顔へ、目へ、ほほえみへと広がった。アルバートは不器用な虎《とら》みたいにベンチに座《すわ》ったまま体を横にすべらすと、スカーレットを勢《いきお》いよく引き寄《よ》せ、腕《うで》をまわしてぎゅっと抱《だ》きしめた。スカーレットはびっくりして、アルバートの腕《うで》をふりほどくのに少し手間どった。

「ちょっと！　やめてよ！　もう！　まだあちこちにかすり傷《きず》があるし、全身打撲《だぼく》してるのよ！　いったい何？」

「きみがいったことがうれしくて」アルバートはにっこりした。「生きてるかもしれない。その言葉に対するぼくの気持ち。それだけだ」

スカーレットの顔が心なしか明るくなっている。「それほど期待してるわけじゃないわ」

「けど、全然してないわけでもないでしょ」

「ええ」スカーレット・マッケインはいった。「してなくはない」

ふたりは打ち解《と》けた雰囲気《ふんいき》のなか、黙《だま》ってベンチに座《すわ》っていた。太陽がようやくゆっくりと沼地《ぬまち》から離《はな》れていく。世界は明るく、平らで、着々とふたりの周囲《しゅうい》に広がっていく。アルバートは昔から朝が好きだった。朝は可能性《かのうせい》にあふれている。

「あたしが考えてる次の計画はね」スカーレットは少ししてから口を開いた。「気分を変えて、のんびり南西部を訪《たず》ねる旅よ。〈信仰院《しんこういん》〉があたしたちを捜《さが》すだろうから、新しい場所に行けば、こっちはつねに一歩先を行くことになる。それに、ゲイルがそのあたりに大きな奴隷《どれい》の市場があるって教えてくれたの。だから、ちょっと寄《よ》ってみてもいいかなって思って。行ってみないとわかんないけど、ひょっとしたらそこに、昔の取引のことを覚えてる――か、強引につつけば思い出す業者がいるかもしれない」スカーレットは歯を見せてアルバートにほほえんだ。

アルバートはゆっくりうなずいた。まだ興奮《こうふん》で指先がむずむずしている。「名案だよ。奴隷《どれい》商人の記憶《きおく》を呼《よ》び起こす方法はたくさんあるから。ついでに銀行の仕事をちょっとやってもいいね」アルバートは続けた。「腕《うで》を鈍《にぶ》らせないようにさ。そうすれば退屈《たいくつ》しないですむ。それに、〈信仰院《しんこういん》〉には盗《ぬす》むものがたくさんあるし――もしかしたら、ほかにも探《さが》すべき重要な場所があるかもしれない……南西部はとても興味《きょうみ》深い地域《ちいき》だよ」

「〈ストーンムア〉もそっちのほうじゃない？」スカーレットはたずねた。

「かもしれない」

「よかった。じゃあ、そこも一緒《いっしょ》に立ち寄《よ》れるわね」スカーレットはアルバートの肩《かた》をついた。「いっとくけど、一人でふらふら道をそれるとか想像《そうぞう》するのはやめてよね、アルバート・ブラウン。さっき、自分の過去《かこ》がどうとか、自分が何者かを見つけるだとか、くだくだしゃべってたけど……それを一人でやろうとしたら、あっという間に穴《あな》に落ちるか、迷子《まいご》になるか、その手の無駄《むだ》なことになるに決まってる。もし、そうする必要があるなら、あたしが手を貸《か》す。あたしたちはチームでしょ。なんでも一緒《いっしょ》にやるの――奴隷《どれい》商人も〈ストーンムア〉も朝食のおかわりも」

「まだお腹《なか》すいてるの？」

スカーレットは元気よくベンチから立ちあがった。「まだ全然足りない。あんたもでしょ。ほら、行くわよ」

ふたりは一緒《いっしょ》にウルフズヘッドのパブに戻《もど》っていった。歩きながらアルバートは気づいた。スカーレットはちゃんとぼくの気持ちをわかってくれている。ぼくがスカーレットの気持ちをわかっているのと同じように。いい気分だった。自転車置き場の外で自転車が日ざしにきらめいている。エティが宿の階段《かいだん》に座《すわ》って絵を描いている。すぐにふたりに気づいて歓声《かんせい》をあげると、小さい女の子はこっちに向かって庭を駆《か》けてきた。

訳者あとがき

想像を絶する災害や変動による環境破壊で、国が崩壊し、文明が退化したイングランド。大人気シリーズ『バーティミアス』や『ロックウッド除霊探偵局』で知られるファンタジー作家ジョナサン・ストラウドが新たに描くのは、暗黒の未来だ。

人が住めなくなった地域には、大型化した獣や〈堕種〉と呼ばれる食人種がはびこり、生き残った町はどこも、まわりに防壁をめぐらし、住民はみな、ひっそりと中世のころのような生活を送っている。便宜上区分けされた七つの国には王も政府もなく、点在する町を支配するのは〈信仰院〉という強力な一組織。崩壊した社会を立て直し、秩序と文化を保つためという大義をかかげ、組織の決めたルールから外れる者を処罰、排除する独裁体制をとっている。

そんななか、無法者として生きる少女スカーレット・マッケインと、ひょんなことからスカーレットの旅の道づれとなる不思議な力を持つ少年アルバート・ブラウンが、組織につかわされた追っ手や宿敵と戦いながら、七つの国をまたにかけてくりひろげる冒険ファンタジーの一巻目が『スカーレットとブラウン　あぶないダークヒーロー』だ。本書『スカーレットとブラウン2　ノトーリアス』（原題：*The Notorious Scarlett & Brown*）はその続編にあたる。

舞台設定は重苦しいディストピア小説そのものだが、そこはとびきりのユーモア感覚と、魅力あるふれるキャラクターづくりに長けたジョナサン・ストラウドのこと、過酷な環境と不条理な社会のなか、ふたりの主人公が胸のすく活躍を見せてくれる。

シリーズ一巻目では、白昼堂々、一人で銀行強盗をやってのけたスカーレットが、逃げこんだ無人地帯の森で、横転したバスを見つけ、なかにいた唯一の生存者アルバートを助けたことから、ふたりの奇妙な（スカーレットにとっては不運続きの）旅が始まる。すぐに、なぞの集団に執拗に追いかけられるふたり。スカーレットは大けがを負ったり、崖から川に飛び込んで金を失ったりとさんざんな目にあったあげく、追っ手のねらいが自分ではなく、アルバートだと知ってがく然とする。しだいに明かされていくアルバートの驚くべき秘密。それでも、スカーレットはアルバートをありのままに受け入れ、理解し、〈自由の島〉ロンドンに行きたいというアルバートを手助けする。だが、テムズ川を下る旅でも、次々に追っ手や野生生物や〈堕種〉の襲撃にあい……と、最後まで手に汗にぎる展開だった。

二巻目の本書では、前回から半年がたち、今や無敵の泥棒コンビとしてイングランドじゅうにその名をとどろかせているスカーレットとアルバートに、前回を上まわる強敵が忍び寄る。

ふだんは華麗な銃《ガン》さばきや、派手な立ちまわりで屈強な相手を一撃で倒すスカーレットも、今回ばかりは太刀打ちできず、ふたりは二度もつかまってしまう。なにしろ、最初の相手はスカーレットに武器の扱いや、戦い方を教えたかつてのボスの一人ティーチだし、二番目の相手はアルバートと同じ能力を持ち、それを自在にあやつる〈信仰院〉の工作員マロリーなのだ。

この強敵二人が今回の物語を盛りあげてくれる。十代のスカーレットがなぜ、無法者として生きることになったのか、どうやって無敵の戦闘力を身につけたのかがついに明かされ、スカーレットの悲惨な過去や、ハンド同業組合との簡単には割り切れない関係も見えてくる。ティーチとスカーレットの最後の会話は、それを象徴する印象的なシーンだ。

そして、もう一人、強烈な印象を残すのがアルバートと壮絶な戦いをくりひろげる工作員のマロリーだ。アルバートと同じ施設出身で、自由を求めたアルバートとは対照的に、独裁組織のために身を粉にしてはたらくことで、罪深い自分を清めようとする姿は、なんとも切なく、痛々しい。ただ、そのことが、アルバートにふたたび自分の過去と向き合い、自分が何者なのかをあらためて考えさせるきっかけになる。

もちろん、今回も口が悪く、負けん気の強いスカーレットと、おっとりしたアルバートの凸凹コンビのかけあいや、どんな状況にもめげずに、度肝をぬく脱出作戦を考え出し、次々に絶体絶命のピンチを切り抜けていく主人公ふたりの痛快なアクションも存分に楽しめる。さらに、ふたりに（特にアルバートに）自分たちだけでなく、弱い立場の人たちを助けたいという姿勢が見えるようになってきて、今後の展開によっては、ふたりのロビン・フッド的活躍が見られるのでは、との期待も高まる。

そんなわけで、この物語は次回の最終巻へと続く。最後の旅でスカーレットとアルバートはそれぞれに自分の過去と正面から向き合うことになるだろう。そこにどんな答えが待っているのか、そして、主人公のふたりを通して、作者が暗黒の未来にどんな希望を見せてくれるのか、今からひじょうに楽しみだ。

最後にこの場を借りて、編集の足立桃子さん、とても素敵なスカーレットを描いてくださった遠田志帆さん、校閲者の桂由貴さん、今回も訳者からのたくさんの質問に、真摯に丁寧に答えてくださった作者のジョナサン・ストラウドさん、そのほか、このシリーズの刊行に尽力くださったみなさんに心から感謝を申し上げます。

二〇二三年十月

松山美保

著者　ジョナサン・ストラウド Jonathan Stroud

イギリス、ベッドフォード生まれ。7歳から物語を書き始める。子どもの本の編集者をしながら自分でも執筆。「バーティミアス」三部作は世界的なベストセラーになる。著書に『勇者の谷』（理論社）、「ロックウッド除霊探偵局」シリーズ（小学館）などがある。現在は家族とともにハートフォードシャーに暮らしている。

訳者　金原瑞人《かねはら・みずひと》

1954年、岡山生まれ。法政大学教授。翻訳家。訳書に『豚の死なない日』（白水社）、『青空のむこう』（求龍堂）、『さよならを待つふたりのために』（岩波書店）、『月と六ペンス』（新潮社）、「パーシー・ジャクソン」シリーズ（静山社）など多数。

訳者　松山美保《まつやま・みほ》

1965年、長野生まれ。翻訳家。金原瑞人との共訳に「ロックウッド除霊探偵局」シリーズ（小学館）、「魔法少女レイチェル」シリーズ（理論社）などがある。他、訳書に「白い虎の月」（ヴィレッジブックス）など。

スカーレット&ブラウン2
ノトーリアス

著者　ジョナサン・ストラウド
訳者　金原瑞人
　　　松山美保

2024年2月20日　第1刷発行

発行者　吉川廣通
発行所　株式会社静山社
〒102-0073　東京都千代田区九段北1-15-15
電話・営業　03-5210-7221
https://www.sayzansha.com

装丁　城所潤
装画　遠田志帆
組版　アジュール
印刷・製本　中央精版印刷株式会社

Published by Say-zan-sha Publications, Ltd.
ISBN978-4-86389-767-0 Printed in Japan

スカーレットとブラウン
あぶないダークヒーロー

ジョナサン・ストラウド 作
金原瑞人、松山美保 訳

銀行から札束を盗んだスカーレットは森へ逃走する。そこで出会ったのが少年ブラウン。彼とともに、さまざまなピンチを乗り越えていくが、どうやら追われているのは、スカーレットではなく、ブラウンだった!?　謎めいたブラウンの正体とは……？

ベサニーと屋根裏の秘密

ジャック・メギット・フィリップス 作
橋本 恵 訳

とある屋敷の屋根裏に棲むビーストから、不老薬をもらって511年生きる男と、いたずら好きで悪ガキの少女が織りなす、てんやわんやの大騒動と、奇妙な友情を描く、痛快コメディ・ファンタジー。

ブロッケンの森のちっちゃな魔女

アレクサンダー・リースケ 作
西村佑子 訳

「ブロッケン」は、ドイツにある山の名前。毎年、悪魔と魔女が大集合するという「ヴァルプルギスの夜祭り」で有名な山なんだ。そんな山の森にすむ、ちっちゃな魔法使いミニーとどうぶつたちの、5つの物語をおとどけするよ。

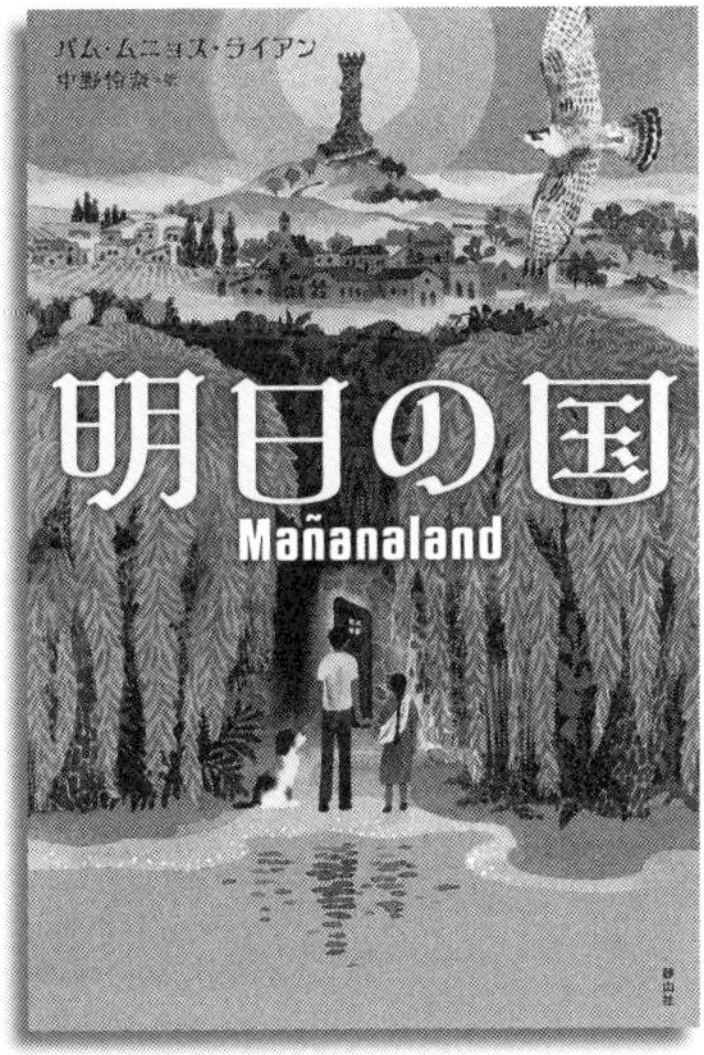

明日の国

パム・ムニョス・ライアン 作
中野怜奈 訳

戦争、難民、貧困…国を追われたひとたちは、どこにむかうの?——11歳の夏のある夜、見知らぬ男がたずねてきた。100の橋のある村でサッカーボールを追っていた少年マックスの明日は、きのうとは大きく変わっていく。第56回緑陰図書。

静山社ペガサス文庫

バーティミアス
サマルカンドの秘宝

ジョナサン・ストラウド 作
金原瑞人／松山美保 訳

修行中の魔術師が、師匠に黙って、妖霊を召喚した。自分を辱めたエリート魔術師に復讐するためだ。呼び出されたのは、5010歳のバーティミアスだった。ヒヨッコ魔術師とベテラン妖霊の奇妙な冒険が始まる。80万部を売り上げた人気シリーズ全9巻。

静山社ペガサス文庫

オー・ヘンリー
ショートストーリーセレクション
最後のひと葉

オー・ヘンリー 作
千葉茂樹 訳
和田 誠 絵

肺炎で寝こんでしまったジョンシーとそれを支えるスー。「最後の一枚が散ったら、わたしも死ぬんだわ」と言い出す。ジョンシーを不憫に思った絵描きのベアマン老人は、人生最大の傑作にとりかかると言い出すが……。シリーズ全8冊。

静山社ペガサス文庫

紫式部の娘。
賢子がまいる!

篠 綾子 作
ア～ミ～ 絵

時は平安時代。主人公は偉大なる作家、紫式部、の娘!14歳。目標は、立派なお仕事をして、母を超える有名人になること。そして、誰もがうらやむ彼氏をつくること!ねらうは超モテ男の頼宗さま。さて、どうなることやら……。シリーズ全3巻。

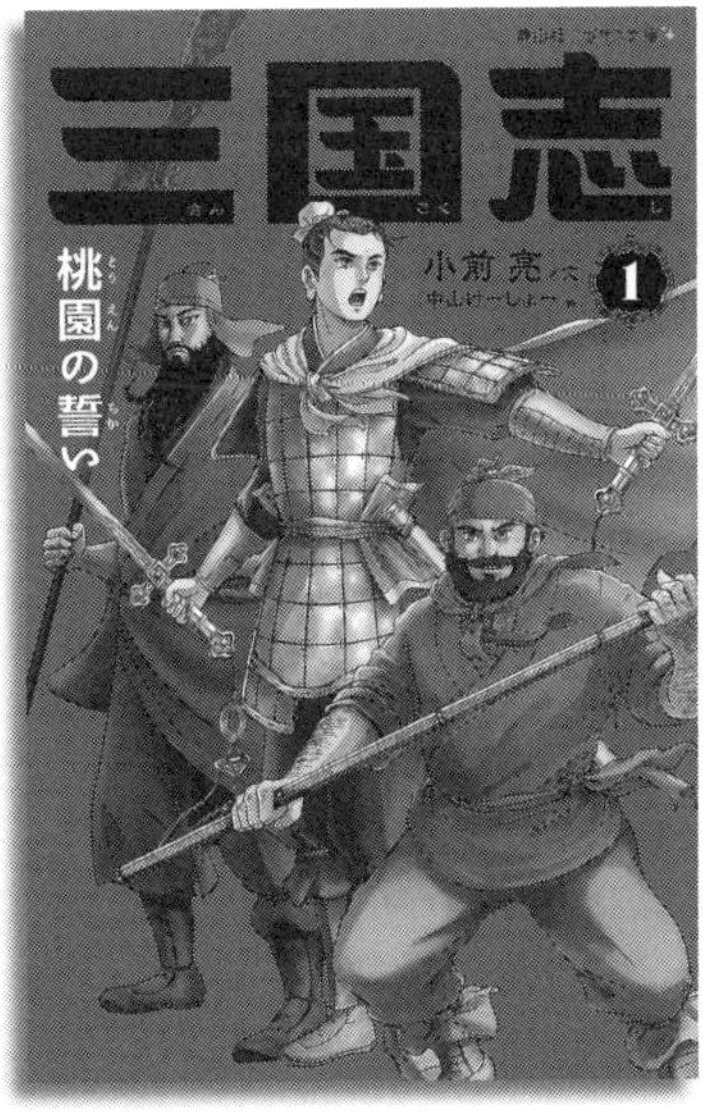

静山社ペガサス文庫

三国志

小前 亮 作
中山けーしょー 絵

後漢末期の中国。義兄弟となった劉備、関羽、張飛は、黄巾賊討伐の義勇軍に参加。曹操や孫堅らと出会っていきます。都を奪った董卓の残虐非道ぶりに反旗を翻した英雄たちは連合軍を結成、董卓軍の猛将・呂布との決戦やいかに!　シリーズ全10巻。

静山社ペガサス文庫

パーシー・ジャクソンシリーズ

オリンポスの神々と7人の英雄

リック・リオーダン 作
金原瑞人・小林みき 訳

「パーシー・ジャクソン」シリーズ、第2シーズンがスタート!　ところが開始早々、主役のパーシーが行方不明!?　一方、記憶をなくした少年ジェイソンと、パイパー、リオの3人が訓練所にやってきて……。シリーズ全10冊。

静山社ペガサス文庫

パーシー・ジャクソンシリーズ

オリンポスの神々と7人の英雄　外伝

リック・リオーダン 作
金原瑞人・小林みき 訳

これを読めば、「パーシー・ジャクソン」シリーズが、もっとおもしろく、もっと危険な物語になる!?　パーシーとアナベスの危ないデートの物語「ヘルメスの杖」ほか全4作の短編とスペシャルインタビューを収録!

ハリー・ポッターと賢者の石
〈ミナリマ・デザイン版〉

J.K.ローリング 作
ミナリマ デザイン&イラスト
松岡佑子 訳

ハリー・ポッター映画のグラフィックデザインで知られるミナリマが、表紙・挿絵をすべて手掛けたシリーズ第１巻『賢者の石』が誕生！　ページをめくるごとにあらわれるカラフルでポップなイラストと８つの仕掛けが楽しめます。

ハリー・ポッターと呪いの子 舞台裏をめぐる旅
世界中を魅了する魔法界の名舞台 実現までの道のり

ジョディ・レベンソン 作
宮川未葉 訳

トニー賞演劇作品賞はじめ主要な賞を多数受賞し、東京でも大ヒットを記録中の舞台「ハリー・ポッターと呪いの子」の公式の舞台裏取材本。日本語版の本書では、アジア初となる東京公演の舞台裏を独自取材した最終章を収録。